대학 글쓰기

논증 구성으로부터 에세이 쓰기

대학 글쓰기
논증 구성으로부터 에세이 쓰기

초판 인쇄 2022년 2월 5일
초판 발행 2022년 2월 10일

지은이 전대석
펴낸이 이찬규
펴낸곳 북코리아
등록번호 제03-01240호
주소 13209 경기도 성남시 중원구 사기막골로 45번길 14
우림2차 A동 1007호
전화 02-704-7840
팩스 02-704-7848
이메일 ibookorea@naver.com
홈페이지 www.북코리아.kr
ISBN 978-89-6324-821-9 (03800)

값 20,000원

대학 글쓰기

논증 구성으로부터 에세이 쓰기

전대석 지음

북코리아

머리말

대학에서 글쓰기 교육이 본격적으로 시행된 이래로 많은 수의 글쓰기 관련 교재가 개발되어 출판되었다. 특히, 다수의 글쓰기 교재는 대학에서 비판적 사고 능력을 기르는 것을 강조하는 흐름에 따라 논리와 비판적 사고에 기초하여 글쓰기를 교육하기 위해 해당 대학의 형편과 환경에 의거하여 '학술적 글쓰기', '비판적 글쓰기' 또는 '대학 글쓰기'와 같은 다양한 이름으로 출판되었다. 이 책 또한 논리와 비판적 사고에 기초한 논증적 글쓰기를 다루고 있다는 점에서 이미 출판되어 대학에서 활용되고 있는 다양한 기존의 책들과 내용과 구성에서 크게 벗어나지 않는다. 그러한 측면에서, 이미 출판되어 있는 좋은 교재와 도서가 있음에도 불구하고 기존의 것과 크게 새로울 것이 없는 내용을 담은 『비판적 사고에 근거한 대학 글쓰기』를 발간하는 것에 커다란 마음의 부담을 가진 것도 사실이다. 그럼에도 불구하고, 이 책은 정당화 문맥의 논증적인 글을 쓰는 실제적인 방법적 절차를 '학습자의 관점'에서 구체적으로 제시하고 있다는 데에 의미를 부여할 수 있다고 생각한다. 이 책은 논증적인 글을 배우고 익히고자 하는 학생들의 다양한 요구 사항 중에서 다음의 세 가지에 더 초점을 맞추고 있기 때문이다. 우선, 다양한 주제를 다루고 있는 '텍스트에 대한 분석과 평가의 예시 자료'를 제시함으로써 학습자 스스로 논증적 글쓰기의 구성과 내용을 이해할 수 있도록 시도하였다. 둘째, 논증적 글쓰기의 세 단계인 '요약, 논평 그리고 에세이'의 절차적 연결을 비판적 사고의 핵심 내용에 근거하여 보다 명료하게 설명하려고 노력하였다. 마지막으로, 논증적인 글을 쓰는 실제 과정을 학생들이 스스로 작성한 사례를 통해 보여줌으로써 이 책을 통해 논증적 글쓰기를 공부하는 독자가 실체적이고 실천적인 도움을 받을 수 있도록 구성하였다.

학습자가 실제적으로 논증적인 글을 쓸 수 있는 절차적 과정과 방법을 제안하고 있는 『대학 글쓰기: 논증 구성으로부터 에세이 쓰기』는 필자가 2016년 출간한 『의료윤리와 비판적 글쓰기』의 '1부: 비판적 글쓰기'에 크게 의존하고 있다. 하지만 이 책을 준비하는 과정에서 중복되거나 과도한 설명을 삭제하고 분석이 잘못된 부분 등을 수정하였으며, 추가적으로 보다 친절한 설명이 필요한 부분을 보완하였다. 2장에서는 주장을 담고 있는 글과 문제를 분석하고 평가하기 위해 필요한 비판적 사고의 내용, 절차 그리고 기법에 관한 최소한의 내용을 정리하여 살펴본다. 3장의 〈분석적 요약〉과 4장의 〈분석적 평가〉는 "4단계의 분석 절차"와 "4단계의 평가 과정"을 제시한다. '분석과 평가의 대응적인 4단계 구성'은 성균관대학교 〈학술적 글쓰기〉에서 제시하고 있는 요약의 8요소와 평가의 5요소의 형식을 일부 빌려 구성하였다. 하지만 논리적 사고의 절차에 더 잘 부합하도록 분석과 평가의 절차와 과정을 모두 '4단계'로 축약하여 통일하였다.

1장과 5장은 학습자가 논증적인 글을 쓰는 데 실제적인 도움을 주기 위해 새롭게 구성하였다. 1장에서는 '논증적 글쓰기'를 배우고 익히는 과정을 통해 우리가 길러야 하는 역량을 보이는 것을 중심으로 '논증적 글쓰기'의 세부적인 과정과 절차에 관해 설명한다. 5장은 프레젠테이션 구성 및 발표를 통해 글의 개요를 작성하고 주제를 선정하는 과정으로부터 그것에 기초하여 실제로 논증적인 글을 쓰는 과정을 다섯 단계로 구분하여 제시하였다. 또한 이 교재를 통해 논증적 글쓰기를 배우고 익히는 학습자의 이해를 돕기 위해 익명의 학습자가 실제로 작성한 개요 프레젠테이션과 그것에 기초해서 작성한 에세이를 단계별로 제시하였다. 학습자는 그것을 통해 각 단계에서 글쓰기가 실제로 어떻게 이루어지는지에 관해 더 쉽게 이해하고 실체적인 도움을 받을 수 있을 것이다.

'글'을 쓴다는 것은 어려운 일이다. 더욱이 사회적, 문화적, 환경적 또는 윤리적 문제 등과 같이 중요한 문제를 분석하고, 그 문제에 대한 자신의 주장을 담는 논증적인 글을 쓴다는 것은 매우 어려운 일이다. 하지만 세상만사의 일들이 그러하듯이, 논증적 글쓰기 또한 애써 힘을 들여 노력하고 끈기를 가지고 익히고 연습한다면 도달할 수 없는 목표는 아니다. 이 책에서 제시하고 있는 논증적 글쓰기의 실제적인 방법적 절차에 따라 연습함으로써 '논증적 글쓰기'를 공부하는 여러분 모두가 그와 같은 목표에 도달할 수 있기를 기대한다.

이 책을 완성할 수 있도록 큰 가르침을 주시고 끝까지 응원해 주신 손동현 선생님께 깊은 존경과 감사를 드린다. 부족한 책이 은사님께 누를 끼치지 않기를 기도할 뿐이다. 후배이자 동료인 명륜왕 김용성, 백송이 선생님은 모든 원고를 처음부터 끝까지 읽고 논의하며 비판적인 논평을 통해 잘 못된 부분을 수정하고 부족한 부분을 보완할 수 있도록 힘써주었다. 그들의 모든 것에 고맙지만, 이 지면을 통해 다시 한 번 감사의 마음을 전한다. 끝으로 빠듯한 일정 속에서 부족한 원고를 선뜻 출판해주신 북코리아 이찬규 사장님과 거친 원고를 다듬어 주신 김수진 선생님께 감사드린다.

2022년 2월

지은이 드림

차례

제3장 논증 (재)구성에 기초한 분석적 요약

제4장 분석적 요약에 기초한 분석적 논평

제5장 학술 에세이 쓰기

제1장
논증적 글쓰기

1

우리는 '논증적 글쓰기'를 통해 어떤 역량을 길러야 하는가?

왜 우리는 비판적 사고에 근거한 정당화 문맥의 '논증적 글쓰기(logical writing)'를 공부해야 하는가? 이 물음에 대한 한 답변을 제시하는 것이 이 책의 주요한 목적 중의 하나다. 따라서 이 물음에 대한 답변은 이 책에서 제시하고 있는 다양한 문제들과 그것에 대한 여러 관점의 논의로부터 추론할 수 있을 것이다. 그리고 그 물음에 대한 답변은 도출할 수 있는 다양한 견해들을 탐구한 다음에 적절히 답해질 수 있을 것이다. 그럼에도 불구하고, 우리가 이 책을 통해 앞으로 다루게 될 중요한 문제들을 살펴보고 고찰하기 위해 사용할 '사고의 도구'와 '교육의 절차'에 대한 큰 그림을 먼저 살펴보는 것이 도움이 될 것이다. 따라서 우리가 이 장을 통해 먼저 해야 할 일은 정당화 문맥의 '논증적 글쓰기'의 전체적인 구성과 절차에 대한 대략적인 그림을 살펴보는 것이다.[1]

정당화 문맥의 '논증적 글쓰기'에 관한 본격적인 이야기를 하기에 앞서 이 책의 목적을 분명하게 밝히는 것이 좋을 듯하다. 논증적 글쓰기를 포함하여 '어떻

1 '논증적 글쓰기'는 논리와 비판적 사고에 기초한 합리적인 정당화 글쓰기라는 점에서 기존의 다양한 형식의 '비판적 글쓰기' 또는 '학술적 글쓰기'와 내용적 그리고 형식적 측면 모두에서 크게 다르지 않다.

게 글쓰기를 가르칠 것인가' 또는 '좋은 글을 쓰는 방법은 무엇인가' 등을 다루는 도서를 읽는 경우, 우리는 막연하게 다음과 같은 기대를 가질 수 있다. 예컨대,

✔ 모든 사람이 감탄할 만한 명문을 쓸 수 있거나
✔ 좋은 글을 쓰기 위한 모든 기법과 방법을 익힐 수 있거나
✔ 글쓰기의 대가(大家)가 될 수 있다.

미리 말하지만, 이 책에서 다루고 있는 정당화 문맥의 '논증적 글쓰기'에 관한 모든 내용과 절차를 익힌다고 하더라도 이와 같은 '이상적인 목적'을 단번에 이룰 수는 없다. 당신이 실망한다고 하더라도 어쩔 수 없는 일이다. 우리는 정당화 문맥의 '논증적 글쓰기'의 세부적인 내용과 단계적인 절차를 익히고 연습함으로써 단지 다음과 같은 것들을 목표로 설정할 수 있을 뿐이다.

'논증적 글쓰기'의 목표

- 다루고자 하는 문제의 핵심을 올바르게 파악하고,
- 발견한 문제에 대한 나의 입장과 견해를 확인하고,
- 나의 입장, 즉 주장을 지지할 수 있는 근거(이유, 전제)를 분석하고,
- 정립된 나의 주장을 객관적 평가를 통해 비판적으로 분석하고,
- **이와 같은 자료를 활용하여 '실제로' 논증적인 글을 쓸 수 있다.**

당연한 말이지만, 짧은 시간 안에 이와 같은 목표를 이루어내는 것은 결코 쉽지 않은 일이다. 그 까닭은 이렇다. 현안 문제에 대해 철저히 이해하기 위해서는 그 문제 안에 들어 있는 세부적인 사항들을 낱낱이 찾아내고 이해할 수 있는 개인적 역량이 필요하다. 우리는 이와 같은 능력을 흔히들 '분석 역량(analytical competence)'이라고 일컫곤 한다. 다음으로 분석을 통해 문제를 정확히 이해했다면, 우리는 그 문제를 해결할 수 있는 나름의 해답을 제시해야 할 것이다. 우리는

이와 같은 역량을 소위 '문제해결 역량(problem solving)'이라고 말한다. 또한 문제를 해결하는 방식은 기존의 방식과 차별성을 갖거나 그 문제로부터 새로운 문제를 착안할 수 있어야 할 것이다. 우리는 이와 같은 역량을 '문제발견 역량(problem finding)'이라고 부른다. 문제발견 역량은 쉽게 말해서 '한 문제를 해결함으로써 새로운 문제를 착안하는 것'이라고 할 수 있다. 그러한 의미에서, 문제발견 역량은 '창의적 사고(creative thinking)'와 밀접한 관련이 있다. 하지만 일반적으로 창의적인 생각은 '아예 없는 것'으로부터 '불쑥 나오는 것'이 아니다. 우리는 나를 포함한 동료와의 협업을 통해 기존의 것을 더 잘 이해하고, 그것으로부터 기존의 것을 넘어서는 창의성을 발휘할 수 있다.[2]

또한 논증적인 글을 포함하여 대부분의 '글'은 일차적으로 글을 쓰는 '필자'를 위한 것이 아니라 글을 읽는 '독자'를 위한 것임을 고려했을 때, 우리는 또한 '논증적 글쓰기'를 통해 '나'와 타인 사이에 놓여 있는 생각과 견해의 '틈'을 좁힐 수 있는 '의사소통 역량'을 길러야 할 것이다. 의사소통은 영어 'communication'을 우리말로 옮긴 것이다. 그리고 'communication'은 '함께'의 뜻을 가진 'com'과 '나누다 또는 공유하다'의 의미를 가진 'muni'를 결합한 합성어다. 따라서 '의사소통'을 문자 그대로 쉽게 풀어쓰면 '함께 나누어 공유하다' 정도로 해석할 수

2 최근에는 분석적 사고와 관련된 '비판적 사고'와 더불어 '창의적 사고'가 강조되고 있다. 그리고 창의적 사고 역량을 기르는 한 좋은 방편으로 '디자인 씽킹'을 생각해볼 수 있다. 디자인 씽킹은 본문의 그림(일러스트, 김승현)에서 확인할 수 있듯이 '문제 해결'로부터 '문제 발견'으로, '가치 포착'으로부터 '가치 발견'으로, '개인의 독자적 활동'으로부터 '동료와의 협업'으로, '개별 학문 연구'로부터 '학문 간의 융합'을 특징으로 꼽아볼 수 있다. 한 가지 덧붙이자면, 우리가 일상에서 사용하는 '디자인(design)'이라는 단어는 매우 다양한 의미로 사용되고 있다. '인생을 디자인하다', '생각을 디자인하다', '공간을 디자인하다' 등을 예로 들 수 있을 것이다. 여기서 '디자인'은 대략 '설계하다', '구체화하다', '그리다' 등으로 그 뜻을 해석할 수 있다. 아무튼, '디자인(design)'의 기본적인 의미는 '그리다'에 있는 듯이 보인다. 그런데 'design'은 '완전한, 부정의, 중립적인'의 뜻을 가진 'de'와 '표시, 경계, 기호, 봉인'의 뜻을 가진 'sign'의 합성어다. 따라서 그 뜻을 문자 그대로 옮기면, '완전한 경계'로 해석할 수도 있지만, '경계의 부정'으로도 이해해볼 수 있다. 이것을 창의성과 관련지어 생각해보면 이렇다. 즉, **'기존의 것을 지워야만(de) 새로운 것을 그릴 수 있다(sign).'** 만일 이와 같은 분석이 옳다면, '창의적 사고'의 기초가 되는 것은 결국 '분석적 사고'라는 것을 알 수 있다.

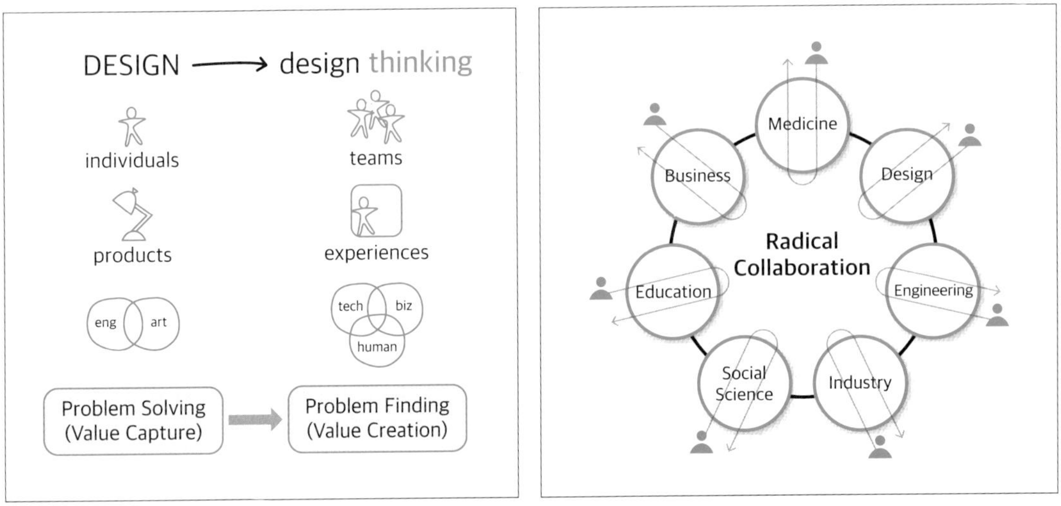

〈그림 1-1〉 디자인 씽킹과 학문의 융복합 (일러스트 김승현)

있을 것이다. 만일 그렇다면, 우리가 '나' 그리고 '타인'과 '의사소통'한다는 것은 결국 우리의 앎을 '함께 나누어 공유'하여 '전파하고 확산'하는 것이라고 할 수 있다. 따라서 우리는 '논증적 글쓰기'를 익히는 과정에서 지식과 앎을 '공유(share)' 하고 '확산(dispersion)'하는 역량을 기르는 것 또한 모색할 수 있을 것이다.

이와 같은 역량을 기르는 것이 다변화되는 현대사회에서 절실히 요구되고 있다는 것을 새삼 강조할 필요는 없을 것이다. 이와 같은 역량들을 기르는 방법은 학문의 영역과 교육의 방법적 수단에 따라 매우 다양할 수 있지만, '논증적 글쓰기'는 합리적이고 비판적인 글을 쓰는 과정을 통해 그것을 익히고 기르는 것이 목표라고 할 수 있다. 지금까지의 논의가 적절하다면, '논증적 글쓰기' 교육이 가진 가장 기본적인 모습은 아래의 표와 같이 '사고 도구 → 적용 과정 → 목표'의 절차를 따른다고 말할 수 있다. 즉,

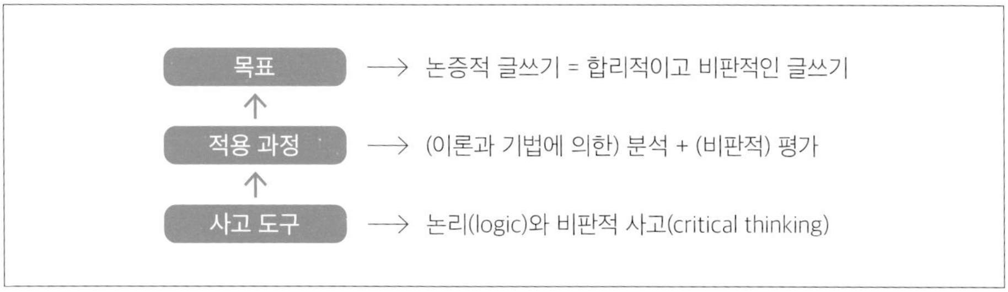

〈그림 1-2〉 논증적 글쓰기의 목표

간략히 정리하자면, 정당화 문맥의 '논증적 글쓰기'는 곧 '합리적이고 비판적인 글쓰기'라고 할 수 있다. 그리고 논증적 글쓰기는 크게 '분석(analysis)'과 '평가(evaluation)'의 과정으로 구분된다. '분석'은 해결해야 할 문제 또는 분석의 대상이 되는 텍스트를 정확히 그리고 올바르게 이해하는 과정이며, '평가'는 분석을 통해 올바르게 이해한 문제 또는 텍스트에 대한 자신의 생각을 합리적인 근거를 제시함으로써 주장하는 과정이라고 말할 수 있다. 지금까지의 설명이 적절하고 옳다면, 논증적 글쓰기의 (단계적인 사고) '과정'과 (절차적) '구조'를 다음과 같이 간략히 정리할 수 있다.

〈표 1-1〉 '논증적 글쓰기'의 단계적 (사고) 과정

	단계		내용
분석	1	평면적 요약	중요 요소 분석 → 잘 읽고 이해하기 & 비분석적 통념 파괴하기
	2	분석적 요약	논증 구성 → 논리적 구조 이해하기 & 요약글 쓰기
평가	3	분석적 평가	논증 평가 → 논증의 형식적 타당성 & 내용적 수용가능성 평가
	4	비판적 평가	정당화 글쓰기 → (나의) 문제 착안하기 & 논증 구성하기 & 에세이 쓰기

〈표 1-2〉 '논증적 글쓰기'의 단계적 과정과 관계적 절차

		ⓐ 이해하기	ⓑ 분석하기	ⓒ 평가하기	ⓓ 주장하기	
분석	① 평면적 *요약*	중요요소분석				올바른 읽기
	② **분석적** *요약*	평면적 요약의 구성 (논증)				비판적 요약
평가	③ **분석적** *평가*		논증 평가			비판적 논평
	④ 비판적 *평가*			(나의) 논증 구성		정당화 글쓰기

앞에서 밝혔듯이, 우리가 이 책을 통해 익히고자 하는 것은 '합리적 추론에 따라 현안 문제와 글을 분석하고 올바른 근거에 의거하여 정당한 주장을 개진하는 글'을 쓰는 것이다. 하지만 여기서 논증적 글쓰기의 세부적인 내용과 적용 절차에 관한 모든 것을 다룰 수는 없을뿐더러, 논리학과 비판적 사고의 세세한 사고 기법 모두가 반드시 요구되는 것도 아니다. 하지만 대학 교육에서뿐만 아니라 현실적인 문제들에서 익숙하게 사용되는 논증적 글쓰기의 핵심 개념과 내용적 구조가 논리학과 비판적 사고의 개념에 기초하고 있다는 것을 이해하는 것은 매우 중요한 의미를 갖는다. 왜냐하면 그러한 이해를 통해 대학 교육에 있어 비판적 사고와 그것에 기초한 정당화 문맥의 논증적 글쓰기 교육이 '실천 추론'과 실제적인 '적용 능력'을 향상시키는 데 기여할 수 있다는 점을 잘 설명할 수 있기 때문이다. 그렇다면, 논증적 글쓰기를 본격적으로 논의하기에 앞서 그것의 밑바탕이 되는 '비판적 사고(critical thinking)'가 무엇인지 먼저 살펴보는 것이 도움이 될 것이다. 현대에 들어 비판적 사고를 본격적으로 논의하고 정의하였다고 알려진 "델피 보고서(Delphi Report, 1990)"는 비판적 사고를 다음과 같이 정의하고 있다.

〔비판적 사고 정의〕 델피 보고서(Delphi Report, 1990)

우리는 비판적 사고가 해석, 분석, 평가 및 추리를 산출하는 의도적이고 자기 규제적인 판단이며, 동시에 그 판단에 대한 근거가 제대로 되어 있

는가, 개념적·방법론적·표준적 또는 맥락적 측면들을 제대로 고려하고 있는가에 대한 설명을 산출하는 의도적이고 자기규제적인 판단이라고 이해한다.

(…)

이상적인 비판적 사고자는 습관적으로 이유를 꼬치꼬치 묻고, 잘 알고자 하고, 근거를 중요시하며, 평가에 있어서 열린 마음을 가지고 있고, 공정하고, 자신의 편견을 공정하게 다루고, 판단을 내리는 데 있어서 신중하고, 기꺼이 재고(再考)하고, 현안 문제들에 대하여 명료하고, 복잡한 문제들을 다루는 데 있어서 합리적이고, 집중하여 탐구하고, 주제와 탐구의 상황이 허락하는 한 되도록 정확한 결과를 끈기 있게 추구한다. (…)[3]

만일 지금까지의 논의가 올바른 것이라면, 논증적 글쓰기는 '중요한 개념과 사실적 정보'를 추론의 근거로 사용하여, '신뢰할 만한 근거(ground, evidence)'로부터 합리적으로 '수용할 수 있는 결론(conclusion)'을 '추론(inference)'하는 일련의 사고 과정이라는 점에서 형식적인 모습과 내용적인 측면에서 동일한 구조를 갖는

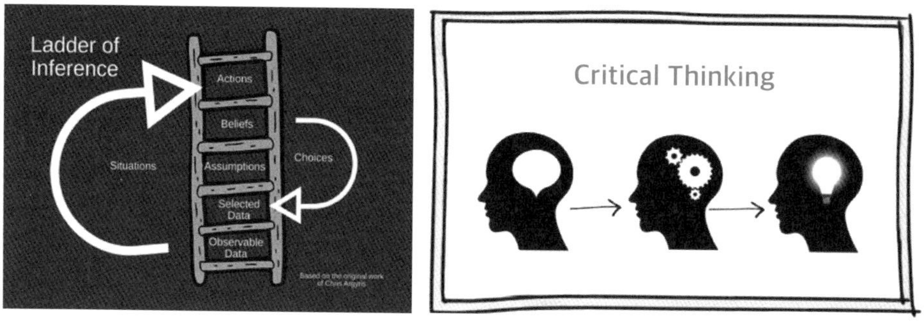

〈그림 1-3〉 추론의 과정과 비판적 사고

3 김광수, 『논리와 비판적 사고』, 철학과현실사, 2007, 24쪽.

다고 볼 수 있다. 그리고 미리 말하자면, 근거로부터 결론을 추론하기 위해 필요한 것이 '논리(logic)'와 '비판적 사고'다. 따라서 우리는 논증적 글쓰기에 대해 본격적으로 논의하기에 앞서 제2장에서 그것의 밑바탕이 되는 '논리와 비판적 사고'에 관한 '중요한 요소들'을 간략히 살펴볼 것이다.

2

'논증적 글쓰기의' 내용과 (절차적) 구조

'나'의 생각을 담는 글을 통해 올바른 방식으로 '나' 아닌 타인에게 생각을 전달하고 공유한다는 것은 매우 어려운 일이다. 게다가 그와 같은 목표를 이루기 위해 '논증적 글쓰기'를 가르치고 공부한다는 것 또한 결코 쉬운 일이 아니다. 따라서 우리는 체계적이고 단계적인 과정과 절차에 따라 '논증적 글쓰기'를 가르치고 공부할 필요가 있다. 그것의 구체적인 방법과 형식은 다양할 수 있지만, '이해를 통해 글쓰기로 나아가는 방식'이라고 할 수 있는 '논증 구성으로부터 논증적 글쓰기(from argument to logical writing)'를 익히는 가장 기본적인 전략을 택하는 것이 도움이 될 것이다. 그 전략은 아래의 그림과 같이 '분석적 요약 – 분석적 논평 – 논증적 글쓰기'로 나아가는 방식이 될 것이다.[4]

〈그림 1-4〉에서 '논리와 비판적 사고'를 논증적 글쓰기의 '문을 여는 것'으로, 그리고 '논증적 글쓰기'의 각 단계를 잇는 수단을 '사다리'로 표현한 점에 주목해야 한다. 쉽게 말해서, '논증적 글쓰기'는 '논리와 비판적 사고'를 기르는 것

4 '논증적 글쓰기'의 교육 과정을 이와 같은 방식으로 체계화한 모형은 "성균관대학교 학술적 글쓰기"의 '단계적 글쓰기 프로그램' 모형에 기초하고 있다. 원만희 · 박정하 외, 『비판적 사고 학술적 글쓰기』, 성균관대학교출판부, 2014, 34쪽 참조.

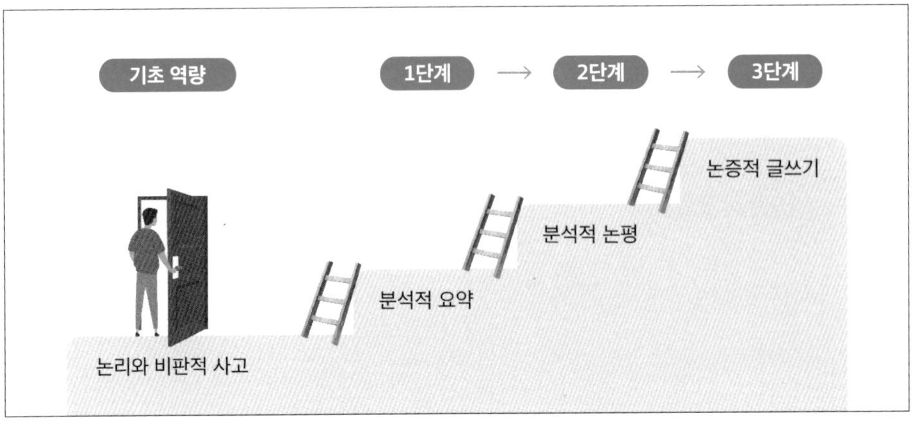

〈그림 1-4〉 '논증적 글쓰기'의 3단계 절차

으로부터 시작할 수 있다. 그리고 우리가 목표로 하고 있는 '논증적 글쓰기'에 도달하기 위해서는 사다리를 오르는 것과 같이 힘을 들여 차근차근 단계를 밟아 올라가야 한다는 것이다. 논증적 글쓰기를 포함하여 모든 글쓰기는 첫 발을 떼면 자동으로 목적지에 도달하는 에스컬레이터에 올라타는 것일 수 없기 때문이다.

우리는 또한 현재의 단계에서 다음 단계로 이행하는 각 과정의 중간에 지금까지 도달한 지점에 대해 스스로 평가하고 되짚어보는 시간을 반드시 가져야 할 것이다. 말하자면, '1단계: 분석적 요약'에 관해 익히고 연습하였다면, 내가 만들어낸 결과물을 객관적으로 평가하여 부족한 부분을 보완하고 잘못된 점은 수정하는 반성적 태도를 가져야 한다는 것이다. 그것은 '2단계: 분석적 논평'과 '3단계: 논증적 글쓰기'에서도 마찬가지다. '평가'는 '나' 스스로에 의한 것일 수도 있지만, 함께 공부하고 있는 교수자 및 동료 학습자와 함께할 때 논리적으로 더 엄밀하고 실천적으로 더 안전한 되비침의 결과를 얻을 수 있을 것이다. 따라서 기초 역량을 기반으로 하는 3단계로 구성된 '논증적 글쓰기'는 〈그림 1-5〉와 같은 절차에 따라 진행되어야 할 것이다. 아래의 그림에서 확인할 수 있듯이, 우리는 각 단계가 마무리되는 시점에서 '나'의 결과물을 동료들과 공유하고 서로 평가함으로써 더 훌륭한 결과물을 산출할 수 있을 것이다. 물론, 나의 글을 타인에 보여

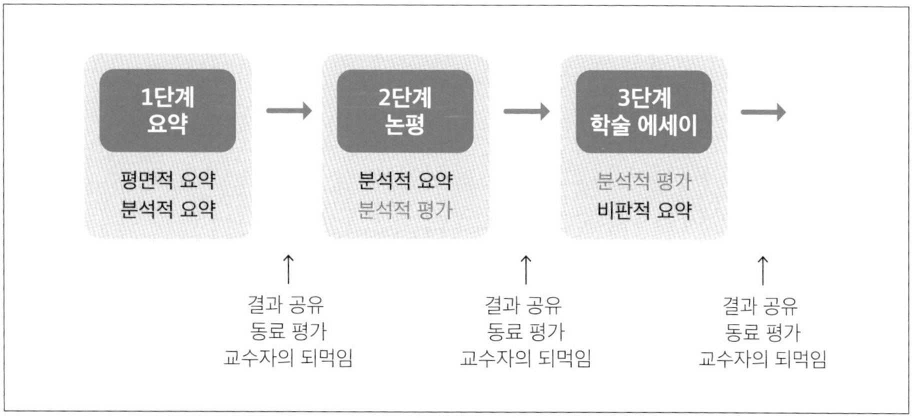

〈그림 1-5〉 비판적 사고에 기초한 정당화 글쓰기 3단계 과정

준다는 것은 큰 용기가 필요하다. 또한 '나'와 독자를 설득할 수 있는 좋은 논증적인 글을 쓴다는 것은 결국 단단한 논리적 흐름을 통해 기존에 미처 생각하지 못했던 문제들을 착상하여 명료한 언어로 전달하는 것이기 때문에 매우 어려운 작업이 될 수도 있다. 하지만 우리는 이러한 논증적인 글을 쓰기 위해 무조건 전에 없었던 미증유(未曾有)의 새로운 생각을 만들어야 한다는 강박적 상황으로 자신을 내몰지 않아야 한다.

'논증적 글쓰기'를 익히고 연습하는 주요 내용과 절차에 관한 지금까지의 논의를 듣고 있다 보면, 당신은 '겁에 질려' 있을 수도 있다. '논증적 글쓰기'를 통해 '분석 역량', '문제해결 역량', '문제발견 역량' 그리고 '의사소통 역량' 등과 같은 현대사회가 요구하는 중요한 역량도 길러야 할뿐더러, 심지어 그러

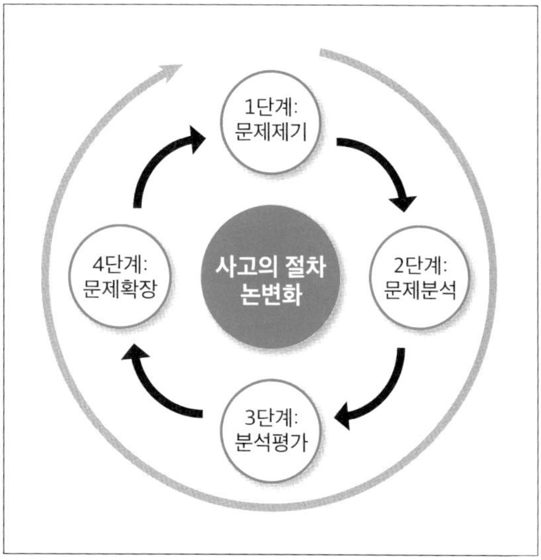

〈그림 1-6〉 '논증적 글쓰기' 사고의 4단계 절차

한 역량을 글로 표현할 것을 요구받고 있다고 느낄 수 있기 때문이다. 물론, 짧은 시간 안에 그와 같은 일들을 해내는 것은 결코 쉬운 일이 아니다. 하지만 시작하기도 전에 '미리 겁부터 먹을 필요'는 전혀 없다. 자신의 생각을 불필요한 보탬이나 덜어냄 없이 담담하게 논리적으로 표현하는 것만으로도 충분히 창의적이고 논증적인 글을 쓸 수 있는 가능성은 항상 열려있기 때문이다.

제2장
'논증적 글쓰기'의 기초가 되는 논리와 비판적 사고

텍스트(현안 문제) 분석의 기초가 되는 중요한 요소와 준거들

1

왜 주장을 담고 있는 글을 쓰기 위해서 논리와 비판적 사고가 요구되는가?

'논증적 글쓰기'에 관한 본격적인 논의를 개진하기에 앞서 분명하게 짚고 가야 할 것이 있다. 지금부터 다루려는 글의 형식 또는 내용은 어떤 '문제', 더 정확하게 말하자면 '문제 상황'을 글감으로 삼아 자신의 주장과 생각을 담는 글쓰기라는 점이다. 우리가 접하는 모든 글쓰기가 그와 같은 형식을 갖는 것은 아니다. 예컨대, 수필이나 시의 글감은 일상사가 될 터이고, 감상문의 글감은 여러 작품들, 기행문은 여행이 글감이 될 것이다. 눈치 빠른 독자는 이미 짐작했겠지만, 문제 상황에 대해 자신의 주장과 생각을 담는 글을 쓴다는 것은 (제법) 그럴듯한 '이유'와 '근거'[1]를 들어 논리적이고 정합적인 글을 쓴다는 것을 의미한다. 간략히 말해서, 우리는 어떤 주장을 접했을 때 그것을 지지하는 이유 또는 근거의 타당성에 의지하여 그 주장을 수용하거나 반대한다. 따라서 앞으로 보게 될 많은 지문(텍스트)들과 그것들에 대한 분석과 평가는 주로 이유 또는 근거를 분석함으로

1 논리학에서는 일반적으로 '전제'로 사용하지만, 여기에서는 '근거, 이유 그리고 전제'를 같은 의미로 보아도 무방하다. 현재 우리가 관심을 가지고 있는 것은 '논증적 글쓰기'이므로 앞으로는 이유나 전제 대신에 논의하고 있는 중심 주제에 맞추어 텍스트의 성격에 따라 '근거, 이유 그리고 전제'를 혼용하여 사용하고자 한다.

써 결론 또는 주장을 수용할 수 있는지를 따져보게 될 것이다. 다음으로 그러한 평가로부터 그 문제 상황에 대한 자신의 입장이 무엇인지를 그럴듯한 근거를 들어 주장하는 논증적인 글쓰기 연습을 하게 될 것이다.

본격적인 논의에 앞서 미리 말하자면, 지금 우리의 주된 관심사는 "합당한 근거에 기초한 정당화 글쓰기"에 있으며, 논리학 또는 비판적 사고 그 자체에 있는 것은 아니다. 하지만 합당한 근거에 기초한 정당화 글쓰기를 하기 위해서는 논리와 비판적 사고에 의지할 수밖에 없다는 것 또한 사실이다. 따라서 여기에서는 논증적 글쓰기를 하기 위해 필요한 가장 기초적이고 필수적인 논리와 비판적 사고의 내용만을 간략히 소개할 것이다.

1) 글쓰기 과정에 행위 산출 원리를 대입한다면?

논증적 글쓰기를 포함하여 모든 글쓰기는 인간이 행하는 행위다. '말'과 '글'로 표현되는 언어 사용 능력은 인간이 가진 특유한 속성 중 하나임은 분명한 듯이 보이며, 말하는 것과 글을 쓴다는 것은 인간 행위에 포함되기 때문이다. 인간의 행위를 설명하는 방식은 여러 가지일 수 있다. 예컨대, 행동주의 심리학이나 행위의 인과적 설명 등이 인간 행위를 설명하는 좋은 후보가 될 수 있을 것이다. 여기에서는 논증적 글쓰기의 중요한 성격을 설명하기 위해 행위를 설명하는 다양한 방식 중 하나인 '행위의 BDA 원리(principle of BDA)'에 의지해보자.[2] 행위를 설명하는 BDA 원리를 간략히 표현하면 〈그림 2-1〉과 같다.

'행위의 BDA 원리'는 우리의 행위가 가진 '적절한 한 쌍의 믿음과 욕망이 한 행위를 초래한다'고 보는 일종의 행위의 인과적 설명(causal explanation)이라고 할 수 있다. 예컨대, 당신이 어떠한 이유로 며칠을 굶었다고 해보자. 만일 그렇

2 Davidson, Donald., *Essays on Action and Event*, 1963 참조.

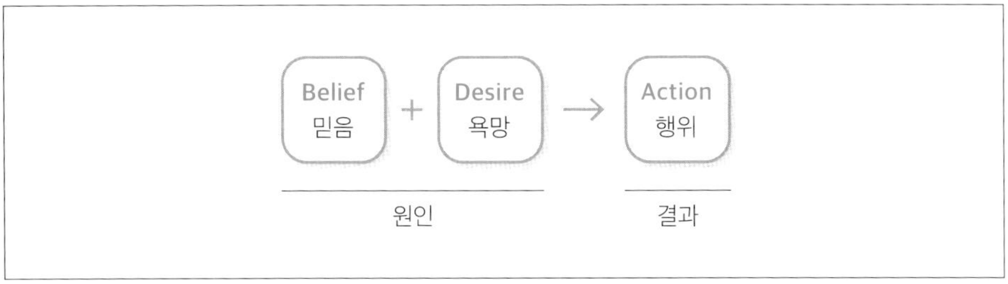

〈그림 2-1〉 행위의 BDA 원리

다면, 당신은 현재 느끼고 있는 '배고픔을 해소하려는 욕망'을 가질 수 있다. 또한 당신은 그와 같은 욕망을 해소하기 위한 가장 즉각적이고 효과적인 한 방편이 '교내 식당에 가는 것이라는 믿음'이 있다고 해보자. 말하자면, 당신은 '교내 식당에 가면 지금의 배고픔을 해소할 수 있다는 믿음'이 있다고 해보자. 만일 당신이 이와 같은 '욕망과 믿음'을 가지고 있다면, 당신은 (아마도) 교내 식당으로 갈 것이다. 인간의 행위를 이와 같은 방식으로 설명하는 것은 우리의 상식에 잘 부합하기 때문에 우리가 행하는 대부분의 행위를 잘 설명할 수 있는 듯이 보인다.

하지만 이러한 설명 방식을 따를 때, 상상해 볼 수 있는 문제점은 없을까? 이와 관련된 논의를 깊이 있게 진행하면, 매우 다양한 반론이 제기될 수 있을 것이다. 하지만 여기에서는 '논증적 글쓰기'와 관련된 하나의 문제만 다루어보자. 그 문제는 다음과 같다. 즉, '적절한 한 쌍의 욕망과 믿음으로부터 초래된 행위'는 항상 설득력이 있거나 수용될 수 있는가? 예컨대, 당신은 '로제와 결혼하고자 하는 욕망'을 가지고 있다고 하자. 또한 당신은 '로제에게 청혼을 하면 그녀가 그 청혼을 흔쾌히 수락할 것이라는 믿음'이 있다고 하자. 만일 그렇다면, 당신은 (아마도) 로제에게 실제로 청혼을 할 것이다. 당신이 로제에게 청혼을 하는 행위를 이와 같이 설명하는 것은 제법 설득력이 있을 뿐만 아니라 합리적인 것으로 보인다.

그런데 문제는 이렇다. '과연 로제는 당신의 청혼을 (무조건적으로) 받아들였을까?' 당연한 말이지만, 그럴 수도 있고, 그렇지 않을 수도 있다. 로제의 입장에서 당신의 행위를 평가해보자. 다행스럽게도 결과가 전자의 경우라면, 로제의 입장에서도 당신이 가진 '믿음과 욕망'은 그 '행위'를 설명하고 지지하기에 충분하다. 하지만 불행히도 후자의 경우라면, 즉 로제가 당신의 청혼을 거절하였다면 당신이 가진 '믿음과 욕망'은 그 행위를 설명하기에 충분하지 않은 듯이 보인다. 만일 그렇다면, '로제에게 청혼을 하는 당신의 행위'가 로제에게 받아들여지지 않고 합리적이지 않은 까닭을 찾아야 할 것이다. 무엇이 문제인가?

지금까지의 논의를 통해 알 수 있듯이, 적절한 한 쌍의 욕망과 믿음에 의해 초래된 행위가 '나' 아닌 타인에게 항상 받아들여지는 것은 아니다. 만일 그렇다면, 우리의 행위가 '나'뿐만 아니라 타인에게도 합리적이고 설득력이 있기 위해서는 아래와 같은 도식의 인과적 설명에서 행위를 합리화할 수 있는 '절차' 또는 '과정'이 반드시 개입되어야 한다는 것을 알 수 있다.

이미 알고 있듯이, 통상 사람의 지적 능력은 완전하지 않기에 처음에 가진 생각이 항상 올바르거나 최선의 것이 아닐 수 있다. 말하자면, 우리가 가진 (최초의) 욕망과 믿음이 항상 올바르거나 최선의 것은 아니라는 것이다. 우리들 대부분은 그러한 사정을 알기 때문에 어떤 중요한 행위를 하기에 앞서 그 행위를 하는 것이 올바른 것인지, 허용될 수 있는 것인지 또는 합리적인 것인지에 대해 이러저러한 조건들에 의거하여 따져보고 숙고한다. 만일 그렇다면, 〈그림 2-2〉에서 〔 ? 〕에 들어갈 내용은 '이러저러한 조건에 의거하여 따져보고 숙고'하는 것이다. 그리고 이와 같이 어떤 행위를 하기에 앞서 이러저러한 조건에 의거하여

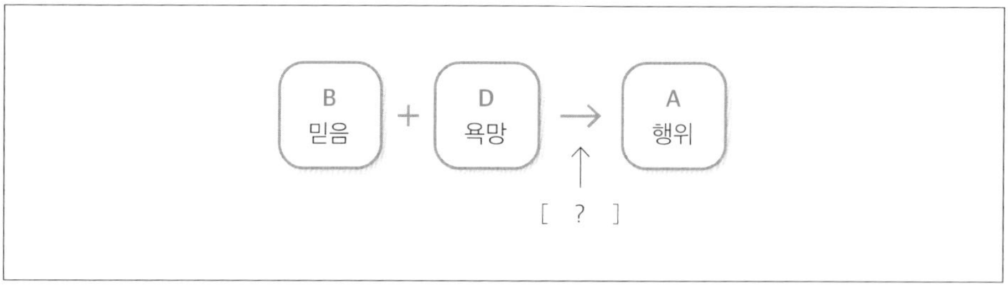

〈그림 2-2〉 행위의 BDA 원리의 정당화

따져보고 숙고하는 행위를 '정당화(justification)'하는 것으로 파악할 수 있다.[3] 그리고 만일 지금까지의 논의가 올바른 것이라면, 우리는 다음으로 어떤 것을 정당화하기 위해 필요한 '사고 도구'가 무엇인지에 대해 살펴보아야 할 것이다.

2) '논리'란 무엇인가?

우리는 일상에서 '논리'라는 용어를 쉽게 접할 수 있을뿐더러 자주 사용하기도 한다. 예컨대, "지금 당신이 하는 말의 논리가 무엇입니까?", "너는 좀 더 논리적으로 생각할 필요가 있어", 또는 "자신의 논리를 세워봐. 그래야 이해가 될 것 같은데" 등과 같은 말과 진술문은 결코 낯선 것이 아니다. 그렇다면, 이토록 자주 사용하고 쉽게 접할 수 있는 단어인 "논리는 무엇인가?"

아마도, "논리는 무엇인가?"라는 질문에 대해 명쾌하고 깔끔한 답변을 내놓을 수 있는 사람은 그리 많지 않을 것이다. 많은 사람들이 이와 같은 난처한 질문에 대해

3 앎에 대한 전통적인 해석에 따르면, "앎 또는 지식(knowledge)은 정당화된 참인 믿음(Knowledge is justified by true belief)"이다. 말하자면, 정당화는 전통적인 의미의 우리의 앎(또는 지식, knowledge)에 관해서도 중요하다. 이러한 의미에서 댄시(J. Dancy)는 전통적인 의미의 인식론에서 우리의 앎은 "참된 믿음만으로는 지식이 될 수 없다고 말한다. 왜냐하면 우리는 우연히 참된 믿음을 가질 수도 있기 때문이다. 예를 들어, (…) 그렇지만 그 믿음은 정당한 근거가 없는 한에서 지식일 수는 없을 것이다. 결국 지식이란 정당화된(합리적으로 설명된) 참된 믿음이라 정의되어야 한다"고 말한다. 그리고 제3장 "논증 구성에 기초한 분석적 요약"에서 다시 설명하겠지만, 이와 같은 앎에 대한 정의는 다음과 같은 논증으로 구성된다(Dancy, Jonathan., *Contemporary Epistemology*, Blackwell, 1985, pp. 7-10).

R_1. 지식을 구성하는 믿음은 참된 믿음이어야 한다.
R_2. 우연히 참된 믿음을 가질 수 있다.
C_1. 참된 믿음만으로는 지식이 될 수 없다.
C_2. 참된 믿음이 지식이 되기 위해서는 그 참된 믿음의 필연성을 보장해 줄 또 다른 요소가 필요하다.
R_3. 믿음의 필연성은 정당화 요소이다.
C_3. 지식은 정당화된 참된 믿음이다.

"합리적으로 말하는 것"

"이야기의 인과적 관계를 올바르게 말하는 것"

"이치(理致)에 맞게 말하는 것" 또는

"말의 앞과 뒤가 맞는 것"

이라고 답할 수 있다. 그러한 답변은 모두 옳은 답변인 듯이 보인다. 그런데 문제는 그러한 답변으로도 논리가 무엇인지 정확히 파악할 수 없다는 점이다. 우선 '합리적으로 말하기'라는 첫 번째 답변을 생각해보자. 그 말을 올곧이 이해하기 위해서는 '합리적(rational)'인 것의 의미를 이해해야 한다. 이미 짐작했겠지만, 그것의 의미를 적확하게 이해하는 것은 결코 쉬운 일이 아니다. 두 번째 답변인 '인과적 관계에 들어맞게 말하기'에서 '인과적 관계(causal relation)' 또는 '인과성(causality)'이라는 것 또한 합리성 못지않게 이해하기 쉽지 않은 것이다. 따라서 앞의 두 답변으로는 "논리가 무엇인가?"에 대한 답변이 더 어려운 문제를 낳는 듯이 보인다. 그나마 세 번째와 네 번째 답변이 가장 이해하기 쉬운 일상적인 답변인 듯하다. 서양의 관점에서 본다면, '논리'라는 용어는 그리스어 로고스(logos)에서 유래한 것이다. 그런데 로고스는 말의 어법이나 질서를 의미한다. 말의 어법이나 질서라 함은 결국 말의 앞뒤가 맞음을 뜻한다. 결국, 우리가 사용하고 있는 논리라는 말은 대략 말의 앞뒤가 맞음을 뜻한다고 정의할 수도 있다.[4] 하지만 이와 같은 정의는 다소 애매모호하다. 말하자면, '말의 앞뒤가 맞다'는 것을 어떻게 확인할 수 있는가?

그렇다면, 논리를 쉽게 이해하고 정의할 수 있는 방법은 없을까? 우리는 일반적으로 무엇인가를 정의할 때 그것이 가진 속성(property) 또는 기능(function)에 의거하는 경우들이 있다. 예컨대, 컵은 "음료를 따라서 마시는 데 쓰이는 것"으로, 연필은 "필기도구의 하나로서 흑연과 점토의 혼합물을 구워 만든 가느다란

4 국어사전에서는 논리를 다음과 같이 정의하고 있다. "말이나 글에서의 짜임새나 갈피, 생각이 지녀야 하는 형식이나 법칙, 사물의 이치나 법칙성."

심을 속에 넣고 겉은 나무로 둘러싸서 만든 것"으로 정의한다. 말하자면, 우리는 세상의 많은 것들을 그것이 가진 기능을 기술함으로써 적절하게 정의하곤 한다. 그렇다면, 컵이나 연필을 정의한 방식과 같이 논리를 그것이 가진 기능에 의거하여 정의한다면 어떨까? 다음과 같이 일상에서 일어날 법한 가상의 두 이야기를 통해 논리의 기능이 무엇인지 생각해보자.

〔대화 1〕

강호: 연희가 요즘 조금 수상하지 않아?

민아: 뭐가?

강호: 선머슴 같은 아이가 지섭만 보면 평소와 달리 말도 없고 얼굴도 빨개지잖아!

민아: 연희가 지섭을 좋아하고 있는 것이 아닐까?

〔대화 2〕

강호: 그래? 만일 그렇다면, 우리 연희와 지섭이 사귈 수 있도록 도와주자!

민아: 왜?

강호: 지섭의 최근의 태도를 보아하니 그도 연희를 좋아하고 있는 것 같아.

민아: 정말? 그렇다면 당연히 그렇게 해야지.

〔대화 1〕에서 강호와 민아가 하고 있는 일은 무엇인가? 이 물음에 대해 답하는 것은 어렵지 않은 것 같다. 여기서 그들은 "연희가 지섭을 좋아하는 것 같다"고 결론내리고 있다. 물론, 그들이 내린 결론은 올바른 것일 수도 있고 그렇지 않을 수도 있다. 말하자면, 강호와 민아가 도출한 결론처럼 연희는 지섭을 좋아할 수도 있지만, 그렇지 않을 수도 있다. 예컨대, 연희는 최근에 심한 감기를 앓았고 그것이 원인이 되어 평소와 달리 얼굴에 열은 붉은 빛이 있었고 목이 아프기 때문에 말수도 적어졌을 수 있다. 그렇다면, 우리는 그들이 내린 결론이 그럴

듯한 것인지를 또는 올바른 것인지를 판단해 보아야 한다. 그것을 알아보기 위해 그들의 사고 과정을 다음과 같이 간략히 정리하는 것이 도움이 될 수 있다.

이유 1. 연희는 선머슴 같은 아이다.
이유 2. (그런데) 연희는 지섭만 보면 평소와 달리 말도 없고 얼굴도 빨개진다.
이유 3. 이유 2와 같은 현상은 일반적으로 누군가를 좋아할 때 일어난다.
결론 1. (아마도) 연희는 지섭을 좋아하는 것 같다.

강호와 민아의 〔대화 1〕을 이와 같이 정리하면, 결국 그들은 어떤 '이유(들)'로부터 어떤 '결론'을 '추리(inference)'하고 있다는 것을 알 수 있다. 이와 같이 논리가 가진 첫 번째 기능은 '추리'다. 그리고 여기서 추리의 결과인 결론이 그럴듯한 것인지 그렇지 않은지의 여부는 그 결론을 뒷받침하고 있는 '이유(들)〔reason〕'라는 점을 파악하는 것은 매우 중요하다.

논리의 두 번째 기능을 알아보기 위해 〔대화 2〕를 검토해보자. 〔대화 2〕에서 강호와 민아가 하고 있는 일은 무엇인가? 앞의 이야기를 통해 이미 파악했겠지만, 여기서 그들은 "연희와 지섭이 사귈 수 있도록 도와주어야 한다"는 결론을 내리고 있다. 그들이 내린 결론은 〔대화 1〕의 경우와 마찬가지로 올바른 것일 수도 있고 그렇지 않을 수도 있다. 그렇다면, 우리는 이것 또한 그들이 내린 결론이 그럴듯한 것인지를 판단해 보아야 한다. 그것을 알아보기 위해 앞서와 마찬가지로 그들의 사고 과정을 다음과 같이 간략히 정리해보자.

이유 1. (연희가 지섭을 좋아하듯이) 지섭도 연희를 좋아하는 것 같다.
이유 2. 서로 좋아하는 사람을 사귈 수 있게 돕는 것은 좋은 일이다.
결론 2. 따라서 지섭과 연희가 사귈 수 있도록 도와주어야 한다.

강호와 민아의 〔대화 2〕를 이와 같이 정리하면, 결국 그들은 어떤 '이유(들)'

로부터 어떤 '결론'을 '주장하고(argue)' 있다는 것을 알 수 있다. 여기서 '주장하다'는 영어 'argue'를 우리말로 옮긴 것이고, 그것의 명사형은 'argument'다. 그리고 영어 'argument'를 우리말 그대로 옮기면 '주장함'이 되겠지만, 일반적으로 '논증' 또는 '논변'으로 번역한다. (혼동을 피하기 위해 앞으로 'argument'를 '논증'으로 옮길 것이다.) 이와 같이 논리가 가진 두 번째 기능은 '주장함', 달리 말하면 바로 '논증'이다. 그리고 논증의 결론이 그럴듯한 것인지 그렇지 않은지의 여부는 추리의 경우와 마찬가지로 그 결론을 뒷받침하고 있는 '이유(들)'라는 점을 파악하는 것이 매우 중요하다.

논리가 가진 기능에 의거한 이와 같은 분석과 논의가 올바른 것이라면, 논리가 가진 두 가지 중요한 기능은 '추리'와 '논증'이다. 그리고 두 경우 모두 각각의 추리와 결론이 그럴듯한 것인지 그렇지 않은지 여부는 그 추리와 결론을 뒷받침하고 있는 '이유'에 달려있다는 공통점을 가진다. 지금까지의 논의를 간략히 정리하면 〈그림 2-3〉과 같은 도식을 얻을 수 있다.

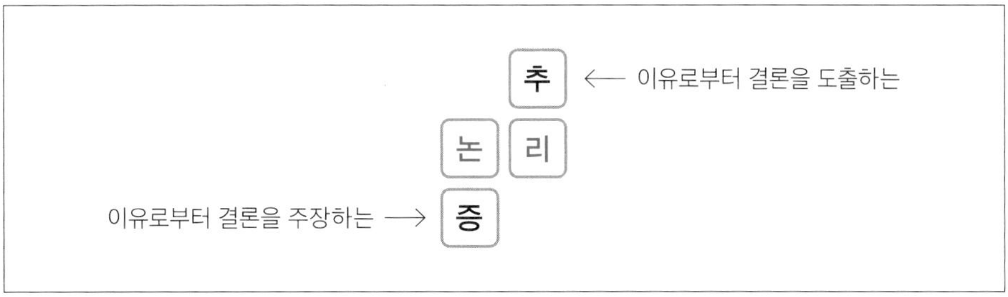

〈그림 2-3〉 논리의 두 기능

이러한 맥락에서, '논리학'의 일반적인 정의를 살펴보는 것이 도움이 될 것이다. 논리학은 일반적으로 "정확한 추론과 부정확한 추론을 구분하기 위해 사용되는 여러 원리와 방법을 연구하는 학문"으로 정의된다.[5] 우리가 이미 알고 있

5 어빙 코피(E. Copy), 『논리학 입문(10판)』, 박만준 외 옮김, 경문사, 2000, 8쪽.

듯이, "여러 원리와 방법"은 간략히 말해서 연역추리(deductive inference)와 귀납추리(inductive inference)를 가리키며, 논리학의 주된 관심사는 다루는 주제와 영역이 무엇이든 간에 추론(推論)이다.[6] 그리고 논증은 추론의 산물이다.[6] 그러한 의미에서, 논리학은 논증에 대한 〈분석〉과 〈평가〉를 실행할 수 있는 기회를 제공한다고 말할 수 있다.

물론, 논리학을 배운 사람만이 추론을 잘할 수 있다거나 정확하게 추론할 수 있다고 생각하는 것은 잘못이다. 이것은 마치 기타를 잘 만드는 장인(匠人)만이 훌륭한 기타 연주자가 될 수 있다고 생각하는 것과 마찬가지다. 예컨대, 전설적인 기타리스트인 게리 무어나 에릭 크립톤은 가장 훌륭한 기타 연주를 뽐낼 수 있겠지만, 가장 훌륭한 기타를 만들 수는 없다. 또한 논리학을 전혀 배우지 않은 사람도 어떤 경우에는 논리학을 열심히 공부한 사람 못지않게 훌륭한 추론을 하

6 '추론(reasoning)'과 '논증(argument)' 개념이 어떠한 논란의 여지도 없이 분명한 것은 아니다. 최근의 활발한 논의에 따르면, 추론은 크게 '내재주의적' 관점과 '외재주의적' 관점으로 구분된다. 전자는 추론을 일종의 '정신적'이고 '심리적'인 과정으로 본다. 따라서 추론은 '개인'적인 측면에서 자신의 견해를 바꾸는 데 작용한다. 반면에 후자는 추론을 '사회적' 과정으로 인식한다. 따라서 추론은 '사람들 사이'에서 발생하는 언어적인 상호작용이다. 추론과 논증의 개념적 정의에 관한 이와 같은 논의는 매우 중요하지만 여기서 모두 다루기는 어려울 뿐만 아니라 필요하지도 않다. 하지만 추론과 논증에 관해 잠정적으로라도 합의된 정의로부터 논증적 글쓰기에 관한 논의를 진행하는 것은 중요하다. 따라서 우리는 여기서 추론과 논증이 (잠정적으로) 다음과 같은 것이라고 생각하는 것이 좋을 것 같다. 추론은 참이라고 알려진 또는 상정된 명제(들)로부터 출발하여 그것으로부터 보장된 방식으로 따라 나오는 다른 명제로 이동하는 '사유의 과정'이다. 논증은 '전제 삼기'와 '결론 짓기'라는 두 가지 활동의 복합체를 가리키며 '의도와 목적'을 가지는 '행위자의 행위'다. 따라서 추론과 논증의 차이를 크게 세 가지로 요약할 수 있다. '① 추론은 논증에 사용되는 것이다. ② 추론은 목적 없이 이루어질 수 있지만 논증은 반드시 목적을 가지고 이루어지는 행위이다. ③ 추론은 논증이 이루어지기 전에 어찌되었든 행위자의 사고 속에서 먼저 선행하여 이루어지는 것이며, 여러 목적을 위해 논증에 사용된다.' Walton, Douglas N., "What is Reasoning? What Is an Argument?," *The Journal of Philosophy*, Vol. 87, No. 8 (Aug., 1990), pp. 399-419.

7 추론과 논증은 전제로부터 결론을 도출하는 과정이다. 따라서 추론과 논증은 좋은 추론과 논증(good reasoning & argument) 그리고 나쁜(bad) 추론과 논증으로 구분된다. 논리는 좋은 추론과 논증을 나쁜 추론과 논증으로부터 구분하는 일을 한다. 예컨대, 어떤 이가 "오늘은 비가 내린다. 따라서 올 해 크리스마스는 행복할 것이다"라고 진술한다면, 이 또한 전제로부터 결론을 추론하고 있다는 점에서 논증이다. 하지만 이것은 좋은 논증일 수는 없다. 전제와 결론 사이에 논리적 유관성이 없기 때문이다.

는 경우도 있다. 유쾌하고 좋은 예는 아니지만, 사기꾼들의 경우를 생각해보는 것이 도움이 될 것이다. 그들이 행한 사고의 절차가 매우 논리적인 추론에 의지하고 있다는 것을 어렵지 않게 파악할 수 있기 때문이다. 이와 같은 맥락에서, 코피(A. Copi)는 다음과 같이 말한다.[8]

> (…) 마치 생리학을 배운 사람만이 달리기를 잘할 수 있다고 생각하는 것과 마찬가지다. 누구나 알고 있듯이, 육상 선수는 멋지게 달리고 있는 동안 자신의 몸 안에서 일어나고 있는 과정들에 대해서 전혀 모른다. 논리학이 어느 누구의 추론은 정확할 것이라는 확신을 제공하는 것은 결코 아니다. 생리학을 배운 대학원생은 신체기능의 방식에 대해서는 많이 알고 있을지 몰라도 실제로 육상 선수처럼 잘 달릴 수 있는 것은 아니다.
>
> 하지만 동일한 능력을 가진 사람이라면, 논리학을 배운 사람이 추론과 관련된 일반적인 원리들에 대해 전혀 생각해보지 않은 사람보다 더 정확하게 추론할 것이라고 예상하는 것은 결코 이상하지 않다. 논리학을 공부한 사람은 다양한 추론의 정확성을 검사하는 방법을 알고 있을 것이며, 또한 추론 과정에서의 실수를 보다 쉽게 찾아낼 수 있을 것이기 때문이다.

3) 비판적 사고란 무엇인가?

비판적 사고에 대해 자세히 알아보기에 앞서 '논리적 사고'와 '비판적 사고'의 관계에 대해 먼저 살펴보는 것이 도움이 될 것 같다. 왜냐하면 어떤 경우와 상황에서는 그 둘을 거의 같은 의미로 혼용하여 사용하는 경우들이 있고, 그러한 이유로 비판적 사고는 논리적 사고와 다른 것이 아니라 같은 것이라는 오해가 있

8 어빙 코피(E. Copy), 같은 책 25쪽.

기 때문이다. 논리적 사고와 비판적 사고의 관계를 잘 보여주고 있는 다음의 글과 제1장에서 소개하였던 비판적 사고에 관한 '델피 보고서'의 정의를 다시 살펴보자.

> 논리적 사고는 비판적 사고에 필요하지만 충분하지는 않다. 논리적 사고는 전제들에서 결론이 도출될 수 있는 올바른 연역적 또는 귀납적 원리에 따르려는 것이다. 올바른 이성적 사고는 논리적 사고의 목적을 충족시켜야 한다. 그러나 그것만으로는 충분하지 않다. 그것은 그 전제들이 받아들일 만한 진리성도 갖출 것도 요구한다. 비판적 사고는 논리적 요구와 이 진리성 요구에 대한 반성적 사고이다. 무엇보다 중요한 것은 비판적 사고가 주어진 텍스트에 대한 분석과 평가의 전체적인 성찰이라는 점이다. 하지만 논리적 사고에서는 그와 같은 전체적 성찰이 꼭 필요한 것은 아니다.[9]

〔비판적 사고 정의〕 델피 보고서(Delphi Report, 1990)

> 우리는 비판적 사고가 해석, 분석, 평가 및 추리를 산출하는 의도적이고 자기 규제적인 판단이며, 동시에 그 판단에 대한 근거가 제대로 되어 있는가, 개념적·방법론적·표준적 또는 맥락적 측면들을 제대로 고려하고 있는가에 대한 설명을 산출하는 의도적이고 자기규제적인 판단이라고 이해한다.
>
> (…)
>
> 이상적인 비판적 사고자는 습관적으로 이유를 꼬치꼬치 묻고, 잘 알고자 하고, 근거를 중요시하며, 평가에 있어서 열린 마음을 가지고 있고, 공정하고, 자신의 편견을 공정하게 다루고, 판단을 내리는 데 있어서 신중하고, 기꺼이 재고(再考)하고, 현안 문제들에 대하여 명료하고, 복잡한 문제들

9 이좌용 · 홍지호, 『비판적 사고: 성숙한 이성으로의 길』, 성균관대학교출판부, 2010, 7쪽.

을 다루는 데 있어서 합리적이고, 집중하여 탐구하고, 주제와 탐구의 상황이 허락하는 한 되도록 정확한 결과를 끈기 있기 추구한다. (…)[10]

우리는 앞서 매우 간단하고 소박한 것이지만 논리가 가진 두 기능과 역할을 통해 논리가 무엇인지에 대해 정의하였다. 그런데 일반적으로 이론적 측면에서의 논리는 어떤 행동의 결과 또는 행위의 산출을 포함하고 있지 않다. 우리가 논리적 사고를 통해 이론적 타당성을 구했다면, 다음으로 행위를 산출하는 '실천적 사고'를 생각해보아야 할 것이다. 일반적으로, 행위의 산출까지를 포함하는 실천적 사고를 일컬을 때 사용하는 용어 또는 사고 도구를 '비판적 사고'라고 한다. 만일 그렇다면, 비판적 사고는 우리가 행위할 때, 좁게는 글을 쓰는 과정에서 실천적 덕목까지 염두에 두는 것이라고 할 수 있을 것이다. 그렇다면, 글쓰기와 비판적 사고는 어떤 관계를 맺고 있으며, 비판적으로 사고하기 위해 요구되는 자세와 내용은 무엇인가?

다음 절에서 다시 말하겠지만, '비판적' 또는 '논리적' 사고를 하기 위해서는 '열린 마음'과 '능동적 사고'가 요구된다. 그리고 그것들은 비판적 사고를 하기 위한 기본적인 자세라고 볼 수 있으며, 그것으로부터 이끌어지는 단계적인 절차가 비판적 사고의 내용을 구성한다.

여기서 중요한 것은 주어진 문제 또는 해결해야 할 문제를 '나의 문제'로 받아들여야 한다는 것이다. 우리는 통상 '나'와 관련이 없는 문제에 대해서는 그것을 무시하거나 해결하려고 애쓰지 않기 때문이다. 이것이 열린 마음의 자세와 깊은 관련이 있다는 것은 자명한 듯이 보인다. 따라서 우리가 어떤 어려운 문제나 상황에 대해 나름의 의견을 제시하고 주장을 전개하기 위해서 반드시 요구되는 것은 그 문제나 상황에 대한 철저한 '이해와 분석'이라고 할 수 있다. 그러한 과정을 거치지 않을 경우, 우리는 종종 문제의 핵심을 놓치거나 문제를 잘못 설정

10 김광수, 『논리와 비판적 사고』, 철학과현실사, 2007, 24쪽.

할 수 있기 때문이다. 우스갯소리로, 어떤 경우에는 "*무엇이 문제인지를 모르는 것이 문제*"가 될 수 있다.

이제, 이와 같은 비판적이고 분석적인 작업이 글쓰기에는 어떻게 적용될 수 있는지 살펴보자. 지금까지의 논의를 통해 주어진 문제에 대해 합리적인 대안을 내놓거나 논쟁적인 의제를 제안하는 글을 쓰기 위해 우선 요구되는 것이 '분석'의 과정임을 쉽게 파악할 수 있을 것이다. 우리가 분석 과정을 통해 텍스트 또는 당면한 문제를 정확히 이해했다면, 다음으로 그것에 대해 올바른 '평가'를 내려야 할 것이다.

4) 비판적 사고의 계기와 두 조건

우리는 앞서 어떤 문제를 비판적으로 사고하기 위해서는 그 문제를 '나'의 문제로 여겨야 한다는 것을 보았다. 따라서 우리는 나에게 주어진 문제 또는 텍스트를 '나의 문제' 또는 '내가 이해해야 하는 텍스트'로 적극적으로 받아들여야 할 것이다. 이와 같은 조건을 간략히 정리하면 다음과 같다.

비판적 사고를 하는 동기:

✔ 문제 상황을 '나'의 문제로 파악하기

✔ 주어진 글을 철저하게 이해하려고 마음먹기

하지만 '비판적 사고를 하겠다는 마음을 갖는 것 또는 동기를 갖는 것'이 곧 '비판적 사고를 잘할 수 있다는 것'을 의미할 수 없다는 것은 분명하다. 예컨대, 우리가 이미 잘 알고 있듯이 '나는 훌륭한 사람이 될 것이라고 마음을 먹는다'는 것이 바로 '훌륭한 사람이 된다'는 것을 의미하지 않기 때문이다. 그런 마음가짐을 갖는 것도 중요하지만, 그것을 이루기 위해서는 올바른 방식의 부단한 노력이 필요하다는 것은 분명한 것 같다. 만일 그렇다면, 동기화된 마음가짐을 구체화하고 실현시킬 수 있는 방편이 무엇인지 살펴보아야 한다. 그리고 비판적 사고를 하려는 동기화된 마음가짐을 구체화하고 실현하는 좋은 방편은 다음과 같은 것이다.

비판적 사고를 하기 위한 조건:

✔ 열린 마음을 갖고 능동적으로 사고하기

✔ 비판적 사고를 하기 위한 기법에 대한 앎(지식)을 습득하기

비판적 사고를 하기 위한 조건 중에서 '열린 마음'은 왜 필요한가? 우리가 열린 마음을 갖는다는 것은 직면한 문제 또는 해결해야 할 상황을 편견 없이 바라보기 위해 요구되는 것이라고 할 수 있다. 또는 그 문제를 나의 관점이나 시각에서만 접근하는 것이 아니라 타인 또는 상대방의 시각과 관점에서 다루어볼 수 있는 자세를 갖기 위해서라고 할 수 있다. 간략히 말하면, 역지사지(易地思之)의 자세를 갖고 주어진 문제를 공정하고 정확하게 이해하기 위한 것이라고 할 수 있다. 이것은 직면한 또는 해결해야 할 문제를 '정확하게 이해'한다는 것을 뜻한다. 자연스럽게, 그 문제를 정확하게 이해하였다는 것은 해결해야 할 문제가 무엇인지를 올바르게 발견하고 파악했다는 것을 의미한다.

우리가 주어진 문제에 대해 열린 마음의 자세로 정확하게 이해하여 문제를 발견했다면, 다음으로 해야 할 일은 발견한 문제를 해결해야 한다고 생각하는 것이 자연스럽다. 그때 요구되는 것이 바로 '능동적 사고'라고 할 수 있다. 그렇다면, 능동적으로 또는 적극적으로 사고한다는 것은 무엇을 뜻하는가?

우리는 일반적으로 관심을 가질 만한 사건을 목격하거나 중요한 주장을 접하였을 때 (의식적이든 그렇지 않든 간에) '왜 그 사건은 그러한 방식으로 일어났지?' 또는 '왜 그는 그 문제에 대해 그와 같이 주장하지?'라고 스스로에게 묻는다. 달리 말하면, 우리는 (의식적이든 그렇지 않든 간에) 발견한 문제나 주장에 대한 '이유(근

거, 전제)'가 무엇인지를 스스로에게 묻고 있는 것이다. 왜 우리는 어떤 문제나 주장에 대한 이유가 무엇인지를 스스로에게 묻는가? 다음과 같은 사례를 통해 그 까닭을 생각해보자.

〔상황〕

연희는 컴퓨터 매장에서 점원이 권한 노트북을 살지 말지 결정하려고 한다고 해보자. 연희는 돈이 많지 않으며 노트북에 대해서도 잘 모른다. 그녀는 이제 막 대학에 입학하여 수업과 학업에 활용하기 위해 노트북을 구입하려고 한다. 그 점원은 연희에게 A사 노트북의 온갖 장점에 대해 이야기했고, 심지어 할인된 가격을 제시했다.

〔사례 1〕

연희는 A사의 노트북에 관해 이야기를 나누는 과정에서 그 점원을 좋아하게 되었고 믿게 되었으며 (물론, 그들은 이전에 만난 적이 없으며, 연희는 그 점원에 대해 전혀 아는 것이 없다) A사 노트북의 외관이 마음에 들어 그 노트북을 사기로 결정하였다.

〔사례 2〕

연희는 그 점원을 좋아하게 되기는 했지만, 그 사람이 말한 것을 조심스럽게 받아들였고, 노트북의 성능과 가격을 비교하고 평가한 사이트를 참조해 보았으며, 믿을 만한 친구에게 A사의 그 노트북이 구매할 만한 것인지에 대해 물어보았다. 그리고 연희는 그 노트북을 사기로 결정하였다.

위와 같은 상황에서 〔사례 1〕과 〔사례 2〕 중에서 더 합리적인 의사결정 또는 행위는 무엇인가? 〔사례 2〕가 더 합리적인 의사결정에 따른 행위라고 생각하는 것이 자연스러울 것이다. 그렇다면, 왜 그럴까? 그것을 설명하는 것은 어렵지 않다. 〔사례 1〕과 〔사례 2〕의 사고 과정을 간략히 정리하면 다음과 같다.

〔사례 1〕

이유 1. 이유 연희는 노트북을 판매하는 점원을 좋아하게 되었다.

이유 2. 연희는 A사의 노트북 외관이 마음에 든다.

결론. 연희는 A사의 노트북을 사기로 결정한다.

〔사례 2〕

이유 1′. 연희는 노트북의 성능과 가격을 비교하고 평가한 (믿을 만한) 사이트를 참조하였다.

이유 2′. 연희는 노트북에 잘 할고 있는 친구에게 A사의 노트북에 대한 정보를 수집하였다.

결론′. 연희는 A사의 노트북을 사기로 결정한다.

〔사례 1〕과 〔사례 2〕의 사고 과정을 정리한 논증을 통해 무엇을 알 수 있는가? 〔사례 1〕과 〔사례 2〕 모두는 어떤 이유(들)에 따라 "A사의 노트북을 산다"는 결론을 도출하고 있다는 점에서 겉으로 보이는 형식적인 구조는 다르지 않다. 너무 당연한 말이지만, 우리가 〔사례 2〕가 〔사례 1〕보다 더 합리적이고 좋은 의사결정이라고 생각하는 것은 〔사례 2〕에서 제시된 이유들이 "A사의 노트북을 산다"는 결론과 더 밀접한 관련성을 갖고 있으며 그 결론을 강하게 지지하기 때문이다. 만일 그렇다면, 비판적 사고에서 능동적 사고가 요구되는 까닭은 '이유(근거)'를 찾고 그것과 핵심 '주장(결론)'과의 관계를 따져보기 위한 것이라고 말할 수 있다. (〔사례 1〕과 〔사례 2〕는 모두 어떤 근거가 되는 이유로부터 결론을 추론하고 있다는 점에서 논증이다. 하지만 그 둘은 차이가 있다. 말하자면, 전자는 나쁜 논증이고 후자는 좋은 논증이라는 차이가 있다.)

지금까지의 논의를 간략히 〈그림 2-4〉와 같은 도식으로 정리할 수 있을 것이다. 또한 그것으로부터 비판적 사고에 관한 일반적인 정의와 내용을 정리할 수

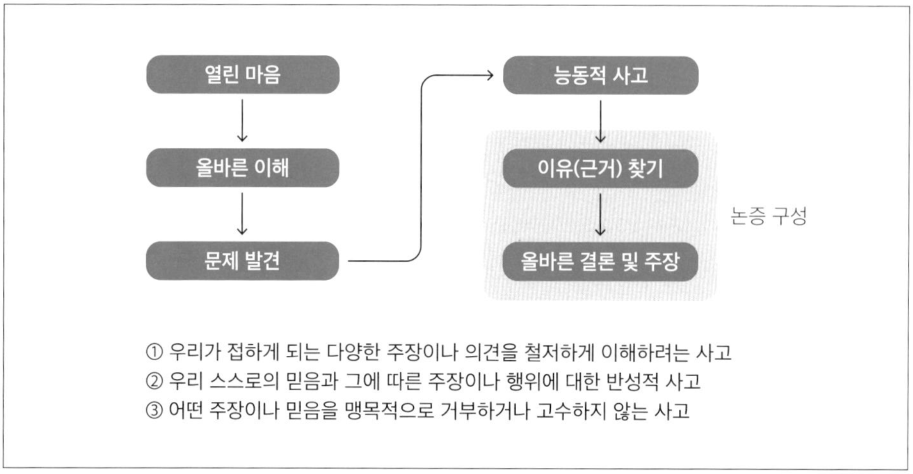

〈그림 2-4〉 비판적 사고의 동기와 조건

있을 것이다.

지금까지의 설명과 논의가 올바른 것이라면, 우리가 비판적으로 사고한다는 것은 '객관적인 자세로 문제를 파악'하고 '발견한 문제를 합리적인 또는 이해할 수 있는 근거에 의거하여 결론을 추론하거나 주장'하는 것이라고 말할 수 있다. 또한 "우리 스스로의 믿음과 그에 따른 주장이나 행위에 대한 반성적 사고"라는 진술문에서 알 수 있듯이, 비판적 사고는 또한 "반성적 사고(reflective thinking)"와 다른 말이 아니다. 그렇다면, "반성(reflection)"은 무엇인가? 우리가 익히 알고 있는 사전적 의미는 "자신의 언행에 대하여 잘못이나 부족함이 없는지 돌이켜 보는 것"을 말한다.

그런데 조금 더 쉽게 설명할 방법은 없을까? 우리는 하루에도 몇 번씩 거울을 본다. 왜 거울을 보는 것일까? 가능한 답변은 이렇다. 당신은 아마도 머릿속에 현재 당신에 관한 모습(像, image)을 그려놓았을 것이다. 그리고 거울에 당신을 비추어 당신의 머릿속에 있는 모습과 비교할 것이다. 만일 거울에 비친 머리모양이 머릿속의 모습과 다르다면 매만질 것이고, 머릿속 모습에는 없는 얼룩이 거울에 비친 당신의 얼굴에 있다면 그것을 지울 것이다. 이와 같은 예에서, 만일 머릿속에 그려진 당신의 모습이 가장 최선의 또는 가장 이상적인 모습이라면, 반성은 '거울'이라는 도구에 자신의 현재 모습을 비추거나 '반사(reflect)'시켜 최선의 또는 가장 이상적인 모습에 들어맞지 않는 것을 수정하거나 바꾸는 것이라고 말할 수 있다. 만일 그렇다면, 우리가 근거에 의거하여 글을 쓴다는 것은 '비판적 사고' 또는 '논리'라는 거울에 비추거나 반사하여 최선의 또는 가장 합리적인 결론을 추론하거나

주장한다는 것을 의미한다고 말할 수 있다. 간략히 말해서, 우리가 글을 쓰는 과정에서 '비판적 사고와 논리'는 나의 생각과 사고 과정을 비추거나 반사하는 '거울'의 역할을 한다고 말할 수 있다.

5) 논증의 표준 형식

논증(논변, argument)은 근거(이유, 전제)와 주장(결론)으로 이루어진다. 그리고 논증을 구성하고 있는 각각의 문장을 명제(proposition)라고 한다. 만일 그렇다면, 논증은 명제(들)의 집합이라고 할 수 있다. 논증을 구성하는 명제(들) 중 근거 또는 이유의 역할을 하는 명제를 전제(premise)라고 하고, 주장의 역할을 하는 명제를 결론(conclusion)이라고 한다. 따라서 어떤 주장이나 문제 상황을 논증으로 구성하여 비판적 또는 반성적으로 사고한다는 것은 '전제(들)로부터 결론이 어떻게 도출되는지 추론(inference)'하는 과정이라고 할 수 있다. 이러한 관계를 간략히 도식으로 정리하면 〈그림 2-5〉와 같다.

〈그림 2-5〉 추론의 과정

논증은 일련의 전제(근거, 이유)와 결론(주장)으로 이루어지며, 논증의 표준 형식으로 (재)구성하는 데 있어 중요한 것은 생략된 전제나 결론을 채워 넣어야 하는 경우가 있다는 것이다. 왜냐하면 일상적으로 어떤 전제나 결론은 너무나 명백하고 당연한 것이어서 생략될 수 있기 때문이다. 그러나 생략되거나 숨겨진 전제나 결론이 전체적인 논증이 성립하는 데 중요한 역할을 한다고 판단되는 경우에는 논증의 표준 형식에 그것을 포함시킬 필요가 있다. 그렇게 함으로써 논리적 비약이 있는 주장을 피하거나 제시된 명시적 전제와 결론의 관계를 더 분명하게 만들 수 있다. 반면에 어떤 경우에는 당연한 것이 아님에도 불구하고 생략되는 전제나 결론이 있을 수 있다. 그리고 그러한 전제나 결론은 논란의 대상이 될 수 있는 것들일 수 있다. 그러한 경우에는 생략된 전제나 결론을 찾는 것이 그 논증을 올바르게 평가하는 데 있어 핵심적인 것이 된다.

이제부터 논증의 표준 형식을 통해 텍스트를 분석하고 평가하기 위한 기본 요소들은 무엇인지, 분석적 사고의 절차는 어떻게 구성되는지 그리고 생략된 전제 또는 숨겨진 가정이 논증을 형성하는 데 어떤 역할을 하는지 등을 좀 더 자세히 살펴보자. 〈표 2-1〉은 일련의 전제(들)로부터 한 결론을 추론하는 논증의 표준 형식의 모습을 보여주고 있다.

〈표 2-1〉 논증의 표준 형식

p_1. 전제(또는 이유) 1			
p_2. 전제(또는 이유) 2			
⋮		소논증 1	
p_n. 전제(또는 이유) n			
c_1. 소결론 1	= 최종 결론 ‘C’의 전제(또는 이유) 1		
p_{n+1}. (전제 또는 이유 n+1)			전체 논증
p_{n+2}. (전제 또는 이유 n+2)		소논증 2	
⋮			
c_2. 소결론 2	= 최종 결론 ‘C’의 전제(또는 이유) 2		
⋮		⋮	
C. 최종 결론			

2 분석과 평가

지금까지의 논의를 통해 비판적으로 사고한다는 것은 "우리가 접하게 되는 다양한 주장이나 의견을 철저하게 이해하려는 사고이며, 우리 스스로의 믿음과 그에 따른 주장이나 행위에 대해 반성적으로 사고"하는 것이라는 간략한 정의를 얻을 수 있었다. 더불어, 비판적으로 사고한다는 것은 "어떤 주장을 철저하게 이해하려는 것으로서, 그 주장을 선호함과 선호하지 않음에 따라 맹목적으로 거부하거나 고수하는 것과 다르다"는 것도 알 수 있었다. 그렇다면, 우리는 다음으로 비판적으로 또는 반성적으로 사고하기 위한 사고의 기법과 앎에 관해 탐구해야 할 것이다. 비판적 사고의 기법과 앎은 무엇인가? 지금까지 논의한 내용을 다음과 같이 정리한 다음 그것에 대해 살펴보자.

〈표 2-2〉 비판적 사고와 '논증적 글쓰기'의 상관관계

비판적 사고의 동기:	문제 상황을 '나'의 문제로 파악하기 주어진 글을 철저하게 이해하려고 마음먹기
비판적 사고의 조건:	열린 마음을 갖고 능동적으로 사고하기 비판적 사고를 하기 위한 기법에 대한 앎(지식)을 습득하기

↓

✔ 분석	✔ 평가
✔ 사고 과정의 중요한 요소들을 추려내어 체계적으로 재구성하는 것	✔ 분석된 내용의 개념, 논리성, (함축적) 결론의 수용가능성 등을 따져 보는 것
⇧	⇧
결론적 주장(핵심 주장)	(문제의) 중요성, (주장의) 명확성과 유관성 (함축적) 결론: 더 나아간 숨은 결론
⇧	⇧
(주장을 지지하는) 이유(근거)들 • 명시적 이유: 텍스트에 드러난 이유 • 생략된 이유: 숨은 전제 or 기본 가정	• 논리성(타당성과 수용가능성) • 논의의 맥락(배경, 관점) • 공정성: 반대 입장에 대한 논의 • 충분성: 다양한 시각과 입장
⇧	⇧
(이유를 뒷받침하는) 중요 요소들 • 사실적 정보 • 중요한 개념	• 사실의 일치성 • 개념의 명료함과 분명함

만일 지금까지의 논의가 적절한 것이라면, 우리는 합리적이고 논증적인 글을 쓰기 위한 대략의 요소들을 얻었다고 볼 수 있다. 그러면 각각의 요소들은 어떤 과정을 통해 관련을 맺고 있을까? 비판적인 논증을 제시하기 위한 분석적 절차를 아래와 같이 도식화한 다음 각 단계에 대해 자세히 살펴보자. 미리 말하자면, 아래의 도식에서 몇몇은 '기본 구성 요소'이고 몇몇은 '부가적인 요소'다. 당연한 말이지만, 주어진 텍스트 또는 당면한 문제를 해결하기 위해 우선 요구되는 것은 기본 구성 요소다. 하지만 우리가 논의 수준을 깊이 있고 폭넓게 다루기 위해서는 부가적인 요소를 아는 것 또한 중요하다. 이제 각 구성 요소의 내용과 형식을 살펴보고, 그것들을 '분석'과 '평가'의 과정으로 구분하여 보자.

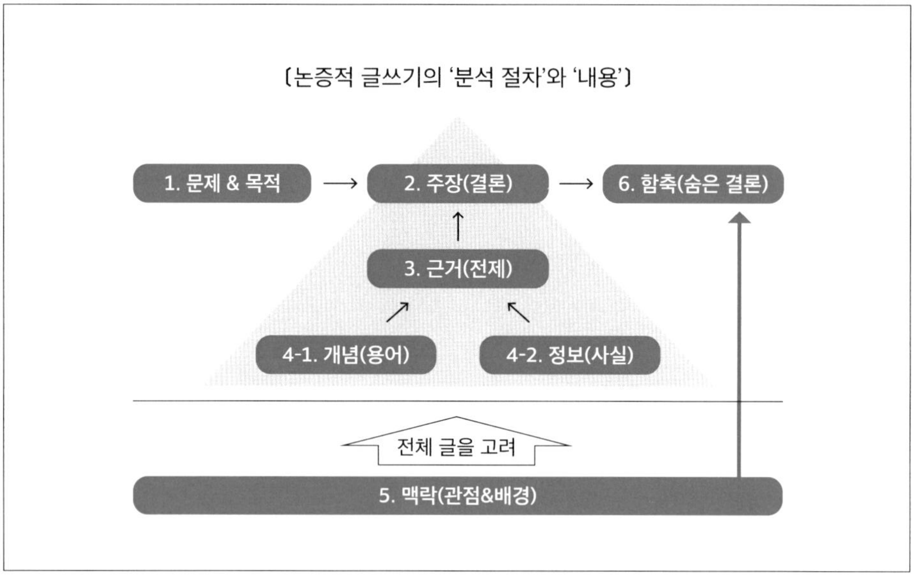

〈그림 2-6〉 분석의 중요한 요소와 절차

이제 올바른 읽기를 기초로 하는 비판적 또는 합리적 글쓰기의 구성 요소 각각의 내용에 대해 알아볼 차례다. 자세한 내용을 살펴보기에 앞서 논증적 글쓰기의 분석 절차에서 중요한 요소들을 정리하면 〈표 2-3〉과 같다.

〈표 2-3〉 분석의 중요 6요소

분석단계	번호	요소	내용	구분
1단계	①	문제 (& 목적)	• 이 글은 어떤 것을 해결하려고 하는가? • 주어진 문제를 해결함으로써 이루려는 바가 무엇인가?	
	②	주장	• 주어진 문제에 대한 필자의 답변은 무엇인가? • 명제(proposition) 형식으로 기술: "필자는 p는 q라고 주장한다."	논증 구성 기본 요소
2단계	④-1	개념 (용어) key word	• 우리가 함께 가질 수 있는 용어(term)의 의미 • 개념은 용어에 대한 정의(definition)에 관련된다. • 개념어의 정의는 그 자체로 근거로 사용될 수 있다.	

3단계	④-2	사실 (정보)	• 정보는 사실 자료(factual data)와 관련이 있다. • 과학적·역사적·사회적 사실 etc. (문헌 자료와 기록 etc.)	논증 구성 기본 요소
	③	근거 (이유)	• 명시적 근거: 텍스트 내에서 직접 찾을 수 있는 근거, 이유 • 숨겨진 근거: 필자가 암묵적으로 가정하거나 전제하고 있는 근거, 이유	
4단계	⑤	맥락 (배경/관점)	• 필자가 다루고 있는 문제나 글의 관점과 배경 • 함축과 밀접하게 관련된다.	부가 요소
	⑥	함축	• 결론적 주장으로부터 추가된 정보에 의해 이끌어지는 숨은 결론 • 함축은 맥락, 배경 지식 또는 추가되는 관련 지식과 밀접한 관계가 있다.	

1) 1단계: 문제와 주장 (① & ②)

핵심 문제는 필자가 텍스트에서 제기하고 있는 문제를 말한다. 그리고 주장 또는 결론은 그 문제에 대해 필자가 제시하고 있는 답변 또는 해답이다. 따라서 문제와 주장은 함께 묶어 살펴보는 것이 도움이 될 것이다.

주어진 텍스트를 분석하는 경우, 일반적으로 주어진 텍스트에서 제기하고 있는 핵심 문제와 주장을 찾아내는 것은 비교적 어렵지 않다. 간략히 말하면, '제목 그 자체가 곧 필자가 제기하고 있는 문제'인 경우가 많다. 그리고 (핵심) 주장은 제기된 문제에 대한 필자의 답변이고 결론이다. 그렇기 때문에 필자가 제기한 문제를 찾아내었다면, 그 문제에 대해 필자가 어떤 해답을 제시하고 있는지도 비교적 어렵지 않게 파악할 수 있다.

만일 글의 일차적인 목표가 필자의 생각과 주장을 독자에게 전달하는 것일 경우, 필자가 어떤 문제를 제기하고 있는지 그리고 그 문제에 대해 어떤 답변과 주장을 하고 있는지 정확히 파악할 수 없다면 그것은 무엇을 의미하는가? 똑똑한 당신은 이미 추측했겠지만, 만일 필자가 제기한 핵심 문제가 무엇인지 쉽게 파악할 수 없다면 또는 제기된 문제에 대해 필자가 어떤 답변과 주장을 하고 있

는지 정확히 알아챌 수 없다면, 그 텍스트는 정보와 주장을 전달하는 데 실패하였다고 볼 수도 있다.[11]

당연한 이야기이지만, 어떤 문제에 대한 나름의 주장을 정당화하는 것을 목표로 하는 논증적 글쓰기에서는 특히 제기하는 문제와 그것에 대한 결론이 잘 제시되어야 한다. 만일 제기된 문제와 그것에 대한 주장을 보여주는 데 실패한다면, 필자의 핵심 주장을 올바르게 평가할 수 있는 기회도 함께 사라져버리기 때문이다. 따라서 핵심 주장, 즉 결론은 명확하고 명료하게 파악할 수 있어야 한다.

정리하면, 텍스트에서 제기하고 있는 핵심 문제와 그것에 대한 주장(결론)은 함께 묶어 생각하는 것이 텍스트를 분석하는 데 도움이 된다. 그리고 일반적으로 필자가 자신의 생각을 전달하는 데 성공한 글은 비교적 어렵지 않게 문제와 주장(결론)을 파악할 수 있다. 미리 말하자면, 정당화 문맥의 글을 분석하는 과정에서 찾기 어려운 것은 핵심 주장을 뒷받침하는 근거(이유, 전제)들이다.

11 물론, 그 텍스트를 분석하는 독자의 이해력이 부족하다고 볼 수도 있다. 하지만 대부분의 경우 필자는 자신의 글을 읽을 독자를 염두에 두기 마련이다. 만일 그렇다면, 독자의 이해력을 문제 삼는 것보다는 필자가 자신의 생각을 잘 전달하는 데 실패하였다고 보아야 할 것이다.

연습문제 1

아래의 텍스트에서 제기하고 있는 '문제'와 '주장'이 무엇인지 분석해보자.

당신은 소수자에 대한 어느 정도의 차별은 피할 수 없다고 말하지만 나는 그렇게 생각하지 않습니다. 당신이 고귀한 생명을 유지하기 위해 하루의 음식을 먹듯이 그들 역시 하루의 음식을 먹고 당신에게 고된 하루를 위로해줄 가족이 있듯이 그들에게도 가족이 있습니다. 당신에게 분별력이 있다면 그들에게도 분별력이 있으며 당신이 부당한 억압에 대해 노여워하듯이 그들 역시 부당한 억압에 노여워합니다. 그러므로 당신이 고귀한 존재로서 존중받아야 한다면 그들 역시 존중받아야 합니다.

[1단계] 문제와 주장

〈문제〉

〈주장〉

연습문제 2 [12]

아래의 텍스트에서 제기하고 있는 '문제'와 '주장'이 무엇인지 분석해보자.

인간에게는 이성이 부여되었다. 인간은 '자기 자신을 아는 생명'이다. 인간은 자기 자신을, 동포를, 자신의 과거를, 자신의 미래의 가능성을 알고 있다. 분리되어 있는 실재로서의 자기 자신에 대한 인식, 자신의 생명이 덧없이 짧으며, 원하지 않았는데도 태어났고 원하지 않아도 죽게 되며, 자신이 사랑하던 사람들보다도 먼저 또는 그들이 자신보다 먼저 죽게 되리라는 사실의 인식, 자신의 고독과 자신의 분리에 대한 인식, 자연 및 사회의 힘 앞에서 자신의 무력함에 대한 인식, 이러한 모든 인식은 인간의 분리되어 흩어져 있는 실존을 견딜 수 없는 감옥으로 만든다. 인간은 이 감옥으로부터 풀려나서 밖으로 나가 어떤 형태로든 다른 사람들과, 또한 외부 세계와 결합하지 않는 한 미쳐버릴 것이다.

〔1단계〕 문제와 주장

〈문제〉

〈주장〉

12 에리히 프롬(E. Fromm), 『사랑의 기술』, 황문수 옮김, 문예출판사, 2006, 24쪽.

연습문제 3[13]

아래의 대화는 검사와 시민(패널)들이 어떤 주제에 대해 토론한 핵심적인 내용을 정리한 시나리오다. 토론에 등장하는 검사가 제시하고 있는 "(핵심) 문제"와 "주장"이 무엇인지 밝혀보자.

검사: 모든 일에 나라와 수사기관이 개입해야 한다고 주장하는 사람들이 있습니다. 여러분, '법의 사각지대에 놓여 있습니다'라는 말을 듣곤 하죠? 법의 사각지대가 있으면 안 될까요?

패널 1: 안 되죠!

검사: 왜요?

패널 1: '왜요'라뇨? 검사님 월급은 국민들이 주고 있어요. 법의 사각지대가 있으면, 법의 사각지대에 놓인 사람들은 그 억울함을 어디에다가 풉니까?

검사: 자, 이렇게 생각해 보도록 하지요. 법의 사각지대에 놓여 있습니다. 따라서 이것도 법으로 해결하고, 저것도 법으로 해결합시다. 만일 그러면 어떻게 될까요? 즉, 모든 문제에 대해 법이 개입하면 어떻게 될까요? 만일 모든 문제에 대해 법이 개입하면, 모든 일들에 대해 형사처벌을 해야 하는 결과가 초래됩니다.

예컨대, 아저씨들이 상의를 탈의하고 거리를 활보한다고 해보죠. 그와 같은 행위는 우리에게 불쾌감을 불러일으킬 것입니다. 만일 누군가 그 아저씨의 행위가 불쾌감을 초래하기 때문에 그를 (법에 따라) 처벌해달라고 요구한다면, 우리는 그 행위를 처벌할 법을 만들어야 할 것입니다. 굳이 그 법에 이름을 붙이자면 "안구 테러 방지법" 정도가 될 수 있겠네요. 이런 예들은 무수히 들 수 있을 것입니다. 이와 같이 모든 것들에 대해 처벌조항을 만든다면, 과연 어떻게 될까요? 말하자면, 모든 상황에 법이 개

13 제시한 토론 시나리오는 〈JTBC "차이나는 클라스", 김웅 검사가 말하는 법의 사각지대〉의 내용으로, 몇몇 표현은 독자의 이해를 돕기 위해 필자가 일부 문어체로 수정하였다.

입한다면, 우리나라 사회는 아름답고 행복한 사회가 될까요?

패널 2: 전과자가 되겠지요.

검사: 그렇죠. 5천만 전 국민이 전과자가 되는 결과가 초래될 수 있습니다. 따라서 법은 핵심적인 부분에만 적용되어야 합니다. 나머지 부분은 시민들이 스스로 분쟁을 해결하려고 노력해야 한다는 것이죠.

패널 3: 하지만 우리가 일반적으로 법의 사각지대라고 부르는 것들은 예컨대 가정폭력이 너무 만연한데도 '합의하세요'라고 말하는 경우, 범죄는 아직 해결이 안 됐는데 문제의 행위 당사자들이 그 문제를 해결하라고 요구하는 것이 아닌가요? 법은 그러한 때에 개입해야 하는 것이 아닌가요?

검사: 맞습니다. 핵심적인 범죄가 몇 개 있어요. 달리 말하면, 법의 개입이 필요한 핵심 범죄들이 있다는 것이죠. 그것은 사회 공동체를 깨뜨리는 범죄들입니다. 또는 개인적으로는 도저히 해결이 안 되는 범죄들도 있죠. 법이 필요하고 개입해야 하는 것은 바로 그러한 범죄들입니다.

법이 집중적으로 개입하고 처벌해야 하는 것들은 바로 그와 같은 핵심적인 범죄들인 것이죠. 그런데 상식적으로 너무 가벼운 고소가 많다보면, 결국 핵심적인 것들에 집중할 수 없는 불행한 결과가 초래될 것입니다. 즉, 형사제도의 효율성을 현격히 떨어뜨리게 된다는 것이죠.

〔1단계〕 문제와 주장

〈문제〉

〈주장〉

2) 2단계: (중요한) 개념과 (사실적) 정보 (④-1 & ④-2)

앞서 '논증의 표준 형식'을 통해 확인하였듯이, 결론(주장)과 그것을 지지하기 위해 사용된 근거(이유, 전제)를 모두 찾아 구성할 수 있다면, '일차적이고 가장 기본적인 분석 과정'을 수행했다고 볼 수 있다. (일련의 전제들로부터 결론이 이끌어지는 과정을 보여주는 논증 구성은 다음 절인 '3단계: 논증 구성하기'에서 자세히 살펴볼 것이다.)

하지만 이것만으로는 충분하지 않다. 반복되는 말이지만, 어떤 주장 또는 결론이 수용될 수 있는지 여부는 근거(이유, 전제)가 적절한가의 여부에 달려있다. 따라서 어떤 텍스트 또는 문제를 분석한 논증을 올곧이 수용하기 위해서는 그 결론을 지지하는 근거(이유, 전제)들이 문제없이 사용할 수 있는 것인지를 반드시 따져보아야 한다. 근거(이유, 전제)로 사용되는 명제들은 대략적으로 '(사실적) 정보(information)'와 '(중요한) 개념(concept)'으로 구성된다. 전자는 (적어도 현재까지는 참으로 여겨지는) '과학적/역사적/사회적 사실, 관찰 경험, 확률/통계적 자료, 문헌 자료' 등을 일컫는다. 후자는 다루고 있는 텍스트 또는 문제에서 중요하게 사용되고 있는 '단어(word) 또는 용어(term), 말하자면 핵심어(keyword)'에 관한 것이다.

너무 당연한 말이지만, (사실적) 정보에 관한 것은 그 내용과 범위가 너무 넓기 때문에 여기서 모든 것을 소개하거나 기술할 수 없다. 간략히 말하면, 그것은 우리가 대학 또는 평생을 통해 공부하는 과정에서 습득해야 할 것들이라고 말할 수 있다. 따라서 여기에서 그것들 모두를 꼼꼼히 따져보는 것은 가능하지 않다. 반면에 (중요한) 개념에 관한 것은 여기서 좀 더 살펴볼 필요가 있다. 개념(어) 또는 핵심어는 논증을 구성하는 가장 기초적이고 일차적인 요소이기 때문이다.

근거(이유, 전제)의 적절성을 평가하기 위한 두 가지 중요한 요소

- (사실적) 정보: 과학적/역사적/사회적 사실, 관찰 경험, 확률/통계적 자료, 문헌 자료 등
- (중요한) 개념: 중요한 단어(word), 용어(term) 또는 핵심어(keyword)

(1) 개념 이해하기

개념(槪念)은 영어 'concept'를 번역한 것이다. 개념을 영어의 어원적 차원에서 문자 그대로 번역하면, 개념은 '함께'의 의미를 갖고 있는 'con'과 '무엇을 잡다'의 뜻을 갖고 있는 'cept'가 결합된 단어라고 할 수 있다. 말하자면, 개념(concept)은

✔ con + cept = together + seize = 함께 + 잡다

라고 할 수 있다. 만일 우리가 개념을 이와 같은 방식으로 이해할 수 있다면, 개념은 '우리가 함께 가질 수 있는 단어(word) 또는 용어(term)의 의미'라고 말할 수 있을 것이다. 말하자면, 개념은 '중요한 용어에 대한 정의(definition)'와 깊은 관련이 있다. 따라서 우리가 어떤 용어나 단어에 대해 서로 다른 개념을 가지고 있다면, 결국 우리는 서로 다른 말을 하고 있는 것과 같다고 할 수 있다. 말하자면, 우리는 상대방의 말을 전혀 이해하지 못하고 있는 셈이다.

예컨대, 우리의 우주 안에 있는 어떤 은하계에 우리와 같은 지능을 갖고 있고 우리와 유사한 정도의 문명과 문화를 발전시킨 행성이 있다고 상상해보자. 그 행성을 쌍둥이 지구라고 부르자. 그 별(쌍둥이 지구)은 현재 우리가 발을 딛고 있는 지구와 놀랍도록 비슷해서 그 별에 살고 있는 어떤 민족은 우리가 사용하고 있는 한글을 사용하고 있다고 해보자. 그리고 쌍둥이 지구의 한글은 우리가 살고 있는 지구의 한글과 모두 같은 뜻을 갖고 있지만, 오직 '사랑'이라는 단 하나의 단어만이 서로 다른 뜻을 가지고 있을 뿐이라고 해보자.[14] 말하자면,

14 이 사례는 퍼트남(H. Putnam)의 '쌍둥이 지구의 역설'에 관한 사고실험에 기초하여 구성하였다. H. Putnam, "Meaning and Reference," *Journal of Philosophy 70* (1973): 699-711.

〈그림 2-7〉 개념의 중요성: 쌍둥이 지구의 역설

✔ 지구: 사랑 = $_{def}$ 어떤 사람이나 존재를 몹시 아끼고 귀중히 여기는 마음과 행동

✔ 쌍둥이 지구: 사랑 = $_{def}$ 어떤 사람이나 존재를 몹시 미워하고 증오하는 마음과 행동

만일 이와 같은 가정이 성립하고 우주선 기술이 발달하여 지구에서 한글을 사용하고 있는 사람과 쌍둥이 지구에서 한글을 사용하는 사람이 서로 만났다고 해보자. 지구인이 쌍둥이 지구인에게 "나는 당신을 사랑합니다"라고 말한다면 쌍둥이 지구인은 어떤 반응을 보일까? 반가움과 환대를 보일 것이라는 지구인의 예상과 달리 쌍둥이 지구인은 그의 '사랑한다'는 말에 분노하거나 적개심을 보일 것이라고 예상할 수 있다.

간략히 말해, 글과 논증은 일련의 문장들의 묶음이라고 할 수 있다. 만일 그렇다면, '단어'가 모여서 '문장'을 만들고, 관련된 문장이 모여서 '문단'을 구성하며, 유관한 내용의 문단이 묶여 '글'을 만든다. 그러한 의미에서, 개념은 앞서 말했듯이 단어 또는 용어이기 때문에 글과 논증에서 가장 기초적인 요소라고 할 수 있다.

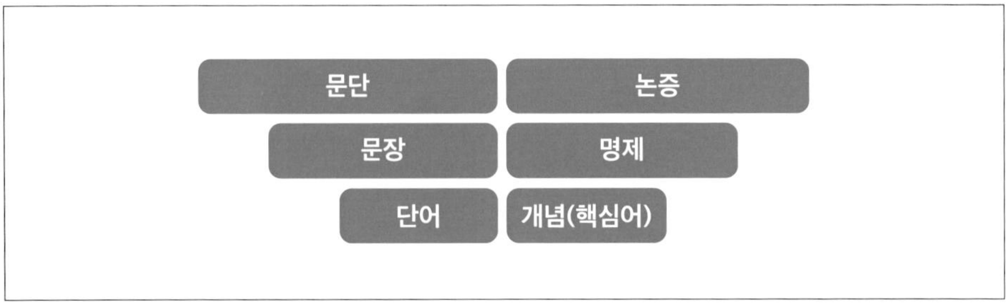

〈그림 2-8〉 '단어-문장-문단'의 구성

이와 같이 논증을 구성하는 데 있어 가장 기초적인 자원인 개념을 올바르게 이해하고 사용하는 것이 중요한 까닭을 몇 가지 예를 통해 확인해 보자. 지섭과 연희가 소개팅으로 처음 만난 다음과 같은 일화를 상상해보자.

지섭은 오늘 지인의 소개로 소개팅을 한다. 그는 오랜만의 소개팅에 설렌 마음을 추스르며 약속 장소로 향한다. 미리 예약한 이탈리안 레스토랑에서 10여 분을 기다리니 탁자 위에 올려놓은 휴대폰에서 오늘 만나기로 한 그녀로부터 전화가 걸려온다. 전화기를 들고 지섭에게로 다가오는 그녀(연희)를 넋을 잃고 바라보면서 지섭은 마음속으로 생각한다.

'아! 내가 기대했던 것보다 훨씬 예쁘다.'

지섭은 속말로 쾌재를 부르며 반갑게 그녀를 맞이한다. 하지만 그는 그녀에게 쉽게 말을 건네지 못한다. 아마도 긴장한 탓일 것이다. 한참을 머뭇거리다 그가 꺼낸 첫마디는 우습게도 다음과 같은 말이었다.

지섭(진술문 1): "연희 씨는 ① *나이*보다 많이 ② *어려*보이시네요."
연희(진술문 2): "예? 평소에 ③ *동안(童顔)*이라는 말은 많이 들어요."

지섭(진술문 3): (웃으며) "친구에게 듣기로는 연희 씨는 얼굴만큼 행동도 ④*어리다*고 들었어요."

연희: (어이없는 표정을 지으며) "…!"

지섭의 소개팅의 결말은 어떠했을까? 아마도, 그날이 마지막으로 연희를 본 날이라고 추측할 수 있을 것이다. 그런데, 여기서 우리가 관심을 가져야 하는 것은 지섭의 소개팅 결과가 아니다. 우리가 관심을 가져야 할 것은 지섭과 연희가 나눈 대화 속에서 기울임 문자로 표시한 '*나이*', '*동안*' 그리고 '*어리다*'는 단어다. 그 단어들은 모두 '나이 또는 연령(年齡, age)'을 나타내고 있다. 그런데, 그 단어들의 뜻은 사뭇 다르게 사용되고 있는 것 같다. 말하자면, ①~④는 모두 연령을 나타내는 단어임에도 불구하고 그것이 가진 뜻은 다르다는 것이다. ①~④ 중에서 같은 뜻을 가진 것은 무엇인가? 아마도 ②와 ③이 같은 의미로 사용되었다는 것을 어렵지 않게 파악할 수 있을 것이다. 만일 그렇다면, 나이를 나타내는 '①, ② & ③, ④'는 각각 의미하는 바가 구별된다고 볼 수 있다. 각 단어가 지시하는 의미는 무엇인가? '①, ② & ③, ④'가 담고 있는 의미를 간략히 정리하면 다음과 같다.

✔ "(실제) 나이보다 외모가 어려 보인다."

✔ "(실제) 나이보다 어려보이는 행동을 한다(마음 또는 정신을 가지고 있다)."

이렇게 정리하면, '①, ② & ③, ④'의 의미가 분명하게 구별될 것이다. 말하자면, ② & ③은 겉으로 보이는 나이를 가리키고 있다. 반면에 우리가 일반적으로 '실제' 나이라고 부르는 ①은 2001년생, 2020년생과 같이 출생 연도에 따른 나이를 말한다. 정리하자면, 전자는 '생물학적 또는 신체적 나이'를, 후자는 '사회적 또는 법적 나이'를 가리키고 있다. 그런데 ④는 그것들과 또 다른 의미를 가지고 있는 듯이 보인다. '행동이나 정신이 어리다는 것'은 ①과 같은 사회적 나이에 걸맞는 행동을 하지 않거나 마음가짐이 없다는 것을 의미하기 때문이다. 따라서 ④는 우리가 흔히 '정신적 나이'라고 일컫는 것을 가리키고 있다는 것을 알 수 있다. 만일 이러한 분석이 옳다면, 지섭과 연희가 나눈 그 짧은 대화 속에 등장하는 개념어 '나이'는 적어도 세 가지 다른 의미를 가진다고 할 수 있다. (무미건조하고 재미없지만) 이것을 지섭과 연희의 대화에 적용하여 재해석하면 다음과 같다.

> 지섭(진술문 1): "연희 씨는 ① *사회적 나이*보다 많이 ② *신체적 나이가 어려* 보이시네요."
> 연희(진술문 2): "예? 평소에 ③ *신체적 나이가 어리다*는 말은 많이 들어요."
> 지섭(진술문 3): (웃으며) "친구에게 듣기로는 연희 씨는 *신체적 나이만큼* ④ *정신적 나이도 어리다*고 들었어요."
> 연희: (어이없는 표정을 지으며) "…!"

(2) 개념에 의거한 다른 해석의 가능성

개념 또는 개념어가 초래하는 문제가 위와 같이 어떻게 보면 사소한 일에 한정되어 일어날 수 있는 일이라면 그나마 다행이다. 하지만 개념 또는 개념어의 문제는 그보다는 훨씬 중요하고 심각한 문제를 초래할 수 있다. 그것을 확인하기 위해 응용윤리학(Applied Ethics)의 핵심 주제 중 하나인 낙태(abortion)의 문제에 대한 서로 다른 접근 방식을 확인하는 것이 도움이 될 것이다.

Case 1: 낙태, abortion

간략히 말해서, 낙태가 윤리적으로 문제가 되는 것은 그것이 '태아(fetus)를 살해(killing)'하는 것으로 보기 때문이다. 말하자면, 만일 태아를 산모의 배 속에서 여타의 방법으로 제거하는 것이 인간을 살해하는 행위가 아니라면, 윤리적인 차원에서 낙태는 그렇게 심각한 문제가 아니라고 말할 수도 있다. 그런데, 일반적으로 '살인'이라는 단어는 인간의 생명을 빼앗는 행위를 가리킨다. 말하자면, 우리는 통상 소나 돼지의 생명을 빼앗는 경우에는 살인이라는 용어를 사용하지 않는다는 것이다. 만일 그렇다면, 낙태의 문제는 결국 태아가 '인간'인가 그렇지 않은가의 문제가 된다. 만일 태아가 인간의 지위를 갖는다면, 낙태는 윤리적으로든 법적으로든 허용될 수 없다고 봐야 할 것이다. 반면에 태아가 인간의 지위를 갖지 못한다면, 낙태의 문제는 앞선 경우와는 사뭇 다른 상황에 놓이는 것 같다. 따라서 낙태 문제를 해결하기 위해서는 태아가 인간인지 아닌지 여부를 따져보아야 한다. 그리고 태아가 인간의 지위를 갖는지 여부를 따져보기 위해서는 더 깊은 문제, 즉 "인간은 무엇인가?" 또는 "인간이기 위한 필요충분조건은 무엇인가?"와 같은 문제에 대한 해답이 필요하다. 인간이기 위한 조건들을 마련하는 것 또는 (거의) 모든 사람이 동의할 수 있는 '인간에 대한 정의'가 마련된다면, 태아가 인간의 지위를 갖는지 여부를 판단할 수 있기 때문이다. 낙태에 관한 이러한 논의가 올바른 것이라면, 사람에 대해 어떤 개념을 수용하는가 여부에 따라 낙태 문제에 접근하는 방식이 달라질 수 있다는 것을 파악할 수 있다.

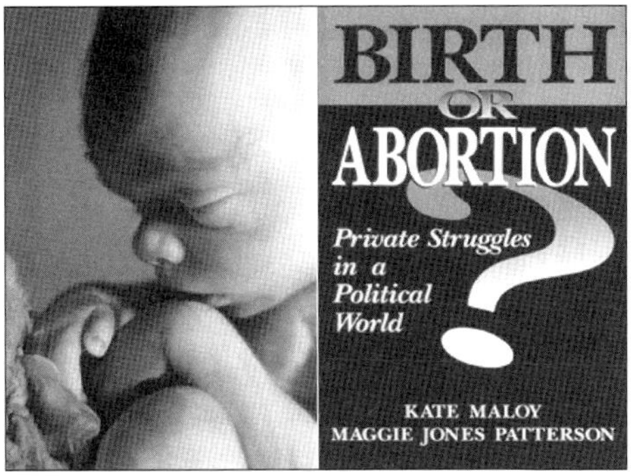

① 낙태는 살인(killing)인가?
② 태아(fetus)는 인간(person)인가?
③ 인간(사람)은 무엇인가?

〈그림 2-9〉 낙태에 대한 개념적 접근

Case 2: 도덕의 문제 vs. 개인의 성향

변화하는 사회적 환경이나 분위기 안에서 기존에는 큰 문제없이 허용되었던 것이 강하게 금지되는 사례들이 있을 수 있다. 어떤 '개념적 기준'으로 평가할 것인가에 따라 문제의 중요성은 사뭇 달라질 수 있기 때문이다. 그것을 알아보기 위해 금연을 해야 한다고 주장하는 연희와 흡연하는 것을 (강제로) 금지할 수 없다는 지섭의 다음과 같은 대화를 들어보자.

> 연희: 어떻게 아직까지 담배를 피울 수 있니?
> 지섭: 왜? 내가 담배를 피우는 것에 무슨 문제가 있나?
> 연희: 너의 몸 생각을 좀 하렴. 너도 이미 알고 있듯이 담배는 건강에 좋지 않아.
> 지섭: 그렇게 보지 않는 사람도 있어. 담배를 필 수 없다는 스트레스를 받는 것보다 담배를 피우는 것이 건강에 좋을 수도 있지.
> 연희: 어이가 없군. 그래, 건강은 너의 개인적인 문제라고 하더라도 담배 연기로 인한 간접흡연이나 그을음과 같은 환경오염의 문제는 흡연자 한 개인의 문제로 볼 수 없어. 타인에게 피해를 주는 행위이니까.
> 지섭: 그 점은 인정할 수 있어. 하지만 나는 타인에게 피해를 주면서 담배를 피우지는 않아. 나는 흡연을 통해 스트레스도 풀고 잠깐의 여유를 가질 수 있어 좋아할 뿐이야. 너는 달콤하고 짠맛을 좋아하기에 짜장면을 먹고, 나는 매콤한 맛을 좋아하기에 짬뽕을 먹는 것과 다를 것이 없다는 거야.

위의 대화에서 확인할 수 있듯이, 연희는 금연을 주장하고 있고 지섭은 연희의 주장에 대해 반박하고 있다. 그렇다면, 연희가 금연을 주장하는 근거는 무엇이고, 지섭이 흡연을 주장하는 근거는 무엇인가? 그것을 다음과 같은 논증으로 정리할 수 있을 것이다.

〔금연을 주장하는 연희의 논증〕

p_1. 흡연은 건강에 좋지 않다.

p_2. **흡연은 타인에게 피해를 주는 행위다.**

C. 흡연은 나쁘다.

〔흡연을 주장하는 지섭의 논증〕

p_1. 흡연이 건강에 좋지 않다고 단정적으로 말할 수 없다.

p_2. 타인에게 피해를 주지 않는 한, **개인적인 선호에 따른 흡연을 금지할 수 없다.**

C. 개인적인 선호에 따른 흡연을 강제로 금지할 수 없다.

만일 금연과 흡연에 대한 연희와 지섭의 주장을 이와 같이 정리하는 것이 올바르다면, 우리는 연희와 지섭이 금연 또는 흡연에 대해 서로 다른 '개념적 접근'을 하고 있다는 것을 발견할 수 있다. 우선, 연희와 지섭은 건강의 문제에 대해 서로 다른 입장을 가지고 있다는 것을 확인할 수 있다(전제 p_1). 다음으로, 연희는 흡연이 '타인에게 피해를 주는 행위'라는 근거를 들어 그것이 도덕적 차원의 문제라고 보고 있는 반면에, 지섭은 타인에게 피해를 주지 않는 흡연의 경우 단지 '개인적인 선호에 의한 행위'라는 근거를 들어 그것이 도덕적 차원의 문제가 되지 않는다고 주장하고 있다. 여기서 중요한 점은 지섭이 타인에게 피해를 주는 행위는 도덕적으로 그르다는 것을 받아들이고 있다는 점을 파악하는 것이다. 말하자면, 지섭은 흡연이 타인에게 피해를 주는 경우에는 그것을 도덕적인 차원의 문제로 받아들일 것이라는 것이다. 어쨌든, 여기서는 연희의 주장이 더 그럴듯한지 또는 지섭의 주장이 더 합리적인지를 따지려는 것이 아니다. 금연과 흡연에 대해 어떤 개념적 접근을 하는가에 따라 그 문제의 중요성이 달라질 수 있다는 것을 파악하는 것이 중요하다.

눈치 빠른 독자들은 이미 파악했겠지만, 지섭이 제시하고 있는 두 번째 전제 'p_2'는 흡연이 개인의 '선호(preference)의 문제'임을 보이고 있다는 것이다. 만일 그렇다면, 그것은 점심으로 '짜장면을 먹을 것인지 짬뽕을 먹을 것인지'와 마찬가지로 '개인의 선호'에 따라 다른 결정을 내릴 수 있기 때문이다. 하지만 만일 금연과 흡연의 문제가 도덕적으로 '선(good)하거나 악(bad)한 또는 옳거나(right) 그른

(wrong)' 가치판단의 차원에서 다루어져 할 문제라면, 그것은 우리에게 반드시 해결해야 할 중요한 문제로 다가오게 될 것이다. 우리는 적어도 도덕적으로 나쁘거나 그른 행위를 금지해야 한다는 데 일반적으로 동의할 수 있기 때문이다. 그러한 의미에서 만일 흡연이 도덕적으로 나쁘거나 그른 행위라면, 우리는 흡연을 금지해야 한다고 주장할 수 있을 것이다. 반대로 만일 흡연이 도덕적으로 옳거나 선한 행위라면, 우리는 흡연을 적극 권장해야 한다고 주장할 수 있을 것이다. 이 문제에 대한 여러분의 생각은 어떠한가?

개념적 접근이 중요한 이유는 이와 같이 어떤 문제에 대해 서로 다른 개념을 적용할 경우 그 문제에 대한 접근법과 해법 또한 달라지기 때문이다.

다음의 텍스트에서 제시되고 있는 중요한 개념(핵심어)을 찾고, 그 개념에 대해 정의해보자.

연습문제 4

인간은 합리적이고 계산적이며 또한 이기적이다. 사회가 구성되기 이전인 자연상태에서 인간들은 한정된 자원으로 인해 서로 '개인 대 개인'으로서 마치 전쟁과도 같은 극한 상황에 처하게 된다. 사회를 지배하는 절대적인 권력, 즉 왕(군주)은 이러한 상태로부터 벗어난 생존을 보장해 준다. 절대 권력의 필요성은 이와 같은 자연상태의 야만성과 폭력성으로부터 벗어나기 위함이다. 사람들은 사회를 구성하기 이전의 원시 상태의 결코 참을 수 없는 무지막지한 폭력과 공포에서 벗어나기를 갈망한다. 사람들은 기꺼이 자신들을 절대 권위에 복종할 것이다.

[2단계] 핵심어(개념)

①

②

연습문제 5

고전적인 자유주의자들은 18세기 계몽주의의 영향을 받아 개인의 자유를 최대한 보장하는 것이 가장 중요한 가치 중 하나라고 주장한다. 그들의 주장에 따르면 국가나 정부가 국민의 기본권을 제한하는 것이 정당화되기 위해서는 그렇지 않다면 국가의 존립이 위태로운 경우뿐이다. 다시 말해서 국가 존립에 위협이 되지 않는 한, 국민의 기본권을 제한해서는 안 되는 것이다. 그런데 최근 우리 정부는 인터넷의 글이 지나치게 오염되어 다른 사람의 명예를 손상하고 심지어 인격을 모독하는 사례가 있다고 지적하면서 이를 제한하기 위해서 인터넷 실명제를 도입하려고 하고 있다. 누구나 인정하듯이 인터넷에 글을 올리는 것은 표현의 자유에 해당하고, 인터넷의 글이 문제는 있을지언정 국가의 존립에 위협이 될 정도는 아니다, 그럼에도 이러한 정부의 움직임에 대해서 반대도 없지 않지만, 상당한 정도의 국민적 지지가 있다. 인터넷에 익명으로 글을 올리는 것이 국가 존립까지는 아니라고 하더라도 극심한 사회 혼란과 불안을 초래하는 경우들이 있기 때문이다. 그런 점에서 오늘날에도 고전적 자유주의자의 주장이 여전히 유효하다고 주장할 수는 없을 것 같다.

〔2단계〕 핵심어(개념)

①

②

연습문제 6[15]

철학에서는 일반적으로 '인간(human)'이라는 존재와 '사람(person)'이라는 존재를 명확히 구분하여 사용한다. '인간'은 우리의 생물학적 종(種)인 '호모 사피엔스(homo sapience)'의 일원이다. 반면에 '사람'이라는 개념은 생물학적, 비생물학적 분류와는 상관없이 특정 정신적 능력을 가지고 있는 도덕적 생명체를 전제한다. 이 생명체는 이성적이고 자의식을 가지고 있으므로 존재하는 내내 자신의 '존재'를 인식하고 있다.

〔2단계〕 핵심어(개념)

①

②

15 셸리 케이건, 『어떻게 동물을 헤아릴 것인가』, 김후 옮김, 안타레스, 2019, 22쪽.

연습문제 7[16]

'리버럴': 세상에서 가장 헷갈리는 용어?

아마도 '리버벌(liberal)'이라는 단어보다 더 많은 혼돈을 불러일으켜 온 말을 찾기도 어려울 것이다. 19세기까지는 이 용어가 명시적으로 사용되지 않았지만 자유주의(liberalism)의 배경이 된 사상의 근원은 17세기 토마스 홉스, 존 로크 같은 사상가까지 거슬러 올라갈 수 있다. 자유주의의 고전적인 의미는 개인의 자유에 우선을 두는 입장을 가리킨다. 경제학적으로는 개인이 자신의 재산을 이용할 권리, 특히 돈을 벌기 위해 재산을 이용할 권리를 보호하는 것을 의미한다. 이 견해에 따르며, 이상적인 정부는 그런 권리를 행사하는 데 도움이 되는 법과 질서 등 최소한의 조건만을 제공하는 정부이다. 이런 정부 혹은 국가를 '최소 국가(minimal state)'라고 부른다. 당시 지유주의자들이 즐겨 사용한 유명한 슬로건이 '레세페르(laissez faire)', 즉 자유방임이었던 까닭에 자유주의를 레세페르 독트린 혹은 자유방임주의라고 부르기도 한다.

오늘날 자유주의는 언론의 자유 등을 포함한 개인의 정치적 권리를 강조한다는 의미에서 민주주의를 옹호하는 태도와 동일시된다. 그러나 20세기 중반까지만 해도 대부분의 자유주의자들은 민주주의 옹호자가 아니었다. 개인의 권리보다 전통과 사회적 위계질서를 우선시해야 한다는 보수적인 견해에는 그들도 반대했지만, 모든 사람에게 개인의 권리를 누릴 자격이 있다고는 생각하지 않았다. 예를 들어, 여성은 지적 능력이 떨어지기 때문에 투표할 자격이 없다고 생각했다. 또 가난한 사람들에게도 투표권을 줄 수 없다고 주장했는데, 가난한 계층은 개인의 재산을 몰수하고자 하는 정치인들에게 투표할 것이라고 믿었기 때문이다. 애덤 스미스는 정부라는 것이 "사실은 빈민들로부터 부자들을, 또는 재산을 가지지 않은 자들로부터 가진 자들을 방어하기 위해 만들어졌다"라고 공개적으로 인정하기도 했다.

16 장하준, 『장하준의 경제학 이야기』, 김희정 옮김, 부키, 2014, 75~76쪽.

여기에 혼돈이 더 가중된 이유는 미국에서는 '리버럴'이라는 용어가 좌편향적인 견해를 가리키기 때문이다. 테드 케네디나 폴 크루그먼과 같은 미국의 '리버럴'들은 유럽에서는 사회 민주주의자라고 불렸을 것이다. 반면 유럽에서는 독일의 자유민주당을 지지하는 정도의 사람들을 가리킬 때 '리버럴'이라는 말을 사용한다. 그런 사람들은 미국에서는 '극단적인 자유주의자'라는 의미의 '리버테리언(libertarian)'이라고 부른다. '자유주의자'라고 번역되는 '리버럴'이라는 단어가 유럽과 미국에서 상당히 다른 의미로 사용되는 셈이다.

거기에 더해 '네오-리버럴리즘(neo-liberalism)', 즉 '신자유주의'라는 용어까지 나와서 우리를 혼란스럽게 만든다. 신자유주의는 1980년대 이후 경제학의 주류로 자리 잡은 견해를 가리키는데, 고전적 자유주의에 상당히 가깝지만 완전히 똑같지는 않다. 경제학적으로 이 견해는 약간의 수정을 거친 고전적 최소 정부를 옹호한다. 가장 중요한 차이점은 신자유주의에서는 화폐 발행권을 중앙은행이 독점해야 한다는 사실을 받아들이는 데 반대 고전적 자유주의에서는 화폐 발행도 경쟁을 해야 한다고 믿는다는 점이다. 정치적으로도 고전적 자유주의자들과 달리 신자유주의자들은 공개적으로 민주주의에 반대하지 않는다. 그러나 많은 신자유주의자들이 개인의 재산권과 자유 시장을 지키기 위해서라면 민주주의를 희생할 용의가 있다.

신자유주의는 워싱턴 컨센서스(Washington Consensus) 견해라고 부르기도 한다. 특히 개발도상국들에서 많이 쓰이는 이 워싱턴 컨센서스라는 말은 세계에서 가장 강력한 경제 조직이자 워싱턴 DC에 본부를 둔 세 개의 조직, 즉 미국 재무부, 국제통화기금(IMF), 세계은행이 모두 강하게 이 이데올로기를 지지한다는 뜻에서 생겼다.

〔2단계〕 핵심어(개념)

①

②

③

④

⑤

⑥

3) 3단계: 논증 구성하기 [근거(이유, 전제)로부터 주장 도출하기(③ → ②)]

앞서 간략히 살펴보았듯이, 주어진 텍스트를 분석할 때 핵심 문제와 주장을 찾는 것은 비교적 어렵지 않다. 반면에 그 결론을 뒷받침하고 지지하는 근거(들)를 찾는 일은 보다 어려울 수 있다. 앞서 보았듯이, 근거들은 일반적으로 '사실적 정보'와 '중요한 개념'으로 구성되는데, 분석의 대상이 되는 텍스트에서 제시하고 있는 사실적 정보가 결론과 관련이 있는지 그리고 중요한 개념(핵심어)이 일반적으로 수용될 수 있는 의미로 사용되고 있는지 여부를 따져보아야 하기 때문이다. 핵심 주장(결론)을 찾았다면, 다음으로 반드시 분석해야 하는 것이 바로 그 주장을 뒷받침하고 있는 근거〔evidence, 이유(reason), 전제(premise)〕가 무엇인지 밝혀야 한다. 어떤 문제에 대한 주장이 논리적으로 타당한가, 설득력이 있는가, 또는 수용될 수 있는가 여부는 주장 그 자체에 있는 것이 아니라 그 주장을 뒷받침하고 지지하는 근거들에 달려 있기 때문이다. 예컨대, 앞서 보았던 '연희가 노트북을 구매하는 사례'를 다시 살펴보자. 그 사례는 다음과 같았다.

〔사례 1〕

이유 1. 이유 연희는 노트북을 판매하는 점원을 좋아하게 되었다.
이유 2. 연희는 A사의 노트북 외관이 마음에 든다.
결론. 연희는 A사의 노트북을 사기로 결정한다.

〔사례 2〕

이유 1′. 연희는 노트북의 성능과 가격을 비교하고 평가한 (믿을 만한) 사이트를 참조하였다.
이유 2′. 연희는 노트북에 잘 할고 있는 친구에게 A사의 노트북에 대한 정보를 수집하였다.
결론′. 연희는 A사의 노트북을 사기로 결정한다.

앞서 살펴보았듯이, 두 사례에서 연희가 "A사의 노트북을 구매한다"는 결론은 같다. 하지만 그 결론을 지지하는 근거(들)는 차이가 있다. 간략히 말해서, 〔사례 1〕의 '이유 1 & 2'는 결론을 지지하기에 약한 근거이거나 관련성이 떨어지기 때문에 그 결론을 뒷받침하거나 지지하기에 부족하다. 반면에 〔사례 2〕의 '이유 1′ & 2′'는 결론과의 관련성이 높을 뿐만 아니라 그 결론을 뒷받침하거나 지지하기에 충분하기 때문에 좋은 논증이라고 할 수 있다.

근거는 일반적으로 주어진 텍스트 안에서 직접적으로 찾을 수 있는 '명시적 근거'와 필자가 텍스트 안에 직접적으로 제시하지는 않았지만 주장과 결론을 성립시키기 위해 반드시 필요한 '숨겨진 근거 또는 암묵적 가정(전제)'으로 구분할 수 있다. 만일 텍스트를 분석할 때 분석의 대상이 되는 텍스트에서 직접적으로 제시되고 있는 명시적 근거들을 모두 찾을 수 있다면, 그것들을 구성하여 핵심 주장 또는 명시적 주장이 어떻게 지지받고 있는지를 보여주는 논증을 구성할 수 있다. 예컨대, 모바일 의학(mobile medicine)에 관한 신문 기사의 한 부분에서 결론과 그것을 지지하는 근거들을 찾아 논증으로 구성하면 다음과 같다.

(…) [1] IT(정보기술)와 BT(생명과학기술)가 융합된 '모바일 의학'이 빠르게 성장하고 있다. [2] 모바일 의학(Mobile Medicine)은 스마트폰 등 모바일 기기를 이용해 질병을 진단하거나 이를 돕는 모바일 의학기기 등을 말한다. [3] 최근 스마트폰 보급이 늘어나고 카메라 등 스마트폰 성능이 좋아지면서 시장이 확대되는 추세다.

모바일 의학 시장은 다양한 기능을 구현한 기기들이 등장하며 급물살을 타고 있다. 최근 출시된 스마트폰뿐 아니라 이와 연동되는 [4] 웨어러블 기기에도 심박계 등 헬스케어 기능이 적용되고 있다. [5] 서로 다른 분야였던 IT와 의료의 융합으로 자가진단이 가능한 '셀프케어' 시대도 머지않은 모습이다. (…)

- "IT와 BT의 융합… '모바일 의학' 열풍이 분다", 『한겨레신문』, 김창욱 기자

이 글에서 결론에 해당하는 주장은 무엇인가? 아마도, 이 ①과 ⑤를 결론으로 파악할 수 있을 것이다. 그리고 ②, ③, ④는 그 결론을 지지하는 근거들이 될 것이다. 따라서 결론과 근거들에 기초하여 정리하면 다음과 같은 논증을 구성할 수 있다.

근거 1. 모바일 의학은 스마트폰 등 모바일 기기를 이용해 질병을 진단하거나 이를 돕는 모바일 의학 기기 등을 말한다(②, 모바일 의학에 관한 정의).

근거 2. 최근 성능 좋은 스마트폰과 카메라 및 웨어러블 기기의 보급이 늘고 있다(③ & ④).

근거 3. 스마트폰 등 모바일 기기에 헬스 케어 기능이 적용되고 있다(④).

결론 1. IT(정보기술)와 BT(생명과학기술)가 융합된 '모바일 의학'이 성장하고 있다(①).

결론 2. IT와 의료의 융합으로 자가진단이 가능한 '셀프케어' 시대도 머지않은 모습이다(⑤).

(1) 생략된 근거(숨은 전제 or 기본 가정)[17]

'생략된 근거(숨은 전제 or 기본 가정)'은 앞서 말했듯이 분석의 대상이 되는 텍스트 안에서 바로 찾을 수 없는 근거들을 말한다. 이와 같이 필자가 텍스트 안에 근거를 명시적으로 제시하지 않는 경우는 대략 다음과 같은 경우들이라고 볼 수 있다. 즉, 생략된 근거(숨은 전제 or 기본 가정)는

① 너무 당연하고 상식적이어서 일부러 거론하는 것이 불필요한 경우

② 일반적으로 수용될 수 있거나 승인될 수 있는 경우

17 생략된 전제를 "기본 가정"과 "숨은 전제"로 구분해서 생각해야 할 필요가 있다. 이것을 간략히 정리하면 다음과 같다. "기본 가정"은 텍스트에서 다루고 있는 문제에 대해 또는 세계에 대해 필자가 갖고 있는 기본적인 자세나 관점이라고 할 수 있다. 반면에 "숨은 전제"는 (필자의 기본적인 자세나 관점과 무관하게) 논증에서 결론을 도출하기 위해 반드시 필요한 근거나 전제를 말한다.

③ 핵심 주장을 약화시킬 수 있기 때문에 의도적으로 제시하지 않은 경우

라고 할 수 있다.

하지만 어떤 경우에는 필자가 생략한 또는 암묵적으로 가정하고 있는 근거들이 필자의 핵심 주장 또는 논증을 구성하는데 매우 결정적으로 작용할 수 있다. 이미 짐작할 수 있듯이, 위의 세 가지 경우에서 가장 문제가 될 뿐만 아니라 핵심 주장을 고의로 왜곡할 수 있는 경우는 '③'이다. 이와 같은 경우 필자가 개진한 핵심 주장은 생략된 근거(숨은 전제 or 기본 가정)가 수용할 수 없는 또는 타당하지 않은 근거임을 밝히는 것만으로도 어렵지 않게 반박할 수 있는 길이 열려 있다.

반면에 겉으로 보기에, ①과 ②는 논증을 구성하는 데 있어 큰 문제를 만들지 않는 것처럼 보인다. 하지만 현실은 그렇지 않아서, 어떤 경우에는 필자가 너무도 당연하고 상식적이기 때문에 일반적으로 수용되거나 승인될 수 있다고 여긴 근거나 가정이 다른 사람에게는 당연하지도 않을뿐더러 상식적이지도 않기에 일반적으로 수용하거나 승인할 수 없는 가정일 수도 있다. 만일 이와 같이 생략된 근거(숨은 전제 or 기본 가정)에 대해 필자와 독자가 서로 다른 입장을 갖고 있다면, 이것은 반드시 보다 폭넓고 깊은 논의를 통해 명료하게 규명해야 할 문제가 될 수 있다. 아주 간단한 예로 다음과 같은 논증에 대해 생각해보자.

〈논증 1〉[18]

p_1. 수업 시간에 부적절한 행위를 하는 것은 옳지 않다.

C. 수업 시간에 모자를 쓰고 있는 것은 옳지 않다.

이 논변의 결론 'C'는 전제인 'p_1'로부터 곧바로 도출되는가? 당연히 그렇지

18 이좌용 · 홍지호, 『비판적 사고』, 성균관대학교출판부, 2011, 94쪽 참조.

않은 것 같다. 만일 그렇다면, 결론 C를 필연적으로 도출하기 위해 생략된 전제가 추가되어야 할 것 같다. 결론 'C'를 도출하기 위해 필요한 전제를 추가하여 논변을 재구성하면 다음과 같다.

〈논증 1′〉

p_1. 수업 시간에 부적절한 행위를 하는 것은 옳지 않다.

p_2. *수업 시간에 모자를 쓰고 있는 것은 부적절한 행위다.*

C. 수업 시간에 모자를 쓰고 있는 것은 옳지 않다.

새로운 전제인 'p_2'를 추가하면 결론 'C'를 도출하는 논증을 구성할 수 있다. 재구성된 〈논증 1′〉은 수용될 수 있는 좋은 논증인가? 아니면 수용할 수 없는 논증인가? 〈논증 1′〉을 수용할 수 있는지 여부를 판가름할 수 있는 결정적인 전제 또는 근거는 무엇인가?

첫 번째 전제인 'p_1'을 문제 삼기는 어려울 듯이 보인다. 그 행위가 어떤 것이든 간에 수업을 방해하는 부적절한 행위를 옳은 행위라고 보기에는 어려움이 있기 때문이다. 만일 그렇다면, 두 번째 전제인 'p_2'는 어떤가? 전제 'p_2'에 대해서는 입장과 의견이 갈릴 수 있다. 어떤 사람은 수업 시간에 모자를 쓰는 행위가 부적절하다고 생각할 수 있다. 대부분의 수업이 교실이라는 폐쇄된 공간에서 이루어지고 있으며 그와 같은 공간에서 모자를 쓰는 행위는 통상의 예절에 어긋난다고 여길 수 있기 때문이다. 반면에 다른 사람은 수업 시간에 모자를 쓰고 있는 것이 더 이상 부적절한 행위라고 생각하지 않을 수 있다. 최근에는 모자 또한 의상의 일부이기 때문에 바지와 외투를 입는 것과 마찬가지로 크게 문제 삼을 만한 일이 아니라고 여길 수 있기 때문이다. 만일 이와 같은 해명이 그럴듯한 것이라면, 〈논증 1′〉을 수용할 수 있는가 여부는 두 번째 전제인 'p_2'에 달려있다고 볼 수 있다.

이와 유사하지만 좀 더 생각해 볼 필요가 있는 다른 예를 통해 생략된 근거 또는 암묵적 가정이 논변을 구성하고 평가하는 데 있어 매우 중요할 수 있다는 것을 다시 확인해보자.

〈논증 2〉

p_1. 엄마(또는 아빠)의 말씀에 따르면, 학생 때는 이성교제를 하는 것은 좋지 않다.

C. 학생 때는 이성교제를 하지 않아야 한다. (또는 학생 때 이성교재를 하는 것은 옳지 않다.)

〈논증 2〉에서 결론 'C'는 전제 'p_1'로부터 곧바로 도출되는가? 또는 전제 'p_1'은 결론 'C'를 필연적으로 도출하기에 충분한 근거인가? 〈논증 1〉과 마찬가지로 〈논증 2〉 또한 결론을 필연적으로 도출하기 위해서는 생략된 근거 또는 암묵적 가정(전제)을 추가하여 논증을 재구성할 필요가 있는 듯이 보인다. 그렇다면, 추가해야 할 생략된 근거는 무엇인가? 위의 논증에서 결론을 도출하기 위한 근거인 전제 'p_1'은 "엄마(또는 아빠)의 말씀"에 의지하고 있다는 것을 알 수 있다. 만일 그렇다면, 엄마(또는 아빠)의 말씀이 참 또는 거짓인가 여부에 따라 결론 또한 참 또는 거짓이 될 수 있다. 따라서 생략된 근거 또는 암묵적 가정(전제)을 추가하여 논증을 재구성하면 다음과 같다.

〈논증 2′〉

p_1. 엄마(또는 아빠)의 말씀에 따르면, 학생 때는 이성교제를 하는 것은 좋지 않다.

p_2. 엄마(또는 아빠)의 말씀은 항상 옳다. (또는 항상 참이다.)

C. 학생 때는 이성교제를 하지 않아야 한다. (또는 학생 때 이성교재를 하는 것은 옳지 않다.)

〈논증 2〉를 이와 같이 재구성하면, 이 논증을 수용할 수 있는가 여부는 생략된 근거 또는 암묵적 가정으로 사용된 두 번째 전제 'p_2'를 수용할 수 있는가 여부에 달려 있다는 것을 쉽게 파악할 수 있다. 따라서 만일 이성 교제를 하기 위해 결론 'C'를 반박하거나 부정하기 위해서는 그 결론을 참으로 만드는 데 가장 결정적인 역할을 하고 있는 두 번째 전제 'p_2'를 반박하거나 부정해야 한다는 것을 알 수 있다. 예컨대, 당신의 부모님께서 〈논증 2〉와 같은 논리를 들어 학창시절 동안의 이성교제를 반대한다면, 당신은 "이성교제를 반대하시는 엄마(또는 아빠)의 말씀은 두 번째 전제인 'p_2'에 크게 의존하고 있습니다. 엄마(또는 아빠)의 말씀은 거의 항상 옳지만, 이번 경우에는 그렇지 않은 것 같습니다. 만일 그렇다면, 결론 'C'는 전제 'p_1 & p_2'로부터 도출되지 않습니다. 따라서 저는 이성교제를 하겠습니다"라고 주장할 수 있을 것이다. 만일 당신이 이와 같은 논리를 들어 이성교제에 반대하는 엄마(또는 아빠)의 말씀을 반박한다면, 다음에 어떤 일이 일어날까!

마지막으로, 한 가지 예를 더 살펴보기로 하자. 범죄 추리를 다루고 있는 드라마나 영화에서 다음과 같은 상황을 쉽게 접할 수 있다.

〈논증 3〉

p_1. 살인 현장에서 살인도구로 밝혀진 칼이 발견되었다.

p_2. 그 칼에서 루팡의 것으로 밝혀진 지문이 발견되었다.

C. 루팡이 범인임에 틀림없다.

우리는 일반적으로 〈논증 3〉에서 제시된 근거들 'p_1 & p_2'에 따라 결론 'C'를 추론한다. 겉으로 보기에 〈논증 3〉과 같은 추리에는 문제가 없는 듯이 보인다. 정말 그럴까? 전제적 이유 'p_1 & p_2'는 결론 C를 필연적으로 도출하는 데 충분한가? 달리 말하면, 이 논증에는 생략되었거나 암묵적으로 참으로 가정하고 있는 숨은 전제는 없는 것일까?

〈논증 3〉에서 결론을 지지하는 결정적인 근거는 'p_2'라는 것을 알 수 있다. 그렇다면, 위의 논증은 루팡이 범인이라는 결론을 도출하기 위해 중요한 근거를 반드시 추가해야 하는 듯이 보인다. 말하자면, 범행 도구로 사용된 칼에 묻혀 있는 '루팡의 지문'이 그가 범인임을 지시하는 결정적이고 확실한 근거임을 보장할 수 있는 '움직일 수 없는' 근거가 추가되어야만 한다. 따라서 〈논증 3〉에서 생략된 전제 또는 암묵적 가정을 추가하여 재구성하면 다음과 같은 논증으로 구성할 수 있다.

〈논증 3′〉[19]

p_1. 살인 현장에서 살인도구로 밝혀진 칼이 발견되었다.

p_2. 그 칼에서 루팡의 것으로 밝혀진 지문이 발견되었다.

p_3. 사람의 지문은 고유하다. (또는 사람은 각기 다른 지문을 가진다.)

C. 루팡이 범인임에 틀림없다.

생략된 전제 또는 암묵적 가정을 추가한 〈논증 3′〉에서 결론을 지지하는 가장 결정적인 근거는 'p_3'이다. 만일 "모든 사람의 지문은 고유하지 않다"거나, 적어도 "모든 사람의 지문이 고유하다"는 명제를 부분적으로라도 반박할 수 있다면, 근거 'p_1~p_3'으로부터 결론 'C'를 필연적으로 도출할 수 없기 때문이다.

(2) 동일한 결론을 지지하는 다른 근거들

우리가 어떤 문제를 해결하거나 그 문제에 대한 흥미롭고 논쟁적인 의제를 제안하기 위한 분석을 하려면 그것에 앞서 주어진 텍스트를 꼼꼼히 읽는 것이 필수적으로 요구된다. 여기서 더 중요한 것은 글쓴이의 생각을 의도적으로 약화시키거나 왜곡시켜서는 안 된다는 것이다. 이 세계에 발 딛고 있는 사람들은 저마다 나름의 경험과 역사를 갖기 마련이고, 그것은 곧 세상만사(世上萬事)에 대한 저마다의 성향과 판단을 낳는다는 것을 상식적으로 추론할 수 있다. 자신이 갖고 있는 특유한 경험에 기초하거나 자신만의 편향된 성향과 판단에 의거하여 주어진 문제나 텍스트를 분석하는 경우, 우리는 문제의 본질을 잘못 파악할 수 있다.

올바른 분석을 하기 위해서 다음으로 요구되는 것은 '같은 결론에 대해 동일

19 홍경남, 『과학기술과 사회윤리』, 철학과현실사, 2007, 69쪽 참조.

한 이유'가 있을 것이라고 성급히 판단해서는 안 된다는 것이다. 달리 말하면, 결론적 주장이 자신의 생각과 일치한다고 해서 글쓴이의 생각이 자신의 생각과 항상 같지는 않다는 것이다. 예컨대, '지수와 로제는 모두 점심으로 짜장면을 먹기로 결정하였다'고 해보자. 만일 그렇다면, 지수와 로제가 내린 결론은 동일하다고 보아야 한다. 하지만 그와 같은 결론에 도달한 이유 또한 같다고 섣부르게 추론하는 것은 오류일 수 있다. 지수가 가진 이유는 '정말 짜장면이 먹고 싶기 때문'이지만, 로제는 실제로 짜장면이 아닌 비빔밥이 먹고 싶지만 짜장면을 먹고 싶어 하는 '지수를 실망시키고 싶지 않기 때문'일 수 있기 때문이다.

다음에 제시된 텍스트의 주장이 '결론(C)'이라고 할 경우, 그 결론을 지지하는 근거들을 찾아 논증으로 구성해보자.

연습문제 8

만일 법 자체가 다수의 시민들의 의견을 반영하여 만들어진다면, 일반적으로 민주주의적인 법은 가능한 한 최대다수의 복지를 증진시키는 데 도움이 된다. 그런데 시민들은 쉽게 실수를 범할 수 있지만, 자신들의 이익과 상반되는 관심거리에는 무관심하기 때문에 소신껏 의견을 표현한다. 이와 반대로 귀족정치는 그 본성대로 소수를 선정하고 그들의 수중에 부와 권력이 집중되게 하는 경향이 있다. 그러므로 입법 취지에서 민주주의 목적이 귀족정치의 목적보다 인류에 더 유익하다는 것은 보편명제로서 주장될 수 있다.

[3단계] 논증 구성

〈생략된 전제: 숨은 전제 or 기본 가정〉

〈논증〉

p_1.

C. 민주주의의 입법 취지가 귀족정치의 그것보다 인류에 더 유익하다.

연습문제 9

지난 여름 우리의 하천들은 예전에 볼 수 없었던 녹조 현상으로 몸살을 앓았다. 일부 네티즌들은 이러한 현상을 "녹차 라떼"라는 신조어를 만들어 비아냥거리기도 하였다. 그리고 많은 하천과 환경 전문가들은 그러한 녹조 현상의 한 원인이 불필요한 댐이나 보를 너무 많이 만들어 그로 인해 유속이 느려졌기 때문이라고 밝혔다. 이러한 현상은 대운하 사업으로 라인강을 개조했던 독일과 과도하게 댐을 건설했던 미국, 일본, 영국과 같은 선진국에서는 이미 경험했던 일이다. 그런데 그러한 나라들은 이제 인위적으로 만들었거나 설치했던 댐과 보를 철거하고 있다. 환경을 복원하기 위함이다. 게다가 환경 보존과 복원을 위해 인공물을 제거하는 나라는 모두 선진국이다. 우리가 자연을 보존하고 파괴된 환경을 복원하기 위해 어떠한 선택을 해야 하는지는 자명하다.

〔3단계〕 논증 구성

〈생략된 전제: 숨은 전제 or 기본 가정〉

〈논증〉

p_1.

C. 자연환경을 보존하고 파괴된 환경을 복원하기 위해 불필요한 댐이나 보를 제거해야 한다.

연습문제 10

육아휴직은 근로자가 일정 연령 이하의 자녀를 양육하기 위하여 휴가를 신청하여 사용하는 휴직을 말한다. 근로자가 고용된 상태를 유지하면서 일정 기간 동안 휴직을 할 수 있기 때문에 근로자는 육아부담 해소와 함께 생활 안정을 도모할 수 있고, 기업은 숙련인력을 확보할 수 있는 장점이 있다. 육아휴직은 '남녀고용평등과 일 · 가정 양립 지원에 관한 법률(남녀고용평등법) 제19조'에 근거하고 있다. 육아휴직 제도가 1987년에 처음 도입된 이래로 최근 육아휴직을 사용하는 근로자들이 크게 늘고 있다고 한다. 이와 같은 현상으로부터 추론할 수 있는 것은 비정규직에서 정규직으로 전환된 직원이 많아졌다는 것이다. 많은 전문가들은 비정규직에서 정규직으로 전환되는 직원이 많아지게 될 경우 육아휴직이 크게 늘게 될 것이라 예상한 바 있다. 비정규직 신분이었을 때는 약 5개월의 출산휴가만 사용할 수 있지만 정규직이 되면 2년간의 육아휴직이 가능해지기 때문이다. 게다가 휴직 기간 2년 중 1년은 유급이다. 이런 점들을 미루어 볼 때, 비정규직에서 정규직으로 전환된 직원이 많아졌음에 틀림없다.

〔3단계〕 논증 구성

〈생략된 전제: 숨은 전제 or 기본 가정〉

〈논증〉

p_1.

C. 비정규직에서 정규직으로의 전환이 증가하였다.

연습문제 11[20]

가벼운 죄에 중벌을 주면 경미한 범죄는 생기지 않게 되니 중한 범죄는 생겨날 수 없을 것이다. 이것이 안정되게 통치를 하는 방법이다. 형벌을 줄 때 중죄를 중하게, 가벼운 죄를 가볍게 다스리면 가벼운 죄가 그치지 않으니 중죄를 그치게 할 수 없다. 이것은 혼란을 일으키는 통치인 것이다. 따라서 가벼운 죄에 무거운 형벌을 내리면 범죄가 없어지고 일이 성사될 것이며 국력이 강해진다. 중죄에 중벌을 그리고 가벼운 죄에 가벼운 벌을 주면 형벌을 주어야 할 사건이 계속 터지게 되어 국력이 약화될 것이다.

[3단계] 논증 구성

〈생략된 전제: 숨은 전제 or 기본 가정〉

p_3.

〈논증〉

p_1.

p_2.

c_1.

p_3.

C. 가벼운 죄에 무거운 형벌을 내리면 범죄가 사라진다.

20 한비자, 『설문』.

연습문제 12[21]

인간을 제외한 동물들이 폭군이 아니고서는 결코 빼앗아 갈 수 없는 권리를 획득할 날이 올지도 모른다. 프랑스 사람들은 피부가 검다는 것이 한 인간에게 고통을 주고도 보상 없이 방치해도 좋은 이유가 되지 않는다는 것을 이미 발견하였다. 다리의 수, 피부의 털, 꼬리뼈의 생김새가 감각적인 존재를 동일한 운명에 처하게 할 만한 충분한 이유가 아니라는 사실을 언젠가는 깨닫게 될 것이다. 그 외에 무엇이 뛰어넘을 수 없는 경계선이 되겠는가? 이성의 능력인가? 또는 대화의 능력인가? 그러나 충분히 성장한 말이나 개는 갓난 아기와는 비교할 수 없을 정도로 합리적이고 말이 더 잘 통한다. 그렇지 않다고 하더라도 무엇이 더 필요한가? 문제는 그들이 사유할 수 있는지 또는 말할 수 있는지가 아니라 그들이 고통을 느낄 수 있는가 하는 것이다.

〔3단계〕 논증 구성

〈생략된 전제: 숨은 전제 or 기본 가정〉

〈논증〉

p_1.

C. 동물들도 결코 빼앗아 갈 수 없는 권리를 획득할 날이 올 것이다.

21 제레미 벤담(J. Bentham), Introduction to the Principles of Moral and Legislation, Chap. 17, sec 1. 물론, 이 진실문은 벤담이 동물 그 자체를 대상으로 개진한 주장은 아니다. 벤담은 영국 백인이 흑인 노예들을 마치 동물을 다루는 방식으로 취급하는 것에 반대하기 위해 이와 같은 논증을 제시하였다. 피터 싱어(P. Singer), 『실천윤리학』, 철학과현실사, 1997, 83쪽 재인용.

연습문제 13

이성을 가지고 있어야만 도덕에 대해 생각할 수 있고 도덕적 의무를 가질 수 있다. 도덕에 대해 생각할 수 있고 도덕적 의무를 가질 수 있는 존재만이 도덕적 권리를 가질 수 있다. 따라서 동물은 도덕적 권리를 가질 수 없다. 도덕적 권리를 가지지 않는 존재를 이용하는 것은 도덕적으로 문제가 되지 않는다. 결국, 동물을 이용하는 것은 도덕적으로 문제가 되지 않는다고 할 수 있다.

〔3단계〕 논증 구성

〈생략된 전제: 숨은 전제 or 기본 가정〉

p_3.

〈논증〉

p_1.

p_2.

p_3.

c_1.

p_4.

C. 동물을 이용하는 것은 도덕적으로 문제가 되지 않는다고 할 수 있다.

4) 4단계: 맥락(관점, 배경)과 함축(적 결론)[22] (⑤)

(1) 관점이 달라지면 맥락이 바뀔 수 있다

〈그림 2-10〉은 다비드상, 모세상과 더불어 미켈란젤로(Michelangelo)의 3대 조각 작품 중 하나로 불리는 피에타(The Pieta) 조각상이다.[23]

〈그림 2-10〉 미켈란젤로 '피에타(The Pieta)'

미켈란젤로는 신앙심이 매우 깊었다고 한다. 그리고 그는 "자비를 베푸소서"라는 뜻을 가진 '피에타'를 통해 자신의 신앙심을 표현했을 뿐만 아니라 자식을 보낸 어머니의 아픔과 슬픔을 나타냈다고 알려져 있다. 현재 우리의 관심은 예술 작품 자체에 있는 것이 아니기 때문에 피에타 조각상에 관한 예술적 가치와 의미에 대해서는 여기까지 언급하는 것으로 충분할 것이다.

22 우리나라에 비판적 사고를 소개하고 도입하는 일에 크게 공헌하고 영향을 끼친 고 김영정 선생님 등은 관점, 배경 그리고 맥락을 비교적 엄밀하게 구분한다. 하지만 필자의 생각으로는, 그것들을 엄밀하게 구분하는 것이 텍스트를 분석하고 이해하는 것에 결정적인 영향을 주는 경우는 많지 않은 듯하다. 따라서 서로 밀접한 관련이 있는 관점, 배경 그리고 맥락을 하나의 큰 틀(framework)로 이해하고 적용하는 것이 텍스트를 실제로 분석하는 데 있어 더 나은 전략이라고 생각한다.

23 사진 출처, google image.

그렇다면, 우리는 '논증적 글쓰기'와 관련하여 〈피에타〉 조각상을 통해 무엇을 발견해야 할까? 〈그림 2-10〉은 〈피에타〉 조각상의 정면을 보여주고 있다. 당신이 이 사진을 통해 얻을 수 있는 가장 인상적인 장면은 무엇인가? 당신이 나와 같은 것을 보았다면, 아마도 당신은 '자식을 잃은 어머니의 슬픔이 담긴 성모 마리아의 얼굴'을 가장 인상 깊게 보았을 것이다. 비록 둥그렇게 축 처진 모습으로 표현된 예수의 몸을 통해 예수의 죽음과 고통을 느낄 수 있다고 하더라도, 정면에서 바라본 〈피에타〉는 성모 마리아에 비해 예수의 얼굴과 고통은 비교적 두드러지게 나타나지 않는 듯이 보인다. 그런데 〈피에타〉를 '옆에서' 보거나 '위에서' 보면 어떨까? 〈그림 2-11〉은 〈피에타〉를 옆과 위에서 바라보았을 경우를 보여주고 있다.

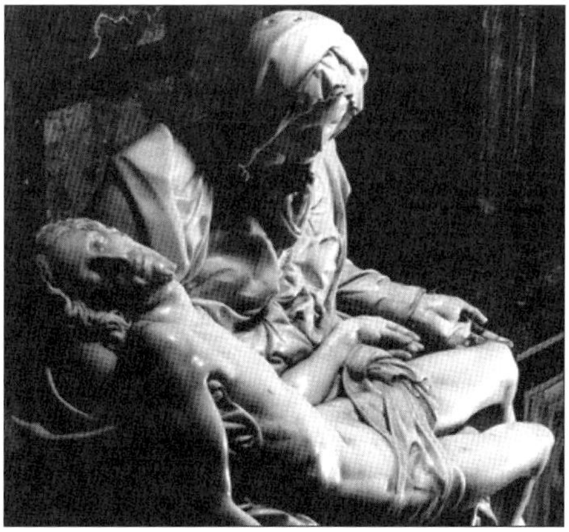

(a) 옆에서 보았을 경우

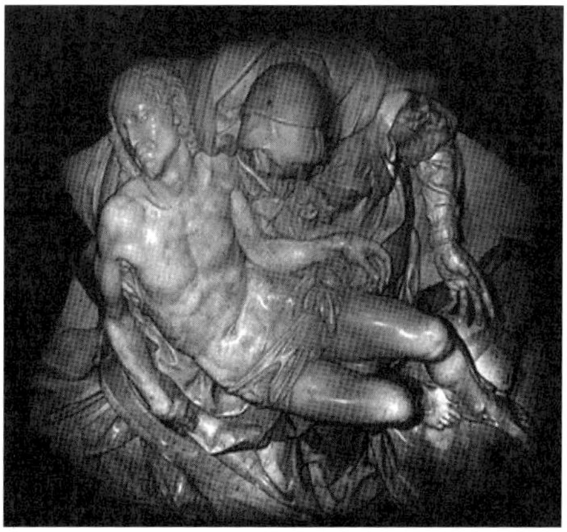

(b) 위에서 보았을 경우

〈그림 2-11〉 관점에 따른 맥락(과 해석)의 변화

당신이 확인할 수 있듯이, 옆에서 바라본 〈피에타〉는 예수와 성모 마리아의 얼굴이 한눈에 들어온다. (나의 생각으로는) 〈피에타〉를 옆에서 보았을 경우 예수와 성모 마리아의 고통을 함께 보고 느낄 수 있는 것 같다. 반면에, 위에서 바라본 〈피에타〉는 죽은 후 부활을 기다리는 예수의 고통을 담고 있는 예수의 얼굴만이 보일 뿐이다. 이와 같이 위에서 바라보면 성모 마리아의 슬픔과 고통은 그녀의 얼굴을 통해서는 확인할 수 없다. 간략히 정리하자면, (적어도 나의 경우에는) 정면에서 바라본 〈피에타〉는 성모 마리아의 슬픔이, 옆에서 바라본 〈피에타〉는 예수와 성모 마리아의 슬픔이, 그리고 위에서 바라본 〈피에타〉는 예수의 슬픔이 극대화되는 것 같다. 말하자면, 우리는 동일한 한 조각상을 '어떤 (시각적) 관점'에서 바라보는가에 따라 서로 다른 슬픔과 감정을 가질 수 있다는 것이다.

논증적 글쓰기를 포함한 여타의 글쓰기 과정도 이와 다르지 않다. 우리가 다루려는 문제 또는 분석하려는 텍스트는 어떤 관점을 통해 접근하고 평가할 것인가에 따라 사뭇 다른 결론을 도출할 수 있기 때문이다. 우리는 동일한 어떤 문제에 대해 "사회적 · 역사적 · 정치적 · 경제적 · 문화적 그리고 도덕(윤리)적 관점…" 등과 같은 다양한 관점을 통해 바라보고 평가할 수 있다는 것이다. 이와 같이 어떤 관점(point of view)으로부터 그 문제를 바라볼 것인가는 그 문제를 이해하고 해결하는 맥락(context) 또는 맥락적 과정과 깊은 관련을 갖고 있다. 다음의 예를 통해 관점과 배경이 맥락과 어떤 관련성을 갖고 있는지를 확인해보자.

(2) 배경이 달라지면 맥락이 달라질 수 있다

그때에 바리새파 사람들이 나가서, 어떻게 하면 말로 트집을 잡아서 예수를 올무에 걸리게 할까 의논하였다. 그런 다음에, 그들은 자기네 제자들을 헤롯 당원들과 함께 예수께 보내어, 이렇게 묻게 하였다. "선생님, 우리는, 선생님이 진실한 분이시고, 하나님의 길을 참되게 가르치시며, 아무에게도 매이지 않으시는 줄 압니다. 선생님은 사람의 겉모습을 따지지 않으십니다. 그러니 선생님의 생각은 어떤지 말씀하여 주십시오. 황제에게 세금을 바치는 것이 옳습니까, 옳지 않습니까?" 예수께서 그들의 간악한 생각을 아시고 말씀하셨다. "위선자들아, 어찌하여 나를 시험하느냐? 세금으로 내는 돈을 나에게 보여 달라." 그들은 데나리온 한 닢을 예수께 가져다

> 드렸다. 예수께서 그들에게 물으셨다. "이 초상은 누구의 것이며, 적힌 글자는 누구를 가리키느냐?" 그들이 대답하였다. "황제의 것입니다." 그 때에 예수께서 그들에게 말씀하셨다. "그렇다면 황제의 것은 황제에게 돌려주고, 하나님의 것은 하나님께 돌려드려라." 그들은 이 말씀을 듣고 탄복하였다. 그들은 예수를 남겨 두고 떠나갔다.
>
> \- 마22:15~22

이 글을 종교적 관점으로 바라본다면 다양한 해석이 있을 수 있다. 하지만 지금 우리의 주된 관심은 '근거에 기초한 정당화 글쓰기'에 있으므로, 특정 종교의 교리 해석에 관한 논의는 잠시 접어두는 것이 좋을 것이다. 만일 그렇다면, 위의 글의 명시적 주장은 무엇인가? 굵은 글씨로 표시한 부분에서 그 해답을 찾을 수 있을 것이다. 말하자면,

✔ 명제(P): "황제의 것은 황제에게 돌려주고, 하나님의 것은 하나님께 돌려드려라."

에서 '(로마) 황제'는 정치의 영역을 나타내고 '하나님'은 신의 영역, 즉 종교의 영역을 가리키고 있음을 파악할 수 있다. 만일 그렇다면, 위 글의 명시적 주장은 "정치와 종교를 분리해야 한다(제정분리, 祭政分離)" 정도로 볼 수 있을 것이다. 예컨대, 우리나라의 시조이신 단군 할아버지의 공식 이름은 '단군왕검(檀君王儉)'이다. 이미 잘 알고 있듯이, 단군(檀君)은 종교의 영역인 제사장을 의미하고 왕검(王儉)은 정치의 영역인 제왕을 뜻한다. 그것을 통해 고조선이 제정일치(祭政一致)의 사회라는 것을 알 수 있다.

그런데 명제(P)를 통해 파악한 명시적 주장을 다음과 같은 물음을 통해 살펴본다면, 어떤 결론을 도출할 수 있을까? 말하자면, 다음과 같은 물음에 "제정을 분리하자"는 주장을 대입한다면 어떤 결론을 추론할 수 있을까?

Q1. 만일 명제(P)가 대략적으로 기원전 1세기~기원후 2세기 무렵에 처음으로 제기된 주장이라면, 명제(P)를 주장한 사람은 제사장과 황제 중 어느 쪽이었을까?

Q2. 만일 명제(P)가 대략적으로 기원후 6~13세기 무렵에 처음으로 제기된 주장이라면, 명제(P)를 주장한 사람은 제사장과 황제 중 어느 쪽이었을까?

아마도 (그리고 앞선 예문을 통해 알 수 있듯이) 'Q1'에 대한 답변은 종교 영역에 속하는 제사장일 것이다. 역사적으로 보았을 때, 기원전 1세기~기원후 2세기 무렵은 로마가 카이사르와 아우구스투스(옥타비아누스)에 의해 공화정에서 제정으로 이행하고 티베리우스, 칼리굴라, 클라우디우스, 네로 황제 등과 같이 황제의 힘이 로마제국 전체에 강력하게 투사되고 행사된 시기이기 때문이다. 반면에 'Q2'에 대한 답변은 반대가 될 것이라는 것을 어렵지 않게 추론할 수 있다. 역사적 배경을 간략히 소개하면 다음과 같다.

콘스탄티누스 대제는 313년 밀라노 칙령으로 그리스도교를 로마의 국교로 공인한다. 그리스도교는 그 이래로 (적어도) 서구 역사에서 유일한 종교적 지위를 갖게 된다. 3세기 말~4세기 초에 로마제국은 서로마와 동로마로 분열되고, 서로마는 5세기 말에 이르러 멸망하게 된다. (비잔틴 제국으로 불리는 동로마는 15세기까지 유지되지만, 동방의 영향을 많이 받은 동로마는 서양 역사의 중심이라고 보기 어려운 측면이 있다.) 우리가 서양 역사에서 중세라고 알고 있는 시기가 시작된 것이다. 이미 잘 알고 있듯이, 중세시대는 교황으로 대표되는 그리스도교의 영향력이 유럽 전체에 미치고 있던 시기다. 신성로마제국 황제인 하인리히 4세가 교황 그레고리우스 7세의 파문 조치에 대해 관용을 구하기 위해 무릎을 꿇은 '카노사의 굴욕'은 당시 유럽 사회에서의 교황과 교회가 가진 영향력을 보여준 대표적인 사례라고 할 수 있다. 또한 교황 우르바노 2세가 클레르몽 교의회에서 주창하여 200여 년간 8차에 걸쳐 지속된 십자군 전쟁이 시작된 11세기도 여기에 속한다. 이러한 '역사적/사회적 배경'에서는 신과 황제 각자의 몫이 따로 있기 때문에 각자가 가진 몫을 침해하지 말자고 주장하는, 즉 제정분리를 주장하는 쪽은 종교의 영역이 아닌 정치의 영역이라고 추론하는 것이 더 합당하다.

만일 지금까지의 간략한 역사적 배경에 관한 설명과 논의가 올바른 것이라면, 한 명제[즉 명제(P)]가 서로 다른 역사적 '배경'과 명제(P)를 주장하는 쪽의 '관점'에 따른 '맥락' 속에서 전혀 다른 의미를 가질 수 있다는 것을 알 수 있다.

(3) 명시적 결론에 새로운 정보(근거)가 추가되어 얻어지는 함축적 결론

미리 간략히 말하자면, 함축(implication) 또는 함축적 결론은 텍스트의 명시적 주장으로부터 이끌어낼 수 있는 암묵적 주장 또는 숨은 결론일 수 있다. 물론, 함축 또는 함축적 결론은 명시적 결론에 새로운 근거가 추가됨으로써 산출된다. 새롭게 추가되는 근거는 필자가 가지고 있는 관점과 문제에 관한 배경 지식을 포함하는 맥락이 될 수도 있으며, 또는 그러한 관점과 배경적 지식을 가진 필자가 텍스트를 작성한 맥락적 틀을 고려했을 때 사용할 수 있는 새로운 명제나 사실적 정보가 될 수도 있다.

다음의 예를 통해 명시적 결론에 새로운 근거가 추가됨으로써 함축적 결론을 도출하는 사고의 절차를 살펴보자. 예컨대, 지섭이 "인간의 육식 습관을 어떻게 볼 것인가?"라는 제목의 글을 통해 다음과 같은 '명시적 주장(결론)'을 했다고 해보자. 앞서 살펴보았듯이, 필자가 제시한 문제와 주장은 서로 밀접하게 관련되어 있기 때문에 (직접적으로) 상응해야 한다. 그리고 우리는 글의 제목을 통해 지섭이 직접적으로 제기하고 있는 문제가 "인간의 육식"에 관한 것임을 파악할 수 있다. 즉, 지섭이 제기한 문제는 다음과 같다.

✔ 문제: 인간의 육식은 허용되어야 하는가, 그렇지 않은가?

만일 지섭이 주어진 문제를 일종의 '찬반 논쟁(pros-con problem)'으로 제시하였고 그 문제에 대한 어느 한 입장을 지지하려 한다면, 지섭의 주장(결론)은 다음과 같은 두 가지 중 하나가 되어야 한다는 것을 알 수 있다.

✔ 주장: '인간의 육식은 허용될 수 있다.' 또는 '인간의 육식은 허용될 수 없다.'

그런데 (어떤 이유인지는 알 수 없지만) 지섭은 자신의 글에서 단지 다음과 같은 명시적 주장만을 제시하였다고 해보자. 즉,

✔ 명시적 주장: 고통을 느낄 수 있는 존재는 도덕적으로 배려해야 한다.

만일 그렇다면, 지섭은 자신이 제시한 문제에 대해 명확하고 직접적인 주장을 제시하지 않은 채 글을 마무리했다고 보아야 한다. (물론, 명시적 주장이 가진 뜻을 통해 지섭이 인간의 육식 습관에 대해 부정적인 입장을 가지고 있을 것으로 추론할 수 있다.) 그런데 지섭은 동물에게도 권리가 있으며 동물의 권리가 보호받아야 한다는 학문적 배경을 가지고 있다고 하자. 말하자면, 지섭은 동물의 권리가 보호되어야 한다는 윤리적 관점에서 자신의 논의를 개진하였다고 하자. 만일 그렇다면, 앞의 명시적 주장에 지섭이 가진 (학문적) 배경과 (윤리적) 관점에 의거하여 다음과 같은 새로운 근거를 추가한다고 해보자. 즉,

✔ (배경 지식에 의거한) 새로운 근거: 닭, 소, 돼지 등도 고통을 느낄 수 있다.

만일 그렇다면, 우리는 명시적 주장에다 새로운 근거를 추가함으로써 명시적 주장으로부터 '더 나아간' 다른 결론, 즉 함축적 결론을 도출하는 새로운 논증을 구성할 수 있다.

〔함축적 논증 1〕

p_1. 고통을 느낄 수 있는 존재는 도덕적으로 배려해야 한다.

p_2. 닭, 소, 돼지 등도 고통을 느낄 수 있다.

c_1. 닭, 소, 돼지 등도 도덕적으로 배려해야 한다.

다음으로 새롭게 얻은 〔함축적 논증 1〕의 명시적 결론(c_1)에 다음과 같이 또 '새로운 근거'를 추가한다고 해보자. 즉,

✔ (도덕적 관점에 의거한) 새로운 근거: 도덕적 배려의 대상에게는 불가피한 경우를 제외하고 고통을 주어서는 안 된다.

만일 그렇다면, 우리는 함축적 논증의 명시적 주장에다 또 다른 새로운 근거를 추가함으로써 '더 나아간' 또 다른 결론, 즉 또 다른 함축적 결론을 도출하는 새로운 논증을 구성할 수 있다.

〔함축적 논증 2〕

p_3. 닭, 소, 돼지 등도 도덕적으로 배려해야 한다. (함축적 논증 1의 c_1)

p_4. 도덕적 배려의 대상에게는 불가피한 경우를 제외하고 고통을 주어서는 안 된다.

c_2. 닭, 소, 돼지 등에게도 불가피한 경우를 제외하고 고통을 주어서는 안 된다.

명시적 주장으로부터 '함축적 결론'을 이끌어내는 이와 같은 사고의 절차를 하나의 논증으로 정리하면 다음과 같다.

p_1. 고통을 느낄 수 있는 존재는 도덕적으로 배려해야 한다.

p_2. 닭, 소, 돼지 등도 고통을 느낄 수 있다.

c_1. 닭, 소, 돼지 등도 도덕적으로 배려해야 한다.

p_3. 도덕적 배려의 대상에게는 불가피한 경우를 제외하고 고통을 주어서는 안

된다.

c_2. 닭, 소, 돼지 등에게도 불가피한 경우를 제외하고 고통을 주어서는 안 된다.

p_4. 닭, 소, 돼지는 도축 과정에서 고통을 느낀다.

p_5. 닭, 소, 돼지를 도축하는 것은 불가피한 경우가 아니다.

C. 닭, 소, 돼지를 도축해서는 안 된다.

여기에서 함축적 결론에 해당하는 것은 'c_1과 c_2'이다. 물론, 이 논증에서 최종적인 (함축적) 결론은 'C'이다. 그리고 그 결론은 새롭게 추가된 전제인 'p_4와 p_5'로부터 도출된다. 따라서 결국 'C'의 수용 여부는 전제 'p_4와 p_5'를 수용할 수 있는가에 달려 있다는 것을 알 수 있다. 이렇듯 명시적 주장으로부터 이끌어낼 수 있는 함축 또는 함축적 결론 또한 논증을 통해 도출될 수 있다. 따라서 함축 또는 함축적 결론 또한 추가되는 새로운 근거(들)에 의거하여 수용할 수 있는지 여부가 결정될 수 있다. 다음의 예를 통해 그것을 확인해보자.

〈논증 4〉

p_1. (명시적 결론): 어떠한 경우에도 폭력은 정당화될 수 없다.

p_2. (새로운 근거): 교사나 부모의 체벌도 폭력이다.

C_1. (함축적 결론): 교사나 부모의 체벌도 정당화될 수 없다.

〈논증 5〉

p_1. (명시적 결론): 어떠한 경우에도 폭력은 정당화될 수 없다.

p_2. (새로운 근거): 누군가의 폭력에 맞서기 위한 폭력도 마찬가지로 폭력이다.

C_2. (함축적 결론): 누군가의 폭력에 맞서는 것도 정당화될 수 없다.

〈논증 4 & 5〉는 "어떠한 경우에도 폭력은 정당화될 수 없다"는 명시적 주장(또는 결론)에 새로운 근거를 추가함으로써 함축적 결론을 이끌어내고 있다. 이와 같은 함축적 결론 'C_1'과 'C_2'에 대한 평가는 다양할 수 있다. 예컨대, 어떤 사람은 'C_1'과 'C_2' 모두를 수용할 수 있다고 주장할 것이다. 그리고 다른 사람은 'C_1'은 수용할 수 있지만 'C_2'는 수용할 수 없다고 생각할 수도 있다. (그 역도 마찬가지다.) 또는 또 다른 어떤 사람은 'C_1'과 'C_2' 모두를 수용할 수 없다고 평가할 수도 있다. 당신은 세 가지 경우 중 어떤 판단을 하겠는가?

여기서 중요한 것은 당신이 어떤 판단과 결정을 하더라도 그와 같은 판단과 결정에 대한 충분한 이유를 제시해야 한다는 점을 파악하는 것이다. 말하자면, 만일 당신이 〈논증 4 & 5〉의 함축적 결론 'C_1' 또는 'C_2'를 받아들일 수 없다면, 그 주장을 거부하거나 약화시킬 수 있는 납득할 만한 또는 그럴듯한 충분한 이유를 제시하는 논증을 제시해야 한다. (이것에 관해서는 다음 장에 이어지는 "분석적 요약과 분석적 논평"에서 더 자세히 다룰 것이다.)

다음에 제시된 텍스트의 함축적 결론이 'C_{imp}'이라고 할 경우, 함축적 결론을 도출하기 위해 필요한 근거(들)를 추가해보자.

연습문제 14[24]

2009년 2월 한식 세계화와 관련된 취재 차 당시 W호텔 총주방장 키아란 히키를 만났다. 그와 같이 유명 한식당의 세트메뉴를 맛보면서 이야기를 나눴다. 그는 한식이 세계화 되지 못한 이유를 설명하면서, 최고급 요리를 뜻하는 오뜨 뀌진(haute cuisine)에 대한 한국인들의 오해를 주목했다. "프랑스에서도 오뜨 퀴진은 정통 가정식은 아니다. 보여주고 감상하는 작품에 가깝다. 스타일리시 한 것을 좋아하는 한국인이 왜 한식에 대해서는 그러질 못하는가?"

외국인이 먼저 주목한 반찬의 매력은 대표 슬로우푸드인 한식을 한식답게 소화할 때 한결 빛난다. 여유를 갖고 느긋하게 먹을 때 반찬이 더욱 중요해 진다는 뜻이다. 주요리가 나오기 전 반찬이 먼저 상에 깔리고, 반주라도 한 잔 곁들인다고 생각해보자. 허기가 가시기도 전에 그 넉넉한 상차림에 마음이 풀린다. 그 다양한 반찬의 색과 조리법에 방문한 집이나 식당에 대한 평가부터 하려던 옹색한 마음은 온 데 간 데 없어진다. 이 순간에는 세상 거의 모든 종류의 어뮤즈나 애피타이저를 경험한 외국 미식가들 가운데도 감탄하지 않는 이가 거의 없다. 천천히 허기가 가실 무렵에는 반찬의 다양한 맛에 매료된다. 거기에는 새콤하고, 달콤하고, 맵고, 짭짤하고, 시원하고, 고소한 세상 거의 모든 맛이 담겨 있다.

세계인이 감탄하는 것은 이미 한국 색을 잃기 시작한 갈비와 비빔밥 같은 특정 메뉴가 아니다. 어디서도 찾아보기 힘든 한국의 반찬 문화에 경탄해마지 않는다. 한식의 세계화뿐만 아니라 대중화를 위해서라도, 소비자나 외식업자 모두에게 관심 밖이거나 골칫거리인 반찬의 복권이 시급하다.

24 이어영, "반찬은 '스키다시'가 아니다", 허프포스트코리아, 2017. (검색일: 2017.08.17.). https://www.huffingtonpost.kr/yiyoyong/story_b_10962552.html

〔1단계〕 문제와 주장

〈문제〉
한식이 세계화되려면 어떻게 해야 하는가?

〈주장〉
한식이 세계화되려면 반찬을 널리 알려야 한다.

〔2단계〕 핵심어(개념)

① 반찬: 밥에 곁들어 먹는 음식.
② 세계화: 다른 나라 사람들도 향유할 수 있게 만듦.

〔3단계〕 논증 구성

〈생략된 전제: 숨은 전제 or 기본 가정〉
한식을 더욱 여유롭고 느긋하게 먹을 수 있게 하고 다양하다는 것은 외국인에게 매력적이다.

〈논증〉
p_1. 반찬은 한식을 더욱 여유롭고 느긋하게 먹을 수 있게 한다
p_2. 반찬은 색, 조리법, 맛 측면에서 다양하다.
p_3. 한식을 더욱 여유롭고 느긋하게 먹을 수 있게 하고 다양하다는 것은 외국인에게 매력적이다. (숨겨진 전제)
C. 따라서 한식이 세계화되려면 반찬을 널리 알려야 한다.

〔4단계〕 함축적 결론

〈추가된 전제: 맥락(배경, 관점)〉
p_4.

〈함축적 결론〉
C_{imp}. 한식 대중화를 위해서도 반찬에 주목해야 한다.

연습문제 15 [25]

기본적으로 지질시대 구분은 하나의 시스템으로서 지구의 기능 차이를 대변하는 것이며, 동시에 지구상에 서식하는 생물 종류의 변화를 나타낸다. 지질시대는 단위가 큰 순서대로 '누대(累代, Eon) – 대(代, Era) – 기(紀, Period) – 세(世, Epoch) – 절(節, Age)'의 순으로 구분되며, 상위 단위일수록 변화의 차이가 크다. 신생대를 세(Epoch) 단위로 구분하는데 사용된 방식은 생물층서를 이용한 것으로, 영국의 지질학자 찰스 라이엘(Charles Lyell, 1797-1875)에 의해 최초로 고안되었다. 그는 지층에 포함된 화석을 현생 종은 새로운 것으로, 멸종된 종은 옛 것으로 구분하여 그 비율에 따라 지질시대를 구분하였고 이러한 방식은 신생대 지질시대 명칭에 충실히 반영되어 있다.

지질학은 시간을 다루는 학문이다. 46억 년 지구 역사를 다루다 보니 일상의 익숙한 시간 개념을 벗어난다. 한 세에서 다른 세로 이동하는 데 수백에서 수천만 년이 걸리는데, 기나 대에 비해서는 짧은 편이다. 공식적으로 현재의 지질시대는 '신생대 제4기 홀로세'다. 홀로세(Holocene)는 (마지막 빙하기가 끝난) 약 1만 1700년 전에 시작되었다. 그런데 인류에 의해 지구가 짧은 시간 동안 급격하게 변했기 때문에 홀로세와 구별되는 새로운 지질시대를 인류세로 명명하자는 것이 인류세(人類世, Anthropocene) 담론의 핵심이다. 인류세는 한 번쯤 들어봤을지도 모르는 '고생대, 백악기, 쥐라기, 플라이스토세'와 같은 지질시대를 가르키는 명칭으로서, 그리스어로 인류를 뜻하는 'anthropos'와 세를 나타내는 접미사 'cene'을 결합해서 만들어졌다. 인류세는 플라스틱, (특히, 닭 뼈와 같은) 가축동물, 비료 사용 증가에 따른 질소의 증가, 핵폭탄 실험, 탄소비율 등이 토양에 기록을 남기고 있기 때문에 지질학적인 구분 중 '세'의 새로운 구분이 필요하다는 성찰로부터 나온 개념이다. 현재 인류세의 시작 시점으로서는 (1) 약 6000년 전 농경과 산림 벌채의 시작, (2) 1600년대 구대륙과 신대륙 사이의 교류, (3) 18세기 산업혁명, (4) 20세기

25 김지성, 남욱현, 임현수, 「인류세(Anthropocene)의 시점과 의미」, 『지질학회지』 제52권 제2호, 2016, 163~171쪽, 최병순, 다큐프라임 〈인류세〉 제작팀, 『인류세: 인간의 시대』, 2020 참조 및 인용.

인구폭발 등이 거론되고 있다. 이와 같은 구분에서 알 수 있듯이, 인류세 이전의 각 이때까지 각 지질시대를 구분하게 만든 근원적인 동력은 자연이었지만, 인류세의 동력은 바로 인간이 주도한다는 점에서 이전과는 차이가 있다. 더구나 인류세의 존재를 미래에 알릴 가장 확실한 요소들이 바로 지금 인류를 그 무엇보다도 위협하고 있는 현상이라는 점은 아이러니하다.

한편, 이런 움직임에 대해 일부 학자들은 인류세라는 용어를 사용하기에는 지질학적 시간 단위에 비해 인류가 영향을 미치기 시작한 시간이 너무 짧으며, 따라서 더 시간을 두고 신중히 결정해야 한다는 반론을 제기하고 있다. 그럼에도 불구하고, 인류세란 용어는 2000년대부터 자연과학 분야와 인문사회 분야, 그리고 일반인 사이에서도 널리 사용되고 있으며, 그 의미에 대해 심도 있는 토론이 꾸준히 진행되어왔다. 이처럼 인류세라는 지질 용어가 등장하자마자 과학계와 사회 전반에 걸쳐 큰 반향을 일으키며 논란의 중심으로 급부상하게 된 배경은, 기존의 층서명과는 달리 그 속에 함축된 의미가 지질학적 범주로 국한된 것이 아니라 정치, 경제, 환경 등 인류의 활동과 관련된 다양한 인문사회학적 요소를 포함하고 있기 때문이다. 인류세는 21세기 들어 당면한 가장 큰 문제 중 하나인 지구환경과 그 보전에 관해 그에 따른 정치적, 사회적 행동의 변화를 촉구하는 의미가 함축되어 있다는 점에서 지질학계 내에서 공식적이든, 비공식적이든 용어의 사용을 무작정 반대할 수만은 없을 것으로 보인다.

〔3단계〕 논증 구성

〈생략된 전제: 숨은 전제 or 기본 가정〉

〈논증〉

p_1. 지질시대 구분에 따른 현재의 공식적인 지질시대는 '신생대 제4기 홀로세'다.

p_2. 인류세는 플라스틱, (특히, 닭 뼈와 같은) 가축동물, 핵폭탄 실험, 탄소비율 등이 토양에 기록을 남기고 있기 때문에 지질학적인 구분 중 '세'의 새로운 구분이 필요하다고 본다.

p_3. 지질시대 구분은 하나의 시스템으로서 지구의 기능 차이를 대변하는 것이다.

c_1. 인류세를 새롭게 지정해야 한다.

p_4. 인류세라는 용어를 사용하기에는 지질학적 시간 단위에 비해 인류가 영향을 미치기 시작한 시간이 너무 짧다.

c_2. 인류세를 새롭게 지정하는 것은 합당하지 않다.

p_5. 기존의 층서명과는 달리 그 속에 함축된 의미가 지질학적 범주로 국한된 것이 아니라 정치, 경제, 환경 등 인류의 활동과 관련된 다양한 인문사회학적 요소를 포함하고 있다.

p_6. 인류세는 21세기 들어 당면한 가장 큰 문제 중 하나인 지구환경과 그 보전에 관해 그에 따른 정치적, 사회적 행동의 변화를 촉구하는 의미가 함축되어 있다

C. 인류세라는 용어를 사용하는 것은 충분한 의미가 있다.

〔4단계〕 함축적 결론

〈추가된 전제: 맥락(배경, 관점)〉

p_7.

〈함축적 결론〉

C_{imp}. 인류세가 끝나는 시점이 도달하면, 인류는 종말을 맞이할 것이다.

3 논증적 글쓰기의 단계적 사고 과정과 절차적 구조

우리는 지금까지 논증적인 글을 쓰기 위한 기초인 중요한 요소들을 이해하기 위해 비판적 사고에 관한 간략한 그림을 살펴보았다. 우리는 3장에서 "논증에 기초한 분석적 요약"에 관하여 본격적으로 살펴볼 것이다. 그것에 앞서 1장과 2장에서 설명한 '논증적 글쓰기'의 절차적 구조와 단계적인 사고 과정을 다시 확인하는 것이 도움이 될 것이다. 그것은 다음과 같았다.

〈표 2-4〉 '논증적 글쓰기'의 (단계적인 사고) 과정

	단계		내용
분석	1	평면적 요약	중요 요소 분석 → 잘 읽고 이해하기 & 비분석적 통념 파괴하기
	2	분석적 요약	논증 구성 → 논리적 구조 이해하기 & 요약문 쓰기
평가	3	분석적 평가	논증 평가 → 논증의 형식적 타당성 & 내용적 수용가능성 평가
	4	비판적 평가	정당화 글쓰기 → (나의) 문제 착안하기 & 논증 구성하기 & 에세이 쓰기

〈표 2-5〉 '논증적 글쓰기'의 (절차적) 구조

		ⓐ 이해하기	ⓑ 분석하기	ⓒ 평가하기	ⓓ 주장하기	
분석	① 평면적 *요약*	중요요소분석				올바른 읽기
	② **분석적** *요약*	평면적 요약의 구성 (논증)				비판적 요약
평가	③ **분석적** *평가*		논증 평가			비판적 논평
	④ 비판적 *평가*			(나의) 논증 구성		정당화 글쓰기

〈표 2-4〉와 〈표 2-5〉에서 알 수 있듯이, '논증적 글쓰기'의 핵심 구조는 결국 '〈분석〉과 〈평가〉'라고 할 수 있다. 다시 말하자면, 〈분석〉은 텍스트를 이해하고 요약하는 것에 더 초점이 맞추어져 있으며, 〈평가〉는 분석 내용의 결과에 따라 자신의 생각을 담은 글을 쓰는 것이 더 중요한 작업이라고 할 수 있다.

이와 같은 '〈분석〉과 〈평가〉'의 과정을 우리가 앞으로 해야 할 공부의 과정에 적용하면 어떨까? 『논어(論語)』의 「위정」 편(爲政篇)에 있는 한 구절을 인용해서 생각해보자.

學而不思則罔 (학이불사즉망)
思而不學則殆 (사이불학즉태)

이것은 무엇을 뜻하는가? 이 말의 의미를 문자 그대로 번역하면, "배우기는 하지만 사색하지 않으면 아무것도 남지 않으며, 사색하지만 배우지 않으면 그 또한 남는 것이 없다" 정도일 것이다. 이 말을 조금 더 쉽게 다음과 같이 풀어 쓸 수 있지 않을까. 말하자면,

"어떤 것을 열심히 *많이 읽고 암기*는 하는데(學) 그것의 의미에 대해 *비판적으로 생각*하지 않으면(不思) 남는 것이 없고, 어떤 것을 *골똘히 생각*은

하는데(思) 그 생각을 구체화하고 뒷받침할 수 있는 *근거들과 배경 지식을 공부*하지 않으면(不學) 그 또한 남는 것이 없다."

만일 『논어』의 「위정」 편에 있는 한 구절을 이와 같이 해석할 수 있다면, 우리가 어떤 것에 대해 공부하고 그것에 관한 앎을 갖는다는 것은 결국 그 문제에 관련된 배경지식을 습득하는 것뿐만 아니라 그것을 철저히 '분석'하고 자신의 눈으로 '평가'하는 능력을 포함하는 것이라고 말할 수 있을 것이다. 이러한 맥락에서, 〈분석〉과 〈평가〉는 근거에 기초한 정당화 글쓰기인 '논증적 글쓰기'를 구성하는 중요한 두 요소라고 할 수 있다.

제3장

논증 (재)구성에 기초한 분석적 요약

논증 (재)구성에 기초한 분석적 요약이란?

우리가 지금까지 습관적으로 해왔던 요약의 방식과 형태를 떠올려보자. 말하자면, 당신이 지금껏 요약을 어떻게 해왔고 요약문을 어떻게 작성했는지를 생각해보자. 아마도 다음에 제시하고 있는 방식은 우리가 요약문을 작성하는 일반적인 방식이었을 것이다. 즉,

① (주어진) 텍스트를 읽는다.
② (주어진) 텍스트를 읽는 중에 중요하다고 생각되는 부분에 밑줄을 친다.
③ (주어진) 텍스트를 모두 읽은 다음 밑줄 친 부분만을 단순히 연결한다.

결론부터 말하자면, 우리가 지금까지 습관적으로 해왔던 이와 같은 방식의 요약은 적어도 주장을 담고 있는 글에 대해서는 올바른 방식의 요약 또는 〈분석적 요약〉이라고 할 수 없다. 이와 같은 방식은 주어진 텍스트의 분량을 단순히 줄여 놓은 것에 불과하기 때문이다. 올바른 방식의 요약 또는 〈분석적 요약〉은 주어진 텍스트에 대한 '정확한 이해'가 요구된다. 말하자면, 〈분석적 요약〉은 분석의 대상이 되는 텍스트에서 중요한 요소들을 찾아낸 다음 그것들을 논리적 사고

의 절차에 부합하게 구성하는 것을 말한다. 〈분석적 요약〉의 구체적인 내용과 형식을 자세히 다루기에 앞서 다음과 같은 세 가지 유형의 지도를 비교함으로써 분석적 요약이 어떤 형식을 갖는지를 간략히 설명하는 것이 도움이 될 듯하다.

당신이 서울 지리에 대해 잘 알지 못한다고 해보자. 예컨대, 당신은 업무를 보기 위해 서울을 몇 차례 방문했지만 이곳저곳을 다녀본 것은 아니라고 해보자. 그리고 당신은 지하철과 버스 등 대중교통을 이용하여 인사동의 G 화랑에서 일하고 있는 친구를 방문해야 한다고 해보자. 당신은 KTX를 타고 서울역에 도착한다. 만일 당신이 그 누구의 도움도 받지 않고 오직 지도에만 의존하여 인사동의 G 화랑에 가야 한다면, 당신이 활용할 수 있는 가장 유용하고 적절한 지도는 어떤 것인가? 당연히 세 번째 지도인 '약도'일 것이다. 만일 당신에게 '1/100,000 지도'를 주면서 인사동을 찾아가라고 말한다면, 아마도 당신은 "덜 세밀해도 좋으니 더 간략히 정리되어 있는 지도를 달라"고 요구할 것이다. 그 요구에 따라 당신에게 '1/50,000 지도'를 제공한다면 어떨까? 아마도, 당신은 "나는 이렇게 단순히 축적을 줄여 놓은 지도를 찾는 것이 아니다"고 말할 것이다. 말하자면, 당신에게 필요한 것은 인사동의 G 화랑에 가기 위한 '적절하고 필요한 정보'가 담긴 지도(약도)다.

만일 그렇다면, 당신이 인사동 부근을 잘 나타내고 있는 약도에 의존하여 G 화랑을 찾아가기 위해 수행한 사고의 절차를 논증으로 다음과 같이 정리해 볼 수 있다. 예컨대,

p_1. 안국역에 도착하면 x번 출구로 나간다.

p_2. x번 출구에서 횡단보도를 건너 인사동 입구를 찾는다.

p_3. 인사동 입구에서 종로 방향으로 y미터 전방에 있는 B 빌딩을 찾는다.

(…)

p_n. (…)

C. 'p_1~p_n'을 모두 수행하면 G 화랑에 도착한다.

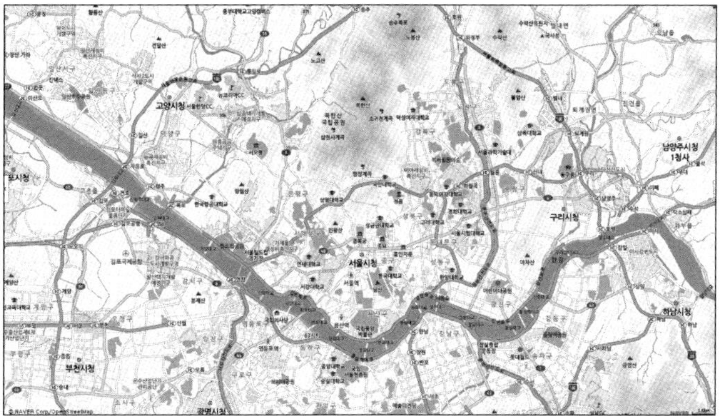

① 1/100,000 지도

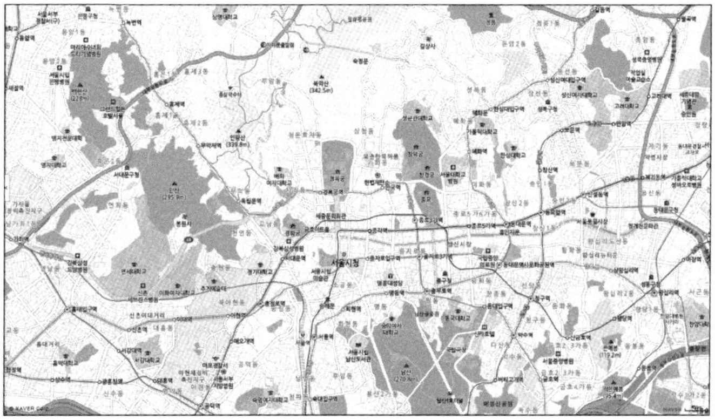

② 1/50,000 지도

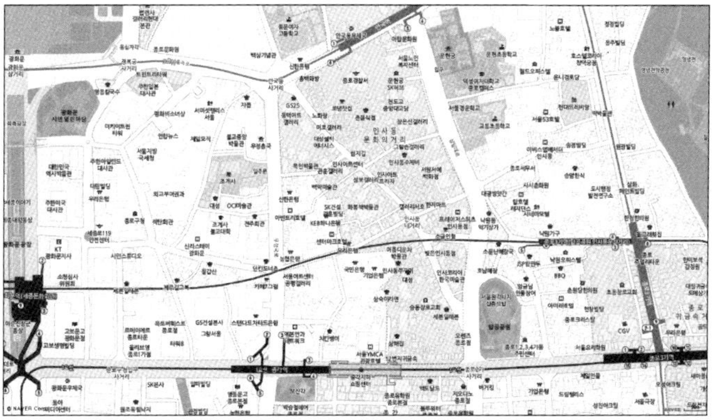

③ 약도

〈그림 3-1〉 분석적 요약과 약도의 유비적 설명

(네이버 지도 참조)

물론, 우리는 일상에서 모든 일들과 상황들을 이와 같은 방식으로 애써 형식화하지는 않는다. 수많은 경험을 통해 그러한 과정을 거치지 않아도 주어진 일과 상황을 익숙하게 해낼 수 있기 때문이다. 하지만 그러한 익숙함은 수많은 관찰과 경험을 통해 '사고의 절차와 내용'이 어느 정도 자동화 또는 체화되었기 때문이다.

우리는 앞선 장에서 비판적 사고와 논증적 글쓰기의 과정에 대해 간략히 살펴보면서 〈분석〉과 〈평가〉에서 중요한 요소들이 아래의 표와 같다는 것을 살펴보았다. 간략히 말해서, 분석적 요약은 〈분석〉에 해당하는 '중요한 요소'들을 찾아내어 '논증'으로 구성하고, 그것을 문장으로 재진술하는 것이라고 말할 수 있다. 예컨대, 〈분석적 요약〉은 당신이 인사동을 찾아가기 위해 중요한 지표들을 활용하여 재구성한 '약도'를 사용하였듯이, 주어진 텍스트를 이해하기 위해 그 텍스트의 중요한 요소들 활용하여 재구성하는 것을 말한다.

〈표 3-1〉 '분석'과 '평가'의 중요한 내용

✔ 분석	✔ 평가
✔ 사고 과정의 중요한 요소들을 추려내어 체계적으로 구성하는 것	✔ 분석된 내용의 개념, 논리성, (함축적) 결론의 수용가능성 등을 따져 보는 것
⇧	⇧
결론적 주장(핵심 주장)	(문제의) 중요성, (주장의) 명확성과 유관성 (함축적) 결론: 더 나아간 숨은 결론
⇧	⇧
(주장을 지지하는) 이유(근거)들 • 명시적 이유: 텍스트에 드러난 이유 • 생략된 이유: 숨은 전제 or 기본 가정	• 논리성(타당성과 수용가능성) • 논의의 맥락(배경, 관점) • 공정성: 반대 입장에 대한 논의 • 충분성: 다양한 시각과 입장
⇧	⇧
(이유를 뒷받침하는) 중요 요소들 • 사실적 정보 • 중요한 개념	• 사실의 일치성 • 개념의 명료함과 분명함

분석의 대상이 되는 텍스트를 비판적 사고에 근거하여 요약글을 작성하는 과정은 크게 두 과정으로 구분할 수 있다. 말하자면, 주어진 텍스트에서 '근거와 주장과 같은 중요한 요소들'을 찾아내는 〈평면적 요약〉과 근거, 주장 그리고 함축적 내용 등을 고려하여 '논증을 구성'하는 〈분석적 요약〉으로 구분할 수 있다. 그리고 이와 같은 사고 과정은 다시 다음과 같은 네 가지 단계로 나누어 생각해볼 수 있다.

〔과정〕

① 평면적 요약: 중요한 요소들을 찾아내기 (내용적 축약)

② 분석적 요약: 논증을 구성하여 논리적 구조 이해하기

〔단계〕 '기본 요소'와 '부가 요소'[1]

기본 요소	1단계	문제와 주장 찾기
	2단계	개념 정의하기 & 생략된 근거(숨은 전제 or 기본 가정) 찾기
	3단계	논증 구성하기 (근거들로부터 결론 추론하기)
부가 요소	4단계	함축적 결론 제시하기

논증적인 글을 분석할 때, 핵심이 되는 것은 '기본 요소'에 속하는 '1~3단계'라 할 수 있다. '부가 요소'에 해당하는 '4단계'는 글의 종류와 내용에 따라 '있을 수도 있고, 없을 수도 있기 때문'이다. 따라서 우리는 '부가 요소'보다는 '기본 요

1 3장에서 다루고 있는 〈분석적 요약〉과 4장에서 논의할 〈분석적 논평〉에 관한 내용은 성균관대학교에서 "학술적 글쓰기"와 "비판적 사고"를 강의하는 과정에서 얻은 경험에 많은 것을 빚지고 있다는 것을 밝힌다. "비판적 사고와 학술적 글쓰기"에서는 요약의 중요 요소로 8가지 항목을 그리고 논평의 중요 기준으로 5가지를 제시하고 있다. 앞으로 자세히 살펴보겠지만, 여기에서는 〈분석적 요약〉과 〈분석적 논평〉의 '대응적인 논리적 관계'를 분명하게 보이기 위해 모두 '4단계 과정'으로 축약하고 통일하여 제시하였다. 말하자면, 여기서 다루는 '논증적 글쓰기'에서 〈분석적 요약〉의 분석 단계는 〈분석적 논평〉의 평가 기준에 직접적으로 대응하는 구조를 갖고 있다. 이러한 구조와 형식의 차이는 "원만희 · 박정하 외, 『비판적 사고 학술적 글쓰기』, 성균관대학교출판부, 2015"를 참조함으로써 확인할 수 있다.

소'에 초점을 맞추어 분석을 수행해야 한다. 우리는 앞선 장에서 분석적 요약을 위한 두 과정과 4단계에 관한 내용을 이미 비교적 자세히 살펴보았다. 여기에서는 〈분석적 요약〉의 4단계의 중요한 내용을 간략히 살펴본 다음 실제적인 〈분석적 요약〉을 연습하도록 하자.

〔1단계〕 (핵심) 문제와 주장 찾기

'분석적 요약'을 하기 위한 첫 번째 단계는 주어진 텍스트에서 제기하고 있는 '(핵심) 문제'와 그것에 대한 답변인 필자의 '주장(결론)'이 무엇인지를 파악하는 것이다. 그리고 필자가 제기한 핵심 문제와 그것에 대한 핵심 주장은 일반적으로 어렵지 않게 찾을 수 있다. 만일 필자가 어떤 중요한 주장을 개진하거나 어떤 것을 정당화하려는 의도를 가지고 글을 쓴 경우라면, 독자에게 그것을 잘 전달하고 보여주는 것이 글의 일차적인 목표이기 때문이다.

그리고 핵심 문제와 주장은 한 쌍(a pair)을 이루고 있다. 말하자면, 필자가 제기한 문제와 그것에 대한 답변인 주장은 서로 상응한다. 예컨대, 다음과 같은 문제 또는 물음에 대해 한 쌍을 이루는 직접적으로 상응하는 답변 또는 주장은 무엇인가?

Q1. 우리 함께 밥 먹을까?
Q2. 너 나랑 사귈래?

이와 같은 물음 또는 문제에 대해 한 쌍을 이루는 직접적으로 대응하는 답변 또는 주장은 아마도 다음과 같은 것이다.

A1. 그래, 함께 밥을 먹자. (또는 아니, 함께 밥을 먹지 않을래.)
A2. 그래, 우리 사귀자. (또는 아니, 나는 사귈 마음이 없어.)

물론, 일상에서는 물음 Q1(또는 Q2)에 대해 다양한 답변이 가능하다. 예컨대, 함께 밥을 먹는 것을 거부하려 할 경우, "나는 방금 먹었어", "시간이 조금 이르지 않아?", "속이 좋지 않아" 등과 같이 부정의 의미를 갖는 표현을 할 수 있다. 하지만 엄밀하게 말해서 그러한 답변은 물음에 대한 직접적인 답변을 한 것은 아니다. 왜냐하면 그러한 답변에 대해 또 다른 이유로 동일한 물음을 제기할 수 있기 때문이다. 예컨대, "(너의 사정이 이러저러하더라도) 함께 밥을 먹을 수 있지 않아?"라고 물을 수 있다.

[2단계] 개념(핵심어) 정의와 생략된 근거 찾기

이미 앞선 장에서 보았듯이, 개념(핵심어)은 단어 또는 용어이기 때문에 논증의 가장 기초적인 요소다. 또한 개념은 중요한 용어를 '정의(definition)'하는 것이다. 따라서 중요한 개념(핵심어)과 그것의 정의는 논증의 중요한 근거로 사용되는 경우가 있다.

생략된 근거(숨은 전제 or 기본 가정)는 텍스트에 명시적으로 드러나지 않는 근거라고 할 수 있다. 그리고 그것들은 텍스트에서 다루고 있는 문제에 대한 필자의 기본적인 입장(stance) 및 관점(point of view)과 밀접한 관련을 갖고 있는 경우들이 있다.

애매어(ambiguous)

여기서 한 가지 짚고 넘어가야 할 것이 있다. 텍스트에서 중요하게 사용하고 있는 개념이 명시적으로 드러나 있는 경우라고 할지라도, 어떤 경우에는 그 개념에 대해 문제를 제기할 수 있는 경우가 있기 때문이다. 다음의 예를 통해 그것을 살펴보자.

〈보기〉
① 연희는 좋은 눈을 가졌어.
② 연희는 지섭이보다 우성을 더 좋아한다.

먼저 ①을 살펴보자. 진술문 ①은 어떻게 해석되는가? 진술문의 앞뒤 맥락이 제시되지 않았기 때문에 그것은 적어도 세 가지 뜻으로 이해될 수 있다. 즉,

① 연희는 좋은 눈을 가졌어.
a) 연희는 시력이 좋다.
b) 연희는 안목(眼目)이 있다.
c) 연희는 예쁜 눈을 가졌다.

다음으로 ②를 살펴보자. ②는 어떻게 해석되는가? 이것 또한 진술문의 앞뒤 맥락이 제시되지 않았기 때문에 그 뜻을 정확하게 파악하기 어렵다는 문제가 있다. 하지만 진술문 ②는 적어도 두 가지 의미로 파악된다는 것을 알 수 있다. 즉,

② 연희는 지섭보다 우성을 더 좋아한다.
a) 연희는 지섭과 우성 중 우성을 더 좋아한다.
b) 연희와 지섭은 모두 우성을 좋아하지만, 연희가 우성을 좋아는 정도가 지섭이 우성을 좋아하는 정도보다 더 크다.

이와 같이 진술문 ①과 ②가 두 가지 이상으로 다양한 의미를 갖는 경우를 '애매(ambiguous)'하다고 한다.[2] 만일 중요한 개념 또는 개념 정의가 애매하다면, 그 의미를 '명료(clear)'하게 만들어야 한다.

모호어(vague)

애매어 또는 애매 문장이 의미가 두 가지 이상으로 다양하게 해석되는 경우인 반면에, 모호성(vagueness)을 가진 경우는 용어 또는 진술문이 가리키는 대상의 외연이나 크기 또는 속성이나 성질이 분명하지 않은 경우를 말한다. 예컨대 다음과 같은 진술문을 평가해보자.

〈보기〉
③ 우리 조만간 만나서 식사를 하자. 연락할게.
④ 학생은 학생다워야 한다.

먼저 진술문 ③을 살펴보자. 우리는 일상에서 오랜만에 만난 친구나 지인과 우연히 만났을 때 습관적으로 '조만간 식사 한번 하자'거나 '조만간 연락할게'와 같이 말하곤 한다. 그 진술문을 정확하게 이해하기 위해서 반드시 요구되는 것은 무엇인가? 이미 알아챘겠지만, 그 진술문을 정확하게 이해하기 위해서는 '조만간'이 어느 정도의 시간과 기간을 가리키고 있는지를 '분명(distinct)'하게 알아야 한다. 예컨대, 그 진술문을 말하는 당신에게 '조만간'은 대략적으로 '한 달'을 가

2 애매어의 사용으로 진술문의 의미를 올바르게 파악할 수 없는 경우를 "애매어의 오류(fallacy of ambiguous)"라고 한다. 한 예를 보면 다음과 같다. 예컨대,

P_1. 일의 끝은 그 일의 완성이다.
P_2. 삶의 끝은 죽음이다.
C. 따라서 죽음은 삶의 완성이다.

리킬 수 있다. 반면에 그 진술문을 들은 당신의 친구에게는 '조만간'이 대략적으로 '일주일 이내'를 지시할 수도 있다. (여기서 말하고 있는 '대략적' 또한 모호한 단어다.) 이와 같이 모호한 용어나 문장을 사용하는 경우는 우리의 일상에서 어렵지 않게 찾을 수 있다. 예컨대, '소금을 적당히 넣어주세요'의 '적당히', '이 너트는 대충 조여주세요'의 '대충'은 모두 '분명'하지 않고 '모호'하다.

다음으로 진술문 ④를 보자. 우리가 "학생은 학생다워야 한다"는 진술문을 올바르게 이해하기 위해 요구되는 것은 무엇인가? 똑똑한 당신은 앞선 논의를 통해 '학생다움'에 대한 기준과 준거가 제시되어야 한다는 것을 이미 파악했을 것이다. 예컨대, 흔히들 말하듯이 '공부를 잘하는 것', '복장이 단정한 것' 또는 '예절이 바른 것' 등은 '학생다움'에 대한 기준으로 충분한가? 아마도 당신은 그것만으로는 학생다움을 정의하기에 충분하지 않다는 것에 쉽게 동의할 수 있을 것이다.

지금까지 살펴본 애매어와 모호어의 문제가 '개념 정의'에 있어 중요한 까닭은 그것들을 명료하고 분명하게 수정하지 않을 경우 일반적으로 수용되는 개념이 전혀 다른 의미로 변질 될 수 있기 때문이다. 다음의 예를 살펴보자.

"보수(保守)[3]는 개혁(改革)[4]합니다."

이 진술문을 문자 그대로 옮기면,

"보전하여 지키는 것(보수)은 새롭게 뜯어 고칩니다(개혁)."

가 될 것이다. 하지만 이와 같은 정의는 이상하다. 말하자면, '보수'와 '개혁'은 모

3 국어사전은 '보수'를 "① 보전하여 지킴. ② 새로운 것이나 변화를 적극적으로 받아들이기보다는 전통적인 것을 옹호하며 유지하려 함"이라고 정의하고 있다.

4 국어사전은 '개혁'을 "제도나 기구 따위를 새롭게 뜯어고침"이라고 정의하고 있다.

순관계는 아니라고 할지라도 반대관계에 놓여 있는 개념이기 때문이다. 이와 같이 어떤 용어가 갖고 있는 본래의 뜻을 일반적으로 수용되지 않는 전혀 새로운 의미로 사용하는 오류를 '은밀한 재정의의 오류(fallacy of illicit redefinition)'[5]라고 한다. 만일 텍스트에서 중요하게 사용하고 있는 중요한 개념이 이와 같은 오류를 저지르고 있다면, 반드시 그 오류를 발견하고 올바르게 수정해야 한다.

다음의 제시문은 우리가 일상에서 사용하는 애매어 또는 애매 문장으로부터 문제를 포착하여 어떤 주장을 개진한 글이라고 할 수 있다. 다음의 글에 '또 다른 애매함은 없는지' 평가해보자.

애매어 연습문제

'호불호(好不好)'에 관하여

우리는 일상에서 "그것은 호불호가 나뉜다"는 말을 익숙하게 사용한다. 이것은 판단의 대상이 되는 것에 대해 '좋아한다'와 '좋아하지 않는다'는 입장이 구분된다는 뜻으로 읽힌다. 또한 우리는 일상에서 "그 사람은 (또는 그것은) 호불호(好不好)가 없다"는 말을 하곤 한다. 그 말의 관용적 쓰임은 아마도 "그 사람은 (또는 그것은) 좋다"인 듯하다. 예컨대, 우리는 일반적으로 "(대부분의) 사람들은 짜장면에 대해 호불호가 없다"는 말을 "(대부분의) 사람들은 짜장면을 좋아한다(또는 적어도 싫어하지 않는다)"는 뜻으로 사용하기 때문이다. 언뜻 보기에도, '호불호'에 대한 전자의 쓰임에는 큰 문제가 없는 듯이 보인다. 그런데 후자의 관용적 쓰임을 꼼꼼히 따져

5 은밀한 재정의의 오류는 어떤 과정에서 용어나 말의 의미를 자의적으로 변화시키는 것을 말한다. 예컨대 "미친 사람은 정신병원에 수용되어야 한다. 요즘 세상에 뇌물 주는 것을 물리치다니, 미치지 않고서야 그럴 수 있어? 그 친구 정신병원에 보내버려야겠어." 여기서 '미친 사람'이라는 표현이 '뇌물을 거절하는 사람'으로 은밀히 재정의되어 올바른 행위를 한 사람을 정신병원에 보내야 한다는 오류가 발생한 것이다. 김광수, 『논리와 비판적 사고』, 철학과현실사, 2007, 325쪽.

보면 그 말의 뜻이 애매하다는 것을 알 수 있다.

'그 사람은 호불호가 없다'는 말의 첫 번째 애매함은 이렇다. 그 진술문은 사용되는 맥락에 따라

① '그 사람에 대한 호불호가 없다', 그리고

② '그 사람은 어떤 대상이나 현상 그리고 사건이나 사태에 대한 호불호가 없다'

와 같은 두 가지 의미로 해석될 수 있다.

그 진실문의 두 번째 애매함은 다음과 같다. '호불호가 없다'를 문자 그대로 해석할 경우, 그 말은 '좋아함과 좋아하지 않음(싫어함) 모두가 없다'는 뜻으로 읽어야 한다. 만일 그렇다면, 첫 번째 경우의 ①은 다시

③ '그 사람에 대한 좋아함과 좋아하지 않음이 모두 없다'

는 뜻이고, 이것은 '그 사람에 대한 어떠한 평가나 판단 또는 입장이나 견해가 없다'의 의미일 터이다. 그리고 그것은 곧 '그 사람에 대한 관심이 없다' 또는 '그 사람에 대한 어떠한 정보도 없다'는 말이 된다. 그리고 첫 번째 경우의 ②는

④ '그 사람은 어떤 대상이나 현상 그리고 사건이나 사태에 대한 좋아함과 좋아하지 않음이 없다.'

는 뜻이고, 이것은 '그 사람은 어떤 대상이나 현상 그리고 사건이나 사태에 대한 평가나 판단 또는 입장이나 견해가 없다'의 의미일 터이다. 그리고 그것은 곧 '그 사람은 삶과 세계에 대한 입장이나 견해 또는 관심이 전혀 없다'는 말이 될 것이다.

만일 '호불호가 없다'는 말이 우리의 관용적 쓰임과 달리 이와 같이 애매하다면, '호불호가 없다'는 것은 큰 문제를 초래하는 듯이 보인다. 먼저, ③의 경우를 살펴보자. 이 경우에서 그는 자신을 둘러싼 세계로부터 '떨어져나간 또는 괴리'되

어 있는 상태라고 보아야 할 것이다. 그에 대한 정보를 얻을 수 없거나 정보를 얻을 수 있더라도 관심가질 만한 사람이 아니라는 것을 함축하기 때문이다. 다음으로 ④에 대해 살펴보자. 이 경우도 앞서와 마찬가지로 그는 자신을 둘러싼 세계로부터 '떨어져나간 또는 괴리'되어 있는 상태라고 보아야 할 것이다. 그는 자신의 삶과 자신을 둘러싼 세계에 대한 정보를 얻을 수 없거나, 그러한 정보를 얻을 수 있다고 하더라도 관심을 두지 않는다는 것을 함축하기 때문이다. 간략히 말해서, '호불호가 없는 사람'은 세계로부터 완전히 격리되어 있거나 세계와 어떠한 관련도 맺지 않는 사람이라고 볼 수 있다.

이야기를 여기까지 듣다보면, 누군가는 다음과 같이 항변할 수도 있다. 말하자면, 어떤 것에 대해 '호불호가 없다'는 것은 '가치중립적'이라는 의미이고, 어떤 것에 대해 중립을 지킨다는 것은 그 자체로 지지받을 수 있는 자세라고 말이다. 물론, 세상만사의 모든 것에 대해 '호' 또는 '불호'의 의견이나 입장을 가질 수도 없을뿐더러, 그래야 할 이유도 없다. 하지만 반대로 세상만사의 모든 것에 대해 가치중립적일 수도 없을뿐더러, 그래서는 안 된다고 말할 수도 있다. 게다가 그러한 경우의 '가치중립'은 일종의 '기계적 가치중립'이거나, 더 나아가 '아무런 의견 없음'일 수도 있다.

우리는 세계와 어떠한 관련도 맺지 않고 살아갈 수 있는가? 우리는 아마도 전혀 그럴 수 없다는 데 동의할 수 있을 것이다. 만일 그렇다면, 우리는 우리의 삶에 그리고 우리를 둘러싼 세계에 대해 어떠한 방식으로든 입장이나 견해를 갖기 마련이다. 물론, 인간은 부족한 경험으로 인해 그리고 제한된 지식으로 인해 어떤 대상이나 사건에 대해 가진 최초의 판단이나 견해가 잘 못된 것일 수 있다. 달리 말하면, 어떤 대상에 대한 최초의 '호'에 대한 입장이 앞으로 축적될 경험에 의해 그리고 확장될 지식에 의해 '불호'로 바뀔 수 있다. (물론, 그 역 또한 당연히 성립한다.) 따라서 어떠한 방식으로든 세계와 관계를 맺고 있는 우리에게 요청되는 것은 '중립을 지킨다'는, 더 정확하게 말해서 '기계적 중립을 지킨다'는 거짓 전제를 내밀면서 이 세계에 존재하는 대상과 일어나는 사건에 대한 호와 불호의 입장이나 견해를 전혀 갖지 않는 것이 아니다. 오히려 우리는 이 세계에서 일어나는 일들과 존재하는 것들에 대해 내가 어떤 입장과 견해를 가지고 있고 가질 수 있는지 탐구하고 고찰해야 한다. 우리의 삶에 관해서 그리고 세계에서 일어나는 일들에 대해서 '호' 또는 '불호'의 입장이나 견해를 갖는다는 것 자체가 결코 나쁜 것이 아니다. 자신이 가진 '호' 또는 '불호'의 입장이나 견해를 지지하고 해명할 수 있는 합리적이 이유를 제시하지 못하는 것이 나쁜 것이다. 우리가 부단히 경험을 확장하고 지식을 쌓아가야 하는 이유가 여기에 있다. 더 중요한 것은 내가 '좋아하는 것'만을 경험하고 알아가는 것만으로는 우리의 삶에 유익하고 세계를 이해하는 데 도움이 되는 경험과 지식을 확장하고 쌓을 수 없다는 것이다. 좋은 경험과 지식은 내가 좋아하지 않는 경험과 지식에 의해 검토되고 보완될 경우에 얻어질 수 있기 때문이다.

[3단계] 논증 구성하기

논증을 구성한다는 것은 주어진 텍스트의 핵심 주장과 그것을 지지하는 중요한 근거들을 논리적 순서에 따라 배치하는 것을 말한다. 논증은 일련의 근거(이유, 전제)와 결론(주장)으로 이루어지며, 논증의 표준 형식으로 (재)구성하는 데 있어 2단계에서 찾은 생략된 전제나 암묵적 가정이 있다면 그것을 채워 넣어야 하는 경우가 있다. 그리고 논증 구성은 〈분석적 요약〉에서 가장 기본적일 뿐만 아니라 중요한 역할을 한다.

논증적 글쓰기를 공부하는 많은 사람들이 〈분석적 요약〉에서 논증을 구성하는 데 어려움을 겪곤 한다. 하지만 분석의 1단계인 〈평면적 요약〉에서 분석의 중요한 요소를 모두 찾아냈다면, 논증을 어렵지 않게 구성할 수 있을 것이다. 이것을 어떻게 쉽게 설명할 수 있을까? 예컨대, 당신이 냇물을 건너야 한다고 해보자. 당신이 물에 젖지 않고 냇가의 한 편에서 다른 편으로 건너기 위해서는 '징검다리'를 놓아야 할 것이다. 그러면 징검다리를 어떻게 놓아야 할까? 당신이 발걸음이 좁은 어린이를 위해 징검다리를 놓는다면, 징검다리의 폭을 촘촘히 놓아야 할 것이다. 반면에 당신이 발걸음 폭이 충분히 큰 성인만을 위한 징검다리를 놓

〈그림 3-2〉 '논증 구성'은 '징검다리 놓기'

는다면, 전자의 경우처럼 징검다리를 촘촘히 놓을 필요는 없을 것이다. 논증을 구성하는 것도 냇가를 건너기 위한 징검다리를 놓는 것과 다르지 않다. 당신이 출발하는 냇가의 한 편이 '현안 문제'라면, 당신이 도달하려는 냇가의 다른 편이 '결론'이라고 할 수 있다. 그리고 징검다리를 구성하고 있는 개개의 '돌'은 냇가의 한편에서 다른 편으로 건너기 위한 '전제, 이유, 근거'라고 할 수 있다. 어린이를 위한 징검다리와 어른을 위한 징검다리의 폭을 다르게 놓을 수 있듯이, 논증 구성 또한 분석의 대상이 되는 텍스트의 성격에 따라 전제적 이유들을 세세히 제시할 수도 있고, 가장 중요한 핵심적인 전제적 이유들만으로 논증을 구성할 수도 있다.

〔4단계〕 함축적 결론 찾기: 부가 요소

간략히 말해서, 함축 또는 함축적 결론은 명시적 결론으로부터 추론할 수 있는 숨겨진 또는 암묵적 결론이라고 볼 수 있다. 물론, 명시적 결론으로부터 함축적 결론을 이끌어내기 위해서는 새로운 근거가 추가되어야 한다. 함축적 결론을 추론하기 위해 추가되는 새로운 근거는 관점과 배경을 포함하는 텍스트의 맥락에 의존하는 경우들이 있다. 또는 필자의 숨은 의도를 보이기 위해 텍스트의 중요한 내용과 관련된 새로운 정보를 추가할 수도 있다.

〈분석적 요약〉을 하기 위한 이와 같은 4단계의 과정은 사실 '논증 구성'과 다르지 않다. 간략히 말해서, 주어진 텍스트의 주장(결론)과 그것을 뒷받침하는 근거(전제, 이유)들을 모두 찾아 논증으로 구성한다면, 주장과 근거에 해당하는 명제들을 적절한 접속사나 조사로 연결하는 것만으로도 충분히 '분석적 요약문'을 작성할 수 있기 때문이다. 이제, 몇 가지 텍스트를 통해 〈분석적 요약〉과 '요약글'을 작성하는 연습을 해보자.

2 분석적 요약 연습 예시

우리는 지금까지 주어진 텍스트를 적확하고 올바르게 이해하기 위한 〈분석적 요약〉의 기본적인 이론적 내용을 살펴보았다. 말하자면, 우리는 이제 〈분석적 요약〉에 관한 기본적인 지식(앎)을 가지게 되었다. 하지만 '안다(앎)'는 것이 곧 '할 수 있다(실천)'는 것을 의미하지는 않는다. 따라서 우리는 이제부터 우리가 익힌 〈분석적 요약〉에 관한 지식(앎)을 텍스트에 적용하여 분석하는 연습을 해야 한다. 다음에 제시한 세 개의 텍스트, 즉 밀(J. Mill), 흄(D. Hume) 그리고 아인슈타인(A. Einstein)의 텍스트에 대한 〈분석적 요약〉의 예시를 통해 분석의 중요한 요소들을 찾아 논증으로 구성하고, 그것에 기초하여 요약글을 쓰는 방법과 과정이 어떻게 이루어지는지에 대해 살펴보자.

예시 1 『자유론』(밀, J. S. Mill)[6]

> ① 우리가 중시해야 할 것은 토론의 자유다. ② 흔히 우리가 갖고 있는 의견이나 주장은 이성적, 논리적 사고에 따라 치밀하게 논증된 것이 아니라 그 사회 대부분의 사람들이 옳다고 생각하는 감정이나 여론, 습관에 따라 결정된 것일 가능성이 높다. ③ 보통 사람들은 다수의 의사를 당연한 것, 즉 아무런 의심도 없이 자명하고 정당한 것으로 받아들인다. 하지만 ④ 이것은 인류의 착각일 뿐이다.
>
> 따라서 ⑤ 토론과 논증을 거치지 않은 견해가 있다면, 그것은 진리가 아니라 단지 독단일 수도 있다. ⑥ 어떤 의견이든, 예를 들어 기독교를 믿는 국민이 갖고 있는 신에 대한 절대적인 믿음조차도 반대 의견을 경청하는 토론을 거침으로써 그것이 진정한 진리라는 것을 입증할 수 있어야 한다. ⑦ 우리는 모든 견해에 대해 그것이 절대적으로 옳다고 믿는 무오류성의 가정을 버리고 토론을 통해, 즉 갑론을박을 통해 그 견해에 대한 근거를 따져보고 그것의 진리 여부를 판단해야 한다. ⑧ 토론을 거치지 않고 비판에 열려있지 않는 진리는 진정한 진리라고 말할 수 없다. ⑨ 어떤 의견도 오류일 수 있다는 가능성을 인정해야 한다.

이제, '밀의 『자유론』'을 〈분석적 요약〉의 4단계 과정에 따라 분석해보자. 밀은 이 텍스트를 통해 매우 분명하고 명료한 주장을 개진하고 있기 때문에 텍스트의 논증 구조를 파악하는 것은 어려운 일이 아닐 것이다. 하지만 〈분석적 요약〉의 형식에 따라 글을 분석하는 첫 번째 예제이므로 조금 더 꼼꼼하고 세세한 설명을 덧붙이는 것이 좋을 것 같다.

6 밀(J. S. Mill), 『자유론』, 이좌용 · 홍지호, 『비판적 사고』, 성균관대학교출판부, 2015 재인용.

〔1단계〕 문제와 주장

첫 번째 단계는 필자가 텍스트에서 제기하고 있는 '(핵심) 문제'와 '주장'을 찾는 것이다. 앞서 말했듯이, 필자가 제기하고 있는 '(핵심) 문제'는 일반적으로 그 텍스트의 제목에 드러난다. 하지만 만일 주어진 텍스트에 별도의 제목이 제시되어 있지 않은 경우, 필자가 텍스트를 통해 궁극적으로 말하고자 한 '주장' 또는 '결론'을 찾아냄으로써 필자가 제기하고 있는 '(핵심) 문제'가 무엇인지 밝혀낼 수 있다. 주장은 '문제에 대한 답변'이기 때문이다. 그리고 '주장' 또는 '결론'은 '따라서, 그러므로, 결론적으로' 등과 같은 결론 지시어를 통해 지시되고 있다는 점에 비추어 보았을 때, 텍스트의 주장 또는 결론을 찾아내는 것은 결코 어려운 일이 아니다. 예컨대, 우리는 '밀의 『자유론』'에서 대략적으로 다음과 같은 주장들을 찾아낼 수 있다.

① 우리가 중시해야 할 것은 토론의 자유다.

⑤ 따라서 토론과 논증을 거치지 않은 견해가 있다면, 그것은 진리가 아닌 독단일 수 있다.

⑦ 우리는 모든 견해에 대해 그것이 절대적으로 옳다고 믿는 무오류성의 가정을 버리고 토론을 통해, 즉 갑론을박을 통해 그 견해에 대한 근거를 따져보고 그것의 진리 여부를 판단해야 한다.

⑨ 어떤 의견도 오류일 수 있다는 가능성을 인정해야 한다.

'밀의 『자유론』'에서 명시적으로 밝히고 있는 일련의 주장들이 이와 같다면, 다음으로 우리는 그와 같은 주장들 중에서 같은 의미를 가진 진술문들을 구분하고 궁극적이고 최종적인 주장 또는 결론이 무엇인지 판별해야 한다. 똑똑한 당신은 이미 눈치를 챘겠지만, '① & ⑦' 그리고 '⑤ & ⑨'는 같은 주장을 담고 있는 진술문이라는 것을 파악할 수 있다. 또한 이 텍스트의 궁극적이고 최종적인 결론이 '① & ⑦'이라는 것도 이해할 수 있을 것이다. 따라서 '⑤ & ⑨'는 최종 결론을 뒷받침하고 있는 직접적인 '근거(이유, 전제)'인 동시에 전체 논증 구조에서 '중간 결론'에 해당한다는 것을 알 수 있다. 그리고 '문제와 주장'은 일반적으로 서로 대응하거나 상응하는 관계를 가지고 있다. 만일 이와 같은 분석과 설명이 올바르다면, 이 텍스트에서 제기하고 있는 '(핵심) 문제와 주장'을 '문자 그대로' 일차적으로 옮기면 다음과 같이 정리할 수 있다.

문제	①	우리가 중시해야 할 것은 토론의 자유인가?
	⑦	우리는 모든 견해에 대해 그것이 절대적으로 옳다고 믿는 무오류성의 가정을 버리고 토론을 통해, 즉 갑론을박을 통해 그 견해에 대한 근거를 따져보고 그것의 진리 여부를 판단해야 하는가?
주장	①	우리가 중시해야 할 것은 토론의 자유다.
	⑦	우리는 모든 견해에 대해 그것이 절대적으로 옳다고 믿는 무오류성의 가정을 버리고 토론을 통해, 즉 갑론을박을 통해 그 견해에 대한 근거를 따져보고 그것의 진리 여부를 판단해야 한다.

너무 당연한 이야기이지만, 〈분석적 요약〉의 최종 단계에서는 일차적으로 찾아낸 '문제와 주장'을 텍스트의 논증 구조에 비추어 더 명료하고 직접적인 표현으로 다듬어 하나의 진술문(명제)으로 제시해야 한다. (그것은 아래에 제시한 〈분석적 요약〉의 예시를 통해 확인할 수 있다.)

〔2단계〕 핵심어(개념)

핵심어 또는 개념어는 일반적으로 필자가 텍스트를 통해 해결하고자 하는 문제 또는 대상을 가리키거나 그 안에 포함된 '단어'일 가능성이 매우 높다. 또한 주어진 텍스트가 상반되거나 충돌하는 두 입장 또는 견해를 다루고 있는 경우, 앞서 찾은 문제 또는 대상을 가리키거나 그 안에 포함된 '단어'에 대한 '반대어' 또는 그것에 상응하는 단어가 포함될 수 있다. 예컨대, 밀은 『자유론』에서 '토론'

의 중요성을 주장하고 있다. 따라서 우리가 이 텍스트에서 찾아낼 수 있는 첫 번째 핵심어(개념)는 '토론'이다. 또한 밀은 『자유론』에서 '토론'에 반대되는 개념으로 '독단'을 제시하고 있다는 것을 알 수 있다. 이와 같이 핵심어(개념)를 찾아내었다면, 다음으로 그 개념이 어떤 의미로 사용되고 있는지를 밝혀야 한다. 달리 말하면, 그 개념에 대한 '정의(definition)'가 무엇인지 설명해야 한다.

핵심어 (개념)	• 토론: 믿음의 진리를 사람들 간의 이성적이고 논리적인 사고를 통해 검증하는 이론적인 절차 • 독단: 토론을 거치지 않은 무비판적인 믿음

〔3단계〕 논증 구성

논증 구성은 〔1단계〕에서 찾아낸 주장(또는 결론)을 지지하고 뒷받침하는 일련의 근거(이유, 전제)들을 찾아내어 '논리적 흐름'에 맞도록 '재배치(replacement)'하는 것이라고 할 수 있다. 논증을 구성하는 과정에서 유의할 점은 이렇다.

만일 '[a] 필자가 어떤 이유로 중요한 근거(이유, 전제)를 생략'하고 있거나 '[b] 필자가 현재 다루고 있는 문제에 대해 이미 가지고 있는 입장'이 있을 경우, 그것을 분석하여 논증의 적절한 자리에 배치해야 한다. (일반적으로, ⓐ는 '숨은 전제', ⓑ를 '기본 가정'이라고 한다.)

앞선 장에서 이미 말하였지만, 생략된 근거(숨은 전제 or 기본 가정)는 분석의 대상이 되는 텍스트에 명시적으로 드러나는 근거(이유, 전제)들에 비해 찾아내기 어려울 수 있다. 게다가 어떤 경우에는 생략된 근거(숨은 전제 or 기본 가정)가 아예 없을 수 있다. 따라서 만일 텍스트를 분석하는 과정에서 명시적으로 드러난 근거(이유, 전제)들만으로 최종 결론 또는 주장을 지지하거나 뒷받침하기에 충분하다고 판단된다면, 직접적이지 않거나 관련성이 떨어지는 생략된 근거(숨은 전제 or 기본 가정)를 추가하는 것은 불필요하다고 말할 수 있다.

논증을 구성하기 위해 먼저 해야 할 일은 최종 결론을 직접적으로 지지하고 있는 근거(이유, 전제)에 해당하는 진술문들을 찾아내어 구분하는 것이다. 다음으로 (앞선 [1단계: 문제와 주장]에 설명하였듯이), 분석의 대상이 되는 텍스트에서 같은 또는 유사한 의미를 담고 있는 진술문들이 있을 경우, 그 진술문들의 의미를 보여줄 수 있는 하나의 진술문(명제)으로 '재진술(restatement)'하여 분명하고 명료하게 제시할 필요성이 있다.

주장을 지지하고 뒷받침하는 근거(이유, 전제)들을 찾아 논증을 구성하는 것은 주장을 찾아내는 것에 비해 매우 어려운 일이다. 따라서 '밀의 『자유론』'에 들어 있는 모든 진술문들을 낱낱이 살펴보자. 우선, 밀의 『자유론』에서 유사한 또는 같은 의미를 담고 있는 진술문들을 '결론'과 '근거'로 나누어 구분해보자.

결론	①	우리가 중시해야 할 것은 토론의 자유다.
	⑦	우리는 모든 견해에 대해 그것이 절대적으로 옳다고 믿는 무오류성의 가정을 버리고 토론을 통해, 즉 갑론을박을 통해 그 견해에 대한 근거를 따져보고 그것의 진리 여부를 판단해야 한다.
	⑥	어떤 의견이든, 예를 들어 기독교를 믿는 국민이 갖고 있는 신에 대한 절대적인 믿음조차도 반대 의견을 경청하는 토론을 거침으로써 그것이 진정한 진리라는 것을 입증할 수 있어야 한다.
근거 1 (전제)	②	흔히 우리가 갖고 있는 의견이나 주장은 이성적, 논리적 사고에 따라 치밀하게 논증된 것이 아니라 그 사회 대부분의 사람들이 옳다고 생각하는 감정이나 여론, 습관에 따라 결정된 것일 가능성이 높다.
	③	보통 사람들은 다수의 의사를 당연한 것, 즉 아무런 의심도 없이 자명하고 정당한 것으로 받아들인다.

근거 2 (전제)	④	하지만 이것은 인류의 착각일 뿐이다.
	⑤	따라서 토론과 논증을 거치지 않은 견해가 있다면, 그것은 진리가 아니라 단지 독단일 수도 있다.
	⑧	토론을 거치지 않고 비판에 열려있지 않는 진리는 진정한 진리라고 말할 수 없다.
근거 3 (전제)	⑨	어떤 의견도 오류일 수 있다는 가능성을 인정해야 한다.

만일 이와 같은 구분이 올바르다면, 결론과 근거에 해당하는 진술문의 의미를 명료하고 분명하게 보여줄 수 있는 하나의 명제로 표현해보자.

결론	① ⑦	정당화되지 않은 무비판적인 믿음은 토론을 통해 검증되어야 한다.
	⑥	(이 문장은 '예시'를 담고 있는 주장으로 볼 수 있다.)
근거 1 (전제)	② ③	우리가 가진 많은 의견, 주장, 믿음은 많은 사람들이 가진 다수의 의견이라는 이유로 무비판적으로 받아들여진다.
근거 2 (전제)	④ ⑤ ⑧	토론과 논증을 거치지 않은 무비판적인 견해는 (검증된) 진리가 아니라 (검증되지 않은) 독단이다.
근거 3 (전제)	⑨	어떤 의견도 오류일 수 있다는 가능성을 인정해야 한다.

지금까지의 과정을 통해, '밀의 『자유론』'에 들어 있는 모든 진술문들을 결론과 근거로 사용될 수 있는 진술문으로 구분하여 재기술하였다면, 우리는 다음으로 '근거'로 사용된 진술문과 '결론'으로 사용된 진술문을 논리적 흐름에 맞게 재배치해야 한다. 예컨대, 분석된 '밀의 『자유론』'은 다음과 같은 논리적 흐름을 가지고 있다.

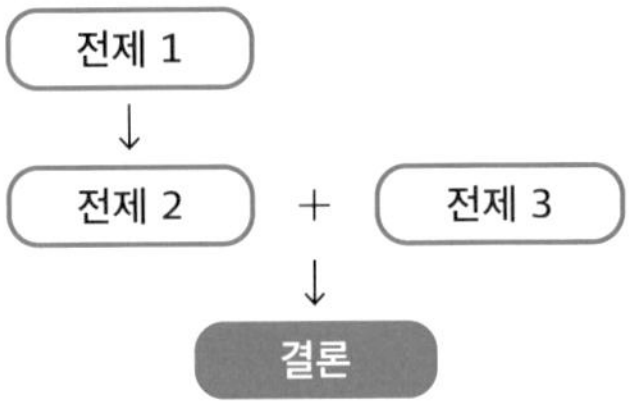

만일 이와 같은 분석이 올바르다면, '밀의 『자유론』'을 분석한 논증은 대략적으로 다음과 같이 구성될 수 있다. 예컨대,

p_1. 우리가 가진 많은 의견, 주장, 믿음은 많은 사람들이 가진 다수의 의견이라는 이유로 무비판적으로 받아들여진다.

p_2. (하지만) 토론과 논증을 거치지 않은 무비판적인 견해는 (검증된) 진리가 아니라 (검증되지 않은) 독단이다.

p_3. 어떤 의견도 오류일 수 있다는 가능성을 인정해야 한다.

C. (따라서) 정당화되지 않은 (그러한) 믿음은 토론을 통해 검증되어야 한다.

지금까지의 분석을 통해 이와 같은 논증을 구성하였다면, 마지막으로 남은 일은 분석의 대상이 되는 텍스트와의 비교와 검토를 통해 '전제와 결론'으로 사용된 '명제'의 표현을 최종적으로 다듬는 것이다.

〔4단계〕 함축적 결론

2장에서 이미 보았듯이, 함축적 결론은 분석의 대상이 되는 텍스트의 내용적 '맥락(배경, 관점)'으로부터 또는 명시적인 결론에 추가될 수 있는 새로운 정보나 숨은 전제에 의해 도출될 수 있다. 하지만 모든 텍스트가 함축적 결론을 가지고 있는 것은 아니다. 그리고 '밀의 『자유론』'은 명시적 결론으로부터 '더 나아간' 함축적 결론은 없는 듯이 보인다.

'밀의 『자유론』'은 〈분석적 요약〉의 형식에 따라 글을 분석하는 첫 번째 예제 글인 까닭에 분석의 각 단계에서 수행해야 할 것들을 조금 더 꼼꼼하고 세세하게 살펴보았다. 그리고 지금까지의 분석 내용을 〈분석적 요약〉의 형식에 맞추어 정리하면 다음과 같다.

〈분석적 요약〉

〔1단계〕 문제와 주장

〈문제〉
우리의 믿음 중에서 토론으로부터 자유로운 절대적인 믿음이 있는가?

〈주장〉
우리가 가진 (대부분의) 믿음은 토론을 통해 검증되어야 한다.

〔2단계〕 핵심어(개념)

① 토론: 믿음의 진리를 사람들 간의 이성적이고 논리적인 사고를 통해 검증하는 이론적인 절차
② 독단: 토론을 거치지 않은 무비판적인 믿음

〔3단계〕 논증 구성

〈생략된 전제: 숨은 전제 or 기본 가정〉
(대부분의) 인간은 합리적이고 이성적인 토론이 가능하다.

〈논증〉
p_1. 사람들은 많은 믿음을 다수의 의견이라는 이유로 받아들인다.
p_2. (하지만) 그것들은 거의 대부분 검증되지 않은 것이다.
p_3. 우리가 가진 (그러한) 대부분의 믿음은 정당화되지 않는다.
C. (따라서) 정당화되지 않은 (그러한) 믿음은 토론을 통해 검증되어야 한다.

〔4단계〕 함축적 결론

〈추가된 전제: 맥락(배경, 관점)〉

〈함축적 결론〉

분석적 요약을 통해 위와 같은 논증을 구성하였을 경우, 그 논증을 구성하고 있는 명제들(전제(들)와 결론(들))을 적절한 접속사와 조사로 연결하는 것만으로도 텍스트에 대한 올바른 이해에 기초함과 동시에 핵심 주장(결론)이 이끌어지는 사고의 흐름을 잘 보여주는 요약글을 쓸 수 있다.

〈요약글 예시〉

사람들은 많은 믿음을 다수의 의견이라는 이유로 무비판적으로 받아들인다. 하지만 그것들은 거의 대부분 검증되지 않은 것이다. 그리고 검증되지 않은 그러한 대부분의 믿음은 정당화되지 않는다. 따라서 정당화되지 않은 그러한 믿음은 토론을 통해 검증되어야만 한다.

예시 2 『자연 종교에 관한 대화』(흄, D. Hume)[7]

> 집에도 세계에도 창조가 있다고 가정해보자. 그렇다면 집이 완벽하지 않을 때 우리는 누가 비난받아야 하는지 알고 있다. 그것은 집을 만들어 낸 목수나 벽돌공이 될 것이다. 그런데 이 세계 역시 전적으로 완벽하지는 않다. 따라서 세계의 창조자도 완벽하지 않다는 결론이 따라 나온다. 그러나 여러분은 이 결론이 불합리하다고 생각할 것이다. 이 불합리를 피하는 유일한 방법은 그런 결론으로 이끈 가정을 거부하는 것이다. 따라서 세계에는 집과 같은 방식의 창조자가 없다.

흄이 이 글을 통해 말하고자 한 것은 무엇인가? 즉, 그가 이 글을 통해 주장하고 있는 것은 무엇인가? 그는 이 글을 통해 "(따라서) 세계에는 집과 같은 방식의 창조자가 없다"는 것을 개진하고 있음을 어렵지 않게 찾을 수 있을 것이다. 앞서 말했듯이, 어떤 주장을 정당화하는 텍스트의 결론을 찾는 것은 비교적 어렵지 않다. 그렇다면, 흄은 그 주장을 지지하기 위해 어떤 근거들을 제시하고 있는가? 달리 말하면, 그가 제시하고 있는 '논증'의 구성과 '추리'의 내용은 무엇인가? 미리 말하자면, 흄은 위와 같은 짧은 텍스트에서 하나의 '유비논증'과 하나의 '귀류논증'을 사용하여 논증을 구성하고 있다.[8] 흄의 주장을 잘 이해하기 위해 그가 제시한 논증의 구조를 먼저 파악하고, 그것에 따라 〈분석적 요약〉을 작성해보자.

우선, 이 텍스트에 드러난 유비논증을 살펴보자. 유비논증 또는 유비추리는 일반적으로 서로 다른 대상이나 현상이 공통으로 갖고 있는 성질이나 특성의 유

7 흄(D. Hume), 『자연종교에 관한 대화』, 이태하 옮김, 나남, 2008.

8 유비논증과 귀류논증에 관한 자세한 내용은 다음의 책을 참고하는 것이 도움이 될 것이다. 코피, 코헨(I. M. Copi, C. Cohen), 『논리학 입문』, 박만준 외 옮김, 경문사, 1988, 453~466쪽; 이좌용 · 홍지호, 『비판적 사고』, 성균관대학교출판부, 2011, 142~155쪽, 188~195쪽; 김광수, 『논리와 비판적 사고』, 철학과현실사, 2007, 60쪽, 193~197쪽.

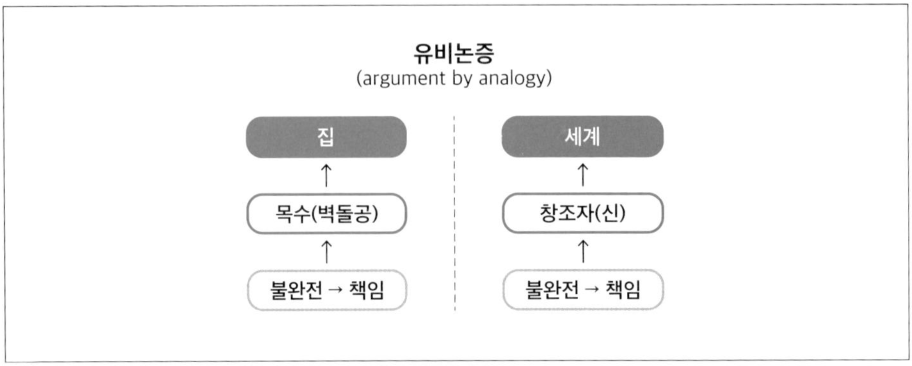

〈그림 3-3〉 흄의 유비논증

사성을 근거로 들어 주장을 정당화하는 추리라고 할 수 있다. 유비논증 또는 유비추리는 우리가 일상에서 아주 익숙하게 자주 사용하는 논증이라고 할 수 있다. 예컨대, 우리는 짜장면을 먹어보지 못한 미국인에게 그것을 설명할 경우, 미국인에게 익숙한 파스타를 예로 들어 짜장면을 설명할 수 있다. 간략히 말해서, 유비논증은 중요한 근거로 사용되는 대상과 유사한 속성을 가진 익숙한 대상의 속성을 비교함으로써 핵심 주장을 정당화하려는 시도라고 할 수 있다. 만일 그렇다면, 흄은 자신의 주장을 지지하기 위해 어떤 것들을 유비적 대상으로 사용하고 있는가? 이미 알아챘겠지만, 그는 '집'과 '세계'의 (설명적) 유사성에 의지하여 논증을 개진하고 있으며, 그것을 간략히 다음과 같이 정리할 수 있다.

p_1. 집과 세계는 (설명적 구조에서) 유사하다.

p_2. 목수와 창조자는 집과 세계를 제작하였다는 점에서 유사하다.

C_1. 불완전한 집에 대한 책임이 목수에게 있다면, 불완전한 세계에 대한 책임은 창조자에게 있다.

다음으로 귀류논증 또는 귀류추리에 대해 간략히 살펴보자. 귀류논증은 일반적으로 어떤 주장이나 현상을 직접적으로 반박하거나 부정하기 어려운 경우,

그 주장이나 현상을 참으로 가정했을 때 초래되거나 발생하는 불합리한 또는 받아들일 수 없는 결과를 보임으로써 잠정적으로 참으로 가정했던 주장이나 현상을 반박하거나 부정하는 논증을 말한다. 그것을 다음과 같이 간략히 정리할 수 있다.

흄의 귀류논증(argument by reductio)

- 이유 1. 반박하고자 하는 주장 또는 결론이 참이라고 가정하자.
- 이유 2. 이유 1이 참일 경우 해결하기 어렵거나 불합리한 결론이 도출된다.
- 결론. 따라서 참으로 가정하였던 주장 또는 결론이 거짓이다.

따라서 주어진 텍스트의 귀류논증을 정리하면 다음과 같다.

p_3. (집과 같은 방식의) 창조자가 있다고 하자. (가정)

p_4. (정의에 따라) 창조자는 완전(전지, 전능, 지선)하다.

p_5. 창조자가 완전하다면, 그가 만든 세계도 완전하다.

p_6. (하지만) 세계는 완전하지 않다.

C_2. (그러므로) 이 세계에는 (집과 같은 방식의) 창조자는 없다. (또는 창조자는 완전하지 않다.)

흄이 "집과 같은 방식의 세계의 창조자는 없다"는 주장을 정당화하기 위해 사용하고 있는 두 가지 논증을 이와 같이 분석할 수 있다면, 〈분석적 요약〉에 기초한 요약글을 다음과 같이 정리할 수 있을 것이다.

<분석적 요약>

[1단계] 문제와 주장

〈문제〉
(집과 같은 방식의) 세계의 창조자가 있는가?

〈주장〉
(집과 같은 방식의) 세계의 창조자는 없다.

[2단계] 핵심어(개념)

창조자: 세계를 만들어낸 완벽한 존재

[3단계] 논증 구성

〈생략된 전제: 숨은 전제 or 기본 가정〉
창조자는 완전하다. (창조자는 전지, 전능, 지고지선(전애)하다.)[9]

〈논증〉
p_1. 만일 세계의 창조자가 있다면, 그는 세계를 만들었을 것이다.
p_2. 집이 완벽하지 않다면, 그 집을 만들어낸 사람을 비난해야 한다.
c_1. 세계가 완벽하지 않다면, 그 세계를 만들어낸 존재를 비난해야 한다.
p_4. (그런데) 세계는 완벽하지 않다.
c_2. (따라서) 그는 비난받아야 한다.
p_5. (그런데) (정의에 따라서) 그는 완전하다. (숨은 전제)
C. (따라서) 세계의 창조자가 이 세계를 만들었다는 가정은 오류다.

[4단계] 함축적 결론

〈추가된 전제: 맥락(배경, 관점)〉

〈함축적 결론〉

9 그리스도적인 신은 일반적으로 다음과 같은 속성을 가진 것으로 정의된다. 즉, 신은 '전지(omniscience)', '전능(omni-potence)', '지고지선(전애, omni-benevolence)'하다.

앞의 '예시 1'에서 이미 보았듯이, 분석적 요약을 통해 이와 같은 논증을 구성하였을 경우 그 논증을 구성하고 있는 명제들(전제(들)와 결론(들))을 적절한 접속사와 조사로 연결하는 것만으로도 텍스트에서 제시하고 있는 논증의 논리적 구조를 올바르게 이해하였을 뿐만 아니라 전제(근거)로부터 결론(주장)이 이끌어지는 사고의 흐름을 잘 보여주는 간결한 요약글을 쓸 수 있다.

〈요약글 예시〉

만일 세계의 창조자가 있다면, 그는 세계를 만들었을 것이다. 집이 완벽하지 않다면, 그 집을 만들어낸 사람을 비난해야 한다. 마찬가지로 세계가 완벽하지 않다면, 그 세계를 만들어낸 존재를 비난해야 한다. 세계는 완벽하지 않다. 그는 비난받아야 한다. 하지만 (정의에 따라서) 그는 완전하다. 따라서 세계의 창조자가 이 세계를 만들었다는 가정은 오류다.

예시 3 아인슈타인(Albert Einstein)[10]

> [1]전능하고 정의롭고 공정한 인격적 신이 존재한다는 관념이 인간에게 위로와 도움과 길잡이가 되어줄 수 있을 것이라는 점은 분명히 아무도 부인하지 않을 것이다. 그러나 [2]반대로 이 관념 자체에는 결정적인 약점이 따라다니는데, 그것은 태초부터 고통스럽게 느껴져 왔던 것이다. [3]만일 이 존재가 전능하다면, 인간의 모든 행동, 인간의 모든 사고, 인간의 모든 감정 및 열망을 포함한 모든 일들은 또한 그의 작품이다. [4]어떻게 그와 같은 전능한 존재를 앞에 두고서 인간에게 그들의 행위와 사고에 대해 책임을 묻는 것을 생각할 수 있단 말인가?

앞에서 다룬 밀과 흄의 텍스트를 활용한 〈분석적 요약〉 연습은 핵심 주장이 명시적으로 드러나 있는 경우에 해당한다. 반면에 여기서 다룰 아인슈타인의 텍스트는 '명시적 결론'과 그 결론에 숨겨진 전제를 추가함으로써 도출할 수 있는 '함축적 결론'이 모두 있는 경우라고 할 수 있다. 따라서 위의 글에 대한 〈분석적 요약〉과 그것에 기초한 요약글은 두 가지 형식을 갖는다. 〈분석적 요약〉에 앞서 주어진 텍스트를 꼼꼼히 살펴보자.

우리가 일상에서 마주하게 되는 대부분의 텍스트가 그렇듯이, 주어진 텍스트는 논증을 분석하고 재구성하는 데 있어 불필요한 진술문을 포함하고 있다. 이와 같은 경우에는 논증 구성에 직접적으로 사용되지 않는 진술문들을 먼저 찾아낼 필요가 있다. 따라서 텍스트의 분량과 성격에 따라 다음과 같이 〔사전 단계〕를 통해 불필요한 진술문을 제거하는 추가적인 작업을 해야 할 수 있다.

10 이좌용 · 홍지호, 『비판적 사고』, 성균관대학교출판부, 2011, 102~105쪽 참조.

〔사전 단계〕 불필요한 진술문 제거하기

주어진 텍스트의 경우, '진술문 ②'는 논증을 구성하는 데 있어 직접적으로 사용되지 않는다는 것을 알 수 있다. '진술문 ②'는 '그러나 ~'에서 확인할 수 있듯이 '진술문 ①'에 대해 문제를 제기하는 역할을 하고 있을 뿐이다. 따라서 '진술문 ②'는 '문제제기'의 역할을 하고 있다. 그렇다면 '진술문 ①'은 어떤 역할을 하고 있는가? '진술문 ①'은 '신(holy divine)' 또는 필자가 염두에 두고 있는 '인격적 신(personal deity〔God〕)'의 정의를 내리고 있음을 알 수 있다.

✔ 신(또는 인격적 신) $=_{def.}$ 전능하고 정의롭고 공정하다. (또는 '신은 전능, 정의, 공정의 속성을 가진다.')

이와 같은 사전 분석 작업을 통해 필자가 이 텍스트를 통해 제기하고 있는 '본질적인 문제'가 '신에 대한 통념적인 정의 또는 속성 중 하나'에 대해 반론하는 것임을 알 수 있다. 그렇다면 필자는 신의 속성 중 어떤 것을 문제 삼고 있는가? 우리는 그것을 '진술문 ③과 ④'에서 확인할 수 있다.

〔1단계〕 문제와 주장 찾기

필자가 텍스트에서 직접적으로 문제를 삼고 있는 것이 곧 그 텍스트의 '핵심 문제'다. 그리고 그것에 대한 직접적인 답변이 곧 텍스트의 주장인 논증의 '명시적 결론'이다. 필자는 '진술문 ④'에서 직접적으로 '인간에게 그들의 행위와 사고에 대해 책임을 묻는 것을 생각할 수 있는가?'라는 문제를 제시하고 있다. 따라서 주어진 텍스트에서 직접적이고 일차적으로 제기하고 있는 문제와 주장을 다음과 같이 정리할 수 있다. 즉,

〔1단계〕 문제와 주장

〈문제〉
인간의 행위와 사고에 대해 책임을 물을 수 있는가?

〈주장〉
인간의 행위와 사고에 대해 책임을 물을 수 없다.

〔2단계〕 개념(핵심어) 찾기

주어진 텍스트에서 사용한 중요한 개념(핵심어)에 관한 내용은 〔사전 단계〕에서 살펴본 내용을 통해 정리할 수 있다. 이미 살펴보았듯이, 이 텍스트는 '신' 또는 '인격적 신'에 대한 정의로부터 논의를 시작하고 있다. 따라서 주어진 텍스트에서 제시된 개념(핵심어)을 다음과 같이 정리할 수 있다. 즉,

〔2단계〕 핵심어(개념)

① 신(Holy Divine): 전지, 전능, (지고)지선한 존재.
② 인격적 신(personal deity): 전능, 정의, 공정의 속성을 가진 존재.

〔3단계〕 논증 구성

주어진 텍스트의 명시적(일차적) 논증은 '진술문 ③과 ④'를 통해 구성할 수 있다. 각 진술문을 세세하고 꼼꼼하게 분석해보자.

<table>
<tr><td rowspan="2">진술문 ③</td><td>만일 이 존재가 전능하다면,</td><td>문제 제기
(조건)</td></tr>
<tr><td>ⓐ 인간의 모든 행동, 인간의 모든 사고, 인간의 모든 감정 및 열망을 포함한 모든 일들은 또한 그의 작품이다.</td><td>결론
(or 전제)</td></tr>
<tr><td rowspan="2">진술문 ④</td><td>어떻게 그와 같은 전능한 존재를 앞에 두고서 (만일 이 존재가 전능하다면,)</td><td>문제 제기
(조건)</td></tr>
<tr><td>ⓑ 인간에게 그들의 행위와 사고에 대해 책임을 묻는 것을 생각할 수 있단 말인가?</td><td>결론</td></tr>
</table>

앞서 '[1단계] 문제와 주장 찾기'에서 보았듯이, 주어진 텍스트의 명시적 또는 일차적 결론은 '인간에게 그들의 행위와 사고에 대해 책임을 물을 수 없다'이다. 우리는 결론을 찾았으므로 그 결론을 뒷받침하고 있는 전제가 무엇인지 분석해야 한다. 앞선 단계의 설명에서 이미 보았듯이, 명시적 결론의 직접적인 전제는 '진술문 ③'의 'ⓐ'임을 알 수 있다. 즉,

p_1. 신이 전능하다면, 인간의 모든 것은 신의 작품이다. (ⓐ)

c. 인간에게 그들의 행위와 사고에 대해 책임을 물을 수 없다. (ⓑ)

하지만 이와 같은 논증 구성은 완전하지 않은 듯이 보인다. 말하자면, '명제 ⓐ(p_1)'로부터 '명제 ⓑ(c)'를 곧바로 도출할 수 있는가? 이미 짐작했겠지만, '명제 ⓐ(p_1)'만으로는 '명제 ⓑ(c)'를 곧바로 도출할 수 없다. 그렇다면 '명제 ⓑ(c)'를 적절하게 도출하기 위해서 '생략된 전제'가 추가되어야 한다는 것을 알 수 있다. 즉,

p_1. 신이 전능하다면, 인간의 모든 것은 신의 작품이다. (ⓐ)

p_2. '작품을 만든 제작자'만이 그 산물에 대한 책임이 있다. (ⓒ) (생략된 전제)

c. 인간에게 그들의 행위와 사고에 대해 책임을 물을 수 없다. (ⓑ)

이와 같은 분석이 옳다면, 주어진 텍스트에 대한 명시적인(또는 일차적인) 논증을 다음과 같이 구성할 수 있으며, 〈분석적 요약〉의 '1~3단계'에서 분석한 내용을 종합하여 아래와 같은 "명시적 분석을 통한 논증 구성"과 그것에 기초한 '요약글'을 작성할 수 있다.

〈분석적 요약 1〉 명시적 분석을 통한 논증 구성

〔1단계〕 문제와 주장

〈문제〉
인간의 행위와 사고에 대해 책임을 물을 수 있는가?

〈주장〉
인간의 행위와 사고에 대해 책임을 물을 수 없다.

〔2단계〕 핵심어(개념)

① 신(Holy Divine): 전지, 전능, (지고)지선한 존재.
② 인격적 신(personal deity): 전능, 정의, 공정의 속성을 가진 존재.

〔3단계〕 논증 구성

〈생략된 전제: 숨은 전제 or 기본 가정〉
p_3. 사고와 행위를 포함하여 그것을 만든 자에게 책임이 있다.

〈논증〉
p_1. 신은 전능하고 정의롭고 공정하다. (신에 대한 정의)
p_2. 신이 전능하다면, 인간의 모든 행동, 사고, 감정 및 열망을 포함한 모든 일들은 신의 작품이다.
p_3. (인간의 사고와 행위를 포함하여, 그것을 만든 제작자만이 그 산물에 대한 책임이 있다.)
C. 따라서 인간에게 도덕적 책임을 물을 수 없다.

〈요약글 예시 1〉 명시적 분석

> 신에 대한 통념적인 정의에 따르면, 신은 전능하고 정의롭고 공정하다. 그렇다면 신이 전능할 경우 인간의 모든 행동, 사고, 감정 및 열망을 포함한 모든 일들은 신의 작품이다. 그것은 인간의 사고와 행위를 포함하여, 그것을 만든 제작자만이 그 산물에 대한 책임이 있다는 것을 의미한다. 따라서 인간에게 도덕적 책임을 물을 수 없다.

위에서 제시한 〈분석적 요약〉은 "명시적 분석에 의거한 논증 구성"이다. 말하자면, 이것은 주어진 텍스트에서 명시적으로 찾을 수 있는 근거만을 사용하여 논증을 구성하고 있다. 지금까지의 분석에 문제는 없는가? 더 정확히 말하자면, 이와 같은 분석에 부족한 부분은 없는가?

이와 같은 문제에 답하기 위해 '〔1단계〕 문제와 주장 찾기'로 되돌아가 제기된 '문제제기'와 '결론'의 상관관계를 확인해보자. 앞서 '사전 단계 분석'에서 살펴보았듯이, 필자가 이 텍스트를 통해 제기하고 있는 '본질적인 문제'는 '신에 대한 통념적인 정의 또는 속성 중 하나'에 대해 반론이다. 그리고 필자는 '진술문 ③'에서 '만일 이 존재가 전능하다면'이라는 조건을 제시하고 있다. 따라서 필자는 이 텍스트를 통해 신의 속성 중 '전능(omni potent)'과 관련하여 초래될 수 있는 문제를 직접적으로 제기하고 있음을 알 수 있다. 그것을 간략히 정리하면 다음과 같다.

문제제기	(인격적) 신은 전능한가? (또는 신의 전능에 대해 문제를 제기할 수 있는가?)
결론	인간에게 그들의 행위와 사고에 대해 책임을 물을 수 없다. (ⓑ)

지금까지의 분석에서 확인할 수 있듯이, 제기된 본질적인 '문제'와 명시적 분석의 '결론'은 서로 상응하지 않는다는 것을 알 수 있다. 그렇다면, 지금까지의

분석을 통해 찾은 '명시적 결론'은 이 텍스트에서 주장하고 있는 '최종 결론'이 아니라는 것을 알 수 있다. 말하자면,

〈문제제기〉

'(인격적) 신은 전능한가?' 또는 '(인격적) 신의 전능에 대해 문제를 제기할 수 있는가?'

에 대한 직접적이고 명시적인 답변은

〈결론〉

ⓓ '신은 전능하지 않다.(또는 신의 '전능'에 대해 문제를 제기할 수 있다.)'

또는

ⓓ' '신은 전능하다.(또는 신의 전능에 대해 문제를 제기할 수 없다.)

가 되어야 하기 때문이다. 그런데 필자는 신의 통념적 개념에 대해 문제를 제기하고 있으므로 주어진 텍스트의 최종 결론은 'ⓓ'가 되어야 한다는 것을 어렵지 않게 이해할 수 있다.

만일 이와 같은 분석이 올바르다면, 우리는 앞서 분석한 논증 구성에 추가되는 논증이 있다는 것을 확인할 수 있다. 또한 최종 결론은 '명제 ⓑ'가 아닌 '명제 ⓓ'이기 때문에 명시적 분석에서 구성한 논증에 '생략된 전제(기본 가정)'를 추가함으로써 '최종 결론 ⓓ'를 도출하는 논증을 구성해야 한다는 것을 이해할 수 있다. 그리고 주어진 텍스트의 최종 결론을 도출하기 위해서는 아래와 같이 '생략된 전제 ⓔ'가 추가되어야 한다는 것을 파악할 수 있다. 즉,

전제(들)	ⓑ + ⓔ ↓
결론	ⓓ

p_1. ⓑ (만일 신이 전능하다면,) 인간에게 그들의 행위와 사고에 대해 책임을 물을 수 없다.

p_2. (?)

c. ⓓ 신은 전능하지 않다.(또는 신의 전능에 대해 문제를 제기할 수 있다.)

⇓

p_1. ⓑ 만일 신이 전능하다면, 인간에게 그들의 행위와 사고에 대해 책임을 물을 수 없다.

p_2. ⓔ 인간은 (일반적으로) 도덕적 책임을 지는 존재다.

c. ⓓ 신은 전능하지 않다.(또는 신의 전능에 대해 문제를 제기할 수 있다.)

〔4단계〕 전체 논증 구성

이제 남은 일은 지금까지의 분석 내용을 종합하여 전체 논증을 구성하고, 그 논증의 논리적 흐름을 검토하는 것이다. 따라서 우리는 주어진 텍스트의 '생략된 전제'와 '함축적 결론'을 추가함으로써 아래와 같이 주어진 텍스트에 대한 '논증'과 '논증 구조도'를 구할 수 있다.

〔논증〕

p_1. ⓐ 신이 전능하다면, 인간의 모든 것은 신의 작품이다.

p_2. ⓒ 작품을 만든 자(제작자)만이 그 산물에 대한 책임이 있다.

c_1. ⓑ 신이 전능하다면, 인간에게 그들의 행위와 사고에 대해 책임을 물을 수 없다.

p_3. ⓔ 인간은 (일반적으로) 도덕적 책임을 지는 존재다.

C. ⓓ 신은 전능하지 않다.(또는 신의 전능에 대해 문제를 제기할 수 있다.)

〔논증 구조도〕

전제(들)	ⓐ + ⓒ ↓ ⓑ + ⓔ ↓
결론	ⓓ

다음에 제시할 〈분석적 요약〉은 "함축적 분석에 의거한 논증 재구성"이다. 간략히 말하면, 함축적 분석에 의거한 논증 재구성은 주어진 텍스트에서 명시적으로 제시하고 있지 않은 '숨은 전제나 기본 가정(암묵적 가정)' 또는 주어진 문제에 대한 '필자의 기본적인 관점이나 배경에 따른 맥락'을 '명시적 분석에 의거한 논증'에 추가하여 논증을 재구성하는 것이다.

<분석적 요약 2> 함축적 분석을 통한 논증 재구성

〔1단계〕 문제와 주장

〈문제〉
신은 전능한가?

〈주장〉
신이 전능하다는 생각에 문제를 제기할 수 있다. (또는 신은 전능하지 않다.)

〔2단계〕 핵심어(개념)

신(Holy Divine): 전지, 전능, (지고)지선한 존재다.

〔3단계〕 논증 구성

〈생략된 전제: 숨은 전제 or 기본 가정〉
p_3. 사고와 행위를 포함하여 그것을 만든 자에게 책임이 있다.
p_4. 인간은 도덕적 책임이 있는 존재다.

〈논증〉
p_1. 신은 전능하고 정의롭고 공정하다. (신에 대한 정의)

p_2 신이 전능하다면, 인간의 모든 행동, 사고, 감정 및 열망을 포함한 모든 일들은 신의 작품이다.
p_3 (인간의 사고와 행위를 포함하여, 그것을 만든 제작자만이 그 산물에 대한 책임이 있다.)
C_1 따라서 인간에게 도덕적 책임을 물을 수 없다.

〔4단계〕 함축적 결론

〈추가된 전제: 맥락(배경, 관점)〉
p_4. **(인간은 도덕적 책임이 있는 존재다.)**

〈함축적 결론〉
C_{imp}. **따라서 신의 전능함에 대해 문제를 제기할 수 있다.(또는 'p_1'과 같은 신에 대한 정의에 문제를 제기할 수 있다.)**

〈요약글 예시 2〉 함축적 분석

신에 대한 통념적인 정의에 따르면, 신은 전능하고 정의롭고 공정하다. 그렇다면 신이 전능할 경우 인간의 모든 행동, 사고, 감정 및 열망을 포함한 모든 일들은 신의 작품이다. 그것은 인간의 사고와 행위를 포함하여, 그것을 만든 제작자만이 그 산물에 대한 책임이 있다는 것을 의미한다. 따라서 인간에게 도덕적 책임을 물을 수 없다. 그런데 인간은 도덕적 책임이 있는 존재다. 따라서 신의 전능함에 대해 문제를 제기할 수 있다.

밀의 『자유론』, 흄의 『자연 종교에 관한 대화』 그리고 '아인슈타인'의 텍스트를 분석함으로써 논증 구성에 기초하는 〈분석적 요약〉의 핵심적인 내용이 무엇인지 살펴보았다. 간략히 정리하면, 앞서 분석한 세 편의 텍스트는 글의 분량이 짧음에도 불구하고 연역추리와 귀납추리를 적절히 사용함으로써 엄밀한 논증을 구성하고 있거나 숨겨진 전제의 있고 없음에 따라 함축적 결론이 달리 해석될 수 있는 여지가 열려있기 때문에 단번에 분석하기가 쉽지 않은 텍스트라고 할 수 있다. 하지만 모든 글들이 이와 같이 어려운 구조를 가지고 있는 것은 아니다. 특히, 우리가 일상에서 접하게 되는 많은 텍스트들, 예컨대, 어떤 현상의 원인 등을 규명하고자 하는 텍스트들 또는 그 현상에 대한 나름의 입장과 견해를 개진하는 텍스트들은 글의 분량과 무관하게 많은 예시와 설명을 덧붙이고 있는 경우가 많기 때문에 필자가 텍스트에서 개진하고 있는 논증 구조를 비교적 어렵지 않게 분석할 수 있다. 이제, 다양한 주장을 담고 있는 몇몇 글을 가지고 〈분석적 요약〉을 연습해보자.

다음의 텍스트를 〈분석적 요약〉의 형식과 절차에 따라 분석해보자.

연습문제 1 "국가 경제 성장과 삶의 질"(정민)[11]

사람은 누구나 질 좋은 삶을 누리고자 한다. 일반적으로 인간다운 삶을 누릴 수 있는 최소한의 물질적 조건이 갖추어진 상태에서 행복감과 만족감을 느낄 수 있을 때 삶의 질이 높다고 본다. 만약 우리가 기본적인 의식주를 해결할 수 없다면 삶의 질은 높다고 할 수 없다. 기본적인 의식주 해결은 인간다운 삶을 위한 기본 전제가 된다.

이런 맥락에서 국가 경제를 성장시키는 것이 매우 중요하다. 국가의 경제적 여건이 향상되면 국민 개개인은 의식주와 같은 기본적인 삶의 조건을 충족하기가 쉬워지고, 질 높은 교육을 받을 수 있으며, 의료 혜택과 문화생활 등을 누릴 수 있는 여유를 가질 가능성이 커진다. 그래서 일부 학자들은 국가의 경제 성장이 국민들 개인의 삶의 질 향상에 기여하는 기본 조건이라고 주장한다. 국가 경제가 국민 개개인의 직업 안정성과 소득 수준에 영향을 미치는 것이다.

Hint here!

이 텍스트는 필자가 생략하고 있는 전제를 찾아 추가해야만 올바른 논증을 구성할 수 있다. 필자가 생략한 전제는 필자 자신뿐만 아니라 우리가 너무도 당연하게 여기는 사실이나 상식일 수 있다. 그것이 무엇인지를 염두에 두고 〈분석적 요약〉을 작성해보자.

11 정민, 『고등학교 고등 고전』, 해냄에듀, 2014, p. 174, 2017년도 광운대 논술 기출문제(2017) 발췌 및 일부 수정, http://iphak.kw.ac.kr/occasional/susi_04.php?category=total_pds&code=home_board&mode=board_view&page=2&no=20864&searchkey=&searchfield=&type=

<분석적 요약>

〔1단계〕 문제와 주장

〈문제〉

〈주장〉

〔2단계〕 핵심어(개념)

〔3단계〕 논증 구성

〈생략된 전제: 숨은 전제 or 기본 가정〉

〈논증〉

p_1.

C.

〔4단계〕 함축적 결론

〈추가된 전제: 맥락(배경, 관점)〉

〈함축적 결론〉

연습문제 2 『파이드로스(Phaedrus)』(플라톤, Plato)[12]

타무스는 테우스 신을 초대하여 즐겁게 해준 적이 있는데, 그는 수, 계산, 기하학, 천문학, 문자 등 많은 것을 발명한 신이었다. 테우스는 자신의 발명품들을 타무스에게 보여주면서 그것들을 이집트 사람들에게 널리 알려 보급하라고 명한다. 소크라테스의 이야기는 다음과 같이 이어진다.

타무스는 각 물건들의 용도를 물었으며, 테우스가 그것들을 설명할 때마다 그 주장의 타당성을 고려하여 발명품에 대해 찬성과 반대를 표시하였다. 이유를 하나하나 설명하려면 많은 시간이 걸릴 것이므로 간단히 찬반 의사만을 표했다고 한다. 그런데 문자에 도달했을 때 테우스는 다음과 같이 선언하였다.

"왕이여, 여기에 내가 심혈을 기울여 완성한 작품이 있소. 이것은 이집트인들의 지혜와 기억력을 늘려줄 것이오. 기억과 지혜의 완벽한 보증수표를 발견해 낸 것이지요."

이에 대해 타무스는 다음과 같이 대답한다.

"모든 발명가의 모범이 되시는 테우스여, 기술의 발명자는 그 기술이 장차 이익이 될지 해가 될지를 판정할 수 있는 최선의 재판관이 될 수 없습니다. 문자의 아버지인 당신은 자손들을 사랑하여 발명해 낸 그 문자에 본래의 기능에 정반대되는 성질을 부여한 셈입니다. 문자를 습득한 사람들은 기억력을 사용하지 않게 되어 오히려 더 많이 잊게 될 것입니다. 기억을 위해 내적 자원에 의존하기보다 외적 기호에 의존하게 되는 탓이지요. 당신이 발견한 것은 회상의 보증수표이지, 기억의 보증수표는 아닙니다.

12 플라톤, 『파이드로스(Phaedrus)』, 닐 포스트만, 『테크노폴리』, 김균 옮김, 궁리, 2005, 11쪽 재인용.

그리고 지혜에 대해서라면, 당신의 제자들은 사실과는 상관없이 지혜에 대한 명성을 계속 누리게 될 것입니다. 그들은 적절한 가르침 없이도 많은 정보를 받아들일 수 있게 될 것이고, 따라서 실제로는 거의 무지하다 할지라도 지식이 있는 것으로 인정받게 될 것입니다. 그리고 그들은 진정한 지혜 대신 지혜에 대한 자만심으로 가득 차 장차 사회에 짐만 될 것입니다."

Hint here!

이 텍스트는 닐 포스트먼(Neil Postman)의 『테크노폴리(technopoly)』 중 일부를 인용하고 있다. 그는 이 책을 통해 산업혁명 이후 급속하게 발전하고 있는 과학(기술)에 의해 인간이 생산하고 있는 문화가 정복당하고 있는 현실과 세계의 모든 것을 과학에 의존하여 해석하고 해결하려는 과학(기술)만능주의를 비판하고 있다. 닐 포스트만은 이어서 다음과 같이 말한다.

"… 타무스의 대답 속에는 건전한 원칙들이 상당수 포함되어 있으며, 이를 통해 우리는 기술사회에 대해 현명하고 신중하게 사고하는 법을 배울 수 있기 때문이다. 사실 타무스의 판정에도 오류가 없는 것은 아니지만, 이마저 우리에게 중요한 교훈을 준다. 문자사용이 기억력을 약화시키고 거짓 지혜를 낳는다는 주장은 틀린 말이 아니다. 문자사용이 그러한 결과를 가져오고 있다는 것은 명백한 사실이기 때문이다.

타무스의 오류는 문자사용이 사회에 짐이 될 것이라는 주장에 있다. '단지 짐이 될 것'이라는 주장 말이다. 우리가 잘 알고 있듯, 문자의 혜택은 엄청난 것이다. 우리는 여기에서 기술적 진보가 일방적인 결과만을 가져오리라는 생각이 잘 못되었음을 깨닫게 된다. 모든 기술은 짐인 동시에 축복이다. …" (pp. 12~13)

주어진 텍스트의 논증을 구성함으로써 〈분석적 요약〉을 할 때에는 분석을 행하는 사람 자신의 주관적인 관점이 개입되어서는 안 된다. 말하자면, 텍스트에서 말하고 있는 핵심 주장(결론)이 분석을 하는 사람의 생각에 부합하거나 일치하는가와 무관하게 필자가 텍스트에서 제시하고 있는 근거(전제)에만 의거하여 텍스트의 논증을 분석해야 한다.

<분석적 요약>

〔1단계〕 문제와 주장

〈문제〉

〈주장〉

〔2단계〕 핵심어(개념)

〔3단계〕 논증 구성

〈생략된 전제: 숨은 전제 or 기본 가정〉

〈논증〉

p_1.

C.

〔4단계〕 함축적 결론

〈추가된 전제: 맥락(배경, 관점)〉

〈함축적 결론〉

연습문제 3 "정보통신기술의 발달과 인간"(이필렬)[13]

정보 통신 기술이 발달하면서 일반인들이 각종 정보에 좀 더 쉽게 접근할 수 있게 되었고, 접근할 수 있는 정보의 양도 기하급수적으로 늘어난 것이 사실이다. 그러나 정보의 양이 많아져 정보의 홍수에 빠지게 되면 사람들은 오히려 전문가가 제공한 정보에 쉽게 의존하거나 자신의 취향에 맞는 특정 정보에만 집착하게 될 수 있다. 지금도 인터넷을 비롯한 여러 매체에서 수많은 정보가 쏟아져 나오고 있지만, 그 많은 정보 가운데 진정으로 우리에게 필요한 정보가 얼마나 될까? 정보가 지나치게 많아 오히려 자신에게 필요한 정보를 찾는 데 더 많은 시간을 소비해야 하는 효율 저하 현상이 이미 일어나고 있다. 또 양적 증대에 비해 정보의 질은 그리 높아지지 않았다는 현실은 정보를 찾는 사람들에게 실망을 안겨 주고 있다.

한편 인터넷의 혜택을 누릴 수 있는 사람들과 그렇지 못한 사람들 사이의 격차도 갈수록 벌어지고 있다. 중요한 정보를 독점하는 계층이나 기업은 사회적으로 우위에 서게 되며, 점점 복잡 · 다양해지는 정보의 증가에 적응하지 못하는 사람들은 사회적으로 더욱 소외될 수밖에 없다. 이를 '정보 격차 '라고 한다. 미국에서는 컴퓨터 조작에 서투른 중년층 직장인이 컴퓨터에 대해 심리적 거부감을 느껴 결국 출근을 거부하는 사례까지 나타났다. 정보 격차가 사회 문제로 떠오른 것이다. 앞에서도 언급한 바와 같이 이러한 정보 격차는 개인뿐만 아니라 지역, 인종, 기업과 국가 간에도 발생할 수 있으므로, 이를 없애려는 노력은 정부 차원을 넘어서 국제적인 차원까지 확장되어야 할 것이다.

정보 통신 기술은 컴퓨터를 수단으로 하여 인간의 '두뇌와 신경 '을 비약적으로 확장하였다. 정보 통신 기술의 발달은 전 세계적으로 정치, 경제, 산업, 교육, 의료, 생활양식 등 사회 전반에 걸쳐 혁신적인 변화를 일으키고, 인간관계와 사고

13 이필렬, 『21세기 정보통신 기술의 혁명』, 박영목 외 12인, 『국어』, 천재교육, 2013(2017), pp. 163-166, 2020년 중앙대학교 모의논술 인문사회계열 재인용.https://admission.cau.ac.kr/bbs/fileview.php?bbsid=nonsul&file_seq=3796

방식, 가치관에까지 영향을 미칠 것이 틀림없다. 그러나 그 이면에는 불평등과 불균형을 불러올 위험성도 있다.

Hint here!

이 텍스트는 '〔3단계〕 논증 구성'에서 도출한 명시적 결론(C)에 새로운 전제를 추가함으로써 함축적 결론(C_{imp})으로 이끌어지는 논증을 구성할 수 있다. 앞선 〈연습문제 1〉에서와 마찬가지로 추가된 전제는 우리가 너무도 당연하게 여기는 사실이나 상식일 수 있다.

또한 이 텍스트의 '〔3단계〕 논증 구성'은 두 개의 소논증(c_1, c_2)으로부터 명시적 결론(C)을 도출하는 논리적 구조를 가지고 있다. 이와 같은 점에 착안하여 〈분석적 요약〉을 작성해보자.

<분석적 요약>

〔1단계〕 문제와 주장

〈문제〉

〈주장〉

〔2단계〕 핵심어(개념)

〔3단계〕 논증 구성

〈생략된 전제: 숨은 전제 or 기본 가정〉

〈논증〉

p_1.

C.

〔4단계〕 함축적 결론

〈추가된 전제: 맥락(배경, 관점)〉

〈함축적 결론〉

연습문제 4 『통치론』(존 로크, J. Locke)[14]

내가 앞의 2장에서 '모든 인간은 본래 평등하다'라고 말한 바 있지만, 이러한 내 말이 모든 종류의 평등을 의미하는 것으로 상정되어서는 안 된다. 연령이나 덕성은 사람에게 정당한 우월성을 부여할 수 있다. 뛰어난 재능과 공적을 가진 사람은 보통 사람보다 높은 지위를 차지할지도 모른다. 어떤 사람들은 출생에 의해서 그리고 다른 어떤 사람은 결연관계나 이득을 받은 것에 의해서 자연의 원리, 보은, 기타 존경심에 따라 의당 그렇게 해야 하는 자들에게 복종을 할 수도 있다. 그럼에도 불구하고 이 모든 것은 모든 사람들이 재판권이나 지배권에 있어서 상대방에 대해서 가지고 있는 평등과 모순되지 않는다. 이것은 사람마다 타인의 의지나 권위에 복종함 없이 자연적 자유에 대해서 평등한 권리를 가지기 때문이며, 앞에서 논한 것처럼 그것은 자연상태에 고유한 것이다.

실상 어린애들은, 비록 성인이 되면 평등해지겠지만 처음부터 이처럼 완전한 평등의 상태에서 태어나는 것이 아니다. 그들의 부모는 그들이 이 세상에 태어났을 때부터 한동안 그들에 대해서 일종의 지배권과 재판권을 가진다. 그러나 그것은 일시적인 것이다. 이러한 복종의 유대는 연약한 영아시절에 그들을 감싸고 보호하는 배내옷과 같은 것이다. 그들이 성장함에 따라 연령과 이성은 그러한 유대를 약화시키며 마침내 떨쳐버리게 하는데, 그 이후에는 그들 자신의 자유로운 처분에 맡겨진 성인이 되는 것이다.

(…)

그렇다면 양친이 그 자식들에게 가지고 있는 권력이란 자식들을 불완전한 유년시절 동안 돌보기 위해서 그들에게 부과된 의무로부터 비롯되는 것이다. 이성이 자리를 잡아 양친의 노고를 덜어줄 때까지 아직 무지한 미성년기 동안 마음을 단련시키고 행동을 다스리는 것이야말로 자식들이 원하는 것이고 양친이 해야 할 일이다. 왜냐하면 신은 인간에게 그의 행위를 인도할 이해력을 주면서 그를 지배

14 존 로크, 『통치론』, 강정인 역, 까치글방, 54번 글, 2017. 발췌 및 일부 수정.

하는 법률의 한도 내에서 그에게 의지와 자유와 행위의 자유를 의당 그에게 속하는 것으로 허용했기 때문이다. 그러나 그가 그 자신의 의지를 지도할 수 있는 이해력을 가지지 못한 상태에 있는 동안, 그는 준수해야 할 그 자신의 의지를 가지지 못한 셈이다. 그를 대신해서 이해력을 사용할 수 있는 사람이 그를 위해서 또한 의욕해주어야 한다. 그(대행자)가 그의 의지에 지시를 하고 그의 행동을 통제해야 한다. 그러나 아들 역시, 부친을 자유인으로 만들었던 상태에 이르게 되면, 자유인이 된다.

- 존 로크, 『통치론』, 54번 글 발췌 및 일부 수정

Hint here!

이 텍스트의 논증을 분석하기 위해서는 약간의 배경 지식이 필요하다. 존 로크(John Locke, 1632~1704)는 17세기 영국의 철학자이자 정치 사상가로서 '계몽주의' 시대의 대표적인 철학자 중 한 명인 동시에 자유주의를 역설한 정치 사상가다. 그는 또한 홉스(T. Hobs), 루소(J. J. Rousseau)와 더불어 '사회계약론'을 주장한 대표적인 철학자 중 한 명이다. (홉스, 로크 그리고 루소는 모두 자유로운 시민이 계약을 맺기 이전의 원초적 상태인 자연상태(state of nature)를 상정하고 있다는 점에서는 같지만, 그들이 주장한 사회계약론의 내용과 모습 그리고 사회계약으로부터 이끌어지는 결과에서는 차이가 있다.)

중세의 신학적 세계관에서 설 자리를 잃었던 인간의 이성은 데카르트(R. Descartes)에 의해 되살려진 이후로 계몽주의 시대에 이르러서 인간은 이성을 통해 자연과 인간의 관계를 규명함으로써 자명한 보편적 진리를 탐구하고 발견할 수 있다고 보았다. 간략히 말해서, 계몽주의는 신앙으로부터 이성의 복권을 주장하였다고 볼 수 있다.

이와 같은 기초적인 배경 지식을 참고하여 텍스트에서 암묵적으로 상정하고 있는 기본 가정을 찾아 논증을 구성하고, 〈분석적 요약〉을 작성해보자.

〈분석적 요약〉

〔1단계〕 문제와 주장

〈문제〉

〈주장〉

〔2단계〕 핵심어(개념)

〔3단계〕 논증 구성

〈생략된 전제: 숨은 전제 or 기본 가정〉

〈논증〉

p_1.

C.

〔4단계〕 함축적 결론

〈추가된 전제: 맥락(배경, 관점)〉

〈함축적 결론〉

연습문제 5 "공감 능력의 가치"(윌리엄 맥어스킬, W. MacAskill)

정당화 문맥에 있는 텍스트들은 하나의 '문단'에 하나의 '주장(또는 논증)'을 담고 있는 경우들이 많다. 물론, 모든 텍스트들이 그러한 것은 아니다. 만일 우리가 다루고자 하는 문제가 충분히 복잡하고 중요하다면, 그 문제에 대한 최종 결론은 몇 개의 문단으로 이루어진 하나의 '절(section)' 또는 몇 개의 절로 이루어진 하나의 '장(chapter)'으로 구성되어야 한다. (에세이는 일반적으로 이와 같은 구성을 가진다. 일련의 '장'과 '절'을 구성함으로써 현안 문제에 대한 결론을 논증하는 에세이 쓰기는 5장에서 자세히 다룬다.)

'공감 능력의 사회적 가치'에 관한 문제를 다루고 있는 아래의 텍스트를 먼저 각 문단의 내용을 하나의 논증으로 구성하고, 그것에 기초하여 〈분석적 요약〉의 내용과 형식에 따라 분석해보자.

많은 사람들이 우리는 공감의 시대에 살고 있다고 말한다. 다른 사람의 처지를 이해하고 그의 고통과 기쁨을 함께 느낄 수 있는 능력이 더욱 중요해지는 시대에 살고 있다는 말일 것이다. 이에 더해 어떤 이들은 우리 사회에 좀 더 많은 공감이 있다면 대부분의 사회적 문제가 해결될 것이라고 주장하기도 한다. 미국의 오바마 전 대통령은 우리 사회의 가장 큰 부족은 공감의 부족이라고 말하면서, 이스라엘과 팔레스타인 사이의 오랜 대립은 오직 양측이 상대방의 입장에 좀 더 공감할 때만 해소될 것이라고 주장했다.	도입
하지만 공감 능력의 윤리적, 사회적 가치는 과장되었다. 다른 사람의 어려움에 충분한 동정심을 느끼며 그들을 배려하는 능력은 물론 중요하다. 그러나 공감 능력, 다시 말해, 다른 사람의 느낌, 감정을 충실하게 느끼거나(감정적 공감), 그것을 상상하거나 이해할 수 있는(인지적 공감) 능력이 항상 바람직한 결과를 낳는 것은 아니다. 생명이 위급한 중환자를 치료하는 의사가 환자의 고통에 감정적으로 지나치게 공감한다면 그 끔찍함에 압도당해 환자의	논증 1

생명을 구하지 못할 수 있다. 인지적 공감 능력이 뛰어나서 다른 사람의 생각과 느낌을 정확히 파악할 수 있는 사람 중에는 이를 자신의 이익만을 위해 비윤리적으로 활용하는 사람도 많다.

공감 능력은 스포트라이트를 비추는 능력과 같다. 비추는 대상은 주목받지만 그렇지 못한 대상은 부당하게 무시될 수 있다. 우리는 허리케인처럼 드물게 발생하는 끔찍한 사건의 희생자에 공감하기는 쉬워도, 통계적으로 훨씬 더 많은 '평범한' 전염병 희생자의 아픔에 공감하기는 어렵다. 재해로 집을 잃은 어린 아이의 생생한 이미지에 공감하기는 쉬워도, '차가운' 추상적 통계 숫자로 제시되는 대중에 공감하기는 어렵기 때문이다. 우리는 대중 매체에서 실시간으로 보도하는 지금 현재 벌어지는 비참한 상황에 공감하기는 쉬워도, 미래에 발생할 개연성이 높은 더 심각한 상황에 공감하기는 어렵다. 장기적 영향을 끼치는 정책적 결정을 내릴 때 공감 능력에 의존하는 것이 위험할 수 있는 이유가 여기에 있다. 논증 2

중요한 점은 우리가 특정 윤리적, 사회적 사안에 대해 공감할 수 있는지와 무관하게, 우리는 무엇이 도덕적으로 비난받거나 칭찬받을 만한 행동인지 이성적으로 판단할 수 있다는 사실이다. 맹자가 강조한 측은지심을 진정으로 느낄 수 있는지 여부와 무관하게, 우리는 우물에 빠진 아이를 구해야 한다는 것을 합리적으로 납득할 수 있다. 그에 비해 공감 능력은 사안의 특정 측면에만 집중하게 함으로써 도리어 우리의 도덕적 판단을 흐리게 할 수 있다. 다른 사람의 처지를 정확하게 파악하는 인지적 공감 능력은 올바른 도덕적 판단을 위해 꼭 필요한 능력이지만 그것만으로 충분하다고 볼 수는 없다. 다른 사람의 처지에 감정적으로 공감하는 능력은 우리의 올바른 도덕적 판단을 방해하는 편견으로 작용할 가능성이 높기에 차분하게 숙고하는 비판적 이성으로 대체되어야 한다. 논증 3

<개별 문단에 대한 논증 구성>

〈논증 1〉

p_1. ________________________________

c_1. ________________________________

p_2. ________________________________

c_2. ________________________________

p_3. ________________________________

c_3. ________________________________

또는

p_1. ________________________________

p_2. ________________________________

p_3. ________________________________

c_3. ________________________________

〈논증 2〉

p_1. ________________________________

p_2. ________________________________

c_1. ________________________________

c_2. ________________________________

〈논증 3〉

p_1. ________________________________

p_2. ________________________________

c_1. ________________________________

p_3. ________________________________

c_2. ________________________________

〈분석적 요약〉

〔1단계〕 문제와 주장

〈문제〉

〈주장〉

〔2단계〕 핵심어(개념)

〔3단계〕 논증 구성

〈생략된 전제: 숨은 전제 or 기본 가정〉

〈논증〉

p_1.

C.

〔4단계〕 함축적 결론

〈추가된 전제: 맥락(배경, 관점)〉

〈함축적 결론〉

연습문제 6 『사랑의 기술』(에리히 프롬, E. Fromm)[15]

아래의 글은 프롬의 『사랑의 기술(The Art of Loving)』 중 일부를 발췌한 것이다. 지금까지 연습한 〈분석적 요약〉의 방법과 절차에 따라 분석과 논평을 해보자.

(…) 인간은 태어나자마자 개인으로든 인류로서든 결정되어 있는, 본능처럼 결정되어 있는 상황으로부터 비결정적이고 불확실하며 개방적인 상황으로 쫓겨난다. 확실한 것은 과거뿐이고 미래에 확실한 것은 오직 죽음뿐이다.

인간에게는 이성이 부여되었다. 인간은 '자기 자신을 아는 생명'이다. 인간은 자기 자신을, 동포를, 자신의 과거를, 자신의 미래의 가능성을 알고 있다. 분리되어 있는 실재로서의 자기 자신에 대한 인식, 자신의 생명이 덧없이 짧으며, 원하지 않았는데도 태어났고 원하지 않아도 죽게 되며, 자신이 사랑하던 사람들보다도 먼저 또는 그들이 자신보다 먼저 죽게 되리라는 사실의 인식, 자신의 고독과 자신의 분리에 대한 인식, 자연 및 사회의 힘 앞에서 자신의 무력함에 대한 인식, 이러한 모든 인식은 인간의 분리되어 흩어져 있는 실존을 견딜 수 없는 감옥으로 만든다. 인간은 이 감옥으로부터 풀려나서 밖으로 나가 어떤 형태로든 다른 사람들과, 또한 외부 세계와 결합하지 않는 한 미쳐버릴 것이다.

분리 경험은 불안을 낳는다. 분리는 정녕 모든 불안의 원천이다. 분리되어 있다는 것은 내가 인간적 힘을 사용할 능력을 상실한 채 단절되어 있다는 뜻이다. 그러므로 분리되어 있는 것은 무력하다는 것, 세계(사물과 사람들)를 적극적으로 파악하지 못한다는 것을 의미한다. 분리되어 있다는 것은 나의 반응 능력 이상으로 세계가 나를 침범할 수 있다는 것을 의미한다. 따라서 분리는 격렬한 불안의 원천이다. 게다가 분리는 수치심과 죄책감을 일으킨다. 분리 상태에서 느끼는 죄책감과 수치심 경험은 성서에 아담과 이브의 이야기로 표현되어 있다.

15 에리히 프롬(E. Fromm), 『사랑의 기술(*The Art of Loving*)』, 황문수 옮김, 문예출판사, 2006, 24~40쪽 발췌 및 일부 수정.

아담과 이브는 '선과 악을 알게 하는 지혜의 열매'를 먹은 다음에, 그들이 복종하지 않게 된 다음에(불복종의 자유가 없으면 자유도 없다), 자연과의 본래의 동물적 조화로부터 벗어나 인간이 된 다음에, 다시 말하면 인간 존재로서 탄생한 다음에, '발가벗고 있다'는 사실을 알고 부끄러워하게 되었다. 이와 같이 오래된 단순한 신화에도 19세기적인 관점과 고상한 척하는 윤리가 있는데, 이 이야기의 핵심을 우리는 성기(性器)가 보임으로써 느끼게 된 곤혹에 있다고 생각해야 할 것인가? 결코 그렇지 않을 것이며, 이 이야기를 빅토리아 시대의 정신으로 이해한다면 우리는 다음과 같은 중요한 점을 간파하게 될 것이다. 곧 남자와 여자가 자기 자신과 서로를 알게 된 다음, 그들은 분리되어 있고, 그들이 서로 다른 성(性)에 속하는 것처럼 서로 차이가 있다는 것을 알게 된다. 그들은 서로 분리되어 있다는 것을 인정하면서도 아직 서로 사랑하는 것을 배우지 못했기 때문에 남남으로 남아 있다. (이것은 아담이 이브를 감싸기보다는 오히려 비난함으로써 자신을 지키려고 한 사실에서도 명백하게 드러난다.) 인간이 분리된 채 사랑에 의해 다시 결합하지 못하고 있다는 사실의 인식, 이것이 수치심의 원천이다. 동시에 이것은 죄책감과 불안의 원천이다.

그러므로 인간의 가장 절실한 욕구는 이러한 분리 상태를 극복해서 고독이라는 감옥을 떠나려는 욕구이다. 이 목적의 실현에 '절대적으로' 실패할 때 광기가 생긴다. 우리는 외부 세계로부터 철저하게 물러남으로써 분리감이 사라질 때에 완전한 고립의 공포를 극복할 수 있기 때문이다. 이때는 인간이 분리되어 있던 외부 세계도 사라져버린다.

(…)

(단순한 물리적 결합인) 공서적 합일과는 대조적으로 성숙한 사랑은 '자신의 통합성', 곧 개성을 '유지하는 상태에서의 합일'이다. 사랑은 인간에게 능동적인 힘이다. 곧 인간을 동료에게서 분리하는 벽을 허물어버리는 힘, 인간을 타인과 결합하는 힘이다. 사랑은 인간으로 하여금 고립감과 분리감을 극복하게 하면서도 각자에게 각자의 특성을 허용하고 자신의 통합성을 유지시킨다. 사랑에서는 두 존재가 하나로 되면서도 둘로 남아 있다는 역설이 성립한다.

만일 우리가 사랑을 활동이라고 말한다면, 우리는 '활동'이라는 말의 애매한 의미 때문에 난점에 봉착한다. 이 말의 현대적 용법에서 '활동'이라는 말은 에너지를 소비하여 기존의 상황을 변화시키는 행위를 의미한다. 따라서 사업을 하거나, 의학 공부를 하거나, 끝없이 돌아가는 컨베이어 벨트 위에서 일하거나, 책상을 만들거나, 스포츠에 종사하는 사람은 활동적인 사람으로 생각된다. 이러한 모든 활동의 공통점은 외부적 목표 달성을 목적으로 한다는 것이다. 고려되지 않고 있는 것은 활동의 '동기'다.

예를 들면, 어떤 사람은 깊은 불안감과 고독감에 쫓겨 끊임없이 일하고, 또 어떤 사람은 야망이나 돈에 대한 탐욕에 쫓겨 끊임없이 일한다. 이 모든 경우에 사람들은 열정의 노예이고, 그들은 쫓기고 있으므로 사실 그들의 활동은 '수동적'이다. 곧 그들은 '행위자'가 아니라 '수난자(수신자)'이다. 한편 자기 자신, 그리고 자신과 세계의 일체성을 경험하는 것 말고는 아무런 목적이나 목표도 없이 조용히 앉아서 명상을 하는 사람은 아무것도 하고 있지 않기 때문에 '수동적'이라고 생각된다. 사실은 정신을 집중시킨 이러한 명상적 태도는 최고의 활동이며, 내면적 자유와 독립의 상태에서만 가능한 영혼의 활동이다. 활동에 대한 한 가지 개념, 곧 근대적 개념은 외부적 목적 달성을 위한 에너지 사용을 가리킨다.

그러나 활동에 대한 또 하나의 개념은 외부적 변화가 일어났든, 일어나지 않았든 인간의 타고난 힘을 사용하는 것을 가리킨다. 스피노자는 활동에 대한 후자의 개념을 가장 명백하게 정식화했다. 그는 감정을 능동적 감정과 수동적 감정, 곧 '행동'과 '격정'으로 구별한다. 능동적 감정을 나타낼 때 인간은 자유롭고 자기 감정의 주인이 된다. 그러나 수동적 감정을 나타낼 때 인간은 쫓기고 자기 자신은 알지도 못하는 동기에 의해 움직여지는 대상이 된다. 이렇게 해서 스피노자는 덕(virtue)과 힘이 동일하다는 명제에 도달한다. 선망, 질투, 야망, 온갖 종류의 탐욕은 격정이다. 그러나 사랑은 행동이며 인간의 힘을 행사하는 것이고, 이 힘은 자유로운 상황에서만 행사할 수 있을 뿐, 강제된 결과로서는 결코 나타날 수 없다.

사랑은 수동적 감정이 아니라 활동이다. 사랑은 '참여하는 것'이지 '빠지는 것'이 아니다. 가장 일반적인 방식으로 사랑의 능동적 성격을 말한다면, 사랑은 원래 '주는 것'이지 '받는 것'이 아니라고 설명할 수 있다.

(…)

<분석적 요약>

〔1단계〕 문제와 주장

〈문제〉

〈주장〉

〔2단계〕 핵심어(개념)

〔3단계〕 논증 구성

〈생략된 전제: 숨은 전제 or 기본 가정〉

〈논증〉

p_1.

C.

〔4단계〕 함축적 결론

〈추가된 전제: 맥락(배경, 관점)〉

〈함축적 결론〉

연습문제 7 행복이란 무엇인가?(아리스토텔레스, Aristoteles)[16]

행복이 최고의 선이라는 것은 누구나 다 아는 이야기다. 그러나 행복에 대해 좀 더 살펴볼 필요가 있는데, 그러기 위해서는 먼저 인간의 기능에 대해 알아야 한다. 예를 들어 조각가의 경우에, 좋은 조각가란 조각가의 기능을 잘 수행하는 사람, 즉 조각을 잘하는 사람을 의미한다. 따라서 조각가의 선은 조각을 잘하는 것이다. 피리 부는 사람의 경우도 이와 같다. 즉, 피리를 잘 부는 사람이 좋은 피리 연주자다. 결국, '좋은 것'이나 '잘한다는 것'은 이렇게 기능과 관련이 있다.

그렇다면, 사람의 경우는 어떨까? 만약 사람에게도 고유한 기능이 있다면, 이와 마찬가지일 것이다. 조각가나 피리 부는 사람에게도 어떤 기능이나 활동이 있는데, 인간 그 자체에 아무런 기능이 없다고 할 수는 없다. 눈이나 손, 발, 그리고 일반적으로 신체의 각 부분에 각각의 기능이 있듯이, 인간도 이 모든 것 외의 다른 어떤 기능을 가지고 있을 것이다. 그렇다면, 그 기능은 무엇일까?

인간이 지니고 있는 기능은 다음 세 가지로 나누어 볼 수 있다. 첫째는 영향 섭취와 같이 생존에 꼭 필요한 생명의 기능이다. 둘째는 감각과 운동의 기능이며, 셋째는 정신의 이성적 활동 기능이다.

이 가운데 생명의 기능은 식물에도 있다. 또한 감각과 운동의 기능은 소나 말과 같은 동물에도 있다. 따라서 우리가 지금 찾고 있는 사람만이 지닌 특별한 기능은 정신의 이성적 활동 기능이다. 그러므로 인간의 기능을 훌륭하게 수행한다는 것은 바로 이 이성적 활동을 잘 수행한다는 것이다. 그런데 사람의 이성적 활동은 그 활동에 알맞은 행위의 규범, 즉 덕을 가지고 수행할 때 보다 잘할 수 있다. 따라서 선이란 덕과 일치하는 정신의 활동이라고 하겠다.

그런데 우리 모두가 이성적 활동 능력을 가지고 있다고 해서 모두 똑같이 그 능력을 잘 발휘하는 것은 아니다. 똑같이 피리 연주자라도 피리 연주를 잘하는 사람이 있고 못하는 사람들이 있는 것처럼, 이성적 활동도 사람에 따라 정도의 차이

16 아리스토텔레스, 『니코마코스 윤리학』, 홍석영 옮김, 풀빛, 2015, 16~18쪽.

가 있게 마련이다. 그러므로 참된 행복은 이성을 아주 잘 실현할 때 이루어진다.

뿐만 아니라 이성을 잘 실현하는 활동은 한 번에 그치는 것이 아니라 평생 동안 이루어져야 한다. 제비 한 마리가 날아왔다고 봄이 오는 것이 아니듯, 또한 하루아침에 여름이 되는 것은 아니듯 인간이 참으로 행복해지는 것도 하루나 이틀 사이에 이루어지는 것이 아니다.

Hint here!

아리스토텔레스는 인간을 탐구함에 있어 그 '목적'에서부터 논의를 시작한다. 그리고 그는 인간의 궁극적인 목적은 '행복(eudaimonia, happiness)'을 추구하는 데 있다고 말한다. 그러한 까닭에 아리스토텔레스의 행복론을 '고전적 행복론'이라고 부른다.

아리스토텔레스는 인간의 삶을 구성하고 있는 물질적인 요소들이 행복에 어떠한 영향도 주지 않는다는 입장을 취하지는 않는다. 말하자면, 그는 '(훌륭한) 친구나 재물, 정치적 권력과 좋은 가문' 등과 같은 외적 요인 또한 행복에 어느 정도 영향을 준다고 말한다. 하지만 그는 이와 같은 외부의 물질적인 요소들은 본질적인 것이 아니며, 목적(행복)에 도달하기 위한 '수단'으로서만 작동한다고 보았다.

그는 이 점을 다음과 같은 말을 통해 설명한다. 즉 "그런데 행복에는 외부적인 여러 가지 선(good)도 필요하다. 왜냐하면 적당한 수단이 없으면 고귀한 행위를 할 수 없거나, 또는 할 수 있다 해도 쉽게 할 수 없기 때문이다."

아리스토텔레스는 행복은 이성에 합치하도록 영혼의 능력을 적극적으로 행사함으로써만 얻을 수 있다고 보았다. 따라서 행복은 덕(arete, virtue)을 행사함으로써만 실현할 수 있다. 그리고 그는 덕의 본질은 중용(mesotes)에서 찾을 수 있다고 말하면서, 중용을 찾기 위해서는 도덕적인 실천에 앞서 이론적인 덕(virtue, 이성)의 함양이 먼저 이루어져야 한다고 주장한다. 이러한 측면에서 아리스토텔레스는 소크라테스와 플라톤이 '지행합일(知行合一)'을 강조한 것과 달리 '이론(theory)과 실천(practice)'을 구분하고 있다.

<분석적 요약>

〔1단계〕 문제와 주장

〈문제〉

〈주장〉

〔2단계〕 핵심어(개념)

〔3단계〕 논증 구성

〈생략된 전제: 숨은 전제 or 기본 가정〉

〈논증〉

p_1.

C.

〔4단계〕 함축적 결론

〈추가된 전제: 맥락(배경, 관점)〉

〈함축적 결론〉

연습문제 8 "경쟁에 반대한다"(알피 콘, Alfie Kohn)[17]

경쟁에 관한 논문을 읽거나 사람들과 이야기를 나눠보면 늘 어떤 확신에 맞닥뜨리게 된다. 우리가 경쟁을 하지 않는다면 탁월함은 말할 것도 없고, 최소한의 생산성마저 잃을 거라는 믿음이다. 즉 경쟁은 우리가 최선을 다하도록 만들고, 목표를 향해 노력하고, 능력을 계발하고, 성공에 이르게 한다는 것이다. 경쟁 없는 사회란 스피로 에그뉴(Spiro Agnew)의 비유를 빌면, "재미없는 경험 … 낙오자들의 파도 없는 바다 … 실패의 껍질을 뒤집어쓴 자기만족의 평범함 … 그들의 심리적 피난처"이다.

경쟁이 우리를 '성공'(이 말의 정의가 무엇이든)에 이르게 하는지 아닌지는 제시할 수 있는 증거가 비교적 많이 있으므로 간단한 질문처럼 보인다. 그러나 대부분의 사람들은 이것을 경험적인 문제로 생각하지 않기 때문에 그 많은 증거들을 보지 못한다. 경쟁을 옹호하는 사람들의 가장 흔한 생각은 성공(혹은 생산성, 목표 달성)이 곧 경쟁을 의미한다는 것이다. 이러한 생각엔 경쟁 없이는 아무 것도 얻지 못한다는 그들만의 확실한 전제가 깔려 있다. 엘리엇 에롯슨은 "미국인들은 특히 성공과 승리를 동일시하고, 남을 이기는 것과 잘하는 것이 똑같은 거라고 여기도록 훈련되었다"고 말한다.

그러나 경쟁과 성공은 전혀 같은 것이 아니다. 명확히 말하자면, 목표를 세우고 이루는 것, 혹은 자신의 능력을 스스로에게나 남들이 만족할 만큼 입증하는 것은 경쟁 없이도 가능하다. "목표 달성이 남을 이기는 것에 달려 있지 않는 것과 마찬가지로 목표 달성의 실패가 남에게 지는 것을 의미하는 것은 아니다." 조금만 생각해봐도 이것은 부정할 수 없는 진실이다. 나는 당신보다 더 잘하려고 애쓰지 않고서도 뜨개질이나 글쓰기에 성공할 수 있다. 아니, 그보다 더 좋은 것은, 예를 들어 저녁을 준비하거나 집을 짓는 일처럼, 나와 당신이 함께 일하는 것이다. 많은 사람들이 경쟁하지 않으면 목표도 없이 방황할 것이라고 여긴다. 그러나 사실

17 알피 콘, "경쟁은 더 생산적인가", 『경쟁에 반대한다』, 이영노 옮김, 민들레, 83~84쪽.

경쟁이란 간단히 말해서 타인의 목표 달성은 방해하면서 자신의 목표를 이루려고 하는 것이다. 경쟁은 어떤 일을 이루는 하나의 방법이 될 수는 있지만, (다행히도) 유일한 방법은 아니다. 어떤 기술을 연마하여 그 성과를 보이거나, 하나의 목표를 세우고 이루는 데 경쟁이 필요한 것이 아니다.

Hint here!

이 텍스트에서 제시하고 있는 핵심 주장을 올바르게 이해하기 위해서는 텍스트에서 중요하게 사용하고 있는 핵심어(개념)를 정확하게 이해하는 것이 중요하다. 그러한 까닭에 이 텍스트의 전체 논증은 핵심어(개념)를 어떻게 정의내리고 있는가를 보여주는 것을 중심으로 구성될 필요가 있다. 필자가 이 텍스트에서 비교하고 있는 두 가지 핵심어(개념)를 찾는 것은 그렇게 어려운 일이 아닐 것이다. 이와 같은 점에 착안하여 논증을 구성하고 올바른 〈분석적 요약〉을 작성해보자.

<분석적 요약>

〔1단계〕 문제와 주장

〈문제〉

〈주장〉

〔2단계〕 핵심어(개념)

〔3단계〕 논증 구성

〈생략된 전제: 숨은 전제 or 기본 가정〉

〈논증〉

p_1.

C.

〔4단계〕 함축적 결론

〈추가된 전제: 맥락(배경, 관점)〉

〈함축적 결론〉

연습문제 9 『공정하다는 착각』(마이클 센델, M. J. Sendel)[18]

어느 순간, 성공에 대한 모든 불공정한 장애물을 제거했다고 상상해보자. 그래서 별 볼일 없는 배경을 가진 사람까지 포함해 모두가 특권층 자녀와 공평하게 겨를 수 있게 되었다고 해보자, "우리는 원칙적으로 모든 시민이 자신의 재능과 노력이 허용하는 한 성공할 수 있도록 기회의 평등을 이룩했노라"라고 말할 수 있다고 해보자.

물론, 그런 사회는 이룩하기 어렵다. 차별 극복만으로는 충분하지 않다. 가족제도는 모든 개인에게 평등한 기회를 준다는 계획을 이루기 어렵게 만든다. 부유한 부모가 자녀에게 주는 유리함을 차단하기란 쉽지 않다. 부의 대물림만이 아니다. 그 경우라면 강력한 세금이 해답이 될 수 있겠지만, 내가 우려하는 것은 성실하고 양심적인 부모가 일상적으로 자녀에게 주는 도움이다. 최선을 다하더라도 가장 포괄적인 교육체제 하에서라도 가난한 집 아이가 풍부한 관심, 자원, 인맥을 갖춘 집안의 자녀와 평등하게 경쟁할 수 있도록 하기란 어렵다.

하지만 그런 일이 가능해졌다고 치자. 모든 아이에게 학교에서, 작업장에서 그리고 인생에서 경쟁하는 데 공평한 기회가 주어졌다고 치자. 그러면 정의로운 사회가 이루어진 셈일까?

이렇게 말하고 싶을 것이다. "그래요, 물론이죠. 그거야말로 아메리칸 드림 아닌가요? 농장 일꾼 아이든 무일푼의 이민자의 아이든 자라서 CEO가 될 수 있는 열린 사회, 이동성이 넘치는 사회를 만드는 게요!" 그리고 이러한 꿈이라면 미국인에게는 특별히 유혹적일 뿐만 아니라, 전 세계 모든 민주사회에서도 환영받을 꿈임에 틀림없다.

사회적 이동성이 완벽한 사회는 두 가지 점에서 이상적이다. 첫째, 자유의 아이디어가 일정하게 충족된다. 우리 운명은 태어난 환경에 속박되지 않으며 우리 손에 달려 있다. 둘째, 우리가 성취한 것은 우리가 얻을 만한 것이라는 점에서 희

18 마이클 센델, 『공정하다는 착각』, 함규진 옮김, 와이즈베리, 2020, 197~199쪽.

망을 준다. 우리가 우리 스스로의 선택과 재능에 따라 뻗어나갈 수 있다면, 성공한 사람은 성공할 만하니까 성공했다고 말하는 게 공정하리라.

그러나 그 강력한 매력에도 불구하고 비록 완벽하게 실현된 능력주의라 해도 정의로운 사회일 수 없는 이유가 있다. 먼저, 능력주의의 이상은 이동성에 있지 평등에 있지 않음을 주의해야 한다. 능력주의는 부자와 빈자의 차이가 벌어진다고 해서 문제가 있다고 여기지 않는다. 단지 부자의 자식과 빈자의 자식이 장기적으로 능력에 근거하여 서로 자리를 바꿀 수 있어야 한다고 볼 뿐이다. 오르거나 떨어지거나 모두 그들의 노력과 재능의 소관이다. 그 누구도 편견이나 특권에 따라 억지로 아래로 떨어지거나 위로 올려질 수 없어야 한다. 능력주의에서 중요한 건 "모두가 성공의 사다리를 오를 평등한 기회를 가져야 한다"는 것이다. 그 사다리의 단과 단이 얼마나 떨어져 있는지는 문제가 안 된다. 능력주의의 이상은 불평등을 치유하려 하지 않는다. 불평등을 정당화하려 한다.

이는 그 자체로 능력주의의 반론이 되지 않는다, 그러나 문제를 제기할 수는 있다. '능력주의적 경쟁에서 비롯된 불평등은 정당화될 수 있는가?' 능력주의 옹호론자들은 그렇다고 말한다. 모두가 공평한 조건에서 경쟁한다면 그 결과는 정당하다는 것이다. 공정한 경쟁에서도 승자와 패자가 나온다. 문제는 모두가 같은 지점에서 경주를 시작하느냐 그리고 훈련, 교육, 영양 등등에서 똑같이 접할 수 있느냐다. 그렇다면, 경쟁의 승자는 보상받을 만하다. 누군가 다른 이보다 빨리 달렸다고 부정의하다고 볼 수는 없다.

<분석적 요약>

[1단계] 문제와 주장

〈문제〉

〈주장〉

[2단계] 핵심어(개념)

[3단계] 논증 구성

〈생략된 전제: 숨은 전제 or 기본 가정〉

〈논증〉

p_1.

C.

[4단계] 함축적 결론

〈추가된 전제: 맥락(배경, 관점)〉

〈함축적 결론〉

연습문제 10 "수치심의 윤리와 죄의식의 윤리"(제임스 길리건, J. Gilligan)[19]

수치심과 죄의식은 도덕의 감정이고, 따라서 정치의 감정이기도 하다. (…) 도덕적 분쟁을, 즉 정치적 분쟁을 이해하려면 도덕은 하나만 있는 것이 아니라 둘이 있고, 정치도 하나만 있는 것이 아니라 둘이 있음을 꼭 알아야 한다. 도덕은 마치 단 하나의 도덕 체계만이 있을 뿐이고 사람은 그것을 지켜야지 안 그러면 비도덕적인 것처럼 몰아가지만 사실은 도덕 담론과 정치 담론이 처음 생겨날 무렵부터 도덕철학자들은 두 가지 상반된 도덕이 있음을 잘 알았다. 적어도 서구에서는 고대 그리스와 구약의 이스라엘 시절부터 그랬다.

수치심의 윤리는 수치와 굴욕이, 다시 말해서 불명예와 치욕이 가장 큰 악덕이고 수치의 반대, 곧 자부심과 명예(존경)가 가장 큰 미덕으로 통하는 도덕 체계다. 죄의식의 윤리는 죄가 가장 큰 악덕이고 죄의 반대, 곧 순결이 가장 큰 미덕으로 통하는 도덕 체계다. 두 가지 체계는 상극이다. 가령, 기독교라는 죄의식의 윤리에서는 죽음에 이르는 일곱 가지 죄악 중에서 가장 몹쓸 죄악이 바로 수치심의 윤리에서 가장 큰 미덕으로 통하는 자부심(교만)이다. 따라서 죄의식의 윤리는 아무도 남들에게 우월감을 못 느끼도록 (그래서 아무도 열등한 존재로 여겨지는 데서 오는 수치와 굴욕을 맛보지 않도록) 평등주의를 옹호하고, 반면 수치심의 윤리는 우월한 사람이 있으며 그런 사람은 자부심과 명예(존경받음)를 만끽하고 열등한 사람은 열등감과 수치심을 느끼는 위계화된 사회 체제를 미화한다. 죄의식에 젖은 사람은 우리는 모두 죄인이라고 생각하며 우리가 남들에게 끼친 위해에 대해 남들로부터 용서를 받아야 한다고 생각하므로 남들이 우리에게 끼친 위해에 대해 남들을 용서하지 않는 것은 없을 수 없는 위선이라고 생각한다. (…)

자부심의 반대는 겸손이고 겸손은 순결의 필수 조건이므로 죄의식의 윤리에서는 겸손을 가장 높은 미덕의 하나로 꼽는다, 반면에 수치심의 윤리에서는 겸양은 자기 모욕에 맞먹기에 가장 몹쓸 악덕으로 본다. 이러한 가치관의 차이로 생겨

19 제임스 길리건, 『위험한 정치인』, 이희재 옮김, 교양인, 2012, 131~134쪽.

나는 한 가지 결과는 죄의식의 윤리로 살아가는 사람은 자부심을 누르고 겸손을 품는 길의 하나로 사회적 신분이 낮은 사람들에게 동질감을 느끼려 하고, 반대로 수치심의 윤리로 살아가는 사람은 자부심을 끌어올리고 자신의 수치심과 열등감을 누그러뜨리는 길의 하나로 사회, 경제적으로 우월한 신분에 있는 사람에게 동질감을 느끼려 한다는 것이다. 이것을 좀 더 쉬운 말로 표현하면, 죄의식의 윤리로 살아가는 사람은 약자에게 동질감을 느끼는 성향이 강하고 수치심의 윤리에 젖은 사람은 강자에게 동질감을 느끼는 성향이 강하다. (…)

이렇게 판이한 태도의 정치적 실례는 프랭클린 루스벨트(민주당)와 로널드 레이건(공화당) 대통령이 내세운 대조적 가치에서 볼 수 있다. 루스벨트는 말했다. "진보의 성패는 많이 가진 사람에게 우리가 충분히 더 얹어주는가의 여부가 아니라 너무 적게 가진 사람에게 우리가 충분히 베풀어주는가 여부에 달렸다." 반면에 레이건은 (공화당을 가리켜) 이렇게 말했다. "우리는 사람들이 계속해서 더 부자가 될 수 있는 미국을 보고 싶어 하는 당이다." 루스벨트는 가진 것이 너무 적은 약자와 자신을 동일시했고 불평등을 줄이려고 했으며, 실제로 경제 정책과 정치 활동을 통해 그러한 목표를 이루었다. 레이건은 아직도 더 부자가 될 수 있는 (상대적으로도 가난한 사람들이라는 비교 대상이 없으면 무의미한 개념인) 강자를 챙겼고 불평등을 늘리는 쪽을 옹호했다고 볼 수 있다. (부자 감세, 빈민에 대한 복지 혜택 축소, 기업 규제 축소, 노조 억제와 같은 경제 정책과 정치 활동을 통해서 바로 그러한 목표를 이루었다.)

수치심의 윤리와 죄의식의 윤리가 어떻게 다른지를 보여주는 또 하나의 예는 죄의식의 윤리에서 겁쟁이라고, 못난이라고, '범죄 앞에서 물러터졌다고' 손가락질을 당하는 한이 있더라도 "살인하지 말지어다"라는 도덕률이 중심 계율로 자리 잡았다는 것이다. 수치심의 윤리에서는 "죽일지어다"가 중심 계율이며, 이것은 죽여도 좋다는 뜻일 뿐 아니라 명예가 위태로울 때는 죽여야 할 의무가 있다는 뜻이기도 하다. (수치심에 휘둘리는 인격을 지닌 사람의 눈에는 대부분 명예가 걸린 문제로 보인다.) 가령, 수침심의 윤리는 극형, 전쟁, 폭력적 자기 방어, 보복, 반목, 결투, 린치, 고문, '명예 살인' 같은 폭력들을 옹호하고 도덕적 이유에서 이 모든 것을 두둔한다. 달리 말하면, 수치심의 윤리와 죄의식의 윤리는 똑같은 가치 체계지만 가치의 부호가 달라서 이쪽에서는 플러스인 것이 저쪽에서는 마이너스로 평가된다. (…)

명예는 수치가 지배하는 정치 문화와 수치심의 윤리에서는 가장 훌륭한 가치이며 때로 권력과 부의 이웃사촌이고 어느 정도는 동의어이기도 하다. 오늘날 미국에서 조세 정책과 그 밖의 사회, 경제적 주제를 놓고 벌어지는 논의는 이러한 특성을 반영한다. 이것은 서구 문명에서 정치 사상과 정치 행위가 처음 싹트던 무렵에만 해당되는 것이 아니라 투표권이 원래 부동산, 곧 자본을 소유한 사람(자본가)에게만 주어지던 미국 민주주의의 초창기에도 해당하는 이야기다.

Hint here!

이 텍스트는 (적어도 미국 사회에 적용할 수 있는) 두 개의 상반된 사회(정치)윤리, 즉 수치심의 윤리와 죄의식의 윤리에 관해 논의하고 있다. 또한 더 나아가 수치심의 윤리를 기본 원리로 삼은 정치와 죄의식의 윤리를 기본 원리로 삼은 정치가 초래할 것으로 보이는 사회 체제와 현상에 대해서도 논의하고 있다. 따라서 이 텍스트의 〈분석적 요약〉은 상반된 두 윤리의 특성과 정의에 기초한 논증으로 구성되어야 한다.

또한 이 텍스트는 명시적 결론(C)에 필자가 암묵적으로 받아들이고 있는 기본 가정에 따른 전제를 추가함으로써 함축적 결론(C_{imp})을 도출할 수 있다. 이와 같은 점에 착안하여 〈분석적 요약〉을 작성해보자.

<분석적 요약>

〔1단계〕 문제와 주장

〈문제〉

〈주장〉

〔2단계〕 핵심어(개념)

〔3단계〕 논증 구성

〈생략된 전제: 숨은 전제 or 기본 가정〉

〈논증〉

p_1.

C.

〔4단계〕 함축적 결론

〈추가된 전제: 맥락(배경, 관점)〉

〈함축적 결론〉

연습문제 11 "오류의 편안함"(피셔, Ernst Peter Fisher)[20]

피셔는 아래의 글을 통해 '인간이 과학에서 오류 또는 실수를 저지르는 원인'에 대해 주장하고 있다. 이 텍스트는 앞서 연습한 텍스트에 비해 글의 분량은 더 많지만, 논증 구조를 파악하기는 더 쉽다고 할 수 있다. 피셔의 주장을 〈분석적 요약〉을 통해 파악하고, 그의 핵심 주장이 인간의 과학 활동뿐만 아니라 일상생활을 포함하는 인간의 다른 영역에도 적용될 수 있는지 생각해보자.

> 과학은 인간의 활동이다. 인간은 오류를 범할 수 있다. 따라서 과학에는 오류들이 있다. 그것도 허다하다. 논리적으로 이토록 단순하고 명백한 사실을 이상하게도 대중은 의아하게 여긴다. 당신도 마찬가지이며 당신은 짜증이 날 정도로 많은 오류를 자주 범한다고 이야기해주면 아마도 눈을 더욱더 부릅뜨며 화를 낼 것이다. 대중은 심지어 몇몇 사실들을 아예 알고자 하지 않는다. 매우 큰 소리로 거듭해서 알려주고 최고로 정확하고 상세하게 설명해도 아랑곳없다. 세 가지 사례를 살펴보자.
>
> 가장 간단한 첫 번째 사례는 알베르트 아인슈타인이 열등한 학생이었다는 이야기다. 진실은 정반대다. 실제로 아이슈타인은 학년에서 가장 우수한 학생이었다. 물론 그는 좋은 성적을 받으려고 무섭게 덤비는 학생은 아니었다. 다른 10대들과 마찬가지로 그는 무의미한 암기와 시험을 위한 연습을 증오했다. 하지만 아인슈타인의 성적은 좋았다. 라틴어에서는 적어도 한 번 2점을 받았고, 그리스어에서는 항상 좋은 성적을 받았으며, 수학 성적은 초기에 1점과 2점을 오가다가 결국 1점에 정착했다. 또한 대학에서도 상위권 학생이었다. 교사들은 아인슈타인의 다른 측면에 대하여 아쉬움을 표현했다. 아인슈타인이 스위스 취리히에서 대학에 다닐 때 어느 강사는 이렇게 말했다고 한다. "자네는 영리한 청년이야. 하지만 도무지 말을 안 하는 것은 큰 실수라네."

20 피셔(Ficher, Ernst Peter), 『과학을 배반하는 과학』, 전대호 옮김, 해나무, 2007.

아무튼, 언제 어떻게 열등생 아인슈타인에 대한 소문이 세상에 떠돌기 시작했을까? 쉽게 설명할 수 있다. 아인슈타인은 한동안 스위스에서 학교에 다녔고, 그곳의 성적은 점수로 매겨진다. 그런데 그 점수가 특이하다. 독일의 최고 점수인 1점은 스위스에서 6점이다. 아인슈타인의 성적표에 기재된 점수가 바로 그것이다. 안타깝게도 아인슈타인의 전기를 처음 쓴 저자는 이 점을 몰랐다. 많은 이들은 그 전기에서 처음으로 열등생 아인슈타인에 대한 이야기를 접했고, 그 이야기는 찬란한 성적을 받지 못한 모든 이들의 (혹은 그들의 자녀들의) 마음에 들었다. 보잘것없는 성적을 받았지만 나중에 아인슈타인이 될 수 있다는 희망을 품게 해주었기 때문이다. 그 희망은 결국 수그러들어도 또 다른 글들을 읽지 않는 한 소문은 남는다.

대중의 오류를 보여주는 두 번째 사례는 약간 더 전문적이다. 아주 유명하지만 읽은 사람은 거의 없는 작품으로, 그레고어 멘델이 1865년에 쓴 "식물 잡종에 관한 실험"이라는 논문이 있다. 그런데 그 논문에는 '유전'이라는 단어도 유전법칙도 등장하지 않는다. 그렇다면 모든 생물학 책들이 '멘델의 법칙'이라는 이름으로 소개하고 모든 학생들이 배워야 하는 그 법칙의 진짜 창안자는 누구인가라는 흥미로운 질문이 제기되어야 할 것이다.

그 질문에 대답하려면 우선 세 명의 유전 연구자들이 같은 시기에 활동했다는 사실을 지적해야 한다. 그들은 수도사 멘델이 했던 것과 유사한 실험을 1900년경에 했다. 물론 실험 동기는 멘델과 달랐고 각자 상이했지만 말이다. 그리하여 유사한 결과들이 얻어졌고, 최초의 발견을 둘러싼 논쟁이 불거질 뻔했지만, 그때까지 읽히지 않은 채 잠들어 있던 멘델의 글이 발견되어 논쟁은 일단락되었다. 멘델은 그렇게 20세기에 발견되었다. 19세기의 사람들은 멘델을 이해하지 못했다. 왜냐하면 (여러 문헌에서 전하는 바와 달리) 멘델의 글이 이해하기 어렵거나 이해할 수 없는 수준이었기 때문이다. 멘델의 논문은 영국 생물학자 윌리엄 베이트슨이 1900년 이후에 영어로 번역한 덕분에 비로소 이해되었다. 번역 과정에서 베이트슨은 멘델이 남긴 불명료한 대목들을 손질하여 원문을 개선했다. 그리하여 영국과 미국의 연구자들은 오로지 개선을 통해 절대적으로 탁월하게 보이는 멘델만을 접했고, 즉시 그를 유전학의 아버지로 떠받들었다. 그리고 독일어권도 언제인가부터 그들의 견해에 동조하게 되었다.

대중적 오류의 세 번째 사례도 유전학과 관련이 있다. 현대의 유전학은 멘델이 재발견된 이래로 유전자가 존재한다는 것을 매우 정확히 알고 있지만, 유전자가 어떻게 작동하는지는 그다지 정확히 알지 못한다. 컴퓨터가 등장한 이후 대중은 '프로그램'이라는 단어에 익숙해졌다. 사실 그 단어는 과거에도 여행 프로그램, 영화 프로그램, 텔레비전 프로그램, 세탁기 프로그램 등의 형태로 일상에 존재했다. 어느새 그 단어는 마법의 주문이 되어 우리에게 생명에도 프로그램이 있을 수 있다는 메시지를 전하는 사람들에 의해 애용된다. 생명의 프로그램은 유전자에 들어 있다고 한다. 유전자가 우리 안에서 유전 프로그램을 작동시키고 그 덕분에 생명이 산출된다고 한다.

이 생각들이 부조리하고 틀렸다는 것을 쉽게 지적할 수 있다. 연극의 무대와 객석만 상상해보면 된다. 이를테면, 희극이 공연되고 있는 무대에서 일어나는 일은 프로그램된 것이다. 왜냐하면 각본이 있고 배우들은 그 각본에 따라 행동하기 때문이다. 그러나 객석에서 일어나는 일은 매일 저녁 동일하고 매우 규칙적이라 하더라도 (사람이 와서 박수를 치며 환호하거나 졸고 돌아간다) 프로그램 된 것이 아니다. 규칙적이고 반복적으로 진행되지만, 그 기반에 확고한 프로그램이 없는 과정들이 생명에도 매우 많이 존재한다. 그러나 컴퓨터에 취한 시대에 이 말을 들어주는 귀는 거의 없다. 귀 있는 자라 할지라도 듣고 싶은 것만 듣기 마련이다. 싸구려 마법의 주문에 기대어 필수적인 반성을 회피하는 것을 보면 다수의 대중은 진실이 무엇인지 전혀 알고 싶지 않은 것 같다.

지금까지 언급한 세 가지 오류의 공통점을 '편안함'이라는 개념에서 찾을 수 있을 것이다. 삶의 행로가 프로그램으로 설명된다면 아주 편안할 것이다. 더 반성할 필요가 없을 것이다. 단 한 명의 천재적인 유전학 창시자를 소리 높여 부를 수 있다면 아주 편안할 것이다. 표면 아래서 실제로 일어난 일들에 대하여 질문할 필요가 없을 테니까. 아인슈타인을 열등생으로 묘사하면 아주 편안할 것이다. 손가락을 들어 선생들을 가리키면서 비웃음을 날릴 수 있을 테니까. 그러면서 다른 세 손가락이 도리어 자기 자신을 가리키고 있다는 사실을 아무렇지도 않게 무시할 수 있을 테니까. 그러나 정말 중요한 것은 그 반대 방향, 오류가 시작되는 지점을 가리키는 그 세 손가락이다.

<분석적 요약>

〔1단계〕 문제와 주장

〈문제〉

〈주장〉

〔2단계〕 핵심어(개념)

〔3단계〕 논증 구성

〈생략된 전제: 숨은 전제 or 기본 가정〉

〈논증〉

p_1.

C.

〔4단계〕 함축적 결론

〈추가된 전제: 맥락(배경, 관점)〉

〈함축적 결론〉

연습문제 12 『엔트로피』(제레미 리프킨, J. Rifkin)[21]

뉴튼의 열역학 제1법칙은 '우주의 에너지의 총량은 일정하다'는 것이고, 제2법칙은 '엔트로피의 총량은 지속적으로 증가한다'는 것을 의미한다. (…)

열역학 제1법칙은 '에너지 보존의 법칙'이라고 쉽게 풀어 쓰곤 한다. 그 법칙에 따르면, 에너지를 창조하거나 파괴하는 것은 불가능하다. 열역학 제2법칙은 '엔트로피 법칙'이라고 한다, 이 법칙에 따르면, 에너지는 한 상태에서 다른 상태로 옮겨갈 때마다 일정액의 벌금을 낸다. 여기서 벌금은 일할 수 있는 유용한 에너지가 손실되는 것을 말한다. 이것을 가리키는 용어가 '엔트로피(Entropy)'다. 엔트로피는 더 이상 '일'로 전환될 수 없는 에너지의 양을 측정하는 수단이다. 따라서 엔트로피가 증가한다는 것은 유용한 에너지가 줄어든다는 것을 의미한다. 달리 말하면, 자연계에서 무슨 일이 일어난다는 것은 일정량의 에너지가 무용한 에너지로 전환된다는 뜻이다. 그러한 의미에서, 오염이란 것은 무용한 에너지로 전환된 유용한 에너지의 총량을 뜻한다. 그러므로 쓰레기란 흩어진 형태의 에너지다. 제1법칙에 따라 에너지는 창조되거나 파괴되지 않고 단지 전환될 뿐이며, 제2법칙에 의해 한 방향으로만(혼돈과 무질서를 향하여) 변화해가므로 오염이란 엔트로피의 또 다른 이름에 불과하다. 달리 말하면, 엔트로피란 어떤 시스템 내에 존재하는 무용한 에너지의 총량을 나타낸다.

평형상태는 에너지의 수준 차이가 없는 상태를 말한다. 평형 상태는 엔트로피가 극대점에 달한 상태이며, 일을 할 수 있는 자유롭고 유용한 에너지가 더 이상 존재하지 않는 상태다. 클라지우스는 열역학 제2법칙을 "엔트로피(무용한 에너지의 총량)는 극대점을 향해 움직이는 경향이 있다"고 정리하였다. 이를 니콜라스-죠르제스크-레겐은 "폐쇄계에서 물질 엔트로피는 궁극적으로 극대점을 지향한다"(열역학 제4법칙)로 정리하였다.

21 제레미 리프킨, 『엔트로피』, 이창희 옮김, 세종연구원, 2015, 55~68쪽 참조.

<분석적 요약>

〔1단계〕 문제와 주장

〈문제〉

〈주장〉

〔2단계〕 핵심어(개념)

〔3단계〕 논증 구성

〈생략된 전제: 숨은 전제 or 기본 가정〉

〈논증〉

p_1.

C.

〔4단계〕 함축적 결론

〈추가된 전제: 맥락(배경, 관점)〉

〈함축적 결론〉

연습문제 13 『인간, 위대한 기적인가, 지상의 악마인가?』(임종식)[22]

고대 그리스의 철학자 아리스토텔레스는 인간의 영혼을 세 부분으로 나눠 설명한 스승 플라톤의 견해를 발전시켜 영혼을 '인간, 동물, 식물'의 영혼 순으로 서열화하였다. 그에 따르면, '인간, 동물 그리고 식물'은 모두 영양과 생식작용을 한다는 점에서는 같다, 하지만 식물은 '감각과 욕구 작용'을 갖고 있지 않기 때문에 인간과 동물에 비해 하등하다. 또한 동물은 본능적인 행동만이 가능할 뿐 이성적인 사고와 행위가 가능하지 않기 때문에 인간보다 하등하다. 따라서 이들 세 무리 사이에는 그들이 가진 '천성적 기능'으로 인해 위계가 성립된다. 말하자면, 식물의 기능은 동물과 인간의 필요에 부응하는 데 목적이 있으며, 동물의 기능은 인간의 필요에 부응하는 데 그 목적이 있다는 것이다.

아리스토텔레스의 견해는 반세기가 지나 기독교 신비주의에 지대한 영향을 끼친 신플라톤주의자 플로티누스(Plotinus, 204~270)에 의해 '존재의 거대한 사슬(이하 위계-사슬론)'로 탈바꿈된다. 그 후 그것은 그리스도교와 결합되어 '중세 기독교 우주론'의 핵심 요소로 자리매김한다. 그 이론에 따르면, 세계의 존재들은 '신(Holy Divine) - 천사(Angel) - 인간(Human) - 동물(Animal) - 식물(Plant) - 무생물(inanimate object)'의 순서로 명확하게 위계가 지어졌다는 것이다. 르네상스 시대까지도 황금기를 구가한 존재의 '위계-사슬론'에 따르면, 존재하는 모든 것은 궁극적인 일자인 '신'에 의해 설정된 확고부동한 위계를 갖는다.

(…)

(그리스도교) 신앙을 자처하며 떳떳이 동물의 고통을 외면하고 환경 파괴에 동참할 수 있는 이유는 무엇인가? 그 이유는 신이 인간에게 특권을 부여했다는 확신 때문이며, (이미 잘 알고 있듯이) 그와 같은 확신을 심어준 뿌리깊은 발원지를 '창세기 1장 28절'에서 찾을 수 있다.

22 임종식, 『인간, 위대한 기적인가, 지상의 악마인가?』, 사람의무늬, 2015, 41~71쪽. 분석의 목적을 위해 일부 표현과 구성은 필자가 수정하였다.

그리고 하나님은 그들을 축복하여 이렇게 말씀하셨다. "너희는 많은 자녀를 낳고 번성하여 땅을 가득 채워라. 땅을 정복하라. 바다의 고기와 공중의 새와 땅의 모든 생물을 지배하라." (창세기 1장 28절)

동식물이 도구적인 가치만을 지닌 이유가 한마디로 '신이 우리에게 땅을 정복하고 모든 생물을 지배하라고 명령'했기 때문이라는 것이다. 하지만 '지배하고 정복하라'는 것이 정말로 그런 의미인가? 결론부터 말하자면, (그리스도교) 신앙에 의지하고 있는 이와 같은 입장은 곧 바로 그 신앙에 의해 직접적으로 반박될 수 있다. 이것을 쉽게 설명하기 위해 필자가 겪은 사례 하나를 소개하는 것으로 논의를 시작하고자 한다.

필자의 딸이 초등학교 2학년 때의 일이다. 저녁을 먹으며 짝에 대한 불평을 늘어놓았는데, 이야기인즉슨 짝이 연필을 '줄 수 있느냐'고 해서 줬더니 고맙다는 말과 함께 창밖으로 던져버렸다는 것이다. 그래서 딸을 달랬던 기억이 난다. 연필을 줬다는 것은 '소유권을 이전'했다는 의미이고, 짝에게 연필에 대한 권리가 생성되었다는 의미라고 말이다. 필자가 딸을 달래기 위해 제시한 논증이 올바르다면, 필자의 딸이 친구에게 이전한 '소유권'은 이전된 소유물에 대한 '(자유로운) 처분권'까지 포함된 (완전한) 권리로 보아야 한다. 따라서 필자의 딸이 짝의 행위를 탓할 수 없듯이, 창세기 1장 28절이 의미하는 바가 '신이 우리에게 (자유로운 처분권을 포함한 완전한) 소유권을 이전'한 것이라면, 땅과 바다 그리고 그 위에 존재하는 모든 생물을 연필을 다루듯이 처우해도 문제될 것이 없다고 보아야 한다. 하지만 만일 위의 구절에서 신이 인간에게 '소유권'을 '이전'했다는 의미가 담겨 있지 않다면 문제는 심각해진다. 왜 그럴까?

이 문제에 답하기 위해 일반적으로 받아들여질 뿐만 아니라 (신이 인간에게 부여한) 이성에 의해서도 수용될 수 있는 두 가지 실정법에 기대어 해명해보자. 우선, 형법 제355조는 다음과 같이 규정하고 있다. 즉,

"타인의 재물을 '보관'하는 자가 그 재물을 횡령하거나 그 반환을 거부한 때에는 5년 이하의 징역 또는 1천 5백만원 이하의 벌금에 처한다."

만일 신이 인간에게 땅과 바다 그리고 그 위의 동식물에 대한 소유권을 이전한 것이 아닌 단지 '보관'만을 명령한 것이고 형법 제355조에 의거한다면, 인간이 자연환경을 회생불능상태(완전 파괴)로 만들거나 동식물을 멸종시킬 경우 인간은 '횡령죄'에 의해 처벌받아야 한다.

다음으로 형법 제366조에 살펴보자. 형법 제366조는 다음과 같이 규정하고 있다. 즉,

"타인의 재물, 문서 또는 전자기록 등 특수매체기록을 손괴 또는 은닉 기타 방법으로 그 효용을 해한 자는 3년 이하의 징역 또는 700만원 이하의 벌금에 처한다."

이미 짐작하듯이, 만일 신이 인간에게 땅과 바다 그리고 그 위의 동식물에 대한 소유권을 이전한 것이 아닌 단지 '보관'만을 명령한 것이고 형법 제366조에 의거한다면, 인간이 자연환경을 훼손(부분 파괴)하고 동식물을 학대할 경우 인간은 '재물손괴죄'에 의해 처벌받아야 한다. 이렇듯 인간이 횡령죄나 재물손괴죄를 면하려면 성경에서 말하는 땅을 정복하고 모든 생물을 지배하라는 대목에 (자유로운 처분권을 포함한 완전한) '소유권 이전'의 의미가 담겨 있어야 한다.

만일 그렇다면. 이제 우리에게 남은 증명의 문제는 신은 인간에게 (처분권을 포함한 완전한) 소유권을 이전하지 않았음을 보이는 일이다. 그리고 우리가 성경의 다음과 같은 구절들에 주목한다면, 신이 인간에게 허락한 것은 '소유권 이전'이 아닌 '관리와 보존'의 명령이라는 것을 어렵지 않게 파악할 수 있을 것이다. 이것을 증명하는 성경의 몇 가지 말씀을 살펴보자. 즉,

하늘과 땅과 그 가운데 있는 모든 것이 다 여러분의 하나님 여호와의 것입니다. (신명기, 10장 14절)

땅과 그 안에 있는 모든 것이 여호와의 것이요, 세계와 그 안에 사는 모든 생명체도 다 여호와의 것이다. (시편, 24장 1절)

이것은 땅과 그 안에 있는 모든 것이 다 주님의 것이기 때문입니다. *(고린도전서, 10장 26절)*

이와 같은 몇몇 말씀을 통해 적어도 성경에 의거할 경우, 땅과 바다 그리고 그 위의 동식물에 대한 완전한 소유권은 신, 즉 하나님에게 있음이 분명하게 드러난다. 그리고 성경에서는 하나님이 인간에게 부여한 임무가 '자신'의 것을 잘 '관리'하는 데 있다는 점을 창세기 2장 15절에서 다음과 같이 밝히고 있다. 즉,

여호와 하나님은 자기가 만든 사람을 에덴동산에 두어 그곳을 '관리'하며 '지키게' 하시고 *(창세기, 2장 15절)*

이제, 답은 명확해졌다. 신은 인간에게 자신의 것을 자유롭게 처분할 수 있는 권리까지 포함한 완전한 '소유권 이전'을 한 것이 아니다. 신은 인간에게 단지 자신의 것을 잘 '관리하고 보존'할 것을 명령한 것이라고 보아야 한다. 만일 그렇다면, 자연환경을 회생불능상태(완전 파괴)로 만들거나 동식물을 멸종시키는 것은 횡령죄에, 그리고 환경을 훼손(부분 파괴)하고 동물을 학대하는 것은 재물손괴죄에 해당한다고 보아야 한다.

짧은 성경 지식에 의거하여 창조섭리를 운운하는 것은 매우 조심스러운 일이 아닐 수 없다. 하지만 적어도 지금까지 인용된 성경의 구절들로 미루어 보았을 때, 성서가 사슬론이 말하는 위계와 창조섭리를 이어줄 유기적인 고리는 될 수 없다고 보아야 할 것이다.

<분석적 요약>

〔1단계〕 문제와 주장

〈문제〉

〈주장〉

〔2단계〕 핵심어(개념)

〔3단계〕 논증 구성

〈생략된 전제: 숨은 전제 or 기본 가정〉

〈논증〉

p_1.

C.

〔4단계〕 함축적 결론

〈추가된 전제: 맥락(배경, 관점)〉

〈함축적 결론〉

연습문제 14 『진보와 빈곤』(헨리 조지, Henry George)[23]

토지 사유제가 정의롭지 못하다는 사실을 깨닫지 못하게 하는 것은 무엇인가? 그것은 소유권의 대상이 되는 모든 사물들을 하나의 범주, 즉 재산에 모두 포함시키는 습관 때문에 그러하다. 설사, 구분을 한다고 하더라도 법률가들의 비철학적 구분으로서, 동산과 부동산을 구분하는 정도다. 그러나 참되고 자연스런 구분은 노동의 생산물로 생겨난 사물과 자연이 무상으로 제공하는 사물을 구분하는 것이다. 다시 정치경제학의 용어로 말해 본다면, '부'와 '토지'를 구분하는 것이다.

이 두 가지 부류의 사물은 그 본질이나 관계에 있어서 아주 다른 것이기 때문에 이것을 재산이라는 범주 아래 하나로 뭉뚱그린다는 것은 생각의 혼란을 불러일으킨다. 특히, 재산의 정의 혹은 재산의 옳음과 그름을 따질 때에는 더욱 그러하다.

어떤 토지나 그 위에 서 있는 주택은 소유권의 대상이라는 점에서 다 같이 재산으로 취급되고, 또 법률가들은 부동산으로 분류한다. 그러나 그 본질과 관계에 있어서 둘은 아주 다르다. 건물은 인간의 노동으로 생산되어 정치경제학의 개념상 부에 속하는 것이고, 그 대지는 토지에 속하는 것이다.

부에 속하는 사물의 본질적 특징은 노동을 구체화한 것이라는 점이다. 부는 인간의 노력에 의해 존재한다. 그리고 부의 존재와 부재와 부의 증감은 모두 인간에게 달려 있다. 토지에 속하는 사물의 본질적 특징은 노동을 구체화하지 않으며 인간의 노력이나 인간 그 자신과는 무관하게 존재한다는 것이다. 토지는 인간이 거주하게 되는 들판 혹은 환경이다. 인간의 욕구를 충족시키는 물건이 나오는 창고이며, 인간의 노동이 작용하는 원자재이며, 인간의 노동이 상대하는 힘이다.

이러한 구분을 명확히 깨닫는 순간 자연의 정의(definition of nature)가 '노동의 생산물'에 부여하는 승인이 '토지의 소유'에는 승인이 거부된다는 것을 알 수 있다. 노동의 생산물에 대한 개인의 재산권을 정당한 것이라고 인정하는 것은 곧 토지

23 헨리 조지, 『진보와 빈곤』, 이종인 옮김, 현대지성, 2019, 350~352쪽.

의 사유제가 잘못되었다는 것을 의미한다. 노동의 생산물을 인정해주는 것은 모든 사람을 동등한 위치에 올려놓으면서 그의 노동에 대하여 합당한 보상을 돌려주는 것이지만, 토지의 소유를 인정하는 것은 모든 사람의 동등한 권리를 부정하면서, 노동하는 사람의 자연적 보상을 노동하지 않는 사람이 가져가도록 하는 것이다.

토지 사유제에 대하여 무슨 변명의 말을 하더라도 정의(justice)의 관점에서 보자면 그 제도가 옹호될 수 없다는 것이 분명해진다.

모든 사람이 평등한 토지 사용권을 가져야 한다는 것은 모든 사람이 똑같이 공기를 숨 쉴 권리를 가져야 하는 것처럼 명확하다. 그것은 그 사람들이 존재한다는 사실 그 자체로 선언된 것이다. 우리가 어떤 사람들은 이 세상에 존재할 권리가 있는데, 다른 사람들은 권리가 없다고 말하는 것은 말이 안 되는 얘기인 까닭이다.

우리 모두가 창조주의 공평한 허가에 의해 여기에 오게 된 것이라면, 우리 모두는 하느님의 선물을 공평하게 즐길 수 있고, 또 자연이 그처럼 공평무사하게 제공한 모든 것을 공평하게 사용할 권리가 있다. 이것은 자연스러우면서도 빼앗을 수 없는 권리다. 이 세상에 태어나는 순간 모든 사람에게 부여된 권리이고, 그가 이 세상에 존재하는 한 누릴 수 있는 권리이며, 단지 다른 사람들의 동등한 권리에 의해서만 제한을 받는다. 자연에는 '상속 무제한 토지 소유권(fee simple: 권리자가 양도, 상속의 자유를 가진 부동산)'이라는 것은 없다. 이 지상에는 토지에 대한 독점적 소유권을 정당하게 부여할 수 있는 힘을 가진 자는 없다. 설사 지상에 현재 존재하는 모든 사람들이 일치단결하여 그들의 평등한 권리를 양도하기로 했다고 하더라도, 그들 뒤에 태어날 후손들의 권리마저 양도할 수는 없는 것이다.

<분석적 요약>

〔1단계〕 문제와 주장

〈문제〉

〈주장〉

〔2단계〕 핵심어(개념)

〔3단계〕 논증 구성

〈생략된 전제: 숨은 전제 or 기본 가정〉

〈논증〉

p_1.

C.

〔4단계〕 함축적 결론

〈추가된 전제: 맥락(배경, 관점)〉

〈함축적 결론〉

3

〈분석적 요약〉의 세 가지 장점

제3장을 시작하면서 우리가 지금까지 아무런 고민없이 습관처럼 해온 방식의 요약으로는 분석의 대상이 되는 텍스트의 논리적 구조를 정확히 파악할 수 없다는 것을 강조하였다. 그것은 분석의 대상이 되는 주어진 텍스트의 내용을 그대로 복사하여 단순히 연결하는 것과 다르지 않기 때문이다. (적어도) 어떤 문제에 대한 견해를 담고 있는 정당화 문맥의 글은 필자가 제시한 주장을 지지하는 근거들을 찾아 논증으로 구성하고, 그 근거들과 주장의 논리적 관계가 드러나도록 요약글을 작성해야 한다. '요약글' 또는 〈분석적 요약〉은 주어진 텍스트의 핵심 주장과 논증을 정확하게 '이해'하는 과정이기 때문이다. 이와 같이 논증 구성에 의거하여 요약글을 작성할 경우, (적어도) 다음과 같은 세 가지 장점을 얻을 수 있다. 즉,

① 텍스트에 제시된 근거와 주장의 논리적 관계를 정확하게 이해할 수 있고,

② 텍스트를 올바르게 이해했기 때문에 텍스트에서 제시하고 있는 문제와 주장에 대해 제기할 수 있는 논평의 관점과 자료를 발견할 수 있으며,

③ 텍스트에서 제기하고 있는 문제에 대한 자신의 (일차적인) 입장을 확인할 수 있다.

충분하지는 않지만 올바른 요약글을 쓰기 위한 〈분석적 요약〉의 내용과 절차에 관한 논의와 연습은 여기에서 마치도록 하자. 이제 우리는 다음 단계인 〈분석적 논평〉과 '논평글' 쓰기로 나아가야 할 지점에 서있다. 눈치 빠른 독자는 이미 알아챘겠지만, 우리는 〈분석적 요약〉으로부터 얻을 수 있는 세 가지 장점을 기초 자료로 삼아 자연스럽게 〈분석적 논평〉으로 나아갈 수 있다. 그러한 측면에서, 〈분석적 요약〉은 올바른 〈분석적 논평〉과 논평글을 쓰기 위한 굳건한 디딤돌이라고 할 수 있다. 주어진 문제에 대한 적확하고 올바른 이해가 선행되지 않을 경우, 그 문제에 대한 자신의 입장을 분명하게 확인할 수 없을뿐더러 견해 또한 명확하게 제시할 수 없기 때문이다. 간략히 말해서, 우리는 주어진 문제에 대해 올바르게 '이해'했을 때 그 문제에 대한 설득력 있는 '논평'도 제시할 수 있다.

제4장
분석적 요약에 기초한 분석적 논평

1 분석적 요약과 분석적 논평의 관계

이번 장에서 다룰 〈분석적 논평〉은 앞서 논의한 〈분석적 요약〉과 밀접한 관련을 가지고 있다. 간략히 말하자면, 분석적 논평은 분석적 요약을 통해 텍스트를 올바르게 이해한 다음 그것에 대해 논평자의 생각과 주장을 개진하는 것이다. 분석적 논평의 구성과 형식에 대해 구체적으로 살펴보기에 앞서 분석적 요약의 중요한 내용 및 요약과 논평의 관계를 다시 한 번 확인하는 것이 도움이 될 것이다.

〈표 4-1〉 '분석'과 '평가'의 중요한 내용

✔ 분석	✔ 평가
✔ 사고 과정의 중요한 요소들을 추려내어 체계적으로 재구성하는 것	✔ 분석된 내용의 개념, 논리성, (함축적) 결론의 수용가능성 등을 따져 보는 것
⇧	⇧
결론적 주장(핵심 주장)	(문제의) 중요성, (주장의) 명확성과 유관성 (함축적) 결론: 더 나아간 숨은 결론
⇧	⇧
(주장을 지지하는) 이유(근거)들 • 명시적 이유: 텍스트에 드러난 이유 • 생략된 이유: 숨은 전제 또는 기본 가정	• 논리성(타당성과 수용가능성) • 논의의 맥락(배경, 관점) • 공정성: 반대 입장에 대한 논의 • 충분성: 다양한 시각과 입장

⇧ ⇧

(이유를 뒷받침하는) 중요 요소들 • 사실적 정보 • 중요한 개념	• 사실의 일치성 • 개념의 명료함과 분명함

1) 분석적 요약의 중요 내용

〈표 4-2〉 분석적 요약의 중요 요소들

	중요 요소	내용
①	문제	의문문 형식: '~은 무엇인가?'
②	주장	명제 형식: '~는 무엇이다' 또는 '필자는 ~고 주장한다'
③	핵심어	용어(단어)에 대한 정의(definition)
④	기본 가정	숨은 전제: 필자가 암묵적으로 참으로 가정하고 있는 근거
⑤	근거	명제 형식: 개념적 근거 + 사실적(자료적) 근거
⑥	맥락(배경/관점)	글의 배경과 필자의 관점에 따른 맥락의 차이
⑦	함축	맥락과 추가된 근거에 의해 도출할 수 있는 숨은 결론

2) 분석적 논평: 정당화 문맥의 주요 속성

분석의 대상이 되는 텍스트가 어떤 주장을 펼치고 있는 정당화 문맥일 경우 그 텍스트의 각 요소들은 다음과 같은 속성을 가지며, 분석적 논평은 그것을 기준으로 이루어진다.

〈표 4-3〉 '분석적 논평'의 중요한 내용

	요소	내용	기준	
①	문제는	중요하고 적절하며 일관적인가?	(문제의) 중요성	(1)
②	주장은	제기된 문제와 유관하고 명확하게 답변하고 있는가?	(주장의) 유관성과 명확성	
③	핵심어는	애매하거나 모호한 부분이 없는가?	(개념의) 명료함과 분명함	(2)
④	논증은	형식적으로 타당하고 근거와 주장이 정합적인 관계를 형성하고 있는가?	(논증의) 형식적 타당성	(3)
⑤		논증에서 사용된 근거들은 사실적으로 정확하고 합리적으로 수용할 수 있는가?	(논증의) 내용적 수용가능성	
⑥	(가능한) 반론은	검토되었으며 적절한 재반론을 통해 반박하고 있는가?	(반론 검토를 통한) 공정성과 충분성	(4)

분석적 논평의 중요한 평가 요소는 문제와 주장의 '① 중요성, ② 유관성과 명확성', 개념의 '③ 명료함과 분명함', 논증의 '④ 형식적 타당성, ⑤ 내용적 수용가능성', 그리고 반론 검토를 통한 '⑥ 공정성과 충분성'과 같이 6가지로 구분할 수 있다. 하지만 위의 표에서 볼 수 있듯이, '① & ②' 그리고 '④ & ⑤'는 한 쌍으로서 함께 검토하고 비판해야 하는 구조를 갖고 있다. 따라서 6가지 중요 구성 요소를

(1) 문제와 주장의 "중요성, 유관성, 명확성",

(2) 개념의 "명료함과 분명함",

(3) 논증의 "형식적 타당성과 내용적 수용가능성",

(4) 반론 검토를 통한 "공정성과 충분성"

과 같은 '4가지 요소'로 간략히 구분할 수 있다.

3) 〈분석적 요약〉과 〈분석적 논평〉의 상관관계

앞서 말했듯이, 〈분석적 요약〉과 〈분석적 논평〉은 서로 대응하는 구조로 이루어져 있다고 볼 수 있다. 따라서 〈분석적 논평〉은 〈분석적 요약〉에서 중점적으로 분석한 내용에 대해 논평자의 입장과 관점에서 비판적으로 평가하는 것을 뜻한다. 〈분석적 요약〉과 〈분석적 논평〉의 상관관계와 세부적인 내용을 정리하면 다음과 같다.

〈표 4-4〉 '분석적 요약'과 '분석적 논평'의 대응적 상관관계

		분석적 요약		분석적 논평
〈분석적 요약〉의 기본 요소	(1)	문제	→	(문제의) 중요성
		주장(과 함축)		(문제와의) 유관성과 명확성
	(2)	핵심어(개념)	→	(개념의) 명료함과 분명함
	(3)	논증	→	논리성(형식적 타당성, 내용적 수용가능성)
〈논평〉 추가 요소	(4)	제기될 수 있는 반론과 재반론	→	(논의의) 공정성과 충분성

〈표 4-5〉 '분석적 논평'의 중요 요소, 항목, 내용

	중요 요소	항목	내용
①	중요성 유관성 명확성	문제 + 주장	• 중요한 문제를 다루고 있는가? • 문제와 주장은 유관한가? • 문제에 대해 명확한 답변을 하고 있는가?
②	명료함 분명함	핵심어(개념)	• 애매하거나 모호한 개념과 문장은 없는가? • 부당하게 재정의된 개념은 없는가? (은밀한 재정의의 오류)

③	논리성 (형식적 타당성, 내용적 수용 가능성)	근거 (+ 생략된 전제) 주장	• 근거와 주장은 형식적인 측면에서 타당하게 구성되어 있는가? • 근거와 주장은 정합적이고 강한 관련성을 갖고 있는가? • 개별 근거들은 모두 참이라고 수용할 수 있는가?
④	공정성 충분성	(제기할 수 있는) 가능한 반론과 재반론	• 필자에게 유리한 근거만을 사용하지는 않았는가? • 근거와 자료를 자의적으로 해석하지는 않았는가? • 논의를 전개하기 위해 필요한 것이 모두 고려되었는가? • 가능한 반론에 대한 재반론은 충분히 이루어졌는가?

다음 절에서 몇 개의 텍스트에 대한 〈분석적 요약〉과 〈분석적 논평〉의 예시 사례를 통해 살펴보겠지만, 〈표 4-5〉의 '③ 논리성: 형식적 타당성, 내용적 수용가능성'은 〈분석적 논평〉의 핵심을 이룬다고 볼 수 있다. '논리성'을 평가하는 것은 주어진 텍스트의 주장(결론)을 수용할 수 있는지 또는 옹호할 수 있는지 등을 판단하는 데 있어 가장 중요한 준거이기 때문이다. 또한 텍스트의 논리성은 다시 '형식적 타당성'과 '내용적 수용가능성'으로 구분하여 평가되어야 한다.[1]

① 형식적 타당성: 전제(근거, 이유)들의 진리값에 무관하게 전제(근거, 이유)들이 모두 참일 경우 결론(주장)을 도출할 수 있는가? 달리 말하면, (자비의 원리에 의거하여 텍스트의 필자의 입장에서) 전제(근거, 이유)들이 모두 참이라고 가정할 경우, 그 전제(근거, 이유)들은 결론(주장)을 지지하기에 충분한지를 평가한다.

② 내용적 수용가능성: 전제(근거, 이유)들의 진리값은 참인가, 거짓인가? 달리 말하면, 각각의 전제(근거, 이유)들은 '실제로 있었던 사실(fact), 신뢰할 수 있는 (통계)자료 또는 참인 명제'인지를 평가한다.

1 〈분석적 논평〉의 논리성을 평가하기 위한 '형식적 타당성'과 '내용적 수용가능성'은 논리학에서 연역논증의 수용 여부를 결정하기 위한 두 가지 검사, 즉 '타당성(validity)'과 '건전성(soundness)' 검사를 변형하여 적용한 것이다. 타당성은 오직 논증의 '형식적'인 측면만을 검사하는 것이다. 건전성은 논증의 형식적인 타당성 검사를 통과한 경우, 그 논증을 구성하고 있는 전제들과 결론의 '내용적'인 측면을 따져보는 것이다. 전대석 · 김용성, 『쉽게 풀어쓴 비판적 사고』, 5강, 6강, 컵앤캡, 2020, 98~158쪽 참조.

2 분석적 논평 연습 예시

〈분석적 요약〉에 의거한 〈분석적 논평〉의 한 예를 '파스칼의 글'을 통해 살펴보자. 아래에 제시한 글은 파스칼의 『팡세』의 일부분이다.

예시 1 **『팡세』(파스칼, B. Pascal)**

> 인간은 한 개의 갈대에 지나지 않는다. 자연 중에서 가장 약한 갈대다. 그러나 인간은 생각하는 갈대다. 그를 부수기 위해서는 온 우주가 무장하지 않아도 된다. 한 줄기의 증기, 한 방울의 물을 가지고도 그를 충분히 죽일 수 있다. 그러나 우주가 쉽게 그를 부술 수 있다고 해도 인간은 자기를 죽이는 자보다 존귀할 것이다.
>
> 인간은 자기가 반드시 죽어야 한다는 사실과 우주가 자기보다 힘이 세다는 사실을 알고 있지만 우주는 그것을 모르는 것이다. 그러므로 우리의 모든 존엄성은 사고에 있다.

결론부터 말하자면, 이 글은 생략된 전제(암묵적 가정)가 '있고 없음'에 따라 두 가지 형식의 〈분석적 요약〉을 도출할 수 있을 것 같다. 따라서 〈분석적 논평〉 또한 두 가지 형식으로 제시할 수 있을 것이다. 이 글을 분석적으로 요약하면 다음과 같이 정리할 수 있을 것이다.

<분석적 요약 1> 명시적 분석에 의거한 논증 구성

〔1단계〕 문제와 주장

〈문제〉
인간의 존엄성은 사고하는 능력에 있는가?

〈주장〉
인간의 존엄성은 사고하는 능력에 있다.

〔2단계〕 핵심어(개념)

사고: 생각하는 능력

〔3단계〕 논증 구성

〈생략된 전제: 숨은 전제 or 기본 가정〉

〈논증〉
p_1. 인간은 갈대와 같이 약하나 생각하는 존재다.
p_2. 인간은 사멸하는 유한한 존재임을 안다. ('p_1.'으로부터)
c_1. 우주는 (적어도 물리적인 또는 불멸의 측면에서) 인간보다 우월하다.
p_3. 우주는 강하지만 생각하지 못한다.
p_4. 사고하는 능력은 존엄성을 보장한다.
C. 따라서 인간의 존엄성은 사고에 있다.

〔4단계〕 함축적 결론

〈추가된 전제: 맥락(배경, 관점)〉

〈함축적 결론〉

〈분석적 요약 2〉 함축적 분석에 의거한 논증 구성

〔1단계〕 문제와 주장

〈문제〉
인간의 존엄성은 사고하는 능력에 있는가?

〈주장〉
인간의 존엄성은 사고하는 능력에 있다.

〔2단계〕 핵심어(개념)

사고: 생각하는 능력

〔3단계〕 논증 구성

〈생략된 전제: 숨은 전제 or 기본 가정〉
사고하는 능력을 가진 것이 그렇지 못한 것에 비해 우월(존엄)하다.

〈논증〉
p_1. 인간은 갈대와 같이 약하나 생각하는 존재다.
p_2. 인간은 사멸하는 유한한 존재임을 안다. ('p_1.'으로부터)
c_1. 우주는 (적어도 물리적인 또는 불멸의 측면에서) 인간보다 우월하다.
p_3. 우주는 강하지만 생각하지 못한다.
p_4. 사고하는 능력은 존엄성을 보장한다.
c_2. 따라서 인간의 존엄성은 사고에 있다.

〔4단계〕 함축적 결론

〈추가된 전제: 맥락(배경, 관점)〉
p_5. (또한) 사고하는 능력을 가진 것은 그렇지 못한 것에 비해 우월(존엄)하다.

〈함축적 결론〉
C. 따라서 인간은 이 세계에서 가장 존엄하다.

만일 "인간의 존엄성은 사고하는 능력으로부터 나온다"는 파스칼의 주장을 이와 같이 두 가지 형식으로 분석하는 것이 옳다면, 〈분석적 요약 1과 2〉에 의지하여 다음과 같은 〈분석적 논평〉을 얻을 수 있을 것이다. (물론, 아래의 〈분석적 논평〉과 '논평글'은 하나의 예시다. 주어진 텍스트에 대한 논평은 평가자에 따라 다를 수 있다. 말하자면,

아래에 제시한 〈분석적 논평〉은 '필연적인 참'을 담보하는 것은 아니라는 것을 파악해야 한다.)

〈분석적 논평〉

〔1단계〕 중요성, 유관성, 명확성

인간의 존엄성의 기원을 찾는 것은 중요한 문제다. 또한 필자는 인간 존엄성이 사고하는 능력으로부터 나온다고 명확하게 주장하고 있다. 따라서 비판적으로 논평할 내용은 없다고 볼 수 있다.

〔2단계〕 명료함, 분명함

이 논증에서 사용되고 있는 핵심어인 '사고하는 능력'을 이해하는 것은 어렵지 않은 듯하다. 의미적으로 명료하고 외연적으로도 어느 정도 분명한 듯이 보이기 때문이다. 또한 적어도 물리적 차원에서 우주는 인간에 비해 무한하고 강한 것은 분명한 듯이 보이며, (적어도 지금까지 밝혀진 과학적 사실에 의하면) 인간이 생각하는 능력을 가진 반면에 우주는 그러한 능력을 결여하고 있다고 보는 것에는 문제가 없는 것 같다.

〔3단계〕 논리성: 형식적 타당성과 내용적 수용가능성

이 논증은 전제가 모두 참이라면 그 결론을 받아들여야 한다는 측면에서 논리성(형식적 타당성)을 충족하는 듯이 보인다. 하지만 이 논증에서 우월함과 우월하지 않음을 나누는 준거로 제시한 '생각하는 능력'의 유무에 관한 전제를 수용할 수 있을지 여부는 여전히 문제로 남는 것 같다. (분석적 요약 2의 'p_4'와 'c_2')

〔4단계〕 공정성, 충분성

이 논증에서 인간이 우주보다 우월함을 보이기 위해 제시한 준거는 '생각하는 능력' 외에는 없다고 볼 수 있다. 만일 이 논증의 핵심 주장을 "인간의 존엄성은 생각하는 능력으로부터 나온다"로 분석한다면, 제시한 준거가 하나뿐이라는 것이 문제가 되지 않을 수 있다. 하지만 만일 이 논변의 핵심 주장이 "인간은 사고하는 능력을 가지고 있기 때문에 우주(여타의 다른 것)보다 우월하다"라고 분석한다면, "우월함"을 지지하는 근거를 충분히 다루지 않았다고 볼 수도 있다. 또한 같은 측면에서 인간에게만 유리한 근거를 제시하였다는 점에서 공정성을 결여하고 있다고 볼 수 있다.

〈논평글 예시〉

파스칼이 〈팡세〉에서 인간의 존엄성을 보이기 위해 개진한 논증은 전제가 모두 참이라면 그 결론을 받아들여야 한다는 측면에서 논리성(형식적 타당성)을 충족하는 듯이 보인다. 하지만 이 논증에서 우월함과 우월하지 않음을 나누는 준거로 제시한 '생각하는 능력'의 유무에 관한 전제를 수용할 수 있을지 여부는 여전히 문제로 남는 것 같다. 또한 이 논증에서 인간이 우주보다 우월함을 보이기 위해 제시한 준거는 '생각하는 능력' 외에는 없다고 볼 수 있다. 만일 이 논증의 핵심 주장을 "인간의 존엄성은 생각하는 능력으로부터 나온다"로 분석한다면, 제시한 준거가 하나뿐이라는 것이 문제가 되지 않을 수 있다. 하지만 만일 이 논변의 핵심 주장이 "인간은 사고하는 능력을 가지고 있기 때문에 우주(여타의 다른 것)보다 우월하다"라고 분석한다면, '우월함'을 지지하는 근거를 충분히 다루지 않았다고 볼 수도 있다. 또한 같은 측면에서 인간에게만 유리한 근거를 제시하였다는 점에서 공정성을 결여하고 있다고 볼 수 있다.

〈분석적 논평〉을 적극적으로 활용하여 위와 같은 논평글을 작성할 수 있을 것이다. 이와 같이 〈분석적 논평〉의 내용을 단순히 연결하여 작성된 논평글을 '1차적 논평글' 또는 '단순 논평글'이라고 부를 수 있다. 하지만 미리 말하자면, 이와 같이 분석적 논평의 내용을 단순히 연결하는 것만으로는 논평자의 생각과 주장이 잘 드러나는 '충분한 논평 내용'이 담긴 '논평글 또는 논평 에세이'라고 볼 수 없다. 논평글 또는 논평 에세이는 주어진 문제에 대하여 분석적 논평을 통해 발견한 '논평자 자신의 입장과 견해'를 적극적으로 밝히는 글이 되어야 하기 때문이다.

3 〈분석적 논평〉과 논평글(논평 에세이)의 관계

논평글(또는 논평 에세이)은 일반적으로 제시된 텍스트에서 다루고 있는 중요한 문제를 일정한 기준에 따라 평가하는 것에 초점이 맞춰져 있다. 따라서 논평글의 주장은 "이 글은 ~한 점에서 ~하므로 그 주장을 받아들일 수 있다(또는 없다)" 정도로 요약할 수 있다. 하지만 앞서 말했듯이, 〈분석적 논평〉의 내용을 단순히 연결하는 것만으로는 논평글을 적절히 작성했다고 볼 수 없다. 이것은 마치 텍스트의 중요한 부분을 골라낸 다음 단순히 문장들을 연결하는 것이 올바른 방식의 요약문이 될 수 없는 것과 같은 이유다.

〈분석적 요약〉과 〈분석적 논평〉의 과정에 따른 '논평글 또는 논평 에세이 쓰기'는 일반적으로 다음과 같은 절차와 내용을 담고 있다. 다시 강조하자면, 〈분석적 요약〉이 주어진 텍스트를 올바르게 이해하기 위한 논증 구성이 핵심이라면, 〈분석적 논평〉은 그 논증을 몇 가지 핵심 요소에 따라 평가하는 것이다. 우리는 이와 같은 평가 과정을 통해 주어진 텍스트 또는 문제에 대한 '나의 입장과 자세(stance)'를 확인하고, 그 문제에 대해 '내가 어떤 견해를 제시할 것인지'에 관해 결정할 수 있다.

논평글 또는 논평 에세이를 쓸 때 중요한 것은 이와 같이 〈분석적 논평〉을 통해 확인한 나의 입장과 자세로부터 그 문제에 대한 나의 생각과 주장이 무엇인지를 올바른 내용과 절차에 따라 밝혀야 한다는 것이다. 말하자면, 논평글은 '논평자의 논증을 구성'하여 그것을 설득력 있게 보이는 글을 쓰는 것이다.

〈표 4-6〉 '분석적 요약' – '분석적 논평' – '에세이 쓰기'의 절차와 관계

분석적 요약

- 텍스트에 대한 정확한 이해
- 필자의 주장에 대한 논증 구성 (근거들과 주장)
- 함축적 주장: 필자의 숨겨진 의도 및 발전적 주장 파악

⇩

분석적 논평

• 중요성, 유관성, 명확성	→	다루는 문제의 가치 평가
• 명료함, 분명함	→	핵심어(개념)의 애매함과 모호함 제거
• 논리성	→	논증의 형식적 타당성과 내용적 수용가능성
• 공정성, 충분성	→	가능한 반론과 재반론

⇩

- **입장 정립: 글의 방향 결정(신념에 부합하는 방향 설정)**
- **문제 설정: 주된 논평(논증)을 중심으로 글의 전개 방향 수립**
- **핵심 논평 및 문제(주장)에 관련된 '자료/문헌/논증' 조사**

⇩

논평글(에세이)

- 〈분석적 논평〉을 통해 수립된 필자의 입장이 잘 드러나도록 〈서론-본론-결론〉의 구성으로 작성
- 필요할 경우 텍스트의 핵심 논증을 구체적으로 제시(분석적 요약)
- 해당 문제의 의의/전망/대안 etc. 제시

이제 앞서 작성해 보았던 파스칼의 『팡세』에 대한 논평글을 이와 같이 좀 더 세부적인 〈분석적 논평〉의 기준에 따라 논평글 또는 논평 에세이의 형식으로 다시 작성해보자.

<논평글 수정> 파스칼, 『팡세』

서론

파스칼은 인간이 사고할 수 있다는 근거에 의거하여 인간의 존엄성이 사고로부터 나온다고 주장한다. 아마도 그가 실제로 하고 싶은 말은 '인간은 자연과 달리 사고할 수 있기 때문에 세계에서 가장 존엄하다'는 것일 수도 있다. 그의 주장을 받아들일 수 있을까? 나는 그렇지 않다고 생각한다. 그의 주장을 반론하기에 앞서 그가 제시한 논변을 먼저 살펴보는 것이 도움이 될 것이다.

본론

그가 제시하고 있는 논변은 일종의 연역논변이다. 말하자면, 전제가 모두 참이면 그 결론 또한 필연적으로 참이어야 한다. 하지만 우리는 그가 암묵적으로 전제하고 있는 '생각하는 능력, 즉 사고할 수 있음과 없음이 존엄성이 있고 없음을 나누는 기준'이라는 근거에 대해 문제를 제기할 수 있을 것 같다.

우리는 일반적으로 인간만이 '생각할 수 있는' 또는 '이성을 가진 존재'라는 데 동의한다. 물론, 인간은 자연 세계의 여타의 것들에 비해 탁월한 지성을 가지고 있는 존재라는 것을 쉽게 의심할 수 없다. 하지만 인간만이 지성 또는 이성을 갖고 있는가에 대해서는 다양한 의견과 주장이 있다는 것 또한 사실이다. 예컨대, 싱어(P. Singer)와 같은 철학자뿐만 아니라 많은 진화생물학자들은 적어도 몇몇 유인원이 일종의 '지성' 또는 '생각하는 능력'이라고 부를 수 있는 것을 갖고 있다는 데 동의하고 있다. 만일 이러한 주장이 옳다면, 인간이 생각하는 능력을 가지고 있기 때문에 존엄하다면, 적어도 몇몇 유인원 또한 존엄하다고 보아야 할 것이다. 그리고 이와 같은 결론은 인간이 세계에서 가장 존엄하다는 주장을 약화시키는 근거가 될 수 있다.

하지만 더 중요한 것은 '생각하는 능력'이 '존엄성'을 보장하는 준거로 온전하게 사용될 수 있는가에 관한 문제다. 세계에 몸담고 있는 수많은 존재들은 각기 다른 속성들을 갖고 있다. 예컨대, 자동차는 빠른 속성을 갖고 있으며 피아노는 아름다운 소리의 속성을 갖고 있다. 자동차가 빠른 속성을 갖고 있기 때문에 피아노보다 더 훌륭하다고 또는 존엄하다고 말할 수 있을까? 또는 역으로 피아노가 아름다운 소리의 속성을 갖고 있기에 자동차보다 더 훌륭하고 존엄하다고 말할 수 있을까? 우리가 오류를 범하지 않고 말할 수 있는 것은 단지 "~한 측면에서는 더 ~하다" 정도의 결론일 뿐이다. (…) 파스칼의 주장이 그럴듯하다고 하더라도, 이상의 논의가 옳다면 우리는 단지 "인간은 지성의 측면에서 자연세계의 다른 것들에 비해 우월하다" 정도의 주장을 할 수 있을 뿐이다.

결론

…

이와 같은 예시 논평글에서 확인할 수 있듯이, 논평글은 논평자가 〈분석적 논평〉의 4단계 과정을 통해 발견하였거나 확인한 평가 내용을 적절히 활용하여 텍스트에서 제시한 문제에 대한 논평자의 입장과 관점이 잘 드러나도록 진술해야 한다. 또한 논평글이 충분한 분량으로 작성되어 '논평형 에세이'의 형식을 가질 경우, 그 논평글은 에세이의 기본 형식인 '서론-본론-결론'의 구성을 가진 모습으로 작성되어야 한다. (에세이의 기본 형식과 구성 그리고 에세이 쓰기의 절차와 내용에 관한 것은 5장에서 더 자세히 다룰 것이다.)

다음 글에 대한 〈분석적 요약〉과 〈분석적 논평〉을 작성해보자.

연습문제 1 "상상의 질서"(유발 하라리, Yuval Noah Harari)[2]

우리 종 호모사피엔스가 성공한 것은 존재하지 않는 것을 믿을 수 있는 능력이 있었기 때문이다. 우리는 이러한 상상의 질서를 신봉하는 능력 덕분에 대규모의 협력사회를 이룩할 수 있었다. 상상의 질서는 객관적인 질서가 아니라 간주간적인 가공물이다. 방사능은 그것이 없다고 모든 사람들이 믿는다 하여도 여전히 존재하는 객관적 실재다. 하지만 상상의 질서는 그것을 많은 사람들이 믿지 않는다면 더 이상 존재하지 않는 가상의 실재다.

함무라비 법전과 마찬가지로 미국 독립선언문은 그 문서의 신성한 원칙을 따라 행동한다면 수백만명이 효과적으로 활동할 수 있을 것이며 공정하고 번영한 사회에서 안전하고 평화롭게 살수 있을 것이라고 약속한다. 미국 독립선언문은 함무라비 법전과 마찬가지로 그 당시 그 시대의 문서만이 아니었고 후손들에 의해서도 받아들여졌다. 미국의 학생들은 200년이 넘는 시간동안 그것을 베끼고 암송했다.

이 두 문서는 우리에게 명백한 딜레마를 제시한다. 둘 다 스스로 보편적이고 영원한 정의의 원리를 약속한다고 주장하지만, 미국인들에 따르면 모든 사람이 평등한 반면 바빌론인들에 따르면 사람은 결코 평등하지 않다. 물론 미국인들과 바빌론인들은 서로 자신들이 맞다고 주장할 것이다. 사실은 모두가 틀렸다. 함무라비나 미국 건국의 아버지들은 모두 평등이나 위계질서 같은 보편적이고 변치 않는 정의의 원리가 지배하는 현실을 상상했지만, 그러한 보편적 원리가 존재하는 곳은 오직 사피엔스의 풍부한 상상력과 그들이 지어내고 서로에게 들려주는 신화 속뿐이다. 이러한 원리들에 객관적 타당성은 없다.

2 유발 하라리, 『사피엔스』, 「상상의 질서」, 조현욱 옮김, 김영사, 2015

우리는 사람을 귀족과 평민으로 구분하는 것이 상상의 산물이라는 것을 쉽게 받아들일 수 있다. 하지만 모든 사람들이 평등하다는 사상 또한 신화다. 어떤 의미에서 인간들이 서로 평등하다는 것인가? 모든 인간들은 생물학적으로 평등한가? 미국 독립선언문의 가장 유명한 구절을 생물학적 용어로 번역해보자.

모든 인간은 평등하게 창조되었으며 이들은 창조주에게 생명, 자유, 행복의 추구를 포함하는 양도불가능한 권리를 부여받았다.

- 미국 독립선언문 중

"모든 사람들은 평등하게 창조"된 것이 아니라 진화했으며 '평등'하게 진화하지 않았다. 평등사상은 창조사상과 불가분의 관계로 얽혀있다. 미국인들은 평등사상을 기독교 신앙에서 얻었다. 신을 믿지 않는다면 모든 사람이 평등하게 창조되었다는 것이 무엇을 의미할 수 있겠는가? 진화는 평등이 아니라 차이에 기반을 둔다. 모든 사람은 다소간 차이 나는 유전 부호를 가지고 있으며, 날 때부터 각기 다른 환경의 영향에 노출된다. 그래서 각기 다른 특질을 발달시키며 그에 따라 생존가능성에 차이가 난다. 존재하는 것은 오직 맹목적인 진화의 과정뿐이며 개인은 어떤 목적도 없는 그 과정에서 탄생한다.

이와 마찬가지로 "양도할 수 없는 권리가 있다"는 것도 다르게 번역될 수 있다. 생물학에 권리 같은 것은 없다. 오로지 기관과 능력과 특질이 존재할 뿐이다. 새가 나는 것은 날 권리가 있어서가 아니라 날개를 가지고 있기 때문이다. 이들 기관과 능력과 특질이 양도 불가능하다는 것은 거짓이다. 이중 많은 것이 변이를 겪고 있으며 세월이 흘러 완전히 사라지는 것도 자연스럽다. 타조는 나는 능력을 잃어버린 새다. "양도불가능한 권리"는 "변이가 일어날 수 있는 특질"로 번역되어야 한다.

그렇다면 인간에게서 진화한 특질은 무엇인가? 자유? 생물학에 그런 것은 없다. 평등이나 권리 등은 유한 회사(법인)와 마찬가지로 사람들이 발명해낸 무엇이고 사람들의 상상 속에만 존재하는 것이다. 생물학적 관점에서 민주사회에 사는 인간은 자유롭지만 독재 사회에서 사는 인간은 자유롭지 못하다는 말은 무의미하다. "행복"은 또 어떤가? 생물학 연구에서 지금껏 행복을 명확히 정의하거나 객관적으로 측정하는 방법을 찾지 못했다. 대부분의 생물학 연구는 쾌락이 존재한다는 것만을 인정한다. 그러므로 "생명, 자유, 행복의 추구"는 "생명과 쾌락의 추구"로 번역되어야 한다.

평등과 인권을 옹호하는 사람들은 이런 추론에 격분할지도 모르겠다. 이들은 "사람이 생물학적으로 평등하지 않다는 것은 안다고! 하지만 그 본질만큼은 우리가 모두 평등하다고 믿는다면 우리는 안정되고 번영한 사회를 창조할 수 있을 거야!" 여기에 반론을 펼 생각은 없다. 이것이 정확히 내가 '상상의 질서'라고 말한 그것이니까. 우리가 특정한 질서를 신뢰하는 것은 그것이 객관적으로 진리이기 때문이 아니라, 그것을 믿으면 더 효과적으로 협력하고 더 나은 사회를 만들수 있기 때문이다. 함무라비도 자신의 질서를 바로 이런 식으로 옹호했을 테니까 말이다.

볼테르는 신에 대해 이렇게 말했다. "신은 존재하지 않는다. 하지만 내 하인에게 그 이야기를 하지 말라. 그가 밤에 날 죽일지도 모르니까." 함무라비는 자신의 신분 차별적인 위계질서 원리에 대해 똑같은 말을 했을 것이고, 토마스 제퍼슨 역시 인권에 대해 같은 말을 했을 것이다. 호모 사피엔스에게는 하늘이 부여한 권리가 없다. 거미나 하이에나나 침팬지에게 그런 권리가 없듯이. 하지만 이러한 이야기를 하인에게 하지는 말라. 그가 밤에 우리를 죽일지 모르니까.

- 유발 하라리, 『사피엔스』, 「상상의 질서」

〈분석적 요약〉

〔1단계〕 문제와 주장

〈문제〉

〈주장〉

〔2단계〕 핵심어(개념)

〔3단계〕 논증 구성

〈생략된 전제: 숨은 전제 or 기본 가정〉

〈논증〉

p_1.

C.

〔4단계〕 함축적 결론

〈추가된 전제: 맥락(배경, 관점)〉

〈함축적 결론〉

<분석적 논평>

〔1단계〕 중요성, 유관성, 명확성

〔2단계〕 명료함, 분명함

〔3단계〕 논리성: 형식적 타당성과 내용적 수용가능성

〔4단계〕 공정성, 충분성

학술 논문과 같은 형식의 '글쓰기'만이 주장을 담고 있는 것은 아니다. 인간의 감정과 이념 또는 삶과 도덕과 같이 중요한 문제를 다루고 있는 '시'와 '소설'과 같은 '문학 작품' 또한 주장을 담고 있는 글이다. 더 나아가 '그림'과 '영화'와 같은 '시각적 텍스트(visual text)' 또한 창작자의 주장을 담고 있다.

연습문제 2 **『죄와 벌』(도스토옙스키, Fyodor Mikhailovich Dostoevsky)**[3]

나는 결코 당신이 해석하신 대로 비범한 사람은 언제나 온갖 불법을 행하지 않으면 안 된다거나 그것을 범해야 한다고 주장한 것은 아닙니다. 나는 도리어 그런 의견은 허락될 수 없다고 생각합니다. 제가 암시한 것은 다만 비범한 사람은 권리를 가졌는데, 그 권리란 공적인 권리가 아니고 자기 양심을 뛰어 넘어 어떤 장애를 넘어설 수 있다는 것을 말하는 것입니다. 다만 그것은 사상, 더구나 그 사상이 온 인류를 위한 구체적인 의의로서 요청될 때, 바로 그때에 한해서만 그 사상의 실천이 허용됩니다.

이제 자세히 설명하겠습니다. 당신도 원하실 테니까요. 그래서 내 생각으로는 만약 케플러나 뉴턴의 발견이 어느 과정을 거치지 않고서는, 예를 들어 한 사람, 열 사람, 백 사람, 혹은 그 이상의 사람들이 방해한다면, 그리고 이 많은 사람들의 생명을 희생시키지 않고서는 도저히 그 발견을 이룩하지 못 할 때, 이런 경우 뉴턴의 자기 발견을 인류에게 보급시키기 위해 그 방해자들을 해치울 권리가 있다는 겁니다. 아니, 그럴 의무가 있습니다.

물론 그렇다고 해서 뉴턴이 마음대로 사람을 죽이거나 시장을 찾아다니며 도둑질 할 권리가 있다는 것은 아닙니다. 인류 역사상 건설자나 입법자를 보면 옛부터 지금까지 리쿠르고스, 솔로몬, 모하메드, 나폴레옹 같은 사람은 모두 하나같이 새 법률을 반포하고 그 법률에 의해 종래 사회가 신봉해 오던 구법을 파괴한 그

3 도스토옙스키, 『죄와 벌』, 김학수 옮김, 을지문화사, 1988 중에서.

하나만으로도 범죄자인 것입니다. 그들은 자기를 위해서 피를 흘리지 않으면 안 될 경우에 처하면 조금도 주저 않고 피를 흘리게 했습니다. 이렇게 보면 이제까지의 인류를 위한 건설자나 은인들은 모두 도살자들입니다. 이건 중요한 일입니다. 정도의 차이는 있지만 사람은 누구를 막론하고 위대한 점이 있거나 남보다 조금이라도 뛰어난 점이 있는 사람이라면, 아니, 좀 색다른 말이라도 할 줄 아는 사람이라면 누구든지 자기가 타고난 그 천성 때문에 범죄자가 되지 않을 수 없는 것입니다.

자세히 말하자면, 사람이란 자연 법칙에 의해 두 유형으로 나뉘는데, 자기 자신과 같은 인간을 번식시키는 것 외에는 아무런 능력도 갖지 못한 저급한 인간, 즉 평범한 사람, 한마디로 말해 다만 물질에 지나지 않는 사람과 순수한 인간으로서 자신이 지닌 새로운 언어를 구사할 줄 아는 천분을 가진 사람들, 이렇게 둘로 나뉠 수 있습니다. 더 세밀히 구분하면 끝이 없겠지만, 이 두 유형의 경계선은 매우 명확합니다. 제1유형, 즉 물질적인 부류는 대개 보수적이고 질서적이며 복종생활을 영위할 뿐 아니라 오히려 복종적인 일을 달게 받아들이는 사람들입니다. 제 생각으로는 그들은 복종적이어야 할 의무를 지니고 있습니다. 그것이 그들의 천직이니까요. 틀림없이 그들은 그러한 생활이 조금도 불만스럽지 않을 것입니다.

반면, 제2유형은 거의 법을 초월하는 사람들로서 스스로 가진 능력에 따라 파괴자나 그렇지 않으면 그런 경향을 갖게 마련입니다.. 이들의 범죄는 상대적이며 여지가 있겠지만, 어쨌든 그들의 대부분은 어떤 목적을 세워 놓고 그 밑에서 현존하는 기존 질서를 파괴하려고 애씁니다. 만일 자기네들의 사상을 실현하기 위해서 피를 보지 않으면 안 될 경우에 아마도 그들의 양심은 그 행동을 하도록 도와줄 것입니다. 물론 이것은 사상의 정도나 규모에 따라 차이가 있겠지요. 하지만 대중은 그들에게 그러한 권리가 있다는 것을 결코 인정하려 들지 않을 것입니다. 오히려 그들을 처벌하고 교살하기를 주저하지 않을 것이지요. 정도의 차이는 있겠지만 그렇게 함으로써 그들은 자기네들의 질서를 지킬 수 있을 것입니다. 그러나 다음 세대가 오면 그들 대중은 자기네들이 교살했던 범죄자들에 대해서 기념비를 세우고 높은 단 위에 모셔 놓고 배례를 함으로써 자기네들의 기존 질서로 삼을 것입니다.

<분석적 요약>

[1단계] 문제와 주장

〈문제〉

〈주장〉

[2단계] 핵심어(개념)

[3단계] 논증 구성

〈생략된 전제: 숨은 전제 or 기본 가정〉

〈논증〉

p_1.

C.

[4단계] 함축적 결론

〈추가된 전제: 맥락(배경, 관점)〉

〈함축적 결론〉

<분석적 논평>

〔1단계〕 중요성, 유관성, 명확성

〔2단계〕 명료함, 분명함

〔3단계〕 논리성: 형식적 타당성과 내용적 수용가능성

〔4단계〕 공정성, 충분성

4

논평글: 현안 문제에 대한 자신의 입장 확인하기

분석적 요약에 의거한 논증 구성은 오직 “하나”만 있는 것은 아니다. 말하자면, 분석을 하는 사람에 따라 논증 구성은 좀 더 세밀하고 꼼꼼하게 제시될 수도 있고 가장 핵심이 되는 근거만을 제시하는 방식으로 좀 더 간략하게 구성될 수도 있다. 그럼에도 불구하고, 그것이 세밀하고 꼼꼼하게 구성한 논증이든 핵심만으로 구성한 간략한 논증이든 간에 좋은 논증은 “결론을 지지하는 중요한 근거”들이 분명하게 드러나야 한다. 또한 〈분석적 논평〉은 텍스트를 잘 이해하기 위해 수행한 〈분석적 요약〉에 기초하여 텍스트에서 다루고 있는 현안 문제에 대한 논평자의 관점과 입장이 잘 드러나도록 ‘논평자의 논증’을 구성할 수 있는 근거들을 마련하는 일들이 이루어져야 한다.

〈분석적 논평〉 그 자체가 ‘논평글’ 또는 ‘논평문’은 아니다. 간략히 말해서, 〈분석적 논평〉은 논평글을 쓰기 위한 기초 자료를 마련하는 단계이고, 논평글은 〈분석적 논평〉에서 마련한 기초 자료를 토대로 논평자의 입장과 견해를 반영하여 글을 쓰는 것이라고 할 수 있다. 따라서 〈분석적 논평〉을 통해 분석의 대상이 되는 텍스트에 대한 비판적 논점이나 어떤 문제를 발견하였다면, 그 텍스트의 핵심 주장에 대한 자신의 기본적인 ‘입장과 견해’에 의거하여 논평글을 쓸 수 있다.

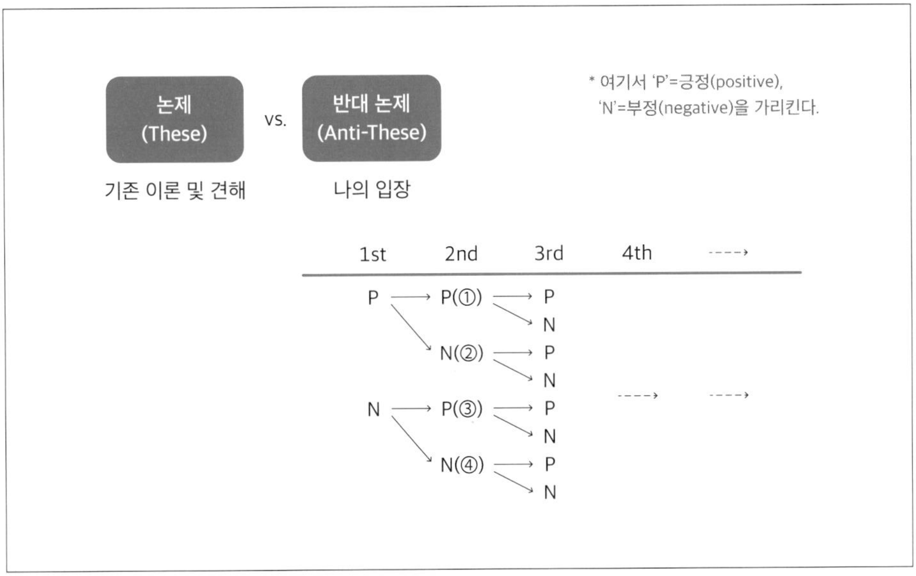

〈그림 4-1〉 논제에 대한 자신의 입장을 확인하는 방법적 절차

만일 〈분석적 논평〉과 논평글의 관계를 이와 같이 정리할 수 있다면, 논평자 A와 논평자 B가 분석의 대상이 되는 텍스트에서 동일한 비판적 논점과 문제를 발견하였다고 하더라도 그것에 대한 논평 내용과 방향은 사뭇 달라질 수 있다.

분석의 대상이 되는 텍스트의 핵심 주장에 대한 논평자의 입장을 스스로 확인하는 방법은 다양할 수 있다. 당연한 말이지만, 모든 사람은 비록 동일한 텍스트를 읽고 분석한다고 하더라도, 그 텍스트에서 다루고 있는 중요한 문제와 핵심 주장에 대해 서로 다른 생각과 견해를 가질 수 있기 때문이다. 이러한 측면에서 논평자의 입장과 견해를 스스로 확인하고 파악하기 위한 어떤 고정된 절차나 모형을 제시하는 것은 자칫 논평자의 사고의 흐름과 범위를 제한할 수 있는 위험이 있다. 그럼에도 불구하고, (비록 완전한 것은 아니라고 하더라도) 논평자 스스로 어떤 절차를 통해 자신의 입장과 견해를 확인하고 파악하려고 시도하는 것은 중요하다. 그 과정을 통해 논평자는 그 문제에 대한 자신의 '신념'과 '생각'에 부합하는 또는 적어도 신념과 생각에 위배되지 않는 논평글을 쓸 수 있기 때문이다.

그런데 여기서 한 가지 짚고 넘어가야 할 것이 있다. 세상만사 모든 일이 '찬(pros)'과 '반(con)'으로 분명하게 구분되는 것은 결코 아니다. 어떤 문제는 진리와 거짓, 옳음과 그름 그리고 선함과 악함을 선불리 판단할 수 없는 경우들도 있고, 또 다른 경우에는 다루고 있는 문제가 단지 개인적인 선호의 문제이기 때문에 참과 거짓 또는 옳음과 그름을 나누는 것 자체가 오류일 때도 있을 수 있다. 또한 이 세계에서 일어나고 만들어지는 많은 문제들은 기존의 입장으로 파악될 수 있는 '논제(these)'와 '반대 논제(anti-these)'가 아닌 소위 '회색 지대' 또는 '제3의 길'이라고 부를 수 있는 대안적 결론을 주장하거나 지지할 수도 있다. 게다가 사실적 내용을 단순히 서술하고 있는 경우에는 일반적으로 '가치' 문제가 개입하지 않기 때문에 그것에 대한 가치를 평가하는 것이 불필요한 경우도 있을 수 있다.

하지만 현재 우리가 관심을 갖고 있는 텍스트는 어떤 주장을 담고 있는 것들이다. 그러한 텍스트는 어떤 문제에 대한 필자의 주장을 '정당화'하는 글이기 때문에 일반적으로 평가를 통해 가치판단을 할 수 있는 글들이라고 할 수 있다. 예컨대, 이와 같이 어떤 주장을 담고 있는 정당화 문맥의 글들에 대한 입장은 크게 핵심 주장을 긍정하는 〈논제(these)〉와 그것을 부정하는 〈반대 논제(anti-these)〉로 나뉠 수 있다. 만일 논평의 대상이 되는 정당화 문맥의 텍스트에 대한 최초의 또는 일차적인 입장을 〈논제(these) vs. 반대 논제(anti-these)〉로 구분하는 것이 적절한 것이라면, 그 문제에 대해 논평자가 자신의 입장과 견해를 확인하는 절차와 방법으로 다음과 같은 방식을 제안해 볼 수 있다. 여기서 논제(these)는 분석의 대상이 되는 텍스트의 주장(입장, 견해)이고 반대 논제(anti-these)는 논평자가 취할 수 있는 다양한 입장과 견해라고 할 수 있다. 논평은 본성상 비판적인 자세와 눈으로 분석의 대상이 되는 텍스트가 가진 (논리적) 구조와 문제를 파악하는 것이라고 할 수 있다. 만일 그렇다면, 논평자의 최초 입장은 반대 논제의 입장에서 텍스트를 분석해야 하며, 그 과정에 따른 결론에 따라 자신의 입장과 견해가 어떤 위치에 놓이는지를 확인할 수 있을 것이다.

만일 이와 같은 단계와 절차를 통해 논평자의 입장을 확인할 수 있다면, 각 단계와 절차에 따른 입장과 견해를 다음과 같이 설명할 수 있다. (여기서는 논의를 간략히 하기 위해 두 번째 단계까지의 입장만을 살펴보기로 한다.)

① P-P: 필자의 주장에 완전히 동의하는 경우

② P-N: 필자의 주장에 전반적으로 동의하지만 몇몇 논점의 보완이 필요한 경우

③ N-P: 필자의 주장에 전반적으로 동의하지 않지만 몇몇 논점을 수용할 수 있는 경우

④ N-N: 필자의 주장에 완전히 동의할 수 없는 경우

이와 같이 논평자 자신의 입장과 견해를 확인하였다면, 〈분석적 논평〉에서 발견하였거나 찾아낸 논평의 내용을 그 입장과 견해에 잘 부합하도록 서술하는 일이 남는다. 그리고 그 일을 수행하는 것이 곧 '논평글 또는 논평문'을 작성하는 것이다.

예시 2 "법의 사각지대"(전대석)

다음의 시나리오는 앞선 제2장에서 '문제와 주장'을 찾는 것을 이해하기 위해 살펴본 〈연습문제 3〉을 다시 제시한 것이다. 우리가 그 시나리오에서 취할 수 있는 입장은 '법의 사각지대를 허용할 수 있다' 또는 '법의 사각지대를 허용할 수 없다' 중 하나가 될 것이다. 물론 앞서 말했듯이, 세상만사 모든 일에 대한 입장이 이와 같이 '찬(pros)과 반(con)' 또는 '흑과 백'으로 명백히 나뉘는 것은 아니다. 하지만 우리가 마주하는 일들 중 어떤 것들은 충돌하는 두 입장 중 한 견해를 결정해야만 하는 경우들이 있을 수 있다. 다음의 시나리오에서 주어진 현안 문제에 대한 자신의 입장을 확인하고, 그 입장을 지지하는 논평글을 작성해보자. (앞서 제시한 방법적 절차에 따를 경우, '찬반 논쟁'에 해당하는 현재의 논의는 'P-P vs. N-N'의 유형에 해당한다.)

검사: 모든 일에 나라와 수사기관이 개입해야 한다고 주장하는 사람들이 있습니다. 여러분, '법의 사각지대에 놓여 있습니다'라는 말을 듣곤 하죠? 법의 사각지대가 있으면 안 될까요?

패널 1: 안 되죠!

검사: 왜요?

패널 1: '왜요'라뇨? 검사님 월급은 국민들이 주고 있어요. 법의 사각지대가 있으면, 법의 사각지대에 놓인 사람들은 그 억울함을 어디에다가 풉니까?

검사: 자, 이렇게 생각해 보도록 하지요. 법의 사각지대에 놓여 있습니다. 따라서 이것도 법으로 해결하고, 저것도 법으로 해결합시다. 만일 그러면 어떻게 될까요? 즉, 모든 문제에 대해 법이 개입하면 어떻게 될까요? 만일 모든 문제에 대해 법이 개입하면, 모든 일들에 대해 형사처벌을 해야 하는 결과가 초래됩니다.

예컨대, 아저씨들이 상의를 탈의하고 거리를 활보한다고 해보죠. 그와 같은 행위는 우리에게 불쾌감을 불러일으킬 것입니다. 만일 누군가 그 아저씨의 행위가 불쾌감을 초래하기 때문에 그를 (법에 따라) 처벌해달라고 요구한다면, 우리는 그 행위를 처벌할 법을 만들어야 할 것입니다. 굳이 그 법에 이름을 붙이자면 "안구 테러 방지법" 정도가 될 수 있겠네요. 이런 예들은 무수히 들 수 있을 것입니다. 이와 같이 모든 것들에 대해 처벌 조항을 만든다면, 과연 어떻게 될까요? 말하자면, 모든 상황에 법이 개입한다면, 우리나라 사회는 아름답고 행복한 사회가 될까요?

패널 2: 전과자가 되겠지요.

검사: 그렇죠. 5천만 전 국민이 전과자가 되는 결과가 초래될 수 있습니다. 따라서 법은 핵심적인 부분에만 적용되어야 합니다. 나머지 부분은 시민들이 스스로 분쟁을 해결하려고 노력해야 한다는 것이죠.

패널 3: 하지만 우리가 일반적으로 법의 사각지대라고 부르는 것들은 예컨대 가정폭력이 너무 만연한데도 '합의하세요'라고 말하는 경우, 범죄는 아직 해결이 안 됐는데 문제의 행위 당사자들이 그 문제를 해결하라고 요구하는 것이 아닌가요? 법은 그러한 때에 개입해야 하는 것이 아닌가요?

검사: 맞습니다. 핵심적인 범죄가 몇 개 있어요. 달리 말하면, 법의 개입이 필요한 핵심 범죄들이 있다는 것이죠. 그것은 사회 공동체를 깨뜨리는 범죄들입니다. 또는 개인적으로는 도저히 해결이 안 되는 범죄들도 있죠. 법이 필요하고 개입해야 하는 것은 바로 그러한 범죄들입니다.

법이 집중적으로 개입하고 처벌해야 하는 것들은 바로 그와 같은 핵심적인 범죄들인 것이죠. 그런데 상식적으로 너무 가벼운 고소가 많다보면, 결국 핵심적인 것들에 집중할 수 없는 불행한 결과가 초래될 것입니다. 즉, 형사제도의 효율성을 현격히 떨어뜨리게 된다는 것이죠.

법의 사각지대의 허용가능성에 대한 논증을 제시하기에 앞서 시나리오에서 대립하고 있는 두 인물, 즉 '검사'와 '패널 1'의 입장을 확인해보자.

✔ 검사의 입장: 법의 사각지대는 허용될 수 있다. (또는 허용되어야 한다. P-P)

✔ 패널 1의 입장: 법의 사각지대는 허용될 수 없다. (또는 허용되어서는 안 된다. (N-N))

우선, '법의 사각지대는 허용될 수 없다'는 패널1의 주장과 검사의 주장에 대해 부분적으로 문제를 제기하고 있는 패널3의 주장을 함께 묶어 논증으로 구성해보자. 그들이 개진하고 있는 논증은 다음과 같다.

〈검사의 논증〉

p_1. 법의 개입이 요구되는 것은 사회 공동체가 존립하는 데 위협이 되는 사건이다.

p_2. 법의 개입이 요구되는 것은 개인의 힘만으로는 해결할 수 없는 사건들에 제한된다.

c_1. 법은 우리 일상의 모든 것에 개입할 수 없다.

p_3. 법의 사각지대는 법이 개입할 수 없는 영역에서 발생한다.

C. 법의 사각지대는 허용될 수 있다. (허용되어야 한다.)

〈패널(시민)의 논증〉

p_1. 법의 존재 이유 중 하나는 시민들이 억울한 일을 당했을 때, 그들을 보호하는 데 있다.

p_2. 지속적이고 만연한 가정폭력과 같은 일들은 개인의 합의만으로는 해결하기 어려운 사건이다.

p_3. 시민들이 국가에 세금을 납부하는 기본적인 이유들 중 하나는 법의 보호를 받기 위한 것이다.

c_1. 법은 개인을 초월하는 공권력으로서 'p_1. & p_2.'와 같은 사건들의 대상자들을 보호해야 한다. (숨은 전제)

p_4. 법의 사각지대가 있을 경우, 'p_1. & p_2.'와 같은 사건들의 (선량한) 피해자들을 보호할 수 없다.

C. 법의 사각지대는 허용될 수 없다. (허용되어서는 안 된다.)

'법의 사각지대는 허용될 수 있는가?'에 대한 찬성(pros) 논증과 반대(con) 논증을 이와 같이 구성하는 것이 적절할 경우, 각 입장을 지지하는 논평글의 한 예시를 다음과 같이 제시할 수 있다.[4]

4 여기에 제시한 두 편의 글은 필자가 강의하고 있는 〈법과 규범윤리〉 강좌를 수강한 학생들이 작성한 글이다. 학생들의 허락을 얻어 익명으로 게제하고 있음을 밝힌다.

(1) "법의 사각지대는 허용될 수 있다"를 지지하는 논평글 예시 (P-P 유형)

1. 서론

"법의 사각지대의 허용가능성" 여부에 대한 결론을 도출하기에 앞서 법의 사각지대가 필요하다는 입장과 필요하지 않다는 서로 상반된 두 가지 입장에서 제시할 수 있는 핵심 근거들을 정리하는 것이 도움이 될 것이다. 즉,

〈법의 사각지대는 허용될 수 있다.〉

① 사소한 일들은 개인의 도덕성에 맡겨 판단할 수 있다. (인간의 사고능력 경시)

② 많은 행동들을 감시하며 통제를 해야 하기 때문에 효율성이 떨어진다.

③ 모든 행동에 제제가 생기게 되어서 개인의 자유가 침해될 수 있다.

④ 사각지대가 없을 시, 많은 부분을 통제해야 하고 조정해야 하기 때문에 필요 이상의 인력과 시간이 소요된다.

⑤ 많은 법을 개정할 때까지 시간이 오래 걸리고 그 사이에 또 다른 새로운 범죄가 생길 가능성이 있다.

⑥ 일상생활 모든 것들에 법이 적용한다면, 사소한 것들까지 법이 적용됨으로써 대다수의 사람들이 전과자가 되는 상황이 생길 수 있다.

⑦ 필요 이상의 규제는 사람들의 생활을 피곤하게 만들 것이다.

〈법의 사각지대는 허용될 수 없다.〉

① 현재 법의 사각지대로 인해 피해를 받는 사람들이 많이 존재한다.

② 법의 사각지대로 규정해도 되는 부분에 대한 기준이 불분명하다.

③ 무작정 특정 부분에 법을 만들어 놓지 않기보다는 법을 면밀하게 만들어 발생할 수 있는 피해자들을 구제할 수 있어야 한다.

④ 범죄가 일어나고 그 뒤에 수습하는 것은 효율적이지도 않고 피해가 상당할 경우 애초에 피해가 생기기 전 제재하는 것이 옳다.

⑤ 개개인의 도덕성의 기준은 각기 다르고 개인에게 맡기기에는 한계가 있다.

상반된 두 입장에서 제시할 수 있는 핵심 전제들을 이와 같이 정리하는 것이 옳다면, 이제 우리는 "법의 사각지대의 허용가능성"에 대한 결론을 도출하는 논증을 구성해야 한다.

2. 본론

반대 입장과 찬성 입장에 대한 의견을 모두 고려해보자. 법의 사각지대와 도덕을 주제로 세부적인 의견을 나눔으로써 핵심 문제에 대한 의견을 수렴하고 법의 사각지대와 관련된 문제점을 해결할 방안에 대해 모색할 수 있을 것이다. 우리는 다음과 같은 물음을 통해 이 문제에 접근할 수 있을 것이다.

Q. 법 규제가 필요한 부분의 기준은 무엇일까?

① 지키지 않을 시 큰 피해가 오는 부분이어야 한다. 사소한 일(무단횡단, 길에 쓰레기 버리기 등)에 경찰의 인력을 낭비하면 중요한 일을 처리하는데 어려움이 생길 수 있다.

② 법이 현실적으로 실행 가능한 부분인지 고려해야 한다. 무단횡단 규제 같은 경우 경찰이 모든 횡단보도에 대기할 수 없으므로 실제로 적용하기에는 어려움이 따른다고 생각한다.

③ 행위자보다 주위 사람들에게 피해가 가는 일들을 먼저 규제해야 한다. 무단횡단처럼 사소한 행위를 한 사람에게 큰 피해가 올 수 있는 행동의 경우, 사람들 스스로 잘못된 행동을 하지 않으려 하기 때문에 그런 부분들보다는 행위자에게는 피해가 없지만 다른 사람들에게 큰 피해가 가는 일들에 대한 법률을 우선적으로 만들어야 한다고 생각한다.

Q. 무단횡단과 같은 사소한 행동을 어떻게 하면 막을 수 있을까?

① 무단횡단과 같은 사소한 일에 경찰들을 배치하는 것과 같은 행위는 현실적이지 못한 방안이다.

② 또한 무단횡단과 같은 행위는 타인에게도 피해를 끼치지만 자기 자신에게도 피해가 온다는 것을 일반적으로 모두가 아는 사실이므로 스스로 그러한 행동을 하지 말아야하는 것을 잘 알기 때문에 개인의 양심과 도덕성에 충분히 맡길 수 있는 행동이다.

③ 그렇지만 모두 개인의 도덕성에 맡기는 것은 무리가 있다. 아직도 이런 사소한 행동들을 하는 사람들이 많기 때문이다.

④ 횡단보도 앞에 안전바 또는 횡단보도 바닥의 LED에 초록불과 빨간불 표시 등의 시설은 사람들에게 규칙을 지켜야 한다는 사실을 한 번 더 상기시켜 준다. 이런 식으로 사람들이 규칙을 더 잘 지킬 수 있는 환경을 조성한다.

3. 결론

이와 같은 논의를 통해 법의 사각지대가 존재해야 한다는 결론을 도출할 수 있다. 인간의 모든 행위에 법을 만들어 그들을 감시하자는 행동은 비효율적일 뿐만 아니라 헌법의 기본권 중 자유권에 침해되는 행위이다. 또한 빠르게 발전하고 있는 사회에 모든 부분에 대해 법을 만들게 된다면 수많은 법을 빠른 속도로 계속해서 제정해야 하며 얽혀 있는 모든 법들을 개정해야 하므로 인력과 시간낭비가 발생할 수 있다.

법의 사각지대로 인해 피해를 받는 사람들도 생기겠지만, 이는 법의 사각지대가 개인의 자유를 보장하면서 중대한 범죄에 인력을 집중할 수 있다는 것을 생각한다면 감안할 수 있는 문제라고 생각했다.

물론, 모든 부분에 법을 두어 범죄를 저지르지 않는 사회를 만들 수 있지만 이는 비현실적이다. 사소한 부분까지 제약을 하게 된다면 대다수의 시민이 범법자가 될 수 있는 가능성이 존재한다. 이렇게 된다면 법에 대한 경각심이 부족해지고 오히려 법을 지키지 않는 행태가 만연하게 될 수 있다.

마지막으로 우리 조는 법의 사각지대의 문제점에 대한 해결책 또한 고려해보았다. 그 중 첫 번째는 일상생활에서 범법행위 뿐만 아니라 비도덕적 행위 또한 비판의 대상이라는 것을 상기시키는 것이다. 아이들, 학생들, 직장인, 사업가 등 다양한 사람들에게 관련 교육을 철저히 시행함으로써 비도덕적 행위의 문제점을 인식하도록 하는 것이다. 두 번째는 스스로가 규칙을 지킬 수 있는 환경을 조성하는 것이다. 횡당보도 앞 안전바 설치 등 비도덕적 행위를 하려는 행위자가 다시 한 번 생각할 수 있도록 환경을 조성하는 것이 도움이 될 것이라 생각한다. 모든 행위를 법으로 규정하지 않고도 이러한 해결책을 통해 법의 사각지대로 인한 마찰을 감소시킬 수 있을 것이다.

(2) "법의 사각지대는 허용될 수 없다"를 지지하는 논평글 예시 (N-N 유형)

1. 서론

우리 조가 파악한 시나리오의 중심 대립점은 '법이 모든 상황에 개입되어야 하는가'이다. 법의 개입이 필요하지 않다고 주장하는 측은 먼저 일상의 모든 부분들을 법으로 채우려 한다면 결국 시민의 대부분이 전과자가 될 수밖에 없다고 주장했다. 또한 사회가 쏟을 수 있는 에너지는 한계가 있기 때문에, 사소한 부분들까지 법을 통해 해결하려고 하다 보면, 정말 중요한 일에 집중하지 못하게 될 수도 있다고 하였다. 이에 반하여 청중 측에선 가정폭력사건의 예를 들며 반드시 없어져야 할 법의 사각지대 역시 존재하며, 그러기 위해서는 법의 개입이 필요하다는 의견도 나왔다.

시나리오를 분석한 후, 우리 조에서 공통적으로 나온 의견은 시나리오에서 말하는 '법'의 범주가 너무 모호하다는 것이었다. 금연구역이나 주차금지구역을 어기는 경우 과태료를 내는 것 역시 법에 의한 것이지만, 벌금을 낸다고 전과자가 되는 것은 아니다. 그 이유는 과태료에 관한 조항은 행정법에 담겨 있기 때문이다. 법은 공법과 사법으로 이루어져 있는데, 공법에서도 헌법, 형법, 행정법, 민형사 소송법으로 법이 맡은 분야가 나뉘며 사법에서도 민법, 상법 등으로 세세하게 나뉜다. 영상에서 주장한, 시민의 대부분이 범죄를 저지를 수밖에 없게 되며 전과자로 낙인찍힌다는 내용은 법을 '형법'으로만 한정적으로 정의했기 때문이다.

물론 법이 모든 세세한 행동과 상황에 대해 규정하고 있는 것은 아니기에 수시로 개정되기도 한다. 시나리오에서 나온 '배를 까고 다니는 아저씨'는 과거엔 경범죄 처벌법 제3조 1항 33호 '여러 사람의 눈에 뜨이는 곳에서 공공연하게 알몸을 지나치게 내놓거나 가려야 할 곳을 내놓아 다른 사람에게 부끄러운 느낌이나 불쾌감을 준 사람'에 해당할 수 있어 처벌의 여지가 있었다. 그러나 명확성 원칙에 위배된다는 위헌 결정 때문에 성기 · 엉덩이 등 신체의 주요한 부위로 개정되었다. 이 외에도 경찰관 직무직행법 제2조 7호의 '그밖에 공공안녕과 질서 유지'에 따라 순경이 아저씨에게 주의를 줄 수도 있다. 우리는 꼭 조항으로 명시되어 있지 않더라도, 사회에 존재하는 도덕적 규율과 사회적 통념 그 자체를 '법'이라고 재정의하여 토론을 진행했다.

2. 본론

이를 바탕으로 하여, 우리 조는 '법은 모든 일에 개입해야 한다'로 의견을 통일했다. 이에 대해 다음과 같은 근거가 있다.

첫째, 구성원의 평등을 위해서는 법의 사각지대가 사라져야 한다. 법이 모든 일에 개입하려면 조항이 매우 세세해야 하는데, 그럼에도 불구하고 조항에 명시되어 있지 않은 특수한 사례가 발생했을 때 사각지대가 생기게 된다.

이에 대해서는 법의 융통성이 사각지대의 문제를 보완할 수 있을 것이라고 생각한다. 현재의 법은 '법의 명확성 원칙'에 따라 국민이 예측하기 힘든 조항들을 개정하고 있지만, 때로는 세세한 문구로 모두 담을 수 없는 조치가 존재하기도 한다. 그럴 때는 '기타' 등과 같은 어휘로 국민들이 충분히 예측가능한 범위 내에서 융통성 있게 조항을 정한다. 법조인마다 특정 조항의 해석의 차이가 발생하기 때문에 법을 판단하는 판사들에게도 '판례'가 매우 중요하게 여겨지는 것이다. 우리는 사회적 통념과 규율까지로 법을 재정의하였기 때문에 시나리오에 나온 사례에서 아저씨에게 형벌을 내리기보단 사회적 통념에 따라 순경의 순발력 있는 상황 종결 혹은 주위 사람들의 도움까지 법의 범위 내에서의 해결책에 포함될 수 있을 것이라고 본다. 법의 융통성 있는 개입을 통해 사각지대를 최소화해야 한다.

둘째, 도덕만으로는 사회 구성원의 안전보장을 확신할 수 없다. 도덕만으로 사회 문제를 해결하거나 보상받는 것이 이상적인 상황이지만, 현실적으로는 불가능하다. 도덕은 사회 내 구성원들이 합의하지 않은 이상 상대적인 개념이기 때문이다. 사회 구성원 개인마다 느끼는 '도덕'의 기준이 다르고, 옳고 그름의 판단 근거인 정의 또한 개인마다 다르다. 누군가는 길거리에서 배를 노출시키고 다니는 행동이 불쾌하지 않을 수 있지만, 누군가는 심한 불쾌감을 느끼고 제재를 요청할 수도 있는 것이다.

또한, 개인이 자신만의 도덕적 양심을 지키지 않더라도 이에 대한 제재가 가해지지 않기 때문에, 자신의 '도덕' 기준 또한 지켜지지 않을 가능성이 높다. 따라서 법이 모든 상황에 개입함으로써 오늘날 우리 사회에서 발생하는 크고 작은 문제를 해결하는 것이 중요하다는 것에 조원 모두 동의하였다.

3. 결론

우리 조는 '법은 모든 일에 개입해야 한다'에 만장일치로 동의하였다. 또한 법의 범위를 헌법 조항에 명시되어 있는 내용뿐만이 아니라 사회적 통념에 따른 사회 구성원들의 비난, 제재까지로 확장하여 정의하였다. 우리는 형사법상 처벌 외에도 다른 사회 구성원들이 가하는 제재 역시 법의 일부분에 포함될 수 있다고 본다. 이에 따라 어떤 법의 형태이든 사회적 통념에 어긋나는 행위를 바로잡는 행위는 올바른 사회를 위해 반드시 필요하다는 결론을 내렸다. 구성원의 평등을 위해 법의 사각지대를 최소화하기 위해서이다. 또한 도덕만으로 사회를 바로잡기는 불가능하다는 것을 우리 모두가 알고 있기 때문이다.

다음 글에 대한 〈분석적 요약〉과 〈분석적 논평〉을 제시하고, 그것에 기초하여 작성한 논평글을 살펴봄으로써 논평자가 발견한 '논평 지점'으로 논평글이 어떻게 작성될 수 있는지를 살펴보자.

예시 3 "부자들의 기부만으로는 부족하다"(장하준)

경제학의 아버지 애덤 스미스는 "우리가 밥을 먹을 수 있는 것은 푸줏간 주인, 양조장 주인, 빵집 주인들의 자비심 때문이 아니라, 그들이 자기 이익을 챙기기 때문이다"라는 유명한 말을 했다.

이 말은 지난 30여 년간 세계를 지배해 온 시장주의 경제학의 가장 중요한 전제 — 즉, 인간은 모두 이기적이라는 전제 — 를 잘 요약해 준다. 개인들이 본성대로 자기 이익을 추구하다 보면, 시장 기제라는 '보이지 않는 손'을 통해 조화가 이루어지고, 그 과정에서 사회 전체가 이익을 본다는 것이다.

그런데 최근 이러한 인간의 '본성'에 어긋나는 일들이 많이 벌어지고 있다. 세계 여러 나라에서 일부 부자들이 나서서 부자들에게 세금을 더 매기자고 주장하고 있는 것이다.

미국에서는 유명한 금융투자가 워런 버핏이 이끄는 일군의 갑부들이 더 이상 부자감세 정책은 안 된다며 경제 위기 속에서 '고통 분담'을 위해 최상층 부자들(mega-rich)에 대한 세금을 올려야 한다고 주장하고 나왔다. 특히 버핏은 뉴욕타임스 기고를 통해 자신의 실질 소득세율은 18% 정도로 자기 직원들보다도 낮다며 미국 의회가 최상층 부자들을 마치 무슨 멸종위기에 처한 동물이라도 되는 것처럼 보호해 왔다고 공개적으로 비난하였다.

프랑스에서는 프랑스 최고의 여성 부자인 로레알 그룹의 최대주주 릴리안 베탕쿠르 등 16명의 갑부들이 공개서한을 통해 경제위기 극복을 위해서는 1년에 50만 유로 이상 돈을 버는 고소득자들이 한시적으로 세금을 더 내야 한다고 제안하였다.

미국이나 프랑스에서 '부자 증세' 운동을 주도하는 사람들과 같은 초갑부들은 아니지만, 독일에서도 '부유세를 지지하는 부자들의 모임'이라는 단체가 결성돼 50만 유로 이상의 재산을 가진 사람들에게 당분간 재산세를 더 물려야 한다고 주장하고 나섰다. 세금뿐이 아니다. 마이크로소프트 창립자 빌 게이츠는 재산의 99%를 기부하기로 약속했고, 워런 버핏도 재산의 대부분을 기부하기로 약속했다.

(…)

기부행위는 칭찬받아야 한다. 아무리 돈이 많아도 대가 없이 돈을 남에게 준다는 것은 쉬운 일이 아니며 따라서 이런 어려운 결정을 한 사람들, 특히 자신의 안위를 해쳐가면서까지 기부한 사람들은 사회적으로 존경해주어야 한다.

그러나 기부가 사회에 진정으로 도움이 되기 위해서는 적절한 조세, 그리고 적절한 규제와 삼위일체를 이루지 않으면 안 된다. 버핏처럼 부자들이 기부도 더 하고 세금도 더 내야 한다고 생각하는 사람도 있지만, 기부를 강조하는 사람들 중 많은 이들이 기부를 세금에 대한 대체물로 보는 경향이 있다. 이들의 논리는, 개인의 자유를 강조하는 자유시장주의적 사고에 따른 것으로, 정부가 강제로 돈을 빼앗아가는 세금보다는 돈 있는 사람이 자진해서 돈을 내는 기부가 개인의 자유를 덜 침해하면서 부를 더 넓게 나누는, 더 바람직한 길이라는 것이다. 부자들이 더 기부를 많이 해야 한다고 이야기하는 사람들이 동시에 부자 감세 정책을 추진할 수 있는 것이 바로 이런 이유이다.

그러나 기부가 세금을 대체할 수는 없다. 첫째, 자기 재산의 99%를 기부한 빌 게이츠나 85%를 기부한 워런 버핏 같은 사람들도 있지만, 많은 사람들이 돈이 있어도 기부하지 않는다. 기부가 훌륭한 행위라고 칭송받는 것이 바로 대부분의 사람이 기부를 하지 않는다는 증거라고 할 수 있다. 기부를 많이 한다고 하는 미국에서도 1년 기부액이 국민총생산의 2%가 채 안 되는데, 이에 의존해서 정부 재정을 운용할 수는 없다. 자신의 재산을 거의 전부 기부한 버핏이 자신을 비롯한 부자들이 세금을 더 내도록 법을 바꾸자고 하는 것이 바로 이런 이유에서이다.

둘째, 기부하는 사람들이 자기가 기부한 돈이 어떻게 쓰일지를 지정하는 것이 인지상정이고 관례인데, 이는 기부할 수 있는 돈이 많은 사람들이 정하는 대로 돈이 쓰이게 된다는 것을 의미한다. 얼핏 생각하면 별 문제가 없는 것 같지만, 여러 가지 다른 견해를 가진 사람들이 공존해야 하는 민주사회에서는 문제가 될 수 있다. 예를 들어, 우리나라에서 기부하는 사람들은 주로 빈곤층 아동의 교육 문제에 관심이 많아 그런 쪽에 기부를 많이 하는데, 그렇게 되면 자연히 노인 문제, 여성 취업 문제, 이주 노동자 문제 등 다른 중요한 문제들이 상대적으로 경시될 수밖에 없다. 물론 정부예산 중에서 기부가 많이 되는 쪽에 쓰이는 부분을 전용하여 상대적으로 기부가 적은 쪽에 쓸 수 있지만, 경직적인 정부 예산의 성질상, 시시각각으로 바뀌는 기부의 액수와 지정 용도에 따라 예산 구성을 바꿀 수는 없는 노릇이다.

셋째, 같은 액수의 돈을 내더라도, 세금이 아닌 기부로 내게 되면, 개인이 돈을 많이 벌고 적게 벌고는 전적으로 개인의 능력과 노력에 따른 것이라는, 시장주의 이데올로기를 강화하게 된다. 세금을 내는 것은 아무리 능력이 뛰어난 개인이라도 사회의 덕을 보아 성공했고, 따라서 자신이 번 돈의 일정 부분을 사회에 돌려줄 의무가 있다는 전제에서 출발하는 것이고, 기부를 하는 것은, 성공한 사람은 기본적으로 자기가 잘나고 열심히 노력해서 성공한 것이므로 자기 소득의 일부를 사회에 돌려줄 의무는 없지만, 그래도 좋은 마음에서 되돌려주는 것이라는 전제에서 출발하는 것이니, 얼핏 보기에는 비슷한 것 같아도, 완전히 다른 접근 방법이다. '성공은 전적으로 개인에게 달린 것'이라는 사고가 퍼지게 되면, 개인들이 자신을 키워 준 사회에 환원하는 것이 '선택 사항'이 되면서 결국 기부 문화의 기반마저 좀먹게 될 수 있다.

적절한 세제와 더불어 제대로 된 기부 문화의 확립에 또 한 가지 필요한 것은 이윤 추구 활동에 대한 적절한 규제이다. 시장주의자들은 흔히 기업들이 괜히 어쭙잖게 '사회적 책임'을 지려 하는 것보다, 냉혹하게 이윤을 극대화하고 그를 통해 국민소득을 최대화하는 것이 기업이 진정으로 사회에 공헌하는 길이라고 주장한다. 기업가가 그래도 다른 사람을 더 직접적으로 도와주고 싶으면, 극대화한 이윤에서 일부를 헐어 기부하면 되니까, 기부를 많이 하기 위해서도 이윤을 극대화하는 것이 효과적이라고 주장한다.

그러나 문제는 이윤 극대화 과정에서 기업이 사회적인 해악을 끼칠 수 있다는 것이다. 공해 문제가 대표적인 예이지만, 작업장의 안전 경시, 중소기업 착취, 소비자 권익 침해 등, 제대로 규제를 안 할 경우에 기업의 이윤 추구에는 도움이 되지만, 다른 사회 구성원들의 복지를 해칠 수 있는 것들이 많다. 극단적인 예를 들자면, 마약 거래상이 마약을 더 많이 팔아 번 돈으로 기부를 더 많이 한다면 그것이 사회적으로 좋은 것인가 아닌가를 생각해보면 된다.

기부를 강조하는 시장주의자들은 대개 규제완화를 주장하는데, 규제를 완화하여 돈을 많이 번 기업주가 기부를 더 많이 한다고 해도, 만일 그 규제 완화 때문에 다른 사회적 문제가 생긴다면, 기부를 더 하는 것이 사회에 진정한 도움이 되지 않을 수도 있는 것이다.

기부는 아름다운 일이고 사회적으로 장려돼야 한다. 그러나 요즘 우리나라의 시장주의자들이 생각하는 것처럼 최대한 규제완화를 하고 감세를 하여 기업들이 돈을 많이 벌게 하고, 그 다음에 기부를 많이 하도록 장려해 복잡한 현대사회의 문제들을 해결할 수 있다고 생각하면 오산이다. 기부가 세금과 규제와 삼위일체를 이룰 때만이 진정으로 '함께 사는' 사회가 건설될 수 있는 것이다.

이 텍스트에 대한 〈분석적 요약〉을 다음과 같이 제시할 수 있다. 하지만 앞서 말했듯이, 분석적 요약에 의거한 논증 구성은 오직 "하나"만 있는 것은 아니다. 말하자면, 분석을 하는 사람에 따라 논증 구성은 좀 더 세밀하고 꼼꼼하게 제시될 수도 있고 가장 핵심이 되는 근거만을 제시하는 방식으로 좀 더 간략하게 구성될 수도 있다. 그럼에도 불구하고, 그것이 세밀하고 꼼꼼하게 구성한 논증이든 핵심만으로 구성한 간략한 논증이든 간에 좋은 논증은 "결론을 지지하는 중요한 근거"들이 분명하게 드러나야 한다. 다음의 두 〈분석적 요약〉의 예시 사례를 살펴본 다음 〈분석적 요약〉에 기초한 〈분석적 논평〉의 한 사례를 살펴보자. 마지막으로 〈분석적 논평〉에서 발견한 평가의 관점과 내용에 의거하여 작성된 논평글의 한 사례를 평가해보자.

<분석적 요약>

[1단계] 문제와 주장

〈문제〉
부자들의 기부에만 의존하여 현대사회의 문제들을 해결할 수 있는가?

〈주장〉
① 현대 사회의 어려운 문제들을 해결하기 위해서는 기부, 세금, 그리고 규제가 조화를 이루는 균형 있는 정책을 시행해야 한다.
② (기부가 사회에 진정으로 도움이 되기 위해서는 적절한 조세, 그리고 적절한 규제와 삼위일체를 이루지 않으면 안 된다.)

[2단계] 핵심어(개념)

① 기부: 개인이 자신을 키워 준 사회에 대해 창출된 부의 일부분을 환원하는 선행
② 세금: 개인이 자신을 키워 준 사회에 대해 창출된 부의 일부분을 환원할 의무
③ 규제: 이윤 창출 과정에서 사회적 해악을 금지하고 이익을 창출하려는 제도

[3단계] 논증 구성

〈생략된 전제: 숨은 전제 or 기본 가정〉
세금은 의무이기 때문에 면제받거나 대체될 수 있는 것이 아니다.

〈논증〉
P_1. 세금은 의무이지만, 기부는 기부자의 자발적인 의사에 따른 선행이다.
P_2. 만일 P_1이라면, 기부 행위는 칭찬받아 마땅하지만 기부하지 않는다고 하여 비난할 수 없다.
C_1. 따라서 기부는 개인에게 강제할 수 있는 또는 의무적인 책임을 지울 수 있는 것이 아니다.
P_3. 기부자는 자신이 기부한 돈이 어떻게 쓰일지를 결정하기를 원한다.
P_4. 만일 P_3이라면, 기부금이 시급하거나 장기적인 사회적 문제를 해결하기보다는 기부자의 의향에 따라 사용되기가 매우 쉽다.
C_2. 따라서 기부금만으로는 시급한 또는 장기적인 사회적 문제를 해결하기 어렵다.
P_5. 세금과 기부는 자유 시장에서 개인이 창출한 부를 사회에 환원한다는 점에서 구조적으로 유사하다.
P_6. 세금은 일정 소득에 따라 의무적으로 정해지는 반면에 기부금은 그렇지 않다(P_1).
P_7. 만일 P6이라면, 세금을 기부로 대체할 경우 소득에 따른 기부금을 강제할 방법은 없기에 개인이 부를 창출할 수 있도록 도와준 사회에 대해 환원하는 것은 '의무'가 아닌 '선택'이 된다.
C_3. 만일 P_5~P_7이라면, 자유주의 사상이 만연되어 기부의 정신이 훼손된다.
C_4. 따라서 만일 C_1~C_3이라면, 기부는 세금을 대체할 수 없다.
P_8. 기업은 본질적으로 최대의 이윤 창출을 목표로 한다.
P_9. 만일 P_9이고 적절한 규제(사회적 책임)가 없다면, 기업은 최대의 이윤 창출을 하는 과정에서 사회적 해악을 무시할 가능성이 매우 높다.

P_{10}. 기업의 최대 이윤 창출을 장려하고, 다음으로 창출된 이윤을 기부의 형식으로 사회 환원하는 것을 공식화할 경우 기업이 이윤 창출 과정에서 일으키는 사회적 해악을 무시할 가능성이 매우 높다.

C_5. 따라서 기업의 사회적 책임에 대한 규제를 배재한 채 기부금에 의존하는 것은 사회적 해악을 초래할 수 있다.

C. 만일 C_1~C_4가 옳다면, 현대 사회의 어려운 문제들을 해결하기 위해서는 기부, 세금, 그리고 규제 가 조화를 이루는 균형 있는 정책을 시행해야 한다.

〔4단계〕 함축적 결론

〈추가된 전제: 맥락(배경, 관점)〉

〈함축적 결론〉

<요약글 예시>

기부문화 확립을 위해 감세와 규제완화를 추진해야 하는가? 저자는 이 문제에 대해 기부가 진정으로 사회에 도움이 되기 위해서는 적절한 조세와 규제가 동반되어야 한다고 말한다. 그 이유는 크게 두 가지, 기부가 세금을 대체할 수 없다는 것, 그리고 규제완화로 인해 발생할 사회적 문제가 적은 기부액보다 치명적이라는 것으로 나뉜다.

우선 기부가 세금을 대체할 수 없는 이유는 다음과 같다. 첫째, 기부에만 의존해 정부재정을 운용하는 것은 불가능하다. 대가 없이 자신의 돈을 남에게 주는 일은 쉽지 않기에, 대다수의 사람들은 돈이 있어도 기부를 하지 않는다. 따라서 절대적인 액수는 부족할 수밖에 없다. 둘째, 기부자가 원하는 곳에서만 예산이 운용된다면 다른 중요한 문제들이 상대적으로 경시된다. 기부를 통해 모인 돈이 쓰여야 할 곳은 다양하다. 하지만 관례에 따라, 기부하는 사람들은 자신의 돈이 어디에서 쓰일지 정하고자 한다. 혹자는 정부의 예산 운용을 조정할 수 있다고 할 것이다. 하지만 정부의 예산 운용은 경직적이므로, 시시각각 변하는 기부 액수와 기부자가 지정한 용도에 따라 정부의 예산 구성을 바꾸는 것은 쉽지 않다고 필자는 말한다. 셋째로 세금이 기부를 대체하게 된다면 개인의 사회에 대한 환원이 선택 사항이 된다. 자신이 번 돈을 사회에 돌려줄 의무가 있다는 전제를 바탕으로 하는 세금과 다르게, 기부는 자신의 소득을 환원할 의무가 없음에도 좋은 마음으로 돌려주는 것을 의미한다. 즉, 세금과 다르게 기부는 개인의 성공이 전적으로 개인에게 달렸음을 내포하며, 이는 기부 문화의 기반을 무너뜨린다.

그리고 규제완화로 인해 발생할 사회적인 문제가 치명적인 이유는 다음과 같다. 기업은 기본적으로 이윤을 극대화하고자 한다. 동시에 기업은 사회를 기반으로 성장하기 때문에, 사회적 책임을 지닌다. 그런데 그 사회적 책임을 지는 방법에는 이윤을 극대화하여 기부하는 것 또한 포함된다. 이는 기업에 대한 규제 완화를 통해 가능하다. 하지만 규제완화는 기업의 이윤 극대화에는 도움이 될 수 있으나 다른 사회구성원들의 복지를 해칠 염려가 있다. 다시 말해, 규제완화로 인해 다른 사회적 문제가 생긴다면 기부를 더 하는 것이 사회 전반에 놓고 봤을 때 도움이 되지 않을 수 있는 것이다.

<분석적 논평>

〔1단계〕 중요성, 유관성, 명확성

자본주의 경제구조 사회에서 세금, 규제 그리고 기부의 관계를 검토하고 논의하는 것은 중요한 문제라고 할 수 있다. 필자는 이 텍스트에서 제기한 그와 같은 문제에 대해 직접적이고 명확한 주장을 개진하고 있다. 따라서 비판적으로 검토할 만한 논평 지점은 없는 듯하다.

〔2단계〕 명료함, 분명함

중요한 개념으로 사용하고 있는 '기부, 세금, 규제'에 대한 정의는 일반적으로 수용할 수 있는 뜻으로 사용되었다. 따라서 비판적으로 검토할 내용은 없다.

〔3단계〕 논리성: 형식적 타당성과 내용적 수용가능성

필자는 '현대 사회의 어려운 문제들을 해결하기 위해서는 기부, 세금 그리고 규제가 조화를 이루는 균형 있는 정책을 시행해야 한다'는 결론을 도출하기 위해 먼저 4개의 작은 논증을 구성하고, 다음으로 각각의 작은 논증에서 도출한 결론이 참일 경우 핵심 주장이 참임을 보이는 전체 논증을 구성하고 있다. 세금과 기부가 서로 다른 속성과 특성을 갖고 있다는 것으로부터 핵심 주장을 도출하는 논증의 전체적으로 보았을 때 형식적인 타당성에는 크게 문제를 삼을 만한 것은 없는 듯이 보인다.

하지만 여기서 한 가지 주목할 것이 있다. 즉, "세금과 규제" 그리고 "기부"가 어떤 측면과 특성에서 차이가 있는지를 좀 더 구체적이고 자세히 보여줄 필요가 있다는 것이다. 아마도 필자는 신문 칼럼이라는 제한된 지면 때문에 그것을 보여주지 못한 것 같다. 필자의 핵심 주장을 거부감 없이 수용하기 위해서는 그러한 차이를 좀 더 자세히 보여주어야 할 필요성이 있다.

〔4단계〕 공정성, 충분성

필자는 본문에서 비교적 기부 문화가 활성화된 미국, 프랑스 등의 사례를 보여줌으로써 기부를 통한 사회 문제의 해결이 갖는 한계점을 보여주었을 뿐만 아니라 비록 충분한 정도의 검토는 아니라 할지라도 '마약상의 예에 의한 논증'을 통해 자신의 주장에 대해 제기될 수 있는 반론에 대해서도 검토하였다고 볼 수 있다. 따라서 비판적으로 검토할 내용은 없는 것 같다.

우리는 이와 같이 제시된 〈비판적 논평〉을 통해 논평자가 필자의 주장, 즉 '현대 사회의 어려운 문제들을 해결하기 위해서는 기부, 세금, 그리고 규제가 조화를 이루는 균형 있는 정책을 시행해야 한다'는 결론에 충분히 동의하고 있다는 것을 알 수 있다. (논제에 대한 입장을 확인하는 방법적 절차의 〈P-P〉 유형에 해당한다.) 그리고 논평자는 〈3. 논리성: 형식적 타당성과 내용적 수용가능성〉에서 '세금과 규제 그리고 기부'의 속성과 특성에 대해 보다 친절하고 구체적인 설명이 보완될 필요가 있다는 논평 입장을 제시하고 있다. 따라서 논평자는 주어진 텍스트에 대한 '기본 입장과 논평 지점'으로부터 논평자 자신의 생각이 적극적으로 반영된 논평글(논평 에세이)을 다음과 같이 작성할 수 있다. 한 예시글을 함께 살펴보자.

<논평글 예시>

기부, 그리고 조세와 세금의 기능[9]

○○대학교 김△△, 1학년

1. 서론: '법대로 합시다…', '사람답게 해야지…'

우리는 일상생활에서 한번쯤 '법대로 하자', 그리고 '사람답게 좀 하자' 이 두 가지 상반된 말들을 들어봤을 것이다. 우리는 어떤 상황에서 이런 말들을 쓰는가? 법의 경우 명확한 '규칙' 이 요구되는 경우일 것이다. 우리는 정신 착란에 빠진 살인자를 '사람답게' 연민의 시선으로 봐 줄 수 있을까? 그리고 반대의 경우, 즉 '사람답게 좀 하자' 는 공동체의 생활과 밀접한 연관을 가진다. 또 하나의 예를 들자. 지하철에서 힘들게 서 계시는 노인 분에게 자리를 양보해주지 않는 학생에게 '법원에 가서 얘기하자' 라고 할 수 있을까?

이 문제, 즉 '법'이냐 '사람'이냐의 문제는 필자(장하준)가 조세, 규제, 기부의 삼위일체에 대해 이야기하는 것과 많은 관련이 있다. 우선 조세와 규제의 경우는 전자와 관련이 깊다. 이 두 가지의 경우는 명확한 '규칙'이 요구되는 경우이다. 따라서 이 두 가지 경우에 대해서는 각각에 할당된 규칙(혹은 법률)이 합당하게 적용되었는지를 검토하는 것이 중요할 것이다. 반대로, 기부의 경우 후자와 관련이 깊다. 이 경우에는, '사람'과 연관이 깊은 문제이다. 따라서 어떻게 '사람'의 마음을 움직일 것인가가 중요한 문제가 된다.

5 전대석, 『의료윤리와 비판적 글쓰기』, 북코리아, 2016, 164~172쪽.

2. 본론

2.1 조세: 공공복리 증진의 금전적 원천

우선적으로 조세는 사회가 계약관계에서 비롯했다는 명제에서 이해해야 한다. '계약관계' 라는 것은 하나의 보험과 같다. 우리가 보험에 가입했을 때, 보험사에 보험금을 납부하듯, 우리는 국가의 구성원인 국민으로서 의무를 다한다. 이 의무는 개인적 권리에 대한 하나의 '제한' 이 될 수 있다. 반대로, 개인에게 불의의 사고가 일어났을 때 보험사가 그 손해액을 배상하듯, 국민은 국가에게 필요한 것을 요청하고 국가 정치에 참여할 권리를 가진다. 다시 말해, 이를 '공공복리'라고 할 수 있다. 조세 역시 이와 같은 맥락이다. 조세는 개인의 '재산권'을 일부 제한함으로서 공공의 복리를 추구하는 체계이다.

그렇다면, 사회 계약으로서의 의미를 실현하기 위해서 조세제도는 어떠해야 하는가? 그것은 '재정 건전성'에서 비롯한다고 볼 수 있다. 여기서 재정 건전성이란, 세출이 세입을 초과하는 상태라는 사전적 정의를 넘어, 세금이 공정한 기준에서 확보되었는지, 또 그것이 실현가능한지를 의미한다. 동시에, 조세제도란 개인의 재산권을 일부 침해하는 것인 만큼, 적절한 기준을 제시할 수 있어야 한다. 그렇다면 그 기준은 무엇인가? 바로법이다.

따라서 '정부는 재정건전성 확보를 위해 최선을 다해야 한다.'(국가재정법 제16조(예산의 원칙)) 라는 말을 지키기 위한 조세제도는, 법을 통한, 그리고 헌법상의 여러 원칙에 의거한 과세가 되어야 하는 것이다. 그래야만 재정 건전성을 보장할 수 있으며, 궁극적으로 사회계약의 참 의미를 실현가능하다. 그러므로 헌법상에서 조세를 어떻게 규정하는지, 그리고 어떻게 적용되는지 검토할 필요가 있다. 우선 조세와 관련된 법의 원칙 규정은 크게 두 가지로 볼 수 있다. 조세 법률주의와 조세 평등주의가 그것이다.

(1) 조세 법률주의: 조세에 관한 법률은 예외적 사례를 남겨선 안 된다.

조세 법률주의란 법률의 근거 없이 국가는 조세를 부과, 징수할 수 없고, 조세의 납부를 요구당하지 않는다는 원칙이다. 이는 헌법 제 38조에서 "모든 국민은 법률이 정하는 바에 의하여 납세의 의무를 진다", 그리고 제 59조의 "조세의 종목과 세율은 법률로 정한다." 라고 규정한 것과 연관된다.(이재희, 조세회피행위의 규제와 조세법률주의, p. 279) 하지만 우리는 '실질적'인 조세 법률주의의 관점에서 생각해야 한다. 여기서 '실질적' 의 의미는, 조세와 관련된 과정, 시행 등이 헌법상으로 정히 명시되어야 한다는 것과 동시에, 헌법에서 규정한 다른 여러 원칙과 합치해야 한다는 것을 의미한다. 예컨대, 법률에서 정한 조세에 관한 규정이 헌법의 '모든 국민은 법 앞에서 평등하다'와 같은 규정과 대립된다면, 그 법률의 정당성을 보장할 수 없다. 따라서 우리의 세금제도가 합당한가에 대해 묻고자 한다면, '조세에 대한 법률적 근거는 합당한가?' 라는 질문을 던져야 한다.

하지만 그렇지 못한 것이 현실이다. 그에 대한 대표적인 예가 *조세회피*의 사례이다. 여기서 조세 회피란, 납세자가 경제인의 합리적인 거래형식에 의하지 않고 비정상적인 거래형식을 통해 조세의 부담을 감소시키는 행위이다. 이는 조세부담의 감면을 합법적 수단에 의해 도모하나, 그것은 조세법규가 예정하지 않은 비정상적 행위인 것이다.(이재희, 조세회피행위의 규제와 조세법률주의, p. 269) 조세피난처와 같은 '국제 조세회피'가 그 단적인 사례 중 하나이다. 이와 같이 정부측에서 예상하지 못한 방향으로 조세를 회피한다면, 당연히 응당 받아야 할 정부측의 세수가 줄어들게 된다. 이는 곧 정부측의 '재정 건전성' 이 약화된다는 것을 의미한다.

(2) 조세 평등주의: 무엇이 평등인가? 어떻게 실현해야 하는가?

조세 평등주의란 납세자간에 조세의 부담이 공평하게 배분되도록 조세법을 조정해야 한다는 원칙이다. 하지만 여기서 '무엇이 공평한가?'에 대한 질문을 던질 필요가 있다. 이와 가장 밀접한 관련이 있는 설명이 *'응능부담의 원칙' 이다. 이는 재산, 소비와 같은 납세능력 내지 담세력에 따라 조세를 부과해야 한다는 원칙이다.*(김웅희, 헌법상 조세평등주의에 대한 연구, p. 719) 즉, 대부분의 국가에서 시행하고 있는 누진세의 방식, 혹은 부자증세의 근거도 여기에 있다고 볼 수 있다. 하지만 그것이 합당한지에 대해서는 두 가지 기준에서 검토해 볼 필요가 있다. 우선 '경제적 부담능력을 어떻게 측정할 것인가?' 라는 문제와 '무엇이 가난한자에게 적게, 부유한 사람에게 많이'를 정당화시키는지에 대한 문제이다.

우선 경제적 부담능력을 어떻게 측정해야하는가에 대한 문제이다. 앞서 제시된 조세평등의 기준에 따르면, 어떠한 기준에 의해 경제적 부담능력을 측정했을 때, 같은 경제소득이라면 같은 양의 세금을 부담해야 한다. 하지면 현실은 이와 다른 경우가 많다. 가령 A중국집과 B중국집의 판매수입이 전적으로 같다고 가정해보자. 그러나 A중국집의 경우 카드계산을 허용하고, B중국집의 경우 오로지 현금으로만 돈을 받는다고 할 때, 그 소득이 다른 분야에서 잡히지 않는 한 현금계산을 통해 '측정 가능한' 소득을 줄인 B중국집의 소득이 더 높게 측정된다. 이는 조세부담의 공정성을 악화시키는 단적인 사례이다.

그리고 무엇이 가난한자에게 적게, 그리고 부유한 사람에게 많이 세금을 걷는 것을 정당화시킬 수 있는지에 대한 논의가 필요하다. 그에 대해 두 가지 설명을 하고자 한다. 첫째, '응능 부담의 원칙'에 따른 설명이다. 우리는 '응능부담의 원칙'을 '납세 능력'에 따른 조세의 부담이라고 일전에 정의했었다. 즉, 경제적 부담능력이 있는 사람이 부담해야 한다는 것이 원칙이다. 그렇다면 경제적 부담능력이 없는 사람이 세금을 부담하는 것은 맞는 일인가? 예를 들어, 우리는 최저 생계비정도의 수준으로만 생활하고 있다는 사람에게 경제적 부담능력이 있다고 기대할 수 없다. 더하여, 부가가치세와 같은 비례세(누진세와 대비되는 의미에서)의 경우 정부측에서 '보조' 해주어야 한다고 볼 수도 있다. 이들의 실질적인 조세부담률은 0%가 되어야 하는 것이 맞다.

둘째, 자본주의는 복리식 구조이다. 우리는 은행에 돈을 넣고 그 대가로 이자를 받는다. 이자를 받는 이유는 무엇인가? 제공한 자본(돈)에 대한 대가이다. 그리고 그 대가에 대한 대가, 또 그 대가에 대한 대가를 줄줄이 받는 것이 복리이다. 그리고 이것이 사회 전반에 적용된다면 어떻게 될까? 부자는 더 부자가, 가난한 사람은 더 가난해지는 부익부 빈익빈의 상황이 오는 것이다. 하지만 이는 경제적으로나, 사회 구조상으로나 바람직한 상태가 아니다. 소비자 없는 기업 없고, 국민없는 정부 없듯이, 최소한의 '비슷한' 출발점이 국가에 의해 제공되어야만 다 같이 공존 할 수 있다. 하지만 개개의 구성원은 눈앞에 놓여진 것만을 보기 쉽다. 기업의 1차적 목적이 이윤창출임을 자명하다고 모두가 인정하는 것이 이 사례이다. 그들에게 비슷한 출발점을 제공하는 방법 중 하나가 바로 누진세의 구조이다. 부유한 사람에게 더 세금을 걷어, 그것을 국가를 통해 지속적으로 재분배하는 과정을 거쳐야 한다. 개개인의 노력으로 이루어진 부를 폄하하려는 것이 아니다. 개인의 부 또한 사회구조적인 시스템이 안정적일 때(단적으로 말해, 부가 제대로 분배되었을 때) 비로소 의미가 있다. 그들의 노력이 진정으로 가치있게 평가받기 위해서는, 그들 옆에 사람이 있어야 한다.

2.2 규제: 양적인 틀에서 벗어나자

규제란 기본적으로 규칙, 규정에 의해 특정 권력에 의해 일정한 한도를 넘지 못하게 막는 것을 의미한다. 먼저 규제라는 것이 존재하는 근거를 찾는다면 개개인의 이익과 공공의 이익사이에서의 싸움이라고 볼 수 있다. 가령 개개인의 합리적인 행동이 공동체에 이익이 된다면 규제라는 것이 무의미할 것이다. 하지만 규제가 필요한 상황은 그 반대의 경우이다. 개개인에게 합리적이라고 생각되는 행동 자체가 공동체에게 불이익을 가져오는 경우이다. 이러한 경우 '필요한 규제'라고 판단될 수 있다. 이는, '공정한 출발선'을 위해 개개인의 자유를 제한한다는 점에서 조세와 비슷한 맥락이다.

따라서 규제 역시 앞에서 언급한 조세와 마찬가지로 '사회 계약'에 근거한 것으로 볼 수 있다. 마찬가지로, 이 '사회 계약'의 참 의미를 실현하기 위해서는 규제에 대한 법적 근거를 검토함과 함께, '규제'의 특성상 그것이 과연 실효성이 있는 것인지에 대한 비판 역시 중요하다.

우선 규제에 대한 법률적 근거는 〈행정규제기본법〉에 명시되어 있다. 〈행정규제기본법〉에는 '규제는 법률에 근거하여야 한다.'(법 제 4조)라고 규정하는 규제법정주의, '국가나 지방자치단체는 국민의 자유와 창의를 존중하여야 한다'(법 5조 제 1항 전문), '행정규제를 정하는 경우에도 그 본질적 내용을 침해하면 안 된다'는 본질적 내용 침해 금지의 원칙(법 5조 제 1항 후문), 국가나 지방자치단체가 규제를 정할 때에는 국민의 생명, 인권 보건 및 환경등의 보호와 식품, 의약품의 안전을 위한 실효성이 있는 규제가 되어야 한다는 '실효성의 원칙'(법 제 5조 2항), 마지막으로 규제의 대상과 수단은 규제의 목적실현에 필요한 최소한의 범위에서 가장 효과적인 방법으로 객관성, 투명성, 공정성을 확보해야 한다는 '비례의 원칙'(법 제 5조 3항)을 규정한다.(김재광, 규제품질 제고를 위한 규제 개선방안, p. 205)

여기서 필자는 우선 규제의 실효성과 관련된 실효성의 원칙과 비례의 원칙을 중심으로 판단해보고자 한다. 그 이유는, 가령 기업에 대한 규제 강화를 주장 할 때, 그 의미를 무조건적으로 규제의 '절대적인 수'를 늘리는 경우로 판단하는 경우가 많기 때문이다. 그러나 규제가 진정으로 효과가 있는지는 규제의 숫자가 아니라 규제의 품질에 의해 판단해야 한다.(김재광, 규제품질 제고를 위한 규제 개선방안, p. 209) 단적으로 한가지의 규제가 여러 규제로 인해 혼선을 야기하는 경우보다 효율적이라고 할 수 있다. 우리는 그러한 실례를 많이 발견 할 수 있다. 분산된 규제 집행기구로 인해 발생하는 '중복규제', 법과 제도가 지나치게 국민생활과 떨어져 진행되는 방식의 '비현실적 규제' 등등이 그 사례이다.

2.3 기부: 법으로 강제 불가한 '인간다움' 영역, 정부는 그것의 현실화를 돕는 주체

▷ 기부 장벽의 완화: 기부를 어떻게 늘려야 하는가?

마지막으로 기부의 사례이다. 기부는 앞에서 언급한 조세, 규제와는 확연히 다른 양상을 보인다. 조세와 규제가 사회 계약에 의한 '법'의 영역이라고 한다면, 기부란 온전히 자발성에 기초한 '인간다움'의 영역이라고 봐야 한다. 조세, 규제가 법을 통한 강제의 수단을 갖고 있는 것과는 다르게, 기부는 그것이 불가능하다. 따라서 정부차원에서 기부를 늘리고자 한다면, 그 '인간다움'을 현실화할 수 있도록 지원해주는 것이 가장 중요하다. 그것을 위해 우선적으로 기부자는 왜 기부를 하는가에 대한 합리적인 이유를 찾는 것이 중요하다.

우선 기부의 동기부여는 크게 두 가지로 나누어 볼 수 있다.(박준우, 박성기, 기부 촉진전략으로서 스마트 콘텐츠 활용성에 대한 연구, p. 219) 우선 내적 동기이다. 이는 개인이 느끼는 심리적 요인과 관련이 있다. 이타적인 마음의 동정심이나, 나눔을 통해 기부자가 느끼는 행복감, 사회에 대한 책임감, 종교적 신념 등이 이에 해당한다. 그 다음은 외적 동기이다. 이는 사회적 요인에 의한 것으로, 사회 환경에서의 기부 요청, 세제 혹은 규제 혜택을 통한 부분적 이익, 주변인의 기부행위로 인한 동기부여, 개인의 재정적 여건 확대 등에 의한 동기부여 등이 이에 해당한다.

우선 외부동기의 목록 중에 '세제, 규제 혜택'에 관한 것이 있다. 그렇다면 이

것이 기부를 늘릴 수 있는지에 대한 질문이 필요하다. 그리고 이 질문에 대해선 이렇게 답할 수 있다. '분명 그럴 것이다.' 왜냐하면, 앞에서 언급했듯, 세제, 규제 해택을 통한 부분적인 이익은 개인이든, 기업이든 재정적 여건의 확대를 의미하는 것이다. 정부차원에서 그와 같은 인센티브를 준다면, 분명히 기부의 양을 늘릴 수는 있을 것이다.

하지만 기부의 양의 증가보다 더 중요한 것은 다른 것에 있다. 앞에서 살펴본 것과 같이, 세제와 규제는 사회 계약에 의한 하나의 '원칙' 혹은 '규칙'으로 봐야 한다. 이것을 깨고, 가령 기업의 이익을 극대화 시키는 선택 등을 한다면, 사회 전반을 유지하는 하나의 틀을 없애는 꼴이 된다. 즉, 기부의 양이 증가한다는 것보다, 세제혜택, 규제완화 등등으로 야기되는 적극적 세수확보 불가, 이윤 이외의 다른 가치(안전문제 등등)를 놓치게 됨으로 인해 얻는 손실이 더 크다. 또한 이들 기부자의 기부 동기가 오로지 '외적 동기'에 그친다는 점 또한 문제이다. 그들이 기부를 하는 동기는 오로지 '돈' 때문 아닌가.

그렇다면, 어떤 방식으로 기부를 늘려야 하는가? 일반적으로 기부란 '부자들이나 하는 것'이라는 심리적인 부담감을 갖고 있는 경우가 많다. 물론 항간에 오르는 대부분의 사례들이 그렇다. 부자 계층, 혹은 어떤 연예인 등등이 몇 억을 기부했다는 식의 사례가 많은 것이 그것을 증명한다. 하지만 이와 같은 사례들은 빈부간의 괴리감만 느껴지게 할 뿐이다. 우리에게 다른 차원의 기부 동기가 필요하며, 그것은 '기부는 쉽다'는 것, 즉 '기부의 장벽'을 허무는 것이다.

한 가지 사례를 제시하면, 기부를 촉진하기 위해서 스마트 콘텐츠를 사용하는 경우이다. 게임형태의 콘텐츠를 제공하는 '게임형', 자신의 이익 창출과 함께 일정한 금액을 기부하도록 유도하는 '리워드 광고형' 등등이 그 사례이다.(박준우, 박성기, 기부촉진전략으로서 스마트 콘텐츠 활용성에 대한 연구, p. 221) 비록 소액이지만, 이와 같은 막대한 양의 소액의 합은, 부자들의 거액의 일회성 기부보다 훨씬 사회적 영향력이 클 것이다. 정부차원에서는 이와 같은 '기부의 진입장벽'을 허무는 작업을 해야 한다. 이는 비록 '진입장벽이 허물어졌다'라는 외적동기에 의한 것에서 시작되지만, 그것보다 중요한 점은 그 이후의 기부 행위들이 내적 동기에서 비롯됨을 기대할 수 있기 때문이다. 따라서 정부 측에서 기부에 대한 진입장벽을 허무는 작업을 진행한다면, 세제, 규제혜택을 통해 기부의 활성화를 기대하는 것보다 더 많은 수익을 기대할 수 있을뿐더러, '외적 동기' 가 아니라 '내적 동기' 에 의해 기부할 수 있도록 유도하는 긍정적인 효과를 예상할 수 있다.

위의 글은 당신과 같은 학생이 작성한 논평글이다. 논평글로서 이 글이 갖고 있는 장점과 단점, 또는 보완해야 할 사항 등에 대한 간략한 논평을 제시해보자. (〈분석적 요약〉과 〈분석적 논평〉을 활용하여 이 글의 논증 구조를 파악하고 필자의 주장에 대한 자신의 생각을 논평할 수 있을 것이다.)

〈장점〉

〈단점〉

〈보완해야 할 사항〉

5 분석적 논평 연습

다음에 살펴볼 두 텍스트, 즉 '소득이 느는 것과 소득 격차가 느는 것은 다른 문제다'와 '왜 불평등해졌는가'는 '경제 문제'에 대해 상반된 입장을 제시하고 있다. 두 텍스트에 대한 〈분석적 요약〉과 〈분석적 논평〉을 제시하고, 그것에 기초하여 논평글을 작성해보자.

연습문제 3 "소득이 느는 것과 소득 격차가 느는 것은 다른 문제다" (송원근·강성원)[6]

1980년대에 이래 시행된 신고전파 경제정책은 빈곤 해소 정책의 근간을 소득재분배에서 경제성장으로 전환하였다. 그 결과 소득 격차는 과거보다 확대되었으나, 동시에 경제성장이 촉진되면서 전 세계적으로 빈곤층이 감소하였다. 이는 1970년대 중반부터 나타난 저소득층 소득 정체 및 경제성장 정체를 해소한 성과이다.

경제성장과 소득재분배, 어느 쪽이 저소득층 생활 개선에 도움이 되는가? 주어진 경제 규모에서는 당연히 소득재분배 정책은 고소득층에서 저소득층으로 소

6 송원근 · 강성원, 『장하준이 말하지 않은 23가지』, 북오션, 2011, 160~165쪽.

득을 이전하기 때문에 고소득층은 근로 의욕이 감퇴하고 저소득층은 정부 지원에만 의존하게 되는 문제가 있다. 이 문제가 장기화되면 저소득층은 능력을 개발할 의욕이 약화되므로, 나중에는 일자리가 있어도 능력이 부족하여 취업이 안 되는 '빈곤의 악순환'에 빠지게 된다. 신고전파 경제정책은 이러한 부작용을 방지하기 위해서 소득재분배 정책을 후퇴시키고, 감세와 규제 완화 같은 시장 친화적 정책을 사용하였다. 결국 경제가 성장하면 저소득층의 소득도 함께 성장하리라고 본 것이다.

신고전파 경제정책은 소득재분배 정책을 축소하기 때문에 소득 격차가 확대되는 것은 필연적이다. 하지만 소득 격차가 확대된다고 해서 저소득층의 소득은 필연적으로 정체되거나 악화된다고 할 수는 없다. 소득 격차의 확대는 저소득층의 소득이 고소득층의 소득만큼 빠르게 증가하지 않는 현상을 의미할 뿐이다. 저소득층의 소득수준이 충분히 증진된다면, 소득 격차가 심화되는 와중에도 저소득층의 생활수준은 향상될 수 있다. '부자들에게 유리한 소득분배(upward income redistribution)'는 이러한 성과를 기대하는 정책이다. 이 정책은 저소득층의 소득 증진을 목적으로 하며, 이를 위해 필요하다면 소득 격차의 심화를 감내한다.

소득 재분배를 주장하는 경제학자들은 전국의 소득 불평등 심화, 미국 고소득층의 소득 비중 증대, 개도국 및 구 공산권 국가의 소득 불평등 심화, 총소득 증가 중 고소득층 귀속분 증대 등을 주장의 근거로 제시한다. 그런데 이는 모두 소득 격차가 심화되었다는 증거이지 저소득층의 생활수준이 더 악화되었다는 증거는 아니다. 이는 신고전파 경제정책이 소득분배에 미친 영향을 비판하는 문헌에 찾아볼 수 있는 일반적인 현상이다.(Sala-i-Martin, 2002)

그렇다면 1980년 이후 저소득층의 생활수준은 악화되었는가? 오히려 개선되었다는 증거가 존재한다. 신고전파 경제정책은 1970년대 후반~1980년대 전반의 성장 체제를 극복하고 안정 성장을 달성하였다. 그리고 1980년대 이후 인도와 중국이 시장 개방을 통해 세계시장에 편입되었다. 이 때문에 교역이 확대되고 세계경제의 성장이 촉진되어 절대적인 빈곤층이 감소되었다. 1일 소득이 1달러(1985년 가격) 이하인 극빈층의 비중이 1974년에는 세계 인구의 20%에 달했으나 1998년에는 5.4%로 급락하였고, 1일 소득 2달러(1985년 가격) 이하인 빈곤층의 비중도 1970년 44.5%에서 1998년 18.7%로 급락하였다. 이는 1970년부터 1998년까지 1일 소득 1달러 이하의 빈곤층 인구가 4억 명, 1일 소득 2달러 이하 빈곤층 인구는 5억 명 감소하였음을 의미한다.

이러한 성과는 중국의 급격한 성장에 힘입은 바 크지만, 중국의 영향을 제외한다고 해도 전반적인 추세는 크게 다르지 않다.(Sala-i-Martin, 2002) 빈곤층의 감소는 결국 경제성장의 성과이다. 이 시기 평균 소득이 1% 증가한 국가는 1일 1소비 1달러 이하 극빈층의 비중이 2.5% 감소한 것으로 추정된다.(Ravallion, 2001) 1998년 현재 여전히 빈곤층 비중이 높은 국가들은 주로 아프리카 국가들이며, 이들 국가가 가난한 근본적인 원인은 저성장 때문이다.

소득 격차가 심화되고 있는 대표적인 국가인 미국에서도 하위 20% 소득 계층의 실질 평균 소득은 1980년 중반부터 2000년까지 연 0.9%로 꾸준히 상승하였다. 이는 소득재분배 정책으로 저소득층 소득이 다른 계층 소득보다 빠르게 증가했던 1968년~1975년 평균 성정률 2.4%보다는 크게 낮은 것이 사실이다. 그러나 고물가, 저성장 현상이 팽배했던 1976년~1985년간 연 0.3% 성장에 그친 것에 비하면 괄목할 만한 개선 효과이다. 물론 1986년~2000년 간 하위 20% 소득계층의 실질 평균 소득이 다른 소득 계층에 비해 성장이 가장 늦었으며, 그 결과 소득 격차는 확대되었다. 그러나 저소득층 소득의 절대적인 수준은 높아졌다. 특히, 1980년 중반 이후 저소득층의 소득 증가는 소득재분배 정책의 위축에도 불구하고 달성되었다는 데 의의가 있다. 1976년~1985년 재정지출의 5.4%였던 저소득층에 대한 소득 지원(Welfare)은 1985년~2000년 5.0%로 소폭 감소하였고, 같은 기간 재정지출 중 실업보험 지출의 비중은 1.9%에서 1.0%로 크게 하락하였다.

소득의 재분배를 주장하는 경제학들은 주로 1960년~1970년대에 집중하여 신고전파 경제정책을 비판한다. 그리고 그들은 1970년대 중반부터 1980년대 중반까지 고물가, 저성장의 시기를 무시한다. 이 시기에는 물가가 높고, 성장은 지체되었다. 또한 저소득층의 소득도 정체되었다. 이 시기에 비하면 1980년 중반 이후에는 물가가 낮고, 성장은 안정되었으며, 저소득층의 소득도 증대되었다. 소득의 재분배를 주장하는 경제학자들의 주장과는 달리 이 시기는 '부자를 더 부자로 만들면서 (저소득층을 포함하여 대부분의 시민들이) 전반적으로 더 부자가 된' 때였다.

<분석적 요약>

[1단계] 문제와 주장

〈문제〉

〈주장〉

[2단계] 핵심어(개념)

[3단계] 논증 구성

〈생략된 전제: 숨은 전제 or 기본 가정〉

〈논증〉

P_1.

C.

[4단계] 함축적 결론

〈추가된 전제: 맥락(배경, 관점)〉

〈함축적 결론〉

<분석적 논평>

〔1단계〕 중요성, 유관성, 명확성

〔2단계〕 명료함, 분명함

〔3단계〕 논리성: 형식적 타당성과 내용적 수용가능성

〔4단계〕 공정성, 충분성

연습문제 4 "왜 불평등해졌는가?"(장하성)[7]

경제적 불평등은 '가진 것'의 차이와 '버는 것'의 차이로 구분한다. 가진 것의 격차는 재산 불평등이고, 버는 것의 격차는 소득 불평등이다. 기존의 불평등에 관한 논의는 이 두 가지 불평등의 차이를 간과하고 있거나 혼재되어 있으며, 일반 사람들의 관심은 대부분이 가진 것의 격차, 즉 재산 불평등에 초점이 맞추어져 있다. 그 이유는 이론적으로 자본주의에서 자본이 자본을 만드는 속성으로 인하여 재산 불평등이 소득 불평등을 악화시키는 주요한 원인이 되기 때문이다. 또한 대부분의 나라에서 재산 불평등이 소득 불평등보다 더 심하며, 그러한 재산 불평등이 소득 불평등을 초래하는 것이 일반적인 현상이기 때문이다. 한국의 상황은 꼭 그런 것이 아니다. 한국도 다른 나라와 마찬가지로 재산 불평등이 소득 불평등보다 심하다. 그러나 한국은 재산 불평등이 소득 불평등을 만들어내는 주요한 원인이 아직은 아니다. 한국에서 불평등한 상황으로 인하여 절대다수의 국민들이 경제적 고통을 겪는 것은 재산 불평등보다는 '버는 것'의 격차, 즉 소득 불평등으로부터 오는 것이다. 그리고 소득 불평등의 근본적인 원인은 고용 불평등이다. 한국에서의 불평등에 대한 논의들은 바로 이 점을 간과하고 있다. 여기에서 필자의 생각은 기존의 불평등에 대한 논의들과 구별된다.

일반 국민들은 불평등이라는 단어를 들으면 대부분 '빈부의 격차'를 연상한다. 불평등을 부자와 가난한 자의 차이로 인식하는 것은 '가진 것'의 차이로 보는 것이다. 그러나 대다수 국민들의 일상적인 삶의 질은 '가진 것'보다는 '버는 것'이 결정된다. '가진 것'의 격차가 의미가 있는 경우는 '가진 것'의 차이로 인하여 '버는 것'의 차이가 만들어질 때다. 다시 말하면 재산이 소득을 만들어서 재산 불평등이 소득 불평등을 만드는 원인이 될 때 빈부의 격차가 중요한 관심사가 되는 것이다. 한국의 소득 불평등은 재산격차가 아니라 임금격차가 만들어낸 것이기 때문에 불평등에 대한 원인 규명과 대안 마련을 위해서는 관심의 초점을 재산보다

7 장하성, 『왜 분노해야 하는가』, 헤이북스, 2016, 24~28쪽.

는 소득에 맞추어야 한다.

모든 계층에서 노동소득이 전체 소득의 90% 이상을 차지하고 있고, 평균적인 가계의 경우에 재산소득은 가계소득의 1%도 되지 않는다. 심지어 소득 상위 10%에 속하는 고소득층의 경우에도 재산이 만들어내는 소득은 5%도 되지 않는다. 이자나 임대료, 배당과 같은 재산으로 벌어들이는 소득은 전체 소득 불평등을 결정할 만큼의 수준이 아니며, 불평등을 만들어내는 원인은 임금으로 받는 노동소득이다. 물론 소득 상위 1% 또는 0.1%에 속하는 초고소득층은 상당한 소득을 재산으로 벌어들이고 있다. 그러나 그들은 극소수이며, 거의 모든 가계들은 재산의 대부분이 소득을 만들어내지 못하는 거주용 주택이기 때문에 재산을 갖고 있다 해도 소득에 별반 도움이 되지 못한다. 따라서 한국에서는 재산 불평등이 소득 불평등의 주요한 원인이 되지 않는 것이다. 전체 국민의 절대다수에게는 재산격차가 아니라 임금격차, 즉 가진 것이 아니라 버는 것의 차이가 불평등을 만들어서 중산층이 줄어들고 저소득층과 저임금 노동자가 늘어나고 있는 것이다.

임금격차가 소득 불평등을 만드는 원인이라면, 임금격차가 왜 생겨났는지를 생각해보아야 한다. 그래야 불평등을 어떻게 바로잡을 것인지의 두 번째 질문에 답할 수 있을 것이다. 결론부터 말하자면 임금격차가 확대되는 이유는 고용 불평등과 기업 간 불균형이다. 즉 정규직과 비정규직 그리고 대기업과 중소기업 간의 임금격차가 갈수록 확대되고 있는 것이 소득 불평등을 악화시키고 있는 절대 원인인 것이다.

비정규직 임금은 정규직의 절반에도 미치지 못한다. 비정규직 노동자가 정규직으로 전환되는 비율은 노동법이 정하고 있는 고용 기간 2년이 지나도 열 명 중 두 명에 불과하다. 비정규직은 정규직으로 가는 징검다리가 아니라 빠져나오지 못하는 함정인 것이다. 1990년대 초반까지는 비정규직이라는 개념 자체가 없었다. 비정규직에 관한 통계조차 존재하지 않는다. 비정규직은 외환위기 이후에 나타난 새로운 고용 형태이며, 기업은 비정규직을 낮은 임금을 지급할 뿐 아니라 임의로 해고하는 수단으로 악용해 왔다. 고용 불안정과 낮은 임금이라는 두 가지 부당함을 감수하고 있는 비정규직 노동자가 정부 통계로는 노동자 세 명 중 한 명 그리고 노동계 통계로는 노동자 두 명 중 한 명이다. 이러한 고용구조 때문에 한국은 같은 직장에서 1년 미만 근무하는 노동자가 세 명 중 한 명일 정도로 고용 불안정이 OECD 국가 중에서 최악이다. 불평등한 고용구조가 한국 불평등의 근본적인 원인이며, 이러한 구조를 만든 장본인은 대기업이다.

중소기업 임금은 대기업의 60% 수준이다. 중소기업과 대기업 간 임금격차가 오래전부터 큰 것은 아니었다. 1980년대 중소기업 임금은 대기업의 90%가 넘는 수준일 정도로 격차가 작았는데, 지난 30년 동안 격차가 지속적으로 확대된 것이다. 중소기업과 대기업의 임금격차가 커진 반면에 중소기업에서 일하는 노동자는 크게 늘었다. 중소기업의 임금이 대기업과 거의 같은 수준인 97%이었던 1980년 중소기업에서 일하는 노동자는 전체 노동자의 절반을 조금 넘는 53%였다. 임금격차가 60%로 커진 2014년에는 전체 노동자의 81%가 중소기업에서 일하고 있다. 임금격차가 커졌을 뿐 아니라 국민 절대다수가 임금이 상대적으로 낮아진 중소기업에서 일하기 때문에 소득 불평등이 가속적으로 악화된 것은 당연한 결과다.

한국에는 약 50만 개의 기업이 있다. 한국 모든 기업의 매출액 중에서 재벌그룹에 속하는 100대 기업의 매출액이 차지하는 비중은 29%이고, 모든 중소기업은 35%를 차지한다. 이들 재벌 100대 기업이 고용하고 있는 노동자는 전체 노동자의 4%에 불과한 반면에 중소기업은 72%이다. 더욱 심각한 불균형은 순이익이다. 재벌 100대 기업은 한국 모든 기업의 순이익 60%를 자치한 반면에 중소기업은 35%에 불과하다. 대기업과 중소기업의 하청 구조 정점에 있는 초대기업이 고용을 만들어내지 않으면서 이익을 독차지하고 있기 때문에 절대다수의 고용을 담당하고 있는 중소기업은 정상적인 임금을 지급하지 못하고 간신히 생존하고 있는 것이다. 그 결과로 2차 하청기업의 임금은 원청기업인 초대기업 임금의 3분의 1이고, 3차 하청기업은 4분의 1 수준에 불과한 극심한 격차를 보이고 있다. 동일한 생산 사슬에 있는 원청기업과 하청기업 사이의 이렇게 엄청난 임금 불평등은 어떤 합리적인 경제 이론으로도 설명될 수 없는 것이다. 고용을 창출하지 않는 초대기업이 순이익을 독차지하는 지극히 불균형한 기업 생태계는 대기업이 '갑의 힘'이라는 시장 외적 요인으로 만들어낸 것이지 공정한 시장이 작동한 결과가 아니다.

한국의 소득 불평등은 재산소득으로 만들어진 것이 아니라 노동소득 때문이다. 다시 강조하자면 한국에서 불평등의 원인은 궁극적으로 정규직과 비정규직으로 양분된 고용 불평등과 대기업과 중소기업, 원청기업과 하청기업 간의 불균형으로 인해서 만들어진 것이다. 그럼에도 불구하고 기존의 불평등에 관한 적지 않은 논의들은 이자나 배당과 같이 자본이 소득을 만들어내는 재산 불평등에 초점을 맞추고 있다. 그리고 재계뿐 아니라 노동계의 일부 기득권까지도 저임금과 고용 불안정이라는 두 가지 불이익을 당하고 있는 비정규직과 중소기업 노동자를 외면하고 있다. 더구나 일부 진보 세력들은 소득 불평등의 원초적 책임이 있는 재벌의 불공정하고 불법적인 행태를 외면하고 오히려 한국 경제의 미래라고 옹호하기까지 한다. 필자는 기존의 이러한 논의들과 생각을 달리한다. 한국의 불평등 근원은 재산의 격차보다는 소득의 격차이며, 소득의 격차는 임금의 격차로 만들어진 것이다. 임금의 격차는 고용의 격차와 기업 간 불균형에서 찾아야 하며, 고용의 격차와 기업 간 불균형의 책임은 재벌 대기업에게 있다는 것을 이 책에서 논증하고 있는 것이다.

Hint here!

이 텍스트의 전체 논증의 구조와 핵심 주장은 마지막 문단을 통해 파악할 수 있다. 또한 이 텍스트의 전체 논증을 구성하는 소논증들은 인과적으로 연결되어 있다. 더 정확히 말하면, 텍스트에서 제기하고 있는 문제의 근본적인 최종 원인을 규명해 나아가는 인과적인 논증 구조를 가지고 있다. 이 점에 착안하여 〈분석적 요약〉을 작성해보자.

<분석적 요약>

[1단계] 문제와 주장

〈문제〉

〈주장〉

[2단계] 핵심어(개념)

[3단계] 논증 구성

〈생략된 전제: 숨은 전제 or 기본 가정〉

〈논증〉

p_1.

C.

[4단계] 함축적 결론

〈추가된 전제: 맥락(배경, 관점)〉

〈함축적 결론〉

<분석적 논평>

〔1단계〕 중요성, 유관성, 명확성

〔2단계〕 명료함, 분명함

〔3단계〕 논리성: 형식적 타당성과 내용적 수용가능성

〔4단계〕 공정성, 충분성

다음에 살펴볼 세 개의 텍스트, 즉 〈내가 반려 아닌 '애완동물'을 주장하는 이유〉, 〈인간이 가진 동물에 대한 의무는 무엇에 근거하는가?〉 그리고 〈동물 살생〉은 동물에 관한 다양한 견해와 입장을 보여주고 있다. 동물에 대해 서로 다른 관점과 입장을 취하고 있는 세 개의 텍스트에 대한 〈분석적 요약〉과 〈분석적 논평〉을 작성해보자. 그것을 통해 우리가 취할 수 있는 동물에 대한 올바른 자세는 무엇이 되어야 하는지에 대한 논평글 또는 에세이를 작성할 수 있을 것이다.

연습문제 5 "내가 반려 아닌 '애완동물'을 주장하는 이유"(최훈)[8]

지금까지 〈동그람이〉에 원고를 보낼 때 나는 꼬박꼬박 '애완동물'이라고 써 보냈는데 편집진은 그때마다 꼬박꼬박 '반려동물'이라고 고쳤다. 실제 공개된 칼럼에는 '반려동물'이라고 나오지만 내 의도는 전혀 아니다. 그래서 이번 칼럼에는 왜 '반려동물'이 아니라 '애완동물'이라고 불러야 하는지 말하겠다.

1. 애완동물의 사전적 의미

표준국어대사전에 따르면 애완동물은 "좋아하여 가까이 두고 귀여워하며 기르는 동물"이라는 뜻이다. '애완'의 '완(玩)'은 장난감을 뜻하는데, 애완동물은 우리가 장난감을 대하듯이 일방적인 소유 관계를 뜻하다.

이에 견주어 반려동물은 사전에서 "사람이 정서적으로 의지하고자 가까이 두고 기르는 동물"이라고 풀이하는 데에서 알 수 있듯 동물을 인간과 대등한 존재로 보는 시각이 담겨있다. 우리가 남편이나 부인을 인생의 '반려자'라고 부르듯이 동물을 우리와 대등하게 함께 살아가는 존재라고 생각하는 것이다.

8 최훈(『철학자의 식탁에서 고기가 사라진 이유』 저자), 발췌 및 일부 수정. 한국일보, https://www.hankookilbo.com/News/Read/201802081417403419

국어사전 풀이처럼 애완동물은 인간의 동물에 대한 일방적인 관계를 나타낸다. 실제로 동물뿐만 아니라 물품도 애완의 대상이다. 우리 법은 동물을 그런 식으로 다루고 있기는 하다. 우리나라 민법은 애완동물을 포함해 동물을 동산에 해당하는 물건으로 취급하고(제99조 제2항), 형법에서 동물은 재물에 해당되어 다른 사람의 동물을 학대하면 재물손괴죄(제366조)가 성립한다.

그렇지만 애완동물이라고 부른다고 해서 장난감을 다루듯이 필요하면 사고 싫증 나면 버리는 관계라고 생각하지는 않는다. 많은 사람들은 동물에 대해 무엇인가 생명이 있는 대상으로 생각하기 때문에 단순한 물건 이상으로 여긴다. 아마 인간과 애완동물의 관계는 보호자-피보호자 관계가 정확할 것 같다. 어른이 어린이를 보호하듯이 주인은 동물을 보호한다고 생각하는 것이다. 부모가 자식의 친권이 있다고 해서 어린이의 권리를 무시하거나 학대해서는 안 되듯이 애완동물 주인이라고 해서 동물의 권리를 무시하고 함부로 해서는 안 된다고 생각한다. 우리의 법은 이런 생각을 반영해서 수정해야 한다.

2. '반려'라 하면 안 된다고 생각하는 이유

그러나 '반려동물'이라고 할 때는 애완동물을 단순히 보호자-피보호자 관계 이상으로 보는 생각이 반영되어 있다. 반려자처럼 가족으로 생각한다. 동물을 '기른다'고 하지 않고 '함께 산다'고 말한다. '반려동물'이라는 말이 미국에서 '흑인'을 '아프리카계 미국인'이라고 부르듯이 정치적으로 올바른 표현으로 의도된 것이라고 하면 문제는 안 된다.

하지만 나는 그 말은 인간과 동물의 관계를 정확하게 반영하지 못한다고 생각한다. 몇 가지 이유가 있는데, 이번 칼럼에서는 몇 년 전에 꽤 유명한 남초 사이트에서 논란이 된 게시물을 가지고 이야기해 보려 한다.

어떤 사람이 "모르는 사람과 내 개가 같이 물에 빠졌을 때 개를 구하겠다"는 말을 듣고 충격을 받았다는 글을 쓰자, 거기에 대해 "나도 개부터 구하겠다"와 "충격이다"라는 댓글이 무수히 붙어 싸움이 난 적이 있었다.

아마 이 글을 읽는 반려인들 중에서도 나도 개부터 구하겠다는 생각을 하는 사람이 많을 것 같다. 그런데 내가 묻는 것은 실제로 어떤 행동을 하겠느냐는 것이 아니라 어떤 행동이 도덕적으로 옳으냐는 것이다. 우리는 친숙함에 의한 감정이나 본능을 가지고 있지만 그런 감정이나 본능에 기초한 판단이 꼭 도덕적인 것은 아니다. 나와 가까운 친척, 고향 사람, 인종에 친근감을 느끼는 것은 자연스러운 감정이지만 그것에 끌려 어떤 결정을 내릴 때는 연고주의나 정실주의라고 비난받는다.

그렇다면 친근감이라는 자연적 감정을 배제하고 '이성적으로' 모르는 사람과 내 개 중 누구를 구해야 '도덕적'인지 생각해 보자. 동물 윤리학자 중 동물의 침해할 수 없는 권리를 가장 강력하게 인정하는 톰 리건마저도 정원을 초과한 구명정 상황에서 사람을 구하기 위해서는 개를 버려야 한다고 주장한다. 설령 그때 사람은 네 명에 불과하고 개는 100만 마리라고 해도 마찬가지라고 말한다. 개가 침해할 수 없는 권리를 가지고 있는 것은 분명하지만 그 권리는 인간의 권리와 견줄 수 없다고 생각하기 때문이다.

상황을 약간 바꿔 이번에는 입양아와 애완동물 중에서 한쪽만 치료해야 한다면 누구를 먼저 치료할 것인지 자문해 보자. 아마 반려인이라고 하더라도 입양아와 애완동물 중에서 그래도 입양아를 먼저 치료해야 한다고 생각할 것이고, 모르는 사람과 애완동물 중 마음은 애완동물에 끌리더라도 그래도 사람을 먼저 구해야 한다고 생각할 것이다. 그 반대로 행동할 때 사람들은 도덕적인 비난을 할 것이고 반려인도 그런 비난을 의식할 것이다. 사람들의 비난이 꼭 옳다는 것은 아니다. 사람들의 도덕적 직관이 그렇다는 것이다. 그리고 이성적인 도덕 판단도 그런 식으로 결론이 나온다.

이런 직관과 도덕적 추론을 종합해 볼 때 반려동물이라고 부르는 것은 적절치 못하다. 우리는 물에 빠진 사람이나 치료를 받아야 하는 사람이 반려인이라면 그런 식으로 행동하지 않기 때문이다. 반려의 대상이라면 그에 걸맞은 대우를 해 줘야 하는데 그렇지 못하는 것이다. 반려는 동물에 적절한 용어가 아니다.

<분석적 요약>

〔1단계〕 문제와 주장

〈문제〉

〈주장〉

〔2단계〕 핵심어(개념)

〔3단계〕 논증 구성

〈생략된 전제: 숨은 전제 or 기본 가정〉

〈논증〉

p_1.

C.

〔4단계〕 함축적 결론

〈추가된 전제: 맥락(배경, 관점)〉

〈함축적 결론〉

<분석적 논평>

〔1단계〕 중요성, 유관성, 명확성

〔2단계〕 명료함, 분명함

〔3단계〕 논리성: 형식적 타당성과 내용적 수용가능성

〔4단계〕 공정성, 충분성

연습문제 6 "인간이 가진 동물에 대한 의무는 무엇에 근거하는가?"[9]

동물들은 자의식적이지 않으며 단지 목적에 대한 수단으로서 존재할 따름이다. 그 목적은 인간이다. 우리는 "왜 동물들이 존재하는가?"라고 질문할 수 있다. 하지만 "왜 인간이 존재하는가?"라는 것은 무의미한 질문이다. 동물에 대한 우리의 의무는 인류에 대한 간접적인 의무일 뿐이다. 동물의 본성은 인간의 본성과 유사성을 가진다. 그리고 우리는 동물에 대한 우리의 의무를 수행함으로써 간접적으로 인류에 대한 우리의 의무를 수행한다. 따라서 만일 개가 그의 주인에게 오랫동안 충실하게 봉사한다면, 그의 봉사는 인간의 봉사와 마찬가지로 보상받을 가치가 있다. 그리하여 개가 더 이상 봉사가 어려울 정도로 늙어버리더라도, 그 주인은 개가 죽을 때까지 개와 함께 해야만 한다. 그러한 행동은 인간에 대한 우리의 필수적인 의무들을 지지하는 데 도움을 준다.

동물의 어떤 행동이든 인간 행동과 유사하고 동일한 원리로부터 나온다면, 우리는 동물에 대한 의무를 가진다. 왜냐하면 그럼으로써 우리는 인간에 대한 상응하는 의무를 함양하기 때문이다. 만일 어떤 사람이 자신의 개가 더 이상 봉사할 수 없다는 이유로 그것을 쏴 죽인다면, 그의 행동은 비인간적인 것이며 그가 인류에 대해 보여주어야 하는 자신의 인간성에 해를 입히는 것이다. 그가 자신의 인간적인 감정을 구태여 억눌러야 하는 것이 아니라면, 그는 동물에게 친절하게 대해야만 한다. 동물에게 잔인한 사람은 사람들을 대하는 데에서도 거칠어지기 때문이다. 우리는 동물을 어떻게 대하는지에 따라 사람의 마음을 평가할 수 있다. 라이프니츠는 관찰 목적으로 아주 작은 곤충을 이용하고는 그것을 조심스럽게 나뭇잎 위에 다시 되돌려놓았다. 그것이 그의 행동으로 인한 어떠한 해도 입지 않도록 하기 위해서였다. 그는 아무런 이유 없이 그러한 생명체를 파괴한다면 미안한 일이라고 느꼈을 것이다. 그것은 인간에게 자연스러운 감정이다. 말없는 동물들에 대한 자애로운 감정은 인류에 대한 인간적 감정을 발전시킨다.

9 연세대 수시논술 인문(2015). https://admission.yonsei.ac.kr/seoul/admission/html/main/main.asp

<분석적 요약>

〔1단계〕 문제와 주장

〈문제〉

〈주장〉

〔2단계〕 핵심어(개념)

〔3단계〕 논증 구성

〈생략된 전제: 숨은 전제 or 기본 가정〉

〈논증〉

p_1.

C.

〔4단계〕 함축적 결론

〈추가된 전제: 맥락(배경, 관점)〉

〈함축적 결론〉

<분석적 논평>

〔1단계〕 중요성, 유관성, 명확성

〔2단계〕 명료함, 분명함

〔3단계〕 논리성: 형식적 타당성과 내용적 수용가능성

〔4단계〕 공정성, 충분성

연습문제 7 "동물 살생: 제4절 맺는 말"(피터 싱어, P. Singer)[10]

이 장에서의 논변이 올바르다면, '동물의 생명을 빼앗는 것은 일반적으로 그릇된 일인가?'라는 질문에 대하여 하나의 답이 있을 수 없다. '인간이 아닌 동물'이라는 제한된 의미에서의 '동물'이라는 표현도, 그들 모두에 하나의 원칙을 적용하기에는 너무 다양한 생명영역들을 포괄하고 있다.

동물 중의 어떤 것들은 자신을 과거와 미래를 가지는 개별적 존재로 생각하는 합리적이고 자의식적인 존재로 드러난다. 만약 그들이 그렇다면, 아니 우리가 알고 있는 것이 그 정도에 불과하다고 해도, 영구적인 정신적 장애를 가진 비슷한 지적 수준에 있는 인간존재를 죽이는 것에 반대하는 주장만큼이나 그러한 동물을 죽이는 것을 반대하는 주장도 강력하다. (여기서 생각하고 있는 것은 죽이는 것을 반대하는 직접적인 이유이다. 정신적 장애를 가진 인간의 죽음이 그 친족들에게 미치는 영향은, 항상 그렇지는 않다 해도, 때때로 인간을 죽이지 말아야 할 간접적인 추가적 이유가 된다. 이 문제에 대한 더 많은 논의는 제7장에 실려 있다.)

우리가 지금 가지고 있는 지식에 따르면, 동물살생을 반대하는 이러한 강력한 주장은 침팬지, 고릴라, 오랑우탄의 살육자들에게 절대적으로 발동될 수 있다. 우리와 가까운 친척인 이들에 대해 우리가 지금 알고 있는 것에 근거할 때, 우리는 즉각적으로, 우리가 지금 모든 인간존재에게 베풀고 있는 살생을 방지하는 완전한 보호조치를 그들에게도 동일하게 베풀어야 한다. 비록 확신의 정도가 각각이기는 하지만, 고래, 돌고래, 원숭이, 개 고양이, 돼지, 바다표범, 곰, 소, 양 등을 대신하여, 심지어는 모든 포유동물을 — 어디까지가 그 범위냐 하는 것은, 의심할 수 있을 때 의심의 이익을 어디까지 확대 적용할 것인가에 달려 있을 것이다 — 대신하여 같은 주장을 또한 할 수 있다. 비록 우리가 내가 거명한 종들에서 멈춘다 하더라도, 그래서 나머지 포유류들을 제외시킨다고 해도, 인간에 의해서 자행되고 있는 수많은 죽임들의 정당화 가능성에 대해서는, 비록 이러한 죽임이 고통

10 피터 싱어(P. Singer), 『실천윤리학』, 철학과현실사, 165~168쪽.

없이 그리고 그 동물공동체의 다른 구성원에게 고통을 주지 않고 이루어진다고 해도, (물론 이러한 죽임의 대부분은 그러한 이상적인 상황에서 일어나지 않는다.) 커다란 의문이 제기된다.

우리가 볼 적에, 이성과 자의식이 없는 동물을 죽이는 경우에는 살생에 반대하는 주장이 좀 약하다. 자신을 개별적인 존재로 알고 있지 못하는 존재의 경우에, 고통 없는 살생의 그릇됨은 그 존재가 담고 있는 쾌락의 감소에서 비롯된다. 죽여진 생명이 전체적으로 보아 즐거운 삶을 살지 못했을 것 같은 때에는 직접적으로 그릇된 것은 없다. 또 죽여진 동물이 즐겁게 살 것이었다고 할지라도, 만약 그 죽여진 동물이 그 살생의 결과로서 똑같이 즐겁게 살 다른 동물로 대치된다면, 아무 것도 그릇된 것이 없다고 주장하는 것이 최소한 가능하다. 이러한 견해를 취하는 것은 현존하고 있는 존재에 가해진 잘못이 아직 현존하지 않고 있는 존재에게 이익이 전이됨으로써 보충될 수 있다고 주장하는 것이다. 그래서 자의식적인 동물이 교체 불가능한 방식으로, 비자의식적인 동물은 서로 교체 가능한 것으로 간주될 수도 있다. 이것이 의미하는 것은 다음과 같은 경우에는, 즉 동물이 즐거운 삶을 살고 있고 고통 없이 죽음을 당하며 그들의 죽음이 다른 동물에게 고통을 일으키지 않고 한 동물의 죽음이 그렇지 않았더라면 태어나 살 수 없었을 다른 동물의 삶에 의해 대치 가능한 경우에는, 자의식이 없는 동물을 죽이는 것이 그릇되지 않을 수도 있다는 것이다.

이러한 노선을 따르면, 닭고기를 얻기 위하여, 공장식 농장이라는 환경에서가 아니라, 농장의 뜰을 자유로이 오갈 수 있도록 하는 환경에서 닭을 키우는 것은 정당화될 수 있다. 의문의 여지가 있지만 닭이 자의식이 없다고 가정해 보자. 그리고 닭이 고통 없이 죽여지고, 살아남은 닭들은 자기 구성원이었던 그 닭의 죽음으로 영향을 받지 않는 것으로 보인다고 가정해 보자. 마지막으로 경제적인 이유로 우리가 닭고기를 먹지 않는다면 닭을 키울 수 없을 것이라고 가정해 보자. 이러할 때 대체 가능성 논변은 닭을 죽이는 것을 정당화할 수 있는 것으로 보인다. 왜냐하면 닭에게서 존재의 기쁨을 뺏는 것은, 현존하는 닭이 죽임을 당할 경우에만 존재하게 될 아직 존재하지 않는 닭의 쾌락에 의하여 상쇄될 수 있기 때문이다.

비관적인 도덕적 추론의 하나로서 이러한 논변은 타당할 수도 있다. 그러나 이러한 수준에서도, 이러한 관점의 적용이 얼마나 제한되어 있느냐를 인지하는 것이 중요하다. 이는 동물들이 즐거운 삶을 살 수 없게 하는 공장식 농장을 정당화할 수 없다. 이는 또 일반적으로 야생동물의 살생을 정당화하지 못한다. (오리가 자의식이 없다는 확실하지 못한 가정을 해도, 그리고 사냥꾼이 틀림없이 오리를 즉시 죽여 줄 것이라고 거의 확실히 틀릴 가정을 해도) 사냥꾼이 쏘아 맞춘 오리는 즐거운 삶을 살 수 있었을 것이지만, 이렇게 오리를 쏘아 죽인다고 해서, 다른 오리에 의해 대체되는 일은 생겨나지 않는다. 오리의 숫자가 가용한 먹이공급이 지탱할 수 있는 최대한에 머물러 있는 경우가 아니라면, 오리를 죽이는 것은 다른 오리를 태어나게 하지 않으며, 이러한 이유로 직접적인 공리주의적 근거에서 그릇된 일이다. 그러므로 비록 동물을 죽이는 것이 그릇되지 않은 그러한 상황이 있다 하더라고, 이러한 상황은 특수한 것이며, 인간이 매년 동물들에게 가하는 수천 수백만의 때 이른(premature) 죽음은 이에 포함되지 않는다.

어쨌든 간에, 실천적인 도덕원칙의 수준에서, 만약 살아남기 위해서 그렇게 해야만 하는 경우가 아니라면, 음식을 얻기 위해 동물을 죽이는 것은 전체적으로 거부하는 것이 더 좋을 것이다. 음식을 얻기 위해 동물을 죽이는 것은 그들을 우리가 원하는 대로 우리가 사용할 수 있는 대상으로 생각하도록 만든다. 이러할 때 그들의 삶은 우리의 단순한 욕구에 비해 가벼운 것으로 간주된다. 우리가 동물을 이러한 방식으로 계속 사용하는 한, 동물에 대한 우리의 태도를 마땅한 방식으로 바꾸는 것은 불가능한 과제가 될 것이다. 만약 사람들이 단지 그들의 즐거움 때문에 동물들을 계속 먹는다면, 어떻게 우리가 사람들에게 동물을 존중하고 그들의 이익에 대하여 동일한 관심을 자기라고 고무할 수 있겠는가? 비자의식적인 동물을 포함하여, 동물에 대해 올바르게 고려하는 태도를 진작시키기 위하여, 음식을 얻기 위해 동물을 죽이는 것은 피한다는 단순한 원칙을 가지는 것이 최선일 수 있을 것이다.

<분석적 요약>

〔1단계〕 문제와 주장

〈문제〉

〈주장〉

〔2단계〕 핵심어(개념)

〔3단계〕 논증 구성

〈생략된 전제: 숨은 전제 or 기본 가정〉

〈논증〉

p_1.

C.

〔4단계〕 함축적 결론

〈추가된 전제: 맥락(배경, 관점)〉

〈함축적 결론〉

<분석적 논평>

〔1단계〕 중요성, 유관성, 명확성

〔2단계〕 명료함, 분명함

〔3단계〕 논리성: 형식적 타당성과 내용적 수용가능성

〔4단계〕 공정성, 충분성

연습문제 8 "부자 나라는 가난한 나라를 도울 (도덕적) 의무가 없다" (피터 싱어, P. Singer)[11]

책임에 대해 비결과론적인 견해 중의 하나는 로크(John Locke)에 의해서 제안된, 혹은 더욱 최근에는 노직(Robert Nozick)에 의해 제안된 권리이론에 근거하는 것이다. 모든 사람들에게 생명권이 있지만, 이 권리는 나의 생명을 위협할 수도 있는 다른 사람들에게 저항할 권리이지, 나의 생명이 위험에 처했을 때 다른 사람의 도움을 요구하는 권리가 아니다. 이러한 이론에 따르면, 우리는 다른 사람을 죽이는 데 대해서는 책임을 느껴야 하나, 구하지 않은 것에 대해서는 책임을 느낄 이유가 없다. 전자는 다른 사람의 권리를 침해했지만, 후자는 그렇지 않기 때문이다.

우리가 원조의 의무를 가진다는 논증에 대한 가장 심각한 반론은 절대빈곤의 주요한 원인이 인구과잉에 있는 까닭에 지금 가난 속에 있는 사람들을 돕는 것은 미래에 가난 속에 있을 더 많은 사람을 태어나게 하는 것에 불과하다는 것이다.

매우 극단적인 형태의 이러한 반론은 우리가 '삼분법(triage)'이라는 정책을 채택해야 한다고 주장한다. 이 개념은 전시에 채택된 의료정책에서 유래되었다. 아주 소수의 의사로서 모든 부상자들을 처리하기 위해서, 환자들은 세 부류로 분류되었다. 의료적 지원 없이도 살아날 것 같은 사람, 의료지원을 받지 않으면 죽을 것 같지만 의료지원을 받으면 살아날 수도 있는 사람, 의료지원을 해도 살아남지 못할 것 같은 사람, 이 세 부류다. 단지 두 번째 부류에 속하는 사람에게만 의료지원이 주어졌다. 물론 이 생각은 한정된 의료자원을 가능한 한 효과적으로 사용하기 위한 것이다. 첫 번째 부류에 속하는 사람에게는 의료시술이 절대적으로 필요한 것은 아니다. 세 번째 부류에 속하는 사람에게는 의료지원이 쓸모가 없을 것 같다. 피원조국들이 자신을 스스로 먹여 살릴 수 있게 될 전망이 있고 없음에 따라 이와 같은 정책이 나라에도 적용되어야 한다고 주장되어 왔다. 우리는 우리의 도움 없이도 곧 자신의 국민들을 먹여 살릴 수 있는 나라에는 원조하지 않을 것이

11 피터 싱어, 『실천윤리학』, 철학과현실사, 279~280쪽 발췌 및 일부 수정.

다. 우리가 도와준다고 해도 자신들이 먹여 살릴 수 있는 수준으로 인구를 제한할 수 없는 나라에도 또한 원조하지 않을 것이다. 우리는 우리의 도움이 식량과 인구의 균형 설정에 성공과 실패라는 차이를 가져올 그러한 나라만을 도울 것이다.

이러한 견해를 지지하여 하딘(Garrett Hardin)은 다음과 같은 비유를 제시하고 있다. 부자 나라에 살고 있는 우리는 물에 빠진 사람이 득실거리는 바다에 떠 있는 만원인 구명보트에 타고 있는 사람과 같다. 만일 우리가 물에 빠진 사람들을 구하기 위해 우리 보트에 그들을 태운다면, 우리 보트는 인원이 초과되어 우리 모두 익사할 것이다. 전부 다 죽는 것보다는 몇이라도 살아남는 것이 훨씬 좋을 것이므로, 우리는 다른 사람이 익사하도록 내버려 두어야 한다. 하딘에 따르면, 오늘 우리의 세계에 '구명정 윤리(lifeboat ethics)'가 적용된다. 부자는 가난한 사람을 도와야 할 의무가 없다. 왜냐하면 그렇게 하지 않는다면, 가난한 사람들이 부자들을 붙들고서 함께 죽고 말 것이기 때문이다.

Hint here!

이 텍스트는 각 문단이 하나의 소논증을 구성하고 있다. 말하자면, 이 텍스트의 전체 논증은 세 개의 소논증으로부터 최종 결론(주장)을 도출하는 형식으로 구성되어 있다. 또한 각 소논증들 중 두 개의 소논증은 최종 결론(주장)을 근거짓는 직접적인 핵심 논증인 반면에, 남아 있는 하나의 소논증은 다른 소논증의 소결론과 최종 결론(주장)을 강화시키는 부속 논증의 역할을 하고 있다. 이 점에 착안하여 〈분석적 요약〉을 작성해보자.

그리고 이 텍스트에서 제시하고 있는 소논증과 전체 논증은 결론(주장)을 지지하기 위해 유비추리에 크게 의존하고 있다는 점을 이해할 수 있다면, 이 텍스트의 핵심 주장에 대한 논평의 지점을 포착하여 〈분석적 논평〉을 통한 평가를 제시하는 것도 어렵지 않은 일이 될 것이다. 이 점에 착안하여 텍스트의 주장에 대한 논평자의 생각이 잘 드러나는 〈분석적 논평〉을 작성해보자.

<분석적 요약>

〔1단계〕 문제와 주장

〈문제〉

〈주장〉

〔2단계〕 핵심어(개념)

〔3단계〕 논증 구성

〈생략된 전제: 숨은 전제 or 기본 가정〉

〈논증〉

p_1.

C.

〔4단계〕 함축적 결론

〈추가된 전제: 맥락(배경, 관점)〉

〈함축적 결론〉

<분석적 논평>

〔1단계〕 중요성, 유관성, 명확성

〔2단계〕 명료함, 분명함

〔3단계〕 논리성: 형식적 타당성과 내용적 수용가능성

〔4단계〕 공정성, 충분성

연습문제 9 『악의 번영』(다니엘 코엔, Daniel Cohen)[12]

성장주의자들과 성장 반대주의자들 간에는 논쟁이 자주 벌어진다. 만일 성장이 필요한 재화를 더 적은 비용으로 생산하게 하거나 인간의 삶을 향상시켜줄 새로운 재화를 생산하게 해준다면 그것은 문제를 일으키는 원인이 아니라 문제를 해결하는 방안이 될 것이다. 다른 한편 성장은 사회적으로 무용한 경로가 아니라 유용한 경로를 따라 신중히 이루어져야 할 것이다. 그런데 현대의 경제성장에 있어서는 다음과 같은 한 가지 오해가 존재한다. 즉 성장이 산업 생산성을 계속해서 증대시킬 것이고 이로 인해 재화 생산에 필요한 노동시간이 단축될 것이며 그 결과 재품 가격이 낮아질 것이라는 시각이다. 그런데 생산되는 재화의 양은 절대 줄지 않는다. 가격이 낮아짐에 따라 재화의 수량은 그에 맞춰 빠른 속도로 늘어나고 있다. 결국 계속해서 낮아지는 가격은 '쉽게 쓰고 버리는 경제'의 성장을 가져온다. 과거에 사람들은 평생 손목시계 하나만을 가지고 살았으나 오늘날은 셔츠의 색깔에 맞춰 손목시계를 바꾼다. 이것은 마치 잡지를 사면 공짜로 따라오지만 뜯어보지도 않는 저가의 전자제품과 마찬가지다.

그런데 이처럼 '쉽게 쓰고 버리는 경제'는 지구의 지질학적 한계와 정면으로 충돌할 운명에 있다. 도시 밖으로 쓰레기를 처리하는 데 드는 비용은 계속해서 증가하고 있다. 뉴욕은 쓰레기 처리장의 포화 상태로 가장 먼저 고통을 겪은 거대도시들 중 하나다. 1만 2,000톤의 쓰레기가 매일 만들어진다. 이 쓰레기를 도시 밖으로 치우려면 매일 600개의 트레일러가 동원되어야 한다. 이런 상황이라면 재화의 가격은 그 재화를 치우는 데 들어가는 환경비용보다 낮아진다. 레스터 브라운이 인용한 바에 따르면, 액손사에서 노르웨이 담당 부사장을 지낸 오이스타인 달(Oystein Dahle)은 이 문제를 다음과 같이 정리했다. "사회주의가 무너진 것은 시장이 경제적 진실을 말하도록 허용하지 않았기 때문이다. 자본주의 또한 시장이 생태적 진실을 말하도록 허용하지 않기 때문에 무너질지 모른다."

12 다니엘 코엔(Daniel Cohen), "새로운 산업혁명", 『악의 번영』, 이성재 · 정세은 옮김, 2009, 244~247쪽.

이러한 위기를 막기 위한 첫 번째 실행 방안은 환경오염 유발자들에게 세금을 부과하는 것이다. 특히 온난화 저지를 위해 탄소세를 부과하는 것이 그 예가 될 수 있다. 그러나 세금 부과는 감사와 감시 업무를 필요로 하는데, 이것은 관련 분야(전기, 교통, 건축, 공공사업)에 직접 환경 관련 규제를 가하는 업무보다 비용이 더 많이 든다. 또 다른 우선순위는 지하수층의 과도한 사용, 산림의 완전 벌채, 과도한 어획 등과 같은 환경 파괴 행위를 조장하는 보조금을 없애는 것이다.

무공해 에너지에 대한 투자는 두 번째로 중요한 방향이다. 스턴 보고서의 핵심 결론은 분명하다. 이 문제들이 빨리 해결될수록 그 비용은 더 적게 들 것이다. 이 보고서에 따르면, 지속적으로 세계 GDP의 1퍼센트를 매년 투자하면 온난화를 저지하는 데 충분하다고 한다. 그러나 이는 즉각 실천에 옮겨야 한다. IPCC는 탄소를 가두기 위한 최신 기술을 일반화하는 데 드는 비용이 그리 크지 않을 수 있다고 추정했다. 지금 당장 실행하면 적당한 수준에서 해결될 일이지만 늦게 대처한다면 엄청난 비용이 들게 될 것이다.

그러나 세금 부과, 보조금 지급 그리고 투자 이상의 노력이 필요하다. 성공을 위해서는 환경혁명이 새로운 산업혁명에 상응할 만한 거대한 변화를 만들어내야 한다. 그것은 경제성장을 이루는 새로운 방식을 의미한다.

석유 고갈이라는 핵심적인 예를 든다면, 도시화나 국제 무역과 같이 오늘날 자연스러운 것으로 여겨지는 것들도 석유가 귀해지고 비싸지는 압력을 받아 갑작스럽게 위축될 수 있다. 그런데 이처럼 석유 고갈이 잘 알려져 있음에도 불구하고 화물과 승객을 위한 새로운 항공 노선이 무제한적으로 증설되고 있다. 또한 세계에서 가장 큰 자동차 회사인 제너럴 모터스사는 4륜 구동 자동차와 같은 터무니없는 사업으로 파산 상태에 처해 있다.

석유 고갈은 자동차를 기초로 도시 외곽이 중요한 역할을 했던 도시 문면에 고통스러운 종지부를 찍게 할 것이다. 사람들이 교외에 있는 주택에서 도심으로 매일 자동차를 타고 한 시간가량 출퇴근하는 현재의 생활방식을 지속되기 어려울 것이다. 이러한 이동에 기초를 둔 모든 경제는 재검토되어야 할 것이다.

〈분석적 요약〉

〔1단계〕 문제와 주장

〈문제〉

〈주장〉

〔2단계〕 핵심어(개념)

〔3단계〕 논증 구성

〈생략된 전제: 숨은 전제 or 기본 가정〉

〈논증〉

p_1.

C.

〔4단계〕 함축적 결론

〈추가된 전제: 맥락(배경, 관점)〉

〈함축적 결론〉

<분석적 논평>

〔1단계〕 중요성, 유관성, 명확성

〔2단계〕 명료함, 분명함

〔3단계〕 논리성: 형식적 타당성과 내용적 수용가능성

〔4단계〕 공정성, 충분성

6 〈분석적 논평〉과 에세이 쓰기 사이에 다리 놓기

우리는 제4장에서 논의하고 연습한 〈분석적 논평〉의 내용과 형식 그리고 절차를 이해함으로써 〈분석적 요약〉과 〈분석적 논평〉의 사이를 잇는 다리를 놓을 수 있었다. 그것을 간략히 한 마디로 정리하면, '올바른 이해로부터의 비판적 논평'이라고 할 수 있다. 이제 우리는 〈분석적 논평〉으로부터 '에세이 쓰기'의 사이를 잇는 다리를 놓을 준비를 해야 한다. 미리 말하자면, 〈분석적 요약〉과 〈분석적 논평〉의 다리를 놓는 것보다 〈분석적 논평〉과 '에세이 쓰기' 사이의 다리를 연결하는 것이 더 어렵다. 왜 그럴까? 어떤 사건이나 현상 그리고 이론이나 원리에 대한 나의 생각을 담고 있는 학술 에세이는 '단 한 편의 논문이나 저술에 의존해서는 결코 쓰여질 수 없기' 때문이다.

나의 생각과 주장이 담긴 학술 에세이를 쓰기 위해서는 '에세이 주제를 착안하는 시작 단계'로부터 '학술 에세이를 완결하는 마지막 단계'까지 그 주제와 관련된 '다양한 문헌(논문과 저술)들'에 대한 '이해와 평가'가 반드시 마련되어야 한다.

이것을 쉽게 설명하기 위해 우리가 지금까지 분석하고 논평한 텍스트들을 활용하는 한 가지 예를 들어보자. 만일 당신이 '제2장~제4장'에서 연습한 텍스트를 활용하여 '동물'에 관한 에세이 주제를 찾으려 한다고 해보자. 그렇다면, 당

신은

- ✔ 제2장의 '연습문제 1', '연습문제 12', '연습문제 13'
- ✔ 제3장의 '연습문제 13'
- ✔ 제4장의 '연습문제 5', '연습문제 6', '연습문제 7'

등의 〈분석적 요약〉과 〈분석적 논평〉을 활용할 수 있을 것이다. 또는 당신이 '과학기술의 발달과 환경'에 관한 에세이 주제를 착안하려 한다고 해보자. 만일 그렇다면, 당신은

- ✔ 제2장의 '연습문제 15'
- ✔ 제3장의 '연습문제 2', '연습문제 3', '연습문제 12'
- ✔ 제4장의 '연습문제 9'

등의 〈분석적 요약〉과 〈분석적 논평〉을 활용할 수 있을 것이다. 그것은 학술 에세이를 작성하는 과정뿐만 아니라 에세이 쓰기를 완결하는 마지막 단계에도 동일하게 적용될 수 있다. 즉, 학술 에세이를 작성하는 과정에서는 각 텍스트의 중요한 논증이나 개념을 사용하여 자신의 논증을 구체화할 수 있으며, 학술 에세이를 완결하는 단계에서는 그러한 것들에 의거하여 자신의 주장을 검토하고 확인하는 데 적용할 수 있다. 주장이 담긴 한 편의 에세이를 쓰기 위해 관련 주제에 관한 많은 '읽기(다독, 多讀)'와 '분석과 논평(다사, 多思)'이 필요한 이유를 여기서 찾을 수 있다.

이미 짐작하듯이, (학술) 에세이를 쓰기 위해 요구되는 이론적 내용과 절차를 설명하는 것은 〈분석적 요약〉과 〈분석적 논평〉 만큼 명확하게 제시하기가 쉽지 않다. 〈분석적 요약〉과 〈분석적 논평〉은 이미 출판되었거나 공표되어 '구체적인 모습을 가진 글'의 논증을 분석하고 그에 대한 나의 견해를 제시하는 것인 반면

에, '에세이 쓰기'는 나의 머릿속에 있는 '조각으로 흩어져 있는 무형의 생각들을 자신의 논증으로 만들어 글로 구체화'하는 작업이기 때문이다. 또한 내가 선택할 또는 채택하게 될 에세이의 주제는 매우 다양하다. 간략히 말해서, 내 앞에는 '지구 환경에 관하여, 인권에 관하여, 미래 산업에 관하여, 경제에 관하여, 나의 삶과 행복에 관하여' 등 수많은 주제들이 놓여 있다. 그런데 이와 같은 주제는 언뜻 보기에도 한 두 번의 논의로 해결할 수 없는 '큰 주제(big problem)'들이다. 따라서 우리는 또한 그러한 큰 주제를 구성하고 있는 '작지만 구체적인 주제'를 찾아내야 할 필요성이 있다. 이러한 이유들로 인해 '에세이 쓰기'의 이론적 내용과 절차를 제시하는 것은 쉽지 않다. 그럼에도, 한 편의 '에세이를 쓰기' 위해 적용할 수 있는 일련의 절차와 요구되는 내용들에 관한 대략의 것들을 제시해볼 수 있다. 이것에 관해서 이어지는 '제5장 학술 에세이 쓰기'에서 더 자세히 살펴보자.

제5장
학술 에세이 쓰기

모든 글은 항상 '무엇에 대한' 글이다. 시와 소설은 시인과 작가가 갖고 있는 '세계에 대한 고찰과 사색'에 관한 글이고, 기행문은 '여행에 대한 기억과 감상'에 관한 글이라고 할 수 있다. 이렇듯 우리는 대부분의 경우 언제나 '~에 대해서' 글을 쓴다고 할 수 있다. 이러한 맥락에서, 정당화 문맥에 있는 논증적인 '비판적 글쓰기'는 우리가 해결하고자 하는 '현안 문제'에 대한 '논증'을 제시하는 글이라고 할 수 있다.

우리는 제3장에서 주어진 텍스트의 논증을 분석함으로써 '올바르게 이해한 방식'으로 요약문을 작성하는 분석적 '요약'의 구조와 형식을 이해하고 연습하였다. 다음으로 제4장에서 분석적 요약을 통해 파악한 논증에 대해 '형식적인 타당성'과 '내용적인 수용가능성'을 중심으로 분석적 '논평'의 구조와 형식을 파악하고 훈련하였다. 분석적 요약과 분석적 논평의 주된 관심사는 주어진 텍스트의 논증을 올바르게 분석하고 평가하는 데 있다고 말할 수 있다. 반면에 이제부터 우리가 연습하고자 하는 '에세이 쓰기'는 주어진 현안 문제에 대한 '나의 논증'을 구성하고, 그 논증에 기초하여 현안 문제를 정당화하는 글을 쓰는 과정이라고 할 수 있다. 분석적 요약과 논평 그리고 학술 에세이 쓰기의 사이에 놓인 절차적인 단계와 차이를 '논증 구성으로부터 에세이 쓰기(from Argument to Writing)'로 정리할 수 있다.

〈표 5-1〉 논증 구성으로부터 '에세이 쓰기'

from	분석적 요약 & 논평	to	논증적 에세이 쓰기
단계	텍스트 분석에 기초한 논증 구성	→	논증 구성에 기초한 에세이 쓰기
내용	중요 요소에 기초한 텍스트 분석 텍스트의 논증 구성 분석한 논증에 대한 평가		자신의 논증 구성 논증에 기초하여 에세이 구성 자신의 주장에 대한 객관적 평가

1 학술 에세이: 개요 발표와 논증적 에세이 쓰기의 절차와 내용

에세이 개요를 발표하는 프레젠테이션(PPT) 슬라이드를 아래와 같은 방식으로 구성하여 교수자와 동료 학습자에게 발표하는 것이 에세이를 작성하는 데 도움이 될 수 있다. 아래에서 각 항목에 대해 자세한 설명을 덧붙이겠지만, 아래와 같은 형식으로 에세이 개요에 해당하는 틀(frame-work)을 제시할 경우 교수자는 학습자가 어떤 주제에 대해 어떤 논증을 구성하여 에세이를 작성하려 하는지에 대해 파악할 수 있기 때문이다. 또한 학습자는 개요 발표를 통해 자신의 논증을 교수자와 동료 학습자들로부터 실제로 글을 쓰기에 앞서 검토를 받음으로써 자신이 작성하고자 하는 에세이의 완성도를 높일 수 있는 기회로 삼을 수 있다.

학습자는 프레젠테이션을 작성하고 발표함으로써 자신의 논증을 검토하고 부족한 부분을 보완 및 수정하여 에세이를 작성할 수 있다. 학습자가 이와 같은 절차를 통해 1차 에세이를 작성하여 제출하면 교수자는 1차 에세이 대해 개별적인 '면담지도'를 통해 비판적인 논평을 제공함으로써 학습자가 자신의 에세이를 완성도 있게 마무리할 수 있도록 도와야 한다. 마지막으로, 학습자가 이와 같은 일련의 과정을 통해 작성한 최종 에세이는 동료 학습자와 공유하는 것이 학습자와 동료 학습자의 글쓰기 역량을 함께 기르는 데 도움이 될 것이다. (적어도) 한 편의 에세이를 쓰기 위해 노력한 일련의 과정과 노력을 동료 학습자와 공유하는 과정을 통해 학습자 간의 좋은 점을 서로서로 벤치마킹할 수 있는 기회를 가질 수 있기 때문이다.

이제, 에세이의 개요를 작성하기 위한 프레젠테이션 5단계의 세부적인 내용을 살펴볼 차례다. 그 과정과 세부적인 내용을 살펴봄으로써 프레젠테이션 개요 발표와 실제적인 논증적인 에세이 쓰기가 어떻게 연결되어 있는지를 확인할 수 있을 것이다.

〈표 5-2〉 프레젠테이션의 구성과 에세이 작성 과정

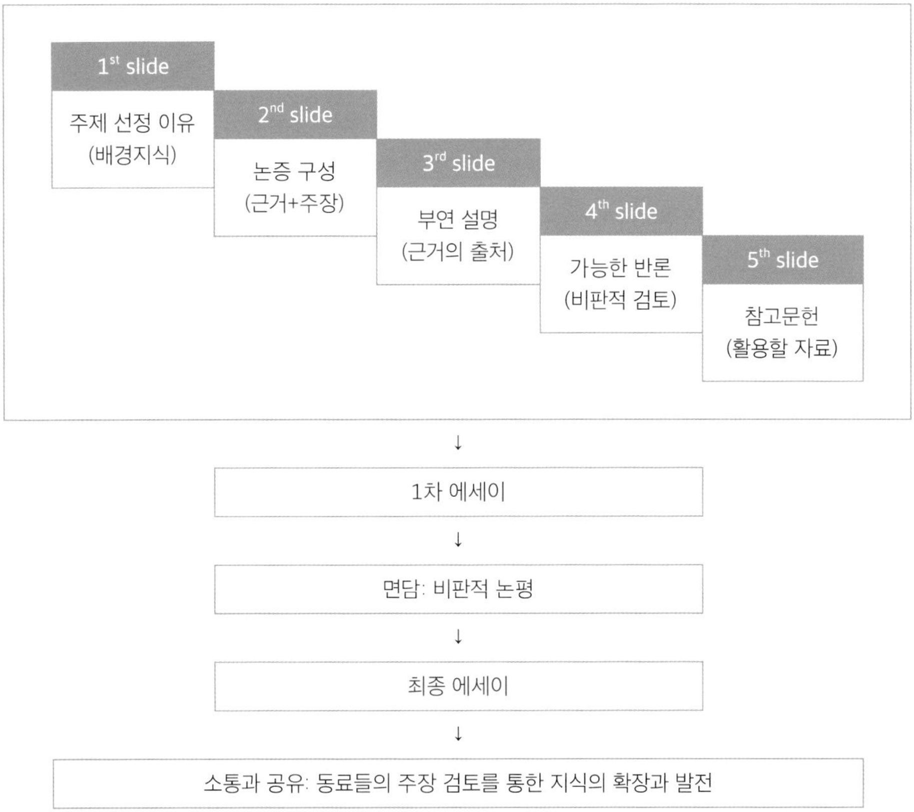

1) 1st slide: 주제 선정 이유 & 배경지식

첫 번째 슬라이드는 크게 '1) 주제 선정 이유'와 '2) (현안 문제의) 배경지식'으로 구성된다. 일반적으로, '~에 대해서 쓴다'라고 하는 기본 구조를 갖는 글쓰기는 무엇에 대하여 쓸 것인가에 관한 고민으로부터 시작되기 마련이다. 말하자면, 주제를 선정하는 것이 곧 글쓰기의 시작이라고 할 수 있다. 그런데 우리가 여기에서 다루고자 하는 글은 시나 소설 또는 기행문과 같은 글쓰기가 아닌 정당화 문맥에 있는 논증적인 글쓰기라는 점을 염두에 두어야 한다. 만일 그렇다면, 주제 선정 이유와 배경지식은 아래의 표와 같이 좀 더 구체적인 준거에 따라 구성할 필요가 있다.

〈표 5-3〉 주제 선정 이유와 배경 지식의 내용

1) 주제 선정 이유	① 다루어 볼 수 있는 중요한 문제인지에 대한 평가 ② 현안 문제를 해결함으로써 이룰 수 있는 목적에 대한 평가
2) 배경 지식	① 기존 논증에 대한 분석 및 평가 ② 현안 문제와 관련된 사실적 정보와 중요한 개념 요약

(1) 주제 선정 이유

① 다루어 볼 수 있는 '중요한 문제'인지에 대한 평가

② 현안 문제를 해결함으로써 이룰 수 있는 목적에 대한 평가

① 다루어 볼 수 있는 '중요한 문제'인가?

어떤 것이 정당화 문맥의 논증적 글쓰기의 주제가 될 수 있을까? 글의 주제는 글감에 따라 무엇이든 될 수 있다. 하지만 앞서 말했듯이, 우리가 여기서 다루고 있는 논증적인 글의 주제는 다소 제한적일 수밖에 없다. 정당화 문맥의 논증

적 글쓰기의 목적은 글을 통해 독자, 즉 글을 읽는 사람을 '논리적'이고 '합당한' 방식으로 설득시키거나 납득시키는 데 있기 때문이다. 게다가 논증적인 글을 포함하여 대부분의 글은 '글쓴이 자신'이 아닌 '독자'를 위한 것이다. 따라서 개인의 지극히 주관적인 체험이나 느낌 또는 어떤 대상에 대한 감각적인 감성과 같은 것들은 애초에 논증적인 글쓰기의 주제가 되기 어려운 측면이 있다. 예컨대, 당신이 친구와 함께 냉면을 먹고 있다고 가정해 보자. 그리고 그 친구가 당신의 취향과는 다르게 '상당히 많은 양의 식초'를 냉면에 넣어 먹는다고 해보자. 아마도 당신은 그와 같은 상황에서 친구에게 다음과 같이 말할 수도 있다. (예를 구성하기 위해 당신을 '연희'로, 당신의 친구를 '아라'라고 하자.)

① 연희: 냉면에 식초를 그렇게 많이 넣으면 냉면의 맛을 느낄 수 있어?

② 아라: 무슨 소리! 냉면은 식초를 많이 넣어 시큼해야 시원한 맛을 느낄 수 있지.

이와 같은 사례에서 '연희'와 '아라'가 함께 갖고 있는 현안 문제를 굳이 찾는다면 '냉면에 어느 정도의 식초를 넣어야 하는가' 정도가 될 것이다. 달리 말하면, 연희와 같이 냉면 본연의 맛을 느끼기 위해 식초를 냉면에 넣지 않거나 최소한만 넣어야 할 것인가, 아니면 아라와 같이 시원한 맛을 극대화하기 위해 가능한 한 많은 양의 식초를 냉면에 넣어야 할 것인가에 관한 논의라고 할 수 있다. 그런데 여기서 우리가 살펴보아야 할 중요한 문제는 이렇다. "연희는 아라를 (합리적으로) 설득할 수 있을까?" 또는 반대로 "아라는 연희를 (합리적으로) 설득할 수 있을까?"

똑똑한 당신은 이미 짐작했겠지만, 이와 같은 사례에서 연희 또는 아라의 지극히 주관적 경험에 근거하는 주장을 바꾸는 것은 쉽지 않을 것이다. 연희(또는 아라)의 순수한 주관적 경험 자체는 아라(또는 연희)의 논박에 그 자체로 면역되어 있기 때문이다. 간략히 말해서, 그 문제는 단지 개인의 성향과 취향에 관한 것일 따름이다. 이와 같이 지극히 주관적인 경험에 기초하고 있는 주제는 논증적 글쓰기의 주제로 적합하지 않다. 정당화 문맥의 논증적 글쓰기의 주제는 다루고자 하는 주제에 대한 자신의 주장이 형식적으로 타당하고 내용적으로 수용할 수 있는지 여부를 따져 볼 수 있는 가능성이 열려 있는 것이어야 하기 때문이다. 달리 말하면, 다루고자 하는 문제에 대해 의견을 달리하는 상호 간에 서로 비판적으로 접근할 수 있는 주제가 논증적 글쓰기의 대상이 될 수 있다는 것이다. 물론, 여기에 더하여 우리가 선택하는 주제는 '나'뿐만 아니라 '그 문제에 관심이 있는 사람들'이 흥미와 관심을 가질 수 있는 주제가 되어야 할 것이다.

만일 지금까지의 논의가 옳다면, 우리는 대체로 사회적인 이슈와 관련된 논제들, 아직 명료한 해법이 제시되지 않은 고전적인 문제들 그리고 다양한 분과 학문들에 걸쳐져 있는 중요한 문제들에 대한 나름의 답을 구하는 주제를 선정하는 것이 가능한 한 방법이 될 수 있다고 말할 수 있다.

② 현안 문제를 해결함으로써 이룰 수 있는 목적은 무엇인가?

'논증적인 글쓰기'를 통해 이루려는 '목적'이 '주제 선정'과 밀접한 관련이 있다는 것을 많은 지면을 할애하여 설명할 필요는 없는 듯이 보인다. 앞선 단계에서 착안하였거나 발견한 문제가 다루어볼 만한 중요한 문제라면, 그 문제를 해결함으로써 도달하거나 이룰 수 있는 목적 또한 명확할 것이라고 추측할 수 있기 때문이다. 예컨대, 당신이 기존의 앞선 연구나 현상적인 사회적 문제들로부터 '기본 소득제를 도입해야 하는가?'와 같은 논증적 글쓰기의 주제를 설정하였다면, 당신이 설정한 현안 문제를 해결함으로써 이룰 수 있는 목적은 자연스럽게 '기본 소득제를 도입하는 것의 장점 또는 단점을 밝히는 것' 등이 될 수 있다.

(2) 배경 지식

① 기존 논증에 대한 분석 및 평가

② 현안 문제와 관련된 사실적 정보와 중요한 개념 요약

① 기존 논증 분석 및 평가

미리 말하자면, 기존 논증을 분석하고 평가하는 단계는 일반적으로 제3장에서 살펴본 '분석적 요약'과 제4장에서 논의한 '분석적 논평'의 과정에서 이루진다고 볼 수 있다.

학문이 융합되고 복합되는 정보사회에서 앞선 연구 결과, 이론 또는 현상적 조사 분석 등으로부터 완전히 무관한 주제를 착안하거나 발견하는 것은 결코 쉬운 일이 아니다. 말하자면, 우리가 착안하거나 발견한 현안 문제와 주제는 대부분의 경우 기존의 입장이 있기 마련이다. 더 나아가 당신이 아주 새로운 주제를 선정해서 아무런 기존의 입장이나 이론이 없는 상황이라고 가정하더라도, 그와 유사하거나 공통의 문제의식을 갖고 있는 기존의 견해들이 있을 가능성이 매우 높다. 만일 그렇다면, 창의적인 주제를 착안하고자 하는 바람으로 인해 모든 것을 완전히 새롭게 마련하려는 시도는 매우 위험하다고 볼 수 있다. 그와 같은 시도는 '창의적(creative)'인 것이 아니라 오히려 '창조적 또는 창발적(emergence)'인 것이라고 할 수 있기 때문이다. 간략히 말해서, '창의적인 것은 기존에 있는 것으로부터 기존에 시도하지 않은 방안과 방식을 시도하는 것인 반면에, 창조적인 것은 기존에 없던 것으로부터 새로운 것을 만드는 일이라고 할 수 있다.'

앞선 단계에서 주제를 선정하고 문제의 배경을 정리함으로써 논증적 글쓰기를 시작할 수 있는 최소한의 토대를 마련하였지만, 본격적인 글을 쓰기에는 아직 충분하지 않다. 대학에서 이루어지는 일반적인 강의와 시험이 대체로 그렇듯이 출제자로부터 논의 주제가 주어지는 경우도 사정은 크게 다르지 않다. 자신이 스스로 선정한 주제든 출제자에 의해 선정된 주제든 무관하게 우리는 일반적으로 해당 주제에 대해 어느 정도의 이해를 갖고 있기 마련이다. 하지만 그 정도

의 자료와 이해에 기초해서는 곧바로 본격적인 논증적인 글을 쓰는 것은 무모하다고 볼 수 있다. 현안 문제와 선정한 주제에 대해 이해한 내용과 애써 마련한 자료가 사실과 다르거나 부족하다면, 합리적이고 설득력 있는 논증적인 글을 쓸 수 없기 때문이다. 예컨대, '기본 소득제'에 관한 논증적인을 글을 쓰기 위해서는 그 법에 관한 대강의 내용이 아닌 적확하고 세세한 내용을 이해하는 것이 요구되기 때문이다. 만일 당신이 선정한 주제가 현재 일어나고 있는 시사적인 현안 문제라면, 그 주제를 둘러싸고 있는 일련의 사건들을 요약해보는 것도 도움이 될 것이다. 또한 만일 당신이 착안한 주제가 근본적이고 고전적인 논제라면, 그 주제와 관련된 역사적 사건, 대표적인 선행 연구자의 논증 또는 해당 문제의 전문가들의 주요한 견해들을 고찰하는 과정을 거쳐야 할 것이다. 심지어 기존의 입장들이 모두 형편없는 것들로 보인다고 하여도, 사람들이 왜 그런 견해들에 영향을 받아왔는가를 꼼꼼히 이해하는 것이 중요하다. 자신의 글이 타인을 설득시키는 것이 목적이라는 것을 다시 떠올려 보자. 다른 사람들의 오해와 실수마저 잘 이해할 때 자신의 주장을 더욱 설득력 있게 펼칠 수 있다. 물론 이러한 고찰을 통해 자신의 독단도 발견할 수 있을 것이다.

우리는 이와 같은 자료를 마련하기 위해 제3장과 제4장에서 기존의 연구 결과와 이론 및 현실적인 문제에 대한 다양한 견해를 '분석하고 평가'하는 과정을 연습하고 훈련하였다. 따라서 여기에서는 기존 논증들을 확인하고 근거들을 검토하는 과정에서 유의할 점들을 요약하는 것만으로도 충분할 것이다.

ⓐ 주장: 현안 문제(쟁점이 되는 문제)와 관련된 각각의 주장들을 확인한다. 주장들은 찬반양론으로 나뉘는 경우도 있고 다양한 관점에 따른 여러 가지 선택지들로 나뉘는 경우도 있다. 후자의 경우는 전자보다 많은 노력이 요구된다. 여러 가지 주장들을 최대한 찾아낸 다음 유사성이 발견된다면 비슷한 것들은 서로 묶어서 분류해야 한다.

ⓑ 근거: 각각의 주장들에 대한 확인이 끝나면, 그러한 주장들에 대한 근거가 무엇인지를 세밀하게 따져야 한다. 각각의 근거들은 단순하게 독립적으로

주장을 지지해 줄 수도 있고 복잡한 구조 속에서 주장을 지지해 줄 수도 있다. 근거들의 논리적 구조를 유의해 가며 엄밀하게 파악해야 한다. 효과적인 논박을 위해서는 가장 중요한 근거들을 공략해야 하기 때문이다.

ⓒ 반론: 기존의 논증들은 이미 많은 경쟁자들과의 논쟁과 토론을 겪으면서 형성된 경우가 많다. 우리는 각각의 상이한 견해들이 상호 간에 어떤 논점을 둘러싸고 어떤 공방을 벌이면서 발전해 왔는지를 면밀히 따져 보아야 한다.

이러한 세 가지 단계를 모두 거쳐서 이해된 기존 입장이야말로 설득력 있는 글을 쓰기 위한 좋은 밑바탕이다. 현안 문제를 둘러싼 기존의 논쟁들에 대한 검토 없이 '자신의 입장만을 주장하는 글'은 '설득력'이 없다. 나와 다른 입장도 논증적 글쓰기를 통해 주장된 것인 한, 그러한 주장을 뒷받침하는 근거가 있기 마련이다. 따라서 나와 다른 입장을 뒷받침하고 있는 근거를 정확하게 알아야 한다. 나아가서는, 나와 같은 주장의 근거도 정확하게 알아야 한다. 입장 자체는 나와 같다고 해도 그것을 뒷받침하는 근거들은 다를 수 있기 때문이다.

아래에 제시한 두 편의 〈분석적 요약〉과 〈분석적 논평〉 예시 사례는 익명의 학습자가 자신의 주제를 찾기 위해 주제 도서를 정독한 다음 작성한 것이다. 첫 번째 예시 사례는 『세상을 바꾼 법정』(마이클 리프) 중 「표현의 자유」와 관련된 내용을 분석한 것이고, 두 번째 예시 사례는 『행복의 경제학』(헬레나 호지) 중 「세계화와 자유무역」과 관련된 내용을 분석한 것이다. 학습자는 이와 같은 활동을 통해 기존의 논의를 더 면밀히 이해할 수 있을 뿐만 아니라, 자신이 쓰고자 하는 에세이의 핵심 문제와 주제를 착안할 수 있다.

<분석적 요약 예시 1> 『세상을 바꾼 법정』(마이클 리프), 「표현의 자유」

[1단계] 문제와 주장

〈문제〉
공적 인물에 대한 표현의 자유를 어느 범위까지 인정할 수 있는가?

〈주장〉
공적 인물에 대한 표현의 자유는 사실뿐만 아니라 풍자일 경우 또한 인정해야 한다.

[2단계] 핵심어(개념)

① 수정헌법 1조: 언론의 자유를 막거나 출판의 자유를 침해하는 등 정부에 대한 탄원의 권리를 막는 어떠한 법 제정도 금지하는 미국의 헌법 수정안
② 명예훼손: 다른 사람에 대한 허위 사실을 기재한 글을 유포하여 그 사람의 평판을 떨어뜨리는 것
③ 풍자: 현실적인 권력과 권위를 가진 사람을 부정적으로 제시하고 그의 모습을 과장하거나 왜곡하여 우스꽝스럽게 나타내는 표현 방법
④ 자유: 남에게 구속을 받거나 무엇에 얽매이지 않고 행동하는 일
⑤ 감정적인 고통: 가해자의 모욕적인 행동에 의해 발생한 감정의 깊은 상처
⑥ 중상모략: 근거 없는 말로 남을 헐뜯고 사실을 왜곡하거나 속임수를 써 남을 해롭게 함
⑦ 비방죄: 상대에게 부정적인 말을 하거나 글을 출판하는 행위로 위법행위임. 그러나 진실 여부에 따라 죄의 성립 여부는 달라질 수 있음
⑧ 선동적: 타인의 마음을 움직여 정치적 행동을 하게 만드는 행위

[3단계] 논증 구성

〈생략된 전제: 숨은 전제 or 기본 가정〉
① 언론기관이 정부 정책을 사실대로 보도할 수 있어야만 일반 대중에게 올바른 정치적 견해를 형성하는 정보를 제공할 수 있다.
② 권력자에게 불만을 표시하고 항의할 수 있는 권리는 자연권이다.

〈논증〉
P_1. 코스비 총독은 피터 젱어를 선동적, 중상모략적, 허위적 비방죄로 고소했다.
P_2. 선동적, 중상모략적, 허위사실 중 하나라도 만족하지 못한다면 비방죄는 성립하지 않는다.
P_3. 피터 젱어의 유죄를 판결받기 위해선 위 세 가지 요소가 모두 입증되어야 한다.
C_1. 내용의 '허위' 여부 판단은 피터 젱어의 판결에 중요하다.
⋮
P_4. 내용이 진실하다면 능력 없는 집행부에 반대하는 것이 정당화된다.
P_5. 권력자에게 불만을 표시하고 항의할 수 있는 권리는 자연권이다.
C_2. 이러한 권리의 제한은 허위일 때에만 법률적으로 제한할 수 있다.
⋮

P_6. 내용이 사실일 경우 비방죄는 성립하지 않는다.
P_7. 피터 젱어의 기사는 사실을 다루고 있다.
C_3. 따라서 피터 젱어의 비방죄는 성립되지 않았다.
C_4. 그러므로 공적 인물에 대한 비판이 사실일 경우 표현의 자유로 받아들일 수 있다.
⋮
P_8. 폴웰은 명예훼손, 사생활침해, 감정적인 고통을 원인으로 손해배상 책임을 플린트에게 청구했다.
P_9. 명예훼손은 다른 사람에 대한 허위사실을 기재한 글을 유포하여 그 사람의 평판을 떨어뜨릴 때 성립한다.
P_{10}. 풍자나 패러디가 도저히 믿을 수 없는 것이라면 당사자의 평판을 떨어뜨리지 못한다.
C_5. 배심원단은 허슬러의 광고를 도저히 믿을 수 없는 것이라고 판결한다.
C_6. 허슬러의 광고는 폴웰의 평판에 해를 주지 못한다.
C_7. 플린트는 명예훼손에 따른 손해배상 책임이 없다.
⋮
P_{11}. 사생활 침해에 대한 책임은 유명인의 명성이나 초상권을 악용하여 이득을 취했을 때 발생한다.
P_{12}. 사람들이 유명인에 대한 광고를 진지하게 받아들이지 않는다면, 그 광고로 그 사람의 명성이나 초상권을 수단으로 하여 이득을 볼 수 없다.
P_{13}. 폴웰에 대한 광고는 터무니없는 내용을 담고 있었기에 진지하게 받아들이는 사람이 존재한다는 사실은 입증하기 어렵다.
P_{14}. 사람들이 이 광고를 진지하게 받아들였다는 사실을 입증하기 어렵다면, 광고 제작자가 그 광고로 이득을 취했다는 사실을 밝혀내기 어려울 것이다.
C_8. 사생활 침해에 대한 책임이 성립한다고 보기 어렵다.
⋮
P_{15}. 감정적 고통에 의한 손해배상이 성립하기 위해선 현실적인 악의를 입증하고, 동시에 그 표현이 허위라는 점을 증명해야 한다.
P_{16}. 플린트가 사용한 표현방식은 풍자였다.
P_{17}. 사실관계의 진술은 '허위'나 '진실' 여부를 판단할 수 있는 명제를 말한다.
P_{18}. 사람들은 풍자를 '허위'나 '진실' 여부 판단의 대상이라고 생각하지 않는다.
C_9. 풍자는 사실관계 판단의 대상이 아니다.
C_{10}. 플린트의 표현방식은 사실관계 판단의 대상이 아니다.
C_{11}. 플린트의 표현은 '허위'가 아니다.
C_{12}. 플린트에게 감정적 고통에 의한 손해배상을 청구할 수 없다.
⋮
P_{19}. 폴웰과 플린트의 재판은 수정헌법 1조의 해석의 문제를 다루고 있다.
C_{13}. 플린트가 한 폴웰에 대한 풍자 패러디처럼 공인에 대한 풍자도 다른 표현들처럼 수정헌법 1조의 보호를 받아야 한다.
⋮
C. C_4와 C_{13}에 따라서 공적 인물에 대한 표현의 자유는 사실뿐만 아니라 풍자일 경우 또한 인정해야 한다.

〔4단계〕 함축적 결론

〈추가된 전제: 맥락(배경, 관점)〉

〈함축적 결론〉

<분석적 논평 예시 1> 『세상을 바꾼 법정』(마이클 리프), 「표현의 자유」

〔1단계〕 중요성, 유관성, 명확성

공적 인물에 대한 표현의 자유를 어떻게 확보할 것인가에 관한 논의는 중요한 문제다. 그 문제에 대해 필자는 적어도 공적 인물에 대한 표현의 자유는 가능한 한 폭넓게 보장되어야 한다는 주장을 명확하게 밝히고 있다. 따라서 이 준거에 관한 특별한 논평 지점은 없는 듯하다.

〔2단계〕 명료함, 분명함

이 텍스트는 '비방죄', '풍자', '자유' 등 다수의 중요한 개념을 사용하고 있으며, 그 개념들은 필자의 핵심 논증을 구성하는 데 직접적으로 사용되고 있다. 이 텍스트에서 사용된 개념들은 일반적으로 받아들여지는 의미로 사용되고 있다. 따라서 개념에 대해 특별하게 문제삼을 논평 지점은 없다.

〔3단계〕 논리성: 형식적 타당성과 내용적 수용가능성

이 텍스트는 두 개의 중요한 재판의 판결, 즉 '코스비 총독 대 쟁어'와 '폴웰 대 플린트'의 재판 과정과 판결 내용을 중요한 근거로 삼아 '공적 인물에 대한 표현의 자유는 풍자를 포함하여 폭넓게 보장되어야 한다'는 주장을 하고 있다. 두 재판 모두에서 가장 쟁점이 되는 것은 첫째 공적 인물(코스비 총독과 폴웰)에 대한 언론의 표현이 그들의 명예를 훼손하였는가, 둘째 언론이 공적 인물에 대해 공표한 내용들이 사실인가의 문제라고 할 수 있다. 특히 중요한 것은 두 번째 쟁점이다. 두 재판은 모두 공표된 내용들이 '사실'일 경우 또는 '사실을 확인하는 것과 무관할 경우' 공적 인물에 대한 명예가 일부 훼손되는 측면이 있다고 하더라도 허용될 수 있다는 결론을 내린다. 그러한 결론을 제시한 근거들을 받아들일 수 있다면, 그 결론 또한 받아들이는 데 큰 문제는 없어 보인다.

'코스비 총독 대 쟁어'와 '폴웰 대 플린트'의 재판은 언론의 자유와 표현의 자유를 폭넓게 보장하는 미국수정헌법1조와 깊은 관련이 있는 재판이라고 할 수 있다. 두 재판은 오래 전에 미국에서 일어난 사건이기 때문에 그 판결의 결론을 현재 상황에 그대로 적용하는 것이 합당한가라는 문제를 제기하는 사람들이 있을 수 있다. 물론, 오늘날의 언론 환경은 과거에 비해 매우 큰 변화가 있다. 공중파와 신문을 포함한 소위 기성 미디어뿐만 아니라 인터넷과 정보통신의 발달로 유튜브나 소셜네트워크에 기반한 새로운 미디어에 의한 영향이 점점 확대되고 있다. 이와 같은 미디어 환경의 변화에 따라 초래되는 문제들은 다양하다. 그 중에 최근 큰 문제가 되고 있는 허위 뉴스(fake news)와 '사실적시명예훼손죄'는 가장 중요한 문제라고 할 수 있으며, '사실적시명예훼손죄'는 이 텍스트에서 다루고 있는 문제와 직접적으로 관련되어 있다. 따라서 미국에서 진행된 두 재판은 현재에도 충분히 다루어볼만한 가치가 있으며, 재판의 과정에서 제시된 '쟁어와 플린트'의 변론로 유의미하다고 볼 수 있다.

〔4단계〕 공정성, 충분성

이 텍스트는 앞서 밝혔듯이, 미국에서 진행된 법정 판결을 다루고 있다. 법정 판결의 주요 변론을 제시하고 있기 때문에 일반적으로 '원고'와 '피고' 양측 모두의 중요한 근거와 논증이 제시되고 있다. 양측 모두의 논증이 제시되고 있기 때문에 이 문제와 관련된 전체적인 모습을 보여주고 있다고 볼 수 있다. 또한 두 재판의 판결이 미국 사회에 끼친 영향도 다루고 있기 때문에 판결의 의미를 충분히 제시했다고 볼 수 있다.

<분석적 요약 예시 2> 『행복의 경제학』(헬레나 호지), 「세계화와 자유무역」

〔1단계〕 문제와 주장

〈문제〉
WTO와 자유무역이 개발도상국에 미치는 영향은 무엇인가?

〈주장〉
WTO와 자유무역 질서 내에서 개발도상국은 경제성장을 도모하는 것이 어려우며 오히려 손해를 보고 있다.

〔2단계〕 핵심어(개념)

① 자유무역: 재화, 자본, 노동의 자유로운 이동성과 산업 전반에 대한 보조금의 부재가 전제된 무역형태
② 수입대체: 수입된 재화에 높은 관세를 부과하는 대신 국내에서 동일한 제품을 생산해 외화를 아끼는 전략
③ 수출 주도형 성장: 경쟁우위가 있는 단일 제품을 수출하고 그럼으로써 수입품에 지불할 외화 획득을 목적으로 하는 전략
④ 간접 보조금: 사회적 요인이나 환경적 요인 등 외부화된 요인의 손실에 따른 비용을 납세자나 소비자가 대신 부담하는 것.

[3단계] 논증 구성

〈생략된 전제: 숨은 전제 or 기본 가정〉

〈논증〉

p_1. 현 경제체제 내에서 초국적 기업은 자신에게 유리한 사업환경을 찾아 자유롭게 국경을 넘나든다.

p_2. 선진국의 정치권력은 초국적 기업의 지원을 받기 위해 기업의 이해관계를 대변한다.

p_3. WTO의 의사결정은 선진국 중심의 폐쇄적인 합의에 따라 이루어져 왔다.

c_1. 글로벌 경제 시스템의 글로벌 무역 거버넌스인 WTO는 선진국과 그 초국적 기업의 이해관계를 대변한다.

p_4. 초국적 기업은 다른 경쟁자들에게는 자유무역과 경쟁이 적용되길 원하지만, 정작 자신에게는 적용되지 않기를 바란다.

p_5. C1에 따라 WTO는 P4를 반영하여 선진국들이 보호주의 전통을 유지하는 것에 관대한 반면 다른 나라에는 자유무역 논리를 강제한다.

p_6. P4~P5에 따라 실제로 선진국들은 자국 산업에 대해 막대한 보조금을 지급하고 개발도상국의 상품 수입에 대한 높은 관세를 적용하는 등 보호주의 정책을 유지하고 있다.

p_7. (한편) 선진국들은 WTO를 통해 개발도상국에게 자유무역 논리를 강제(보조금과 관세를 제한)하고 있다.

p_8. (특히) 농업에서 선진국의 보조금으로 인해 개발도상국이 피해를 받는다.

p_9. 초국적 기업은 납세자와 소비자로부터 간접 보조금까지 받고 있는 형국이다.

c_2. WTO 체제 내에서 개발도상국들은 선진국과 초국적 기업의 이해관계에 기인한 이중성으로 인해 손해를 보고 있다.

p_{10}. 역사적으로 경제발전의 필요충분조건은 주도적이고 목표 지향적인 정부의 경제 참여, 특히 핵심 산업을 위해 보조금을 지원하고 보호 정책을 펼치는 것이다.

p_{11}. 이러한 조건의 충족은 WTO 체제 내에서 불가능하다.

c_3. 개발도상국이 WTO 체제 내에서 경제발전을 성취하기는 쉽지 않다.

p_{12}. 개발도상국의 산업화 전략은 크게 수입 대체와 수출 주도형 성장으로 구분된다.

p_{13}. 수입 대체는 보호주의 전략이다.

p_{14}. 수입 대체는 거대 기업으로 대표되는 신자유주의 옹호자들의 시장을 축소시킬 뿐 아니라 개발도상국들이 더 강해지도록 경쟁력을 높여준다.

p_{15}. 수입 대체는 WTO 체제 내에서 허용될 수 없다.

p_{16}. 수입 대체 없이 원자재와 노동력만 수출하는 것에는 부가가치가 있는 소비재를 수출하는 것과 다르게 자국의 원재료 및 노동력에 대한 수요를 창출하고 그럼으로써 지역 경제를 강화하며 GDP를 증가시키는 편익이 없다.

c_4. WTO 체제 내에서 개발도상국은 선진국에게 값싼 원료와 노동력을 제공하는 역할 이상의 것을 하지 못하게 만든다.

C. 앞서 전개된 논증이 모두 참이라면, 자유무역 질서 내에서 개발도상국은 경제성장을 도모하는 것이 어려우며 선진국의 이익에 봉사하는 역할에 묶인다.

〔4단계〕 함축적 결론

〈추가된 전제: 맥락(배경, 관점)〉

p_{17}. WTO 체제 내에서 개발도상국은 선진국에게 값싼 원료와 노동력을 제공하는 역할 이상의 것을 하지 못하게 만든다.

〈함축적 결론〉

C_{imp}. WTO 체제 내에서 개발도상국은 선진국에게 값싼 원료와 노동력을 제공하는 역할 이상의 것을 하지 못하게 만든다.

〈분석적 논평〉

〔1단계〕 중요성, 유관성, 명확성

필자는 WTO와 자유무역이 개발도상국의 경제성장을 어렵게 하며 개발도상국이 선진국의 이익에 봉사하는 역할에 묶인다고 명확하게 주장한다. 반면, 현재 경제이론의 주류세력인 신자유주의자들은 세계적으로 자유무역 질서가 확립되면 개발도상국의 빈곤 또한 감소한다고 역설하고 있다. 그러나 현실에서는 신자유주의가 확산되고 세계화와 자유무역의 상징인 WTO가 출범한 지 20여 년이 흘렀음에도 불구하고 여전히 개발도상국의 사람들이 기아와 빈곤에 허덕이고 있다. 이러한 현실적 맥락을 고려할 때, 필자가 제기한 문제는 여전히 인류가 풀어가야 할 과제 중 하나라는 점에서 중요하다고 할 수 있다. 따라서 이 부분에서 비판적으로 논평할 것은 없어 보인다.

〔2단계〕 명료함, 분명함

필자가 사용한 '자유무역', '수입대체', '수출 주도형 성장'은 보편적으로 사용되는 용어일 뿐만 아니라 그 뜻을 텍스트에서 명확하게 밝히고 있다. '간접 보조금'의 경우 다소 불명료하고 불분명할 수 있는 개념이지만 필자가 텍스트에서 용어의 정의를 명료하고 분명하게 규정했기 때문에 이 부분에서 비판적으로 논평할 것은 없어 보인다.

〔3단계〕 논리성: 형식적 타당성과 내용적 수용가능성

필자의 명시적인 논증은 전제가 모두 참이라면 그 결론을 수용할 수 있다는 점에서 형식적으로 문제가 없다. 그러나 필자가 도출한 결론에 기초하여 새로운 무역 질서로의 전환을 주장하고 있다는 점에서, WTO와 자유무역의 논리가 개발도상국을 선진국의 이익에 봉사하도록 만든 현 경제체제의 지속 불가능성에 대한 논증이 추가되어야만 필자의 함축적 결론을 수용할 수 있을 것으로 보인다. 내용적 수용가능성에 대한 측면에서는 각 논거에 대한 실제적이고 객관적인 사례를 텍스트에서 여럿 제시했다는 점에서 특별히 논평할 것이 없어 보인다.

[4단계] 공정성, 충분성

필자는 WTO와 자유무역 논리의 구현이 개발도상국에 어떻게 작용하는지는 논증했으나, 자유무역 논리를 신봉하고 비호하는 신자유주의가 개발도상국의 빈곤을 퇴치할 수 있다는 주장에 대한 논증과 이론적인 근거를 제시하지도, 정면으로 반박하지도 않았다는 점에서 논의 개진이 불충분했던 것으로 보인다. 신자유주의의 빈곤 퇴치에 대한 무능을 단순히 한정적인 사례만을 들어 반박하기보다, 사례로부터 관찰된 것에 기초하여 신자유주의 이론의 결함을 지적함으로써 보다 견고하고 강력한 논증을 전개할 수 있을 것이다. 가령, 신자유주의가 맹신하는 낙수효과 이론이 현실과 괴리되는 이유를 분석하여 제기함으로써 그것의 무능을 증명할 수 있을 듯하다.

② 현안 문제와 관련된 사실적 정보와 중요한 개념 요약

우리는 제2장에서 올바른 분석을 하기 위해 요구되는 '중요 요소'들을 살펴보았으며, 제3장에서 '분석적 요약'을 연습하는 과정을 통해 주장을 지지하는 근거들은 반드시 '사실적 정보'와 '중요한 개념'에 의해 다시 한 번 검토해야 한다는 것을 확인하였다. 따라서 당신이 착안한 현안 문제에 대해 올바른 논증을 개진하기 위해서는 기존의 논의와 논증 그리고 당신이 개진하고자 하는 논증에서 사용될 사실적 정보와 중요한 개념이 논의에 참여하는 모든 사람들에게 일반적으로 소통되고 공유될 수 있는 것들인지에 대한 충분한 검토가 반드시 이루어져야 한다.

2) 2nd slide: (자신의) 논증 구성

(1) 논증 구성하기

'주제 선정 이유와 배경 지식(1st slide)'을 정리하는 과정을 통해 현안 문제에 대한 논의에 대해 철저하게 이해했다면, 이제 우리는 본격적으로 자신의 입장(stance)과 견해(point of view)를 보여주는 논증을 구성하여 제시해야 한다.

현안 문제 또는 설정된 논제에 대한 본격적인 논평과 비판은 그 문제에 대한 자신의 입장이 정해진 다음에야 가능하다고 볼 수 있다. 선행 이론과 기존 입장들에 대한 검토는 자신의 입장을 결정하기 위해 필요한 과정이지만, 자신의 입장이 정해진 다음에는 기존 입장과 견해에 대한 비판적인 관점이 생성될 수 있기 때문이다. 여기서 우리가 주목할 점은 '비판(critic)'과 '비난(condemn)'은 다르다는 것이다. 간략히 말해서, 비판은 나름의 합당한 근거에 의지하여 기존 견해나 입장을 '옹호'하거나 '반대'하는 것을 말한다. 반면에 비난은 비판과 달리 주장을 지지할 수 있는 적절한 근거를 제시하지 않은 채 '무조건적'으로 반대하는 것을 의미한다.

앞서 말했듯이, 논증적 글쓰기란 어떤 주제에 대해 자신의 입장과 견해를 글로써 설득력 있게 주장하는 것이다. 그런데 처음에 자신의 입장을 스스로 명확하게 해 두지 않은 채 글을 쓰면, 결국 상대방은 글쓴이의 입장이 무엇인지 알 수 없다. 그러한 경우에는 상대방이 내 주장이 타당한지 아닌지를 따져 보는 것 자체가 불가능하므로 내 글은 아무런 설득력을 가질 수 없다. 물론 처음에 수립한 입장을 전개해 나가다 보면 입장 자체가 바뀌는 경우가 있을 수도 있다. 그렇다고 하더라도 글을 쓰기 전에 자신의 입장을 명확히 하지 않으면, 글은 나아가야 할 방향성이 없으므로 중구난방으로 끝나기 십상이다. 여기서 우리는 다시 한 번 다음과 같은 방법적 절차(methodological procedure)를 통해 현안 문제에 대한 자신의 입장을 확인할 수 있을 것이다.

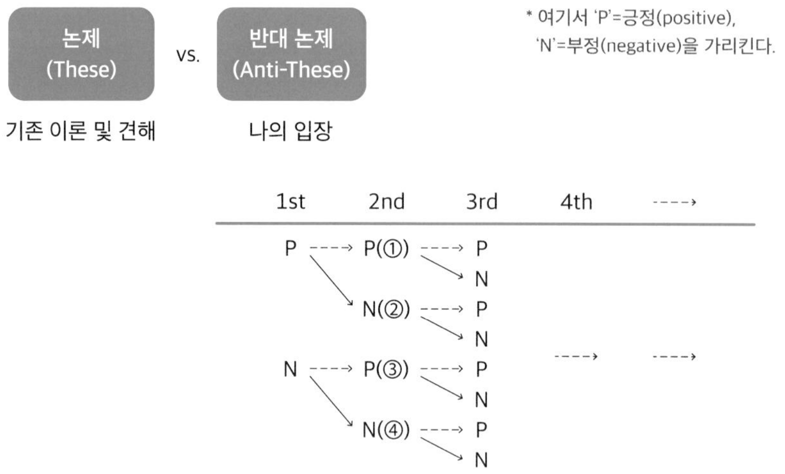

만일 이와 같은 단계와 절차를 통해 논평자의 입장을 확인할 수 있다면, 각 단계와 절차에 따른 입장과 견해를 다음과 같이 설명할 수 있다.

① P-P: 필자의 주장에 완전히 동의하는 경우

② P-N: 필자의 주장에 전반적으로 동의하지만 몇몇 논점의 보완이 필요한 경우

③ N-P: 필자의 주장에 전반적으로 동의하지 않지만 몇몇 논점을 수용할 수 있는 경우

④ N-N: 필자의 주장에 완전히 동의할 수 없는 경우

〈그림 5-1〉 논제에 대한 자신의 입장을 확인하는 방법적 절차

당신이 설정한 주제에 대한 자신의 주장은 여러 가지 방식으로 성립될 수 있다. 우리가 쉽게 결정할 수 있는 몇 가지 가능한 선택지를 살펴보자.

① 기존의 여러 입장들을 검토해 본 후 가장 설득력 있는 한 견해를 선택한다.

② 기존의 여러 입장들을 종합적으로 통합하고 융합한다.

③ 기존의 여러 입장과 다른 새로운 견해를 제시한다.

이미 짐작했겠지만, 우리가 취할 수 있는 가장 손쉬운 선택지는 ①이라고 할 수 있다. 물론 선택지 ①에 약간의 새로운 사실적 정보나 논증을 추가하는 방식으로 기존 논증의 단점을 극복하거나 장점을 부각시킬 수도 있다. 하지만 중요한 것은 논증적인 글은 언제나 '자기만의 논증'과 새로움이 있어야 한다는 것이다. 기존 견해를 그대로 답습하여 반복하는 것은 바람직한 논증적 글쓰기가 아니다. 따라서 자신이 선택한 견해가 왜 가장 타당한 것인지에 대한 자신만의 논증이 반드시 뒤따라야 할 것이다.

선택지 ② 또한 흔히 취할 수 있는 입장이 될 수 있다. 이와 같은 입장이나 글쓰기 전략을 택하는 것이 틀린 것은 아니다. 하지만 선택지 ②는 자칫 현안 문제에 대한 자신의 생각과 주장이 전혀 없는 기존 연구에 대한 '단순한 요약'에 그칠 위험성이 매우 높다고 할 수 있다. 따라서 이와 같은 입장으로부터 논증적인 글을 쓰려 할 경우, 필자는 기존의 각 입장들 중에서 '장점'인 것과 '단점'인 것에 대한 충분한 분석을 제시해야 한다. 다음으로 다양한 입장들의 장점들을 종합하고 융합했을 때 기대할 수 있는 효과를 설득력 있게 논증할 수 있어야 한다.

선택지 ③은 겉으로 보기에 매우 도전적이고 창의적인 시도로 평가될 수 있다. 하지만 이와 같은 유형의 글쓰기가 항상 창의적이거나 성공적인 글쓰기를 담보할 수 없을뿐더러 가장 어려운 시도라고 할 수 있다. 우선, 기존의 입장과 전혀 다른 새로운 견해를 제시하기 위해서는 선택지 ①과 ②에서와 같이 앞선 논의에 대한 충분한 논의가 선행되어야 할 것이다. 새로운 견해는 그와 같은 분석과 논의가 충분히 이루어진 다음에야 나올 수 있기 때문이다. 물론, 기존 견해들을 새롭게 종합한 다음 기존 견해들이 놓친 새로운 길을 제시하거나 현안 문제를 진짜 문제가 아닌 가짜 문제로 재해석함으로써 현안 문제를 해소할 수도 있다. 예컨대, 짜장면을 먹을 것인가 또는 짬뽕을 먹을 것인가를 둘러싸고 논의가 진행되고 있다면, (지나친 포만감을 감수해야 하겠지만) 둘 모두를 먹기로 결정하거나 소위 짬짜면이라고 불리는 것을 선택함으로써 제기된 문제를 해소할 수도 있다. 또는 반대로 짜장면이나 짬뽕이 아닌 비빔밥을 먹는 결정이 합당함을 보이거나 현재 상황에서는 다이어트를 위해 금식을 하는 것이 합리적이라는 것을 논증함으로써 제기된 문제가 거짓 문제임을 보일 수도 있다.

주어진 문제에 대해 자신의 입장을 결정하는 방식은 매우 다양할 수밖에 없다. 여기서 간략히 구분한 유형은 매우 기본적이고 기초적인 분류에 불과하다. 흔히 하는 말로 '글의 (유형의) 수는 글을 쓰는 사람의 수만큼 많다'고 할 수 있기 때문이다. 따라서 여기에서 다양한 글쓰기의 유형을 모두 구분하여 기술하는 것은 불가능하다. 하지만 우리는 다음과 같은 유형에 관한 유혹으로부터 벗어나야 한다. 말하자면, 우리가 논증적인 글을 쓸 때 쉽게 가질 수 있는 다음과 같은 '강박적인 관념'은 반드시 경계해야 한다. 즉,

④ 논증적인 글쓰기는 무조건 기존의 입장을 반대해야 한다.

⑤ 논증적인 글쓰기는 무조건 기존의 입장과 다른 새로운 대안을 제시해야 한다.

논증적인 글이라고 해서 기존의 입장을 반드시 논박해야 하는 것은 아니다. 기존의 견해와 논증을 분석한 결과 그 논증에 어떠한 문제도 없을뿐더러 합리적이라면, 그 논증이 '왜 합리적이고 받아들일 수 있는지에 관한 자신의 논증을 제시함'으로써 기존의 입장을 '옹호'하고 '강화'하는 글을 쓸 수도 있다. 쉽게 말해서, 기존의 입장을 옹호할 것인가 또는 반대할 것인가는 앞서 제시한 '방법적 절차'를 통해 현안 문제에 대한 자신의 입장을 철저히 분석하여 확인한 다음에야 결정할 수 있는 것이다. 게다가 다루고 있는 현안 문제에 대해 제3의 길이라고 부를 수 있는 새로운 대안을 제시하는 것이 항상 가능한 것도 아니다. 만일 그와 같은 일이 손쉬운 일일뿐더러 항상 가능하다면 우리가 발 딛고 있는 이 세계에서 해결하지 못할 문제와 일은 없을 것이다. 하지만 우리가 항상 경험하고 있듯이 우리가 속한 세계는 해결하기 어려운 문제로 넘쳐나고 있다는 것 또한 사실이다. 따라서 우리는 ④, ⑤와 같은 입장을 반드시 고수할 까닭이 없다.

자신의 입장을 확립했다면, '내'가 어떤 이유로 그 입장을 선택했는지가 분

명하게 드러나야 한다. 어렴풋하게 대충 이러저러한 이유로 선택했다고 넘어가선 안 된다. 본격적인 글을 쓰기 전에 자신의 '주장을 지지하는 근거'가 무엇인지 정확하고 분명하게 확인해야 한다. 논증적 글쓰기에서 가장 기본이 되는 것은 바로 '근거(전제적 이유)'다. 아무런 근거(전제적 이유) 없이 단지 주장만 내세우는 글은 아무런 설득력을 가질 수 없다. 설득력은 논증의 타당성에서 나오며, 논증의 타당성은 주장과 근거의 관계에서 나온다. 논증적 글쓰기가 글쓴이와 독자의 대화라면, 논증적 글쓰기는 독자가 제기하는 물음, 즉 '당신은 왜 그렇게 주장하는가?'에 대해 글쓴이가 대답해 나가는 것이다. 따라서 논증적인 글의 진정한 가치는 주장 그 자체라기보다 오히려 그 주장을 뒷받침하는 근거에 있다고 말할 수 있다. 아무리 독창적인 주장을 하더라도 그것을 뒷받침하는 근거가 없거나 빈약하다면, 그 주장은 더 이상 독창적인 것이 아니라 단지 헛소리에 불과한 것이 되고 만다. 만일 이 근거 확인 단계가 분명하게 이루어지지 않는다면, 주제 조사나 기존 입장에 대한 조사 단계로 다시 되돌아가서 천천히 문제를 다시 살펴보도록 하자.

(2) 논증 구성과 논증적 글쓰기의 관계

당신이 선정하거나 착안한 주제에 대한 논증을 구성하는 방식은 3장에서 다룬 분석적 요약에서 주어진 텍스트의 논증을 구성하는 방식과 다르지 않다. 그 둘은 단지 '(타인이 쓴) 주어진 텍스트의 논증을 분석하여 구성'하는 것과 '(내가 써야 할) 나의 논증을 구성'하는 방향성의 차이가 있을 뿐, 형식과 내용에 있어서의 차이는 없다고 보아야 한다. 예컨대, 'A. 분석적 요약'과 'B. 논증적 에세이'의 논증 구성이 〈표 5-4〉와 같다고 해보자.

<표 5-4> 논증의 표준 형식과 에세이의 형식인 구조

단계	A. 분석적 요약	B. 논증적 에세이
대상	분석의 대상이 되는 텍스트	자신의 견해를 보여줄 수 있는 논증
논증 구성	P_1. P_2. P_3. C_1. (소결론) P_4. P_5. P_6. C_2 (소결론) ⋮ C_3. (소결론) ⋮ C. (최종 결론)	P_1. P_2. P_3. C_1. (소결론) P_4. P_5. P_6. C_2 (소결론) ⋮ C. (최종 결론)

논증 구성이 이와 같다면, 분석의 대상인 '텍스트 A'는 소결론 'C_1, C_2, C_3'으로부터 최종 결론 'C'를 도출하는 구성을 가지고 있다고 분석한 것이다. 따라서 '텍스트 A'는 적어도 최종 결론을 지지하는 3개의 '장(chapter)이나 절(section)' 또는 '문단'으로 작성된 글이라는 것을 파악할 수 있다. 같은 이유로, 만일 당신이 자신의 글을 쓰기 위해 'B'와 같이 'C_1, C_2'로부터 최종 결론(C)을 도출하는 논증을 구성하였다면, 당신은 최종 결론(C)을 지지하기 위한 관련성 있는 별도의 논의를 개진하는 2개의 '장(chapter)이나 절(section)' 또는 '문단'을 가진 형식으로 글을 작성해야 할 것이다.

<표 5-5> 에세이의 형식적 구조와 분석적 요약의 관계

단계	A. 분석적 요약	B. 논증적 글쓰기
대상	분석의 대상이 되는 텍스트	자신의 견해를 보여줄 수 있는 논증
글의 구성	1. 서론 2. 본론 2.1 (본론 1) ← 소 논증 1 2.2 (본론 2) ← 소 논증 2 2.3 (본론 2) ← 소 논증 3 3. 결론	1. 서론 2. 본론 2.1 (본론 1) ← 소 논증 1 2.2 (본론 2) ← 소 논증 1 3. 결론

3) 3rd slide: (논증에 대한) 부연 설명

만일 당신이 두 번째 단계에서 제법 꼼꼼하고 엄밀한 논증을 구성하였다면, 논증적인 글을 쓰기 위한 가장 중요한 일을 성공적으로 마무리했다고 보아도 좋을 것이다. 앞서 살펴보았듯이, 전체적인 논증 구성은 곧 작성할 글의 전반적인 모습을 보여주기 때문이다.

세 번째 단계인 '3rd slide: (논증에 대한) 부연 설명'에서는 논증의 세부적인 근거들 중 현안 문제와 관련된 논의에 새롭게 들어온 사실이나 추가적인 설명이 필요한 개념 또는 사항들에 관한 자료들을 수집 및 정리하고 제시해야 한다. 이와 같은 작업이 충실히 수행된다면, 글을 쓰는 과정에서 본론의 내용에 적극적으로 반영하여 활용할 수 있는 방법을 모색해볼 수도 있다. 이 부분은 긴 지면을 할애하여 설명할 필요가 크지 않다. (아래의 '6) 개요 프레젠테이션(ppt) 작성 예시'를 통해 '부연 설명'의 내용을 직접적으로 확인할 수 있을 것이다.)

4) 4th slide: (자신의 주장에 대한) 가능한 반론과 재반론

자신의 주장에 대해 제기될 수 있는 가능한 반론과 재반론에 대한 탐구는 앞서 살펴본 '4장. 분석적 논평'의 평가 항목 중 '공정성과 충분성' 준거와 밀접한 관련이 있다.

당신이 다른 사람의 글을 논평할 수 있듯이, 당신의 글 또한 다른 사람들의 논평의 대상이 될 수 있다는 점을 염두에 두어야 한다. 간략히 말해서, 만일 당신이 실제 작성한 논증적인 글이 현안 문제에 대한 '자신의 입장과 견해'만을 개진하고 있을 뿐, 당신의 입장에 대해 반대편에 서 있거나 적어도 의문을 제기할 수 있는 사람들의 입장과 견해를 전혀 고려하지 않는다면 당신의 글은 '공정성'을 결여하고 있다는 비판으로부터 결코 자유로울 수 없다. 반복되는 이야기이지만, 정당화 문맥의 논증적인 글의 공정성은 현안 문제와 관련된 '찬(pros)과 반(con)' 모두의 논리적 근거들을 함께 다룰 때 확보될 수 있기 때문이다.

논증적 글쓰기란 단지 내 주장을 뒷받침한다고 여겨지는 논거들을 일방적으로 제시하는 것이 결코 아니다. 필자가 아닌 독자의 입장에서, 내가 제시한 논거들에 대해 제기될 수 있을 법한 비판(예상 반론)들을 상정하여 언급해야만 한다. 우리는 그 비판들에 대한 재반박까지도 논증의 과정에 반드시 담아야 함을 결코 잊어서는 안 된다. 나와 다른 주장을 비판적으로 검토할 때의 엄밀한 잣대를 내 주장의 논증 과정에도 들이대면서 논거를 구성한다면, 나의 주장은 자연스럽게 더 큰 설득력을 가지게 될 것이다. 논증이란 나의 주장과 나 아닌 다른 주장과 논쟁하고, 나아가서 내 주장에 대해 독자와 논쟁하는 과정이기 때문이다.

5) 5th slide: 참고문헌 및 활용할 자료 정리

(1) 인용: 출처 밝히기

자신의 글이 다루고 있는 주제에 대한 다른 사람의 생각을 (긍정적으로든 부정적으로든) 활용하는 것은 독단적인 글이 되지 않기 위한 지름길이다. 다만, 자신이 아닌 다른 사람의 생각을 인용했을 때에는 반드시 그 출처를 밝혀야 한다. 출처를 밝히지 않은 채 그것을 마치 나의 생각인 것처럼 지면에서 말하는 것이 바로 '표절'이다. 즉, 나의 생각과 남의 생각을 독자가 쉽게 구별할 수 있게 해야 한다. 남의 생각을 자신의 생각이라고 말하는 것만이 표절이 아니다. 다른 사람의 생각을 자신의 생각으로 오해할 소지를 남기는 것 역시 표절이다. 또한, 활용한 통계나 지표 등의 자료에 관해서도 독자가 그것의 사실 여부를 확인할 수 있도록 정확한 출처를 밝혀야 한다.

출처를 밝히는 방법에는 일반적으로 각주 또는 미주를 사용한다. 글의 말미에서 출처를 한꺼번에 밝히는 것(미주)보다 인용한 내용이 있는 쪽 아래에서 그때그때마다 밝히는 것(각주)이 독자가 읽기에 편하다. 인터넷에서 가져온 인용의 출처는 URL 주소로 표기한다. 인용한 문헌을 표기하는 양식은 여러 가지가 있으나, 어떤 양식을 택하든

'글쓴이, 책 이름(논문 이름), 출판사(학술지 이름), 출판 년도, 인용한 쪽수'

를 명기하는 것이 일반적이다. 어떤 양식을 택하든지 글 전체에서 하나의 양식을 통일해서 사용해야 한다. 다음은 여러 방식의 인용표기 중 하나이다.

단행본:

원빈, 『아저씨 개론』, 서울: 탐구당, 1991, 62쪽.

Johnson Dwayne, *How to be an action star*, London: Longman, 2017, p. 125.

→ 저자명 또는 편저자명, 책이름, 출판지: 출판사, 출판연도, 쪽수 (동양인명: 성 이름, 서양인명: 성 이름 혹은 성, 이름)

논문:

이나영, 「○○○ 연구」, 『○○○학회』 제2집(1952), 15쪽.

Patton Paula, "The Research of ○○○○○," ○○○ *Journal*, 11:1(1982), pp. 43-45.

→ 저자명, 논문명, 잡지명(편저일 경우에는 편저자, 편서명), 권수(출판연도), 쪽수(서양어 논문은 「 」 대신 " "으로 표기)

인터넷 자료:

김용성, "요즘 대학생들 공부 안 해 걱정", 명륜왕 블로그, 2018년 8월 15일 수정, 2018년 9월 1일 접속, http://blog.never.co.kr/yosmdaehacksang.

→ "웹페이지명", 사이트명, 0000년 00월 00일 수정, 0000년 00월 00일 접속, URL.

<인용 예시>[1]

[…] 하트(H. L. A. Hart)와 롤즈(J. Rawls) 등은 정치적인 또는 국가에 대한 의무를 공평무사의 의무를 통해 설명하려고 시도하였다.[1)] 공평무사의 의무의 견해에 따르면, 어떤 집단이나 조직이 성공하기 위해서는 그 집단을 이루고 있는 구성원들 스스로 자신을 통제하는 제약조건(constraint)을 가져야 한다. 그리고 만일 그 제약조건이 공정하고 공평하다면, 한 집단의 구성원은 그와 같은 제약조건을 준수할 것이다. 공평무사의 의무에 기초하여 충심을 설명하는 접근법은 사회계약적 접근과 달리 동의나 계약의 구체적인 내용 또는 행위를 필요로 하지 않는다.[2)] 따라서 공평무사의 의무를 충심에 귀속시킬 경우, 개별적인 개인의 동의가 없더라도 한 집단에 속한 구성원에게 충심을 적용할 수 있다. 하지만 롤즈가 지적하듯이, 가족이나 국가와 같은 집단이 항상 상호 호혜적이고 그 구성원 모두에게 공정하고 공평한가에 대한 의문은 여전히 남는다. 게다가 그러한 집단에 속한 구성원이 그 집단으로부터 어떤 형태의 이득을 얻는다는 것이 곧 바로 그 집단을 승인하고, 그와 같은 승인으로부터 의무가 생성되는지에 대한 것은 분명하지 않다.[3)] 만일 그렇다면, 비록 공평무사의 의무에 기초하여 충심을 정당화하려는 시도가 사회계약적 접근법이 초래하는 문제를 해소하는 장점이 있다고 하더라도 전문가 집단의 충심을 올바르게 이해하는 이론적 도구로 사용하기에는 충분하지 않다고 말할 수 있다.

[…]

---

1) Hart, H. L. A., "Are There any Natural Right?", *Philosophical Review* 64, no.2, 1995, Rawls, John, "Legal Obligation and Duty of Fair Play", *Law and Philosophy*, ed. Sidney Hook, New York Univ. Press, 1964, pp. 8-10. 참조.

2) 전대석, 『의료윤리와 비판적 글쓰기』, 북코리아, 2016, 245쪽.

3) Rawls, J., *A Theory of Justice*, Cambridge, Harvard Univ. Press, 1971, p. 350.

1 여기에 제시한 제시문은 '인용: 출처 밝히기 예시'를 보이기 위해 '각주(foot-note)'를 임의적으로 달고 있음을 밝힌다. '한글 저서와 논문, 외국어 저서와 논문' 등을 인용할 경우, '인용 예시'에서 제시한 방식에 따르는 것이 일반적인 형식이다.

충심에 관한 자연적 의무는 간략히 말해서 정의로운 제도를 지지할 자연적 의무를 말한다. 롤즈는 자연적 의무는 정의로운 제도가 존재하고 그것이 우리에게 적용될 경우 우리에게 그것을 지지하고 옹호해야 할 자연적 의무가 발생한다고 본다.[4] 하지만 클레니그가 잘 지적하고 있듯이, 자연적 의무에 의거하여 충심을 적용하는 것은 제한적일 수밖에 없다. 자연적 의무는 국가나 정부 또는 정치 공동체와 같이 "정의"를 가장 중요한 덕목으로 삼고 있는 집단에 잘 적용될 수 있는 개념이다.[5] 말하자면, 이러한 접근법은 정의를 가장 중요한 덕목으로 삼고 있기 때문에 포괄적 집단을 대상으로 하는 정치적인 공동체에 잘 적용될 수 있지만, 다양한 속성과 지향을 갖고 있는 개별적인 집단 모두에게 적용할 수 있는 충심 개념으로 받아들이기에 적절하지 않다는 것이다. 예컨대, 의사협회와 같은 의사들의 공동체나 변호사 협회와 같은 변호사들의 공동체처럼 부분적으로 이익 집단의 성격을 갖는 집단에까지 정의로부터 비롯되는 자연적 의무를 적용할 수 있는지에 대해서는 많은 의문을 제기할 수 있다.[6]

[…]

4) Rawls, J., ibid., 1971, p. 372.
5) 헤리스(C. E. Harirs), 『도덕 이론을 현실 문제에 적용하면』, 김학택 · 박우현 역, 서광사, 2004, 98쪽.
6) 전대석, 같은 책, 2016, 274-276쪽 참조.

(2) 참고 자료: 참고문헌 정리하기

자신의 생각만으로 주제 에세이를 작성하는 것은 가능하지 않다. 어떤 주제에 대한 나의 생각을 논증하기 위해서는 주장을 잘 지지해줄 수 있는 신뢰할만한 근거들이 제시되어야 한다. 본문에서 인용한 문헌 자료들을 '각주(또는 미주)'를 통해 밝혔다면, 에세이의 가장 마지막에 그 활용한 문헌 자료들의 출처를 모아서 정리해야 한다. 참고문헌을 정리해서 제시해야 하는 이유는 크게 세 가지로 제시할 수 있다.

① 필자가 에세이를 작성하기 위해 활용한 문헌 자료의 목록을 일목요연하게 제시하고,

② 독자가 해당 사항을 좀 더 면밀히 살펴보고자 할 경우, 그 내용을 쉽게 찾을 수 있도록 출처를 안내하고,

③ 필자가 제기한 연구 주제에 흥미를 갖고 참여하고자 하는 사람들에게 그 논의에 대한 연구를 시작할 수 있는 안내서의 역할을 한다.

참고문헌은 반드시 에세이에서 직접적으로 활용한 자료들만을 정리해야 한다. 만일 한 편의 에세이를 쓰기 위해 어떤 논문이나 저술을 읽었다고 하더라도 실제로는 에세이에서 인용하지 않았다면, 그 자료를 참고문헌으로 정리해서는 안 된다. 우리는 그와 같은 유혹에 빠지기 쉬울뿐더러 심정적으로 이해가 되는 부분도 있다. 내가 열심히 공부한 것들을 과시하고 싶은 욕망이 있기 때문이다. 하지만 만일 당신이 에세이에서 직접적으로 인용하지 않은 문헌들을 참고문헌에 제시하는 것은 연구자가 범해서는 안 되는 '부정행위'라고 할 수 있다. 우리는 그와 같은 유혹을 떨쳐내야만 한다. 다음은 여러 방식의 참고문헌 표기 중 하나다.

단행본:

홍길동,『哲學史槪論』, 울산: 문숙출판사, 1979.

Cruise Tom, *How to make an argument*, Cambridge, Massachusetts, The MAT Press, 2018.

논문:

홍길순,「바늘 끝에 몇 명의 천사가 앉을 수 있는가」,『한국천사학회』1004호, 2004, 19~39쪽.

Sosa Semi, "The Pyrrhonian Problem," *philosophical Review* 85, 1997, pp. 54~74.

〈참고문헌 예시〉

참고문헌

김광수, 『논리와 비판적 사고』, 철학과현실사, 2007.

게르트 기거렌처, 전우현 · 황승식 역, 『숫자에 속아 위험한 선택을 하는 사람들』, 살림, 2002.

던컨 J. 와츠, 정지인 역, 『상식의 배반』, 생각연구소, 2011.

데카르트(Rene Descartes), 이현복 역, 『방법서설(*Discours de la methode*)』, 문예출판사, 1997.

마일클 리프, 미첼 콜드웰, 금태섭 역, 『세상을 바꾼 법정』, 궁리, 2006.

박이문, 『과학철학이란 무엇인가』, 민음사, 1995.

빅토르 마이어 쉔버거, 케네스 쿠기어, 이지연 역, 『빅 데이터가 만드는 세상』, 21세기북스, 2013.

전대석, 「전문직업성의 자율규제와 충심의 개념」, 인문과학 63집, 2016.

전대석 · 김용성, 「전문직 자율규제의 철학적 근거에 대한 탐구」, J Korean Med Assoc 2016, August, JKMA, 2016.

…

Axinn, Sidney, "Thought in Response to Fr. John C. Haughey on Loyalty in the Workplace", *Business Ethics Quareterly* 4. no. 3, 1994.

Abel, R., 'The Politics of the Market for Legal Services', 1982, in Disney.

Basten, J., Redmond, P., Ross, S., and Bell, K., *Lawyers*, 2nd, 1986, Melbourne: The Law Book Co.

Borchert, D. M. (Chief Editor), *Encyclopedia of Philosophy*, 2nd edition, Macmillan Reference USA, Thomson Gale, Vol 4, 2006: "Holism and Individualism In History and Social Science"

Butler, J. Sermons. London, 1726. Preface, I, and XI. ETHICAL EGOISM ENCYCLOPEDIA OF PHILOSOPHY 362 · 2nd edition.

Dancy, Jonathan, Contemporary Epistemology, 1985.

…

Benjamin Franklin's objection: "If you eat one another, I don't see why we mayn't eat you." (from The Autobiography of Benjamin Franklin). http://www.humanedecisions.com/benjamin-franklin-said-eating-flesh-is-unprovoked-murder/

논란의 한방 넥시아…: 조선닷컴, 최은경 기자, 2016. 01. 29. http://news.chosun.com/site/data/html_dir/2016/01/29/2016012902597.html

6) 개요 프레젠테이션(ppt) 작성 예시

이제 지금까지 살펴본 '개요 발표 프레젠테이션'의 절차와 방법에 따라 작성된 프레젠테이션 예시 자료 두 편을 살펴보자. 여러분과 같은 대학생이 작성한 실제 사례를 검토함으로써 본격적으로 주제 에세이를 작성하기에 앞서 개요 프레젠테이션을 만들고 동료들에게 발표하는 것이 에세이를 완성하는 데 있어 매우 중요한 과정이라는 것을 깨닫게 될 것이다.

개요 프레젠테이션 발표 예시 1

첫 번째 예시 자료는 '사실 적시에 의한 명예훼손죄'에 관한 주제 에세이의 개요 프레젠테이션이다. 발표자는 주제 도서로 『세상을 바꾼 법정』(마이클 리프)을 선정하여 정독하였다. 그러한 과정을 통해 자신의 개별 에세이 주제를 선택하기 위해 '표현의 자유'와 관련된 〈분석적 요약〉과 〈분석적 논평〉을 작성하였다.(① 기존 논증 분석 및 평가 참조) 발표자는 최종적으로 '사실 적시에 의한 명예훼손죄'를 자신의 최종 에세이 주제로 선정하였고, 아래와 같은 '개요 프레젠테이션(ppt)'을 작성하여 발표하였다.

〈1st slide〉 주제 선정 이유와 배경 (→ slide 1~2)

주제 선정 이유와 배경

- **사실적시에 의한 명예훼손죄 폐지 및 비범화에 관한 논의의 가속화**

  인권위원회(UN Human Rights Committee)의 2011년 보고서와 2015년 유엔 시민적 정치적 권리규약위원회 (ICCPR)의 보고서에서 각각 우리나라에 사실적시에 의한 명예훼손죄 폐지 (명예훼손죄 징역형 및 사실적시 명예훼손죄의 폐지)를 권고

- **폐지되어야 한다는 주장과 유지되어야 한다는 주장 간의 대립**
- **공인 - 사인, 그 공권력의 차이에 따라 달리 적용?**
- **언론과 출판의 자유 (표현의 자유)의 침해**
- **표현의 자유와 개인의 인격권 보존, 어느 것이 우선시되어야 하는가?**
- **범죄 피해자에 대한 입막음이 될 우려 (2차 피해의 가능성)**
- **사이버화에 따른 그 논의의 확장 가능성**

1

배경 지식

- 사실적시 명예훼손 (형법 제 307조 일반적 명예훼손, 제 309조 출판물에 의한 명예훼손):
  - 307조 제 1항: '공연히 **사실을 적시**하여 타인의 명예를 훼손한 자는 2년 이하의 징역이나 금고 또는 500만 원 이하의 벌금에 처한다'
  - 309조 제 1항: '사람을 비방할 목적으로 신문, 또는 라디오 기타 출판물에 의하여 **제307조 제1항의 죄**를 범한 자는 3년 이하의 징역이나 금고 또는 700만원 이하의 벌금에 처한다.'
- 공인:
  - 사회적으로 널리 명성을 얻거나 스스로 공론의 장에 자발적으로 관련된 자, 그에 대한 비판 등이 표현의 자유에 의해 널리 보장되는 인물
  - 민주주의 사회에서의 견제와 균형의 원리에서, 국민들의 감시를 암묵적으로 동의한 자
- 표현의 자유:
  - 권력에 의해 표현의 행위를 제약당하지 않을 자유
- 사실적시 명예훼손의 악용과 관련하여:
  - 정부의 행위를 비판하거나 기업 이익을 방해하는 사람들을 기소
  - 미투 (#ME TOO)운동과 관련한 피해자들의 침묵 야기

〈2nd slide〉 논증 구성하기 (→ slide 3~6)

전체 논증

<논증1> 공적 기관이나 정부에 대한 사실 적시 행위

1. 헌법 상의 표현의 자유와 언론의 자유
2. 모호성
2-1. 처벌과 면책 기준의 모호성
2-2. 법원의 사실관계와 법률관계의 독점적 판단
3. 표현의 자유 침해- 민주주의 정신의 훼손
3-1. 국민의 목소리 위축
3-2. 자가검열로 인한 언론 기능 저해

<논증2> 사적 인물을 대상으로 한 공적 기관이나 언론의 사실 적시 행위

1. 사실 적시에 의한 명예훼손죄의 필요성
1-1. 공적 기관, 언론과 사적 인물의 공권력이나 파급력 차이
1-2. 강자로부터 약자를 보호해야 할 필요성

최종 결론- 논쟁의 해결 방안

개별 논증

<표현의 자유에 대한 법적 근거>

P1. 헌법 제 21조 1항은 '모든 국민은 언론, 출판의 자유와 집회, 결사의 자유를 지닌다.' 라고 말한다.
P2. 언론의 기능이라 함은, 매체를 통하여 어떤 사실을 밝혀 알리는 것이다.
P3. 그러한 사실을 밝혀 알린 후 문제가 되는 건에 대하여 여론을 형성하는 것 또한 언론의 기능이다.
C1. 사실을 적었다고 하여 명예훼손으로 처벌받는 것은 **헌법이 규정하는 내용에 어긋난다.**

<모호성>

P4. 사실적시 명예훼손과 관련한 여러 판례들은 '비방의 목적이 있는 것', '공공의 목적이 없는 것' 등의 면책 사유를 제시한다.
P5. 그러한 면책 사유는 상당히 불완전하며 모호하다.
P6. 기소된 건과 관련한 사실관계와 법적 관계를 판단하는 것은 전적으로 법원에게 달려 있다.
P7. 면책 사유 또한 오직 법원이 그 여부를 다룬다.
C2. 사실적시 명예훼손은 **주관적인 기준으로 그 정당성이 의심된다.**

개별 논증

<민주주의의 정신 훼손>

P8. 그 기준이 모호하게 설정되어있음에 따라(C2), 사실을 적시했다는 이유로 법적 공방에 휘말려야 한다는 부담감이 존재하게 된다. (면책사유에 해당하든 아니든, 그러한 법률 조항에 따라 처벌받을 '가능성'이 있다는 것은 다수를 위축시키는 기능을 한다.)

P9 그러한 부담감은 공권력이 있는 공인과는 달리 사적인 인물에게 더 큰 타격을 준다.

P10. 범죄 피해자 또한 기소를 통한 2차 피해의 가능성을 이유로 사실 적시에 대해 심적 부담감을 안게 된다.

C3. 사실적시에 의한 명예훼손 법률은 개인의 **목소리를 위축**시킨다.

P11. 법률의 존속 자체는 법적 문제를 피해야 한다는 압박감으로 인해 과도한 자가검열로 이어진다. (C3)

P12. 과도한 자가검열은 언론의 자유를 암묵적으로 탄압한다.

P13. 자유의 부재는 사실을 꼬집고 여론을 형성하는 언론의 기능을 저해한다.

C4. 사실적시에 의한 명예훼손 법률은 그 **'존재' 자체만으로도 언론의 표현의 자유를 침해**한다.

C5. 사실적시에 의한 명예훼손 법률은 그 법률 하에 있는 개인이나 언론을 위축시킨다. (C3+C4)

개별 논증

P14. 민주주의 국가는 표현의 자유, 언론의 자유를 보장한다.

P15. 민주주의 국가는 국민의 의견을 묵살하지 않는다.

P16. 공적 기관이나 정부를 감시하고 의견을 내는 것은 권력의 균형과 관련한 민주주의의 이념과 부합한다.

C6. 이러한 법률의 존재는 **민주주의를 저해**한다. (C3+C4)

<양면성과 그 타협점>

P17. 공적 기관은 공권력을 가진다.

P18. 언론이 공개한 정보는 막대한 파급력을 가진다.

P19. 공적 영역에서 활동하지 않는 사인의 경우 개인적인 사실이 공개되지 않을 프라이버시를 가진다. (따라서 공적 기관이나 언론이 사적 인물을 공격하는 경우는 위와 같은 내용을 적용할 수 없다.) (법률은 기본권 보장의 수단이 된다.)

C7. **언론이나 공적 기관의, 사적 인물을 대상으로 한 사실 적시 명예훼손의 경우**에 한해서 피해자에게 형법상으로 보장받을 권리를 제공해야 한다.

C. 공권력을 가진 개인이나 기관, 정부를 대상으로 한 사실 적시 명예훼손의 경우는 비법화해야 하지만, 부분적으로는 약자의 권리 보장 수단이 되므로 언론이나 공적 기관의, 사적 인물을 대상으로 한 공격의 경우는 형법권을 제공해야 한다. (C6+C7)

〈3rd slide〉 부연 설명 (→ slide 7)

근거에 대한 부연 설명

1) OECD 수준의 민주주의 나라에서 사실적시 명예훼손을 범죄화하는 나라는 소수이다.
   - 독일, 프랑스, 이탈리아 외의 다수 유럽 국가, 영국, 아일랜드, 뉴질랜드 등 영연방 국가, 여러 동유럽 국가, 그리고 미국 각주에서는 형법상 명예훼손죄는 폐지되었거나 사문화되었다.
2) 사실 적시 명예훼손의 비법화 문제에 관해서 지속적으로 개정안이 발의되고 있다.
   - 2005년 박영선 의원의 개정안을 시작으로 현재까지 폐지안과 개정안이 발의되고 있다.
3) 명예의 의의
   - 명예는 개인의 인격의 가치 보호를 목적으로 하는 기본권으로서 중요한 가치이기 때문에, 타인의 명예를 훼손하는 행위에 대해서는 제재가 필요하다. 이는 앞서 논증한 공권력을 갖지 않는 사적인 인물에 대한 보호와 관련이 있다.
4) 상식에의 부합 여부
   - 많은 사람들과 언론은 '사실적시에 의한 명예훼손'에 해당되는지 모르고 어떠한 사실을 적시하게 되는데 이를 통해 사실을 적시하여 처벌을 받는다는 개념 자체가 우리의 상식과 잘 부합하지 않는다는 것을 확인 가능하다.

〈4th slide〉 가능한 반박 (→ slide 8~9)

가능한 반론

1. 면책사유의 존재

- 사실적시 명예훼손의 범죄 여부와 관련하여 여러 면책사유들이 판례에 등장한다.
- '비방의 목적이 없는 것'은 면책사유에 해당한다.
- 사실을 적시하여 명예를 훼손한 데 '공공의 이익'이 있는 경우는 면책사유에 해당한다.
- 이는, 피고의 책임을 더는 사항이라고 할 수 있으므로 표현의 자유 침해 및 자가검열의 가능성에 동의할 수 없다.

<재반론>

1. 법원의 판례는 어디까지나 주관적인 기준에 의한 것이다. 또한 그러한 결정은 전적으로 법원에게 달려 있다.
2. 피고인, 혹은 피고는 공공의 이익을 위함이었다고 주장하는 반면 검사 측, 혹은 원고는 비방성의 존재를 주장할 것이므로 면책이 되거나 상황이 전화될 가능성 또한 '가능성'에 불과하다는 것이다.
3. 또한 면책된다고 하더라도, 어떠한 발언이 면책되어 무죄가 될지 아닐지는 법적 공방을 통해서만 확인 가능하다. 다시 말해, 법적 다툼을 하며 드는 시간과 비용은 아무도 책임져 줄 수 없다는 것이다.
4. 유죄가 되어 처벌을 받거나 피해보상을 하게 되는 것이 아니더라도, 앞서 언급한 기소된 후의 법적 다툼 속 시간과 비용, 그리고 정력의 투자가 부담스러워 또한 자가검열에 이를 수 있다.
5. 따라서, 논증에서 제시한 사실적시에 의한 명예훼손 법률의 표현의 자유 침해 효과는 부정할 수 없다.

가능한 반론

2. 사실 적시에 의한 실제 명예의 훼손과 관련하여

- 실제로 사실만을 적시하여 그것이 문제가 되는 글의 대상의 명예를 실추시키는 경우가 존재한다.
- 만약 사실 적시에 의한 명예훼손죄를 폐지하게 된다면 (공적 기관이든 개인이든) 이러한 사례에서의 피해자들을 보호할 수 없다.

<재반론>

1. 공인 혹은 공적 기관과 사적 인물 사이에는 확연한 공권력의 차이가 존재한다.
2. 앞서 논증했듯, 공적인 기관이 사적 인물에 대한 프라이버시를 침해하면서까지 사실을 적시하는 것은 문제이며 보호되어야 하는 사항이다.
3. 형법은 강력한 처벌을 수반하는, 민사 소송이나 여타 수단을 거쳐 도달하는 최후의 수단이라고 여겨진다.
4. 따라서 반대로 사적 인물이 공적 기관에 대해 어떠한 사실을 적시했을 때 공적 기관이 사적 인물에게 형법권을 사용하여 처벌하는 것은 과잉범죄화의 우려가 존재한다.
5. 언론이나 개인이 공적 기관에 대해 사실을 적시한다고 해서 처벌하는 것은 1970년대에 제정되었다 이후 폐지된 국가모독죄와 다름이 없다.
6. 공적 기관이나 공인의 경우 자발적으로 공적 위치에 서게 된 것이므로, 민주주의의 균형과 견제의 원리에 의해 국민의 감시나 비판 등은 꼭 필요한 수단이라고 할 수 있다.

〈5th slide〉 참고문헌 (→ slide 10)

참고문헌

① 강선영, 『사실적시 명예훼손죄에 대한 연구: 공인을 중심으로』, 이화여자대학교 대학원 학위논문, 2016

② 김신규, 『사이버 명예훼손, 모욕행위에 대한 형사규제의 개선방안』, 『비교형사법연구』 제 19권 제 4호, 2018.01, pp. 586-589

③ 배상균, 『사실적시 명예훼손행위의 규제 문제와 개선방안에 관한 검토』, 『형사정책연구』 제 29권 제 3호, 2018.09, pp. 164-168

④ 조국, 『'공인' 대상 사실적시 명예훼손 및 모욕의 비범죄화』, 『한국형사정책학회 2013 동계학술대회』 2013.11, pp. 51-81

⑤ 대한민국 헌법

개요 프레젠테이션 발표 예시 2

두 번째 예시 자료는 '토지 공개념과 사회적 비용'에 관한 주제 에세이의 개요 프레젠테이션이다. 발표자는 주제 도서로 『행복한 경제학』(헬레나 노르베리 호지)을 선정하여 정독하였다. 그러한 과정을 통해 자신의 개별 에세이 주제를 선택하기 위해 '세계화와 자유무역주의'와 관련된 〈분석적 요약〉과 〈분석적 논평〉을 작성하였다.(① 기존 논증 분석 및 평가 참조) 발표자는 최종적으로 '토지 공개념과 사회적 비용'을 자신의 최종 에세이 주제로 선정하였고, 아래와 같은 '개요 프레젠테이션'을 발표하였다.

〈1st slide〉 주제 선정 이유와 배경 (→ slide 1)

주제 선정 이유 & 개념 설명

1. 주제 선정 이유
   ① 토지 공개념 개헌 담론
   ② 부동산 가격 상승
   ③ 신자유주의 경제학의 오류

2. 개념 설명
   ① 토지 공개념: 토지의 사적 소유권은 인정하되, 그 소유와 처분을 공공의 이익을 위해 제한할 수 있다는 사상으로 여기서는 토지초과이득세제와 개발이익환수제로 그 범위를 한정함.
   ② 토지초과이득세제: 각종 개발사업과 기타 사회경제적 요인으로 개발지역 주변 유휴토지나 비업무용 토지의 지가가 상승함으로써 지주가 얻게 되는 이익.
   ③ 개발 이익: 토지사용계획의 변경이나 주변 인프라 건설 등으로 인한 토지 가치의 상승으로부터 발생하는 이익.
   ④ 개발이익환수제: 개발이익의 절반을 환수하는 제도
   ⑤ 지대: 좁게는 토지에 대한 보수를, 넓게는 공급이 고정된 생산요소에 대한 보수를 뜻하나 여기서는 좁은 의미로 지대를 사용함.
   ⑥ 외부화: 경제학에서 이론적 모형 정립의 편의를 위해 주요 변수가 아닌 것들을 고려하지 않는 것.
   ⑦ 사회적 비용: 상품의 소비와 생산이 제3자나 자연에 부과하는 비용

〈2nd slide〉 논증 구성하기 (→ slide 2~5)

개별 논증

<논증1: 지대의 불로소득의 속성>

P1. 지대란 소득의 일종으로 생산에서 토지가 제공하는 서비스에 대한 대가이다.

P2. 지대 이외의 소득유형(임금, 이자, 이윤)은 그 근원이 인간에게 있다.

P3. (반면) 지대는 토지의 생산력에 대한 보상으로 그 근원은 자연에 있다.

P4. (그러나) 지대는 다른 소득유형과 함께 모두 인간(지대의 경우 토지 소유주)에게 귀속된다.

C1. P1~P4가 모두 참이라면, 지대는 불로소득이다.

개별 논증

<논증2: 토지 공개념의 정당성>

P1. 토지로부터 나오는 불로소득이 절대적으로 사유화되어야 한다는 주장이 참이라고 하자.

P2. 이에 따라 토지와 그 산물(지대)은 개인의 사유재산이다.

P3. 토지는 재산권의 범주에 포함된다.

P4. 재산권은 '내 몸은 나의 것' 이며 그에 따라 '나의 노동의 결과물 또한 나의 것' 이라는 로크의 아이디어에 기초한다.

P5. (그러나) 토지로부터 발생하는 지대는 불로소득으로, 공동체의 노력과 기여를 통해 형성된다.

P6. P5가 참이라면 그것은 P4에서 언급된 재산권의 기초와 배치된다.

C2. 공동체가 지대를 환수하는 것은 정당하다(지대가 절대적으로 사유화될 수는 없다).

개별 논증

<논증3: 토지 공개념의 필요성1>

P1. 현대 주류 경제학은 분석상의 편의를 위해 현실에 존재하는 여러 변수를 '외부화'한다.
P2. 외부화된 변수에 따른 비용은 사회가 부담한다.
P3. 토지를 생산에 투입하면 토지의 자연적 생산성이 감소한다.
P4. 현재 이러한 손실은 P2에 따라 생산자(이용자)가 아니라 사회가 부담하고 있다.
P5. (그러나) 생산 비용은 생산자의 몫이다.
C3. 토지 사용에 따른 사회적 비용을 토지 소유주에게 부과할 장치가 필요하다.

개별 논증

<논증2: 토지 공개념의 필요성2>

P1. 지가의 과도한 상승은 토지에 대한 투기에 기인한다.
P2. 토지 투기 욕망은 토지로부터 산출되는 개발이익에 대한 기대 때문이다.
P3. 이러한 기대는 현재 개발이익이 전반적으로 사유화되고 있기 때문에 발생한다.
P4. P3과 같은 구조에서 P1-P2는 끊임없이 순환하며 자산 불평등, 저출산, 주거 불안 등을 심화시킨다.
P5. P4와 같은 현상은 지대추구를 위한 난개발을 초래한다.
P6. 난개발은 주변 환경에 악영향을 미치고 도시를 황폐화시키며 그에 따른 사회적 비용을 유발한다.
P7. 토지공개념 도입을 통한 개발이익 환수는 이에 대한 기대심리를 꺾을 유인을 제공한다.
C4. 토지공개념을 통한 개발이익 환수를 통해 지대추구로 인한 악순환을 끊어야 한다.

<최종 결론>

C5: C1-C4에 따르면, 토지공개념은 사유화가 바람직하지 않은 불로소득을 환수한다는 점에서 정당하고, 자산 불평등, 저출산, 주거 불안정, 난개발 등 토지 소유 및 개발이 유발하는 사회적 비용을 충당하기 위해 필요하기 때문에 도입되어야 한다.

〈3rd slide〉 부연 설명 (→ slide 6)

부연 설명

<토지공개념 3법>

① 토지공개념 3법은 1989년에 노태우 정권에서 최초로 제정되었으며, 1990년에 본격 시행된 법이다.
② '토지초과이득세', '택지소유상한제', '개발이익환수제'로 구성되어 있다.
③ '토지초과이득세'는 1994년 헌법재판소 헌법불합치결정에서 위헌 판결에 따라 1998년 폐지되었다.
④ '택지소유상한제' 또한 1994년 헌법재판소의 위헌 결정에 따라 1998년 폐지되었다.
⑤ 개발이익환수제'는 1990년 시행 이후 현재까지 유지되고 있으나, '한시적 면제' 기간 인정, "개발이익환수 부과율 축소(50% -> 25%) 등 최초의 입법 취지와 다르게 운영되고 있다.
⑥ 결과적으로, 1989년 제정된 토지공개념 3법은 유명무실하게 되었다는 평가를 받고 있다.
⑦ 최근에 가파르게 상승하는 부동산 및 주택 가격과 난개발로 인해 과거에 제정되었다가 폐지되었거나 유명무실하게 유지되고 있는 <토지공개념 3법>에 관한 논의가 활발하게 이루어지고 있다.

〈4th slide〉 가능한 반박 (→ slide 7)

가능한 반론

<가능한 반론>

① 정부의 지나친 개입이 오히려 시장을 왜곡한다.

② 개인의 사유재산권을 침해한다. (사회주의다.)

③ 자본주의 사회에서 경제주체가 이익을 추구하는 것은 자연스러운 것이다.

〈5th slide〉 참고문헌 (→ slide 8)

참고문헌

① 조지, 헨리, 『진보와 빈곤』 이종인 옮김, 현대지성, 2019

② 리처드 울프, 스티브 레스닉,『경제학의 대결』, 유철수 옮김, 연암서가, 2020

③ 송화선, 강지남, "[특집 | 文의 개헌, 是是非非 |] 대통령 개헌안 6대 논점", 『신동아』, 2018.05.02

④ 문태훈, 한국 토지정책의 녹색화, 한국환경사회학회

⑤ 김남근, 자산 불평등의 심화와 문제의 해소대책, 참여연대사회복지위원회

2 논증적 글쓰기의 절차

작성할 글의 전체적인 모습을 보여주는 프레젠테이션(개요)을 작성하였다면, 그것에 기초하여 실제적인 글쓰기를 시작할 수 있다. 개요 프레젠테이션의 각 슬라이드는 〈그림 5-14〉와 같이 〈서론-본론-결론〉 및 〈출처〉와 〈참고문헌〉을 작성하는 데 직접적으로 활용할 수 있다.

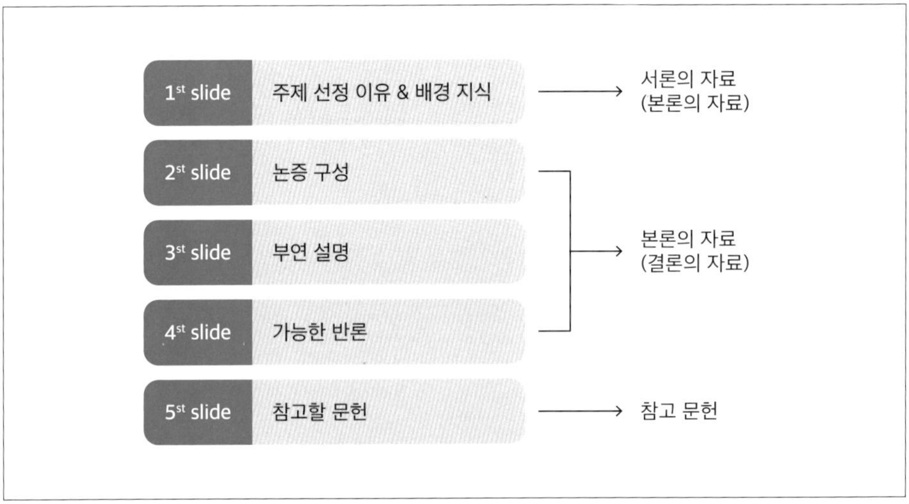

〈그림 5-14〉 개요 프레젠테이션에 대응하는 논증적 글쓰기 상관관계

논증적인 글은 일반적으로 '서론(머리말)-본론(몸말)-결론(맺음말)'의 형식을 가지고 있다. 만일 일반적 형식에 따라 글을 쓴다면, 우리는 자연스럽게 〈서론〉을 먼저 작성해야 한다고 생각하기 쉽다. 하지만 (적어도) 논증적인 글은 〈본론〉을 먼저 작성하는 것이 완성된 글의 전체적인 통일성(unity)과 정합성(coherence)을 확보하는 데 도움이 될 수 있다. 그 까닭은 아래의 '본론 쓰기-결론 쓰기-서론 쓰기'를 설명하는 과정에서 밝혀질 것이다.

1) 본론 쓰기

(1) 핵심 주장 제시

본론은 글쓴이의 핵심 논증이 명확히 드러나게 작성되어야 한다. 앞서 설명했듯이, 본론은 글쓴이가 여러 개의 소논증을 구성하여 최종 결론을 지지하고자 할 경우, 논증 구성 단계의 각 소논증은 실제 글쓰기에서 '장(chapter)'과 '절(section)' 또는 구분되는 '문단'으로 나누어 서술되어야 한다. 그리고 주장 또는 근거들과 관련된 주요 개념들을 명확히 할 필요가 있을 경우, 본론의 시작 또는 서론에서 분명하게 정의하거나 설명해야 한다. 개진하는 주장의 공정성을 확보하기 위해 기존 텍스트에 제시된 근거들을 비판적으로 검토하여 보완하거나 추가해야 한다는 점도 염두에 두어야 한다. 앞에서도 강조했지만, 논증적인 글쓰기는 정당화 문맥의 글쓰기이기 때문에 독자의 관점에서 근거가 그 자체로 받아들여질 수 없다고 판단되면 부속 논증을 구성하여 근거의 수용가능성을 강화할 필요가 있다.

(2) 장(chapter)과 절(section) 구성하기

앞서 2)절에서 보았듯이, 전체 논증이 여러 개의 작은 논증으로 구성되어 있는 경우, 즉 여러 개의 작은 논증의 소결론이 전체 논증의 전제적 이유의 역할을 하는 논증으로 구성되어 있는 경우, 각각의 작은 논증은 실제 글쓰기에서 하나의 '장' 또는 '절'로 구성되어야 한다.

〈표 5-6〉 논증 구성과 논증적 글쓰기

단계	논증 구성	논증적 글쓰기
2. 본론	P_1. P_2. ⋮ C_1. (소결론 1)	2.1 소제목
	P_1. P_2. ⋮ C_2. (소결론 2)	2.2 소제목
	P_1. P_2. ⋮ C_3. (소결론 3)	2.3 소제목
	C.	(최종) 결론

본론에서 개진하고 있는 내용에 따라 '장'과 '절'을 구분하여 표기하는 방식은 다양하다. 따라서 글의 전체적인 내용과 논증의 구성 형식을 고려하여 독자가 가장 읽기 좋은 방식으로 작성하는 것이 바람직하다. 〈표 5-7〉은 글쓰기에서 가장 일반적으로 사용하고 있는 몇 가지 방식을 보여주고 있다.

〈표 5-7〉 '장(chapter)/절(section)' 표기 방식들

행정부 형식	도서 형식	스피노자/비트겐슈타인 형식
1. 가. (1) (가) 1) 가)	제1장 제1절 제1항 제2장 제1절 …	1. 1.1 1.1.1 2. 2.1 …

여기서 주의할 점이 있다. 논의의 내용에 따라 '장과 절'을 구분하여 논증을 구성하는 것은 반드시 필요하다. 하지만 그렇다고 하여 세부적인 하위 '절'들을 지나치게 세세히 그리고 조밀하게 위계적으로 나누어 구성할 경우, 글의 구성이 이해하기 어려울 정도로 산만해지거나 난삽해질 수 있다. 따라서 세부적인 하위 '절'들은 대체로 3단계를 넘어서지 않게, 예컨대, 스피노자/비트겐슈타인 형식을 따를 경우 '1. → 1.1 → 1.1.1'보다 더 하위 절인 '1,1,1,1'까지 구분하지 않도록 에세이를 구성하는 것이 독자로 하여금 글의 흐름을 놓치지 않으면서 논의를 따라갈 수 있게 돕는 형식이라고 할 수 있다. 또한 각 '장'과 그것에 속한 '절'들에는 거기에서 다루고 있는 내용을 반영하는 '소제목'을 달아줌으로써 독자가 논의를 더 잘 이해할 수 있도록 도와야 한다.

2) 결론 쓰기

본론에서 필자의 핵심 주장과 중요한 일련의 논증을 모두 개진하였다면, 이제 결론에서 글을 마무리해야 한다. 결론은 일반적으로 다음과 같은 역할을 한다.

① 본론의 핵심 주장을 명료하고 간략하게 정리할 수 있다.

② 논제에 대한 재고와 함께 문제 해결 과정을 분명하게 보여줄 수 있다.

③ 필자의 주장(결론)이 갖는 의미를 제시할 수 있다.

④ 현안 문제와 관련된 향후 전망과 제언을 제시할 수 있다.

하지만 결론에서 이와 같은 모든 내용을 모두 다룰 수 없을뿐더러, 모두 작성해야 할 이유도 없다. 결론은 본론의 내용에 비추어 위에 제시한 일반적인 항목 중 필요한 내용만으로 구성하는 것이 바람직하다. 위에 제시한 '①~④'의 내용을 필요 이상으로 과도하게 작성할 경우, '결론'이 아닌 '본론'을 다른 방식과 표현을 빌려 다시 작성하는 오류를 저지를 수 있기 때문이다. 또한 너무 상투적이고 구태의연한 표현 또는 '청유형' 표현은 삼가야 한다. 결론을 작성할 때 유의할 점을 간략히 정리하면 다음과 같다.

①′ 과도한 요약은 또 다른 본론이 될 수 있다.

②′ 문제 해결 과정의 절차는 서론에서 제시할 수도 있다.

③′ 의미를 과장할 경우, 오히려 글의 가치가 훼손될 수 있다.

④′ 향후 전망의 제시는 새로운 논의의 시작이 되어서는 안 된다.

3) 서론 쓰기

서론은 일반적으로 '독자로 하여금 글을 읽고 싶은 마음'이 들도록 유인하고, 필자가 본론에서 개진하고 있는 논증의 흐름을 소개하고, 필요한 경우 필자의 '핵심 주장'을 분명하게 먼저 밝힐 수도 있다. 그러한 까닭에, 전체적인 글쓰기 과정에서 〈서론〉은 마지막에 작성되어야 한다. 필자가 서론에서 밝혀야 할 일반적인 내용을 간략히 정리하면 다음과 같다.

(1) 필수 요소: what? why? how?

① What: 무엇에 관해 쓸 것인가? (논제)

② Why: 왜 이 문제를 논의해야 하는가? (논제의 '문제성'을 부각)

③ How: 어떤 방식으로 접근할 것인가? (전체 분량에 따라 분량 조절)

(2) 선택 요소: 본문을 읽고 싶게 만드는 장치들, 필요에 따라 선택

① 개념 풀이를 통한 도입

② 현실 상황을 통한 도입

③ 주어진 텍스트 풀이를 통한 도입

④ 기타 재치 있는 장치들을 활용한 도입: 거짓 딜레마, 귀류논변 등

(3) 기타 필요에 따라 서론에 포함할 내용들

① 본론의 내용을 간략하게 소개 (짧은 에세이에선 불필요)

② 학술적인 성격이 강한 글에선 결론을 미리 밝힐 수 있다.

4) 논증적 글쓰기 작성 예시

다음에 제시한 두 편의 에세이는 학습자가 '① 개요 프레젠테이션 작성 및 발표 → ② 교수자 및 동료 학습자의 비판적 논평 → ③ 논평 내용을 반영하여 에세이 수정'의 절차에 따라 작성한 에세이다. 제5장의 '6)절'에서 제시한 '개요 프레젠테이션 PPT slide 사례 예시'와 비교하면서 다음의 글을 비판적으로 검토함으로써 '논증 구성으로부터 에세이 쓰기(from Argument to Writing)'가 어떻게 이루어지는지를 확인할 수 있을 것이다.

<주제 에세이 예시 1>

사실 적시 명예훼손죄, 왜 폐지해야만 하는가

○○○

1. 서론

고위공직자의 비리를 다룬 뉴스를 본 적이 있는가? 그 어디에서도 실명을 언급하지 않아 누군지 답답한 적은 없었는가? 최근 사실적시에 의한 명예훼손죄의 폐지 및 비법화에 관한 논의가 가속화되고 있다. 대한민국 형법 307조 제 1항은 '공연히 사실을 적시하여 타인의 명예를 훼손한 자는 2년 이하의 징역이나 금고 또는 500만 원 이하의 벌금에 처한다'라고 명시하며, 309조 제 1항은 '사람을 비방할 목적으로 신문, 또는 라디오 기타 출판물에 의하여 제307조 제1항의 죄를 범한 자는 3년 이하의 징역이나 금고 또는 700만 원 이하의 벌금에 처한다.'라고 명시한다. 이는 사실을 적시하고도 처벌을 받을 수 있다는 것을 암시한다.

유엔은 2011년과 2015년, 두 차례에 걸쳐 한국에 진실 방어를 위해 사실적시 명예훼손죄 규정을 폐지하라고 권고한 바 있다.[1] 이와 더불어 2005년 박영선 의원의 사실적시 명예훼손 법률의 개정안을 시작으로 현재까지 폐지안들이 발의되고 있다. 2018년 미투(#MeToo) 운동의 확산 이후에는 '사실 적시 명예훼손죄를 폐지해 달라'는 청와대 국민 청원도 등장했다.[2] 이에 따라 폐지되어야 한다는 주장과 유지되어야 한다는 주장 간의 대립이 이어지고 있다.

1 송주원, "공익제보자 잡는 사실적시 명예훼손… 유엔도 폐지 권고", 더팩트뉴스, 2020.01.29, http://news.tf.co.kr/read/life/1778081.htm (2020.06.18 접속)

2 배상균, 『사실적시 명예훼손행위의 규제 문제와 개선방안에 관한 검토』, 『형사정책연구』 제 29권 제 3호, 2018.09, pp. 164-165.

사실 적시 명예훼손죄는 그 법률 하에 있는 모든 개인의 표현의 자유를 저해하고 공적 제보를 위축시키는 부정적 영향을 미친다. 개중에는 그럼에도 불구하고 명예 훼손 피해자를 위해 사실 적시 명예훼손이 존속되어야 한다고 주장하는 사람들이 존재한다. 그러나 개인과 사회 전반에 두루 악영향을 미치는 사실적시 명예훼손죄를 안고 가야 할 이유는 어디에도 존재하지 않으며, 민주주의의 발전과 더불어 자유와 정의의 보호를 위해 폐지해야만 한다.

2. 본론

2.1 헌법이 보장하는 대로

누군가 당신에게 대한민국 국민으로서 헌법에 어긋나는 행동을 해도 되느냐고 묻는다면 어떻게 대답할 것인가? 아마도 한심한 표정을 지으며 당연히 안 된다고 답변할 것이다. 헌법이 규정하는 내용과 관련한 법률이 제정되는 것, 위헌법률 심판에서 헌법 불합치 결정이 내려진 법률을 무효화하는 것, 그리고 헌법이 규정하는 대로 국민들의 자유가 보장되거나 제한되는 것은 모두 너무나 당연한 대한민국 국민으로서의 삶의 풍경들 중 하나이기 때문이다.

헌법 제 21조 1항은 '모든 국민은 언론, 출판의 자유와 집회, 결사의 자유를 지닌다.' 라는, 대한민국 국민의 표현의 자유와 언론의 자유를 보장하는 내용을 담고 있다. 여기서 말하는 표현의 자유는 개인의 사상이나 의견을 자유롭게 표명할 수 있는 자유와 그것을 전파할 자유를 포함한다.[3] 누구나 자신의 의견이나 표현하고자 하는 바를 그것의 전파 수단과 관련 없이 게재하고 공유할 수 있다는 것이다. 또한 이 헌법 조항에서의 언론의 자유는 외부의 압력에 의해 구속 받지 않고 자유롭게 어떤 사건을 보도할 수 있는 것을 의미하는데, 이는 언론이 우리 사회에서 하는 역할과 밀접한 관련이 있다.

3 안상운, 『명예훼손이란 무엇인가』, ㈜살림출판사, 2011.07.29, pp 17

인터넷 신문, 종이 신문, 또는 방송과 같은 매체를 통해서 어떠한 사실을 밝혀 알리는 것은 모두가 동의하는 언론의 역할이다. 이렇게 보도된 사건은 국민들에게로 전파되어 다양한 의견의 수렴을 이루고 문제가 되는 건에 대한 여론을 형성하게 되는데, 이러한 과정들이 한데 모여 국민의 목소리로써 국가에 전달된다. 이러한 언론의 역할이 중요한 이유는 국민 하나하나의 목소리를 묵살하지 않는 민주주의 사회 하에서는 국민들에게 사실을 알 권리를 제공하고 표현의 자유를 보장하고 표출 가능하게 하는 장을 열어 주어야 하기 때문이다. 여론 형성 과정에서 표현되는 다양한 의사들은 헌법의 표현의 자유를 바탕으로 한 것이고, 그것의 표출 바탕이 되는 사건의 보도와 의견의 수렴은 언론의 자유를 바탕으로 한다. 개인의 의사 표출과 그로 인한 의견의 수렴은 각각 표현의 자유와 언론의 자유로써 서로 연관되어 헌법의 품 안에 들어가 있다는 것이다.

따라서 개인이 어떤 사건에 대해 문제가 되는 사람의 실명을 언급한다던가 언론이 그와 관련한 사실을 적시하는 것은 법률상으로 자유권의 범위 아래에서 보장되는 사항이다. 다시 말해, 헌법이 이 두 자유들을 보장하고 있다고 명시한 것은 허위가 아닌 '사실'을 적시했음에도 명예훼손으로 처벌하는 것은 헌법에 어긋나며 그렇기에 절대 있어서는 안 될 일임을 암시한다.

2.2 모호성

상당히 법리에 어긋나 보이는 사실 적시 명예훼손의 처벌에도 면책 사유는 존재한다. 1996년 대법원은 한겨레 신문의 '이내창씨 사망 전 안기부 요원 동행' 보도 사건에서 "행위자가 진실한 것으로 믿었고 또 그렇게 믿을 만한 '상당한 이유'가 있는 경우에는 위법성이 없다." 라고 판결하며 '상당한 이유' 라는 위법성 조각 기준을 도입했다. 이후 2003년의 판례에는 사실의 내용이 '악의적이거나 현저히 상당성을 잃었을 경우에 처벌' 한다고 명시하였으며 2005년에는 공인의 공적 활동과 밀접한 관련이 있는 사안에 관하여 진실을 공표한 경우에는 원칙적으로 '공공의 이익'이 있으면 비방의 목적이 없는 것으로 보아야 한다며 면책 사유를 제시

한 바 있다.[4]

그러나 '상당한 이유', '악의적일 경우', '공공의 이익 존재 여부' … 이 기준들이 정녕 객관적으로 판단될 수 있는 것들인가? 범죄 해당 여부와 면책 여부를 객관적으로 판단할 수 있는 밑바탕이 되기보다는 오히려 그 기준이 상당히 모호하고 불완전한 것으로 보인다. 위와 같이, 같은 대법원에서 똑같이 처벌되어도 그 이유가 다르고, 똑같이 면책되어도 면책된 기준이 사건마다 제각각이며, 형사적 처벌의 기준이 되는 법률이 이렇게 모호하다면 이 법률은 실효성을 현저히 잃은 것이며, 혼란만을 야기한다. 또한 그에 따라 정당성을 결여하게 되기 때문에 존속해야 하는 이유를 찾아볼 수 없다.

정당하지 않은 법은 폐지해야만 한다. 법률이라 함은, 객관성을 바탕으로 죄의 성립 여부와 그 경중을 따지는 것의 근간이 되는 것이 아닌가? 이 세계에서 그 누구도 어떠한 행위가 저 기준들에 부합하는지 객관적으로, 어떤 결함도 없게끔 따지는 것이 불가능하다면, 그 법이 과연 정당하며 유지되어야 한다고 말할 수 있는가? 절대 그렇지 않다.

3. 민주주의 정신의 훼손

3.1 표현의 자유 침해와 과도한 자기검열

이러한 법의 주관성과 모호성은 개인의 목소리를 위축시키는 데 일조한다. 어떠한 상황에서 처벌이 되는지, 또 어느 선까지 면책이 가능한지 그 기준이 온전하지 않은 상황에서 개인은 사실을 적시했다는 이유로 법정 공방에 휘말릴 수 있다는 부담감을 가질 수 밖에 없게 된다. 다시 말해, 면책 사유에 해당하여 처벌을 받게 되든 아니든, 애매한 법률 조항이 존재함에 따라 처벌받을 '가능성' 자체가 존재한다는 것은 부당하게 개인의 표현의 자유를 억압한다는 것이다.

---

4 조국, 『'공인' 대상 사실적시 명예훼손 및 모욕의 비범죄화』, 『한국형사정책학회 2013 동계학술대회』 2013.11, pp. 54-61.

이뿐만이 아니다. 최근 성범죄를 고발하는 미투(#MeToo) 운동과 관련하여 성범죄 피해자는 성범죄 가해자로부터의 역고소를 통한 2차 피해의 가능성을 이유로 정당한 사실 적시에 대해 심적 부담감을 안게 된다.[5] 이와 같이 사실적시 명예훼손의 처벌은 그 기준의 모호함에서 나오는 것이든, 정당한 고발에 대한 역고소로 인한 것이든 개인의 목소리를 위축시키고 표현의 자유를 제한한다. 어느 길로 돌아가도 해당 법률이 존재하는 이상 표현의 자유의 침해는 막을 수 없다는 것이다.

이와 더불어, 사실적시 명예훼손죄의 존재 자체는 과도한 자기검열로 이어지게 된다. 이러한 법률이 존재한다는 것은 누구나 언제든지 사실을 적시함으로써 처벌을 받을 수 있다는 것을 의미한다. 달리 말해, 이는 처벌에 대한 우려로 인해 개인이 의견을 표현하기에 앞서 게재하고자 했던 표현을 면책기준에 해당하도록 만들기 위해, 또는 처벌 기준을 피하기 위해 과도하게 축소시킬 수 있다는 것이다. 원래 의도했던 것보다 축소된 의견은 왜곡으로 이어질 수 있을 뿐만 아니라 자유로운 표현의 탄압으로 이어질 수 있다.

사실 적시 명예훼손으로 인해 발생되는 영향 중 개인의 의사의 검열보다 더욱 우려되는 것은 언론의 자기검열이다. 앞서 언론은 사실을 보도함으로써 사건에 대한 정보를 전달하고 국민들에게 공론장을 만들어 여론을 형성하는 역할을 한다고 언급한 바 있다. 이러한 언론 또한 해당 법률의 영향 아래 있게 되면 암묵적으로 언론의 자유를 탄압하는 것이 된다. 법률의 존속 자체로 인해 자체적으로 검열한 이후 보도하는 것이 사실을 꼬집고 여론을 형성하는 언론의 순기능을 저해하게 되는 것이다.

사실 적시 명예훼손죄로 인한 언론의 자기검열이 위험한 이유는 개인의 의사가 언론으로부터 많은 영향을 받기 때문이다. 언론의 자유가 보장되어야 객관적인 사실의 전달이 이루어질 수 있고, 사실 보도가 실현되어야 비로소 그것을 바탕으로 개인의 의사 표현의 자유가 보장된다. 그렇기에 사실적시에 의한 명예훼손죄는 그 존재 자체만으로도 그 법률의 영향 아래 있는 모든 언론과 개인을 위축시

5 이원상, 『미투운동에서 나타난 성범죄 대응 법체계의 문제점과 개선점』, 조선대학교 법학연구원, 제25권 제3호, 2018, pp. 22-23.

킨다. 사실 적시 명예훼손죄가 존재하는 한 이러한 악영향은 계속될 것이다.

본인이 본인을 검열하게 하고 하고자 했던 말도 삼키게 만드는 것은 물리적인 힘으로 언론과 개인을 탄압하는 것과 다름이 없을 뿐 아니라 스스로 그렇게 하도록 만든다는 점에서 더욱 악랄하다. 1970년대 제정되었다 이후 민주주의와 관련한 의식이 성장하며 폐지된 국가모독죄를 보라. 왜 사실 적시 명예훼손죄를 고수하여 시대와 체제를 역행하려고 하는가?

3.2 민주주의 저해

모두가 알다시피 민주주의 국가는 표현의 자유와 언론의 자유를 보장한다. 그것은 다른 체제의 국가와 가장 명확히 구별되는 점이며 동시에 가장 보장되어야 할 자유 중 하나이기도 하다. 따라서, 민주주의의 이념과 부합하지 않고 되려 그것을 거스르는 것은 법률, 명령, 규칙, 조례 할 것 없이 폐지되어야 한다. 사실 적시 명예훼손죄의 존재, 즉, 사실에 기반한 개인의 의견이나 언론의 보도를 스스로 검열하게 하고 표현의 주체가 표현함에 있어 부담을 갖게 하는 것은 정당하지 않으며 결론적으로는 민주주의의 발전을 위해서 사라져야만 한다는 것이다.

또한 사회적, 구조적으로 문제가 되는 집단이나 비리 의혹에 둘러싸인, 고위공직자들을 감시하고 비판하며 소신껏 의견을 내는 것은 권력의 균형과 관련한 국민의 의무에 해당하며 민주주의의 이념과 부합한다. 다시 말해, 사실로써 사회적으로 문제가 되는 사람에 대해 의견을 표출하는 것을 처벌하는 사실 적시 명예훼손죄의 존재는 공적 제보를 막는 길로써 민주주의에 어긋난다. 면책 사유가 존재한다 하더라도 처벌 가능성으로 인해 개인이 받게 될 심적 부담과 위축, 그리고 헌법의 적극적인 자유의 보장에도 불구하고 그것을 무시하고 존재하는 이 법률 자체는 그것의 존속이 민주주의를 저해하는 길이라는 것을 경고한다. 민주주의가 발전하는 길을 해당 법률과 같이 걸어가서는 안 된다는 것이다.

4. 면책 사유는 사실 적시 명예훼손을 회피할 수 있는 근거가 될 수 있는가?

사실 적시 명예훼손죄의 범죄 결정 여부와 관련하여 앞서 여러 면책사유들을 제시한 바 있다. '비방의 목적이 없는 것' '상당한 이유가 있는 것' '사실을 적시한데 공공의 이익이 있는 것' 등에 해당하면 처벌을 받지 않을 확률이 높다. 이 때문에 몇몇은 면책 사유의 존재는 피고인의 책임을 더는 사항이라고 할 수 있으므로 표현의 자유 침해 및 자기검열, 민주주의 저해 가능성에 동의하지 않을 수 있겠다.

그러나 이러한 기준들이 과연 객관적이고 의심의 여지 없이 정확한가? 전혀 그렇지 않다. 법원의 결정은 어디까지나 이렇게 주관적인 기준에 의한 것이며, 그러한 결정을 하는 것 또한 어디까지나 전적으로 법원에게 달려 있다. 피고인은 본인의 의사 표현이 공공의 이익을 위함이었다고 주장할 것일 반면, 검사 측은 비방성의 존재를 피력할 것이므로 면책 사유로 피고인의 상황이 전화될 가능성 또한 '가능성'에 불과하다.[6] 또한 면책된다고 하더라도 어떠한 발언이 면책되어 무죄가 될 지 아닐지는 법적 공방을 통해서만 가능하다. 다시 말해, 법적 다툼을 하며 드는 시간과 비용은 아무도 책임져 줄 수 없다는 것이다. 유죄가 되어 처벌을 받는 것이 확정된 상황에서도 물론 표현의 자유의 위축이 일어날 수 있지만 그것이 아니더라도, 앞서 언급한 기소된 후의 법적 다툼 속 시간과 비용의 투자가 부담스러워 또한 자기검열에 이를 수 있다.

손지원 변호사(사단법인 오픈넷)는 "진실을 숨겨야 지킬 수 있는 건 진정한 명예가 아닌 허명"이라고 주장하며 사실 적시 명예훼손죄를 폐지해야 함을 강조했다.[7] 면책 사유가 존재하여 피고인의 책임이 가벼워지기 때문에 표현의 자유의 침해가 이루어지지 않는다고 하는 것은 법률의 존속 자체에서 일어나는 효과를 무시한 안일하고 피상적인 주장일 뿐이다. 사실적시에 의한 명예훼손 법률의 자기검열

---

6 조국, 『'공인' 대상 사실적시 명예훼손 및 모욕의 비범죄화』, 한국형사정책학회 2013 동계학술대회, 2013.11, p. 62.

7 송주원, "공익제보자 잡는 사실적시 명예훼손… 유엔도 폐지 권고", 더팩트뉴스, 2020.01.29, http://news.tf.co.kr/read/life/1778081.htm (2020.06.18 접속)

및 표현의 자유 침해 효과는 절대 부정할 수 없다. 면책사유가 존재한다고 하여 자유를 보호한다는 명목 하에 법률을 폐지하여 본질을 꿰뚫지 않고 그저 개정하는 것으로 만족하는 것은 스스로의 몸에 족쇄를 채우는 것과 다르지 않으며 그에 따라 진정한 자유의 보호와 정의 실현이 불가능해진다는 것을 인지해야만 한다.

5. 정의를 향한 길

2020년 4월경, 유시민 노무현 재단 이사장은 MBC라디오 '김종배의 시선집중'에 출연하여 '고위 검사와 검찰 출입 기자가 같이 뒹군다'면서 당사자들의 실명을 언급한 바 있다. 여권 인사의 비위를 취재하고자 언론권력과 검찰권력이 협잡한다는 것이다.[8] 여기서 던져야 할 중요한 질문이 있다. 과연 유 이사장의 행위는 사실 적시 명예훼손죄에 의거, 처벌을 받아야 마땅한가? 절대 그렇지 않다.

위와 같은 사례에서, 개인이 실명을 언급하거나 사실을 적시하는 것을 처벌한다면 그것은 곧 민주주의와 정의의 후퇴를 의미한다. 한 국가를 쥐락펴락하는 기관들이 서로 협잡하여 비리와 적폐를 이루는 것을 허위도 아닌 사실에 기반하여 비판하고 의견을 표현하는 것이 처벌받는 것이 과연 표현의 자유를 보장하는 민주주의 국가에서 일어날 수 있는 일인가? 이러한 처벌과 처벌 가능성의 존재는 그것이 표현의 자유를 침해하기 때문에 불공정하다고 볼 수도 있지만 더 나아가 이러한 법률의 존재가 유 이사장의 발언과 같은 정의로운 사실의 표현과 비판을 시간이 흐를수록 위축시켜 정의라고는 찾아볼 수 없는 대한민국으로 만들 가능성이 있기 때문에 더욱 치명적이다.

따라서 대한민국이 보다 더 자유롭게 국민들의 비판이 이루어지는 정의로운 국가, 표현의 자유를 보장하는 민주주의 정신을 잘 실현하는 국가로 거듭나기 위해서는 사실 적시 명예훼손죄의 면책 사항에 안주하거나 법률을 개정하는 것에서

---

8 최은경, "유시민, 검사장 실명 공개 "명예훼손? 그럼 날 고소하라"", 조선일보, 2020.04.03, https://news.chosun.com/site/data/html_dir/2020/04/03/2020040302800.html?utm_source=urlcopy&utm_medium=share&utm_campaign=news (2020.06.24 접속)

그칠 것이 아니라 그것을 폐지해야만 한다.

6. 결론

사실 적시 명예훼손죄의 존속은 해당 법률의 영향이 미치는 국가의 국민과 언론의 표현의 자유를 탄압하고, 필요 이상의 자기검열을 유도한다. 가해자의 실명을 언급함에 따라 범죄 피해자의 2차 피해를 야기하기도 한다. 또한 해당 법률은 사실에 기반한, 권력에의 정당한 언론과 개인의 비판마저 축소시킬 수 있어 정의를 위한 사실 적시까지 묵살하곤 한다. 이는 권력 감시의 원리를 바탕으로 하는 민주주의의 원칙에 어긋나며 민주주의가 보장하는 표현의 자유를 저해한다. 이것이 민주주의의 후퇴가 아니라면 무엇이란 말인가?

유럽 평의회는 표현의 자유가 민주주의의 근간을 이루는 매우 중요한 기본권인 점을 강조하며 회원국들에게 비범화를 권고한 바 있다. 2020년 기준, OECD 수준의 민주주의 국가 중 사실적시 명예훼손을 범죄화하는 나라는 소수이다. 독일, 영국 등 다수 유럽 국가, 미국 각 주, 그리고 여러 동유럽 국가에서는 이미 형법상 명예훼손죄는 폐지되거나 사문화되었으며, 프랑스, 오스트리아, 스위스 등과 같이 명예훼손죄를 폐지하지 않은 나라들 또한 대부분 사실임을 입증하면 면책된다.[9]

대부분의 민주주의 국가는 사실을 적시하는 것은 범죄로써 처벌하지 않는다. 이제는 대한민국 또한 민주주의의 핵심이 어디에 있는지 직시해야 한다. 민주주의를 역행하는 사실 적시 명예훼손죄를 반드시 폐지하여 굳게 닫혔던 사실과 정의, 그리고 표현의 자유의 문을 활짝 열어야 할 때이다.

---

9 윤해성 외 1명, 『사실적시 명예훼손죄의 비범죄화 논의와 대안에 관한 연구』, 한국형사정책연구원, 2018.10, pp. 57-64.

참고문헌

배상균, 『사실적시 명예훼손행위의 규제 문제와 개선방안에 관한 검토』, 『형사정책연구』 제29권 제3호, 2018.09, pp. 164-165.

송주원, "공익제보자 잡는 사실적시 명예훼손… 유엔도 폐지 권고", 더팩트뉴스, 2020.01.29, http://news.tf.co.kr/read/life/1778081.htm (2020.06.18 접속)

안상운, 『명예훼손이란 무엇인가』, (주)살림출판사, 2011.07.29, p. 17.

윤해성 외 1명, 『사실적시 명예훼손죄의 비범죄화 논의와 대안에 관한 연구』, 한국형사정책연구원, 2018.10, pp. 57-64.

이원상, 『미투운동에서 나타난 성범죄 대응 법체계의 문제점과 개선점』, 조선대학교 법학연구원, 제25권 제3호, 2018, pp. 22-23.

조국, 『'공인' 대상 사실적시 명예훼손 및 모욕의 비범죄화』, 『한국형사정책학회 2013 동계학술대회』 2013.11, pp. 54-62.

최은경, "유시민, 검사장 실명 공개 "명예훼손? 그럼 날 고소하라"", 조선일보, 2020.04.03, https://news.chosun.com/site/data/html_dir/2020/04/03/2020040302800.html?utm_source=urlcopy&utm_medium=share&utm_campaign=news (2020.06.24. 접속)

<주제 에세이 예시 2>

토지 공개념과 사회적 비용

○○○

1. 서론

최근 부동산 가격의 급격한 상승이 사회적으로 가장 큰 이슈로 자리하고 있다. 4.7 보궐선거 결과 민심은 집값을 잡지 못한 여당에 책임을 물었다. 젊은이들은 내집마련의 꿈과 점점 멀어져가는 자신의 처지에 절망하고 있고, 코인과 주식으로 한탕을 노려보겠다며 소위 빚내서 투자한다는 '빚투'를 실행하고 있다. 한국은행은 최근 2030의 가계부채가 440조원으로 2019년 말보다 17.3% 증가했음을 밝혔고, 한국부동산원에 따르면 지난해 12월 서울 아파트 매수자 중 30대 이하가 43.9%에 육박했으며 국내 4대 암호 화폐 거래소 신규가입자는 63%가 2030세대였다.[1] 출산율은 곤두박질치고 있고 이미 한국 사회가 인구 감소 국면으로 접어들었음이 나타나고 있다. 이렇게 사회의 존속을 위협하는 문제들의 근본적인 원인은 명백하게도 부동산 시장의 과열이다. 그리고 이에 대한 근본적인 해결 방안은 이미 여러 번 제시되어온 바 있다. 그것은 바로 토지공개념이라는 것인데, 한국에서는 노태우 정권에서 활성화되었다가 위헌 및 헌법불합치 판정을 받게 되어 소멸되었다. 개발이익환수법이 남아있기는 하지만, 이 또한 계속해서 위헌소송이 제기되고 있고 현실적으로 제대로 운용되지도 않는다. 문재인 정부 들어 토지공개념을 헌법에 명시하려는 움직임이 있었으나 국회에서 표결도 되지 못

1 김익환, "자산거품 경고음 커지는데… '영끌 가계빚' GDP 맞먹는 1765조", 한국경제, 2021년 6월 2일 수정, 2021년 6월 4일 접속. https://news.naver.com/main/read.nhn?mode=LSD&mid=sec&sid1=101&oid=015&aid=0004551682

한 채 불발된 바 있다.

그럼에도 이 글에서는 최근 집값 폭등이 심각한 사회문제임을 인식하여 토지공개념 제도화를 재고하고자 한다. 토지공개념은 토지의 사적 소유권을 인정하되, 그 소유와 처분을 공공의 이익을 위해 제한할 수 있다는 사상을 뜻하나, 여기서는 논의의 편의와 분명함을 위해 그 범위를 토지초과이득세제와 개발이익환수제 도입으로 한정한다. 토지초과이득세제는 각종 개발사업과 기타 사회경제적 요인으로 개발지역 주변 유휴 토지나 비업무용 토지의 지가가 상승함으로써 지주가 얻게 되는 이익에 대해 과세하는 제도를 말한다. 개발이익환수제는 토지사용계획의 변경이나 주변 인프라 건설 등으로 인한 토지가치의 상승으로부터 발생하는 이익의 절반 정도를 국가가 환수하는 제도이다. 이 글은 크게 두 가지 관점에서 토지공개념의 제도화를 논의할 것인데, 바로 이론적으로 자본주의 체제 내에서 수용될 수 있는 것인지(정당한지)의 관점과 현실적으로 필요한지의 관점으로 접근하려고 한다.

2. 본론

2.1 지대의 불로소득성

경제학에서는 생산에 투입되는 생산요소로서 대표적으로 노동, 자본, 토지를 개념화하고 있다. 다만 논의의 명확함을 위해 자본에 대한 약간의 설명이 더 필요할 듯하다. 많은 사람이 자본을 돈과 등치시키는 오류를 범하곤 하는데, 경제학에서 말하는 자본은 그렇게 단순하지 않다. 경제학에서 자본은 노동의 결과물이자 생산에 필요한 투입물이다. 대개 자본은 인간의 노동으로 생산되고, 추후 생산에 서비스를 제공함으로써 부가가치를 창출하는 능력을 갖는 비인(非人)적인 것이다. 예를 들면, 기계, 공장, 건물, 재고품 등이 대표적이다. 이러한 세 가지의 생산요소에 대해 각각 주어지는 보상으로서 임금, 이자, 지대가 있다. 임금은 인간의 노동에 대한 보수이고, 이자는 자본이 생산을 위해 제공한 서비스에 대한 대가

이다. 지대란 소득의 일종으로, 부가가치가 생산되는 과정에서 토지가 공헌한 만큼에 대한 보수이다. 그런데 지대는 임금과 이자와는 다른 특수한 성격을 갖는데, 바로 불로소득이라는 것이다. 임금과 이자의 경우 그 근원은 인간의 노동에 있다. 임금은 전술했듯이 노동에 대한 직접적인 보수이고, 이자의 경우 인간의 노동으로부터 생산된 자본의 몫이기 때문이다. 그러나 지대의 주인은 지구상의 모든 유기체가 삶을 영위하는 기반인 토지이다. 현실에서는 토지가 인간의 사유재산으로 분류되면서 지대 또한 그 소유주에게만 귀속되고 있는 실정이다. 즉, 소유주는 생산에 참여하지 않았음에도 토지를 소유하고 있다는 이유만으로 노동, 자본, 토지가 창출한 부가가치의 일부를 지대로서 차지하고 있으니 이를 불로소득이라고 부르기에 충분하다.

2.2 토지공개념의 정당성

2.2.1. 지대가 모두 사유화되는 경우의 문제

토지로부터 발생하는 불로소득이 절대적으로 사유화되어야 한다는 주장이 참이라고 하자. 이에 따라 토지와 그 산물인 지대는 사유재산으로 분류될 것이다. 즉, 이러한 주장은 토지와 지대가 사유재산권의 범주에 포괄된다고 선언하는 것이다. 한편, 사유재산권은 '내 몸은 나의 것'이며 그에 따라 '나의 노동의 결과물 또한 나의 것'이라는 사회계약론자 존 로크의 아이디어에 기초하고 있다. 존 로크는 자신의 몸은 자신의 것이라는 보편타당한 명제로부터, 그의 육체와 정신을 동원해 생산한 가치 또한 그의 것이 되어야 한다는 결론에 이름으로써 근현대적인 천부적 재산권을 정립했다.[2] 만일 재산권이 보장되어야 하는 이유로서 로크의 견해를 부정할 수 없다면, 앞서 참이라고 가정했던 주장은 재산권의 기초와 전면 배치되는 것이다. 토지는 '자신의 육체'와 '그 육체로부터의 산물'처럼 천부적인 인간의 것이 아니기 때문이다. 오히려 지대는 토지 소유주 개인의 노동이 산출한 결실이 아닌, 공동체의 노력과 기여를 통해 형성된 것이다. 공동체 구성원들이 부담

---

2 정윤석, 「로크 『통치론』」, 『철학사상』 별책 제2권 제4호, 2003, 31쪽.

하는 세금이 특정인의 토지 인근 사회간접자본을 확충하는 데 사용되면, 그에 따라 그 소유주의 토지 가치가 상승하게 된다. 또한, 토지 소유주의 땅 인근에 인구가 집중되기 시작하면, 이에 따라 토지 가치가 상승하기도 한다. 즉, 지대는 공공의 힘이 빚어낸 산물이다. 이러한 지대의 성격을 간과하고 토지에 대한 절대적이고 독점배타적인 권리를 행사한다면 지대 상승에 대한 공동체의 기여분을 부당하게 강탈하는 것으로 이해될 수 있다. 요약하자면, 토지와 그 산물인 지대를 절대적으로 사유화하자는 주장은 아이러니하게도 사유재산권을 붕괴시키게 된다.

2.2.2. 지대가 모두 국유화되는 경우의 문제

2.2.1에서 논의한 바에 따라 개인의 소중한 재산권이 위협받지 않으려면 토지와 지대가 절대적으로 국유화되어야 한다는 주장이 제기될 수 있다. 그러나 이 글에서는 이러한 주장이 극단적이며, 바람직하지 않다고 본다. 토지는 앞서 살펴보았듯이 절대적으로 사유화될 수 없는 속성을 가지고 있다. 그러한 속성은 토지가 지극히 자연적이고, 지구상의 어느 특정 유기체를 배제하기 곤란하다는 '공공성'에 기인한다. 그러나 토지는 다른 경제재와 마찬가지로 유한한 자원이기도 하다. 경제학에서는 인간의 욕구가 무한한 데 반해 자원이 한정적이므로 시장 기구를 통한 자원의 효율적 배분을 강조하고 있다. 따라서 토지 역시 시장에서 '보이지 않는 손'의 조정을 거쳐야 한다.

2.2.3. 토지공개념의 이론적 정당성

2.2.1과 2.2.2에서의 논의를 종합해보면, 토지는 절대적으로 사유화되어서도, 절대적으로 국유화되어서도 안 된다. 즉, 양자의 타협점을 모색하는 것이 인간과 토지의 공존을 위해 요구될 것이다. 그리고 토지공개념의 제도화는 이에 대한 적절한 대안으로서 정당하다. 토지공개념은 토지의 배분을 시장기구에 위임할 필요성을 부정하지 않으면서 토지의 자연적 성격(공공성)을 고려하여 지대의 일부를 공동체가 환수하자는 것이기 때문이다.

토지공개념이 사회적 의제로 설정되고 활발한 논의가 개진되는 시점에서 항상 제기되는 반론이 있는데, 바로 토지공개념이 사유재산권을 침해한다는 주장이다. 현실에서 토지공개념 반대론자들은 그것이 사회주의적이라고 역설하며, 토지공개념이 체제에 위협이 된다는 주장으로 시민들을 오도하는 경향이 있다. 이러한 다소 극단적인 주장은 토지공개념이 토지를 국유화하는 장치가 아니라는 사실을 인지하지 못하고 있다. 따라서 토지공개념이 사회적 공감대를 얻기 위해서는 그것이 토지의 공공성을 강조한다는 측면에 제기되는 이념적인 공격에 별도로 응수해야 하겠다. 거듭 강조하지만, 토지공개념은 토지와 지대를 국유화하는 것과 절대적으로 사유화하는 것이 각각 파생하는 문제점들에 대한 해법이자, 양자의 절충안으로서의 성격을 지니는 개념이다. 적어도 이 글에서 논의하는 토지공개념은 자본주의적 경제질서를 벗어나지 않는 선에서 토지의 공공성을 인정함으로써 재산권의 기초를 견고히 하므로, 이념적인 공격의 대상이 될 수 없다.

2.3. 토지공개념의 필요성

2.3.1. 토지공개념을 통한 사회적 비용 충당

현대 주류 경제학은 분석상의 편의를 위해 현실에 존재하는 여러 변수를 외부화하고 있다. 외부화는 경제학에서 이론적 모형 정립의 편의를 위해 주요 변수가 아닌 것들을 일정한 것으로 가정한다는 뜻이다. 영국의 신고전학파 경제학자 아서 세실 피구는 외부화로 인해 상품의 효율적 생산 수준은 사적 한계비용과 한계편익이 일치하는 지점에서 결정되지만, (외부화된)사회적 한계비용을 반영하면 그것이 한계편익을 넘어섬으로써 생산이 비효율적일 수 있음을 보여주었다.[3] 실제로 생산자는 경제활동을 진행하면서 생산비용뿐만 아니라 사회적 비용을 유발한다. 그러나 이러한 손실은 그것을 발생시킨 당사자가 아닌 사회가 부담하고 있다. 가령, 단일 작물 생산과 화학비료를 축으로 하는 오늘날의 산업농업은 산출물을 계산할 때 토양, 미생물, 수자원의 영구적인 손실을 무시한다.[4] 이러한 사회적 비용이 외부화되면 경제주체가 환경보호를 실천할 유인이 감소하면서 오염이 가속

3 리처드 울프, 스티브 레스닉, 『경제학의 대결』, 연암서가, 2020, 412-413쪽.

4 헬레나 노르베리 호지, 『행복의 경제학』, 중앙books, 2012, 62-64쪽.

화된다.

물론 외부화된 사회적 비용을 내부화하는 과정에서 필연적으로 수반되는 정부의 개입이 오히려 비효율을 초래할 수 있다는 반론이 제기될 수 있다. 그러나 이러한 반론이 정부의 시정조치를 무용한 것으로 단정하는 근거가 될 수는 없다. 시장과 정부는 늘 대립하는 것처럼 보이지만 하나의 공통적인 속성을 지닌다. 그것은 바로 양자 모두 완벽하지 않다는 것이다. 시장과 정부 모두 전지전능하지 못한 인간의 제도이자 조직이기 때문이다. 따라서, 자원의 효율적 배분을 담당하는 시장과 법의 집행과 정책의 운용을 담당하는 정부가 각자의 위치에서 항상 충분히 그들의 임무를 수행하리라고 기대하는 것은 어리석은 일이다. 양자 모두가 실패할 수 있다는 가능성을 인정해야만 건설적인 논의가 개진될 수 있다는 말이다. 구체적으로 경제학에서는 시장 실패가 발생할 경우, 그 문제를 해결할 주체로서 정부를 상정하고 있다. 그러나 정부조직이 문제 해결을 위해 개입한다 하더라도, 그것의 경직적인 성격과 관료들의 도덕적 해이로 인해 발생하는 비효율이 목표 달성을 어렵게 할 수 있다. 만약 이러한 비효율이 우려되어 시장의 실패와 그로부터 발생한 사회적 비용 부담과 관련된 문제에 정부의 개입을 차단한다면, 결국은 그 문제를 방치하자는 주장과 다를 바 없게 된다. 따라서 정부 실패 발생 가능성을 두고 시장에 대한 비개입을 주장하거나, 시장과 정부의 배타적인 우위를 정하려는 시도보다는 양자가 추구하는 공동의 목표인 인류의 지속적인 번영을 성취하기 위해 생산적인 대안이자 합의점을 도출해내는 것이 중요하다. 그러한 관점에서 토지공개념은 시장의 기본적인 매커니즘을 존중하면서도 정부의 조세제도를 통해 지대의 일부분을 공동체가 환수하는 것이기 때문에 시장과 정부의 끈질긴 줄다리기 속 적절한 합의점이라고 생각한다.

2.3.2. 부동산 가격 상승 억제의 측면

최근 과도한 부동산 가격 상승이 사회적으로 문제시되고 있음은 자명하다. 집값이 천정부지로 치솟으면서 거주공간으로서의 집이 지닌 의미는 무색해지고, 투기적 수단으로만 고려되고 있는 실정이다. 주택 가격이 급격히 상승하면서 자산 불평등, 저출산, 주거 불안 등 거대한 사회문제들이 파생되고 있으며, 이러한 것들의 발생을 억제하거나 해소하려는 시도가 수반하는 막대한 사회적 비용이 발생하고 있다. 이러한 현상의 원인에는 통화량 증가나 정책 실패 등 다양한 것들이 있겠으나 가장 근본적인 것은 높은 시세차익을 목표로 한 투기적 수요와 집값 상승의 악순환이다. 부동산의 시세차익은 개발이익으로 환원된다. 개발이익이란 토지 사용계획의 변경이나 주변 인프라 건설 등으로 인한 토지 가치의 상승으로부터 발생하는 증가분을 의미한다. 개발이익은 토지 소유주의 노동이나 자본 축적으로부터 발생하는 것이 아니라 공공의 힘(주변 인구 증가, 인근 인프라 확충 등)이 만들어내는 것임에도 전적으로 사유화되고 있는 것으로, 앞서 논의했던 지대에 해당한다. 이러한 개발이익에 대한 기대로부터 토지에 대한 투기적 수요는 끊임없이 산출되고 있다. 이에 따라 부동산 가격 상승률은 더 커지게 되고, 더 많은 투기적 수요를 재생산한다.[5] 현재 GDP대비 가계부채 비율이 100%에 다다른 것이 이러한 현상을 방증하고 있다.[6]

개발이익에 대한 기대에 기인하여 투기적 수요가 발생하는 현상 자체를 사회문제로 규정하는 것이 바람직하지 않다고 보는 시각이 존재한다. 토지의 개발이익을 기대하는 것은 곧 지대를 추구하는 행위이다. 이러한 시각은 지대를 추구하는 행위가 주식에 투자하는 것과 마찬가지로 합리적 개인의 이익 극대화를 위한 전략이며 자본주의 체제는 이를 전적으로 지지한다는 판단에 기초한다. 그러나 이는 경제주체의 이익추구가 타인의 것을 함부로 빼앗지 않는다는 조건하에 가능하다. 주식 투자의 경우 투자자가 사전에 축적해둔 부의 일부를 기업의 생산을 보조하는 데 투입함으로써 그 기업의 부가가치 생산분의 일부를 보상받는 것이다. 즉, 이 경우 투자자는 그가 투자한 기업의 생산에 기여했다고 볼 수 있다. 그러나 지대를 추구하는 행위는 그렇지 않다. 지대추구는 노동이나 자본축적을 통한 투자와는 달리 새로운 부가가치를 창출하는 데 기여하지 않고, 이에 따른 지대의 획득은 단순히 기존에 존재하던 것의 이전, 즉 부가 이동하는 것으로밖에 설명되지 않는다. 따라서 지대 부가가치 생산에 참여한 이들의 몫을 강탈한다는 점에서, 무

---

5 문태훈, 「한국 토지정책의 녹색화」, 『환경사회학연구 ECO』 제8호(2005), 46쪽.

6 박용주, "한국 GDP 대비 가계부채 100% 육박…"금리상승시 우려", 연합뉴스, 2021년 4월 5일, 2021년 6월 4일 접속, https://www.yna.co.kr/view/AKR20210404024900002?input=1195m

제한적으로 허용될 수 없는 것이다.

2.3.3. 난개발 문제

높은 토지가격으로 나타나는 개발이익이 토지 소유주에게 귀속되면 토지개발이 사회적 최적 수준을 넘어서는 난개발이 발생하고 그 결과 환경은 파괴된다.[7] 역사는 토지 소유권의 절대적 사유화가 난개발과 그에 따른 막대한 사회적 비용을 유발함을 입증하고 있다. 19세기 말까지 서구는 토지의 절대적 사유화가 보장하였으나 그에 따른 지대추구행위가 성행하면서 토지 소유주의 개발 시도가 만연하게 되었고, 자유로운 개발은 도시환경을 황폐화했다.[8] 이러한 난개발은 주변 환경에 필연적으로 악영향을 가하고 사회적 비용을 유발하게 된다.

2.3.4. 토지공개념의 현실적 필요성

토지공개념은 개발이익의 상당 부분을 국가가 환수하여 부동산 가격의 급격한 상승이 파생하는 다른 사회적 문제들을 해결하기 위한 비용 충당에 사용한다. 또한, 이로써 토지 소유주에게 귀속되는 개발이익의 규모가 축소되면 이를 추구하는 투기적 수요 또한 억제되는 효과를 기대할 수 있다. 난개발의 문제에 대해 그 해결책으로서의 토지공개념은 역사적으로 입증된 정책 수단이다. 토지에 대한 자유방임적인 정책 기조로 인해 난개발이 만연하게 되자, 서구의 정부는 토지소유권과 결합되어 있던 개발권을 분리하고 정부가 이를 통제하는 한편, 개발이익을 공공의 토지보상가에서 제하는 방식을 채택함으로써 문제를 해결했다. 요약하자면, 토지공개념은 토지를 사유화함으로써 발생하는 문제 및 그에 따른 사회적 비용에 대한 해결책으로서 기능하기 때문에 필요하다고 할 수 있겠다.

---

7 문태훈, 「한국 토지정책의 녹색화」, 『환경사회학연구 ECO』 제8호(2005), 47쪽.

8 최병선, 「토지소유권과 지속가능한 국토관리」, 대한국토 · 도시계획학회 『국토계획』 제37권 제1집(2002), 5쪽.

3. 결론

이로써 토지공개념이 제도화되어야 한다는 논의를 마쳤다. 상기해보자면, 가장 먼저 지대가 불로소득적임을 전제하였다. 그 후 토지공개념이 토지의 절대적 사유화나 절대적 국유화와는 다르게 재산권을 지지하고 있으므로 이론적으로 정당함을 제시했다. 또한, 난개발 및 개발이익의 사유화로 발생하는 투기적 수요의 형성으로 인한 집값 상승, 그로부터 발생하는 다양한 사회적 문제 등 토지의 독점 배타적인 소유권을 보장함으로써 발생하는 사회적 비용들로 인해 현실적으로 토지공개념이 필요함을 보였다. 마지막으로 제기될 수 있는 반론 세 가지를 예시하여 반박함으로써 토지공개념의 제도화가 필요하다는 결론으로 도달하였다. 이 글이 다루고 있는 논의 전반은 많은 이에게 잊혀졌으나 우리 사회의 지속 가능한 미래를 위해 진지하게 재고되어야 할 토지공개념이라는 의제를 다시 드러냈다는 점에 의미가 있다고 하겠다. 현시대를 살아가고 있는 사회의 구성원들과 그 후손들의 삶이 구성되는 공간으로서의 토지가 단순한 투기적 수단으로 전락해버리지 않도록, 직면된 사회문제들이 심화됨에 따라 인구 감소와 양극화의 고착이 나타나는 디스토피아가 도래하지 않도록 하고자 한다면, 토지공개념을 제도화하고자 노력하는 정치인의 손을 들어주어야 할 것이다.

참고문헌

도서

리처드 울프, 스티브 레스닉, 『경제학의 대결』, 연암서가, 2020.

헬레나 노르베리 호지, 『행복의 경제학』, 중앙books, 2012.

논문

문태훈, 「한국 토지정책의 녹색화」, 『환경사회학연구 ECO』 제8호, 2005, 43-78쪽.

정윤석, 「로크 『통치론』」, 『철학사상』 별책 제2권 제4호. 2003, 1-140쪽.

최병선, 「토지소유권과 지속가능한 국토관리」, 대한국토 · 도시계획학회 『국토계획』 제37권 제1집, 2002, 5-6쪽.

사이트

김익환, "자산거품 경고음 커지는데…'영끌 가계빚' GDP 맞먹는 1765조", 한국경제, 2021년 6월 2일 수정, 2021년 6월 4일 접속, https://news.naver.com/main/read.nhn?mode=LSD&mid=sec&sid1=101&oid=015&aid=0004551682

박용주, "한국 GDP 대비 가계부채 100% 육박…"금리상승시 우려", 연합뉴스, 2021년 4월 5일, 2021년 6월 4일 접속, https://www.yna.co.kr/view/AKR20210404024900002?input=1195m

5) 퇴고: 최종 검토 및 출판(에세이의 공표)

지금까지 우리는 '글쓰기 전' 및 '글쓰기 단계'에서 필요로 하는 사항들을 확인해 왔다. 하지만 글쓰기 전에 충분히 준비하고, 글쓰기 또한 충실히 이행했다고 하더라도 아직 글이 완성된 것은 아니다. 즉, 글쓰기는 글쓰기 '전'에 이미 시작되고 글쓰기 '후'의 단계를 거쳐야 비로소 끝난다고 할 수 있다. 글쓰기 전의 단계가 갖는 중요성에 대해서는 이미 확인했다. 그와 마찬가지로, 아니 오히려 글쓰기 후의 단계가 더 중요하다고 볼 수 있다. 소위 끝날 때까지 끝난 게 아니듯이, 글쓰기도 이제부터 우리가 살펴볼 글쓰기 후의 단계를 밟아 완수하기 전에는 끝난 것이 아니다.

(1) 퇴고

아무리 글쓰기를 면밀하게 했다고 하더라도 논증적인 글은 여타의 글보다 훨씬 엄격한 논리 관계를 요구하는 한, 결코 한 번에 완성될 수가 없다. 누구나 자신에게는 관대해지기 마련이므로 실제로 글을 써 나가는 과정에서 자기도 모르게 점차 느슨해진 태도를 갖게 되기 쉽고, 그것으로 인해 여러 문제점들을 덮은 채 넘어가고 만다. 글을 다 쓰고 나서 마치 타인의 글을 읽는다는 마음으로 내 글을 읽어 보면, 글을 쓰는 도중에는 보이지 않았던 수많은 문제점들이 비로소 눈에 들어오게 된다. 항상 독자를 염두에 두면서 글을 써야 함을 앞에서 누차 강조했다. 하지만 그럼에도 불구하고 필자로서 글을 쓰는 과정에서 희미해지기 마련인 독자를 다시 되살려, 스스로 필자가 아닌 독자로서 다시 한 번 내가 쓴 글을 곱씹어 보는 것은 아무리 강조해도 지나침이 없다.

글쓰기 전 단계 및 글쓰기 단계에 들인 시간 이상을 퇴고에 들인다면, 퇴고 후의 글은 퇴고 전의 글과 비교했을 때 훨씬 완성도 높은 글이 되어 있을 수밖에 없다. 시간의 제약으로 인해 퇴고에 충분한 시간을 할애할 수 없는 경우라고 하더라도, 적어도 '맞춤법, 띄어쓰기, 오자, 탈자'와 같이 글과 글쓴이의 신뢰도를 훼손하는 실수들을 글에 남기는 어리석은 실수를 저질러서는 안 된다. 논증적 글쓰기는 '쓰는 것이라기보다 쓰고 나서 고치는 것'이라고 할 수 있다.

(2) 제목

우리가 책을 사거나 영화를 예매하는 경우를 생각해 보자. 당연한 말이지만, 그것들을 읽거나 보기 전에는 내용을 가늠하기 어렵다. 심지어 책이나 영화에 대한 사전 정보조차 전혀 주어져 있지 않을 때에는 어떤 기준으로 그것들을 선택할까? 그렇다. 제목이다. 바로 제목을 통해 우리는 아직 읽지도 보지도 않은 책과 영화의 내용을 나름대로 예상해 보고, 만약 그것이 흥미롭다면 실제로 읽고 보는 단계로 나아가게 된다. 이와 마찬가지로 논증적 글쓰기에서도 제목은 매우 중요하다. 제목이라는 얼굴을 통해 독자로 하여금 내 글의 주제와 성격을 예상할 수 있게 하고, 또한 내 글을 읽고 싶게끔 유혹하는 것이다.

제목은 글을 다 쓰고 퇴고까지 마친 후 가장 마지막에 정하는 것이 좋다. 보다 구체적으로 말해, (퇴고를 포함한) 글쓰기를 마치고 나면 자신의 글을 되돌아보고, 글 전체의 핵심을 명료하게 드러낼 수 있는 것으로 제목을 정해야 한다. 또한,

제목이 갖는 중요성을 간과한 나머지 아무런 고민 없이 제목을 기계적으로 결정하는 경우가 많다. 예컨대, '사형제도 폐지에 관한 자신의 입장'이라는 주제가 주어져 그것에 관한 글을 쓰는 경우, 글의 제목을 '사형제도 폐지에 관한 나의 입장'으로 정한다면 사실상 아무런 제목을 쓰지 않은 것과 다름없다. 글의 주제가 출제자에 의해 선정된 경우에는 독자(출제자 및 다른 제출자) 또한 당연히 그 주제에 대한 글임을 알고 있기 때문에 그와 같은 제목은 제목으로서의 아무런 의미도 가지지 않는다. 그런데 같은 주제에 대해서도 사람마다 접근하는 관점이나, 중요시하는 논거, 논증 방식 그리고 글의 전개 방법 등은 서로 다를 수 있으므로, 어디까지나 그 주제에 대한 자신의 글이 갖는 고유성을 드러낼 수 있도록 제목을 정해야 한다. 일반적으로, 숙고를 통해 지어진 제목은 글의 가치를 더욱 돋보이게 한다.

(3) 탈자, 오자, 맞춤법, 띄어쓰기

한 권의 책은 여러 부로 구성되어 있고, 하나의 부는 여러 장으로, 하나의 장은 여러 절로, 하나의 절은 여러 문단으로, 하나의 문단은 여러 문장으로, 하나의 문장은 여러 단어로, 하나의 단어는 여러 글자로 구성되어 있다. 즉, 아무리 긴 글이라고 해도 결국 글은 하나의 글자로부터 출발하지 않을 수 없다. 이와 같은 자명한 사실을 인지한다면, 우리는 결코 글자 하나 하나를 소홀히 해서는 안 된다. 아무리 내용적으로 설득력 있는 글이라고 하더라도, 탈자, 오자, 잘못된 맞춤법과 띄어쓰기가 많으면 글의 설득력은 퇴색되고 만다.

(4) 문단

문단 나누기가 없이 처음부터 끝까지 하나의 글이 하나의 문단으로 이루어진 경우에는 독자에게 자신의 생각을 온전히 전달하기가 어렵다. '나는 썼으니 너는 알아서 정리하면서 읽으라는 식'이 아니라 필자는 독자에게 가능한 한 친절하게 글을 써야 한다. 통상적으로 하나의 문단에는 하나의 핵심 문장만이 존재하는 것이 바람직하다. 하나의 논의(논증)에서 다음의 논의(논증)로 (또는 보다 깊은 논의로) 넘어가는 경우에는 문단을 나눔으로써, 독자는 자연스럽게 내 글의 전개를 정리하면서 읽게 된다. 또한 독자가 당신의 글을 읽는 과정에서 앞의 내용으로 돌아가 확인을 하고자 할 경우에도, 문단이 나뉘어 있다면 독자는 대강 어디에 그 내용이 있었는지를 인지하고 쉽게 확인할 수 있을 것이다. 다시 한 번 강조하지만, 대부분의 글은 '글을 쓰는 필자를 위한 것이 아닌 글을 읽는 독자'를 위한 작업이라는 것을 기억해야 한다.

(5) 강조

우리는 말을 할 때 자신이 강조하고 싶은 부분을 큰 소리로 말하거나 힘을 주어 말한다. 그와 마찬가지로 글을 쓸 때에도 본인이 강조하고 싶은 부분은 '방점, 밑줄, 굵은 글씨' 등을 이용해 강조함으로써 독자에게 내 글의 핵심적인 내용을 효과적으로 전달하여 각인시킬 수 있다.

(6) 문장

문장은 불가피한 경우를 제외하고 가능한 한 짧을 때 독자가 읽고 이해하기 편하다. 문장이 길어지면 당연히 여러 개의 주어, 동사, 목적어 등이 등장할 수밖에 없고, 독자는 어떤 동사 내지 목적어가 어떤 주어에 상응하는지를 파악하는 데 힘을 소모해야 한다. 불필요하게 긴 문장은 그 문장에서 말하고자 하는 것에 대해서 스스로도 잘 정리되어 있지 않다는 것을 뜻하므로, 긴 문장을 나누어 다시 기술하는 것은 자신의 생각을 정리하여 명료하게 표현하는 좋은 방편이기도 하다.

이제, 한 사례를 통해 지금까지 정리한 퇴고의 내용을 적용해보자. 다음은 여러분과 같은 대학생이 작성한 짧은 논증적인 글에 대한 퇴고 과정을 보여주고 있다.

사피엔스 비평문

○○학과 △△△

윤리나 도덕이 객관적 질서로 있느냐, 아니면 간주간적 가공물로서 존재하느냐 하는 것은 오래전부터 철학에서 논의되어온 것이다. 이에 대해 호모 사피엔스의 저자 유발 하라리는 질서가 상상의 산물이라 정의 내린다.

그는 우리 종이 성공한 것은 존재하지 않는 것을 믿을 수 있는 능력이 있었기 때문이라 말한다. 질서라는 것이 상상의 산물이 맞다고 가정한다면 옳은 말이다. (➡ 하나의 문단에는 하나의 핵심 주장이 존재하는 것이 올바르다. 이 문장의 쓰임새는 분명하지 않다.) 인간이라는 종은 협력을 도모하여 발전해왔다. 어떤 이들은 인류사는 전쟁의 연속이었는데 협력에 그렇게 큰 비중이 있느냐고 한다. 그러나 인류 전체의 협력만 조명할 필요는 없다. 인류는 무리를 이루어 그들끼리 협력하는 데에 익숙하고, 자신들의 무리에 위협되는 무리는 '차별과 전쟁이라는 협력을 통해' 배척한다. (➡ 이 문장은 주술 호응이 어색하다. 맥락상 수동태로 처리되어야 할 술어가 능동형으로 적혀 있다. 따라서"무리는 … 배척된다"고 고쳐야 한다.)

무리의 유지나 문명의 발전에 협력은 필수적이고, 협력을 위해서는 질서가 필수적이다. (➡ 이 문장은 앞에서 등장하는 것이 더 자연스럽다.) 각자의 가치관이나 이해관계는 제각각이다. 질서가 없는 상태에서는 이들의 (➡ 인칭 대명사는 앞에서 언급된 사람(들)을 대신하는 것이다. 하지만 앞선 문장에서 구체적인 사람들이 언급되지 않았다. 따라서 "이 같은 무리들의"로 쓰는 것이 적당하다.) 충돌로 협력이 힘들어진다. 분쟁을 최소화하고 효율적인 협력관계를 구축하기 위해서는 정해진 질서가 있어야 한다. 그러므로 질서를 상상의 산물이라 가정한다면, 우리 종은 상상을 존재한다 믿을 수 있었기에 발전이 가능했다고 볼 수 있다. (➡ 여기까지는 저자 유발 하라리의 견해였다. 자신의 의견과 혼돈이 일어나지 않도록 표현에 신중을 기해야 한다.)

그러나, (➡ 접속사 뒤에 쉼표를 쓰지 않는다.) 정말 질서를 상상의 산물이라고 할 수 있을까. (➡ 이 문장은 이 문단에서 구체화되고 있지 않다.) 저자는 이에 대한 근거로 함무라비 법전과 미국 독립선언문을 예로 든다. 둘 다 자신들이 보편적이고 영원한 정의의 원칙이라 주장했지만 두 법전의 내용은 상반된다. 이에 저자는 둘 다 보편적 원리가 아니며 단순한 신화에 불과하다고 이야기한다. 그의 말에 따르면 모든 사람이 평등하다는 것도, 사람을 귀족과 평민으로 구분하는 것도, 전부 상상의 산물이다. 저자는 독립선언문의 '모든 인간은 평등하게 창조되었으며'라는 구절을 예로 든다. 하라리는 "모든 사람은 평등하게 창조된 게 아니라 진화했으며 평등하게 진화하지 않았다. 게다가 생물학적으로 봤을 때 권리는 없다" 고 이야기한다. 그러면서 "신을 믿지 않는다면 모든 사람이 평등하게 창조되었다는 것이 무엇을 의미할 수 있겠는가?"라고 말한다.

이 부분은 동의한다. 첨언하자면, 미국 독립선언문의 창조주는 크리스트교의 창조주를 디폴트(➡ 외래어는 꼭 필요하지 않으면 사용하지 않는다. 적당한 번역어로 '고정값'을 고려해 볼 수 있다.)로 놓고 있다. 하지만 누군가는 그 단어에 우주적 질서를 대입할 수도 있고 자연을 대입할 수도 있다. 그런 면에서는 인간이 우주적 질서나 자연이라는 창조주에 의해 창조되었다고 볼 수 있고, 질서 속에서 살아간다는 의미에 한정 지어 평등하다고 할 수도 있다. 하지만 창조주를 우주적 질서나 자연으로 상정한다 해도 그들이 양도 불가능한 권리를 인간에게 쥐여줬다고(➡ 부여했다고) 볼 수는 없다. (➡ 이 문단은 글 전체의 통일성을 위해 재고해 볼 필요가 있다.)

만약 정말로 크리스트교 적(띄어쓰기)인 창조주가 인간을 창조했다고 하더라도 그게(그것이) 신이 인간에게 권리를 줬다는 근거는 될 수 없다. 전지전능한 창조주가 생명, 자유, 행복의 추구를 포함하는 양도 불가능한 권리를 인간에게 부여해 주었다면 이 권리가 침해되거나 양도되는 상황은 일어나면 안 된다. 그런데 인류사에서 그런 상황은 숱하게 많았다. 이것만 봐도 전지전능한 창조주가 인간에게 양도 불가능한 권리를 줬다고생각하기는 힘들어진다. (➡ 논리의 흐름이 분명하지 않다. 보다 구체적으로 쓸 필요가 있다.)

독립선언문에 대한 유발 하라리의 견해는 '독립선언문은 간주관적 질서다'라는 명제만 두고 봤을 때 타당하며 설득력도 높다. 그러나 이 예시만으로 '(모든) 질서는 간주관적 가공물이며 객관적 질서란 없다'라는 이야기하기는 힘들어 보인다. 함무라비 법전, 독립선언문이 간주관적 가공물이라 할지라도 이와 별개로 객관적 질서가 있을 수도 있지 않은가. 그냥 그 법전들이 객관적 질서를 반영치 못한 것일 수도 있다. 그 가능성은 섣불리 닫아 둘 수 없다.

칸트에 따르면 인간은 이성을 통해 도덕법칙을 인지할 수 있다고 한다. 이성은 나를 객관화시키며, 타인의 입장에서 생각할 수 있도록 만든다. 이는 나 자신의 어떠한 의지가 보편적 의지가 되려 하는 경향성을 만들어내며 보편적인 규정을 인식할 수 있게 한다. 본문의 사례는 극도로 협소하기 때문에 도덕법칙이 없다는 입증을 해 보일 수 없다. 하라리는 좀 더 많은 사례를 싫고(실고) 반대되는 견해, 즉 도덕법칙이 존재한다는 견해에 반박도 해야 했다.

전반적으로 저자는 개념들이 명확해(➡ 명확한) 읽기 쉬운 글을 썼다. 독립선언문이 상상의 산물이라는 부분은 고개를 끄덕이며 동의하게 한다. 그러나 함무라비 법전과 독립선언문의 예시만으로 '질서는 간주관적 가공물이다'라는 소리를 하는 것은 지나치게 가능성을 닫아두는 행태이다. (➡ 지나친 논리의 비약이다.)

그뿐만 아니라 예상반론은 없다시피 하며 '그래도 본질만큼은 평등하다 믿는다면 안정된 사회를 구축할 수 있을 거야'라는 말을 할 거라고 상정해두고 '그게 바로 상상의 질서다'라고 이야기하는 허수아비 공격을 범하고 있다. (➡ 보다 친절한 설명이 필요하다.) 이런 영양가 없는 (➡ 표현이 부적절하다.) 문장 대신 반론을 들고 왔을 때 충분한 해명이 될 만한 부분이 있어야 한다.

마지막으로 아쉬운 점이 하나 있다. 저자는 '방사능이란 없다고 믿어도 실재하는 객관적 실재다'라는 말을 한다. 이로 보아 하라리는 객관적, 간주관적, 주관적 실재를 구분할 수 있다 생각하는 것으로 보인다. 그런데 필자는 이 부분에 의문이 생긴다. 이것들이 유의미하게 구분 가능한 것인지 정리해 줬다면 좋았을 것이라고 생각한다. (➡ 부적절한 결론 문단이다. 추가적인 새로운 논평을 언급하기보다는 앞선 논의들을 간략하게 정리하는 편이 더 낫다.)

이와 같이 '퇴고'의 과정까지 잘 마무리하였다면, 완결된 에세이를 공표하는 일만이 남는다. 또한 이것을 끝으로 우리가 이 책을 통해 비판적 사고와 논리에 근거하여 논증적인 글을 쓰기 위해 요구되는 내용과 일련의 절차에 관해 논의한 것들도 마무리할 때에 다다랐다고 할 수 있다. 하지만 여기서 제시한 논증적 글쓰기의 '내용과 구성 요소' 그리고 '절차와 방법'만이 좋은 에세이를 쓰기 위한 유일하고 충분한 기법은 아니라는 점은 거듭 강조해야 할 것 같다. 학문의 영역은 매우 다양하고, 각 학문 분야에서 요구하는 좋은 글쓰기의 내용과 형식 또한 매우 다양하기 때문이다. 그럼에도, 어떤 학문 분야의 글쓰기이든 중요한 주장을 담고 있는 '정당화 문맥의 글'이라면, 그 글이 '논리'에 의해 지지받아야 한다는 데 동의하지 않을 사람은 없을 것이다. 그러한 측면에서, 우리가 지금까지 이 책을 통해 공부하고 연습한 것들은 착안한 어떤 주제에 대한 '정합성(coherence)과 논리성'을 확보할 수 있는 글쓰기의 한 모형이 될 수 있다.

제5장을 시작하면서 말했듯이, 우리가 이미 접했거나 앞으로 만나게 될 글의 유형은 시와 소설과 같은 문학작품뿐만 아니라 회화와 영상과 같은 시각적 텍스트와 같이 매우 다양하다. 물론, 모든 글들이 '정당화 문맥의 논증적 글쓰기'와 같이 엄밀하고 합당한 근거에 의거하는 논리를 요구하는 것은 아니다. 하지만 (최소한의) '논리'를 결여하고 있는 글과 이야기는 독자를 이해시킬 수도 없으며 설득력을 가질 수도 없다는 것은 분명하다. 한 가지 예를 들어보자. 예컨대, 당신이 최근에 개봉한 한 편의 영화를 보았다고 하자. 그리고 당신은 그 영화에 대해 다음과 같은 짧은 논평을 했다고 하자. 즉, 당신은 그 영화에 대해 "영상미는 뛰어나지만, 서사가 빈약하다"거나 "액션과 의상 등 볼거리는 있는데, 결말의 개연성이 떨어진다"라는 짧은 논평을 할 수 있다. 당신이 이와 같은 논평을 통해 전달하고자 하는 뜻은 분명한 듯이 보인다. 우리의 일상어로 말하자면, '영화의 이야기 전개가 설득력이 없거나 비약이 있다'는 것이다. 그리고 그것을 굳이 우리가 이 책을 통해 공부한 내용을 빌려 말하자면, 당신은 그 영화의 이야기가 논리를 '결여'하고 있거나 '치밀'하지 않다는 것을 지적하고 있는 것이다.

우리말 '글'에 해당하는 영어 단어는 'Text'다. 그런데 영어 단어 'Text'의 어원은 라틴어 'Textum'이고, 그것의 의미는 '~을 엮다 또는 ~을 잇다'이다. 우리는 이것을 통해 텍스트(글)는 글자(단어)를 '잇고 엮어서' 쓰는 것임을 알 수 있다. 그렇다면 결국, 마치 좋은 직물이 씨줄과 날줄이 잘 들어맞을 때 만들어지는 것처럼, 좋은 글이 되기 위해서는 글자(단어)들이 '잘 잇고 잘 엮여진' 모습이 되어야 한다는 것을 알 수 있다. 또한 좋은 직물을 만들기 위해 씨줄과 날줄을 능숙하게 다루기 위해서는 오랜 연습과 훈련이 필요하듯이, 좋은 글을 쓰기 위해 글자와 문장을 능숙하게 '잘 잇고 엮기' 위해서는 오랜 훈련과 연습이 요구된다.

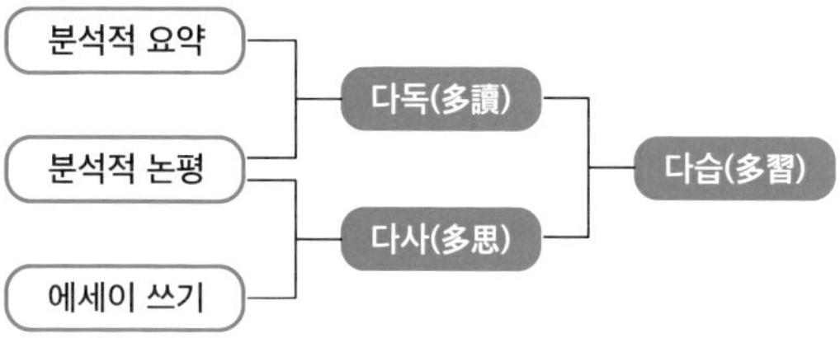

그리고 세상만사(世上萬事)의 일들이 대개 그러하듯이, 훈련과 연습은 적합하고 실효성이 있는 방식으로 이루어질 때 최선의 결과를 이끌어낼 수 있을 것이다. 흔한 말로 '공부에 왕도가 없듯이, 좋은 글을 쓰기 위한 지름길은 없다.' 우리가 채택할 수 있는 '좋은 글(에세이)'을 쓰기 위한 가장 좋은 선택은 우리가 여기서 익히고 연습한 것을 기초삼아 '많이 읽고(多讀), 많이 생각하며(多思), 읽고 생각한 것을 많이 연습(多習)'하는 것이 될 수밖에 없다.

부록

연습문제 예시 답안

제2장

〈1단계〉 문제와 주장 찾기

연습문제 1 ➡ 55쪽

〔1단계〕 문제와 주장

〈문제〉
소수자에 대한 차별은 허용되어야 하는가?

〈주장〉
소수자에 대한 차별은 허용될 수 없으며, 그들도 존중받아야 한다.

연습문제 2 ➡ 56쪽

〔1단계〕 문제와 주장

〈문제〉
인간은 다른 사람들을 포함한 외부 세계와 결합해야 하는가?

〈주장〉
인간은 다른 사람들을 포함한 외부 세계와 결합해야 한다.

연습문제 3 ➡ 57쪽

〔1단계〕 문제와 주장

〈문제〉
법의 사각지대는 허용될 수 있는가?

〈주장〉
법의 사각지대는 허용되어야 한다.

〈2단계〉 개념(핵심어) 찾기

연습문제 4 ➡ 69쪽

〔2단계〕 핵심어(개념)

① 자연상태: 사회가 구성되기 이전의 상태로서 한정된 자원으로 인해 야만성과 폭력성을 초래하는 최초의 상태를 의미한다.
② 절대권력(권위): 인간이 자연상태의 야만성과 폭력성으로부터 벗어나 생존을 보장해 줄 수 있는 힘이다.

연습문제 5 ➡ 70쪽

〔2단계〕 핵심어(개념)

① 고전적 자유주의: 18세기 계몽주의의 영향을 받아 개인의 자유를 최대한 보장하는 것을 가장 중요한 가치로 삼는 견해다.
② 인터넷 실명제: 인터넷에 글을 게시할 때 게시자의 실명을 공개하는 제도를 말한다.

연습문제 6 ➡ 71쪽

〔2단계〕 핵심어(개념)

① 인간(human): 우리의 생물학적 종(種)인 '호모 사피엔스(homo sapience)'의 일원이라는 의미.
② 사람(person): 생물학적, 비생물학적 분류와는 상관없이 특정 정신적 능력을 가지고 있는 도덕적 생명체.

연습문제 7

➡ 72쪽

〔2단계〕 핵심어(개념)

① (고전적) 자유주의: 개인의 자유에 우선을 두는 입장으로서, 경제학적으로 개인이 자신의 재산을 이용할 권리, 특히 돈을 벌기 위해 재산을 이용할 권리를 보호하는 것을 의미한다.
② 최소 국가: 자유주의의 견해에 따라, 개인의 사유재산을 보장하기 위해 도움이 되는 법과 질서 등 최소한의 조건만을 제공하는 정부 또는 국가를 의미한다.
③ 레세페르: 자유방임
④ 리버테리언(자유주의자): 미국에서 사용되는 극단적인 자유주의를 지지하는 사람들을 가리키는 단어다. (미국은 유럽에 비해 자유주의를 더 강한 의미로 정의하고 있다.)
⑤ 신자유주의: 980년대 이후 경제학의 주류로 자리 잡은 견해다. 신자유주의는 고전적 자유주의와 달리 중앙은행의 화폐 독점권을 인정하고, 고전적 자유주의에 비해 민주주의를 더 수용하는 입장이다.
⑥ 워싱턴 컨센서스(Washington Consensus): 미국 재무부, 국제통화기금(IMF), 세계은행와 같은 강력한 경제 조직이 신자유주의를 지지한다는 데에서 비롯된 용어다.

〈3단계〉 논증 구성하기

연습문제 8

➡ 84쪽

〔3단계〕 논증 구성

〈생략된 전제: 숨은 전제 or 기본 가정〉

〈논증〉

p_1. 민주주의의 입법 취지는 시민의 의견을 적극적으로 반영한다.
p_2. 귀족정치의 입법 취지는 귀족과 같은 소수의 의견만을 반영한다.
p_3. 다수의 시민의 의견을 반영하는 민주주의적인 법은 최대다수의 복지를 증진시키는 데 도움이 된다.
C. 민주주의의 입법 취지가 귀족정치의 그것보다 인류에 더 유익하다.

연습문제 9

➡ 85쪽

〔3단계〕 논증 구성

〈생략된 전제: 숨은 전제 or 기본 가정〉

〈논증〉

p_1. 불필요한 댐이나 보는 하천의 유속을 느리게 만든다.
p_2. 하천 유속이 느려지는 것은 하천 오염의 한 원인이다.
p_3. 자연환경 보존에 관심을 가진 나라는 모두 선진국이다.
p_4. 모든 선진국은 인공적으로 설치한 불필요한 댐이나 보를 제거하고 있다.
C. 자연환경을 보존하고 파괴된 환경을 복원하기 위해 불필요한 댐이나 보를 제거해야 한다.

연습문제 10

➡ 86쪽

〔3단계〕 논증 구성

〈생략된 전제: 숨은 전제 or 기본 가정〉

〈논증〉

p_1. 비정규직에서 정규직으로 전환되는 직원이 많아지게 될 경우, 육아휴직이 크게 늘게 될 것이다.
p_2. 육아휴직이 크게 늘어났다.
C. 비정규직에서 정규직으로의 전환이 증가하였다.

연습문제 11

➡ 87쪽

〔3단계〕 논증 구성

〈생략된 전제: 숨은 전제 or 기본 가정〉

p_3. 가벼운 죄가 중한 죄로 이어진다.

〈논증〉

p_1. 중한 죄에 중벌을 그리고 가벼운 죄에 가벼운 벌을 주면 형벌을 주어야 할 사건이 계속 터진다.
p_2. 중한 죄에 중벌을 그리고 가벼운 죄를 가볍게 다스리면 가벼운 죄가 그치지 않으니 중한 죄를 그치게 할 수 없다.

c_1. 중한 죄를 그치게 하지 않으면 사회의 혼란을 가져온다.
p_3. 가벼운 죄가 중한 죄로 이어진다.
C. 가벼운 죄에 무거운 형벌을 내리면 범죄가 사라진다.

연습문제 12

➡ 88쪽

〔3단계〕 논증 구성

〈생략된 전제: 숨은 전제 or 기본 가정〉

〈논증〉

p_1. 피부가 검다는 것이 한 인간에게 고통을 주고도 보상 없이 방치해도 좋은 이유가 되지 않는다.
p_2. 다리의 수, 피부의 털, 꼬리뼈의 생김새가 감각적인 존재를 동일한 운명에 처하게 할 많나 충분한 이유가 아니다.
p_3. 이성의 능력 또는 대화의 능력 등은 권리에 대한 명확한 경계선이 될 수 없다.
C. 동물들도 결코 빼앗아 갈 수 없는 권리를 획득할 날이 올 것이다.

연습문제 13

➡ 89쪽

〔3단계〕 논증 구성

〈생략된 전제: 숨은 전제 or 기본 가정〉

p_3. 동물은 이성을 가지고 있지 않다.

〈논증〉

p_1. 이성을 가지고 있어야만 도덕에 대해 생각할 수 있고 도덕적 의무를 가질 수 있다.
p_2. 도덕에 대해 생각할 수 있고 도덕적 의무를 가질 수 있는 존재만이 도덕적 권리를 가질 수 있다.
p_3. 동물은 이성을 가지고 있지 않다.
c_1. 동물은 도덕적 권리를 가질 수 없다.
p_4. 도덕적 권리를 가지지 않는 존재를 이용하는 것은 도덕적으로 문제가 되지 않는다.
C. 동물을 이용하는 것은 도덕적으로 문제가 되지 않는다고 할 수 있다.

〈4단계〉 맥락(관점, 배경)과 함축(적 결론) 찾기

연습문제 14 ➡ 100쪽

〔4단계〕 함축적 결론

〈추가된 전제: 맥락(배경, 관점)〉

p_4. 대부분의 사람들은 반찬의 중요성에 대해 관심이 없다.

〈함축적 결론〉

C_{imp}. 한식 대중화를 위해서도 반찬에 주목해야 한다.

연습문제 15 ➡ 102쪽

〔4단계〕 함축적 결론

〈추가된 전제: 맥락(배경, 관점)〉

p_7. 인류세를 특징짓는 요소들은 인류의 종말에 영향을 준다.

〈함축적 결론〉

C_{imp}. 인류세가 끝나는 시점이 도달하면, 인류는 종말을 맞이할 것이다.

제3장

애매어 연습문제 ➡ 121쪽

주어진 텍스트는 '호불호(好不好)'의 관용적 쓰임의 애매성으로부터 초래되는 의미 해석의 문제로부터 논의를 시작하고 있다. 따라서 주어진 텍스트에서 호불호를 의미적으로 명료하게 분석하여 사용하고 있는지에 대한 추가적인 논의가 필요하다. 필자가 주어진 텍스트의 본문에서도 밝히고 있듯이, '호불호'를 문자 그대로 읽으면 '좋아한다 또는 좋아하지 않는다'의 뜻을 가지고 있다. 따라서 그것은 '선호한다 또는 선호하지 않는다'를 의미한다. 즉,

✔ '호 또는 불호' $=_{def.}$ '선호한다 또는 선호하지 않는다.' (preference)

그런데 필자는 '호불호'를 재해석하는 '③과 ④'에서 아무런 설명을 제시하지 않으면서 '입장이나 견해를 가짐', '평가나 판단을 내림'이라는 뜻으로 사용하고 있다. 우리는 여기에서 문제를 발견할 수 있다. '평가나 판단'에는 필연적으로 '가치'가 개입될 수밖에 없다. 달리 말하면, '평가나 판단'에는 '옳음(right)과 그름(wrong)' 또는 '선(good)과 악(bad)'과 같은 가치가 포함되어 있다. '짜장면을 좋아한다(또는 선호한다)'는 진술문에는 '짜장면이 옳다거나 선하다'는 의미는 없다. 따라서 필자는 이와 같은 애매성으로부터 벗어나기 위해 추가적인 설명을 제시할 필요가 있다. 한 가진 방안은 '호불호'의 의미가 아래와 같이, 즉

✔ '호 또는 불호' $=_{def.}$ '지지한다 또는 지지하지 않는다.' (support)

와 같이 정의될 수 있음을 보이는 것이다. 만일 '호불호'를 이와 같은 뜻으로 사용하는 것이 우리의 관용적 쓰임에도 부합하고 주어진 텍스트에서 제기하고 있는 문제에서도 적용할 수 있는 의미라면, '선호'와 같은 가치중립적인 의미로부터 '판단'이라는 가치적 의미의 사이를 잇는 다리의 역할을 할 수 있다고 볼 수 있다.

연습문제 1 "국가 경제 성장과 삶의 질"(정민) ➡ 153쪽

[1단계] 문제와 주장

〈문제〉
국민들의 삶의 질을 향상시키려면 어떻게 해야 하는가?

〈주장〉
국민들의 삶의 질을 향상시키려면 국가 경제를 성장시켜야 한다.

[2단계] 핵심어(개념)

삶의 질: 삶에서 느끼는 행복감과 만족감

[3단계] 논증 구성

〈생략된 전제: 숨은 전제 or 기본 가정〉
기본적인 '의, 식, 주'는 최소한의 물질적 조건이다.

〈논증〉
p_1. 사람은 최소한의 물질적 조건이 갖추어진 상태에서 행복감과 만족감을 느낄 수 있을 때 삶의 질이 높아진다.
p_2. 기본적인 '의, 식, 주'는 최소한의 물질적 조건이다. (숨은 전제)
c_1. 따라서 기본적인 '의, 식, 주'의 해결은 인간다운 삶의 기본 전제다.
p_3. 국가 경제를 성장시키면 국민들로 하여금 기본적인 '의, 식, 주'의 충족이 쉽고 질 높은 교육과 의료, 문화 혜택의 여유를 가지게 된다.
p_4. 질 높은 교육, 의료, 문화 혜택의 여유를 가지게 되면 행복감과 만족감을 느낄 가능성이 커진다.
C. 국민들의 삶의 질 향상을 위해서는 국가 경제를 성장시켜야 한다.

[4단계] 함축적 결론

〈추가된 전제: 맥락(배경, 관점)〉

〈함축적 결론〉

연습문제 2 『파이드로스(Phaedrus)』(플라톤, Plato) ➡ 155쪽

〔1단계〕 문제와 주장

〈문제〉
문자(의 발명)는 인간과 사회에 도움이 되는가?

〈주장〉
문자(의 발명)는 인간과 사회에 도움이 되지 않을 것이다.

〔2단계〕 핵심어(개념)

문자: 지혜를 기록으로 남겨 기억력을 늘려주는 도구.

〔3단계〕 논증 구성

〈생략된 전제: 숨은 전제 or 기본 가정〉

〈논증〉
p_1. 문자는 기억을 위해 내적 자원에 의존하기보다 외적 기호에 의존하게 만든다.
p_2. 문자는 회상의 보증수표이지, 기억의 보증수표는 아니다.
c_1. 문자는 적절한 가르침 없이도 많은 정보를 받아들일 수 있게 만든다.
p_3. 문자로 인해 사람은 실제로는 거의 무지하다 할지라도 지식이 있는 것으로 인정받게 될 것이다.
p_4. 그들은 진정한 지혜 대신 지혜에 대한 자만심으로 가득 차 장차 사회에 짐만 될 것이다.
c_2. 문자의 발명은 자손들을 사랑하여 발명해 낸 그 문자에 본래의 기능에 정반대되는 성질을 부여한 셈이다.
C. 문자(의 발명)는 인간과 사회에 도움이 되지 않을 것이다.

〔4단계〕 함축적 결론

〈추가된 전제: 맥락(배경, 관점)〉

〈함축적 결론〉

연습문제 3 "정보통신기술의 발달과 인간"(이필렬) ➡ 158쪽

[1단계] 문제와 주장

〈문제〉
정보통신기술의 발달은 항상 바람직한 결과만을 초래하는가?

〈주장〉
정보통신기술의 발달은 바람직하지 않은 결과를 가져올 수 있다.

[2단계] 핵심어(개념)

① 정보통신기술: 컴퓨터, 인터넷을 수단으로 정보를 다루는 기술
② 정보 홍수: 정보의 양이 넘쳐나는 상태
③ 정보 격차: 계층 간 정보의 접근성에 차이가 나는 상태

[3단계] 논증 구성

〈생략된 전제: 숨은 전제 or 기본 가정〉

〈논증〉
p_1. 정보통신기술이 발달하면 정보의 양이 많아진다.
p_2. 정보의 양이 많아지면 전문가에 의존하거나 특정 정보에 집착한다.
p_3. 정보의 양이 많아지면 정보를 찾는 데 효율저하 현상이 일어나고 양에 비해 낮은 정보의 질에 실망하게 된다.
p_4. 전문가에 의존하거나 특정 정보에 집착하거나 정보 탐색에 비효율적이거나 사람들에게 실망을 안겨주는 것은 바람직하지 않다.
c_1. 정보통신기술의 발달로 정보 수용 및 탐색과 관련해 바람직하지 않은 결과가 초래된다.
p_5. 정보통신기술이 발달하면 인터넷 혜택을 누릴 수 있는 사람과 그렇지 못한 사람들 사이의 격차가 벌어진다.
p_6. 정보 격차가 벌어지면 정보 독점계층은 사회적 우위에 서는 반면, 그렇지 못한 사람은 소외된다. (정보 격차는 불평등 문제를 초래한다.)
c_2. 정보통신기술이 발달하면 불평등 문제가 초래된다.
C. 정보통신기술의 발달은 정보 수용 및 탐색 면에서 바람직하지 않은 결과를 가져올 수 있고 정보 불평등 문제를 초래할 위험성이 있다.

[4단계] 함축적 결론

〈추가된 전제: 맥락(배경, 관점)〉
p_7. 바람직하지 않은 결과를 초래할 수 있는 위험은 제거하거나 방지해야 한다.

〈함축적 결론〉
$C_{imp.}$ 정보통신기술의 발달로 인한 문제점들을 제거하려고 노력해야 한다.

연습문제 4 『통치론』(존 로크, J. Locke) ➡ 161쪽

〔1단계〕 문제와 주장

〈문제〉
모든 인간이 평등하기 위한 조건은 무엇인가?

〈주장〉
인간은 이성을 확보함으로써 자신의 의지와 자유를 이해하고 행사할 수 있을 때 완전한 평등의 권리를 가진다.

〔2단계〕 핵심어(개념)

① 자연상태: 모든 인간이 평등하고 자유로운 원초적 상태
② 평등: 이성을 확보함으로써 자신의 의지와 자유를 이해하고 행사할 수 있을 때 가질 수 있는 권리
③ 자유의지: 이성에 기초하여 자신의 의지와 의욕을 행사할 수 있는 능력

〔3단계〕 논증 구성

〈생략된 전제: 숨은 전제 or 기본 가정〉
c_2. 인간은 이성을 가지고 있기 때문에 자유의지를 행사할 수 있다.

〈논증〉
p_1. 연령이나 덕성은 사람에게 정당한 우월성을 부여할 수 있다.
p_2. 부모의 자식에 대한 권력은 그들이 충분한 연령이나 덕성을 가질 때까지 보호해야 할 의무로부터 발생한다.
c_1. 부모는 자녀들이 세상에 태어났을 때부터 한동안 그들에 대해서 일종의 지배권과 재판권을 가진다.
p_3. 인간은 출생 시점으로부터 성년기에 이르는 과정을 통해 이성을 성장시킨다.
p_4. 인간은 이성을 발달시킴으로써 자유를 가진다.(또는 자유인이 된다.)
c_2. 인간은 이성을 가지고 있기 때문에 자유의지를 행사할 수 있다.
p_5. 인간이 '자유'를 가진다는 것은 그들이 '평등'하다는 것을 의미한다.
C. 인간은 이성을 확보함으로써 자신의 의지와 자유를 이해하고 행사할 수 있을 때 완전한 평등의 권리를 가진다.

〔4단계〕 함축적 결론

〈추가된 전제: 맥락(배경, 관점)〉

〈함축적 결론〉

연습문제 5 "공감 능력의 가치"(윌리엄 맥어스킬, W. MacAskill) ➡ 164쪽

〈개별 문단에 대한 논증 구성〉

〈논증 1〉

p_1. 생명이 위급한 환자에 감정적으로 공감하면 환자의 생명을 구하지 못할 수도 있다.
c_1. 다른 사람의 감정을 충실히 느끼는 게 항상 바람직한 결과를 낳는 것은 아니다.
p_2. 자신의 이익을 위해 공감 능력을 활용하는 사람이 있을 수 있다.
c_2. 상상하거나 이해할 수 있는 능력이 항상 바람직한 결과를 낳는 것은 아니다.
p_3. 공감 능력은 다른 사람의 감정을 충실히 느끼는 능력이나 상상하거나 이해할 수 있는 능력을 말한다.
c_3. 공감 능력이 항상 바람직한 결과를 낳는 것은 아니다.

또는

p_1. 공감 능력은 다른 사람의 감정을 충실히 느끼는 능력 혹은 그것을 상상하거나 이해할 수 있는 능력을 말한다.
p_2. 감정적 공감이 항상 바람직한 결과를 낳는 것은 아니다.
p_3. 인지적 공감이 항상 바람직한 결과를 낳는 것은 아니다.
c_3. 공감 능력이 항상 바람직한 결과를 낳는 것은 아니다.

〈논증 2〉

p_1. 공감 능력은 생생한 것에만 주목하게 하고 차가운 추상적 통계는 무시한다.
p_2. 차가운 추상적 통계가 미래에 발생할 더 개인성 높은 심각한 상황과 관련될 수 있다. (생략된 전제)
p_3. 공감 능력은 미래에 발생할 개연성이 높은 더 심각한 상황을 무시하게 한다.
c_3. 장기적 영향을 끼치는 상황에서 공감 능력에 의존하는 것은 위험할 수 있다.

〈논증 3〉

p_1. 감정적 공감 능력은 올바른 도덕적 판단을 방해하는 편견으로 작용할 가능성이 높다.
p_2. 인지적 공감 능력은 올바른 도덕적 판단에 필요하지만 그것만으로 충분하지는 않다.
c_1. 공감 능력은 올바른 도덕적 판단에서 중요하게 다뤄져선 안 된다.
p_3. 이성적 능력은 도덕적 판단을 가능하게 하는 능력이다.
c_2. 올바른 도덕적 판단은 공감이 아닌 이성에 의해 대체될 수 있다.

〈분석적 요약〉

[1단계] 문제와 주장

〈문제〉
공감 능력이 윤리적, 사회적으로 얼마만큼의 가치를 지니는가?

〈주장〉
공감 능력의 윤리적, 사회적 가치는 과장되었다.

[2단계] 핵심어(개념)

① 감정적 공감: 다른 사람의 느낌, 감정을 충실하게 느끼는 능력
② 인지적 공감: 다른 사람의 느낌, 감정을 상상하거나 이해할 수 있는 능력

[3단계] 논증 구성

〈생략된 전제: 숨은 전제 or 기본 가정〉

〈논증〉
p_1. 공감 능력은 다른 사람의 감정을 충실히 느끼는 능력 혹은 그것을 상상하거나 이해할 수 있는 능력을 말한다.
p_2. 감정적 공감이 항상 바람직한 결과를 낳는 것은 아니다.
p_3. 인지적 공감이 항상 바람직한 결과를 낳는 것은 아니다.
c_1. 공감 능력이 항상 바람직한 결과를 낳는 것은 아니다.
p_4. 공감 능력은 생생한 것에만 주목하게 하고 차가운 추상적 통계는 무시한다.
p_5. 차가운 추상적 통계가 미래에 발생할 더 개연성 높은 심각한 상황과 관련될 수 있다.
c_2. 공감 능력은 미래에 발생할 개연성이 높은 더 심각한 상황을 무시하게 한다.
c_3. 장기적 영향을 끼치는 상황에서 공감 능력에 의존하는 것은 위험할 수 있다.
p_6. 감정적 공감 능력은 올바른 도덕적 판단을 방해하는 편견으로 작용할 가능성이 높다.
p_7. 인지적 공감 능력은 올바른 도덕적 판단에 필요하지만 그것만으로 충분하지는 않다.

c_4. 공감 능력은 올바른 도덕적 판단에서 중요하게 다뤄져선 안 된다.
p_8. 이성적 능력은 도덕적 판단을 가능하게 하는 능력이다.
c_5. 올바른 도덕적 판단은 공감이 아닌 이성에 의해 대체될 수 있다.
C. 공감 능력의 윤리적, 사회적 가치는 과장되었다.

[4단계] 함축적 결론

〈추가된 전제: 맥락(배경, 관점)〉
p_9. 과장된 가치에 의존하여 중요한 문제를 해결할 수 없다.

〈함축적 결론〉
C_{imp}. 공감의 강조는 사회적 문제의 해결이 되지 못한다.

〈요약글 예시〉

많은 사람들의 믿음과 달리, 공감 능력의 윤리적, 사회적 가치는 과장되었다. 우선 공감 능력은 다른 사람의 감정을 충실이 느끼는 능력 혹은 그것을 상상하거나 이해할 수 있는 능력을 말한다. 그러나 냉정함을 잃게 하거나 비윤리적으로 사용될 수 있다는 점에서 감정적 공감이나 인지적 공감이 항상 바람직한 결과를 낳는 것만은 아니다. 나아가, 장기적 영향을 끼치는 상황에서 공감 능력에 의존하는 것은 위험할 수 있다. 공감 능력은 생생한 것에만 주목하게 하고 차가운 추상적 통계는 무시하게 하는데, 후자가 미래의 더 심각한 상황과 관련될 수 있기 때문이다. 마지막으로, 올바른 도덕적 판단은 공감이 아닌 이성에 의해 충분히 대체될 수 있다. 감정적 공감은 도덕적 판단을 방해하는 편견으로 작용할 가능성이 높고 인지적 공감은 도덕 판단에 필요하지만 충분하지는 않다. 반면, 이성적 능력은 차분함과 비판적 사고로 도덕 판단을 가능하게 한다. 이러한 이유들로, 공감 능력이 모든 것을 해결해 줄 것이라는 믿음은 재고되어야 할 것이다.

연습문제 6 『사랑의 기술』(에리히 프롬, E. Fromm) ➡ 168쪽

[1단계] 문제와 주장

〈문제〉
진정한 사랑은 무엇인가?

〈주장〉
사랑은 수동적인 감정이 아니라 능동적인 활동이고, 그것을 통해 분리(감)로부터 합일 상태로 나아가는 것이다.

[2단계] 핵심어(개념)

① 분리(감): 본질로부터 떨어져 나간 상태
② 합일: 분리(감)를 극복한 상태

[3단계] 논증 구성

〈생략된 전제: 숨은 전제 or 기본 가정〉
인간은 (원초적으로) 분리되어 있기 때문에 불안하다.

〈논증〉
p_1. 인간에게는 이성이 부여되었다.
p_2. 인간은 자신이 놓인 환경에 대한 (죽음, 고독, 무력함 등과 같은) 여러 한정적인 사실들을 인식하게 된다. ('p_1'로부터)
c_1. 인간은 무엇으로부터 떨어져나간 분리(감)를 느낀다. ('p_2'로부터)
p_3. 분리는 모든 불안의 원천이고, 따라서 분리 경험은 불안을 낳는다.
p_4. 분리감은 무력감을 의미하고, 그것은 세계를 적극적으로 파악하는 힘을 상실했음을 의미한다.
p_5. 인간은 분리(감)로부터 오는 불안으로부터 벗어나기를 원한다.
p_6. 외부 세계와의 단절을 통한 분리(감)의 극복은 성숙한 사랑이 아니다.
c_2. 합일은 자유로운 주체로서 자기 감정을 드러내는 '능동적인 활동'에 의해 완성된다.
p_7. 사랑은 행동이며 인간의 힘을 행사하는 것이고, 이 힘은 자유로운 상황에서 행사할 수 있을 뿐, 강제된 또는 수동적인 결과로서 나타날 수 없다.
C. 성숙한 사랑은 능동적인 힘으로서 자신의 개성을 유지하는 상태에서 타인과 결합하는 합일이다.

[4단계] 함축적 결론

〈추가된 전제: 맥락(배경, 관점)〉
p_8. 진정한 사랑이 상실되어 인간이 소외되는 사회에 대한 반성

〈함축적 결론〉
C. 적극적인 활동을 통해 진정한(또는 성숙한) 사랑을 해야 한다.

연습문제 7 행복이란 무엇인가?(아리스토텔레스, Aristoteles) ➡ 172쪽

〔1단계〕 문제와 주장

〈문제〉
행복이란 무엇인가?

〈주장〉
행복은 최고의 선으로서 사람의 이성적 활동을 덕과 일치하게 부단히 잘 수행하여 실현하는 것이다.

〔2단계〕 핵심어(개념)

① 선: 덕과 일치하는 정신적 활동
② 생명의 기능: 식물에도 있는 기능
③ 감각과 운동의 기능: 동물이 가지고 있는 기능 (식물은 가지고 있지 않은 기능)
④ 정신의 이성적 활동 기능: 인간만이 가지고 있는 기능

〔3단계〕 논증 구성

〈생략된 전제: 숨은 전제 or 기본 가정〉

〈논증〉
p_1. 행복은 최고의 선이다.
p_2. 식물은 생명의 기능만 가지고 있다.
p_3. 동물은 생명의 기능 그리고 감각과 운동의 기능을 가지고 있다.
p_4. 인간은 생명의 기능, 감각과 운동의 기능에 더하여 정신의 이성적 활동 능력을 가지고 있다.
c_1. 정신의 이성적 활동 능력은 인간만이 가진 특유한 기능이다.
c_2. 인간의 기능을 훌륭하게 수행한다는 것은 바로 이 이성적 활동을 잘 수행한다는 것이다.
p_5. 사람의 이성적 활동은 그 활동에 알맞은 행위의 규범, 즉 덕을 가지고 수행할 때 보다 잘할 수 있다.
c_3. 선이란 덕과 일치하는 정신의 활동이다.
p_6. 모든 사람이 동등한 수준의 이성적 활동 능력을 가지고 있는 것은 아니다.
p_7. 참된 행복은 이성을 아주 잘 실현할 때 이루어진다.

p_8. 이성을 잘 실현하는 활동은 한 번에 그치는 것이 아니라 평생 동안 이루어져야 한다.
C. 행복은 최고의 선으로서 사람의 이성적 활동을 덕과 일치하게 부단히 잘 수행하여 실현하는 것이다.

〔4단계〕 함축적 결론

〈추가된 전제: 맥락(배경, 관점)〉

〈함축적 결론〉
C_{imp}.

연습문제 8 "경쟁에 반대한다"(알피 콘, Alfie Kohn) ➡ 175쪽

〈분석적 요약〉

〔1단계〕 문제와 주장

〈문제〉
경쟁과 성공은 같은 것인가?

〈주장〉
경쟁과 성공은 같은 것이 아니다.

〔2단계〕 핵심어(개념)

① 경쟁: 타인의 목표 달성은 방해하면서 자신의 목표를 이루려고 하는 것.
② 성공: 목표를 세우고 이루는 것 또는 자신의 능력을 스스로에게나 타인에게 만족할 만큼 입증하는 것.

〔3단계〕 논증 구성

〈생략된 전제: 숨은 전제 or 기본 가정〉
성공은 (자신이 설정한) 목표를 이루는 것이다.

〈논증〉
p_1. 경쟁을 옹호하는 사람들(미국인들)은 타인을 이기는 것과 잘하는 것을 동일시한다.

p_2. 경쟁을 옹호하는 사람들은 경쟁 없이는 아무 것도 얻지 못한다고 생각한다.
c_1. 경쟁을 옹호하는 사람들은 성공이 곧 경쟁을 의미한다고 생각한다.
p_3. 목표 달성은 남을 이기는 것에 달려 있지 않다.
p_4. 목표 달성의 실패가 남에게 지는 것을 의미하는 것은 아니다.
c_2. 목표 달성의 성공과 실패가 경쟁에서의 승리와 패배를 의미하는 것은 아니다.
p_5. 성공은 목표를 세우고 이루는 것 또는 자신의 능력을 스스로에게나 타인에게 만족할 만큼 입증하는 것이다.
p_6. 경쟁은 목표를 이루는 하나의 방법이 될 수는 있지만, (다행히도) 유일한 방법은 아니다.
C. 경쟁과 성공은 같은 것이 아니다.

〔4단계〕 함축적 결론

〈추가된 전제: 맥락(배경, 관점)〉

〈함축적 결론〉

연습문제 9 『공정하다는 착각』(마이클 센델, M. J. Sendel) ➡ 178쪽

〔1단계〕 문제와 주장

〈문제〉
완벽하게 실현된 능력주의는 정의로운 사회를 실현할 수 있는가?

〈주장〉
완벽하게 실현된 능력주의는 정의로운 사회를 실현할 수 없다.

〔2단계〕 핵심어(개념)

① 기회의 평등: 성공에 대한 모든 불공정한 장애물이 제거되어 공평하게 능력을 겨룰 수 있는 상태
② 완벽한 능력주의 사회: 사회적 이동성이 완벽히 실현되는 사회

[3단계] 논증 구성

〈생략된 전제: 숨은 전제 or 기본 가정〉

〈논증〉

p_1. 사회적 이동성이 완전하게 보장되는 사회는 자유의 아이디어가 일정하게 충족된다.

p_2. 사회적 이동성이 완전하게 보장되는 사회는 우리가 성취한 것은 우리가 얻을 만한 것이라는 점에서 희망을 준다.

c_1. 'p_1. & p_2.'는 이상적인 사회를 보여준다.

p_3. 모두가 공평한 조건에서 경쟁한다면, 그 결과는 정당하다.

p_4. 공정한 경쟁에서도 승자와 패자가 나오는 것은 당연하다.

c_2. 경쟁에서 승리한 사람이 그에 합당한 보상을 바라는 것은 부정의하다고 할 수 없다.

c_3. 능력주의는 정의로운 사회를 실현할 수 있다.

p_5. 능력주의의 이상은 이동성에 있으며, 평등의 실현에 있지 않다.

p_6. 능력주의는 단지 부자의 자식과 빈자의 자식이 장기적으로 능력에 근거하여 서로 자리를 바꿀 수 있어야 한다고 볼 뿐이다.

p_7. 능력주의에서 중요한 건 "모두가 성공의 사다리를 오를 평등한 기회를 가져야 한다"는 것이다.

c_4. 능력주의의 이상은 불평등을 치유하려 하지 않으며 불평등을 정당화하려 한다.

C. 완벽하게 실현된 능력주의는 정의로운 사회를 실현할 수 없다.

[4단계] 함축적 결론

〈추가된 전제: 맥락(배경, 관점)〉

〈함축적 결론〉

C_{imp}.

연습문제 10 "수치심의 윤리와 죄의식의 윤리"(제임스 길리건, J. Gilligan) ➡ 181쪽

〔1단계〕 문제와 주장

〈문제〉
정의로운 사회를 만들기 위해 죄의식의 윤리와 수치심의 윤리 중 어떤 윤리를 채택해야 하는가?

〈주장〉
정의로운 사회를 만들기 위해 수치심의 윤리를 채택해야 한다.

〔2단계〕 핵심어(개념)

① 수치심의 윤리: 수치와 굴욕이, 다시 말해서 불명예와 치욕이 가장 큰 악덕이고 수치의 반대, 곧 자부심과 명예(존경)가 가장 큰 미덕으로 통하는 도덕 체계
② 죄의식의 윤리: 죄가 가장 큰 악덕이고 죄의 반대, 곧 순결이 가장 큰 미덕으로 통하는 도덕 체계

〔3단계〕 논증 구성

〈생략된 전제: 숨은 전제 or 기본 가정〉

〈논증〉
p_1. 수치심의 윤리는 수치와 굴욕이, 다시 말해서 불명예와 치욕이 가장 큰 악덕이고 수치의 반대, 곧 자부심과 명예(존경)가 가장 큰 미덕으로 통하는 도덕 체계다.
p_2. 수치심의 윤리에서는 겸양은 자기 모욕에 맞먹기에 가장 몹쓸 악덕으로 본다.
p_3. 수치심의 윤리로 살아가는 사람은 자부심을 끌어올리고 자신의 수치심과 열등감을 누그러뜨리는 길의 하나로 사회, 경제적으로 우월한 신분에 있는 사람에게 동질감을 느끼려 한다.
c_1. 수치심의 윤리는 위계화된 사회 체제를 미화한다.
p_4. 죄의식의 윤리는 죄가 가장 큰 악덕이고 죄의 반대, 곧 순결이 가장 큰 미덕으로 통하는 도덕 체계다.
p_5. 죄의식의 윤리에서 자부심의 반대는 겸손이고 겸손은 순결의 필수 조건이므로 죄의식의 윤리에서는 겸손을 가장 높은 미덕의 하나로 꼽는다,
p_6. 죄의식의 윤리로 살아가는 사람은 자부심을 누르고 겸손을 품는 길의 하나로 사회적 신분이 낮은 사람들에게 동질감을 느끼려 한다.
c_2. 죄의식의 윤리는 평등주의를 옹호한다.
c_3. 수치심의 윤리와 죄의식의 윤리는 똑같은 가치 체계지만 서로 다른 가치를 추구(지향)한다.
p_7. (미국의 민주당 대통령이었던) 루스벨트는 가진 것이 너무 적은 약자와 자신을 동일시했고 불평등을 줄이려고 했다.
p_8. (미국의 공화당 대통령이었던) 레이건은 가진 것이 많은 강자를 자신과 동일시했고 불평등을 늘리는 쪽을 옹호했다.

C. (미국의 경우) 민주당은 죄의식의 윤리를 기본 가치로 삼고 있으며, 공화당은 수치심의 윤리를 기본 가치로 삼고 있다.

〔4단계〕 함축적 결론

〈추가된 전제: 맥락(배경, 관점)〉

p_9. 죄의식의 윤리가 수치심의 윤리보다 분배의 정의를 더 잘 실현할 수 있다.

〈함축적 결론〉

C_{imp}. 정의로운 사회를 이루기 위해 죄의식의 윤리를 기본 가치로 삼아야 한다.

연습문제 11 "오류의 편안함"(피셔, Ernst Peter Fisher) ➡ 185쪽

〈분석적 요약〉

〔1단계〕 문제와 주장

〈문제〉

사람이 오류를 저지르는 이유는 무엇인가?

〈주장〉

사람은 편안함 때문에 오류를 저지른다.

〔2단계〕 핵심어(개념)

① 오류: 진리(실) 또는 사실이 은폐된 잘못된 지식 또는 정보
② 편안함: 사람이 오류를 저지르게 만드는 원인

〔3단계〕 논증 구성

〈생략된 전제: 숨은 전제 or 기본 가정〉

(대부분의) 사람은 편안함을 선호한다.

〈논증〉

p_1. 아슈타인이 열등생이었다는 통념은 오류다.
p_2. 멘델이 유전 또는 유전법칙이라는 용어를 최초로 사용했다고 여기는 생각은 오류다.
p_3. 생명에도 (일종의) 프로그램이 있다고 생각하는 것은 오류다.

c_1. 이와 같은 오류는 우리를 편안하게 해준다.
p_4. (사람은 일반적으로 편안한 것을 선호한다.)
c_2. 이와 같은 오류는 편안함으로부터 초래된다.

[4단계] 함축적 결론

〈추가된 전제: 맥락(배경, 관점)〉
p_5. 오류는 사실을 은폐한다.
p_6. 사실을 은폐하는 오류는 바로잡아야 할 필요가 있다.

〈함축적 결론〉
C. 우리는 사실과 진리를 파악하기 위해 반성해야 한다.

〈요약글 예시〉

인간은 (신과 같이 완전한 존재가 아니기에) 오류를 범할 수 있다. 만일 그렇다면, 우리는 과학을 포함한 여타의 학문 활동 또한 불완전한 인간이 행하는 것이기 때문에 오류가 있을 수 있다고 추론할 수 있다. 피셔는 과학사에서 대표적인 세 가지 오류의 예를 든다. 첫째, 아인슈타인이 열등생이었다는 통념, 멘델이 유전 또는 유전법칙이라는 용어를 최초로 사용했다고 여기는 생각, 그리고 생명에도 프로그램이 있다고 생각하는 것이다. 이와 같은 오류의 사례들은 한 공통점이 있다. 말하자면, (적어도 과학사에서) 그러한 오류들은 "편안함"으로부터 초래된다. 그리고 이렇듯 편안함으로부터 초래되는 오류는 "사실(진리)"을 은폐한다. 하지만 우리는 오류가 아닌 사실을 파악해야 한다. 그것은 "반성"을 통해 얻어질 수 있다. 따라서 우리는 사실과 진리를 파악하기 위해 끊임없이 반성해야 한다.

연습문제 12 『엔트로피』(제레미 리프킨, J. Rifkin) ➡ 189쪽

〈분석적 요약 1〉

〔1단계〕 문제와 주장

〈문제〉
엔트로피의 증가를 멈추지 못할 경우 어떤 일이 초래되는가?

〈주장〉
자연계의 엔트로피는 평형상태에 이르게 되어 인류의 종말을 초래하게 된다.

〔2단계〕 핵심어(개념)

① 열역학 제1법칙: 에너지 보존의 법칙으로서, 우주의 에너지의 총량은 일정하다는 법칙이다.
② 열역학 제2법칙: 엔트로피 법칙으로서, 유용한 에너지가 무용한 에너지로 전환되는 것을 가리키는 법칙이다.
③ 평형상태: 유용한 에너지와 무용한 에너지의 총량이 평형을 이루는 상태.

〔3단계〕 논증 구성

〈생략된 전제: 숨은 전제 or 기본 가정〉
자연계에서 운동은 멈추지 않으며, 문명계에서 그 운동은 인위적으로 가속화되고 있다.

〈논증〉
p_1. 열역학 제1법칙(에너지 보존의 법칙)에 따르면, 새로운 에너지를 창조하거나 파괴하는 것은 불가능하다. (정의)
p_2. 열역학 제2법칙(엔트로피 법칙)에 따르면, 자연계에서 운동(에너지 변환)이 일어난다는 것은 유용한 에너지가 무용한 에너지로 전환된다는 것을 의미한다.
c_1. P_2가 참이라면, 운동(에너지 변환)이 일어나면 무용한 에너지가 증가한다.
p_3. 운동은 대상 간에 에너지의 수준 차가 있을 때 발생한다.
p_4. 에너지의 수준 차가 없는 상태를 평형상태라고 한다. (정의)
p_5. 평형상태는 유용한 에너지가 더 이상 존재하지 않는 상태이기 때문에 그 상태에 도달하면 더 이상의 운동(에너지 변환)은 없다.
c_2. P_5가 참이라면, 평형상태는 엔트로피가 극대점에 달한 상태를 말한다.
p_6. 열역학 제4법칙에 따르면, 폐쇄계에서 물질 엔트로피는 궁극적으로 극대점을 지향한다(평형상태로 나아간다).
p_7. 자연계에서 운동은 멈추지 않으며, 문명계에서 그 운동은 인위적으로 가속화되고 있다. (숨은 전제)
C. 인위적인 운동(에너지 변환)이 가속화된다면, 자연계의 엔트로피는 평형상태에 이르게 될 것이다.

〔4단계〕 함축적 결론

〈추가된 전제: 맥락(배경, 관점)〉

p_8. (자연세계의) 에너지가 평형상태에 도달한다는 것은 유용한 에너지가 더 이상 존재하지 않고, 무용한 에너지의 총량이 최대가 되었다는 것을 의미한다.

p_9. (자연세계의) 에너지가 평형상태에 도달했다는 것은 오염이 극대화되었다는 것을 의미하며, 그것은 곧 인류의 멸망을 의미한다.

〈함축적 결론〉

C_{imp}. 세계의 종말을 막기 위해 (무용한 에너지의 총량인) 엔트로피가 빠르게 증가하는 것을 막아야 한다.

연습문제 13 『인간, 위대한 기적인가, 지상의 악마인가?』(임종식) ➡ 191쪽

〔1단계〕 문제와 주장

〈문제〉

(그리스도교의) '성경(창세기 1장 28절)'과 '존재의 거대한 사슬'에 의거하여 자연환경을 파괴하고 동식물을 무차별적으로 이용하는 것이 정당화될 수 있는가?

〈주장〉

(그리스도교의) '성경(창세기 1장 28절)'과 '존재의 거대한 사슬'에 의거하여 자연환경을 파괴하고 동식물을 무차별적으로 이용하는 것은 정당화될 수 없다.

〔2단계〕 핵심어(개념)

① 존재의 거대한 사슬(위계-사슬론): '인간, 동물, 식물'의 영혼을 서열화한 아리스토텔레스의 철학과 중세 기독교 우주론이 결합하여 존재의 엄격한 위계를 설정한 이론

② (완전한) 소유권 이전: 재물의 자유로운 처분권을 포함한 소유권 이전

③ 횡령죄: 타인의 재물을 보관하는 자가 그 재물을 임의로 사용하거나 그 반환을 거부할 경우 발생하는 죄

④ 재물손괴죄: 타인의 재물, 문서 또는 전자기록 등 특수매체기록을 파괴하거나 은닉 또는 기타의 방법으로 그 효용을 해할 경우 초래되는 죄

〔3단계〕 논증 구성

〈생략된 전제: 숨은 전제 or 기본 가정〉

성경의 말씀은 모순적일 수 없다. (또는 무모순적이다.)

〈논증〉

p_{1}. 중세 기독교 우주론에 기초한 '위계-사슬론'에 따르면, 인간, 동물, 식물은 우열을 가지며 명확하게 위계가 지어져 있다.

p_{2}. 창세기 1장 28절은 인간이 땅과 바다 그리고 그 위의 모든 생물을 정복하고 지배할 것을 명령하고 있다.

p_{3}. 창세기 1장 28절의 '정복과 지배'의 명령은 자유로운 처분권을 포함한 완전한 소유권 이전을 의미한다.

c_{1}. 만일 'p_{1}.~p_{3}.'이 참이라면, 인간이 자연환경과 동식물을 무차별적으로 이용하는 것은 (도덕적으로) 허용될 수 있다.

p_{4}. 'p_{3}.'이 참일 경우에만 'c_{1}.'이 참일 수 있다.

p_{5}. 성경의 '신명기, 10장 14절, 시편, 24장 1절, 고린도전서, 10장 26절' 등은 자연환경과 모든 생물의 소유권이 하나님에게 있음을 밝히고 있다.

p_{6}. 성경의 창세기 2장 15절은 하나님이 인간에게 자신의 것을 관리하고 보존할 것을 명령하였음을 밝히고 있다.

c_{2}. 하나님은 인간에게 처분권을 포함한 완전한 소유권을 이전한 것이 아니다. ('p_{3}.'의 부정)

p_{7}. 만일 'c_{2}.'가 참이라면, 'c_{1}.'은 부정된다.

p_{8}. 성경의 말씀은 모순적일 수 없다. (또는 무모순적이다.)

c_{3}. 'c_{2}.'가 참이다.

p_{9}. 만일 'c_{2}.'가 참이고 인간이 자연환경을 회생불능상태(완전 파괴)로 만들거나 동식물을 멸종시킨다면, 그것은 횡령죄에 해당한다.

p_{10}. 만일 'c_{2}.'가 참이고 인간이 자연환경을 훼손(부분 파괴)하거나 동식물을 학대한다면, 그것은 재물손괴죄에 해당한다.

C. '위계-사슬론'과 창세기 1장 28절에 의지하여 자연환경과 동식물을 무차별적으로 이용하는 것은 (도덕적으로) 허용될 수 없다.

〔4단계〕 함축적 결론

〈추가된 전제: 맥락(배경, 관점)〉

p_{11}. 성경에 그리고 도덕적 상식에 위배되는 모든 행위는 제한되거나 금지되어야 한다.

〈함축적 결론〉

C_{imp}. 자연환경을 파괴하거나 훼손하고 동식물을 멸종시키거나 학대하는 모든 행위는 (도덕적으로) 제한되거나 금지되어야 한다.

연습문제 14 『진보와 빈곤』(헨리 조지, Henry George) ➡ 196쪽

〈분석적 요약 1〉

〔1단계〕 문제와 주장

〈문제〉
토지 사유제가 정의롭지 못하다는 사실을 깨닫지 못하게 하는 것은 무엇인가?

〈주장〉
소유권의 대상이 되는 모든 사물들을 '재산'이라는 하나의 범주에 포함시키는 습관 때문에 토지 사유제가 정의롭지 못하다는 사실을 깨닫지 못한다.

〔2단계〕 핵심어(개념)

① 부(재산): 인간의 노동이 구체화된 것으로서, 부의 존재와 부의 증감은 모두 인간에게 달려 있는 속성을 가진다.
② 토지: 인간의 노동을 구체화하지 않으며, 인간의 노력이나 인간 그 자신과는 무관하게 존재하는 (자연) 환경으로서 인간의 노동이 작용하는 원자재다.

〔3단계〕 논증 구성

〈생략된 전제: 숨은 전제 or 기본 가정〉
토지는 인간의 노동을 통해 생산될 수 없으며, 오직 자연에 의해 모든 인간에게 공평하게 주어진 것이다.

〈논증〉
p_1. '부(재산)'는 인간의 노동이 구체화된 것으로서 부의 존재와 부의 증감은 모두 인간에게 달려 있는 속성을 가진다.
p_2. '토지'는 인간의 노동을 구체화하지 않으며, 인간의 노력이나 인간 그 자신과는 무관하게 존재하는 (자연) 환경으로서 인간의 노동이 작용하는 원자재다.
c_1. 자연의 정의(definition of nature)가 '노동의 생산물'에 부여하는 승인이 '토지의 소유'에는 승인이 거부된다.' (부(재산)'와 '토지'는 그 속성이 다르다.)
p_3. 노동의 생산물을 인정해주는 것은 모든 사람을 동등한 위치에 올려놓으면서 그의 노동에 대하여 합당한 보상을 돌려주는 것이다.
p_4. 토지는 인간의 노동을 통해 생산될 수 없으며, 오직 자연에 의해 모든 인간에게 공평하게 주어진 것이다.
p_5. 인간은 자연이 공평무사하게 제공한 것을 공평하게 사용할 권리를 가지고 있으며, 이 권리는 빼앗길 수 없는 불가침의 권리다.
p_6. 토지의 소유를 인정하는 것은 모든 사람의 동등한 권리를 부정하면서, 노동하는 사람의 자연적 보상을 노동하지 않는 사람이 가져가도록 하는 것이다.

c_2. 자연에는 '상속 무제한 토지 소유권'이라는 것은 없다.
p_7. 토지를 인간의 노동에 의해 산출된 부(재산)에 포함시키는 것은 오류다.
C. 소유권의 대상이 되는 모든 사물들을 '재산'이라는 하나의 범주에 포함시키는 습관 때문에 토지 사유제가 정의롭지 못하다는 사실을 깨닫지 못한다.

〔4단계〕 함축적 결론

〈추가된 전제: 맥락(배경, 관점)〉

p_7. 소유권에 속할 수 없는 존재는 그 권리를 금지하거나 제한해야 한다.

〈함축적 결론〉

C_{imp}. 토지 사유제는 금지(또는 적어도 제한)되어야 한다.

제4장

연습문제 1 "상상의 질서"(유발 하라리, Yuval Noah Harari) ➡ 217쪽

〈분석적 요약〉

〔1단계〕 문제와 주장

〈문제〉
모든 사람들이 평등하다는 것은 과연 객관적인 사실인가?

〈주장〉
모든 사람들이 평등하다는 사상은 신화(상상의 질서)다.

〔2단계〕 핵심어(개념)

① 평등: 통상적으로 정치적 권리, 인격적 존엄성 따위가 동등, 동일하다는 것을 의미한다.
② 진화: 생물학적 개념으로서 생물이 세대를 거쳐 특성을 변화시키고 나아가 새로운 종으로 분화하는 자연현상을 의미한다.
③ 상상의 질서: 공동체를 이루는 다수의 사람들이 지니는 믿음에 의해 형성된 원리 혹은 질서. 객관적인 사실이나 원리와 대비되는 의미로 사용된다.

〔3단계〕 논증 구성

〈생략된 전제: 숨은 전제 or 기본 가정〉
p_7. 생물학적 진술들은 진리다.

〈논증〉
p_1. 함무라비나 미국 건국의 아버지들은 모두 평등이나 위계질서같은 보편적이고 변치 않는 정의의 원리가 지배하는 현실을 상상했다.
p_2. 그러한 보편적 원리가 존재하는 곳은 오직 사피엔스의 풍부한 상상력과 그들이 지어내고 서로에게 들려주는 신화 속뿐이다.
c_1. 함부라비 법전과 미국 독립선언서는 우리에게 명백한 딜레마를 제시한다.
p_3. "모든 사람들은 평등하게 창조"된 것이 아니라 진화했으며 '평등'하게 진화하지 않았다.
p_4. 생물학에는 권리 따위가 없으며, 오로지 기관과 능력과 특질이 존재할 뿐이다.
p_5. 생물학에는 자유니 행복의 추구니 하는 것도 없다.
c_2. 모든 인간들은 생물학적으로 평등하지 않다.
p_6. 객관적으로 사람이 평등하다는 것이 사실이 아니라, 그렇게 믿는 것이 우리에게 안정과 번영을 주기 때문에 그렇게 믿는 것이다.

c_3. 사람이 생물학적으로 평등하지 않다는 것이 우리가 사람이 평등하다고 믿지 않아야 한다는 이유가 되지 않는다는 반론은 적절한 반론이 될 수 없다.
p_7. 생물학적 진술들은 진리이다.
C. 모든 사람들이 평등하다는 사상은 '상상의 질서'다.

〔4단계〕 함축적 결론

〈추가된 전제: 맥락(배경, 관점)〉

〈함축적 결론〉

〈분석적 논평〉

〔1단계〕 중요성, 유관성, 명확성

모든 사람이 과연 평등한가의 문제는 '인권'의 측면에서 본다면 다소 부적절해 보일 수 있다. 하지만 이 텍스트는 이와 같이 '도발적인' 주제를 다룸으로써 독자들에게 세계에 대한 이해를 한 층 더 요구한다는 점에서 충분히 중요한 문제를 다루고 있다고 평가할 수 있다. 필자는 매우 명확하게 평등이라는 이념은 상상의 산물에 불과하다고 주장하고 있다. 필자는 제기된 문제에 대해서 명확한 답변을 하고 있기 때문에 문제와 주장에 관해 특별히 논평할 것은 없어 보인다.

〔2단계〕 명료함, 분명함

이 텍스트에서 핵심적으로 다루고 있는 '평등' 개념은 (넓은 의미의 인문학적 개념으로서) 사회학적 또는 철학적 개념이지 생물학적 개념이 아니다. 따라서 필자는 '평등' 개념의 범주를 혼동하고 있다고 평가할 수 있다.

〔3단계〕 논리성: 형식적 타당성과 내용적 수용가능성

만일 필자가 '평등' 개념을 애매하게 사용하고 있는 점을 허용하고 논증에 사용될 숨겨진 전제들이 모두 참이라고 가정한다면, 이 텍스트는 전제들로부터 결론을 도출하는데 있어 논리적으로 문제삼을 것은 없어 보인다. 하지만 앞서 언급하였듯이, 필자는 '평등' 개념의 범주적 오류를 저지르고 있기 때문에 전체적으로 보았을 때, 이 논증은 논리적인 타당성을 가지고 있다고 볼 수 없다.

또한 과학적 측면에서 보더라도, 진화론은 잠정적인 지식 또는 가설에 불과하다는 점을 지적할 수 있다. 말하자면, 다윈 등으로부터 시작된 진화론은 현재까지 연구가 진행되고 있는 '가설적 학설'일 뿐이다. 게다가 '평등을 믿는 이유'가 '그것이 우리에게 안정과 평화를 주기 때문'이라는 전제는 필자의 다른 주장으로 파악하는 것이 더 합당하다. 만일 그렇다면, 필자는 그 주장을 뒷받침하는 근거들을 제시할 필요가 있다.

〔4단계〕 공정성, 충분성

필자는 형식적으로 가능한 예상 반론을 다루고 있으나, 그 반론이 진지하게 반대 진영의 논리를 반영하고 있는 것은 아니다. 필자는 평등과 관련된 논의 중 가장 중요한 칸트의 인간 존엄성에 대한 평등 이념에 대해서 전혀 고려를 하고 있지 않기 때문이다. 일반적으로 이와 같이 반대 진영의 논증을 허술하게 구성하고 재반박하는 것을 '허수아비 논증의 오류'라고 한다. 따라서 제대로 구성된 예상 반론이 없었기 때문에 적절한 재반론이 이뤄졌는지도 평가할 수 없다.

연습문제 2 『죄와 벌』(도스토옙스키, Fyodor Mikhailovich Dostoevsky) ➡ 222쪽

〈분석적 요약〉

〔1단계〕 문제와 주장

〈문제〉
비범한 사람은 온 인류를 위한 구체적인 사상의 발현을 위해서라면, 자기 양심을 뛰어 넘어 어떤 장애라도 넘어설 수 있는 권리(의무)를 지녔는가?

〈주장〉
비범한 사람은 온 인류를 위한 구체적인 사상의 발현을 위해서라면, 자기 양심을 뛰어 넘어 어떤 장애라도 넘어설 수 있는 권리(의무)를 지녔다.

〔2단계〕 핵심어(개념)

비범함: 인류를 위한 사상(대의), 권리(의무)

〔3단계〕 논증 구성

〈생략된 전제: 숨은 전제 or 기본 가정〉
(숨겨진 전제) 첫 번째 유형의 인간이 두 번째 유형의 인간을 세대가 지나면서 숭배하는 것은 결국 두 번째 유형의 인간이 저지른 범죄들이 정당한 것이기 때문이다.

〈논증〉

p_1. 역사상 인류를 위한 건설자들은 도살자(범죄자)였다.

p_2. 인간은 자연에 의해 두 유형으로 나뉘는데, 첫 번째 유형은 그저 단순한 물질에 지나지 않는 인간이며 두 번째 유형은 새로운 발전을 위해 기존의 것을 파괴하는 비범한 인간이다.

p_3. 첫 번째 유형이 인간은 두 번째 유형의 인간을 (기존의 질서를 무너뜨리기 때문에) 처음에는 박해하지만 다음 세대가 오면 기꺼이 숭배한다.

p_4. (숨겨진 전제) 첫 번째 유형의 인간이 두 번째 유형의 인간을 세대가 지나면서 숭배하는 것은 결국 두 번째 유형의 인간이 저지른 범죄들이 정당한 것이기 때문이다.

C. 비범한 사람은 온 인류를 위한 구체적인 사상의 발현을 위해서라면, 자기 양심을 뛰어 넘어 어떤 장애라도 넘어설 수 있는 권리(의무)를 지녔다.

〔4단계〕 함축적 결론

〈추가된 전제: 맥락(배경, 관점)〉

p_5. 초인주의, 실존주의, 서유럽의 선진적인 사상과 문명이 여전히 황제 치하에 있던 러시아에 전달되었고, 구체제에 반대하는 일부 진보적인 지식인들 사이에서 초인사상이 유행하던 시기였다.

p_6. 모든 인간은 실수를 한다.

〈함축적 결론〉

C. 비범한 사람도 실수로 인류를 위한 구체적 대의 없이 끔찍한 잘못을 저질 수 있다.

〈분석적 논평〉

〔1단계〕 중요성, 유관성, 명확성

현대적 관점에서는 다소 황당한 이야기로 들릴 수 있는 주제이다. 하지만, 실존주의적 관점에서 그리고 초인주의적 관점에서 한 번쯤은 고민해 볼 수 있는 충분히 중요한 문제로 보인다. 필자(화자)는 분명하게 자신의 주장을 표현하고 있다. 유관성은 충분하며 논점 일탈의 오류를 보이지 않는다.

〔2단계〕 명료함, 분명함

핵심 개념어인 '비범함', 즉 인류를 위한 사상(대의)이 무엇을 의미하는 것인지 분명하지 않다. 이 개념은 경우에 따라서는 어떤 사상이나 과학적 진리 등을 의미하는 것으로 파악되지만 정확한 의미를 확인하기 어렵기 때문이다.

〔3단계〕 논리성: 형식적 타당성과 내용적 수용가능성

이 텍스트의 논증은 전제의 참이 결론의 참을 확실하게 보증하지 못한다. 명시적인 전제들은 모두 결론의 간접적인 증거(이유)들로서의 자격을 가지고 있을 뿐이다. 다만, 전체 논증에서 숨겨진 전제를 포함할 경우에는 p_3과 p_4가 결합하여 결론을 타당하게 도출하는 것으로 볼 수 있다.

대다수의 위인(건설자)들이 도살자였다는 것은 사실에 부합하지 않는다. 언급된 사례는 극히 일부일 뿐이다. (그러한 측면에서 이 텍스트는 성급한 일반화의 오류를 저지르고 있다고 볼 수 있다.) 또한 인간을 두 가지 유형으로 나눈 것에 대해서는 오로지 억측일 뿐이라고 비판할 수 있다. 따라서 그와 같은 구분은 합리적으로 수용할 이유가 없다. 게다가 세대가 지나서 두 번째 유형의 사람들을 숭배하기도 하지만, 그 역시 세대가 더 흐르면 비난의 대상이 될 수도 있다.

〔4단계〕 공정성, 충분성

역사적으로 볼 때 도살자였던 건설자들도 있었지만 그렇지 않은 위인들도 많이 있다. 자신에게 유리한 자료만 언급하였기 때문에 공정하다고 볼 수 없다. 또한 반드시 제기되어야 할 인간의 존엄성이 평등하다는 예상 반론에 대해서 전혀 언급하지 않고 있다. 그럴듯한 예상 반론이 제시되지 않았기 때문에 논의의 충분성 또한 없다고 평가할 수 있다.

예시 2 "법의 사각지대"(전대석) ➡ 229쪽

1. 검사의 논증과 시민(패널 1)의 논증 재구성

'법의 사각지대'는 허용될 수 있는가? 이 문제는 시나리오에 등장하는 검사와 시민(패널)들의 대화에서도 알 수 있듯이, 우리의 일상적인 삶과 매우 밀접하게 연결되어 있는 문제라는 것을 알 수 있다. 이 문제를 엄밀하게 접근하지 않을 경우, 우리들은 '그것은 상황과 경우에 따라 달라질 수 있는 문제이기 때문에, 사건의 성격에 따라 일부는 법의 사각지대가 허용되지만, 다른 일부는 법의 사각지대가 허용되지 않는다'는 모호한 입장을 택하고 싶은 유혹에 빠질 수 있다. 하지만 이와 같이 모호한 입장을 취하는 것은 논리적으로 가능하지 않을 뿐만 아니라 실천적으로 유익하지도 않다. 법이 가져야 할 중요한 특성 중 하나인 '일관성(consistency)'

을 훼손하는 중대한 문제를 초래하기 때문이다. 따라서 우리는 이 문제에 대해 법의 사각지대는 '허용될 수 있다' 그리고 '허용될 수 없다' 중 하나를 선택해야만 한다.

법의 사각지대의 허용가능성에 대한 논증을 제시하기에 앞서 시나리오에서 대립하고 있는 두 인물, 즉 '검사'와 '패널 1'의 입장을 확인해보자.

✔ 검사의 입장: 법의 사각지대는 허용될 수 있다. (또는 허용되어야 한다.)

✔ 패널 1의 입장: 법의 사각지대는 허용될 수 없다. (또는 허용되어서는 안 된다.)

우선, '법의 사각지대는 허용될 수 없다'는 패널1의 주장과 검사의 주장에 대해 부분적으로 문제를 제기하고 있는 패널 3의 주장을 함께 묶어 논증으로 구성해보자. 그들이 개진하고 있는 논증은 다음과 같다.

p_1. 법의 존재 이유 중 하나는 시민들이 억울한 일을 당했을 때, 그들을 보호하는 데 있다.

p_2. 지속적이고 만연한 가정폭력과 같은 일들은 개인의 합의만으로는 해결하기 어려운 사건이다.

p_3. 시민들이 국가에 세금을 납부하는 기본적인 이유들 중 하나는 법의 보호를 받기 위한 것이다.

c_1. 법은 개인을 초월하는 공권력으로서 'p_1. & p_2.'와 같은 사건들의 대상자들을 보호해야 한다. (숨은 전제)

p_4. 법의 사각지대가 있을 경우, 'p_1. & p_2.'와 같은 사건들의 (선량한) 피해자들을 보호할 수 없다.

C. 법의 사각지대는 허용될 수 없다. (허용되어서는 안 된다.)

다음으로, '법의 사각지대는 허용될 수 있다'는 검사의 주장을 논증으로 구성해보자. 그가 개진하고 있는 논증은 다음과 같다.

p_1. 법의 개입이 요구되는 것은 사회 공동체가 존립하는 데 위협이 되는 사건이다.

p_2. 법의 개입이 요구되는 것은 개인의 힘만으로는 해결할 수 없는 사건들에 제한된다.

c_1. 법은 우리 일상의 모든 것에 개입할 수 없다.

p_3. 법의 사각지대는 법이 개입할 수 없는 영역에서 발생한다.

C. 법의 사각지대는 허용될 수 있다. (허용되어야 한다.)

법의 사각지대의 허용가능성에 대한 두 입장의 논증을 이와 같이 정리하는 것이 옳다면, '법의 사각지대'에 대해 시민(패널 1)과 검사가 서로 다른 개념적 정의를 내리고 있음을 파악할 수 있다. 결론부터 말하자면, 법의 사각지대의 허용가능성에 대해 시민(패널 1)과 검사의 입장이 서로 다른 이유를 여기에서 찾을 수 있다. 말하자면, 시민(패널 1)은 법의 사각지대를 '법이 제대로 작동하거나 적용되지 않는 경우'로 해석하는 반면에, 검사는 '우리가 몸담고 있는 공동체의 모든 행위들, 즉 예절이나 관습을 포함한 모든 행위들에 대한 법(령)을 제정할 수 없는 경우'로 이해하고 있다는 것이다.

✔ 시민(패널 1): 법의 사각지대는 법(령)이 제정되어 있으며, 그 법(령)이 적실성 있게 적용되지 않는 것을 의미한다.

✔ 검사: 법의 사각지대는 사회 공동체의 모든 것들을 법으로 제정하지 않거나 제정할 수 없는 것을 의미한다.

만일 법의 사각지대에 대한 검사의 개념적 정의가 더 그럴듯하다면, 법의 사각지대는 허용되어야 한다는 검사의 논증이 더 설득력이 있는 듯이 보인다. 반면에, 법의 사각지대에 대한 시민(패널1)의 개념적 정의가 더 그럴듯하다면, 법의 사각지대는 허용될 수 없으며 허용되어서도 안 된다는 시민(패널1)의 논증이 설득력을 가진다고 보아야 할 것이다. '법의 사각지대'에 대한 두 개념적 정의 중 어떤 정의가 더 합리적인가?

이 물음에 답하기 위해 먼저 '사각지대'에 대한 사전적 의미와 우리가 일상에서 '사각지대'라는 용어를 어떻게 사용하고 있는지 살펴보자. '사각지대'의 사전적 의미는 다음과 같다.

사각지대 = (def.)[1]

① 어느 특정 위치에 섬으로써 사물이 눈으로 보이지 아니하게 되는 각도. 또는 어느 위치에서 사물을 비출 수 없는 각도

② 관심이나 영향이 미치지 못하는 구역을 비유적으로 이르는 말

③ 무기의 사정거리 또는 레이다 및 관측자의 관측 범위 안에 있으면서도 지형 따위의 장애로 인하여 영향력이 미치지 못하는 구역

④ 무선 송신기로 송/수신할 수 있는 거리 안에 있으면서도 신호를 받을 수 없는 구역

⑤ 축구 따위에서 선수의 위치상 슈팅을 하기 어려운 각도

'사각지대'의 사전적 의미를 따를 경우, 우리는 법의 사각지대에 대한 시민(패널1)과 검사의 개념적 정의 중 어떤 정의를 채택하는 것이 더 좋은 선택으로 볼 수 있을까? 우리가 이미 (직관적으로) 짐작하듯이, 시민(패널 1)의 정의를 채택하는 것이 검사의 정의를 따르는 것보다 더 설득력이 있어 보인다. 사각지대의 사전적 의미에 따르면, 그것은 행위 주체(보는 사람, 어떤 것에 관심을 가진 사람, 공을 차는 사람, 레이더 관측 범위 등)의 '범위 안에 포함'되어 있지만 이러저러한 이유들로 인해 그것을 '포착할 수 없거나 실행할 수 없는 경우'로 보아야 하기 때문이다.

다음으로, 우리가 일상에서 '사각지대'라는 용어를 어떻게 사용하고 있는지 살펴보자. 아마도 우리의 일상에서 '사각지대'라는 용어가 가장 많이 사용되는 사례를 꼽자면, '운전 사각지대'와 '복지 사각지대' 정도를 들 수 있을 것이다. '운전 사각지대'는 일반적으로 운전자가 자동차의 구조로 인해 전방의 좌(우) 측면 또는 후방에 있는 사물이나 사람을 인지하지 못하는 경우를 일컫는다. 그리고 '복지 사각지대'는 "여러 가지 복지 혜택을 받는 기초 생활 수급자에 반해, 그보다 조금 나은 생활을 하기 때문에 여러 가지 혜택에서 제외되는 차상위 계층의 상황을 비유적으로 이르는 말"로 사용된다. 달리 말하면, 어떤 사람이 복지 사각지대에 놓여 있다는 것은 그가 복지 혜택을 받아야 함에도 불구하고 제도 또는 기준에 의해 응당 받아야 할 복지 혜택을 받지 못하는 경우를 말한다. 우리는 일상에서 '사각지

1 국립국어원 표준국어대사전, https://stdict.korean.go.kr/search/searchView.do

대'를 이와 같은 의미로 사용한다. 만일 지금까지의 논의가 옳다면, 우리는 '법'에 있어서도 '사각지대'의 의미를 사전적 의미 또는 일상의 용례에 따라 사용하는 것이 더 합리적이라는 데 어렵지 않게 동의할 수 있을 것이다. 따라서 여기서 다루고 있는 시나리오에서 '법의 사각지대'는 검사의 정의가 아닌 시민(패널 1)의 개념적 정의를 적용하여 논증하는 것이 더 나은 해석이고 설명이라는 것을 알 수 있다. 또한 검사는 '법의 사각지대'의 개념적 정의를 자신의 입맛에 맞게 재정의하여 논증을 개진함으로써 이 문제에 참여하고 있는 (또는 참여하고자 하는) 사람들을 혼동케 하였다는 비판으로부터 자유로울 수 없다.

지금까지의 논의가 올바르다면, 법의 사각지대의 허용가능성에 대한 논의는 검사의 주장이 아닌 시민(패널1)의 주장을 받아들여야 한다는 결론을 얻을 수 있다. 하지만 앞에서 간략한 형식으로 정리한 시민(패널 1)의 논증만으로는 법의 사각지대를 허용할 수 없다는 주장을 강력하게 지지하기 어렵다. 따라서 우리는 시민(패널 1)의 논증에 중요한 핵심 전제들을 추가하여 논증을 강화할 필요가 있다.

2. '법은 최소한의 도덕이다.'

법(실정법)은 일반적으로 '명령과 제제(order and sanction)'의 형식을 가지고 있다. 말하자면, 법은 우리가 행하는 어떤 행위에 대해 실행이 가능한 것과 그렇지 않은 것을 규정하고 제한하며 명령한다. 그리고 만일 한 행위자가 법이 정한 규정, 제한 그리고 명령을 위반할 경우, 법은 그 행위에 대해 또는 그 행위를 한 행위자에 대해 제제나 처벌을 가한다. 예컨대, 우리의 실정법은 음주운전을 한 운전자에 대해 '특정범죄 가중처벌 등에 관한 법률 위반(위험운전치사상)과 도로교통법 위반(음주운전)의 관계'와 관련하여 다음과 같은 방식으로 판시한다.

특정범죄가중처벌등에관한법률위반(위험운전치사상)·도로교통법위반(음주운전)[2]

[서울북부지법 2008. 7. 22., 선고, 2008노577, 판결 : 상고]

【판시사항】

[1]

특정범죄 가중처벌 등에 관한 법률 제5조의11 규정의 성격 및 보호법익

[2] 특정범죄 가중처벌 등에 관한 법률 위반(위험운전치사상)죄와 도로교통법 위반(음주운전)죄의 죄수관계(=흡수관계)

【판결요지】

[1] 음주 또는 약물의 영향으로 정상적인 운전이 곤란한 상태에서 자동차를 운전하여 사람을 상해에 이르게 하거나 사망에 이르게 한 자를 처벌하고 있는

특정범죄 가중처벌 등에 관한 법률 제5조의11의 구성요건은, 술에 취한 상태 외에 과료·질병 또는 약물의 영향과 그 밖의 사유로 인하여 정상적으로 운전하지 못할 우려가 있는 상태에서 자동차 등을 운전한 행위를 처벌하는

도로교통법 제150조 제1호,

제3호,

제44조 제1항,

제45조 위반행위 중 특히 중한 형태를 기본범죄로 상정한 특수한 결과적 가중범이다. 보호법익의 측면에서 보면, 도로교통 일반의 안전의 위태화(추상적 위험)와 그 위험이 특정한 상황에서 구체화되어 실현된 결과로서 피해자의 생명·신체 침해를 결합하여 가중처벌하는 것이므로, 개인의 생명·신체와 함께 도로교통 일반의 안전도 그 보호법익에 포함된다.

[2] 특정범죄 가중처벌 등에 관한 법률 위반(위험운전치사상)죄는 중한 형태의 도로교통법 위반(음주운전)죄를 기본범죄로 하는 결과적 가중범으로 그 행위유형과 보호법익을 이미 모두 포함하고 있으므로, 특정범죄 가중처벌 등에 관한 법률 위반(위험운전치사상)죄가 성립하면 도로교통법 위반(음주운전)죄는 이에 흡수되어 따로 성립하지 아니한다.

【참조조문】

[1]

특정범죄 가중처벌 등에 관한 법률 제5조의11,

---

2 국가법령정보센터, 서울북부지법 2008.7.22. 선고 2008노577, 판결: 상고, 검색일 2021.06.05. https://www.law.go.kr/LSW/precInfoP.do?precSeq=125471

도로교통법 제44조 제1항,
제45조,
제150조 제1호, 제3호
[2]
특정범죄 가중처벌 등에 관한 법률 제5조의11,
도로교통법 제44조 제1항,
제150조 제1호

【전문】

【피 고 인】

【항 소 인】

쌍방

【검 사】

○○○

【원심판결】

서울북부지법 2008. 4. 11. 선고 2008고단488 판결

【주 문】

검사와 피고인의 항소를 모두 기각한다.

【이 유】

1. 검사와 피고인의 항소이유의 요지

가. 검사의 항소이유의 요지

검사는 혈중알콜농도 0.112%의 음주상태에서 택시를 운전하던 중 주취운전으로 인하여 전방주시를 게을리 한 업무상 과실로 피해자들이 타고 있던 승용차를 들이받아 피해자들에게 각 상해를 입게 하였다는 공소사실을 특정범죄 가중처벌 등에 관한 법률 위반(위험운전치사상)과 도로교통법 위반(음주운전)의 경합범으로 기소하였고, 위 공소사실은 증거에 의하여 모두 인정되었다.

그럼에도 원심은 특정범죄 가중처벌 등에 관한 법률 제5조의11의 조문 구조와 입법취지 등에 비추어 보면, 위 죄가 성립하는 경우 도로교통법 위반(음주운전)죄는 위 죄에 흡수되어 별도로 성립하지 아니한다고 보아야 한다며, 도로교통법 위반(음주운전)죄에 대하여는 이유에서 무죄를 선고하였다.

그러나 일반적으로 음주운전 중 교통사고를 내어 사람을 다치거나 죽게 한 경우에는 업무상과실치사상죄의 특별법인 교통사고처리특례법 위반죄와 도로교통법 위반(음주운전)죄의 경합범으로 보고 있고, 특정범죄 가중처벌 등에 관한 법률 위반(위험운전치사상)죄는 음주운전으로 인한 교통사고처리특례법 위반죄의 가중처벌규정이므로, 이 경우에서도 두 죄는 경합범이 된다고 봄이 상당하다.

원심판결에는 법리를 오해하여 판결에 영향을 미친 위법이 있다.

나. 피고인의 항소이유의 요지

원심의 형(징역 8월, 집행유예 2년, 사회봉사명령 80시간, 준법운전강의수강명령 40시간)은 너무 무거워 부당하다.

2. 판 단

가. 특정범죄 가중처벌 등에 관한 법률 위반(위험운전치사상)과 도로교통법 위반(음주운전)의 관계

특정범죄 가중처벌 등에 관한 법률 제5조의11은 "음주 또는 약물의 영향으로 정상적인 운전이 곤란한 상태에서 자동차를 운전하여 사람을 상해에 이르게 한 자는 10년 이하의 징역 또는 500만 원 이상 3천만 원 이하의 벌금"에 처하고, "사망에 이르게 한 자는 1년 이상의 유기징역"에 처하도록 정하고 있다. 위 규정은 2006. 12. 27. 발의되어 2007. 1. 2. 국회 법제사법위원회에 회부되고, 2007. 12. 21. 공포·시행되었는데, 최종 의결된 의안(의안번호 제7921호)의 제안경위와 제안이유에 의하면, 교통사고처리특례법상 음주운전에 대한 처벌을 강화하기 위하여, 2001년 입법된 일본국 형법 제208조의2 전문을 받아들인 것이고, 실제로 그 법문도 거의 일치한다.

위 규정은 법문상 음주 또는 약물의 영향으로 정상적인 운전이 곤란한 상태에서 자동차를 운전하는 고의행위와 이로 인하여 사람을 상해 또는 사망에 이르게 한 과실결과가 결합된 결과적 가중범의 일종으로 해석된다. 물론, 그 기본범죄, 즉 음주 또는 약물의 영향으로 정상적인 운전이 곤란한 상태에서 자동차를 운전하는 행위를 벌하는 규정은 따로 없다. 그러나 도로교통법 제45조는 "자동차 등의 운전자는 제44조의 규정에 의한 술에 취한 상태 외에 과로·질병 또는 약물의 영향과 그 밖의 사유로 인하여 정상적으로 운전하지 못할 우려가 있는 상태에서 자동차 등을 운전하여서는 아니 된다"고 정하고, 같은 법 제150조 제3호에서 이에 위반한 자를 벌하도록 하고 있어, "약물의 영향으로 정상적인 운전이 곤란한 상태에서 자동차를 운전"한 것보다 더 가벼운, "약물의 영향으로 정상적으로 운전하지 못할 우려가 있는 상태에서 자동차를 운전"한 경우를 이미 벌하고 있으므로, 도로교통법 제150조 제3호, 제45조 위반 중에서 특히, 위험한 경우를 기본범죄로 상정하여, 이로 인하여 사람의 생명·신체를 해한 경우를 결과적 가중범으로 구성한 것으로 볼 수 있다. 마찬가지로, 도로교통법 제150조 제1호, 제44조 제1항은 '술에 취한 상태에서 자동차 등을 운전'한 경우 처벌을 하고 있는데, 여기에서 '술에 취한 상태'는 혈중알콜농도가 0.05% 이상인 경우를 의미하고(도로교통법 제44조 제4항), 이는 조문 체계상 '정상적으로 운전하지 못할 우려가 있는 상태'에 상응하는 것으로(도로교통법 제45조 : " 제44조의 규정에 의한 술에 취한 상태 외에 … 정상적으로 운전하지 못할 우려가 있는 상태에서"), 특정범죄 가중처벌 등에 관한 법률 제5조의11의 '음주의 영향으로 정상적인 운전이 곤란한 상태'보다는 가벼운 상태라고 봄 상당하다. 즉, 특정범죄 가중처벌 등에 관한 법률 제5조의11의 구성요건은 도로교통법 제150조 제1호, 제44조 제1항, 제150조 제3호, 제45조 위반 중 특히, 중한 형태를 기

본범죄로 상정한 특수한 결과적 가중범이라는 것이다. 보호법익의 측면에서 보더라도 도로교통 일반의 안전의 위태화(추상적 위험)와 그 위험이 특정한 상황에서 구체화되어 실현된 결과로서 피해자의 생명·신체 침해를 결합하여 가중처벌하는 것으로 개인의 생명·신체는 물론, 도로교통 일반의 안전도 그 보호법익에 포함된다(일본국 형법 제208조의2의 해석도 같다).

이처럼 특정범죄 가중처벌 등에 관한 법률(위험운전치사상)이 중한 형태의 도로교통법 위반(음주운전)을 기본범죄로 하는 결과적 가중범으로, 그 행위유형과 보호법익을 이미 모두 포함하고 있는 이상, 특정범죄 가중처벌 등에 관한 법률(위험운전치사상)이 성립하면, 도로교통법 위반(음주운전)은 이에 흡수되어 따로 성립하지 아니한다고 봄이 상당하다. 업무상과실치사상죄의 특별법으로써, 음주운전을 구성요건에 포함하지 아니하는 교통사고처리특례법 위반죄에 대한 법리가 이에 적용될 수는 없다.

같은 취지에서 도로교통법 위반(음주운전)죄에 대하여 무죄를 선고한 원심의 판단에 검사가 지적하는 바와 같은 위법은 없다.

나. 양형부당

오랜 기간 별다른 사고전력 없이 운전해온 점, 사고 경위에 참작할 만한 측면이 있고, 피해가 비교적 경미한 점 등 일부 유리한 정상이 있기는 하다. 그러나 피고인의 음주 경위, 혈중알콜농도수치, 기타 제반 양형조건에 비추면, 앞서 든 바와 같은 사정을 모두 고려하더라도, 원심이 정한 형이 너무 무거워 부당하다고까지는 보이지 아니한다.

피고인의 양형부당 주장은 받아들이지 아니한다.

3. 결 론

그렇다면 검사와 피고인의 항소는 모두 이유 없으므로, 형사소송법 제364조 제4항에 의하여 이를 각 기각하기로 하여 주문과 같이 판결한다.

판사 ○○○(재판장) ○○○ ○○○

이와 같이 만일 우리가 법(실정법)이 가리키고 있는 명령을 위반할 경우, 우리는 그에 합당한 제제 또는 처벌을 받는다.

도덕은 어떠한가? 도덕(또는 도덕(윤리) 진술문) 또한 법(실정법)과 마찬가지로 일반적으로 '명령과 제제'의 형식을 가지고 있다. 예컨대 도덕적 내용을 담고 있는 다음과 같은 대표적인 도덕 진술문들을 살펴보자.

① 타인에게 거짓말을 해서는 안 된다.
② 타인을 목적이 아닌 수단으로 삼아서는 안 된다.
③ 타인과의 약속은 지켜야 한다.
④ 위험에 처한 사람을 도와야 한다.
⑤ 가난한 사람들을 도와야 한다.

위의 도덕 진술문은 다음과 같은 뜻을 가지고 있다. 즉,

①′ 타인에게 거짓말을 하는 것은 (도덕적으로) 그른 행위다.
②′ 타인을 목적이 아닌 수단으로 삼는 것은 (도덕적으로) 그른 행위다.
③′ 타인과의 약속을 이행하지 않는 것은 (도덕적으로) 그른 행위다.
④′ 위험에 처한 사람을 돕는 것은 (도덕적으로) 선한 행위다.
⑤′ 가난한 사람들을 돕는 것은 (도덕적으로) 선한 행위다.

만일 우리가 위의 도덕 진술문들(①~⑤ & ①′~⑤′)에 해당되는 행위를 한다면, 우리는 도덕적으로 '비난'받거나 '칭찬'받을 것이다. 달리 말하면, 도덕적 '명령'에 대한 '제재'는 일반적으로 '칭찬과 비난'으로 나타난다. (반면에, 앞서 살펴보았듯이 법적 명령에 대한 제재는 '처벌'로 나타난다.) 지금까지의 논의를 간략히 정리하면 다음과 같다. 즉,

도덕적 명령	→	칭찬과 비난
법적 명령	→	처벌

다음으로 도덕적 판단과 법적 판단의 대상이 되는 외연(extension)에 관해 살펴보자. 판단의 대상이 되는 외연에 관한 논의를 간결하게 만들기 위해 앞서 제시한 도덕 진술문들에 이 문제를 적용하는 것이 도움이 될 것이다. 우선, 도덕 진술문 '①, ②, ③'을 살펴보자. 아마도 우리는 다음과 같은 진술문에 어렵지 않게 동의할 수 있을 것이다. 즉,

①″ 만일 행위자 A가 B에게 거짓말을 할 경우, 행위자 A는 항상 도덕적으로 비난을 받는 반면에 동시에 반드시 법적인 처벌을 받는 것은 아니다.

②″ 만일 행위자 A가 B를 목적이 아닌 수단으로 처우할 경우, 행위자 A는 항상 도덕적으로 비난을 받는 반면에 동시에 반드시 법적인 처벌을 받는 것은 아니다.

③″ 만일 행위자 A가 B에 대한 약속을 이행하지 않을 경우, 행위자 A는 항상 도덕적으로 비난을 받는 반면에 동시에 반드시 법적인 처벌을 받는 것은 아니다.

행위자 A가 위와 같은 행위를 했을 경우, 도덕적으로 비난을 받는 동시에 법적인 처벌을 받는 경우는 매우 제한적이다. 예컨대, 만일 행위자 A의 거짓말이 일반적으로 '사기' 행위에 포함된다면, 그는 도덕적으로 비난받는 동시에 법적인 처벌을 받을 것이다. 만일 행위자 A가 B를 목적이 아닌 수단으로 처우하는 행위가 일반적으로 '착취' 행위에 포함된다면, 그는 도덕적으로 비난받는 동시에 법적인 처벌을 받을 것이다. 만일 행위자 A의 약속 불이행이 B의 재산상의 손해를 초래하거나 권리를 심각하게 침해하는 경우에 포함된다면, 그는 도덕적으로 비난받는 동시에 법적인 처벌을 받을 것이다.

다음으로 도덕 진술문 '④, ⑤'에 대해 살펴보자. 우리는 이 또한 다음과 같은 진술문에 어렵지 않게 동의할 수 있을 것이다. 즉,

④″ 만일 행위자 A가 B를 돕는다면, 우리는 A의 행위를 칭찬할 것이다. 반면에 행위자 A가 B를 돕지 않는다고 하더라도 일반적으로 그를 법적으로 처벌할 수 없다.[3]

⑤″ 만일 행위자 A가 B를 돕는다면, 우리는 A의 행위를 칭찬할 것이다. 반면에 행위자 A가 B를 돕지 않는다고 하더라도 일반적으로 그에게 기부 행위를 강제하거나 기부를 하지 않는 행위에 대해 처벌할 수 없다.

지금까지의 논의를 통해, 우리는 도덕 또는 도덕적 판단은 그른 행위에 대한 '제재와 처벌' 뿐만 아니라 옳은 또는 선한 행위에 대한 '칭찬과 권유'도 포함하고

---

3 독일과 스위스 등 유럽의 일부 국가에서 채택하고 있는 '착한 사마리아인 법'에 해당하는 경우는 ④″에 대한 반례가 될 수 있다는 견해를 취하는 것이 가능하다. 하지만 '착한 사마리안 법'은 도움이 요청되는 사람의 위험이 매우 크고 급박한 경우만을 대상으로 하고 있다는 점에서 통상의 일반적인 경우에 해당하지 않는다. 따라서 우리의 논의에서 ④″과 같이 주장하는 것은 문제될 것이 없다.

있음을 이해할 수 있다. 따라서 우리는 이것을 통해 도덕적 판단의 대상이 되는 범위(외연)는 법적 판단의 대상이 되는 범위(외연)보다 훨씬 넓다는 것을 알 수 있다. 말하자면, 도덕의 외연은 법의 외연보다 넓다.

또한 도덕은 예절과 관습과 같은 것들을 부분적으로 포함하기도 한다. 예컨대, 대중이 모인 장소에서 불특정 다수를 불쾌하게 만들 수 있는 행위를 하지 않는 것은 예절에 속한다. 그리고 그와 같은 예절이 오랜 시간을 통해 일종의 규칙으로 삼아질 경우, 우리는 그와 같은 규칙을 관습 또는 관례라고 부른다. 만일 도덕과 예절 그리고 관습의 관계를 이와 같이 파악할 수 있다면, 우리의 시나리오에서 검사가 법의 사각지대가 있어야 한다고 주장하기 위해 '사회 공동체 안에서 일어나는 또는 일어날 수 있는 모든 행위에 대해 법을 제정할 수 없다'는 전제로 사용한 '대중이 모인 자리에서 상의를 탈의하고 활보하는 아저씨'는 도덕적 판단의 대상은 될 수는 있어도 법적 판단의 대상이 될 수 없다는 것을 이해할 수 있을 것이다. 따라서 우리는 여기서 다루고 있는 시나리오에서 검사가 은밀하게 도덕적 판단의 대상을 법적 판단의 대상에 포함되는 것으로 삼으로써 논의를 혼란스럽게 만들고 있다는 것을 알 수 있다.

만일 법과 도덕에 관한 지금까지의 논의가 적절하다면, 우리는 새롭게 찾은 전제들을 추가하여 법의 사각지대는 허용되지 않거나 허용될 수 없다고 주장하는 시민(패널 1)의 논증을 다음과 같이 재구성할 수 있다.

〈논증〉 법의 사각지대의 허용불가능성

p_1. 도덕과 법은 우리의 삶과 일상생활을 규율한다. (도덕과 법은 삶과 일상을 유지하기 위한 규율 체계다.)

p_2. (일반적으로) 법은 최소한의 도덕이다.

c_1. 만일 p_1과 p_2가 모두 옳다면(두 전제를 수용할 수 있다면), 법은 우리의 삶과 일상의 최소한의 영역을 규율한다. (또는 규율 체계다.)

p_3. 법의 기본 형식은 "명령(order)과 제재(sanction, 처벌(punishment))"다.

p_4. 만일 p_3이 참이라면, 우리는 (일반적으로) 명령에 위배되는 행위를 할 경우 그에 따른 제재 또는 처벌을 받는다. (또는 제재(또는 처벌)가 가해진다.)

c_2. 법은 우리 삶과 일상에 대한 최소한의 영역에 대한 명령과 제재다.

p_5. 법의 기본 형식인 <명령과 제재>에 의거할 경우, '법의 사각지대'라고 불릴 수 있는 경우는 다음과 같다. 즉,

① 명령이 없는 경우,
② 명령이 잘 못된 명령인 경우,
③ 명령이 있지만, 그것에 따른 제재가 명시적으로 제시되지 않은 경우
④ 명령도 있고 제재에 대한 기술도 있지만, 그 제재가 실제로 또는 실천적으로 적용되거나 시행되지 않는 경우

p_6. 만일 p_5가 참이라면, 법의 사각지대는 우리의 삶과 일상의 최소한의 영역을 유지하지 못하는 경우를 초래한다.

C. p_1~p_6이 모두 옳다면(또는 수용할 수 있다면), 법의 사각지대는 허용될 수 없다.

3. 결론

지금까지 '법의 사각지대의 허용가능성'에 대한 상반된 두 입장, 즉 '허용되어야 한다'는 검사의 입장과 '허용되어서는 안 된다'는 시민의 주장을 살펴보았다. 앞서 개진한 논의를 간략히 정리하면, 검사의 논증은 두 가지 측면에서 잘못된 전제를 사용함으로써 '법의 사각지대의 허용가능성'에 관한 논의의 핵심을 혼동하고 있다. 첫째, '사각지대'의 개념적 정의를 잘못 사용하고 있다. 둘째 '법'과 '도덕'이 적용되는 외연을 혼동하고 있다. 지금까지의 논의가 올바르다면, 앞서 제시한 '법의 사각지대 허용불가능성' 논증에서 알 수 있듯이 법의 사각지대는 허용될 수 없다는 결론을 도출할 수 있다.

연습문제 3 "소득이 느는 것과 소득 격차가 느는 것은 다른 문제다"(송원근·강성원)

➡ 255쪽

〈분석적 요약〉

[1단계] 문제와 주장

〈문제〉
경제성장과 소득재분배, 어느 쪽이 저소득층 생활 개선에 도움이 되는가?

〈주장〉
경제성장이 저소득층 생활 개선에 더 도움이 된다.

[2단계] 핵심어(개념)

① 신고전파 경제정책: 경제성장을 통해 생활의 개선을 추구하는 경제정책.
② 소득재분배 경제정책: 소득의 재분배를 통해 생활의 개선을 추구하는 경제정책.

[3단계] 논증 구성

〈생략된 전제: 숨은 전제 or 기본 가정〉

〈논증〉

p_1. 주어진 경제 규모에서는 당연히 소득재분배 정책은 고소득층에서 저소득층으로 소득을 이전하게 된다.

p_2. 고소득층은 근로 의욕이 감퇴하고 저소득층은 정부 지원에만 의존하게 되는 문제가 초래된다.

p_3. 이 문제가 장기화되면 저소득층은 능력을 개발할 의욕이 약화된다.

c_1. 만일 'p_3'이라면, 일자리가 있어도 능력이 부족하여 취업이 안 되는 '빈곤의 악순환'에 빠지게 된다.

p_4. 신고전파 경제정책은 이러한 부작용을 방지하기 위해서 소득재분배 정책을 후퇴시키고, 감세와 규제 완화 같은 시장 친화적 정책을 사용하였다.

p_5. 소득 격차의 확대는 저소득층의 소득이 고소득층의 소득만큼 빠르게 증가하지 않는 현상을 의미할 뿐이다.

p_6. 소득 격차가 확대된다고 해서 저소득층의 소득은 필연적으로 정체되거나 악화된다고 할 수는 없다.

c_2. 저소득층의 소득수준이 충분히 증진된다면, 소득 격차가 심화되는 와중에도 저소득층의 생활수준은 향상될 수 있다.

p_7. 신고전파 경제정책은 1970년대 후반~1980년대 전반의 저성장 체제를 극복하고 안정적인 성장을 달성하였다.

p_8. 1980년대 이후 인도와 중국이 시장 개방을 통해 세계시장에 편입됨에 따라 교역이 확대되고 세계경제의 성장이 촉진되어 절대적인 빈곤층이 감소되었다.
p_9. 빈곤층 비중이 높은 국가들은 주로 아프리카 국가들이며, 이들 국가가 가난한 근본적인 원인은 저성장 때문이다.
p_{10}. 신고전파 경제정책은 '부자를 더 부자로 만들면서 (저소득층을 포함하여 대부분의 시민들이) 전반적으로 더 부자가 될 수 있는 경제정책이다.
C. 저소득층의 생활 개선에 더 도움이 되는 경제정책은 소득 재분배 정책이 아닌 경제성장 정책이다.

〔4단계〕 함축적 결론

〈추가된 전제: 맥락(배경, 관점)〉

〈함축적 결론〉

〈분석적 논평〉

〔1단계〕 중요성, 유관성, 명확성

이 텍스트는 소득재분배와 경제성장(소득의 성장)중 무엇이 더 빈곤층에 대한 올바른 해결책인지는 묻고 있다. 이 문제는 오늘날 우리 사회의 가장 중요한 문제들 중 하나인 것은 분명하다. 따라서 이 텍스트에서 다루고 있는 문제는 '중요성과 시의성' 모두를 가지고 있다고 볼 수 있다. 또한 필자는 소득의 재분배보다 경제성장이 더욱 올바른 방법이라고 명확하게 주장하고 있으며, 현안 문제와 결론을 유관하게 구성하고 있다.

〔2단계〕 명료함, 분명함

이 텍스트에서 사용된 중요한 개념들은 적절하게 정의되고 있으며, 필자가 정의를 내리지 않은 개념들도 이 문제에 동참하고자 하는 관련된 독자들이 어렵지 않게 이해할 수 있도록 구성되었다.

〔3단계〕 논리성: 형식적 타당성과 내용적 수용가능성

이 텍스트에서 필자가 제시하고 있는 전제들이 참일 경우 그 전제들로부터 도출할 수 있는 명시적인 결론은 '특정 상황에서 경제성장 우선 정책이 소득재분배 정책보다 빈곤층 해소에 효과적일 수 있다'는 것으로 보아야 한다. 말하자면, 이 텍스의 명시적 결론을 '일반적으로 또는 보편적으로 경제성장 정책이 소득재분배 정책보다 빈곤층해소에 효과적'라고 보는 것은 문제가 있어 보인다. 따라서 만일 필자가 후자의 결론을 최종 주장으로 삼기 위해서는 '경제성장 정책은 부작용이 없다(또는 부작용이 있다고 하더라도 상대적으로 작다)' 또는 '매우 다양한 상황들 속에서 경제성장 정책이 빈곤층 해소에 실패한 경우는 없다'와 같은 전제들이 추가되어야 할 필요성이 있다.

또한 소득 재분배정책이 고소득층의 근로 의욕을 감소시키고 저소득층을 나태하게 만든다는 주장에 대한 사회과학적 또는 통계적인 근거가 필요하다. 필자가 지적하고 있듯이, 80년대 세계적인 빈곤층의 감소는 중국의 경제성장에 기인하는 바가 크다. 그런데 중국 경제의 성장이 신자유주의 경제학파의 정책과 관련이 있는지에 관한 논의는 (적어도 이 텍스트에서는) 드러나지 않고 있다.

[4단계] 공정성, 충분성

이 텍스트는 반대 진영의 논의를 충분히 고려하지 않았다고 볼 수 있다. 필자의 주장과 달리, 동전의 양면처럼 경제성장만을 우선시하면 저소득층의 근로의욕이 감소할 수 있다는 견해도 있다. 게다가 경제성장이 빈곤층 해소에 도움이 되지 않는다는 통계자료 역시 존재한다. 또한 아프리카의 빈곤층 문제에 대해서는 다양한 과점에서 다른 진단들도 개진되고 있다. 필자는 자신의 이러한 관점들에 대해서 언급할 필요가 있다. 적절한 수준과 범위의 예상 반론이 내려지지 않았기 때문에 논의의 충분성은 평가할 대상이 없어 보인다.

연습문제 4 "왜 불평등해졌는가?"(장하성) ➡ 260쪽

〈분석적 요약 예시〉

[1단계] 문제와 주장

〈문제〉

한국 사회의 경제적 불평등의 주요 원인은 무엇인가?

〈주장〉

한국 사회의 경제적 불평등의 주요 원인은 재벌 대기업에게 있다.

[2단계] 핵심어(개념)

① 경제적 불평등: 재산 소득과 임금 소득에 의해 발생하는 경제적 격차

② 재산 소득 또는 불평등: 가진 것의 차이로 발생하는 경제적 격차

③ 임금 소득 또는 불평등: 버는 것의 차이로 발생하는 경제적 격차
④ 재벌: 경제적 이익을 독식하는 한국 경제 특유의 대기업

〔3단계〕 논증 구성

〈생략된 전제: 숨은 전제 or 기본 가정〉

대기업의 독점적인 경제 활동으로 인해 고용 불평등이 발생한다. (대기업의 갑의 논리가 고용 불평등을 양산하고 있다.)

〈논증〉

p_1. 경제적 불평등은 재산 불평등과 소득 불평등으로 나뉜다.
p_2. 모든 계층에서 노동 소득이 전체 소득의 90% 이상을 차지하고 있다.
p_3. 평균적 가계의 경우 재산 소득이 1%도 되지 않는다.
p_4. 소득 상위 10%에 속하는 고소득층의 경우에도 재산이 만들어내는 소득은 5%도 되지 않는다.
p_5. (물론) 소득 상위 1% 또는 0.1%에 속하는 초고소득층은 상당한 소득을 재산으로 벌어들이고 있다. 그러나 그들은 극소수이며, 거의 모든 가계들은 재산의 대부분이 소득을 만들어내지 못하는 거주용 주택이기 때문에 재산을 갖고 있다 해도 소득에 별반 도움이 되지 못한다.
c_1. (따라서) 한국의 불평등은 소득 불평등 때문에 발생한다.
p_6. 비정규직 임금은 정규직 임금의 절반에도 미치지 못한다.
p_7. 정규직 노동자가 정규직으로 전환되는 비율은 노동법이 정하고 있는 고용 기간 2년이 지나도 열 명 중 두 명에 불과하다.
c_2. (따라서) 임금(소득) 불평등의 주요 원인은 고용 불평등이다.
p_8. 대기업의 독점적인 경제 활동으로 인해 고용 불평등이 발생한다.(숨은 전제)
c_3. 고용 불평등을 만든 장본인은 대기업이다.
p_9. 중소기업 임금은 대기업의 60% 수준이다.
p_{10}. 임금격차가 60%로 커진 2014년에는 전체 노동자의 81%가 중소기업에서 일하고 있다.
p_{11}. 임금(소득)불평등의 주요 원인은 기업 간 임금의 불균형이다.
c_4. (따라서) 임금(소득) 불평등의 주요 원인은 기업 간 임금의 불균형이다.
p_{12}. 한국 모든 기업의 매출액 중에서 재벌그룹에 속하는 100대 기업의 매출액이 차지하는 비중은 29%이고, 모든 중소기업은 35%를 차지한다.
p_{13}. 100대 기업이 고용하고 있는 노동자는 전체 노동자의 4%에 불과한 반면에 중소기업은 72%이다.
p_{14}. 100대 기업은 한국 모든 기업의 순이익 60%를 자치한 반면에 중소기업은 35%에 불과하다.
p_{15}. 순이익의 불평등으로 인해 2차 하청기업의 임금은 원청기업인 초대기업 임금의 3분의 1이고, 3차 하청기업은 4분의 1 수준에 불과한 극심한 격차를 보이고 있다.
c_5. (따라서) 임금(소득)불평등의 주요 원인은 기업 간 순이익의 불균형이다.
c_6. 임금 불평등의 주요 원인은 기업 간 불균형이다.
c_7. 임금 불평등의 주요 원인은 고용 불평등과 기업 간 불균형이다.
p_{16}. 동일한 생산 사슬에 있는 원청기업과 하청기업 사이의 이렇게 엄청난 임금 불평등은 어떤 합리적인 경제 이론으로도 설명될 수 없다.

p_{17}. 이러한 기업 간 불균형은 대기업이 '갑의 힘'이라는 시장 외적 요인으로 만들어낸 것이지 공정한 시장이 작동한 결과가 아니다.

C. 기업 간 불균형을 만들어 낸 것은 대기업이다.

〔4단계〕 함축적 결론

〈추가된 전제: 맥락(배경, 관점)〉

불평등이 심화되는 한국 사회에서 불평등의 원인을 재산 소득 차이에서 해명하려는 기존의 논의를 비판하려고 시도하고 있다.

〈함축적 결론〉

한국 사회의 경제적 불평등을 초래한 재벌 대기업을 규제하고 개혁함으로써 소득 불평등으로 인해 발생하는 경제적 불평등을 해소해야 한다.

〈분석적 논평 예시〉

〔1단계〕 중요성, 유관성, 명확성

한국 사회의 경제적 불평등의 원인을 규명하고 해결 방안을 모색하는 것은 중요한 문제다. 또한 필자는 그 문제에 대해 명확하고 유관한 주장을 개진하고 있다. 따라서 특별히 비판적으로 논평할 내용은 없다.

〔2단계〕 명료함, 분명함

주어진 텍스트에서 애매하거나 모호하게 사용된 개념은 없는 듯이 보인다. 중요한 개념은 일반적인 의미와 동일하게 사용되고 있기 때문이다. 다만 우리나라의 상황에 비추어 보았을 때, 아파트나 토지와 같은 부동산의 시세차익으로 인한 부의 증가를 재산 소득으로 포함해야 할 것으로 보인다. 하지만 필자는 그것에 대해 분명한 견해를 제시하지 않고 있다. 본문에서는 '이자나 임대료, 배당과 같은 재산으로 벌어들이는 소득'을 재산 소득으로 분류하고 있지만, 시세 차익에 따른 소득은 그러한 것들과는 다른 종류의 소득이므로 이에 대한 추가적인 설명이 있어야 할 것으로 보인다.

〔3단계〕 논리성: 형식적 타당성과 내용적 수용가능성

주어진 텍스트에서, 필자의 주장을 면밀히 검토하기 위해서는 논증의 형식적 타당성의 '형식적 오류와 비-형식적 오류' 모두를 검토해야 할 필요성이 있다. 이 텍스트는 논리적인 연역논증은 아니지만 경험적으로 받아들이기에 무리가 없는 경험 자료와 통계 자료를 활용한 귀납논증으로 구성된 형식을 가지고 있기 때문에 '넓은 의미'에서 타당성을 확보하고 있는 논증이라고 평가할 수 있다.

이 텍스트의 핵심 주장은 마지막 문단의 마지막 문장에서 확인할 수 있다. 말하자면, 필자는 '한국의 불평등 근원은 재산의 격차보다는 소득의 격차이며, 소득의 격차는 임금의 격차로 만들어진 것이다. 임금의 격차는 고용의 격차와 기업 간 불균형에서 찾아야 하며, 고용의 격차와 기업 간 불균형의 책임은 재벌 대기업에게 있다'고 말한다. 이 문장에서 확인할 수 있듯이, 필자는 '우리나라의 불평등의 책임은 재벌 대기업에게 있다'고 주장하고 있으며, 그 주장을 보이기 위해 일련의 경험적 자료에 기초한 인과적 설명을 개진하고 있다. 따라서 이 텍스트의 논리적인 인과적 절차를 다음과 같은 네 단계로 정리할 수 있으며, 따라서 네 개의 소논증으로 구성된다.

Ⓐ 한국 불평등의 원인은 재산의 격차가 아닌 소득의 격차다.
Ⓑ 소득의 격차의 원인은 임금의 격차다.
Ⓒ 임금의 격차의 원인은 고용의 격차와 기업 간 불균형이다.
Ⓓ 고용의 격차와 기업 간 불균형의 원인은 재벌 대기업에 있다.

1. 주장의 함축 중 받아들이기 어려운 것은 없는가?

〈분석적 요약〉의 함축적 결론에서, 대기업을 개혁하는 것이 반드시 좋은 효과를 낳는다는 보장이 없기 때문에 그것에 대한 구체적인 방안과 추가적인 근거가 제시도어야 할 것으로 보인다. 하지만 이것은 어디까지나 필자의 주장에 또 다른 정보나 근거가 주어졌을 때 얻어지는 함축적 결론이라는 점을 염두에 둔다면, 필자가 낙수효과나 대기업 주도의 경제성장에 대한 긍정적인 평가를 지지하는 근거들에 동의하지 않을 경우 큰 문제제기가 될 수는 없을 것이다. 이것은 사실 판단과 정보의 객관성의 측면, 즉 낙수효과가 실제로 있는지 또는 우리나라의 경우 대기업 주도의 경제성장이 불가피한 것이거나 긍정적인 측면이 많은지 등에 관한 별도의 문제에서 더 논의되어야 할 것으로 보인다.

2. 전제들의 합리적 수용가능성: 전제들이 사실에 부합하는가, 전제들은 믿을 수 있는 자료에서 찾아졌는가?

필자가 암묵적으로 가정하고 있는 'p_8. 대기업의 독점적인 경제 활동으로 인해 고용 불평등이 발생한다'와 'p_{16}. 동일한 생산 사슬에 있는 원청기업과 하청기업 사이의 이렇게 엄청난 임금 불평등은 어떤 합리적인 경제 이론으로도 설명될 수 없다'는 이 문제에 참여하는 사람들이 갖고 있는 기본 입장에 따라 다른 견해를 가질 수 있을 것으로 보인다. 따라서 이것에 대한 추가적인 객관적인 자료가 제시되지 않을 경우 이러한 근거는 사실과 부합한다는 신뢰성을 확보하기 어려울 수도 있다. 필자는 적어도 우리나라의 경제적 불평등의 원인을 대기업으로부터 찾고 있으므로, 암묵적으로 가정된 전제들에 대한 실증적인 자료들이 제시되어여 할 것이다.

[4단계] 공정성, 충분성

1. 논의의 공정성의 측면에서: 자의적 해석 혹은 유리한 근거들만 사용 했는가, 자신의 관점, 배경에서만 문제를 바라보고 논증을 구성하지는 않았는가, 또는 문제를 다루는 또 다른 관점 맥락은 없는가?

대기업의 독점적 경제활동 혹은 '갑의 힘'에 의해 비정규직이 양산되고 기업 간 불균형이 심화되었다는 설명은 공정성을 결여하고 있다는 평가를 받을 수 있다. 한국의 경제사에 비추어 보았을 때, 비정규직 문제나 기업 간 불균형의 경우 몇 번의 경제 위기를 돌파하기 위한 정부 정책에 따라 형성된 한국 경제의 구조적 특성에 의해 발생한 것일 수도 있기 때문이다. 따라서 이러한 문제의 책임을 대기업에게만 일방적으로 귀착시키는 것은 저자가 자신의 입장을 효과적으로 전개하기 위하여 의도적으로 비판 대상을 좁혀 설정한 것일 수 있다.

2. 논의의 충분성의 측면에서: 논의 전개 상 필요한 중요한 부분들이 모두 다루어졌는가, 또는 가능한 반론에 대한 재반론이 이루어졌는가?

대기업의 입장에서는 필자의 문제제기와 원인 분석에 대한 다양한 반론을 제기하게 될 것이다. 특히 한국 경제 성장의 중추를 담당했던 대기업의 역할에 대한 충분한 고찰을 하지 않은 상태에서 불평등이 대기업 때문에 심화된 것이라는 결론을 내리는 것은 부당할 뿐만 아니라 성급한 일반화의 오류를 저지르고 있다는 반론을 제기할 수 있다. 또한 대기업 중심 체제를 유지하면서 불평등을 줄일 수 있는 다양한 가능성을 논의하는 것이 결코 불가능한 것은 아니다. 따라서 저자는 이와 같은 반론을 충분히 고려하고 재반론을 전개하는 방식으로 논의를 펼칠 필요가 있다.

연습문제 5 "내가 반려 아닌 '애완동물'을 주장하는 이유"(최훈) ➡ 266쪽

〈분석적 요약〉

〔1단계〕 문제와 주장

〈문제〉
반려동물이라고 불러야 하나 애완동물이라고 불러야 하나?

〈주장〉
반려동물이 아닌 애완동물이라고 불러야 한다.

〔2단계〕 핵심어(개념)

① 반려동물: 동물이 인간과 동등한 권리를 지닌다는 함축을 가지는 용어
② 애완동물: 동물이 인간의 권리보다 약한 권리를 지닌다는 함축을 지니는 용어
③ 이성: 사유하는 능력, 감각이나 정서와 대비되는 개념.
④ 경향성(친근감): 자연적인 성향에 의해 주어지는 정서적 편향성으로서 이성과 대비되는 개념.
⑤ 직관: 그 자체로 독자적이고 근원적인 인식능력으로서 순간적으로 드는 판단을 가리킨다.

[3단계] 논증 구성

〈생략된 전제: 숨은 전제 or 기본 가정〉
직관은 윤리적 판단의 충분한 근거가 된다.

〈논증〉
p_1. 반려동물이란 개념은 인간과 동물의 권리를 평등하게 바라보는 개념이며 애완동물이란 개념은 인간의 권리를 동물의 권리보다 중하게 바라보는 개념이다.
p_2. 윤리적 판단은 경향성에 따르면 안 되며, 이성에 따라야 한다.
c_1. 이성적으로 판단했을 때, 사람의 권리가 여타 동물의 권리보다 더욱 중요하다.
p_3. 이성적으로 판단했을 때, 모르는 사람과 개의 구조 사례(사유실험)에서 우리는 사람을 먼저 구해야 한다는 판단을 내린다.
p_4. 우리의 직관도 사람의 권리가 여타 동물의 권리보다 중요하다는 것을 지지한다.
p_5. 직관적으로 판단했을 때, 입양아와 입양동물의 치료 사례(사유실험)에서 우리는 입양아를 먼저 치료해야 한다는 판단을 내린다.
c_2. 직관은 윤리적 판단의 충분한 근거가 된다.
C. 반려동물이 아닌 애완동물이라고 불러야 한다.

[4단계] 함축적 결론

〈추가된 전제: 맥락(배경, 관점)〉

〈함축적 결론〉

〈분석적 논평〉

[1단계] 중요성, 유관성, 명확성

반려(애완)동물에 대한 관심이 날로 더해가는 오늘날 중요하게 인식되는 문제를 다루고 있다. 필자는 명확하게 애완동물로 부르자고 주장한다. 문제와 주장 사이의 유관성은 충분하다.

[2단계] 명료함, 분명함

텍스트에서 사용된 중요한 개념들은 우리가 일상에서 사용하는 통상적인 또는 상식적인 수준의 정의에 따른다고 하더라도 전체 논의를 이해하는 데 있어 큰 문제를 초래하지 않는 듯이 보인다.

[3단계] 논리성: 형식적 타당성과 내용적 수용가능성

이 텍스트는 전제들이 모두 참이라면 그것이 결론의 참을 매우 강하게 보증한다. 하지만 필자는 적어도 다음과 같은 세 가지 문제에 대해 대처할 필요성이 있어 보인다. p_2의 경우, 일부 사람들은 합리적 수용가능성을 낮게 평가할 수도 있다. 또한 전제 p_3의 경우에도 사유실험의 결과가 다양하게 나올 가능성이 있다. 게다가 전제 p_5의 경우에도 입양아를 먼저 치료해야 한다는 직관적인 결론을 내리는 것이 반드시 윤리적인 이유 때문이 아니라 법적인 처벌 가능성을 염두에 둔 것일 수 있다.

[4단계] 공정성, 충분성

전체적으로 칸트 윤리학에 치우쳐 있는 논증이다. 공리주의적 관점이나 윤리에 있어서 정서주의적 관점에 대한 논의는 상대적으로 빈약하다. 하지만 예상 반론이 전혀 없는 것은 아니다. 정치적 올바름(political correctness)의 차원에서 반려동물이라 불러야 한다는 것에 대한 논의와 애완동물이라고 불렸을 때 발생할 수 있는 우려들에 대해서 미리 언급하고 있는 부분이 있다. 하지만 그와 같은 논의만으로는 심도있는 차원에서의 충분히 공정한 논의를 개진하였다고 보기 어렵다.

필자는 애완동물이라고 부를 경우 발생할 수 있는 부적절한 동물 처우에 대해서 적절하게 법을 수정하면 된다고 말하고 있지만, 다소 애매하고 피상적인 주장을 개진하고 있는 것으로 보인다. 구체적이고 명확한 대안이 제시되었다면 보다 충분성 있는 논의가 되었을 것으로 판단된다.

연습문제 6 "인간이 가진 동물에 대한 의무는 무엇에 근거하는가?" ➡ 271쪽

〈분석적 요약〉

[1단계] 문제와 주장

〈문제〉
동물에 대한 자애로운 감정은 인류의 의무인가? (또는 인간은 동물을 어떻게 대해야 하는가?)

〈주장〉
동물에 대한 자애로운 감정은 인류의 의무다.

〔2단계〕 핵심어(개념)

① 목적적 존재: 그 존재 이유를 물을 수 없는 근원적인 또는 근본적인 존재
③ (도덕적) 의무: 도덕적 이유로 반드시 해야만 하는 것 또는 행위(자세)

〔3단계〕 논증 구성

〈생략된 전제: 숨은 전제 or 기본 가정〉
목적적 존재만이 의무를 지닌다.

〈논증〉
p_1. 동물은 자의식적이지 않고 목적에 대한 수단으로만 존재한다.
p_2. 인간은 목적적 존재다.
p_3. 목적적 존재만이 의무를 지닌다.
c_1. 따라서 인간만이 의무를 지닌다.
p_4. 동물의 본성은 인간의 본성과 유사하다.(동일한 원리로부터 나온다)
c_2. 인간은 동물에 대한 우리의 의무를 수행함으로써 간접적으로 인류에 대한 우리의 의무를 수행한다.
p_5. 동물을 어떻게 대하는 지에 따라 사람들(의 마음)을 평가할 수 있다.
p_6. 아무런 이유없이 생명체를 파괴하는 것에 미안함을 느끼는 것은 인간에게 자연스러운 감정이다.
c_3. 동물을 함부로 대하는 것에 미안함을 느끼지 않는다면 그에게는 인간적 감정이 없다. (동물을 함부로 대하면 인간들도 함부로 대할 것이다.)
C. 동물을 함부로 대하지 않는 것이 인간의 의무다.

〔4단계〕 함축적 결론

〈추가된 전제: 맥락(배경, 관점)〉

〈함축적 결론〉

〈분석적 논평〉

〔1단계〕 중요성, 유관성, 명확성

인간이 동물과 함께 공존하고 살아가고 있다는 점에 비추어 보았을 때, 인간이 동물을 어떻게 처우해야 하는가에 답하는 것은 중요한 문제라고 할 수 있다. 또한 필자는 그와 같은 중요한 문제에 대해 명확한 입장을 밝히고 있다. 따라서 논평의 첫 번째 준거에 대해서는 특별한 논평할 지점은 없는 듯이 보인다.

〔2단계〕 명료함, 분명함

필자가 논증을 개진하기 위해 사용하고 있는 핵심어인 '목적적 존재'와 '수단적 존재'는 본문에서 명시적으로 드러나지는 않지만, 논의의 맥락을 통해 충분히 파악할 수 있는 개념이라고 할 수 있다. 그리고 깊이 있는 철학적 개념을 탐구하는 차원이 아니라면, '목적적 존재'와 '수단적 존재'를 '직접적인 의무'와과 '간접적인 의무'와 대응시키는 것 또한 상식에 부합하는 것으로 볼 수 있다.

〔3단계〕 논리성: 형식적 타당성과 내용적 수용가능성

이 텍스트는 전제가 모두 참이라면, 그 결론 또한 필연적으로 참이 된다는 측면에서 연역추리에 의거하여 주장을 개진하고 있다고 볼 수 있다. 말하자면, 인간이 인간에 대해 갖는 의무가 직접적인 의무인 반면에 인간이 동물에 대해 갖는 의무가 간접적 의무라는 전제를 수용할 수 있고 타당한 이유를 결여한 채 (무고한) 생명체를 파괴하는 것을 거부하는 것이 인간의 자연스런 본성이라는 전제 모두를 수용할 수 있다면, 인간의 본성을 유지하기 위해서 인간은 동물에 대해 자애로운 감정을 가져야 한다는 결론을 도출할 수 있다.

하지만 필자가 참으로 받아들이고 있는 인간은 목적적 존재이고 동물은 수단적 존재라는 전제에 대해 의문을 제기하거나 반대 입장을 취할 수 있을 것 같다. 그와 같은 전제는 '인간중심주의적' 입장에서 취할 수 있는 것으로서, 검증되거나 확인된 사실이 아니기 때문이다. 따라서 필자는 자신의 주장을 강화시키기 위해 인간을 목적적 존재로, 그리고 동물을 수단적 존재로 가정하는 이유를 더 명시적으로 밝힐 필요가 있는 듯이 보인다.

〔4단계〕 공정성, 충분성

논평의 세 번째 준거인 내용적 수용가능성에서 이미 밝혔듯이, 동물을 수단적 존재로 가정하는 것은 인간중심주의적 견해라고 할 수 있다. 하지만 필자도 본문에서 일부 인정하듯이, '인간과 동물의 본성이 유사하다'는 전제로부터 인간과 동물의 권리가 서로 다르지 않다는 동물권리 옹호론 또는 동물 해방론을 주장하는 입장도 가능하다. 동물의 권리를 인간의 그것과 다르게 보지 않는 진영의 논리를 다루지 않았다는 점에서 공정한 논의가 이루어지지 않았다고 평가할 수 있다. 또한 같은 측면에서 논의의 충분성도 확보되지 않았다고 볼 수 있다.

연습문제 7 "동물 살생: 제4절 맺는 말"(피터 싱어, P. Singer) ➡ 274쪽

〈분석적 요약〉

〔1단계〕 문제와 주장

〈문제〉
(인간의 욕망을 충족시키기 위한) 동물 살생은 (도덕적으로) 허용될 수 있는가?

〈주장〉
비자의식적인 동물을 포함하여 (인간의 욕망을 충족시키기 위한) 음식을 얻기 위해 동물을 죽이는 것을 피하는 것이 도덕적으로 최선의 선택일 수 있다.

〔2단계〕 핵심어(개념)

①인격체: 자의식, 시간관념, 언어 사용 등의 속성을 가진 존재
②자의식: 나와 내가 아닌 것을 구분할 수 있는 능력
③의심의 이득: 도덕적으로 가장 안전한 행위 선택 원리
④고통(감각): (공리주의적 의미에서) 불쾌를 일으키는 감각

〔3단계〕 논증 구성

〈생략된 전제: 숨은 전제 or 기본 가정〉

〈논증〉

〈논증 1〉 인격체(personality) 논증
P_1. 인격체를 죽이는 것은 도덕적으로 허용되거나 정당화될 수 없다.
P_2.(대부분의) 인간은 인격체다.
C_1.(적어도 무고한) 인간을 죽이는 것은 도덕적으로 정당화될 수 없다.
P_3. 동물들 중 (적어도) 일부는 인간과 마찬가지로 인격체의 속성을 가진다.
C_2.(적어도 인격체로 간주되는 무고한) 동물을 죽이는 것은 정당화될 수 없다.

〈논증 2〉 의심의 이득(the benefit of doubt) 논증
P_4.〈인격체 논변〉의 결론에 따르면, 인격체로 간주할 수 없는 동물을 죽이는 것은 도덕적으로 정당화될 수 있다.
P_5. 인격체인 동물과 비인격체인 동물을 완전히 구분할 수 없는 경우들이 있다.
P_6. 만일 우리가 P_5와 같은 경우에 동물 살생에 대해 어떠한 결정을 내려야 한다면, 우리가 선택할 수 있는 도덕적으로 안전한 결정은 비인격체인 동물을 완전히 분간할 수 있을 때까지 결정을 유보하는 것이다.
C_3. 따라서 인격체인 동물과 비인격체인 동물을 완전히 구분할 수 없는 경우에는 동물 살생을 중지하는 것이 도덕적으로 더 안전하다.

〈논증 3〉 고통(감각, pain sentient) 논증

P_7.(적어도 공리주의의 입장에서) 쾌락은 선이고 고통은 악이다.

P_8.완전히 비인격체인 동물이라고 하더라도, 대부분의 동물은 쾌락과 고통을 느낄 수 있다.

P_9.만일 P_7과 P_8이 참이라면, (비인격체인 동물을 포함하여) 무고한 동물에게 정당한 이유 없이 고통을 가하는 것은 (공리적인 선이 아닌) 악을 행하는 것이다.

C.쾌락과 고통을 감각할 수 있는 동물을 죽이는 것은 정당화될 수 없다.

〔4단계〕 함축적 결론

〈추가된 전제: 맥락(배경, 관점)〉

〈함축적 결론〉

〈분석적 논평〉

〔1단계〕 중요성, 유관성, 명확성

동물 살생에 관한 문제는 최근에 활발하게 논의되고 있는 '동물권, 동물실험' 등의 논의와 밀접하게 관련되어 있기 때문에 중요한 논의라고 할 수 있다. 게다가 많은 사람들이 육식을 하고 있다는 점에서 현실적이고 실천적인 문제라고 볼 수 있다. 또한 필자는 이와 같은 문제에 대한 명확한 주장을 개진하고 있다. 따라서 논평의 첫 번째 준거에 대해 특별히 논평할 내용은 없는 듯이 보인다.

〔2단계〕 명료함, 분명함

주어진 텍스트에서 사용되고 있는 중요한 개념(핵심어)들은 언뜻 보기에는 큰 문제가 없는 듯이 보인다. 우리가 가진 상식적인 정의에 잘 들어맞는 듯이 보이기 때문이다. 하지만 '고통'과 달리 '인격체와 자의식' 개념에 대해서는 필자가 자의적인 또는 조작적인 정의를 내리고 있다고 볼 수 있다. 간략히 말해서, 필자가 '인격체'를 정의하기 위해 제시하고 있는 조건들이 필요조건인지 충분조건인지에 대한 문제를 제기할 수 있다. (이것은 '자의식'에도 그대로 적용될 수 있는 문제다.)

'의심의 이득'은 필자가 자신의 주장을 지지하기 위해 제시하고 있는 논증에 해당한고 보아야 한다. 따라서 그 개념은 논리적인 관계에서 논증이 성립하는가에 따라 개념의 수용 여부가 결정된다고 볼 수 있다.

[3단계] 논리성: 형식적 타당성과 내용적 수용가능성

동물살생에 관한 싱어의 주장을 이와 같이 분석한 것이 옳다면, 그가 동물살생에 반대하기 위해 택하고 있는 단계적인 논리적 전략을 간략히 정리하면 다음과 같다.

①논증 1: 인간과 유사한 성질 또는 속성을 가진 동물들의 살생을 금지한다.
②논증 2: 인간과 유사한 성질 또는 속성을 가졌는지 또는 그렇지 않은지 판별하기 어려운 동물들의 살생을 금지한다.
③논증 3: 인간과 유사한 성질 또는 속성을 갖고 있지 않은 동물의 살생을 금지한다.

싱어가 동물살생에 반대하기 위해 취하고 있는 논리적 전략은 효과적이고 설득력이 있어 보인다. 〈분석적 요약〉에서 확인할 수 있듯이, "그는 (거의) 모든 동물에 대한 살생"에 대해 반대한다. 어떤 측면에서 싱어의 주장은 매우 강한 입장이라고 할 수 있을 것이다. 만일 이와 같이 강한 주장을 예비 논증이나 사전 설명 없이 개진하였다면, 많은 사람들은 심각한 숙고나 고찰을 하지 않은 채 그의 주장에 대해 반대하려 할 수도 있다. 채식만을 고수하고 있는 몇몇 사람들을 제외하고, 어느 날 갑자기 당신에게 "육식을 금지"한다고 말한다면 그러한 주장에 바로 수긍할 수 있겠는가? 하지만 만일 동물살생에 관한 싱어의 주장이 옳다면, 우리는 적어도 "생존을 위한 불가피한 상황"이 아닌 경우를 제외하고 어떠한 경우에도 육식을 피해야 할 것이다. 예컨대, "맛을 즐기기 위해서" 또는 "멋진 근육을 만들기 위해서"와 같이 인간의 욕망을 충족시키기 위한 육식은 금지되어야 할 것이다.

반면에, 당신이 평소 동물의 권리를 보호하는데 깊은 관심을 가지고 있을뿐더러 채식을 하는 것을 고수하고 있다면, 아마도 당신은 싱어의 주장에 쉽게 동의할 수 있을 수도 있다. 당신의 평소 생각과 신념을 잘 보여주고 있다고 생각할 수 있기 때문이다. 하지만 그것만으로는 부족하다. 비록 싱어의 주장이 (또는 어떤 문제에 대한 어떤 이의 주장이) 겉으로 보기에 당신의 생각과 잘 들어맞는다고 하더라도, 그의 주장을 받아들이기 위해서는 그가 개진하고 있는 논증에 대한 올바른 이해와 정당한 논평이 요구된다.

싱어의 (적어도 인간의 욕망을 충족시키기 위한 동물의 살생 중지를 촉구하는) 논증 또한 다양한 반론에 직면할 수 있다. 우선, 싱어가 제시한 "인격체 논증"에 대한 반론이 가능하다. 비록 싱어가 인격체의 필요조건으로 제시한 속성들, 즉 "사고하는 능력, 언어 사용 능력, 과거를 기억하고 미래를 예측할 수 있는 능력" 등은 인간 종이 가진 두드러지는 속성 또는 능력이라는 것을 부정할 수 없다. 싱어는 인간이 가진 그러한 속성 또는 능력이 인간을 인격체(personality)의 자격을 부여할 수 있는 필요조건들이라면, 비록 인간 정도의 수준에는 미치지 못한다고 하더라도 (침팬지나 오랑우탄과 같은) 일부 유인원들이 그와 같은 속성과 능력을 갖고 있을 경우 그들 또한 인격체로 보아야 한다는 것이다. 싱어의 논증에서 살펴보았듯이, 지적 능력, 언어 사용 능력 또는 과거에 대한 기억과 미래에 대한 예측 능력의 높고 낮음은 인격체의 자격을 부역하는 결정적인 요소가 아니다. 어떤 존재이건 그와 같은 능력을 갖고 있다는 것만이 중요할 뿐이다. 간략히 말하면, "정도(degree)의 차이는 질적(quality)인 차이를 만들지 못한다"는 것이다. (지적 능력이 낮은 인간을 떠올린다면, 그와 같은 주장이 설득력이 있다는 것을 어렵지 않게 파악할 수 있다.)

또한 "고통 논증"에 대해서도 문제를 제기할 수 있다. 이 논증은 한 개체에게 어떤 (특유한) 속성을, 즉 고통이라는 속성을 귀속(attribution)시킴으로써 다른 개체와의 차이를 만들거나 보이려는 일련의 논증이 가진 문제점에 의존하고 있다. 이에 대해 '식물'에 의존하여 '고통 논증'에 반대할 수 있는 길이 열려 있는 듯이 보인다. 물론, 현재까지는 식물도 동물과 마찬가지로 고통을 느낀다는 결정적인 증거는 없다고 보아야 할 것이다. 하지만 식물과 동물은 '생명체'라는 더 근본적인 속성을 공유하고 있다. 만일 식물이 가진 '생명체'라는 속성을 귀속시킴으로써 식물에게도 동물과 동일한 권리를 부여해야 한다고 주장한다면, 역설적이게도 이러한 전략은 싱어가 동물의 권리를 향상시켜 (적어도 인간의 욕망을 충족하기 위한 수단으로) 동물을 살생하는 것을 중지시키기 위해 채택하고 있는 전략과 일치한다. 게다가 논란의 여지가 있는 '인격체의 속성'이나 모든 생명체에게 적용할 수 없는 "고통"보다는 '생명체 그 자체의 속성'이 수용하기에 더 안전하고 굳건한 근거인 듯이 보인다. 이와 같이 한 개체에게 어떤 특유한 속성을 귀속시킴으로써 다른 개체와의 차이를 보이려는 시도는 싱어의 표현을 빌리자면 특정 종을 우대하는 "종족주의(species)"에 해당한다고 있다고 볼 수 있다. 그러한 측면에서, 종족주의는 다양한 형태를 가질 수 있다. 예컨대, 한 개체에게 "고통"을 귀속시킴으로써 어떤 권리를 주려는 시도는 "고통 종족주의"로, (데카르트와 같이) 이성을 귀속시킴으로써 권리를 확보하려는 시도는 "이성 종족주의"로 이름붙일 수 있다. 하지만 이와 같은 종족주의에 의거하여 권리를 확보하려는 시도는 "반례와 예외적인 사례가 있을 수 있고, 귀속 속성이 자의적일 수 있으며, 자연주의의 오류에 속할 수 있으며, 순환논증의 오류를 범하고 있다"는 문제를 갖고 있다. 만일 그렇다면, 이와 같이 어떤 특정 속성을 귀속시킴으로써 권리를 확보하려는 시도는 모순(contradiction)을 함축하는 듯하다. 말하자면, 인간은 "(자신의 의지에 따라) 동물과 식물 모두를 이용할 수 있거나 이용할 수 없다." 달리 말하면, 만일 인간에게 식물을 (음식으로 먹거나) 실험 대상으로 활용하는 것이 허용된다면 동물 또한 (음식으로 먹거나) 실험 대상으로 활용하는 것이 허용되어야 한다. (역으로 말하면, 만일 인간에게 동물을 (먹거나) 실험 대상으로 활용하는 것이 허용될 수 없다면, 식물 또한 (먹거나) 실험 대상으로 활용하는 것이 허용될 수 없다.)

〔4단계〕 공정성, 충분성

(적어도 이 텍스트에 관해서) 주어진 텍스트가 공정성과 충분성을 확보하고 있는가 여부는 필자가 개진하고 있는 논증이 타당하고 내용적으로 수용가능한가에 달려 있는 듯이 보인다. 말하자면, 논평의 세 번째 준거인 <논리성>를 통해 공정성과 충분성도 함께 논의되는 것으로 볼 수 있다. 그런데 동물 살생 및 동물권에 관련된 논의는 여기서 필자가 다루고 문제들에 더하여 '이성에 의거한 논증', '도덕적 책임에 의거한 논증' 등 살펴보아야 할 많은 접근법들이 있다는 것에 비추어 본다면, 충분한 논의가 이루어지지 않았다고 볼 수 있다. 하지만 '동물'의 권리에 관한 문제는 짧은 논문 또는 단편적인 한 편의 글로 모든 것을 다룰 수 없는 매우 큰 문제라는 염두에 둔다면, 비록 이 텍스트가 제한된 관점으로부터 한정된 논증을 개진하고 있더라도 충분성을 결여하고 있다고 비판하기 어렵다고 볼 수 있다. (오히려 이와 같이 구체적인 논증에 기초한 글의 경우, 필자가 직접적으로 제시한 문제와 논증에 대해 다양한 관점으로 그 문제에 접근하고 있는가를 평가해야 한다.)

연습문제 8 "부자 나라는 가난한 나라를 도울 (도덕적) 의무가 없다"(피터 싱어, P. Singer) ➡ 279쪽

〈분석적 요약〉

〔1단계〕 문제와 주장

〈문제〉
부자 나라는 가난한 나라를 도울 (도덕적) 의무가 있는가?

〈주장〉
부자 나라는 가난한 나라를 도울 (도덕적) 의무가 없다.

〔2단계〕 핵심어(개념)

①결과론적 권리 이론: 행위의 결과에 기초하여 발생하는 권리
②비결과론적 권리 이론: 행위의 결과에 무관하게 자연적으로 발생하는 권리
③의료정책의 삼분법: 생명과 결부된 극단적인 의료 상황에서 공리적 의사결정을 내리는 것이 합리적임을 주장하는 유비추리
④구명보트의 유비: 생명과 결부된 극단적인 상황에서 공리적 의사결정을 내려야 한다는 것을 주장하는 유비추리

〔3단계〕 논증 구성

〈생략된 전제: 숨은 전제 or 기본 가정〉

〈논증〉

〈논증 1〉
p_1. (노직의 권리이론에 따르면,) 생명권은 나의 생명을 위협할 수 있는 다른 사람에게 저항할 수 있는 권리이지, 나의 생명이 위험에 처했을 때 다른 사람의 도움을 요구하는 권리가 아니다.
p_2. 다른 사람을 죽이는 것은 그 사람의 권리를 침해하는 행위이지만, 타인을 구하지 않는 행위는 권리를 침해하는 행위가 아니다.
c_1. 만일 'p_1 & p_2'가 참이라면, 우리는 다른 사람을 죽이는 것에 대해서는 책임을 져야 하지만, 타인을 구하지 않은 행위에 대해서는 책임을 질 이유가 없다.

〈논증 2〉
p_3. 현실 세계에서 활용할 수 있는 자원은 한정되어 있다.
p_4. (전시 상황에서 시행된) 의료정책의 삼분법(triage)에 따르면, 'ⓐ 의료적 지원 없이도 살 수 있는 사람, ⓑ 의료적 지원이 없으면 살 수 없는 사람, ⓒ 의료적 지원이 있어도 살 수 없는 사람' 중 ⓑ에게만 의료자원을 투입하는 것이 합리적이다.

p_5. 만일 p_4가 참이라면, 'ⓐ' 부자 나라의 원조 없이도 국민들을 먹여 살릴 수 있는 나라, ⓑ' 부자 나라의 원조가 있으면 국민들을 먹여 살릴 수 있는 나라, ⓒ' 부자 나라의 원조가 있어도 국민들을 먹여 살릴 수 없는 나라'가 있다.

c_2. 우리는 우리의 도움이 식량과 인구의 균형 설정에 성공과 실패라는 차이를 가져올 그러한 나라만을 도울 것이다.

〈논증 3〉

p_6. 만일 우리가 물에 빠진 사람들을 구하기 위해 우리 보트에 그들을 태운다면, 우리 보트는 인원이 초과되어 모두 익사할 것이다.

p_7. 만일 우리가 물에 빠진 사람들을 구하지 않는다면, 적어도 보트에 타고 있는 사람들은 살 수 있다.

p_8. 모두를 죽음으로 내모는 선택보다는 일부라도 살리는 선택이 더 합리적인 결정이다.

p_9. 만일 'p_8'이 참이라면, 우리는 물에 빠진 사람을 살리기 위해 보트에 태울 이유가 없다.

p_{10}. 부자 나라에 살고 있는 사람은 물에 빠진 득실거리는 바다에 떠 있는 만원인 구명보트에 타고 있는 사람과 같다.

p_{11}. 공리주의적 관점을 적용하여 부자 나라의 가난한 나라에 대한 원조의 문제를 설명할 수 있다.

C. (그러므로) 부자 나라는 가난한 나라의 사람이 굶어 죽도로 내버려두어야 한다. (부자 나라는 가난한 나라를 도울 (도덕적) 의무가 없다.)

〔4단계〕 함축적 결론

〈추가된 전제: 맥락(배경, 관점)〉

〈함축적 결론〉

〈분석적 논평〉

〔1단계〕 중요성, 유관성, 명확성

전지구적 또는 세계적인 차원에서 부의 불평등의 문제가 심각해지고 있는 상황에서 부유한 나라 또는 사람이 가난한 나라 또는 사람을 돕는 것에 관한 도덕적 의무에 관한 논의를 하는 것은 매우 중요하다고 볼 수 있다. 또한 필자는 (적어도 제시된 텍스트에 한정하여 볼 경우) 그 문제에 대한 명확한 입장을 제시하고 있다.

〔2단계〕 명료함, 분명함

주어진 텍스트에서 사용하고 있는 중요 개념들, 즉 '결과론적 권리 이론, 비결과론적 권리이론, 구명보트의 유비' 등은 그 자체로 깊이 있는 논의와 폭넓은 탐구가 이루어져야 하는 어려운 개념들이라고 할 수 있다. 하지만 주어진 텍스트에 한정해서 본다면, 그와 같은 개념들은 논증의 목적에 맞게 명료하고 분명하게 사용되고 있다고 볼 수 있다.

〔3단계〕 논리성: 형식적 타당성과 내용적 수용가능성

주어진 텍스트는 세 개의 소논증의 중간 결론으로부터 최종 결론을 도출하는 논증 구조를 가지고 있다고 파악할 수 있다. 말하자면,

① 논증 1: 비결과론적 권리이론에 따르면, 우리는 타인을 구하지 않는 행위에 대해서 (도덕적) 책임을 질 이유가 없다.
② 논증 2: 활용가능한 자원이 한정된 상황에서, 부자 나라의 원조가 있으면 국민들을 먹여 살릴 수 있는 나라에만 원조하는 것이 합리적인 의사결정이다.
③ 논증 3: 우리는 물에 빠진 사람을 살리기 위해 우리의 생명을 희생하는 위험을 감수할 (도덕적) 이유가 없다.
④ 따라서 부자 나라는 가난한 나라를 도울 (도덕적) 의무는 없다.

주어진 텍스트의 핵심 주장 '부자 나라는 가난한 나라의 사람이 굶어 죽도록 내버려두어야 한다'를 근거 짓고 있는 핵심 논증은 〈논증 1〉과 〈논증 3〉이라는 것을 파악할 수 있다. 〈논증 2〉는 〈논증 3〉의 결론을 강화시키고 부연하고 있기 때문에 다른 두 논증에 비해 최종 결론을 뒷받침하는 결정적인 논증이라고 볼 수 없기 때문이다.

〈논증 1〉은 윤리 이론에서 '선행의 원리(principle of benevolence'와 '악행금지의 원리(principle of non-maleficence)'에 의거하는 더 많은 논의가 필요하지만, 적어도 겉으로 보기에 전제가 모두 참이면 그 결론 또한 참으로 받아들여하는 듯이 보인다. 일반적으로, 악행금지의 원리가 선행의 원리보다 더 기초적이고 앞선 의무라는 것을 받아들일 수 있다면, 적어도 논리적인 측면에서 〈논증 1〉에 결정적인 문제를 제기하기는 어려워 보인다.

〈논증 3〉은 구명정 윤리의 유비추리에 의존하고 있는 귀납논증이다. 따라서 〈논증 3〉은 전제가 모두 참이라고 하더라도 그 결론 또한 참임을 보일 수는 없다. 하지만 우리가 〈논증 3〉의 전제들이 그 결론을 지지하기에 충분히 강하고 유관하다고 받아들인다면, 〈논증 3〉은 설득력을 가진 논증이라고 평가할 수 있다. 따라서 주어진 텍스트는 (적어도 겉으로 보기에) '넓은 의미'에서 내용적인 수용가능성을 가진 논증이라고 볼 수 있다. 물론, 한 논증이 넓은 의미에서 형식적으로 타당하고 내용적으로 수용가능하다는 것이 그 논증의 진리성을 온전히 보증하는 것은 아니다. 달리 말하면, 여기서 분석한 '원조의 의무'와 관련된 논증이 넓은 의미에서 형식적으로 타당하고 내용적으로 수용할 수 있는 가능성이 있다고 하더라도, 반대 입장에 서있는 진영에서는 그 논증을 반박하는 근거들을 사용하여 반대 논증을 구성할 수 있다는 것이다.

〈논증 3〉에 대해서 유비논증이 성립하는가에 대한 문제제기를 할 수 있다. 말하자면, 구명보트에 이미 타고 있는 사람들과 소위 부자 나라가 강한 유비적 설명 관계를 가지고 있는지에 대해 의문을 제기할 수 있다. 만일 구명보트에 타고 있는 사람이 자신의 권리를 (일부이든 전부이든) 포기한다는 것은 구명보트에서 내리는 것이고, 그것은 곧 그의 죽음을 의미한다. 반면에, 부자 나라 또는 그 나라에 사는 사람들이 자신의 권리를 (일부이든 전부이든) 포기한다는 것이 곧 그 나라의 또는 그 나라에 사는 사람의 경제적 파탄과 가난한 상태로의 추락을 의미하지 않기 때문이다.

〔4단계〕 공정성, 충분성

이 문제를 다루고 있는 싱어(P. Singer)의 『실천윤리학』을 읽은 사람들은 이미 파악했겠지만, 싱어는 주어진 텍스트의 논증을 귀류논증의 일부로 사용하기 위해 제시하고 있다는 것을 알 수 있을 것이다. 말하자면, 그는 주어진 텍스트를 수용할 경우 받아들이기 어려운 논리적 결함이 있거나 해결하기 어려운 문제가 초래될 수 있음을 보이기 위한 전제로 이와 같은 논증을 제시하고 있다. (이 점을 밝히는 것은 중요하다. 자칫 싱어의 본의, 즉 실제적인 논증에 대한 오해를 초래할 수 있기 때문이다.)

하지만 이러한 점과 무관하게 주어진 텍스트에만 한정하여 볼 경우, 공정성에 대해 문제를 제기할 수 있을 것이다. 부자 나라의 가난한 나라에 대한 원조의 의무에 반대하거나 약화시킬 수 있는 이론과 전제들만으로 논증을 구성하고 있기 때문이다. 또한 충분성에 대해서도 문제를 제기할 수 있는 것으로 보인다. 주어진 텍스트는 일반적인 공리적인 견해에 의거하여 핵심 결론을 지지하고 있다. 하지만 벤담의 단순 효용에 의거한 공리주의와 달리 현대 공리주의의 견해에 의거할 경우 이 문제에 대한 다양한 반론이 가능할 것으로 보인다. 또한 이 문제를 의무론적 입장으로 접근할 경우 주어진 텍스트의 주장에 반대하는 견해를 가질 수 있다는 것을 어렵지 않게 예상할 수 있다.

연습문제 9 『악의 번영』(다니엘 코엔, Daniel Cohen) ➡ 283쪽

〈분석적 요약〉

〔1단계〕 문제와 주장

〈문제〉
성장주의자들이 주장하듯이 경제 성장을 통해 지구의 지질학적(환경적) 문제를 해결할 수 있는가?

〈주장〉

지구의 지질학적(환경적) 문제를 해결하기 위해서는 경제 성장의 새로운 방식을 의미하는 환경 혁명을 이루어야 한다.

〔2단계〕 핵심어(개념)

① 쉽게 쓰고 버리는 경제: 경제 성장의 결과인 생산량 증가로 인해 가격이 하락하고, 낮은 가격으로 인해 초래된 인스턴트 소비 형태의 경제
② 지구의 지질학적 문제: 일반적으로 환경문제를 가리킨다.
③ 세금 정책: 환경오염을 유발하는 산업에 대한 무거운 세금 부과하는 정책
④ 보조금 (중지) 정책: 자연환경을 훼손하는 사업에 대한 보조금 지급 중지하는 정책
⑤ 투자 정책: 무공해 에너지로 탄소 에너지를 대체하는 정책

〔3단계〕 논증 구성

〈생략된 전제: 숨은 전제 or 기본 가정〉

〈논증〉

p_1. 성장주의자들은 경제 성장이 산업 생산성을 계속해서 증대시키고, 노동 시간을 단축시키며, 제품의 가격을 낮춘다.
p_2. 만일 'p_1'이라면, 경제 성장은 오늘날의 문제를 일으키는 원인이 아닌 문제를 해결하는 방안이다.
c_1. 성장주의자들이 주장하듯이, 경제 성장이 오늘날의 문제를 해결할 수 있다.
p_3. 생산성이 증대됨에 따라 재화의 양은 증가한다.
p_4. 재화의 양의 증가는 제품의 가격을 낮춘다.
c_2. 제품의 가격이 낮아짐에 따라 '쉽게 쓰고 버리는 경제' 성장을 가져온다.
p_5. '쉽게 쓰고 버리는 경제 성장'은 대도시의 쓰레기를 증가시킨다.
p_6. 쓰레기를 처리하는 데에는 큰 비용이 든다.
p_7. 쓰레기를 치우는 환경 비용이 재화의 가격보다 높아질 수 있다.
p_8. 자본주의는 시장의 생태적 진실을 가린다.
c_3. 경제 성장은 지구의 지질학적 문제를 심화시킨다.
p_9. 지구의 지질학적 문제와 경제적 문제에 대처하거나 해결해야 한다.
c_4. 환경오염을 유발하는 산업에 대한 무거운 세금 부과(세금 정책), 자연환경을 훼손하는 사업에 대한 보조금 지급 중지(보조금 중지 정책), 무공해 에너지로 탄소 에너지를 대체(투자 정책)하는 정책을 사용해야 한다.
p_{10}. 경제 성장으로 인한 지구의 지질학적(환경적) 문제의 심화를 해결하기 위해서는 '세금 정책, 보조금 중지 정책, 투자 정책' 이상의 적극적인 노력이 필요하다.
C. 경제 성장의 새로운 방식을 의미하는 '환경 혁명'을 이루어야 한다.

〔4단계〕 함축적 결론

〈추가된 전제: 맥락(배경, 관점)〉

〈함축적 결론〉

〈분석적 논평〉

〔1단계〕 중요성, 유관성, 명확성

경제 성장과 환경보존에 관한 논제는 매우 오래된 전통적인 '사회적, 정치적, 경제적, 윤리적' 문제라고 할 수 있다. 이 논제는 일반적으로 과학기술의 발달이 현재의 환경문제를 해결할 수 있다고 보는 인간중심의 과학기술 낙관론과 자연을 보존하기 위해서 인간이 개입해서는 안 되고 자연 스스로의 회복력과 자정능력에 의존해야 한다는 생태중심주의의 논쟁이라고 볼 수 있다. 물론, 주어진 텍스트는 그와 같은 전통적인 논제와 완전히 일치하지 않는다. 하지만 대략적으로 경제성장주의자는 과학기술 낙관론으로, 경제성장주의 반대자는 생태중심주의에 가깝다고 볼 수 있다. 게다가 인간의 삶은 경제적 문제로부터 결코 자유로울 수 없을 뿐만 아니라, 자연으로부터 떨어져서 살아갈 수도 없다. 따라서 주어진 텍스트에서 제기하고 있는 문제는 오늘날에도 여전히 중요할 뿐만 아니라 다양한 측면에서 반드시 깊이 있는 논의가 이루어져야 한다.

〔2단계〕 명료함, 분명함

주어진 텍스트에서 사용하고 있는 중요한 개념들 중 일부는 추가적인 설명이 필요한 부분이 있다고 볼 수 있다. 필자는 '쉽게 쓰고 버리는 경제'와 '지구의 지질학적 문제'와 같은 개념을 조작적 정의(operating definition)를 통해 의미를 한정짓고 있기 때문이다. 필자는 전자를 산업의 발달로 인한 '대량 생산과 대량 소비문화'를 가리키는 것으로, 후자를 지구의 '생태환경적 문제'를 나타내는 것을 사용하고 있는 듯이 보인다. 본문의 내용을 통해 두 개념의 의미를 충분히 파악하고 있기 때문에 개념의 명료함과 분명함에 대해 제기할만한 논평 지점은 없는 듯이 보인다.

〔3단계〕 논리성: 형식적 타당성과 내용적 수용가능성

빠른 경제성장이 생산력을 증가시키고, 증가된 생산력이 제품의 가격을 낮추고, 낮아진 제품 가격으로 인해 불필요한 소비가 증가하고, 불필요한 소비 증가로 인해 많은 양의 쓰레기가 산출되고, 산출된 많은 양의 쓰레기로 인해 지구의 지질학적 문제(환경 문제)가 초래된다고 보는 일종의 인과적 설명 또는 인과적 논증은 타당하고 내용적으로도 수용할 수 있는 듯이 보인다.

적어도 주어진 텍스트에 한정해서 본다면, 이 텍스트의 결론은 '환경 혁명을 이루어야 한다'라고 보아야 한다. 그런데 환경 혁명이 무엇을 의미하고 가리키는 지에 대한 논증은 제시되고 있지 않다. 필자가 제시하고 있는 전체적인 논증에 동의할 수 있다고 하더라도, 주어진 텍스트의 최종 결론에 대한 추가적인 논증이 제시되어야 할 것으로 보인다.

[4단계] 공정성, 충분성

주어진 텍스트는 주로 경제성장주의 반대자들의 입장과 견해를 대변하는 논의로 이루어져 있다고 볼 수 있다. 특히, 필자가 '세금 정책, 보조금 (중지) 정책, 투자 정책' 등을 통해 지구의 생태적 진실을 가리고 있는 '자본주의 또는 시장주의'가 일으키는 환경문제에 대처해야 한다고 주장하는 부분에서 확인할 수 있듯이, 필자는 제한과 제약이 없는 무제한의 경제성장에 대해 반대하는 입장을 취하고 있다는 것을 알 수 있다. 만일 이 점에만 집중한다면, 필자가 이 문제에 대해 공정한 자세를 가지고 있지 않다고 볼 수도 있다. 하지만 일반적으로 이 문제에 관한 주류 입장이 경제성장주의 또는 과학기술 낙관론이라는 점에 비추어 본다면, 주어진 텍스트에서 그 입장에 관한 주요 논증을 제시하지 않았다고 해서 공정성을 결여했다고 비판하는 것은 적절하지 않은 듯이 보인다.

필자는 전지구적인 환경문제를 해결하기 위해서는 앞서 제시한 세 가지 제제 정책만으로는 충분하지 않고, '환경혁명이 산업혁명에 상응하는 거대한 변화를 포함하는 경제성장을 이루는 새로운 방식'이 제시되어야 한다고 주장한다. 이와 같은 주장은 필자의 기본 입장과 견해를 잘 보여주고 있지만, '환경혁명이 산업혁명에 상응하는 거대한 변화'가 무엇을 의미하는 지에 관한 것은 주어진 텍스트의 내용만으로는 확인할 수 없다. 이마도 이것은 주어진 텍스트가 전체 텍스트의 일부만을 인용하고 있기 때문으로 보인다. 따라서 필자는 이어지는 논의에서 이 문제, 즉 경제성장을 유지하면서도 '환경혁명이 산업혁명에 상응하는 거대한 변화'가 무엇을 의미하는지 그리고 그것의 구체적인 실천 방안이나 모형이 무엇인지 제시할 필요성이 있다고 볼 수 있다. 또한 필자가 제기하고 있는 문제는 최근 활발히 논의되고 있는 '지속가능한 성장' 논의와 맞닿아 있다.

참고문헌

김광수, 『논리와 비판적 사고』, 철학과현실사, 2007.

도스토엡스키, 『죄와 벌』, 김학수 역, 을지문화사, 1988.

벤담, 제레미(Bentham, Jeremy), 『도덕과 입법의 원칙에 대한 서론』, 강준호 역, 아카넷, 2015.

로크, 존(J. Locke), 『통치론』, 강정인 역, 까치글방, 2017.

리프킨, 제레미(Rifkin, jeremy), 『엔트로피』, 이창희 역, 세종연구원, 2015.

맥어스킬, 윌리엄(/W. Macaskill), 『냉정한 이타주의자』, 전미영 역, 부키, 2017.

센델, 마이클(Sendel, Michael J.), 『공정하다는 착각』, 함규진 역, 와이즈베리, 2020.

싱어, 피터(P. Singer), 『실천윤리학』, 철학과현실사, 1997.

송원근 · 강성원, 『장하준이 말하지 않은 23가지』, 북오션, 2011.

아리스토텔레스, 『니코마코스 윤리학』, 홍석영 역, 풀빛, 2015.

유발 하라리, 『사피엔스』, 조현욱 역, 김영사, 2015.

이좌용 · 홍지호, 『비판적 사고: 성숙한 이성으로의 길』, 성균관대학교출판부, 2015.

임종식, 『생명의 시작과 끝』, 로뎀나무, 1999.

______, 『인간, 위대한 기적인가, 지상의 악마인가?』, 사람의무늬, 2015.

이필렬, 『21세기 정보통신 기술의 혁명』, 박영목 외 12인, 『국어』, 천재교육, 2013(2017).

장하성, 『왜 분노해야 하는가』, 헤이북스, 2016.

장하준, 『장하준의 경제학 강의』, 김희경 역, 부키, 2014.

정민, 『고등학교 고등 고전』, 해냄에듀, 2014.

전대석, 『의료윤리와 비판적 글쓰기』, 북코리아, 2016.

______, 『쉽게 풀어쓴 비판적 사고』, 컵앤캡, 2020.

______, 「법과 규범윤리」, 신규교과목개발연구보고서, 2021.

조지, 헨리(George, Henry), 『진보와 빈곤』, 이종인 역, 현대지성, 2020.

제임스 길리건(James Gilligan), 『위험한 정치인』, 이희재 역, 교양인, 2011.

최평순, 『인류세: 인간의 시대』, 해나무, 2020.

탁석산, 『흄의 인과론』, 서광사, 1998.

코피, 어빙(Copy, E.), 『논리학 입문(10판)』, 박만준 외 역, 경문사.

포스트먼, 닐(Postman, Neil), 『테크노폴리』, 김균 역, 궁리, 2005.

피셔, 어네스트(Ficher, E. P.), 『과학을 배반하는 과학』, 전대호 역, 해나무, 2007.

프롬, 에리히, 『사랑의 기술』, 황문수 역, 문예출판사, 2006.

코엔, 다니엘, 『악의 번영』, 이성제 · 정세은 역, 글항아리, 2009.

콘, 알피(Kohn, Alfie), 『경재애에 반대한다』, 이영노 역, 민들레, 2019.

케이건, 셸리(Kagan, Shelly), 『어떻게 동물을 헤아릴 것인가』, 김후 역, 안타레스, 2019.

홍경남, 『과학기술과 사회윤리』, 철학과현실사, 2007.

Angeles, A., *Dictionary of Philosophy*, New York: Barnes & Noble, 1981.

Dancy, Jonathan., *Contemporary Epistemology*, 1985.

Davidson, Donald., *Essays on Action and Event*, 1963.

Harman, Gilbert., "Logic and Reasoning," *Synthese, LX*, 1984.

Mackenzie, Jim, "Reasoning and Logic," *Synthese, LXXIX*, 1989.

Irving Copi, *Introduction to Logic*, 7th ed., New York: Macmillan, 1986.

Runes, Dagobert D., *Dictionary of Philosophy*, Totowa, NJ: Rowman & Allanheld, 1984.

Walton, Douglas N., "What is Reasoning? What Is an Argument?," *The Journal of Philosophy* Vol. 87, No. 8 (Aug., 1990).

2015년도 연세대 수시모집 논술시험 문제 인문, https://admission.yonsei.ac.kr/seoul/admission/html/main/main.asp

2017년도 광운대 논술기출 인문, http://iphak.kw.ac.kr/occasional/susi_04.php?category=total_pds&code=home_board&mode=board_view&page=2&no=20864&searchkey=&searchfield=&type=

2018년도 한양대 논술전형 인문, https://go.hanyang.ac.kr/new/2015/01/lib_exam.html

2020년도 중앙대 모의논술 인문사회계열, https://admission.cau.ac.kr/bbs/fileview.php?bbsid=nonsul&file_seq=3796

이어영, 허프포스트코리아, 2017년, https://www.huffingtonpost.kr/yiyoyong/story_b_10962552.html

장하준, "부자들의 기부만으론 부족하다", 『경향신문』, 2011.09.06., http://news.khan.co.kr/kh_news/khan_art_view.html?artid=2011090 61905555&code=990000

최훈, "내가 반려 아닌 '애완동물'을 주장하는 이유", 한국일보, https://www.hankookilbo.com/News/Read/201802081417403419